ALEXANDER KUPRIN

MEISTERERZÄHLUNGEN

Aus dem Russischen übersetzt
von Eveline Passet
Nachwort von Ilma Rakusa

MANESSE VERLAG
ZÜRICH

CIP-Titelaufnahme der Deutschen Bibliothek

Kuprin, Aleksandr:
Meistererzählungen / Alexander Kuprin
Aus d. Russ. übers. von Eveline Passet
Nachw. von Ilma Rakusa
Zürich : Manesse Verlag, 1989
(Manesse Bibliothek der Weltliteratur)
ISBN 3-7175-1770-8 Gewebe
ISBN 3-7175-1771-6 Ldr.

NE: Kuprin, Aleksandr: [Sammlung ⟨dt.⟩]

DER MOLOCH

I

Langgezogen heulte die Fabriksirene und kündigte den Beginn des Arbeitstages an. Der anhaltende, tiefe, röchelnde Ton schien aus der Erde aufzusteigen und sich knapp über dem Boden auszubreiten. Die trübe Morgendämmerung des verregneten Augusttages verlieh ihm eine Spur von Schwermut und Gefahr.

Die Sirene erreichte Ingenieur Bobrow beim Tee. In den letzten Tagen litt Andrej Iljitsch besonders heftig unter Schlaflosigkeit. Am Abend, wenn er sich mit schwerem Kopf ins Bett legte und alle Augenblicke zusammenzuckte wie unter plötzlichen Schüttelfrösten, fiel er zwar ziemlich schnell in unruhigen, schreckhaften Schlaf, erwachte jedoch lange vor Sonnenaufgang ganz zerschlagen, matt und gereizt.

Der Grund dafür war zweifelsohne eine seelische und körperliche Überanstrengung, aber auch die lange Gewohnheit, sich Morphium zu spritzen – eine Gewohnheit, mit der Bobrow in diesen Tagen hartnäckig den Kampf aufgenommen hatte.

Jetzt saß er am Fenster und schlürfte in kleinen Schlückchen den Tee, der ihm fade und wie Gras zu schmecken schien. An den Scheiben liefen im Zickzack Regentropfen herab. Die Pfützen auf dem Hof kräuselten sich unter dem Regen, und es formten sich kleine Wellen. Vom Fenster aus war ein quadratisches Seelein zu sehen, das von struppigen Silberweiden mit kurzen, nackten Stämmen und grauem Blattwerk eingerahmt war. Wenn ein Windstoß kam, erhoben sich auf der Wasseroberfläche kleine, kurze Wellen, die, scheinbar in Eile, über den See hinwegliefen, und das Laub der Weiden erzitterte plötzlich in silbrigem Grau. Das welke Gras senkte sich unter dem Regen kraftlos zur Erde. Die Häuser des nahegelegenen Dörfchens, die Bäume des sich am Horizont als gezacktes Band hinziehenden Waldes, die schwarzen und gelben Flicken der Felder – alles hob sich grau und verschwommen, wie im Nebel, ab.

Es war sieben Uhr, als Bobrow seinen Wachstuchmantel mit Kapuze überzog und aus dem Haus ging. Wie viele nervöse Menschen fühlte er sich morgens sehr unwohl: sein Körper war schwach, in den Augen spürte er einen dumpfen Schmerz, als drücke jemand fest von außen dagegen, im Mund hatte er einen unangenehmen Geschmack. Aber mehr als alles andere verursachte ihm jener seelische, innere Zwiespalt Schmerzen, welchen er seit nicht allzu langer Zeit in sich bemerkte. Bobrows Kollegen – Ingenieure, die das Leben von der unkompliziertesten, lustigsten und praktischsten Seite nahmen – würden das, was ihm so viel verborgenes Leiden erzeugte, belächelt haben, jedenfalls aber hätten sie ihn nicht verstanden. Mit jedem Tag wuchs in ihm mehr und mehr ein Widerwillen gegen die Arbeit in der Fabrik, ja fast ein Entsetzen davor.

Seiner Mentalität, seinen Gewohnheiten und

Neigungen gemäß hätte er sich besser einer Büro- oder Lehrtätigkeit gewidmet oder der Landwirtschaft. Die Arbeit als Ingenieur befriedigte ihn nicht, und wenn da nicht der nachdrückliche Wunsch der Mutter gewesen wäre, so hätte er das Institut schon im dritten Studienjahr verlassen.

Sein zartes, fast weibliches Wesen litt stark unter der groben Berührung mit der Realität, mit ihren alltäglichen, harten Angelegenheiten. Diesbezüglich verglich er sich mit einem Menschen, dem man die Haut bei lebendigem Leibe abzog. Manchmal bereiteten ihm Kleinigkeiten, die andere gar nicht bemerkten, für lange Zeit großen Verdruß.

Bobrows Äußeres war unauffällig, bescheiden... Er war von kleinem Wuchs und ziemlich schmal, jedoch war in ihm eine ungestüme, nervöse Kraft zu spüren. In seinem Gesicht zog vor allem die schöne, große, weiße Stirn die Aufmerksamkeit auf sich. Die geweiteten, unterschiedlich großen Pupillen waren so sehr geöffnet, daß die Augen nicht mehr grau wirkten, sondern schwarz. Die dichten, unregelmäßigen Augenbrauen wuchsen bei der Nasenwurzel zusammen, was den Augen einen harten, durchdringenden und irgendwie asketischen Ausdruck verlieh. Die Lippen Andrej Iljitschs waren nervös und schmal, aber nicht böse, und ein wenig unsymmetrisch: der rechte Mundwinkel zog sich etwas höher hinauf als der linke; Schnurrbart wie Kinnbart waren kurz, dünn und hellblond wie die eines Jünglings. Die ganze Anmut seines im Grunde häßlichen Gesichts lag einzig und allein im Lächeln. Wenn Bobrow lachte, wurden seine Augen zärtlich und fröhlich, was das ganze Gesicht anziehend machte.

Nachdem Bobrow eine halbe Werst gegangen war, erklomm er eine Anhöhe. Direkt zu seinen Füßen bot sich ihm das gewaltige Panorama der Fabrik, die sich über fünfzig Werst im Quadrat erstreckte. Das war eine richtige Stadt aus rotem Ziegelstein, mit einem Wald aus hoch in den Himmel ragenden, verrußten Schornsteinen – eine Stadt, die völlig durchtränkt war mit dem Geruch von Schwefel und Eisenkohlendunst und betäubt von ewigem, nie verstummendem Getöse. Vier Hochöfen überragten mit ihren Ungeheuern gleichenden Schächten herrschaftlich das Werk. Neben ihnen ragten acht Cowper-Apparate[1] empor – acht riesige, eiserne, mit runden Kuppeln versehene Türme, die zur Zirkulation der erhitzten Luft dienten. Um die Hochöfen herum standen verstreut weitere Gebäude: Reparaturwerkstatt, Gießerei, Wäscherei, Lokschuppen, Schienenwalzwerk, Puddel- und Siemens-Martin-Öfen[2] und so weiter.

Die Fabrik war auf drei riesengroßen, natürlichen Plateaus angelegt. In alle Richtungen fuhren kleine Lokomotiven hin und her; wenn sie auf

[1] Nach dem Ingenieur Edward Alfred Cowper benannter, 1857 entwickelter Winderhitzer.

[2] 1784 erfand Henry Cort das Puddelverfahren (engl.: to puddle: rühren), wodurch Verunreinigungen aus dem Roheisen ausgeschieden werden. Friedrich Siemens' (1856) und Emile und Pierre Martins (1864) Verfahren bedeutete eine Weiterentwicklung der Arbeitsweise im Puddelofen.

dem untersten Plateau angelangt waren, schossen sie mit durchdringendem Pfeifen nach oben, verschwanden für einige Sekunden in Tunneln, aus denen sie, in weißen Rauch gehüllt, hervorpreschten, ratterten über Brücken und glitten schließlich, scheinbar durch die Luft, über steinerne Estakaden, um Erz und Koks direkt in den Trichterkübel des Hochofens zu schütten.

Weiter, hinter dieser natürlichen Terrasse, verlor sich das Auge in jenem Chaos, welches das Areal darstellte, das für die Errichtung eines fünften und sechsten Hochofens bestimmt war. Es schien, als habe irgendeine schreckliche unterirdische Umwälzung diese zahllosen Haufen aus Schutt und aus Ziegelsteinen verschiedenster Formen und Farben ans Licht geschleudert, diese Pyramiden aus Sand, diese Berge aus Fliesstein und diese Stapel aus Eisenbalken und Holzstämmen. All dies war scheinbar ohne Sinn und Verstand, wie vom Zufall, aufgetürmt. Hunderte von Fuhrwerken und Tausende von Menschen wimmelten hier herum wie Ameisen auf einem verwüsteten Ameisenhaufen. Feiner, weißer, ätzender Kalkstaub stand wie Nebel in der Luft.

Noch weiter in der Ferne, am äußersten Rande des Horizonts, drängten sich um einen Güterzug Arbeiter, die diesen entluden. Über schräge, vom Waggon aus herabgelassene Bohlen glitten ohne Unterlaß Ziegel; dünne Bretter flogen, sich biegend und federnd im Fluge, durch die Luft. Leerwagen fuhren zum Zug, andere Fahrzeuge kehrten hochbeladen im Troß von dort zurück. Tausend Töne vermischten sich hier zu einem langen rollenden Donnern: die feinen, reinen und harten Klänge der Maurermeißel, die klangvollen Schläge der Nieter, die Nieten auf die Kessel setzten, das schwere Dröhnen der Dampfhämmer, das kraftvolle Stöhnen und Pfeifen der Dampfrohre und – selten – dumpfe unterirdische Explosionen, die die Erde zum Erzittern brachten.

Ein schreckliches und ergreifendes Bild war das. Die menschliche Arbeit funktionierte hier wie ein gewaltiger, komplizierter und präziser Mechanismus. Tausende von Menschen – Ingenieure, Maurer, Mechaniker, Zimmerleute, Schlosser, Erdarbeiter, Tischler, Schmiede – kamen hier von allen Enden der Welt zusammen, sich dem eisernen Gesetz des Existenzkampfes unterwerfend, um ihre Kräfte, ihre Gesundheit, ihren Verstand, ihre Energie zu opfern für einen einzigen Schritt nur nach vorn im industriellen Fortschritt.

Heute fühlte Bobrow sich besonders schlecht. Hin und wieder, wenn auch sehr selten – drei- oder viermal im Jahr –, trat bei ihm ein ganz seltsamer, melancholischer und dabei gleichzeitig gereizter Gemütszustand ein. Für gewöhnlich passierte das an trüben Herbstmorgen oder -abenden oder bei winterlichem Tauwetter. Dann nahm in seinen Augen alles ein fades, farbloses Aussehen an, die Gesichter der Menschen erschienen ihm trübe, häßlich und kränklich, und ihre Worte wehten aus irgendeiner Ferne zu ihm herüber und riefen nichts außer Langeweile wach in ihm. Heute reizten ihn bei einer Runde durch das Schienenwalzwerk besonders die blassen, kohleverschmierten und vom Feuer ausgedörrten Gesichter der Arbeiter. Er schaute ihrer harten Arbeit zu, wobei die glühenden Eisenmassen ihre Körper verbrannten, während ein scharfer Herbstwind durch die weit offenstehenden Türen hereinblies, und er erlitt gleichsam selber einen Teil ihrer physischen Qualen. Da schämte er sich für sein gepflegtes Äußeres, für seine feine Wäsche und für sein Jahresgehalt von dreitausend Rubeln...

2

Er stand an einem Schweißofen und verfolgte die Arbeit. Jede Minute sperrte sich der riesige lodernde Rachen des Ofens weit auf, um eins nach dem anderen die zwanzig Pud schweren «Pakete» des weißglühenden Stahls zu schlucken, welche gerade erst aus den Flammöfen gekommen waren. Eine Viertelstunde später, nachdem sie mit entsetzlichem Getöse durch Dutzende von Walzenpaaren hindurchgezogen worden waren, schichteten sie sich bereits am anderen Ende der Werkstatt als lange, glatte, glänzende Schienen übereinander.

Jemand berührte Bobrow von hinten an der Schulter. Verärgert drehte er sich um und sah einen seiner Kollegen, Swjeschewskij.

Dieser Swjeschewskij mit seiner immer etwas gebeugten – halb schleichenden, halb sich verneigenden – Figur, mit seinem ewigen Gekicher und mit dem Reiben seiner kalten, feuchten Hände gefiel Bobrow ganz und gar nicht. Etwas Einschmeichelndes, Gekränktes und Boshaftes war in ihm. Er kannte immer früher als alle anderen den neuesten Fabrikklatsch und walzte ihn mit besonderem Genuß vor dem aus, dem das am unangenehmsten sein mußte; in Unterhaltungen hampelte er nervös herum und berührte seinen Gesprächspartner an Hüften, Schultern, Händen oder an den Knöpfen seiner Kleidung.

«Warum hat man Sie schon so lange nicht mehr gesehen, mein Lieber?» fragte Swjeschewskij; er kicherte und knetete Andrej Iljitschs Hand zwischen seinen Händen. «Sie sitzen wohl immerzu da und lesen Bücher? Lesen Sie dauernd?»

«Guten Tag», entgegnete Bobrow widerstrebend, während er seine Hand wegzog. «Ich war nur nicht ganz gesund in der letzten Zeit.»

«Alle vermissen Sie bei den Sinenkos», fuhr Swjeschewskij mit vielsagender Stimme fort. «Weshalb besuchen Sie sie nicht? Der Direktor ist schon seit drei Tagen dort und hat sich nach Ihnen erkundigt. Das Gespräch drehte sich übrigens zufällig um die Arbeit an den Hochöfen, und er hat sich sehr lobend über Sie ausgelassen.»

«Das ehrt mich!» Bobrow verneigte sich spöttisch.

«Nein, ernsthaft... Er hat gesagt, daß die Betriebsleitung Sie sehr schätzt als Ingenieur mit vielfältigen Kenntnissen und daß Sie, wenn Sie wollten, es weit bringen könnten. Nach seiner Meinung müßten wir die Ausarbeitung des Firmenprojekts keineswegs den Franzosen überlassen, wenn es zu Hause solch bewanderte Leute gäbe wie Andrej Iljitsch. Nur...»

«Jetzt sagt er gleich etwas Unangenehmes», dachte Bobrow.

«Nur, sagt er, es sei nicht gut, daß Sie sich so fernhalten von der Gesellschaft und den Eindruck eines verschlossenen Menschen machen. Man versteht überhaupt nicht, was für ein Mensch Sie eigentlich sind, und man weiß nicht, wie man sich Ihnen gegenüber verhalten soll. Ach ja!» Swjeschewskij schlug sich plötzlich gegen die Stirn. «Da plappere ich und vergesse, Ihnen das Wichtigste zu sagen... Der Direktor bittet alle, morgen unbedingt zum Zwölfuhrzug auf dem Bahnhof zu erscheinen.»

«Geben wir wieder einen Empfang für jemand?»

«Vollkommen richtig. Erraten Sie auch, für wen?» Swjeschewskijs Gesicht nahm einen verschmitzten und triumphierenden Ausdruck an. Er rieb sich die Hände, und anscheinend bereitete es ihm ein großes Vergnügen, sich auf die Mitteilung einer interessanten Neuigkeit vorzubereiten.

«Ehrlich gesagt, ich weiß nicht, für wen... Und ich bin auch kein Meister im Rätselraten», sagte Bobrow.

«Nein, Täubchen, raten Sie doch bitte... Nun, halt bloß so, aufs Geratewohl, nennen Sie irgend jemand...»

Bobrow schwieg und begann mit übertriebener Aufmerksamkeit der Tätigkeit des Dampfkrans zu folgen. Swjeschewskij bemerkte das und zappelte noch mehr herum als zuvor.

«Sie werden nie drauf kommen... Also gut,

ich will Sie nicht länger auf die Folter spannen. Man erwartet Kwaschnin höchstpersönlich.»

Diesen Namen sprach er so offen voller kriecherischer Demut aus, daß es Bobrow geradezu ekelte.

«Was finden Sie daran denn so besonders Wichtiges?» fragte Andrej Iljitsch lässig.

«Was denn: ‹so besonders Wichtiges›? Ich bitte Sie! Er ist doch in der Direktion, und was er will, das macht er: man hört auf ihn wie auf ein Orakel. So auch jetzt: die Geschäftsführung hat ihn bevollmächtigt, die Arbeiten zu beschleunigen – also mit anderen Worten: er selber hat sich die Bevollmächtigung gegeben. Sie werden sehen, welche Donner- und Blitzschläge bei uns niedergehen werden, wenn er kommt. Letztes Jahr hat er die Baustelle besichtigt – das war wohl noch vor Ihrer Zeit? –, da sind dann der Direktor und vier Ingenieure in hohem Bogen rausgeflogen. Haben Sie das Anblasen[1] bald abgeschlossen?»

«Ja, es ist schon fast beendet.»

«Nun, das ist gut. Also werden wir in Kwaschnins Gegenwart seine Inbetriebnahme und den Beginn der Bauarbeiten feiern. Haben Sie Kwaschnin irgendwann einmal persönlich getroffen?»

«Noch nie. Den Namen habe ich natürlich schon gehört...»

---

[1] Anblasen des Hochofens nennt man das Aufheizen des Ofens vor seiner Inbetriebnahme bis zu einer Temperatur, die Erz zum Schmelzen bringt, also bis auf etwa 1600 °C. Der Betrieb des Hochofens an sich heißt «Kampagne». Das Anblasen dauert manchmal mehrere Monate. (Anm. d. Autors)

«Ich dagegen hatte bereits das Vergnügen. Das ist ein Kerl, kann ich Ihnen sagen, wie es keinen zweiten gibt. Ganz Petersburg kennt ihn. Erstens ist er so dick, daß er die Hände nicht vor dem Bauch falten kann. Das glauben Sie nicht? Ehrenwort! Er hat auch extra eine Kutsche, bei der sich die ganze rechte Seite öffnen läßt. Dazu ist er von großem Wuchs, rothaarig und hat eine Stimme wie die Posaunen von Jericho. Und was für ein schlaues Köpfchen! Ach, mein Gott! In allen Aktiengesellschaften sitzt er im Vorstand... steckt allein für sieben Sitzungen pro Jahr zweihunderttausend ein! Dafür aber gibt es keinen Besseren als ihn, wenn bei Generalversammlungen die Situation gerettet werden muß. Noch beim fragwürdigsten Jahresabschluß trägt er den Bericht so vor, daß den Aktionären Schwarz als Weiß erscheint und sie schließlich gar nicht mehr wissen, wie sie der Geschäftsleitung ihren Dank aussprechen sollen. Das Erstaunliche dabei ist: ihm ist die Angelegenheit, von der er spricht, niemals bekannt, aber er redet gleich mit Nachdruck davon. Hören Sie ihm morgen nur zu, und Sie werden ganz sicher denken, daß er das ganze Leben nichts anderes gemacht hat als am Hochofen gestanden, dabei weiß er von denen so viel wie ich von Sanskrit.»

«Na-ra-ra-ram!» trällerte Bobrow falsch und absichtlich verächtlich los und wandte sich von Swjeschewskij ab.

«Ja, so... aber es kommt noch besser... Wissen Sie, wie er in Petersburg Besucher empfängt? Sitzt nackt in der Wanne, bis zum Hals, nur sein roter Kopf leuchtet über dem Wasser – so hört er zu. Und irgendein Geheimrat steht da, krümmt sich ehrerbietig vor ihm und erstattet Bericht... Ein entsetzlicher Vielfraß ist er... und versteht natürlich was vom Essen; überall in den besten Restaurants kennt man Klopse à la Kwaschnin. Und von den Weibern wollen wir erst gar nicht reden. Vor drei Jahren ist ihm eine urkomische Geschichte passiert...»

Als Swjeschewskij bemerkte, daß Bobrow sich anschickte zu gehen, ergriff er ihn bei einem Knopf und flüsterte flehentlich: «Bitte... das ist so lustig... gestatten Sie doch, ich bin gleich ... nur in zwei Worten. Schaun Sie nur, wie die Sache war. Eines schönen Herbstes, so vor drei Jahren, kommt ein junger armer Mann nach Petersburg – ein Beamter halt, so einer... ich kenne sogar seinen Namen, kann mich jetzt nur nicht erinnern. Plagt sich mit einer strittigen Erbschaft herum, dieser junge Mensch, und jeden Morgen, wenn er von den Amtsstellen kommt, geht er in den Sommergarten, um dort ein Viertelstündchen auf der Bank zu sitzen... Nun gut. Er sitzt da, drei Tage, vier, fünf, und bemerkt, daß täglich ein ungewöhnlich dicker, rothaariger Herr wie er durch den Garten spaziert... Sie kommen ins Gespräch. Der Rothaarige, es war Kwaschnin, erfährt die ganzen Lebensumstände des jungen Mannes... nimmt daran Anteil, bemitleidet ihn... Seinen Namen allerdings nennt er nicht. Nun gut. Eines Tages schließlich macht der Rothaarige dem jungen Menschen einen Vorschlag: ‹Sagen Sie, wären Sie einverstanden, eine Person unter der Bedingung zu heiraten, sich nach der Hochzeit sofort von ihr zu trennen und sie nie mehr wiederzusehen?› Der junge Mann war zu der Zeit nahezu am Verhungern. ‹Einverstanden›, sagt er, ‹nur hängt das von der Belohnung ab, und Geld gegen Vorkasse.› Bemerken Sie, der junge Mann weiß auch, wie der Hase läuft. Nun gut ... Sie sind sich einig geworden. Nach einer Woche steckt der Rothaarige den jungen Mann in einen Frack und fährt irgendwo außerhalb der Stadt in eine Kirche mit ihm. Volk ist keins da; die Braut wartet schon, tief verhüllt mit einem Schleier, trotzdem ist zu sehen, daß sie hübsch ist und ganz jung. Die Trauung beginnt. Aber dem jungen Mann fällt auf, daß die Braut irgendwie traurig dasteht. Er fragt sie also flüsternd: ‹Wie es scheint, sind Sie gegen Ihren Willen hier?› Und sie sagt: ‹Ja, und Sie anscheinend auch?› Also haben sie sich ausgesprochen. Es stellt sich heraus, daß das Mädchen von der eigenen Mutter zur Heirat gezwungen wurde. Ihre Tochter Kwaschnin direkt zu geben, hatte die liebe Mutti doch ein schlechtes Gewissen gehabt ... Nun gut ... Sie stehen also und stehen ... und der junge Mann sagt schließlich: ‹Hörn Sie, spielen wir ihm doch einen Streich: beide sind wir noch jung, vor uns kann noch viel Gutes liegen, soll Kwaschnin doch leer ausgehen!› Das Mädchen ist entscheidungsfreudig und nicht auf den Kopf gefallen. ‹Gut›, sagt sie, ‹das wollen wir machen.› Die Trauung ist zu Ende, alle verlassen die Kirche, und Kwaschnin strahlt übers ganze Gesicht. Und der junge Mensch hat das Geld ja schon im voraus erhalten, und nicht wenig, denn in solchen Dingen schreckt Kwaschnin vor keiner Summe zurück. Er geht zu den jungen Leuten hin und gratuliert ihnen mit einer Spöttermiene. Diese hören ihn an, bedanken sich, nennen ihn Brautvater, und plötzlich – ein Satz, und sie sitzen beide in der Kutsche. ‹Was soll das? Wohin?› – ‹Was: wohin? Zum Bahnhof, auf Hochzeitsreise! Los, Kutscher!› Und Wassilij Terentjewitsch blieb wie angewurzelt stehen mit aufgesperrtem Mund. Ja, und ein andermal... Was ist denn? Sie gehen schon, Andrej Iljitsch?» unterbrach Swjeschewskij sein Geschwätz, als er sah, daß Bobrow mit entschiedenem Blick seine Mütze zurechtrückte und seinen Mantel zuknöpfte.

«Verzeihen Sie, aber ich habe keine Zeit», antwortete Bobrow trocken. «Und was Ihre Anekdote anbetrifft, so habe ich sie früher schon irgendwo einmal gehört oder gelesen... Meine Verehrung!»

Und nachdem er Swjeschewskij, der verblüfft war über so viel Schroffheit, den Rücken zugewandt hatte, verließ er schnell die Werkstatt.

3

Nachdem er aus der Fabrik zurückgekehrt war und hastig seine Mahlzeit eingenommen hatte, trat Bobrow auf die Freitreppe hinaus. Der Kutscher Mitrofan, der schon zuvor die Anweisung erhalten hatte, Farwater – ein braunes Donpferd – zu satteln, zog kräftig an den Bauchgurten des englischen Sattels. Farwater blähte den Bauch auf und bog mehrmals schnell den Hals herunter, schnappte dabei mit den Zähnen nach den Ärmeln von Mitrofans Hemd, weshalb dieser ihn mit wütender und unnatürlicher Baßstimme anschrie: «Heee! Schluß mit dem Unfug, Satansbraten!», und ächzend vor Anstrengung fügte er hinzu: «So einer bist du, Mistvieh!»[1]

Farwater – ein Hengst von mittlerer Größe mit massiver Brust, langem Rumpf und magerem, etwas hängendem Hinterteil – stand leicht und elastisch auf seinen kräftigen, zottigen Beinen mit schmalen Fesseln und breiten Hufen. Ein Pferdekenner wäre unzufrieden gewesen mit seinem Ramskopf und seinem langen Hals, aus dem der Kehlkopf spitz hervorstand. Doch Bobrow fand, daß diese Besonderheiten, die ein Charaktermerkmal jedes Donpferds waren, die Schönheit Farwaters ausmachten, so wie die krummen Beine die des Dackels und die langen Ohren die des Setters. Dafür gab es in der ganzen Fabrik auch kein Pferd, das Farwater an Schnelligkeit hätte übertreffen können.

Obwohl Mitrofan wie jeder gute russische Kutscher schroff mit den Pferden umging und deshalb weder sich noch Farwater eine Zärtlichkeit erlaubte – weshalb er ihn auch «Zuchthäusler» nannte, «Aas», «Mörder» und sogar «Hamlet» –, liebte er im Grunde seines Herzens Farwater dennoch leidenschaftlich. Diese Liebe drückte sich darin aus, daß der Donhengst sowohl besser gestriegelt wurde als auch mehr Hafer erhielt

[1] Mitrofan redet Ukrainisch.

als die beiden anderen Dienstpferde Bobrows: Schwalbe und Schwarzmeer.

«Hast du ihn getränkt, Mitrofan?» fragte Bobrow.

Mitrofan antwortete nicht gleich. Er hatte noch eine weitere Eigenheit jedes guten Kutschers: Langsamkeit und Besonnenheit im Gespräch.

«Hab' ihn getränkt, Andrej Iljitsch, wie sollt' ich ihn nicht tränken. He du, dreh den Kopf, Schrätel! Sonst dreh' ich dir die Schnauze rum!» schrie er wütend auf das Pferd ein. «Das Feuer, Herr; wie er Lust hat, heute unter den Sattel zu kommen.»

Kaum war Bobrow bei Farwater und wand, nachdem er die Zügel mit der linken Hand ergriffen hatte, die Mähne um seine Finger, da begann schon die sich fast täglich wiederholende Szene. Farwater, der längst mit geweiteten, bösen Augen nach dem näher kommenden Bobrow geschielt hatte, fing an zu tänzeln, verbog den Kopf, schleuderte mit den Hinterbeinen Erdklumpen in die Luft. Bobrow sprang auf einem Bein neben ihm herum, versuchte einen Fuß in den Steigbügel zu setzen.

«Laß die Zügel los, die Zügel loslassen, Mitrofan!» rief er, als er endlich den Steigbügel geangelt, im gleichen Augenblick schon das andere Bein über den Pferderücken geschwungen hatte und im Sattel saß.

Sobald Farwater die Schenkel seines Reiters spürte, wurde er ruhig, und nachdem er schnaubend und den Kopf schüttelnd mehrmals das Bein gewechselt hatte, fiel er beim Tor in einen gestreckten, kraftvollen Galopp.

Der schnelle Ritt, der kühle Wind, der ihm in den Ohren pfiff, der frische Geruch der herbstlichen, ein wenig feuchten Felder beruhigten und belebten sehr bald Bobrows angespannte Nerven. Außerdem spürte er jedesmal einen angenehmen, aufregenden Stimmungsaufschwung, wenn er zu den Sinenkos unterwegs war.

Die Familie Sinenko bestand aus Vater, Mutter und fünf Töchtern. Der Vater arbeitete in der Fabrik; er leitete das Lager. Dieser faule und scheinbar gutmütige Riese war im Grunde genommen gerissen und heimtückisch. Er gehörte zu jener Art von Leuten, die unter dem Deckmantel, jedem die «reine Wahrheit» zu sagen, plump, doch angenehm die Vorgesetzten umschmeicheln, offen ihre Kollegen verleumden und mit den Untergebenen abscheulich und despotisch umspringen. Laut schreiend stritt er wegen jeder Nichtigkeit, ohne auf Erwiderungen zu achten; er aß gerne und hatte eine Schwäche für kleinrussischen Chorgesang, wobei er unveränderlich falsch sang. Ohne es selbst zu merken, stand er unter dem Pantoffel seiner Frau – einer kleinen, kränklichen und affektierten Person mit winzigen grauen Äuglein, welche so nah bei der Nasenwurzel saßen, daß es fast zum Lachen reizte.

Die Töchter hießen Maka, Beta, Schurotschka, Nina und Kasja.

Jede von ihnen hatte in der Familie eine ihr zugewiesene Rolle. Maka, ein Mädchen mit Fischprofil, genoß den Ruf, einen engelhaften Charakter zu besitzen. «Das ist ganz die Maka: die Einfachheit selbst», sagten die Eltern von ihr, wenn sie bei Spaziergängen und auf Abendgesellschaften im Interesse ihrer jüngeren Schwestern in den Hintergrund trat. (Maka hatte die dreißig schon überschritten.)

Beta galt als klug, trug ein Pincenez und wollte sogar, wie man sagte, früher einmal zur Universität gehen. Sie hielt den Kopf schräg und nach unten geneigt wie ein altes Beipferd und hatte einen Tauchergang, so daß sich bei jedem Schritt ihr ganzer Körper hob und senkte. Neuen Gästen rückte sie streitsüchtig auf den Leib und sagte, daß Frauen besser und ehrlicher seien als Männer, oder bat mit naiver Koketterie: «Sie haben solch eine scharfe Beobachtungsgabe... nun, beschreiben Sie doch meinen Charakter!» Wenn das Gespräch auf eines der klassischen Themen des Hauses kam: «Wer ist größer: Lermontow oder Puschkin?» oder: «Erlaubt die Natur eine Milderung der Sitten?» – so schob man Beta vor wie ein Kampfpferd.

Schurotschkas, der dritten Tochter, Spezialität war es, der Reihe nach mit sämtlichen unverheirateten Ingenieuren Schafskopf zu spielen. Sobald sie erfuhr, daß ihr bisheriger Partner sich ans Heiraten machte, unterdrückte sie Ärger und Enttäuschung und wählte sich einen neuen. Natürlich bestand ihr Spiel aus drolligen Scherzen und kleinen, reizenden Mogeleien, wobei der Partner «widerlich» genannt wurde und man sich mit den Karten auf die Hände schlug.

Nina, der allgemeine Liebling in der Familie, war ein verwöhntes, doch entzückendes Kind. Unter den Schwestern mit ihren massigen Körpern und grobschlächtigen, vulgären Gesichtern schien sie eine Mißgeburt zu sein. Vielleicht konnte allein *Madame* Sinenko zufriedenstellend erklären, woher Ninotschka dieses zarte, zerbrechliche Figürchen hatte, diese fast aristokratischen Hände, das mit Sommersprossen übersäte, schöne, dunkle Gesichtchen, die kleinen rosa Ohren und das feine, üppige, leicht gelockte Haar. In sie setzten die Eltern viel Hoffnung, und deshalb war ihr auch alles erlaubt: sich mit Konfekt vollzuessen, allerliebst zu lispeln und sogar, sich besser zu kleiden als ihre Schwestern.

Kasja, die Jüngste, war vor kurzem vierzehn Jahre alt geworden, doch überragte dieses außergewöhnliche Kind seine Mutter schon um einen ganzen Kopf und übertraf mit seinen üppigen, reliefartigen Formen auch bei weitem die älteren Schwestern. Ihre Figur zog schon lange die unverwandten Blicke der Werksjugend auf sich, welcher es aufgrund der großen Entfernung bis zur nächsten Stadt an weiblicher Gesellschaft ermangelte, und Kasja nahm diese Blicke mit der naiven Schamlosigkeit eines frühreifen Mädchens auf.

Diese Aufteilung der familiären Reize war in der Fabrik bestens bekannt, und ein Spaßvogel meinte einmal, daß, wenn man schon in die Familie Sinenko einheirate, man unbedingt die fünf zusammen zur Frau nehmen müsse. Die Ingenieure und die studentischen Praktikanten betrachteten das Haus Sinenko wie ein Hotel, trieben sich dort von morgens bis in die Nacht herum, aßen viel, tranken noch mehr, doch entgingen sie mit erstaunlicher Geschicklichkeit den Fangnetzen der Ehe.

In dieser Familie empfand man keine besondere Zuneigung zu Bobrow. Andrej Iljitschs Benehmen brüskierte *Madame* Sinenkos Spießbürgergeschmack, der forderte, daß alles auf eine fade und glatte langweilige Linie provinzieller Schicklichkeit gebracht werden mußte. Auf seine beißenden Witze, die er in richtiger Stimmung erzählte, antwortete man mit aufgerissenen Augen, wenn er aber ganze Abende hindurch infolge von Müdigkeit und Gereiztheit schwieg, hegte man den Verdacht, er sei zugeknöpft, stolz und ein stummer Ironiker, oder – oh! das war schlimmer als alles andere! – man verdächtigte ihn sogar, «Geschichten für Zeitungen zu schreiben und auf Typensuche zu sein».

Bobrow spürte diese blinde Feindseligkeit, die sich in einer Vernachlässigung bei Tisch oder in erstauntem Schulterzucken der Mutter der Familie ausdrückte, doch besuchte er die Sinenkos weiterhin. Liebte er Nina? Darauf hätte er selbst keine Antwort geben können. Wenn er drei oder vier Tage hindurch nicht im Hause der Sinenkos verweilte, ließ die Erinnerung an sie sein Herz süß und aufgeregt schlagen in der Brust. Er stellte sich ihr schlankes, graziles Figürchen vor, das Lächeln ihrer verträumten, von Schatten umgebenen Augen und den Geruch ihres Körpers, der ihm aus irgendeinem Grunde den Duft junger klebriger Pappelknospen ins Gedächtnis rief.

Aber er mußte nur drei Abende hintereinander bei den Sinenkos verbringen, und schon fing ihre Gesellschaft ihn zu ermüden an, ihre Phrasen – immer ein und dieselben für die gleichen Fälle –, ihr schablonisierter, unnatürlicher Gesichtsausdruck. Zwischen den fünf «Fräuleins» und den sie «umwerbenden Kavalieren» (Worte des Sinenkoschen Sprachschatzes) hatten sich ein für allemal platte, schalkhafte Beziehungen aufgebaut. Die einen wie die anderen taten, als bildeten sie zwei feindliche Lager. Beständig stahl einer der Kavaliere einem der Fräulein zum Spaß irgendeinen Gegenstand und versicherte, er werde ihn nicht mehr hergeben; die Fräulein schmollten daraufhin, flüsterten untereinander, nannten den Spaßvogel «widerlich» und lachten die ganze Zeit über ein hölzernes, lautes, unangenehmes Lachen. Und das wiederholte sich tagtäglich, heute mit genau denselben Worten und genau denselben Gesten wie gestern. Bobrow kehrte dann von den Sinenkos mit Kopfschmerzen und mit von diesem Provinzgehabe angespannten Nerven nach Hause zurück.

So wechselten in Bobrows Seele Sehnsucht nach Nina, nach dem nervösen Druck ihrer immer heißen Hände und Widerwillen gegen die Langweiligkeit und Manieriertheit ihrer Familie. Es gab Momente, da war er schon beinahe so weit, ihr einen Antrag zu machen, und nichts konnte ihn zurückhalten davon, auch nicht das Bewußtsein, daß sie mit ihrem kokett schlechten Ton und mit ihrer seelischen Hohlheit das Familienleben zur Hölle machen würde, daß er und sie in zwei verschiedenen Sprachen redeten und dachten. Doch letztendlich konnte er sich nie entschließen und schwieg.

Jetzt – während er auf Schepetowka zuritt –

wußte Bobrow schon im vorhinein, was und wie dort gesprochen werden würde in dieser oder jener Situation, und er stellte sich sogar den Ausdruck der einzelnen Gesichter vor. Er wußte, daß, wenn man ihn von der Terrasse aus sähe, unter den immer auf «angenehme Kavaliere» wartenden Fräulein ein langer Streit ausbrechen würde, wer da komme. Bei seinem Nähern würde die, welche richtig geraten hatte, auf der Stelle herumhüpfen, in die Hände klatschen, mit der Zunge schnalzen und übermütig schreien: «Na bitte! Na bitte! Ich hab's erraten, erraten hab' ich's!» Danach würde sie zu Anna Afanasjewna laufen: «Mama, Bobrow kommt, ich hab's als erste erraten!» Und die Mutter würde, während sie träge die Teetassen abtrocknete, sich mit einem Ton an Nina – unbedingt an Nina – wenden, als habe sie etwas Komisches und Unerwartetes mitzuteilen: «Ninotschka, hörst du, Bobrow kommt.» Und danach wiederum würden sie, wenn Andrej Iljitsch einträte, alle zusammen sehr laut und heftig ihrem Erstaunen Ausdruck verleihen.

4

Farwater lief laut schnaubend und an den Zügeln zerrend. Von weitem zeigte sich das Wohnhaus des Schepetowkaer Gutshofs. Durch das dichte Grün des Flieders und der Akazien waren die weißen Wände und das rote Dach gerade noch zu sehen. Am Fuße eines Berges hob sich deutlich ein kleiner, von grünen Ufern umrahmter Teich ab.

Auf der Vortreppe stand eine weibliche Gestalt. In ihr erkannte an der grellgelben Weste, die ihre braune Gesichtsfarbe wunderbar unterstrich, Bobrow schon aus der Ferne Nina und richtete sich sofort auf im Sattel, zog die Zügel an, befreite die längst in den Steigbügeln verschwundenen Zehenspitzen.

«Sind Sie wieder auf ihrem Schatz hergeritten? Ich kann diese häßliche Mißgeburt einfach nicht mehr sehen!» schrie Nina mit der fröhlichen und launischen Stimme eines verwöhnten Kindes von der Treppe herab. Sie hatte schon vor langer Zeit die Gewohnheit angenommen, Bobrow wegen seines Pferdes, an dem er sehr hing, aufzuziehen. Überhaupt wurde im Hause Sinenko immer irgend jemand wegen irgend etwas geneckt.

Bobrow warf dem herbeieilenden Stallburschen, der zur Fabrik gehörte, die Zügel zu, klopfte den angespannten, vom Schweiß dunklen Hals des Pferdes und folgte Nina in das Wohnzimmer. Anna Afanasjewna, die beim Tee saß, tat, als sei sie von Bobrows Besuch aufs äußerste überrascht.

«Aaah! Andrej Iljitsch! Na endlich kommen Sie wieder einmal zu uns!» rief sie in singendem Tonfall.

Und nachdem sie ihm, während er sie grüßte, die Hand förmlich zwischen die Lippen gesteckt hatte, fragte sie mit ihrer lauten näselnden Stimme: «Tee? Milch? Äpfel? Sagen Sie, was Sie wünschen!»

«*Merci,* Anna Afanasjewna!»

«*Merci – oui, ou merci – non?*»

Solche französischen Sätze tauchten immer wieder auf bei der Familie Sinenko. Bobrow wollte nichts.

«Nun, dann gehen Sie auf die Terrasse, dort ist die Jugend wohl bei irgendeinem Pfänderspiel», erlaubte ihm großzügig *Madame* Sinenko.

Als er auf den Balkon hinausging, schrien alle vier Fräulein auf einmal im genau gleichen Ton und auch näselnd wie ihr Mamachen: «Aaah! Andrej Iljitsch! Wie lange haben wir Sie nicht gesehen! Was soll man Ihnen bringen? Tee? Äpfel? Milch? Nichts? Nein, ist das wahr? Vielleicht wollen Sie doch etwas? Nun, dann setzen Sie sich hierher und spielen Sie mit!»

Man spielte «Taler, Taler du mußt wandern», «Meinungen» und noch irgendein Spiel, welches Kasja lispelnd «Töpf'sen s'lagen» nannte. Die Gäste waren drei studentische Praktikanten, die die ganze Zeit über ihre Brust herausdrückten und Posen von Standbildern einnahmen, wobei sie ein Bein vorstreckten und eine Hand in die hintere Gehrocktasche steckten; weiter waren da der Techniker Miller, der sich durch Schönheit, Dummheit und einen wunderbaren Bariton auszeichnete, und noch ein schweigsamer, in Grau gekleideter Herr, der keinerlei Aufmerksamkeit auf sich zog.

Das Spiel wollte nicht in Gang kommen. Die Männer lösten ihre Pfänder mit abfälligem und gelangweiltem Blick ein; die Mädchen verzichteten ganz darauf, tuschelten miteinander und lachten gekünstelt.

Es wurde dunkel. Hinter den Dächern des nahe

gelegenen Dorfes stieg langsam der große, rote Mond auf.

«Kinder, kommt herein!» rief Anna Afanasjewna aus dem Eßzimmer. «Bittet Miller, er möge uns etwas vorsingen!»

Eine Minute später schon waren die Stimmen der Fräulein in den Räumen zu hören.

«Wir hatten einen Spaß», zwitscherten sie um ihre Mutter herum, «wir haben so gelacht, gelacht haben wir...»

Auf dem Balkon blieben nur Nina und Bobrow zurück. Nina saß auf dem Geländer, hatte dabei einen Pfosten mit dem linken Arm umschlungen und schmiegte sich mit unbewußt graziöser Haltung daran. Bobrow ließ sich auf einem niedrigen Gartenbänkchen direkt zu ihren Füßen nieder, und als er von unten in ihr Gesicht blickte, sah er die feinen Züge ihres Halses und des Kinns.

«Nun, erzählen Sie was Interessantes, Andrej Iljitsch!» befahl Nina ungeduldig.

«Ehrlich gesagt, ich weiß nicht, was ich Ihnen erzählen könnte», erwiderte Bobrow. «Es fällt mir sehr schwer, auf Bestellung zu reden. Ich habe ohnehin schon überlegt, ob es nicht irgendeine Gesprächesammlung gibt mit verschiedenen Themen...»

«P-heee! Wie langweilig Sie sind», bemerkte Nina gedehnt. «Sagen Sie, wann haben Sie gute Laune?»

«Sagen Sie mir lieber, weshalb Sie das Schweigen so fürchten. Kaum verebbt das Gespräch, schon geraten Sie ganz außer sich. Ist's denn so schlimm, schweigend miteinander zu sprechen?»

«Wir wollen schweigen miteinander», sang Nina spöttisch.

«Natürlich werden wir schweigen. Schauen Sie: der Himmel ist klar, der Mond rot und zunehmend, auf dem Balkon herrscht Stille... Was wollen Sie mehr?»

«Und dieser blöde Mond an diesem blöden Himmelszelt», deklamierte Nina. «Apropos, haben Sie gehört, daß Sinotschka Markowa den Protopopow heiraten wird? Wirklich, heiratet ihn! Ein seltsamer Mensch ist dieser Protopopow.» Sie zuckte mit den Achseln. «Dreimal hat Sina es ihm ausgeschlagen, aber er hat immer noch nicht nachgegeben und ihr einen vierten Antrag gemacht. Nun geschieht es ihm ganz recht! Sie wird ihn vielleicht ehren, aber lieben – niemals!»

Diese Worte reichten, um in Bobrow die Galle aufsteigen zu lassen. Der begrenzte, kleinbürgerliche Wortschatz der Sinenkos mit Ausdrücken wie: «Sie liebt ihn, aber ehrt ihn nicht», «Sie ehrt ihn, aber liebt ihn nicht» – brachten ihn immer auf. Ihrer Meinung nach wurden mit diesen Worten die kompliziertesten Beziehungen zwischen Mann und Frau erschöpfend dargestellt, so wie für die Beschreibung moralischer, geistiger und physischer Eigenheiten einer beliebigen Person nur zwei Wörter existierten bei ihnen: «brünett» oder «blond».

Und aus dem dunklen Wunsch heraus, seine Wut zu schüren, fragte Bobrow: «Was ist er für ein Mensch, dieser Protopopow?»

«Protopopow?» Nina dachte eine Sekunde

nach. «Er... was soll ich Ihnen sagen ... ist ziemlich groß ... braunhaarig!»

«Und weiter?»

«Was denn noch? Ach ja: er arbeitet im Steueramt...»

«Ist das alles? Aber Nina Grigorjewna, finden Sie für die Charakteristik eines Menschen denn wirklich nichts anderes, als daß er braunhaarig ist und Finanzbeamter! Überlegen Sie doch, wie vielen interessanten, talentierten und intelligenten Menschen wir im Leben begegnen. Sind diese etwa alle nur ‹braunhaarig› und ‹Finanzbeamte›? Schauen Sie doch nur, mit welch neugierigen, hungrigen Augen die Dorfkinder das Leben beobachten und wie treffend ihr Urteil ist. Und Sie, ein geistreiches und feinsinniges Mädchen, gehen an allem gleichgültig vorüber, weil Sie ein Dutzend schablonenhafte Salonphrasen in petto haben! Ich weiß, sobald einer im Gespräch den Mond erwähnt, sagen Sie sofort: ‹Wie dieser blöde Mond› und so weiter. Nehmen wir an, ich würde Ihnen irgendein ungewöhnliches Ereignis erzählen, so weiß ich im voraus, daß Sie bemerken werden: ‹Lebhaft ist der Bericht, allein mir fehlt der Glaube.› Und so ist es mit allem, mit allem... Glauben Sie mir, um Himmels willen, daß alles Urwüchsige und Eigentümliche...»

«Ich bitte Sie, mir keine Moralpredigt zu halten!» äußerte Nina scharf.

Er verstummte und fühlte einen bitteren Geschmack im Mund, und beide saßen sie etwa fünf Minuten still und reglos da. Plötzlich waren aus dem Wohnzimmer klangvolle Akkorde zu hören, und Millers Stimme, leicht zitternd, doch voll tiefer Ausdruckskraft, hob zu singen an:

«Der Zufall nur ließ mich dich finden
Inmitten von lärmendem Tanz,
Von rastloser Welt. Doch umgab dich
Geheimnisumwobener Glanz.»

Bobrows gereizte Stimmung legte sich schnell, und er bereute es jetzt, Nina verletzt zu haben. «Wie konnte ich nur auf den Gedanken kommen, ihrem naiven, frischen, kindlichen Geist eine ursprüngliche Kühnheit abzuverlangen?» dachte er. «Sie ist doch wie ein Vöglein: zwitschert, was ihr gerade durch den Kopf geht, sofort heraus, und wer weiß, vielleicht ist dieses Geplapper sogar wesentlich besser als Gespräche über Emanzipation, über Nietzsche und über die Dekadenten?»

«Nina Grigorjewna, seien Sie mir nicht böse! Ich habe mich gehenlassen und Dummheiten gesagt», bemerkte er halblaut.

Nina, die sich von ihm abgewandt hatte, schwieg und betrachtete den aufgehenden Mond.

Er suchte im Dunkeln ihre herabhängende Hand, drückte sie zärtlich und flüsterte: «Nina Grigorjewna... bitte...»

Nina drehte sich plötzlich ihm zu, beantwortete mit schnellem, nervösem Händedruck den seinen und äußerte mit einem Ton aus Verzeihen und Vorwurf: «Sie Böser! Immer kränken Sie mich... profitieren davon, daß ich Ihnen nicht böse sein kann!»

Und seine plötzlich zitternde Hand von sich

stoßend, die ihre der seinen förmlich entreißend, lief sie über den Balkon und verschwand hinter einer Tür.

«Nun suchen befremdliche Träume mich heim.
Ist's Liebe – ich kann es nicht sagen,
Und doch scheint es Liebe zu sein...»

sang Miller mit leidenschaftlichem und traurigem Ausdruck in der Stimme.

«Und doch scheint es Liebe zu sein», wiederholte Bobrow in erregtem Flüsterton; er mußte tief Luft holen und die Hand an sein wild schlagendes Herz pressen.

«Weshalb nur», dachte Bobrow gerührt, «quäle ich mich mit fruchtlosen Träumen vom unbekannten, erhabenen Glück, wenn hier neben mir ein einfaches, doch großes Glück wartet? Was erhofft man denn noch von einer Frau, der Gattin, wenn in ihr so viel Zärtlichkeit ist, so viel Sanftmut, Eleganz und Aufmerksamkeit? Wir armen, nervösen, kranken Menschen können die Freuden des Lebens nicht empfangen; absichtlich vergiften wir sie mit unserem unstillbaren Verlangen, in jedem Gefühl, in jedem eigenen und fremden Gedanken herumzustochern... Eine stille Nacht, die Nähe eines geliebten Mädchens, liebe, unkomplizierte Worte, für Minuten das Aufflammen von Wut und danach eine unerwartete Zärtlichkeit – Gott! Liegt darin etwa nicht der ganze Zauber der Existenz?»

Aufgeheitert, lebensfroh, fast jubilierend betrat er das Wohnzimmer. Seine und Ninas Augen begegneten sich, und in ihrem langen Blick las er eine zärtliche Antwort auf seine Gedanken. «Sie wird meine Frau sein», dachte Bobrow, und in seiner Seele empfand er ruhige Freude.

Man sprach von Kwaschnin. Anna Afanasjewna, die mit ihrer selbstsicheren Stimme den ganzen Raum füllte, sagte, sie wolle morgen «ihre Mädchen» auch zum Bahnhof bringen.

«Es ist sehr gut möglich, daß Wassilij Terentjewitsch uns einen Besuch abstatten möchte. Jedenfalls hat mir die Nichte des Mannes meiner Cousine, Lisa Belokonskaja, schon vor einem Monat von seiner Reise hierher geschrieben...»

«Das ist wohl jene Belokonskaja, deren Bruder mit einer Tochter des Fürsten Muchowjezkij verheiratet ist?» plazierte Herr Sinenko unterwürfig seine einstudierte Frage.

«Ja, genau die!» Herablassend nickte Anna Afanasjewna ihm zu. «Sie ist auch eine entfernte Verwandte der Stremouchowschen Großmutter, die du kennst. Also, Lisa Belokonskaja schrieb mir, daß sie mit Wassilij Terentjewitsch in einer Gesellschaft verkehre und ihm empfohlen habe, uns zu besuchen, falls er sich jemals entschließen sollte, das Werk zu besichtigen.»

«Sind wir denn in der Lage, ihn zu empfangen, Njussa?» fragte Sinenko besorgt.

«Wie lächerlich, was du da sagst! Wir werden tun, was wir können. Wir können jedenfalls mit nichts einen Eindruck machen auf einen Menschen, der dreihunderttausend Rubel Jahreseinkommen hat.»

«Gott! Dreihunderttausend!» stöhnte Sinenko. «Der Gedanke allein schon ist unvorstellbar!»

«Dreihunderttausend!» seufzte Nina wie ein Echo.

«Dreihunderttausend!» riefen die Mädchen begeistert im Chor.

«Ja, und alles bis auf die allerletzte Kopeke verpraßt er», sagte Anna Afanasjewna. Und dann fügte sie sozusagen als Antwort auf die nicht ausgesprochene Frage ihrer Töchter hinzu: «Ein verheirateter Mann. Nur, heißt es, hat er nicht sehr glücklich geheiratet. Seine Frau ist irgend so eine farblose Person und überhaupt nicht repräsentativ. Ihr könnt sagen, was ihr wollt, aber eine Frau muß das Aushängeschild für die Geschäfte ihres Mannes sein.»

«Dreihunderttausend!» wiederholte Nina noch einmal wie in einem Fieberwahn. «Was man alles machen kann mit so einer Summe Geld!»

Anna Afanasjewna strich ihr mit der Hand über das üppige Haar. «Das wär' ein Mann für dich! Was, Kindchen?»

Diese dreihunderttausend Rubel eines fremden Jahreseinkommens schienen die ganze Gesellschaft elektrisiert zu haben. Mit glänzenden Augen und geröteten Gesichtern erzählte und lauschte man Anekdoten vom Leben der Millionäre, Geschichten von märchenhaften Mittagsmenus, von prächtigen Pferden, von Bällen und epochemachenden, wahnsinnigen Geldausgaben.

Bobrows Herz wurde kalt und zog sich schmerzhaft zusammen. Leise suchte er seine Mütze und ging vorsichtig auf die Freitreppe hinaus. Sein Weggehen hätte übrigens sowieso niemand bemerkt.

Und als er in gestrecktem Trab nach Hause ritt und sich die verträumten, schwärmerischen Augen Ninas vorstellte, während sie fast von Sinnen «Dreihunderttausend!» geflüstert hatte, mußte er sich plötzlich an Swjeschewskijs Anekdote vom Morgen erinnern.

«Diese... kann sich auch verkaufen!» flüsterte er zwischen den krampfhaft zusammengebissenen Zähnen hindurch, während er wie rasend mit der Peitsche auf Farwaters Hals einhieb.

5

Als er sich seiner Wohnung näherte, bemerkte Bobrow Licht in den Fenstern. «Sicher ist während meiner Abwesenheit der Doktor gekommen und liegt jetzt auf dem Sofa, um auf meine Rückkehr zu warten», dachte er, das schäumende Pferd zügelnd. In Bobrows augenblicklicher Verfassung war Doktor Goldberg der einzige Mensch, dessen Gegenwart er ohne krankhafte Gereiztheit ertragen konnte.

Er mochte diesen unbekümmerten, sanftmütigen Juden sehr wegen seines vielseitigen Wissens, wegen der jugendlichen Lebendigkeit seines Charakters und wegen seiner Leidenschaft, mit gutmütigem Ton ablenkende Streitgespräche zu führen. Welche Frage Bobrow auch immer bewegte, Doktor Goldberg kam ihm mit stets gleich großem Interesse an der Sache und mit nie versiegendem Eifer entgegen. Und obwohl in ihren endlosen Debatten bisher nur Gegensätze aufgetaucht waren, brauchten sie einander doch und sahen sich fast täglich.

Der Doktor lag tatsächlich auf dem Sofa, die Beine auf der Rückenlehne, und las eine Broschüre, die er dicht vor seine kurzsichtigen Augen hielt. Mit einem schnellen Blick auf den Buchrücken erkannte Bobrow das «Lehrbuch der Metallurgie» von Möbius und lächelte. Er kannte des Doktors Angewohnheit, mit gleicher Begeisterung und unbedingt von der Mitte heraus alles zu lesen, was ihm in die Hände fiel.

«Ich habe auch ohne Sie Tee zubereiten lassen», sagte der Doktor, nachdem er das Buch zur Seite geworfen hatte, mit einem Blick über die Brillenränder auf Bobrow. «Wie geht's, wie steht's, mein Herr Andrej Iljitsch? Nanu, wie böse Sie aussehn! Was denn? Wieder so eine lustige Melancholie?»

«Ach Doktor, es ist schlimm, in unserer Welt zu leben», sagte Bobrow müde.

«Warum denn, mein Täubchen?»

«Nur so... überhaupt... alles ist schlimm. Nun, Doktor, was macht Ihre Klinik?»

«Meine Klinik... ganz gut... ist am Leben. Heute gab es einen sehr interessanten chirurgischen Fall. O Gott, lustig und erschütternd in einem. Stellen Sie sich vor, kommt zur Morgenvisite ein Bursche von den Massalsker Maurern. Diese Kerle aus Massalsk sind, wen man sich auch ansieht, alle ohne Auswahl Hünen. ‹Was hast du?› frage ich. ‹Ja also, Herr Doktor›, sagt er auf ukrainisch, ‹Brot hab' ich geschnitten fürs Artel[1]

[1] Arbeitergenossenschaft im zaristischen Rußland.

und den Finger 'n bißchen beschädigt, nun hört das Blut nicht auf.› Ich habe mir seine Hand angeschaut: ‹Soso, ein Kratzerchen, nichts Schlimmes›, aber etwas eiterte es; ich sagte dem Feldscher, er solle dem Burschen ein Pflaster auflegen. Nur, seh' ich, geht mein Bürschchen nicht fort. ‹Nun, was brauchst du noch? Die Hand hat man dir verklebt, also geh!› – ‹Das stimmt›, sagt er, ‹hat man verklebt, Gott geb dir Gesundheit, aber da ist noch was, also ... der Schädel brummt mir, und da dacht' ich, vielleicht krieg' ich ja auch gleich was für den Schädel.› – ‹Was ist denn mit deinem Schädel? Wahrscheinlich hat jemand etwas draufgehaun, stimmt's?› Da hat der Bursche wirklich gestrahlt, hat laut gelacht. ‹Genau so›, sagt er, ‹das ist's. Neulich da, beim Erlöserfest› (das heißt also, vor drei Tagen!) ‹sind wir mit dem Artel rumgezogen, haben Wein getrunken, anderthalb Eimer, naja, die Kumpels hab'n dann zu ulken angefangen unter sich ... Nun ja, ich auch halt. Und hernach – merkt's denn einer im Kampf? – hat mir einer eins über die Rübe gegeben mit dem Meißel ... ihn beschädigt, wohl ... Anfangs war gar nichts, kein Weh, aber jetzt brummt er, der Schädel.› Ich begann die ‹Rübe› zu untersuchen, und – was denken Sie? – ich war direkt entsetzt! Der Schädel war durchbrochen, hatte ein fünfkopekenstückgroßes Loch, und Knochensplitter waren bis ins Hirn gedrungen ... Jetzt liegt er bewußtlos im Krankenhaus. Erstaunlich, sage ich Ihnen, ist dieses Völkchen: Kinder und Helden zugleich. Ja, bei Gott, ich denke allen Ernstes, daß nur der duldsame russische Muschik so eine Schädelreparatur aushalten kann. Jeder andere hätte auf der Stelle seinen Geist ausgehaucht. Und dann, welch naive Gutgläubigkeit: ‹Merkt's denn einer im Kampf?› Weiß der Teufel, was das soll!»

Bobrow ging im Zimmer auf und ab, ließ die Peitsche gegen den Schaft seiner hohen Stiefel knallen und hörte dem Doktor nur zerstreut zu. Die Bitterkeit, welche sich bereits bei den Sinenkos in ihm ausgebreitet hatte, war noch immer nicht gewichen.

Der Doktor schwieg eine Zeitlang, und als er sah, daß es Bobrow nicht nach einer Unterhaltung war, sagte er mitfühlend: «Wissen Sie was, Andrej Iljitsch? Versuchen wir doch ein bißchen zu schlafen, und nehmen wir ein, zwei Löffelchen Brom[1]! In Ihrer Verfassung tut es gut, und schlecht ist's auf keinen Fall...»

Sie legten sich beide in ein Zimmer: Bobrow in sein Bett, der Doktor auf das Sofa. Doch weder der eine noch der andere konnte einschlafen. Goldberg hörte lange in der Dunkelheit, wie Bobrow sich hin und her wälzte, seufzend, und so fing schließlich er als erster an zu sprechen: «Nun, was haben Sie denn, mein Täubchen? Was grämt Sie so? Sagen Sie's doch besser freiheraus, was sich festgesetzt hat in Ihnen! Davon wird's einem leichter. Ich bin ja wohl kein fremder Mensch für Sie und frage nicht aus purer Neugierde.»

Diese einfachen Worte rührten Bobrow. Obwohl er und der Doktor fast freundschaftliche Be-

---

[1] Brompräparate wirken dämpfend auf die Erregbarkeit des Nervensystems.

ziehungen unterhielten, hatte keiner von ihnen dies auch nur mit einem Sterbenswörtchen betont: beide waren sie feinfühlige Menschen und fürchteten brennende Scham bei gegenseitigem Geständnis. Der Doktor hatte als erster sein Herz geöffnet. Die nächtliche Dunkelheit und das Mitleid mit Andrej Iljitsch hatten ihm dabei geholfen.

«Alles fällt mir schwer, ist mir zuwider, Ossip Ossipowitsch», entgegnete Bobrow leise. «Was mich hauptsächlich anekelt, ist, daß ich in diesem Werk arbeite und viel Geld dafür erhalte, diese Fabriktätigkeit mir aber zuwider ist, und nochmals zuwider! Ich halte mich für einen ehrlichen Menschen, und deshalb frage ich mich selbst ganz direkt: ‹Was machst du? Wem bringst du Nutzen?› Ich fange an, mir über diese Fragen klarzuwerden, und sehe, daß dank meiner Arbeit Hunderte von französischen Rentiers mit ihren Krämerseelen und ein Dutzend geschickter, abgefeimter russischer Schurken sich mit der Zeit Millionen in die Tasche scheffeln werden. Und einen anderen Zweck, einen anderen Sinn gibt es nicht in dieser Arbeit, die zu erlernen ich die besten Jahre meines Lebens geopfert habe!»

«Aber das ist doch nun wirklich lachhaft, Andrej Iljitsch», erwiderte der Doktor, der sein Gesicht im Dunkeln Bobrow zugewandt hatte. «Sie verlangen, daß irgendwelche Bourgeois von humanistischen Gedanken durchdrungen sein sollen. Solange die Welt steht, Täubchen, wird alles durch den Magen regiert, es war nie anders und wird nie anders sein. Aber der Kern der Sache ist, daß Sie auf die Bourgeois pfeifen können, denn

Sie stehen über ihnen. Haben Sie etwa nicht genug Mannesstolz, um das ‹Rad des Fortschritts› – um es in der Sprache ihrer Leitartikel zu sagen – voranzutreiben? Zum Teufel! Die Aktien der Dampfschiffahrtsgesellschaften werfen kolossale Dividenden ab, aber hindert das Fulton[1] etwa daran, sich für den Wohltäter der Menschheit zu halten?»

«Ach Doktor, Doktor!» Verärgert runzelte Bobrow die Stirn. «Wie mir scheint, waren Sie heute zwar nicht bei den Sinenkos, doch über Ihre Lippen kommen plötzlich deren Lebensweisheiten. Gott sei Dank muß ich nicht viel entgegnen, um Ihnen Ihre geliebte Theorie gleich zu zerschlagen.»

«Was ist denn das für eine Theorie? Verzeihung... ich erinnere mich an keine Theorie... ehrlich, Täubchen, ich erinnere mich nicht... muß etwas vergessen haben...»

«Vergessen? Und wer hat hier, genau auf diesem Sofa, mit Schaum vor dem Mund geschrien, daß wir, die Ingenieure und Erfinder, mit unseren Entdeckungen den Pulsschlag des öffentlichen Lebens bis zu fiebertaumelnder Geschwindigkeit steigern? Wer hat dieses Leben mit dem Zustand eines Tieres verglichen, das man in ein mit Sauerstoff gefülltes Behältnis sperrt? Oh, ich erinnere mich sehr gut an die entsetzliche Liste der Kinder des zwanzigsten Jahrhunderts, der Neurastheniker, Geisteskranken, Überarbeiteten und Selbst-

[1] Der Amerikaner Robert Fulton (1765–1815) baute das erste Dampfschiff, das 1807 auf dem Hudson fuhr, 1814 das erste mit Dampf betriebene Kriegsschiff.

mörder, welche Sie diesen selben Wohltätern der Menschheit ins Gesicht geschleudert haben. Telegraph, Telephon, hundertundzwanzig Stundenwerst schnelle Züge, sagten Sie, haben die Entfernung auf ein Minimum reduziert, sie gegenstandslos gemacht... Die Zeit ist derart teuer geworden, daß man bald beginnen wird, die Nacht zum Tag zu machen, denn schon jetzt ist der Bedarf nach solch einem doppelten Leben spürbar. Ein Geschäft, das früher Monate in Anspruch nahm, ist heute in fünf Minuten beendet. Doch schon reicht auch diese teuflische Geschwindigkeit nicht mehr unserer Ungeduld... Bald werden wir einander über Kabel sehen über Hunderte und Tausende Werst hinweg! Und es ist erst fünfzig Jahre her, da unsere Vorfahren, wenn sie aus dem Dorf in die Gouvernementsstadt fuhren, zunächst ohne jede Eile einen Gottesdienst abhielten und mit Vorräten auf den Weg gingen, die für eine Polarexpedition reichen würden... Und wir stürzen Hals über Kopf vorwärts, immer weiter, betäubt vom Donnern und Krachen ungeheuerlicher Maschinen, übergeschnappt durch dieses rasende Galoppieren, mit angespannten Nerven, pervertierten Neigungen und Tausenden neuer Krankheiten... Erinnern Sie sich, Doktor? Alles das sind Ihre eigenen Worte, Sie Verfechter des wohltätigen Fortschritts!»

Der Doktor, der schon mehrmals vergeblich zu widersprechen versucht hatte, nutzte eine kurze Atempause Bobrows: «Nun ja, nun ja, mein Täubchen, all das habe ich gesagt», bemerkte er hastig, jedoch nicht mit ganz sicherer Stimme.

«Das behaupte ich auch jetzt noch. Aber, Täubchen, man muß doch sich anpassen sozusagen. Wie sollte man sonst leben können? Jeder Beruf hat seine heiklen Punkte. Nehmen wir doch uns zum Beispiel, die Ärzte... Denken Sie, bei uns ist das alles so klar und richtig wie in irgendwelchen schlauen Büchern? Ja, außer der Chirurgie wissen wir doch wirklich nichts mit Bestimmtheit. Wir erfinden neue Heilmittel und -methoden, doch vergessen wir dabei vollkommen, daß unter tausend Organismen in der Zusammensetzung ihres Blutes, in ihrer Herzfunktion, in ihren Bedingungen für die Vererbung, oder weiß der Teufel worin noch, nicht zwei sich gleichen, und sei es auch noch so wenig! Immer weiter haben wir uns von dem einzig wahren therapeutischen Weg entfernt: von der Medizin der Tiere und der weisen Frauen; wir haben die Arzneibücher überflutet mit den verschiedensten Kokainen, Atropinen, Phenazetinen, haben aber unberücksichtigt gelassen, daß, wenn man einem einfachen Menschen Wasser gibt und ihm einredet, dies sei ein starkes Mittel – daß dieser einfache Mensch davon gesund wird. Indessen hilft in neunzig von hundert Fällen in der Praxis eben nur das Vertrauen, welches wir als Arzt mit einer priesterlichen Sicherheit einzuflößen verstehen. Glauben Sie mir das? Ein guter Arzt und zugleich gescheiter, ehrlicher Mensch hat mir einmal offen gesagt, daß Jäger ihre Hunde wesentlich vernünftiger behandeln als wir die Menschen. Sie haben nur ein Arzneimittel – die Schwefelblume –, die schadet nie und hilft doch manches Mal... Nicht wahr, mein Täubchen, ein nettes Bild? Und trotzdem tun auch wir, was wir können... Es geht nicht anders, mein Teurer: das Leben erfordert Kompromisse... Auch wenn es manchmal mit der Miene eines allwissenden Auguren ist, so mildert man doch die Leiden seines Nächsten. Und damit soll's genug sein!»

«Ist ja alles ganz schön und gut mit den Kompromissen», antwortete düster Bobrow, «und dennoch haben Sie dem Massalsker Maurer heute die Knochensplitter aus dem Schädel geholt...»

«Ach, mein Täubchen, was bedeutet denn ein reparierter Schädel. Überlegen Sie nur, wie viele Münder Sie sattmachen und wie vielen Händen Sie Arbeit geben. Schon bei Ilowajskij[1] steht über die Geschichte geschrieben, daß ‹Zar Boris, der das Wohlwollen des Volkes erwerben wollte, in den Hungerjahren öffentliche Gebäude errichten ließ›. So etwa... Berücksichtigen Sie doch auch, welchen kolossalen Nutzen Sie...»

Die letzten Worte schleuderten Bobrow förmlich im Bett hoch, er setzte sich auf und ließ die nackten Beine von der Bettkante herabbaumeln.

«Nutzen?!» stieß er wie rasend hervor. «Sie erzählen mir was vom Nutzen? Wenn Sie also schon Bilanz ziehen über Nutzen und Schaden, dann will ich Ihnen doch in diesem Falle eine kleine Lektion in Statistik erteilen.» Und mit gemessener, schneidender Stimme, als spräche er von einem Katheder herab, begann er: «Es ist längst be-

---

[1] Dimitrij Iwanowitsch Ilowajskij (1832–1920). Verfasser von Schulbüchern zur allgemeinen und zur russischen Geschichte.

kannt, daß die Arbeit in den Gruben und Schächten, in den metallverarbeitenden Betrieben und riesigen Fabriken das Leben eines Arbeiters etwa um ein volles Viertel verkürzt. Ich will gar nicht erst von Unfällen sprechen oder von Arbeit, die die Kräfte bei weitem übersteigt. Sie als Arzt wissen wesentlich besser als ich, wieviel Prozent noch dazukommen wegen Syphilis, Alkoholismus und wegen jener ungeheuerlichen Zustände, in denen die Arbeiter in diesen verfluchten Baracken und Wohnbunkern dahinvegetieren... Halt, Doktor, ehe Sie widersprechen, überlegen Sie: Haben Sie viele Arbeiter in den Fabriken gesehen, die älter als vierzig, fünfundvierzig Jahre sind? Ich bin, ehrlich gesagt, keinem begegnet. Anders ausgedrückt: Das bedeutet, daß ein Arbeiter seinem Unternehmer drei Monate seines Lebens schenkt pro Jahr, eine Woche pro Monat oder kurz: sechs Stunden pro Tag... Hören Sie weiter jetzt... Bei uns werden mit den sechs Hochöfen bis zu dreißigtausend Menschen beschäftigt sein – Zar Boris sind solche Zahlen sicher nicht einmal im Traume erschienen! Dreißigtausend Menschen, die in vierundzwanzig Stunden einhundertachtzigtausend Stunden ihres eigenen Lebens sozusagen verfeuern, das sind siebeneinhalbtausend Tage oder letztendlich wie viele Jahre?»

«Ungefähr zwanzig Jahre», half ihm der Doktor nach kurzem Schweigen weiter.

«Ungefähr zwanzig Jahre rund um die Uhr!» schrie Bobrow. «Zwei volle Tage Arbeit verschlingen einen ganzen Menschen. Zum Teufel! Erinnern Sie sich an die Bibel, wo irgendwelche

Assyrier oder Moabiter ihren Göttern Menschenopfer darbrachten? Aber diese Herren aus Kupfer, Moloch und Dagon, wären doch rot geworden vor Scham und Kränkung bei solchen Zahlen, wie ich sie eben angeführt habe...»

Diese eigenwillige mathematische Gleichung war Bobrow gerade erst in den Sinn gekommen (wie viele sehr sensible Menschen fand auch er neue Gedanken nur im Gespräch). Dennoch waren sowohl er selbst als auch Goldberg von der Originalität der Berechnung beeindruckt.

«Teufel aber auch, Sie haben mich erschüttert», antwortete vom Sofa her der Doktor. «Selbst wenn die Zahlen vielleicht nicht ganz exakt sind...»

«Und ist Ihnen bekannt», fuhr Bobrow mit noch größerer Heftigkeit fort, «ist Ihnen eine andere Statistik bekannt, mit deren Hilfe Sie teuflisch genau errechnen können, wie viele Menschen jeder Schritt ihres verfluchten Kampfwagens nach vorn kostet, jede Erfindung irgendeiner nichtsnutzigen Worfel- oder Sämaschine oder einer Schienenwalze? Da kann man nichts sagen; gut ist ihre Zivilisation, wenn man ihre Früchte in Zahlen mißt, bei denen als Eins eine eiserne Maschine steht und als nachfolgende Nullen eine ganze Reihe Menschenleben!»

«Aber hören Sie doch, mein Täubchen», entgegnete der Doktor, den Bobrows Leidenschaftlichkeit ganz aus dem Konzept gebracht hatte, «ist es dann etwa Ihrer Meinung nach besser, zu einem urgeschichtlichen Zustand der Arbeit zurückzukehren? Weshalb nennen Sie nur alle Schattenseiten? Es gibt doch bei uns trotz Ihrer Mathematik auch Schulen neben der Fabrik und Kirchen und gute Krankenhäuser und für die Arbeiter günstige Kreditinstitute...»

Bobrow sprang endgültig vom Bett auf und begann, barfüßig durchs Zimmer zu laufen.

«Ihre Klinik wie die Schule... ist doch alles Unsinn! Reines Kinderspielzeug für solche Humanisten wie Sie – ein Zugeständnis an die öffentliche Meinung... Wenn Sie wollen, sage ich Ihnen, wie ich das sehe... Wissen Sie, was ein Finish ist?»

«Finish? Das hat doch, glaube ich, was mit Pferden zu tun? Etwas mit dem Rennen?»

«Ja, mit dem Rennen. Finish werden die letzten hundert Saschen vor dem Ziel genannt. Das Pferd muß sie mit größtmöglicher Geschwindigkeit zurücklegen – hinter dem Zielpfosten kann es ruhig krepieren. Das Finish ist die vollkommene, die maximale Anspannung aller Kräfte, und um das Finish aus dem Pferd herauszupressen, bearbeitet man es bis aufs Blut mit der Peitsche... Und so auch wir hier. Und wenn das Finish herausgepreßt wurde aus dem Gaul und er mit gebrochenen Beinen und kaputtem Rückgrat gestürzt ist – zum Teufel damit, er taugt halt zu nichts mehr! Dann trösten sie mal den beim Finish gestürzten Gaul mit ihren Schulen und Krankenhäusern... Haben Sie jemals die Arbeit in einer Gießerei oder in einem Walzwerk gesehen, Doktor? Wenn ja, dann müssen Sie wissen, daß sie höllisch starke Nerven erfordert, stählerne Muskeln und die Geschicklichkeit eines Zirkusartisten... Sie müssen wissen, daß jeder Meister mehrmals am Tag dem Tod nur dank einer erstaunlichen Geistesgegenwart entkommt... Und wollen Sie wissen, wieviel ein Arbeiter für diese Tätigkeit an Lohn erhält?»

«Und trotzdem steht die Fabrik und ist dieser Mann mit Arbeit versorgt», sagte Goldberg dickköpfig.

«Doktor, reden Sie doch nicht so naives Zeug!» rief Bobrow, der sich auf die Fensterbank setzte. «Mehr als je zuvor hängt der Arbeiter heute von der Nachfrage auf dem Markt ab, von Börsenspekulationen, von verschiedenen Intrigen hinter den Kulissen. Jedes große Unternehmen zählt, bevor es in Betrieb genommen wird, drei oder vier Patrons, die daran zugrunde gegangen sind. Ist Ihnen bekannt, wie unsere Gesellschaft entstanden ist? Sie wurde mit Eigenkapital von einer kleinen Gruppe von Kapitalisten gegründet. Sie sollte zunächst in kleinem Ausmaß gebaut werden. Aber so schnell hatten sich die Unternehmer nicht umgeschaut, da hatte schon eine ganze Bande von Ingenieuren, Direktoren und Auftragnehmern das Kapital verschleudert. Riesige Bauten waren errichtet worden, die sich später als ungeeignet herausstellten... Große Gebäude wurden, wie man bei uns sagt, ‹zu Kleinholz verwandelt›, das heißt, sie wurden mit Dynamit gesprengt. Und erst als das Unternehmen schließlich zu zehn Kopeken für jeden investierten Rubel verkauft wurde, stellte sich heraus, daß dieses ganze Gesindel nach einem zuvor ausgedachten System gehandelt und einen bestimmten Lohn für seine gemeine Vorgehensweise erhalten hatte von einer anderen, reicheren und geschickteren Gesellschaft. Jetzt wird die Sache wesentlich größer aufgezogen, aber ich weiß sehr wohl, daß beim Bankrott der ersten Gesellschafter achthundert Arbeiter zwei Monate lang keinen Lohn erhielten. Da haben Sie Ihre gesicherten Löhne! Die Aktien müssen bloß fallen an der Börse, und schon schlägt sich das auf den Verdienst nieder. Und Ihnen dürfte wohl bekannt sein, denke ich, wie man Aktien an der Börse steigen oder fallen läßt? Dafür muß ich nur nach Petersburg fahren und einem Makler zuflüstern, daß ich tausend Aktien zu je dreihundert Rubeln verkaufen will, ja, ‹und um Himmels willen, daß das bloß unter uns bleibt, lieber zahle ich Ihnen eine gute Courtage, aber schweigen Sie ...›. Danach flüstere ich dieses Geheimnis noch einem zweiten und dritten Makler ins Ohr, und auf der Stelle fallen die Aktien um mehrere Dutzend Rubel. Und je größer das Geheimnis ist, um so schneller und sicherer fallen die Aktien ... Ein gutes Gesichertsein ist das!»

Mit einer kraftvollen Handbewegung stieß Bobrow das Fenster auf. Kalte Luft strömte ins Zimmer.

«Schauen Sie, Doktor, schauen Sie ... hier!» schrie Andrej Iljitsch und zeigte mit dem Finger in Richtung Fabrik.

Goldberg stützte sich auf einen Ellbogen und richtete seine Augen auf die nächtliche Schwärze. Über dem ganzen riesigen, sich bis in die Ferne erstreckenden Raum leuchteten rot unzählig viele verstreute Haufen glühenden Kalksteins, auf dessen Oberfläche immer wieder blaue und grüne Schwefelflammen aufloderten... Dies war das Feuer der Kalksteinöfen[1]. Über der Fabrik lag groß und rot vibrierender Feuerschein. Vor diesem blutigen Hintergrund zeichneten sich klar und schlank die dunklen Spitzen der hohen Schlote ab, während ihre unteren Teile in grauem, von der Erde aufsteigendem Nebel verschwammen. Die weit aufgerissenen Rachen dieser Riesen spien ununterbrochen dichte Rauchschwaden aus, die sich zu einer kompakten, chaotischen, langsam nach Osten kriechenden Wolke vereinten, welche bald weiß war wie Wattebäusche, bald schmutziggrau, dann wieder gelblich wie verrostetes Eisen. Über den schmalen, dünnen Rauchabzügen flimmerten und zuckten grelle Bündel brennenden Gases und gaben diesen Abzugsrohren das Aussehen von Riesenfackeln. Von Zeit zu Zeit senkte sich nach einem schrillen Pfeifen des Signalhammers der Verschlußkegel eines Hochofens, und aus seiner Öffnung entriß sich ein richtiger Wirbelsturm aus Flammen und Ruß mit einem Grollen wie entferntes Donnern gen Himmel. Dann trat für einige Sekunden die ganze Fabrik scharf und drohend aus der Finsternis heraus, und die schwarzen, eng aneinandergereihten, runden Cowper-Apparate schienen wie Türme eines legendenhaften eisernen Schlosses. Die Feuer der

---

[1] Kalksteinöfen werden wie folgt gebaut: Ein menschengroßer Hügel aus Kalkstein wird aufgeschichtet und mit Holz oder Steinkohle angezündet. Dieser Hügel glüht ungefähr eine Woche, bis der Stein zu ungelöschtem Kalk geworden ist. (Anm. d. Autors)

Koksöfen bildeten lange, gerade Reihen. Manchmal flammte plötzlich einer von ihnen auf und flackerte wie ein riesiges rotes Auge. Die elektrischen Lampen mischten ihr totes bläuliches Licht unter den purpurnen Schein des glühenden Eisens... Das nie verstummende Klirren und Poltern des Eisens kam von dort herüber.

Im Widerschein dieser Fabrikfeuer wirkte Bobrows Gesicht in der Dunkelheit unheilvoll, kupfern, in seinen Augen leuchteten grellrote Lichtflecken, das zerzauste Haar hing ihm wirr in die Stirn. Und seine Stimme hatte einen schneidenden, bösen Klang.

«Das ist er: der Moloch, der warmes, menschliches Blut fordert!» schrie Bobrow und streckte dabei seine feingliedrige Hand aus dem Fenster. «Oh, natürlich, das hier ist Fortschritt, Arbeit der Maschinen, Erfolg der Kultur... Aber überlegen Sie nur, um Gottes willen: zwanzig Jahre! Zwanzig Jahre eines menschlichen Lebens innerhalb von vierundzwanzig Stunden!... Ich schwöre Ihnen: es gibt Momente, da halte ich mich für einen Mörder!»

«Herr im Himmel! Er ist ja verrückt», dachte der Doktor, dem ein Schauder über den Rücken lief, und begann Bobrow zu beruhigen.

«Mein Täubchen, Andrej Iljitsch, nun hören Sie schon auf, mein Lieber, weshalb denn sich die Laune verderben lassen wegen irgendwelchem Unsinn. Sehen Sie, das Fenster steht sperrangelweit offen, und draußen ist es feucht... Legen Sie sich hin und nehmen Sie ein Löffelchen Brom!»

«Ein Wahnsinniger, ein ganz und gar Wahnsinniger», dachte er, von Mitleid und Furcht zugleich gepackt.

Bobrow widersetzte sich nur schwach; sein Gefühlsausbruch war vorüber und hatte ihn entkräftet. Und als er sich ins Bett legte, brach er plötzlich in hysterisches Schluchzen aus. Lange saß der Doktor neben ihm, strich ihm wie einem Kind über den Kopf und sprach mit den erstbesten Worten, die ihm einfielen, zärtlich und beruhigend auf Bobrow ein.

6

Anderntags fand auf der Bahnstation Iwankowo der feierliche Empfang Wassilij Terentjewitsch Kwaschnins statt. Bis elf Uhr hatte sich dort schon die gesamte Fabrikdirektion eingefunden. Offensichtlich war niemand ruhig. Der Direktor, Sergej Walerjanowitsch Schelkownikow, trank ein Glas Mineralwasser nach dem anderen und zog alle Augenblicke seine Uhr hervor, die er, ohne richtig auf das Zifferblatt geschaut zu haben, sofort wieder mit einer mechanischen Bewegung in die Tasche zurücksteckte. Einzig diese zerstreute Geste verriet seine Unruhe. Sein Gesicht dagegen – das schöne, gepflegte, selbstsichere Gesicht eines Mannes von Welt – blieb unbeweglich. Nur ganz wenige wußten, daß Schelkownikow bloß offiziell, auf dem Papier sozusagen, als Baudirektor fungierte. In Wirklichkeit schaltete und waltete über allem der belgische Ingenieur Andréa, halb Pole, halb Schwede von der Nationalität her, dessen Rolle in der Fabrik die nicht Eingeweihten einfach nicht verstehen konnten. Die Büroräume der beiden Direktoren lagen nebeneinander und waren durch eine Tür verbunden. Schelkownikow wagte es nicht, eine einzige Anordnung zu Papier zu bringen, ohne davor nach dem vereinbarten Zeichen gesucht zu haben, das Andréa mit Bleistift irgendwo in einem Eckchen des Bogens gemacht hatte. In dringenden Fällen, wenn es keine Möglichkeit zu einer vorhergehenden Beratung gab, setzte Schelkownikow eine sorgenvolle Miene auf und sagte dem Bittsteller in nachlässigem Ton: «Verzeihen Sie ... ich kann leider nicht eine einzige Minute erübrigen für Sie ... ich ertrinke in Arbeit. Seien Sie so gut und erklären Sie Ihre Angelegenheit Herrn Andréa; er wird mir die Sache dann in einer gesonderten Notiz vorlegen.»

Unermeßlich waren die Verdienste, welche Andréa der Unternehmensleitung erwiesen hatte. Seinem Kopf allein war die Idee des genialen, betrügerischen Plans entsprungen, die erste Unternehmergruppe in den Ruin zu stürzen, und es war auch seine sichere, allerdings unsichtbare Hand gewesen, welche die Intrige bis zu ihrem Ende durchgeführt hatte. Seine Projekte, die sich durch erstaunliche Einfachheit und Stimmigkeit auszeichneten, galten zudem als der letzte Schrei im Hüttenwesen. Er beherrschte alle europäischen Sprachen und verfügte – was selten vorkam bei Ingenieuren –, außer über Fachkenntnisse, über ein breites Wissen.

Unter allen, die sich auf dem Bahnhof versammelt hatten, war er mit seiner schwindsüchtigen Figur und dem Gesicht eines alten Affen der einzige Mensch, der seine gewöhnliche Unerschütterlichkeit bewahrte. Er kam später als alle anderen, und jetzt ging er, seine Hände bis zu den Ellbogen in den Taschen der weiten, schlaff an ihm hängenden Hose vergraben und auf seiner ewigen Zigarre herumbeißend, langsam auf dem Bahnsteig auf und ab. Seine hellen Augen, hinter denen man den großen Geist des Wissenschaftlers und den festen Willen des Abenteurers spürte, schauten wie immer unbeweglich und gleichmütig unter den geschwollenen, müden Lidern hervor.

Über die Ankunft der Familie Sinenko wunderte sich niemand. Aus irgendeinem Grunde hatten sich längst alle daran gewöhnt, sie als festen Bestandteil des Fabriklebens zu betrachten. Die Mädchen brachten ihre gezwungene Heiterkeit und ihr unnatürliches Gelächter in die düstere Bahnhofshalle, wo es kalt und langweilig war. Die vom langen Warten erschöpften jüngeren Ingenieure scharten sich um sie. Und die Schwestern, die sofort in ihre übliche Verteidigungsstellung gingen, streuten nach links und rechts ihre lieblichen, doch alle längst anödenden naiven Bemerkungen aus. Mitten unter ihren rastlosen Töchtern erwies sich die kleine, bewegliche, unruhige Anna Afanasjewna als unermüdliche Glucke.

Bobrow, der müde, fast krank war nach dem gestrigen Gefühlsausbruch, saß allein in einer

Ecke der Bahnhofshalle und rauchte sehr viel. Während die Familie Sinenko hereinkam und mit lautem Geplapper um den runden Tisch Platz nahm, empfand Andrej Iljitsch zwei Dinge ganz vage: einerseits schämte er sich für das, wie ihm schien, taktlose Kommen dieser Familie, spürte er niederdrückende, brennende *Scham für einen anderen;* andererseits freute er sich, Nina zu sehen, die mit ihren von der schnellen Fahrt geröteten Wangen, mit ihren lebhaften, strahlenden Augen und mit der sehr adretten Kleidung – so wie das immer ist – wesentlich schöner war, als seine Vorstellungskraft es sich ausgemalt hatte. In seiner kranken, überreizten Seele entbrannte plötzlich ein leidenschaftlicher Wunsch nach zarter, duftender Mädchenliebe, ein Dürsten nach alltäglicher, beruhigender weiblicher Zärtlichkeit.

Er suchte nach einer Gelegenheit, sich Nina zu nähern, aber sie war die ganze Zeit in ein Geplauder mit zwei Metallurgiestudenten vertieft, welche im Versuch, sie zum Lachen zu bringen, wetteiferten. Und sie lachte auch, mit ihren kleinen weißen Zähnen blinkend, und schien koketter und lustiger als je zuvor. Dennoch traf sich ihr Blick zwei- oder dreimal mit dem Bobrows, und er glaubte in ihren leicht hochgezogenen Augenbrauen eine stumme, aber nicht feindselige Frage zu lesen.

Auf dem Bahnsteig ertönte ein lange anhaltendes Signal, welches die Ausfahrt des Zuges aus der nächstgelegenen Bahnstation ankündigte. Unter den Ingenieuren kam Verwirrung auf. Aus seiner Ecke heraus beobachtete Andrej Iljitsch mit einem spöttischen Lächeln auf den Lippen, wie ein und derselbe ängstliche Gedanke augenblicklich diese gut zwanzig Personen erfaßte, wie ihre Gesichter plötzlich ernst und besorgt aussahen, wie ihre Hände mit unwillkürlicher, schneller Geste über Rockknöpfe, über Krawatten und Mützen fuhren und wie alle Augen in Richtung des Signals blickten. Bald verblieb niemand mehr in der Halle.

Andrej Iljitsch ging auf den Bahnsteig hinaus. Die Fräulein waren von den Männern, die sie hofiert hatten, alleingelassen worden und drängten sich nun hilflos bei der Tür um Anna Afanasjewna. Auf Bobrows durchdringenden, hartnäkkigen Blick hin wandte Nina sich um, und als spüre sie seinen Wunsch, mit ihr unter vier Augen zu sprechen, ging sie ihm entgegen.

«Guten Tag. Weshalb sind Sie denn so blaß heute? Sind Sie krank?» fragte sie, während sie ihm fest und weich die Hand gab und ihm mit zärtlichem Ernst in die Augen schaute. «Warum sind Sie gestern so früh fortgegangen und haben sich nicht einmal verabschieden wollen? Hat Sie etwas verärgert?»

«Ja und nein», antwortete Bobrow lächelnd. «Nein, denn ich habe ja keinerlei Recht, mich zu ärgern.»

«Nehmen wir an, jeder Mensch hätte ein Recht dazu. Besonders, wenn er weiß, daß man seine Meinung schätzt. Warum dann – bitte?»

«Weil... Sehen Sie, Nina Grigorjewna», sagte Bobrow, der unvermittelt Mut in sich aufkommen spürte. «Gestern, als ich mit Ihnen auf dem Balkon saß – erinnern Sie sich? –, habe ich durch

Sie einige wunderbare Minuten erlebt. Und ich verstand, daß Sie, wenn sie wollten, mich zum glücklichsten Menschen auf der Welt machen könnten... Ach, warum habe ich denn Angst und zögere... Sie wissen doch, haben erraten, wissen doch schon lange, daß ich...»

Er sprach seinen Satz nicht zu Ende. Der Anflug von Mut war sofort wieder verschwunden.

«Was ist los mit Ihnen... Was meinen Sie?» fragte Nina mit vorgetäuschter Gleichgültigkeit, wobei ihre Stimme jedoch gegen ihren Willen zu zittern begonnen hatte und sie ihre Augen niederschlug.

Sie erwartete eine Liebeserklärung, die junge Mädchenherzen immer so angenehm in Wallung bringt, unabhängig davon, ob ihr Herz diese Liebe erwidert oder nicht. Ihre Wangen waren leicht blaß geworden.

«Nicht jetzt... später einmal.» Bobrow geriet ins Stocken. «Irgendwann in einer anderen Situation sage ich es Ihnen... Um Gottes willen, nicht jetzt», fügte er flehend hinzu.

«Nun gut. Trotzdem, weshalb also waren Sie böse?»

«Weil ich nach diesen wenigen Minuten in einem... nun, wie soll ich sagen... in einem äußerst gerührten Zustand in Ihr Eßzimmer kam... Und als ich eintrat...»

«Da berührte Sie das Gespräch über Kwaschnins Vermögen unangenehm?» erriet Nina mit jenem unerwarteten, instinktiven Scharfsinn, der selbst die beschränktesten Frauen hin und wieder überkommt. «Ja? Hab' ich's erraten?» Sie drehte sich ihm zu und umfing ihn erneut mit einem tiefsinnigen, zärtlichen Blick. «Nun, reden Sie offen! Vor Freunden dürfen Sie nichts verbergen.»

Einmal, vor drei oder vier Monaten, als eine große Gesellschaft eine Dampferfahrt machte, hatte Nina, die von der Schönheit der warmen Sommernacht aufgedreht und zärtlich geworden war, ihm ihre Freundschaft angeboten auf immer und ewig – und Bobrow hatte diese Aufforderung sehr ernst genommen und Nina während einer ganzen Woche seinen Freund genannt, wie auch sie ihn. Wenn sie ihn langsam und bedeutungsvoll, auf ihre übliche schmachtende Art, «mein Freund» gerufen hatte, so hatten diese beiden kurzen Worte sein Herz schnell und süß schlagen lassen. Jetzt erinnerte er sich an diesen Scherz und antwortete mit einem Seufzen: «Gut, ‹mein Freund›, ich werde Ihnen die Wahrheit sagen, auch wenn es mir etwas schwerfällt. Ich befinde mich immer in einer gewissen quälenden Zwiespältigkeit Ihnen gegenüber. Es gibt Momente in unseren Gesprächen, da machen Sie mich auf einmal mit einem Wort, einer Geste, einem Blick ganz glücklich. Ach, kann man solche Empfindungen denn in Worten wiedergeben? Sagen Sie nur, haben Sie es bemerkt?»

«Ich habe es bemerkt», entgegnete sie fast flüsternd und schlug mit einem listigen Zittern der Wimpern ihren Blick zu Boden.

«Und dann ... plötzlich wieder verwandeln Sie sich auf der Stelle, vor meinen Augen, in ein Provinzfräulein mit Phrasen eines schablonisierten Wortschatzes und irgend so einer einstudierten

Manieriertheit in allen Bewegungen... Seien Sie mir nicht böse wegen meiner Offenheit... Würde es mich nicht so schrecklich quälen, sagte ich es Ihnen nicht...»

«Auch das habe ich bemerkt...»

«Nun, sehen Sie... Ich war auch immer überzeugt, daß Sie eine verständnisvolle, zärtliche und feinfühlige Seele haben. Warum nur wollen Sie nicht immer so sein wie jetzt?»

Wieder drehte Nina sich Bobrow zu und machte sogar eine Geste mit der Hand, als wollte sie die seine berühren. Sie gingen gerade am freien Ende des Bahnsteigs auf und ab.

«Sie haben mich niemals verstehen wollen, Andrej Iljitsch», sagte sie mit vorwurfsvoller Stimme. «Sie sind nervös und ungeduldig. Sie übertreiben all das, was Gutes in mir ist, dafür verzeihen Sie mir aber auch nicht, daß ich keine andere sein kann in den Kreisen, in denen ich lebe. Das wäre doch lachhaft und würde Uneinigkeit in unsere Familie bringen. Ich bin zu schwach und, um die Wahrheit zu sagen, zu jämmerlich für einen Kampf und für Eigenständigkeit... Ich laufe in die Richtung, in die alle laufen, betrachte die Dinge und beurteile sie wie alle anderen. Und denken Sie nicht, ich sei mir meiner Gewöhnlichkeit nicht bewußt... Aber mit anderen Leuten fühle ich nicht ihre Last... Mit Ihnen verliere ich jedes Mal, weil...», sie stockte, «nun, egal... weil Sie ganz anders sind, weil ich so einen Menschen wie Sie noch nie im Leben getroffen habe.»

Ihr schien, sie spräche mit Aufrichtigkeit. Die anregende Kühle der Herbstluft, das Gewimmel auf dem Bahnhof, das Wissen um ihre Schönheit, die Zufriedenheit, Bobrows verliebten Blick auf sich ruhen zu fühlen – alles das elektrisierte sie bis zu jenem Punkt, an dem hysterisch veranlagte Naturen derart hinreißend, umgarnend und unmerklich auch für sich selber lügen können. Mit Vergnügen weidete Nina sich an ihrer neuen Rolle eines Mädchens, dem es nach geistigem Halt dürstet; auch spürte sie das Verlangen, Bobrow etwas Angenehmes zu sagen.

«Ich weiß, daß Sie mich für kokett halten... Bitte, rechtfertigen Sie sich nicht... Ich stimme Ihnen zu, ich gebe Anlaß, so zu denken... Zum Beispiel lache und schwatze ich oft mit Miller. Doch wenn Sie wüßten, wie zuwider dieses Engelknäblein mir ist! Oder diese zwei Studenten... Ein gutaussehender Mann ist schon allein deshalb abstoßend, weil er sich ewig an sich selbst ergötzt... Glauben Sie mir, auch wenn es vielleicht seltsam ist, aber mir waren immer nicht schöne Männer besonders sympathisch.»

Bei diesem freundlichen Satz, den sie mit zärtlichster Stimme ausgesprochen hatte, seufzte Bobrow traurig. O je! Nicht zum erstenmal hörte er aus weiblichem Munde diesen grausamen Trost, den Frauen ihren häßlichen Verehrern niemals ersparen.

«Das bedeutet, daß auch ich darauf hoffen kann, irgendwann einmal Ihre Sympathie zu gewinnen?» fragte er in spaßigem Ton, in welchem jedoch deutlich bitterer Spott über die eigene Person mitschwang.

Nina verstand es, schnell umzuschalten: «Was

sind Sie doch für einer, wirklich! Mit Ihnen kann man sich nicht unterhalten... Wozu angeln Sie nach Komplimenten, werter Herr? Schämen Sie sich!»

Sie war selber etwas verwirrt wegen ihrer Ungeschicktheit, und um das Gesprächsthema zu wechseln, fragte sie in spielerischem Befehlston: «Nun, mein Herr, was schickten Sie sich an, mir ‹zu einem anderen Zeitpunkt› zu sagen? Würden Sie bitte sofort antworten!»

«Ich weiß nicht... erinnere mich nicht», gab stockend der ernüchterte Bobrow von sich.

«Dann werde ich Ihrem Gedächtnis auf die Sprünge helfen, mein verschlossener Freund. Sie hatten angefangen, über den gestrigen Tag zu sprechen, dann erzählten Sie von irgendwelchen wunderschönen Augenblicken, schließlich sagten Sie, daß ich sicher längst bemerkt hätte... aber was? Das haben Sie nicht ausgesprochen... Würden Sie bitte jetzt reden! Ich fordere das, hören Sie!»

Sie schaute mit Augen auf ihn, in denen ein Lächeln strahlte – verschmitzt und verheißungsvoll und zärtlich zugleich... Bobrow erstarrte das Herz in der Brust, und wieder spürte er eine Welle seiner vorherigen Kühnheit. «Sie weiß es, sie wünscht selbst, daß ich es sage», dachte er, um all seinen Mut zusammenzunehmen.

Sie blieben am äußersten Ende des Bahnsteigs stehen, wo niemand außer ihnen war. Beide waren sie erregt. Nina wartete auf die Antwort und genoß die Schärfe des von ihr angezettelten Spiels; Bobrow suchte nach Worten, atmete schwer und regte sich mehr und mehr auf. Aber in diesem Moment erklangen die schneidenden Töne der Signalhörner, und auf der Station begann ein Tohuwabohu.

«Also, hören Sie... ich warte», flüsterte Nina, während sie eilig von Bobrow fortging. «Für mich ist das wesentlich wichtiger als Sie meinen...»

In der Kurve des Bahndamms tauchte der in schwarzen Rauch gehüllte Schnellzug auf. Ein paar Minuten später verlangsamte er, über Weichen polternd, schnell und gleichmäßig seine Geschwindigkeit und kam neben dem Bahnsteig zum Stehen... Ganz am Ende war ein langer, vor frischer himmelblauer Farbe glänzender Dienstwagen angehängt, zu dem alle Begrüßungsgäste eilten. Ehrerbietig stürzten die Zugbegleiter los, die Waggontür zu öffen, aus der sofort eine sich mit Lärm entfaltende Klapptreppe hervorsprang. Der vor Aufregung und Lauferei rotgesichtige Bahnhofsvorsteher trieb mit verschrecktem Blick die Arbeiter zum Abkoppeln des Dienstwagens an. Kwaschnin war einer der Hauptaktionäre der X-er Eisenbahn, und wenn er über ihr Netz fuhr, wurde er mit so viel Ehren bedacht wie nicht immer selbst die höchste Obrigkeit dieser Eisenbahngesellschaft.

Nur Schelkownikow, Andréa und zwei einflußreiche belgische Ingenieure betraten den Wagen. Kwaschnin saß in einem Sessel, seine ungeheuer großen Beine weit auseinandergespreizt, den Bauch herausgewölbt. Er hatte einen runden Filzhut auf, unter dem die feuerroten Haare hervorquollen; das wie bei einem Schauspieler glattrasierte, von großen Sommersprossen übersäte Gesicht mit hängenden Backen und dreifachem Kinn wirkte verschlafen und unzufrieden; die Lippen kräuselten sich in einer verächtlichen und übellaunigen Grimasse.

Als er die Ingenieure sah, erhob er sich mit Mühe ein wenig vom Sitz.

«Guten Tag, meine Herren», sagte er mit krächzender Baßstimme und streckte ihnen nacheinander seine riesige, schwammige Hand entgegen, damit sie sie gebührend berührten. «Nun, wie steht es bei Ihnen in der Fabrik?»

In der Sprache von amtlichen Papieren begann Schelkownikow seinen Bericht. In der Fabrik sei alles zum besten. Man warte nur auf Wassilij Terentjewitschs Ankunft, um in seiner Gegenwart einen Hochofen in Betrieb zu nehmen und den Grundstein für die neuen Gebäude zu legen... Arbeiter und Meister habe man zu günstigen Preisen gedungen. Es regne so viele Bestellungen, daß sie zu einer schnelleren Arbeitsaufnahme anspornten.

Kwaschnin hörte zu, wobei er das Gesicht dem Fenster zugewandt hatte und zerstreut auf die Menschenmenge schaute, die sich vor seinem Dienstwagen versammelt hatte. Sein Gesicht war ein einziger Ausdruck von Ekel und Erschöpfung.

Plötzlich unterbrach er den Direktor mit einer unerwarteten Frage: «He... hören Sie... Wer ist dieses Mädchen?»

Schelkownikow warf einen Blick aus dem Fenster.

«Na, die da ... mit der gelben Feder am Hut», zeigte Kwaschnin ungeduldig mit dem Finger.

«Ach, die?» Der Direktor zuckte zusammen, und sich zu Kwaschnins Ohr beugend, flüsterte er geheimnisvoll auf französisch: «Das ist die Tochter unseres Lagerverwalters. Sein Name ist Sinenko.»

Gewichtig nickte Kwaschnin mit dem Kopf. Schelkownikow fuhr in seinem Bericht fort, aber der Prinzipal schnitt ihm erneut das Wort ab. «Sinenko ... Sinenko ...», sagte er gedehnt und nachdenklich, ohne seinen Blick vom Fenster loszureißen. «Sinenko ... wer ist denn dieser Sinenko? Wo habe ich diesen Namen schon gehört? Sinenko? ...»

«Er leitet unser Zentrallager», wiederholte Schelkownikow höflich und überlegt sachlich.

«Ach, natürlich!» ging es Wassilij Terentjewitsch mit einem Mal auf. «Man hat mir in Petersburg von ihm erzählt ... Nun, mein Herr, fahren Sie fort, bitte!»

Mit untrüglichem weiblichen Instinkt verstand Nina, daß Kwaschnin in dieser Sekunde auf sie schaute und von ihr sprach. Sie hatte sich leicht abgewandt, doch ihr von koketter Zufriedenheit leicht gerötetes, schönes sommersprossiges Gesicht konnte Wassilij Terentjewitsch dennoch sehen.

Schließlich war der Bericht beendet, und Kwaschnin trat auf die Plattform hinaus, die an den Waggon in der Art eines gläsernen Pavillons hinten angebaut war.

Das war ein Moment, zu dessen Verewigung nur noch, wie Bobrow dachte, ein guter Photoapparat fehlte. Aus irgendeinem Grunde stieg Kwaschnin nicht gleich das Treppchen hinab, sondern stand hinter der Glaswand und überragte mit seiner massigen Figur die sich um den Wagen drängende Menge, wobei er mit seinen weitgespreizten Beinen und seiner verächtlichen Miene einem japanischen Götzenbild gröbster Machart glich. Dieses reglose Dastehen des Patrons ließ die Empfangsgäste ganz deutlich erstarren: auf ihren Lippen gefror – es verzerrend – das vorbereitete Lächeln, während die nach oben verdrehten Augen kriecherisch, fast verschreckt zu Kwaschnin aufsahen. Zu beiden Seiten der Tür standen in soldatischer Haltung die schneidigen Zugbegleiter stramm. Als Bobrow zufällig in Ninas Gesicht schaute, die ihm vorausgeeilt war, entdeckte er voller Bitterkeit auch auf ihrem Gesicht dieses Lächeln und diese bebende Furcht eines Wilden, der seinen Abgott betrachtet.

«Soll das etwa bloß uneigennütziges, höfliches Erstaunen vor diesen dreihunderttausend Jahreseinkommen sein?» dachte Andrej Iljitsch. «Was nur läßt diese Leute so demütig den Schwanz einziehen vor einem Menschen, der ihnen niemals auch nur einen einzigen Blick der Aufmerksamkeit schenkt? Oder handelt es sich hier um ein dem Verstand nicht erfaßbares psychologisches Gesetz speichelleckender Gesinnung?»

Nachdem Kwaschnin einige Zeit so dagestanden hatte, entschloß er sich loszugehen, und von einem Bahnangestellten vorsichtig gestützt, schritt er, Bauch voran, die Stufen der Plattform herunter.

Den ehrerbietigen Verbeugungen der vor ihm hastig nach links und rechts zurückweichenden Menge antwortete er mit einem lässigen Kopfnikken, und nachdem er seine dicke Unterlippe vorgeschoben hatte, sagte er mit näselnder Stimme: «Meine Herrschaften, bis morgen haben Sie frei.»

Er war noch nicht bei der Bahnhofsauffahrt, da rief er durch ein Handzeichen den Direktor zu sich. «Sergej Walerjanowitsch, Sie werden mich ihm also vorstellen», sagte er halblaut.

«Sinenko?» erriet Schelkownikow dienstbeflissen.

«Ja doch, zum Teufel!» knurrte Kwaschnin unvermittelt ärgerlich. «Aber nicht hier, nicht hier», hielt er den schon im Forteilen begriffenen Direktor am Ärmel zurück. «Wenn ich in der Fabrik bin . . .»

7

Die Grundsteinlegung zu den Bauarbeiten und der Beginn der Kampagne des neuen Hochofens fanden vier Tage nach Kwaschnins Ankunft statt. Man beabsichtigte, diese beiden Ereignisse so feierlich wie möglich zu begehen, weshalb auch im vorhinein gedruckte Einladungen in die benachbarten metallverarbeitenden Betriebe – in die Werke von Krutogorje, Woronin und Lwow – verschickt worden waren.

Unmittelbar nach Wassilij Terentjewitsch waren aus Petersburg noch zwei weitere Direktionsmitglieder, vier belgische Ingenieure und einige Großaktionäre eingetroffen. Unter den Fabrikangestellten ging das Gerücht um, die Unternehmensleitung habe rund zweitausend Rubel für ein Gala-Essen bewilligt, allerdings bestätigte bisher nichts diese Gerüchte; der gesamte Einkauf von Weinen und Vorräten war ein schwerer Tribut, der auf den Lieferanten lastete.

‚Der Tag für die Feierlichkeiten war glücklich gewählt: es war einer jener klaren, hellen Tage im Frühherbst, an denen der Himmel so nahtlos blau und hoch erscheint und die kühle Luft schwach nach starkem, edlem Wein riecht. Die quadratischen Gruben, die für das Fundament der neuen Gebläsemaschine und des Bessemer-Konverters[1] ausgehoben worden waren, hatte eine geschlossene Reihe von Arbeitern in Hufeisenform umstellt. In der Mitte dieser lebenden Einzäunung, direkt am Rande der einen Grube, stand ein einfacher, mit einem weißen Tuch bedeckter, gezimmerter Tisch, auf dem neben einer Blechschale mit Weihwasser und einem Sprengwedel ein Kreuz und das Evangelium lagen. Der Priester, der schon sein grünes, mit eingewebten goldenen Kreuzen geschmücktes Meßgewand trug, stand seitlich vor den fünfzehn Arbeitern, die sich als Sänger gemeldet hatten. Auf der offenen Seite des Hufeisens standen die Ingenieure und Lieferanten, die Poliere und Büroangestellten – eine bunte, lebhafte Gruppe von gut zweihundert Mann. Auf einem Erdwall hatte sich ein Photograph postiert,

[1] Henry Bessemer (1813–1898) erfand den Bessemer-Konverter (Umwandler), ein kippbares Gefäß, bei dem Luft durch das flüssige Roheisen geblasen wird und die Temperatur des Stahls auf ca. 1600 °C steigt.

der sich und seinen Apparat mit einem schwarzen Tuch bedeckt hatte und bereits lange herumhantierte auf der Suche nach einem geeigneten Standort.

Nach zehn Minuten kam Kwaschnin in einer Troika, vor die wunderbare Grauschimmel gespannt waren, schnell auf den Platz gefahren. Er saß allein in der Kutsche, denn auch beim besten Willen hätte neben ihm kein anderer Platz finden können. In seinem Gefolge kamen noch fünf oder sechs weitere Equipagen. Als sie Wassilij Terentjewitsch sahen, erkannten die Arbeiter in ihm instinktiv den «Allergrößten» und nahmen sie alle zugleich, wie mit einer einzigen Hand, ihre Mützen ab. Erhaben ging Kwaschnin nach vorn und nickte dem Geistlichen zu.

«Gelobt sei der Herr, jetzt und immerdar und von Ewigkeit zu Ewigkeit», erklang die klirrende und näselnde sanfte Tenorstimme des Geistlichen in der schnell eingetretenen Stille.

«Amen», antwortete ziemlich geschlossen der improvisierte Chor.

Die Arbeiter – es waren sicher dreitausend Mann – bekreuzigten sich mit weit ausholender Geste ebenso einträchtig, wie sie Kwaschnin begrüßt hatten, und in eben dieser Eintracht neigten sie die Köpfe und warfen, wenn sie wieder aufschauten, ihre Haare zurück. Unwillkürlich begann Bobrow, sie eingehend zu betrachten. Vorn standen in zwei Reihen die würdevollen russischen Maurer, die bis auf den letzten alle weiße Kittel trugen und fast alle flachsblondes Haar und rote Bärte hatten; hinter ihnen kamen die Gießer und Schmiede in ihren weiten, dunklen Blusen, die sie von den französischen und englischen Arbeitern übernommen hatten, und mit Gesichtern, die niemals ganz von Eisenruß gereinigt waren; zwischen ihnen sah man hakennasige Profile fremdländischer *ouvriers;* und auf die Gießer folgten die Kalkbrenner, welche man schon von weitem an ihren scheinbar dicht mit Mehl bestäubten Gesichtern und den geschwollenen und entzündeten roten Augen erkennen konnte.

Jedesmal, wenn der Chor laut und geschlossen, wenn auch leicht näselnd, «Erlöse deine Diener vom Übel, Mutter Gottes» sang, schlugen alle diese dreitausend Menschen mit einförmigem, leichtem Geraschel ihr inbrünstiges Zeichen des Kreuzes und neigten ihre Häupter zur Erde. Etwas Elementares, Gewaltiges, doch gleichzeitig Kindliches und Rührendes glaubte Bobrow in diesem öffentlichen Gebet der riesigen, grauen Masse zu sehen. Morgen gehen alle Arbeiter wieder an ihr hartes, sie knebelndes zwölfstündiges Werk. Wer weiß, wer schon jetzt vom Schicksal gezeichnet ist, bei dieser Arbeit sein Leben zu lassen: von einem hohen Gerüst zu stürzen, sich mit glühendem Metall zu verbrühen, von Schutt oder Ziegeln begraben zu werden? Ob sie jetzt an diese Unumstößlichkeit des Schicksals denken, während sie sich tief verneigen zur Erde und ihre roten Locken wieder zurückwerfen beim Gebet des Chors an die Mutter Gottes – «erlöse deine Diener vom Übel . . .». Ja, und auf wen, wenn nicht auf die Mutter Gottes, sollten sie hoffen, diese großen Kinder mit ihren kühnen und einfachen Herzen, diese demütigen Krieger, die tagtäglich ihre moderigen, kalten Wohnbunker verlassen, um die gewohnte Heldentat des Duldens und des Mutes zu vollbringen?

So oder ähnlich dachte Bobrow, der immer zu großen, poetischen Bildern neigte; und obwohl er schon längst die Gewohnheit zu beten verloren hatte, lief ihm jedesmal, wenn die ferne, klirrende Stimme des Priesters von der einmütigen Antwort des Kirchenchors abgelöst wurde, eine kalte Welle nervöser Erregung über Nacken und Rükken. Etwas Kraftvolles, Demütiges und Hingebungsvolles war in dem einfältigen Gebet dieser grauen Masse von Werktätigen, die aus allen Himmelsrichtungen, aus den entlegensten Gouvernements hier zusammengekommen und ihrer Heimat, dem vertrauten Fleckchen entrissen waren, um eine schwere und gefährliche Arbeit auszuführen.

Das Gebet ging zu Ende. Nachlässig warf Kwaschnin eine Goldmünze in die Grube, aber sich mit dem Schäufelchen bücken konnte er nun ganz und gar nicht – das machte Schelkownikow für ihn. Danach ging die ganze Gruppe zu den Hochöfen, die mit ihren runden und massiven schwarzen Türmen von den Fundamenten aus hoch in den Himmel ragten.

Der fünfte, neu errichtete Hochofen lief, wie es im technischen Jargon hieß, «auf vollen Touren». Aus der Öffnung, die einen Arschin über dem Boden in den Ofen eingelassen war, kam als großer, feurig-weißer, brodelnder Strom geschmolzene Schlacke, von der nach allen Seiten hin blaue

Schwefelfunken absprangen. Durch eine schräge Rinne floß die Schlacke in Kessel, die neben dem senkrechten Rand des Fundaments standen, und erstarrte darin zu einer grünlichen, wie Fruchtbonbons aussehenden Masse. Die Arbeiter, welche sich ganz oben auf dem Hochofen befanden, schaufelten in diesen unablässig Erz und Steinkohle, welche pausenlos von eisernen Wägelchen nach oben befördert wurden.

Der Geistliche besprengte den Hochofen rundherum mit Weihwasser, und mit seinem Greisengang ging er in ängstlicher Hast stolpernd zur Seite. Der Hochöfner, ein sehniger Alter mit schwarzverschmiertem Gesicht, bekreuzigte sich und spuckte in die Hände. Das gleiche taten seine vier Gehilfen. Dann hoben sie eine lange stählerne Stange vom Boden auf, schwangen sie eine geraume Zeit hin und her und stießen sie schließlich mit einem einstimmigen Ächzlaut in den untersten Teil des Ofens. Tönend schlug die Stange gegen den Lehmspund. In ängstlich-nervöser Erwartung kniffen die Zuschauer die Augen zusammen; einige wichen zurück. Noch einmal stießen die Arbeiter zu, dann ein drittes Mal, ein viertes... und plötzlich schoß unter der Spitze der Stange eine Fontäne unerträglich hellen, dickflüssigen Metalls hervor. Daraufhin vergrößerte der Hochofenmeister mit kreisender Bewegung die Öffnung, und das Gußeisen nahm, während es langsam durch eine Sandrinne abfloß, einen feurigen Ockerton an. Ganze Bündel großer, leuchtender Sterne flogen in alle Richtungen aus der Ofenöffnung, prasselten laut und verschwanden in der Luft. Von diesem still, gleichsam träge fließenden Metall ging solch entsetzliche Hitze aus, daß die Gäste, welche daran nicht gewöhnt waren, unablässig zurückwichen und ihre Wangen mit den Händen bedeckten.

Von den Hochöfen gingen die Ingenieure in die Abteilung, in der die Gebläse standen. Kwaschnin hatte im vorhinein alles veranlaßt, damit die mit ihm angereisten Aktionäre die Fabrik in ihrer ganzen kolossalen Größe und in ihrer wimmelnden Betriebsamkeit sähen. Sehr richtig rechnete er damit, daß diese Herrschaften von der Masse der starken und für sie vollkommen neuen Eindrücke derart beeindruckt sein würden, daß sie von diesen Wunderdingen später der Generalversammlung, in deren Auftrag sie gekommen waren, berichten würden. Und da er über tiefe Kenntnis der Psyche von Geschäftsleuten verfügte, betrachtete er eine erneute und für ihn persönlich sehr vorteilhafte, von der Generalversammlung bisher aber noch nicht genehmigte Aktienausgabe als schon beschlossene Sache.

Und die Aktionäre waren in der Tat so beeindruckt, daß sie Kopfschmerzen bekamen und ihnen die Beine zitterten... Bleich vor Aufregung hörten sie in der Halle mit den Gebläsen, wie vier vertikale und zwei Saschen große Kolben die Luft in Rohre preßten und wie dieser Wind mit einem Heulen, daß die steinernen Wände des Gebäudes erbebten, durch die Rohre jagte. Über diese massiven, im Durchmesser vier Armlängen großen gußeisernen Rohre gelangte die Luft in die Cowper-Apparate, in denen sie durch brennende Gase auf sechshundert Grad erhitzt wurde, und strömte von dort direkt ins Innere des Hochofens, wo sie Erz und Kohle durch ihre Hitze zum Schmelzen brachte. Der leitende Ingenieur dieser Abteilung machte erklärende Erläuterungen. Doch obzwar er sich der Reihe nach direkt ans Ohr eines jeden Aktionärs beugte und aus vollem Halse schrie, daß er ganz heiser wurde davon, waren seine Worte in dem entsetzlichen Gedröhn der Maschinen nicht zu vernehmen, so daß es schien, als bewege er angestrengt, doch tonlos seine Lippen.

Dann führte Schelkownikow die Gäste in die Halle mit den Puddelöfen – ein hohes Stahlgebäude von einer Länge, daß von seinem einen Ende das andere nur als kaum erkenntlicher Lichtstreif zu sehen war. Entlang der einen Wand dieser Halle erstreckte sich eine steinerne Plattform, auf der zwanzig Puddelöfen standen, die in ihrer Form an Eisenbahnwaggons erinnerten, welche man von ihren Rädern genommen hatte. In diesen Öfen wurde flüssiges Roheisen mit Erz vermischt und zu Stahl verarbeitet. Der fertige Stahl, der durch Rohre abfloß, ergoß sich in eiserne Kokillen, die in gewisser Weise wie Futterale ohne Boden – jedoch oben mit Henkeln – aussahen, und erstarrte darin zu festen, etwa vierzig Pud schweren Blöcken. Durch die freie Hälfte der Halle zog sich ein Schienenstrang, über den schnaubend, zischend und ratternd Dampfkräne fuhren, die gehorsamen, geschickten Tieren mit biegsamen Rüsseln glichen. Der eine Kran faßte mit Haken die Kokillen bei ihren Griffen, hob sie hoch und kippte den Stahlblock, der wie ein blendend rotes, langes, ebenmäßiges Kantholz aussah, aus der Kokille heraus. Doch bevor dieser Block zu Boden fallen konnte, hatte ihn schon ein Arbeiter unglaublich wendig mit einer armdicken Kette umwunden. Ein zweiter Kran, der diese Kette – ebenfalls mit einem Haken – ergriffen hatte, trug den Block ruhig durch die Luft und legte ihn zu anderen auf eine Plattform, welche an einem dritten Kran befestigt war. Dieser dritte Kran schleppte seine Last zum anderen Ende der Halle, wo ein vierter Kran, der statt des Hakens eine Zange hatte, die Rohblöcke vom Wagen nahm und sie in die offenstehenden Luken der Gasöfen legte, die sich unter der Erde befanden. Schließlich zog ein fünfter Kran die vor Hitze weißglühenden Stahlblöcke wieder aus diesen Luken hervor und legte sie nacheinander unter ein Rad mit scharfen Zähnen, das sich ziemlich schnell um eine horizontale Achse drehte und die vierzig Pud schweren Stahlstücke in fünf Sekunden in zwei Hälften schnitt, als wären sie weicher Lebkuchen. Jede dieser Hälften kam unter die siebenhundert Pud schwere Presse des Dampfhammers, unter der sie mit so viel Kraft und Leichtigkeit zusammengepreßt wurden, als wären sie aus Wachs. Sofort hoben Arbeiter sie auf Handwagen und zogen sie im Laufschritt weiter, wobei alle, die ihnen entgegenkamen, von der Helligkeit und der Hitze des glühenden Eisens eingehüllt wurden.

Danach zeigte Schelkownikow seinen Gästen das Schienenwalzwerk. Ein riesengroßer Block glühenden Metalls ging durch eine ganze Reihe von Ständern, wobei er von dem einen zum anderen über Walzen sprang, die sich unter dem Fußboden drehten und von denen nur der obere Teil zu sehen war. Der Block wurde in eine Öffnung gequetscht, welche von zwei in entgegengesetzten Richtungen rotierenden Stahlzylindern geformt wurde, glitt zwischen diesen Zylindern hindurch, wobei er sie unter dem Druck zum Zittern und Dröhnen brachte. Es folgte ein zweites Walzenpaar mit noch kleinerer Öffnung zwischen den Zylindern. Das Walzgut wurde von Ständer zu Ständer dünner und länger, und nachdem es so mehrmals die Schienenwalzstraße vor und zurück durchlaufen hatte, nahm es nach und nach die Form einer roten, zehn Saschen langen Schiene an. Dieser komplizierte Mechanismus von fünfzehn Walzenpaaren wurde nur von einer Person beaufsichtigt, die auf einem kommandobrückenartigen Podest einer Dampfmaschine stand. Bewegte dieser Mann einen Hebel nach vorn, drehten sich alle Zylinder und Walzen in eine Richtung; bewegte er den Hebel zurück, rotierten sie in entgegengesetzter Richtung. War eine Schiene auf ihre endgültige Länge gebracht, so wurde sie von einer Kreissäge mit ohrenbetäubendem Lärm in drei Teile zersägt, wobei ganze Fontänen goldener Funken erzeugt wurden.

Anschließend begaben sich alle in die Dreherei, wo hauptsächlich Räder für Waggons und Lokomotiven hergestellt wurden. Lederne Treibriemen hingen dort von einer dicken Stahlachse von der Decke herab, zogen sich durch die gesamte Werkhalle und brachten so vielleicht zwei- oder dreihundert Maschinen verschiedenster Größe und

Art in Bewegung. Diese Treibriemen waren so zahlreich und kreuzten sich in so vielen Richtungen, daß sie wie ein dichtes, ineinander verknäultes und bebendes Riemennetz schienen. Die Räder einiger Maschinen drehten sich mit einer Geschwindigkeit von zwanzig Umdrehungen in der Sekunde, andere dagegen rotierten so langsam, daß ihre Bewegung kaum vom Auge wahrgenommen werden konnte. Stahl-, Eisen- und Kupferspäne in Form von langen, schönen Spiralen bedeckten dicht den Boden. Bohrmaschinen erfüllten mit unaushaltbar feinem und schneidendem Jaulen die Luft. Dort wurde den Gästen noch eine Maschine gezeigt, die Schraubenmuttern produzierte; sie glich zwei riesigen, gleichmäßig kauenden, stählernen Kinnladen. Zwei Arbeiter steckten das Ende einer langen glühenden Stange in dieses Maul, und die Maschine biß gleichmäßig ein Metallstück nach dem anderen ab und spuckte es als fertige Schraubenmutter auf den Boden.

Als Schelkownikow nun den Aktionären (er wandte sich die ganze Zeit über ausschließlich an sie mit seinen Erklärungen) beim Verlassen der Dreherei vorschlug, den ganzen Stolz der Fabrik, die neunhundert PS starke Compound-Maschine, zu besichtigen, waren die Herren aus Petersburg von dem Gesehenen und Gehörten schon genug betäubt und verwirrt. Neue Eindrücke konnten kein Interesse mehr wecken in ihnen, sondern sie nur noch mehr erschöpfen. Ihre Gesichter glühten von der Hitze im Schienenwalzwerk, ihre Hände und Anzüge waren ganz schmutzig vom Kohlenruß. Schweren Herzens gingen sie auf den Vorschlag des Direktors ein, und offensichtlich nur, weil sie als Bevollmächtigte der Generalversammlung eine gewisse Würde bewahren mußten.

Die neunhundert PS starke Compound-Maschine befand sich in einem besonderen Gebäude, das sehr sauber und mit seinen hellen Fenstern und dem Mosaikboden sehr schön war. Trotz ihrer Größe erzeugte diese Maschine kaum Lärm ... Zwei Kolben, jeder vier Saschen lang, bewegten sich glatt und schnell in Zylindern, welche von Holzlatten eingefaßt waren. Auch ein Rad, das zwanzig Fuß groß war im Durchmesser, drehte sich mit den darüber hingleitenden zwölf Riemen lautlos und schnell; durch seine starke Bewegung begann die trockene, heiße Luft im Maschinenraum mit gleichmäßigen, kräftigen Stößen zu vibrieren. Diese Maschine setzte sowohl die Gebläsemaschinen als auch die Walzstraße und alle Maschinen der Dreherei in Gang.

Nachdem sie die Compound-Maschine angesehen hatten, glaubten die Aktionäre schon, nun sei ihre Qual endlich vorbei, doch der unermüdliche Schelkownikow wandte sich plötzlich mit einem neuen liebenswürdigen Vorschlag an sie: «Und nun, meine Herren, werde ich Ihnen das Herz der ganzen Fabrik zeigen, jenen Punkt, von dem sie ihr Leben erhält.»

Er führte sie weniger in den Kesselraum, als daß er sie dort hinzog. Jedoch übte nach allem, was sie schon gesehen hatten, das «Herz der Fabrik» – zwölf zylinderförmige Kessel, die fünf Saschen lang und anderthalb Saschen hoch waren – auf die ermüdeten Aktionäre keinen besonderen

Eindruck mehr aus. Ihre Gedanken kreisten schon längst um das bevorstehende Mittagessen, und sie stellten keine Fragen mehr wie zuvor, sondern nickten zu Schelkownikows Ausführungen nur noch zerstreut und gleichgültig mit dem Kopf. Nachdem der Direktor geendet hatte, atmeten die Aktionäre erleichtert auf und schüttelten ihm alle sehr herzlich und mit offenkundiger Zufriedenheit die Hand.

Andrej Iljitsch war allein bei den Dampfkesseln zurückgeblieben. Er stand am Rande der tiefen, halbdunklen Steingrube, in der sich die Heizanlagen befanden, und schaute lange unten den sechs bis zum Gürtel entblößten Männern zu, die Schwerarbeit leisteten. Ihre Aufgabe war es, Tag und Nacht unablässig Steinkohle in die Feuerungsanlage zu schaufeln. Beständig öffneten sich geräuschvoll die runden gußeisernen Ofenklappen, und es war zu sehen, wie mit Zischen und Pfeifen in den Feuerungen grellweiße, züngelnde Flammen brannten. Beständig beugten sich die nackten, vom Feuer ausgetrockneten und von Kohlenstaub bedeckten Oberkörper der Arbeiter nach unten, so daß sich auf ihren Rücken deutlich alle Muskeln und Wirbel des Rückgrats abzeichneten. Beständig nahmen die dürren, schraubstockartigen Hände eine ganze Schaufel voll Kohlen und warfen sie mit schneller, geschickter Bewegung in den aufgesperrten, lodernden Schlund. Zwei andere Arbeiter, die oben standen und ebenfalls ununterbrochen arbeiteten, schaufelten immer neue Kohlehaufen hinab, so daß sich riesige schwarze Hügel im Kesselraum auftürmten. Etwas Bedrückendes, Unmenschliches dünkte Bobrow in dieser endlosen Arbeit der Heizer. Ihm schien, eine übernatürliche Kraft habe sie für ihr ganzes Leben an diese aufgerissenen Mäuler gefesselt und sie müßten aus Angst vor einem entsetzlichen Tod ohne Unterlaß dieses unersättliche, gefräßige Untier füttern, immer weiter füttern...

«Na, Kollege, schauen Sie zu, wie Ihr Moloch genährt wird?» hörte Bobrow in seinem Rücken eine fröhliche, gutherzige Stimme.

Andrej Iljitsch zuckte so zusammen, daß er beinahe in die Heizgrube gestürzt wäre. Ihn verblüffte, ja erschütterte die überraschende Übereinstimmung dieses scherzhaften Ausrufs des Doktors mit seinen eigenen Gedanken. Selbst nachdem er sich wieder gefaßt hatte, konnte er sich lange nicht von einem gewissen seltsamen Gefühl diesbezüglich befreien. Er hatte sich schon immer für solche Koinzidenzen interessiert, wenn er über etwas nachgedacht oder von etwas gelesen hatte und der Zufall es wollte, daß er neben sich ein Gespräch über just das gleiche Thema hörte; dergleichen erschien ihm rätselhaft.

«Ich habe Sie wohl erschreckt, mein Lieber?» fragte der Doktor und betrachtete aufmerksam Bobrows Gesicht. «Ich bitte um Entschuldigung.»

«Ja, ein klein wenig... Sie sind so lautlos näher gekommen... ich habe nicht damit gerechnet.»

«Ach, mein guter Andrej Iljitsch, lassen Sie uns Ihre Nerven heilen! Sie taugen doch nichts mehr... Befolgen Sie meinen Rat: Nehmen Sie

Urlaub, fahren Sie ins Ausland! Warum reiben Sie sich hier auf, hm? Leben Sie ein halbes Jährchen nach Lust und Laune: Trinken Sie guten Wein, reiten Sie mehr, und was *l'amour* betrifft, so schweifen Sie ein bißchen herum!»

Der Doktor trat an den Rand des Heizraums. «Was für ein Höllending!» rief er, nachdem er einen Blick hinuntergeworfen hatte. «Wieviel wird denn so ein Samowarchen wiegen? Sicher achthundert Pud, denke ich?»

«Nein, mehr. Tausendfünfhundert.»

«Ujujuj! Und was, wenn so ein Ding auf den Einfall käme... zu platzen? Gäbe das ein effektvolles Schauspiel?»

«Ein sehr effektvolles, Doktor. Kein Stein würde auf dem anderen bleiben bei allen diesen Gebäuden...»

Goldberg schüttelte den Kopf und pfiff vielsagend durch die Zähne.

«Und wodurch kann das passieren?»

«Es gibt verschiedene Gründe... aber meist passiert es aus dem folgenden: Wenn im Kessel nur noch sehr wenig Wasser ist, erhitzen sich die Wände immer mehr, werden fast rotglühend. Wenn man nun Wasser in den Kessel läßt, entsteht auf einmal enorm viel Dampf, die Wände halten den Druck nicht aus, und der Kessel explodiert.»

«So kann man das auch mit Absicht herbeiführen?»

«Nach Herzenslust... Wollen Sie's vielleicht probieren? Wenn das Wasser im Wasserstandsmesser ganz niedrig steht, müssen Sie nur dieses

Ventil drehen... sehen Sie, dieses kleine, runde Hebelchen dort... Das ist alles.»

Bobrow scherzte, doch seine Stimme war merkwürdig ernst, und seine Augen hatten einen harten und traurigen Ausdruck.

«Weiß der Teufel», dachte der Doktor, «er ist ein lieber Mensch, aber trotzdem... ein Psychopath...»

«Weshalb sind Sie denn nicht zum Mittagessen gegangen, Andrej Iljitsch?» fragte Goldberg, während er sich vom Heizkessel entfernte. «Sie hätten wenigstens sehen sollen, was für einen Wintergarten man aus dem Laboratorium gemacht hat. Und die Mahlzeit – direkt zum Staunen!»

«Ach die! Ich kann diese Ingenieursessen nicht ertragen.» Bobrow runzelte die Stirn. «Loben sich, schreien, bauchpinseln sich schrecklich gegenseitig, und dann diese ewig gleichen Trinksprüche, bei denen die betrunkenen Redner sich und ihre Nachbarn immerzu mit Wein begießen... Widerlich!»

«Ja, ja, das stimmt!» Der Doktor mußte lachen. «Ich habe den Anfang mitbekommen. Kwaschnin ist einfach großartig: ‹Ehrwürdige Herren! Die Berufung des Ingenieurs ist eine hohe und verantwortungsvolle. Mit den Eisenbahnlinien, den Hochöfen und den Gruben bringt er in die Tiefe des Landes zugleich die Keime der Aufklärung, die Blüten der Zivilisation und...› noch irgendwelche Früchte, an die ich mich nicht so genau erinnern kann... Das ist doch wirklich ein Obergauner! ‹Schließen wir uns zusammen, meine Herren, und halten wir hoch das heilige Banner unserer wohltätigen Kunst!› Nun, natürlich gab es rasenden Beifall.»

Schweigend gingen sie einige Schritte. Plötzlich verdüsterte sich des Doktors Gesicht, und er begann mit böser Stimme zu sprechen: «Ja, ihre wohltätige Kunst! Und die Baracken der Arbeiter sind aus Spanplatten gebaut. Die Kranken erhält man nicht am Leben ... die Kinder sterben einem weg wie die Fliegen. So steht es um die Keime der Aufklärung! Die werden sich noch was pfeifen, wenn sich der Unterleibstyphus in Iwankowo ausbreitet!»

«Was sagen Sie da, Doktor? Sind etwa schon Leute erkrankt? Das wäre entsetzlich bei diesen engen Raumverhältnissen!»

Der Doktor blieb stehen und atmete tief durch. «Ja, wie soll's denn keine Kranken geben?» sagte er bitter. «Gestern abend hat man mir zwei Männer gebracht. Der eine ist heute morgen gestorben, und der andere, wenn er nicht schon tot ist, so stirbt er ganz sicher noch heute abend ... Und wir haben keine Medikamente, keine Räume, keine erfahrenen Feldscher ... Aber warten Sie nur, die werden auch noch ausgespielt haben!» fügte Goldberg böse hinzu und drohte irgend jemandem im weiten Raum mit der Faust.

8

Böse Zungen meldeten sich zu Wort. Über Kwaschnin hatten schon vor seiner Ankunft so viele pikante Anekdoten die Runde gemacht, daß jetzt niemand mehr am wahren Grund seiner plötzlichen Annäherung an die Familie Sinenko zweifelte. Die Damen sprachen mit zweideutigem Lächeln davon, die Männer nannten unter sich mit zynischer Offenheit die Sache beim Namen. Etwas Genaues wußte allerdings niemand. Alle warteten mit Vergnügen auf einen spannenden Skandal.

Ein Körnchen Wahrheit war an dem Gerede. Nachdem er der Familie Sinenko einen ersten Besuch abgestattet hatte, verbrachte Kwaschnin jeden Abend bei ihr. Und morgens gegen elf Uhr fuhr vor dem Schepetowkaer Gut seine wunderschöne Troika mit den Grauschimmeln vor, und der Kutscher sagte immer gleichlautend, daß sein Herr die gnädige Frau und die Fräulein zu sich zum Frühstück bitte. Zu diesem Frühstück wurden Dritte nicht geladen. Die Mahlzeit bereitete ein französischer Koch zu, den Wassilij Terentjewitsch auf all seine zahlreichen Reisen, selbst ins Ausland, mitnahm.

Die Aufmerksamkeit, mit der Kwaschnin sich seiner neuen Bekannten annahm, drückte sich auf sehr eigenwillige Weise aus. Was die fünf Mädchen anbetraf, so erlaubte er sich ihnen gegenüber sofort den vertraulichen Ton eines lustigen, ledigen Onkelchens. Nach drei Tagen nannte er sie bereits bei ihren Kosenamen, wobei er den Vatersnamen hinzufügte: Schura Grigorjewna, Ninotschka Grigorjewna – und die jüngste, Kasja, faßte er häufig bei ihrem rundlich-weichen Kinn mit dem Grübchen und hänselte sie mit Bezeichnungen wie «Kleines» oder «Küken», wobei sie so rot wurde, daß ihr Tränen in die Augen traten, doch wehrte sie sich nicht.

Mit gespielter Verärgerung warf Anna Afanasjewna ihm vor, er verwöhne ihre Mädchen vollkommen! In der Tat mußte nur eine von ihnen irgendeinen momentanen Wunsch äußern, und schon ging dieser in Erfüllung. Kaum hatte Maka erwähnt – übrigens ohne jeden Hintergedanken –, daß sie gerne radfahren lernte, da wurde am folgenden Tage bereits ein Fahrrad, das mindestens dreihundert Rubel gekostet hatte, extra aus Charkow angeliefert... An Beta verlor er durch eine Wette über irgendeine Nichtigkeit ein Pud Konfekt, und Kasja spielte er eine Brosche zu, in der vier Steine – eine Koralle, ein Amethyst, ein Saphir und ein Jaspis – so aufeinander folgten, daß sie die Buchstaben ihres Vornamens formten. Einmal hörte er, daß Nina gerne reite und Pferde möge. Zwei Tage später brachte man ihr eine rassige englische Stute, die perfekt auf einen Damensattel zugeritten war. Die Fräulein waren bezaubert. In ihrem Haus hatte sich ein märchenhafter guter Geist niedergelassen, der ihre geringsten Launen erriet und ihnen sofort nachgab. Anna Afanasjewna spürte dunkel, daß in dieser Großzügigkeit für eine anständige Familie etwas Ungehöriges lag, doch besaß sie weder genug Mut noch Takt, um dies Kwaschnin unauffällig zu verstehen zu geben. Auf ihre liebedienerischen Rügen antwortete dieser nur abwinkend und sagte mit seiner grobschlächtigen, resoluten Baßstimme: «Das fehlt gerade noch, meine Liebe... was für einen Unsinn Sie sich da zurechtgelegt haben.»

Jedoch bevorzugte er keine ihrer Töchter eindeutig; er war allen gleich gefällig und spöttelte über alle mit der gleichen Ungeniertheit. Die jungen Leute, welche früher das Haus Sinenko aufgesucht hatten, waren vorsichtshalber spurlos verschwunden. Dafür machte sich Swjeschewskij, der früher nur zwei- oder dreimal im ganzen bei ihnen gewesen war, zum ständigen Gast. Gerufen hatte ihn niemand; er war von allein aufgetaucht, als habe ihm jemand einen geheimen Wink gegeben, und es war ihm im Handumdrehen gelungen, sich für alle Familienmitglieder unabdingbar zu machen.

Übrigens war seinem Auftauchen bei den Sinenkos eine kleine Anekdote vorausgegangen. Vor etwa fünf Monaten hatte Swjeschewskij sich einmal im Kreis seiner Kollegen verplappert und verraten, daß es der Traum seines Lebens sei, mit der Zeit Millionär zu werden, und daß er dies auf alle Fälle bis zu seinem vierzigsten Lebensjahr erreichen werde.

«Wie wollen Sie das denn anstellen, Stanislaw Xawerjewitsch?» hatte man ihn gefragt.

Swjeschewskij hatte zu kichern angefangen und, während er geheimnisvoll seine feuchten Hände gerieben hatte, geantwortet: «Alle Wege führen nach Rom.»

Sein Gefühl sagte ihm, daß im Schepetowkaer Gut die Umstände sich zur Zeit äußerst günstig für seine zukünftige Karriere entwickelten. Auf die eine oder andere Weise würde er dem allmächtigen Patron von Nutzen sein können. Swjeschewskij setzte alles auf eine Karte und schob sich mit seinem servilen Gekicher mutig in Kwaschnins Gesichtskreis. Er schmeichelte sich bei Kwaschnin ein wie ein junger Hofhund bei einem rasenden Bullenbeißer, indem er mit Miene und Stimme seine ständige Bereitschaft zum Ausdruck brachte, jegliche nur erdenkliche Gemeinheit auf einen Fingerzeig Wassilij Terentjewitschs hin zu begehen.

Sein Chef schob ihm keinen Riegel vor. Derselbe Kwaschnin, der ohne Angabe von Gründen Direktoren und Fabrikleiter von ihren Posten jagte – dieser selbe Kwaschnin ertrug an seiner Seite stillschweigend so einen dahergelaufenen Swjeschewskij ... Das roch doch nach einem möglichen Bärendienst, und so wartete der künftige Millionär gespannt auf seine Stunde.

All das wurde von Mund zu Mund weitergegeben und erreichte auch Bobrow. Es erstaunte ihn nicht: über die Familie Sinenko hatte er eine bestimmte feste Meinung. Ihn beunruhigte nur, daß die Gerüchte ihren schmutzigen Film auch über Nina legen könnten ... Nach dem Gespräch auf der Bahnstation war sie ihm noch lieber und teurer geworden. Ihm allein hatte sie vertrauensvoll ihr Herz aufgeschlossen, das selbst in seinem Zaudern und in seinen Schwächen wunderbar war. Alle anderen kannten, wie er meinte, nur ihr Äußeres, ihr Kostüm. Eifersucht, ausgelöst durch ihre zynischen Zweifel, durch ihre ewige gereizte Eigenliebe, durch ihre Kleinkrämerei und Grobheit, war der vertrauensseligen und zarten Natur Bobrows fremd.

Noch nie hatte eine gute, aufrichtige weibliche

Liebe Andrej Iljitsch gewunken. Er war zu unsicher und zu schüchtern, um sich das vom Leben zu nehmen, was ihm rechtmäßig vielleicht zustand. So war es nicht verwunderlich, daß seine Seele nun freudig dem neuen kraftvollen Gefühl entgegeneilte.

Während dieser letzten Tage stand Bobrow unter dem Zauber der Unterhaltung auf der Bahnstation. Hunderte von Malen rief er sich die winzigsten Details ins Gedächtnis, und mit jedem Mal glaubte er, in Ninas Worten eine noch tiefere Bedeutung zu erkennen. Morgens erwachte er mit dem vagen Wissen von etwas Großartigem und Hellem, das seine Seele erfüllte und ihm für die Zukunft viele Wonnen versprach.

Es zog ihn unwiderstehlich zu den Sinenkos: er wollte sich noch einmal von seinem Glück überzeugen und noch einmal Ninas teils schüchterne, teils naiv-mutige halbe Geständnisse hören. Aber Kwaschnins Anwesenheit war ihm lästig, und es beruhigte ihn nur die Tatsache, daß der Chef nicht länger als zwei Wochen in Iwankowo bleiben konnte.

Der Zufall half ihm jedoch, Nina vor Kwaschnins Abreise zu sehen. Das geschah an einem Sonntag, drei Tage nach der feierlichen Inbetriebnahme des Hochofens. Bobrow ritt auf Farwater über den breiten, gut angelegten Weg, der von der Fabrik zum Bahnhof führte. Es war etwa zwei Uhr an diesem kühlen, wolkenlosen Tag. Farwater lief in scharfem Trab, mit aufgestellten Ohren seinen zottigen Kopf schüttelnd. An einer Wegbiegung nahe des Lagers bemerkte Bobrow eine

Dame im Reitkleid, die auf einem großen, braunen Pferd von einer Anhöhe herabkam; ihr folgte ein Reiter auf einem kleinen, weißen Kirgisenpferd. Er erkannte bald, daß es Nina war in einem dunkelgrünen, wehenden Kleid, mit gelben Stulpenhandschuhen und mit einer flachen, glänzenden Reitmütze auf dem Kopf. Schön und sicher saß sie im Sattel. Die stattliche englische Stute lief federnd in gestrecktem Trab, den Hals gespannt haltend und die schmalen, hageren Beine sehr hoch hebend. Nina wurde von Swjeschewskij begleitet, der weit zurückgeblieben war und mit hängenden Ellbogen, zittrig und gekrümmt versuchte, die entglittenen Steigbügel wieder mit den Fußspitzen zu angeln.

Als Nina Bobrow entdeckte, ließ sie ihr Pferd in Galopp überwechseln. Der Gegenwind zwang sie, mit der rechten Hand ihren Hut zu halten und den Kopf zu neigen. Auf gleicher Höhe mit Bobrow, zügelte sie ihr Pferd, welches sofort stehenblieb und ungeduldig von einem Bein auf das andere trat, die großen, weiten Nüstern blähte und, während der Schaum in großen Flocken herabtropfte, laut Ober- und Unterkiefer aufeinanderrieb. Von dem Ritt war Ninas Gesicht gerötet, und ihr Haar, das an den Schläfen unter der Mütze hervordrängte, fiel in langen, feinen Locken auf ihren Rücken.

«Woher haben Sie dieses schöne Tier?» fragte Bobrow, nachdem es ihm schließlich gelungen war, den tänzelnden Farwater zu zügeln und sich aus dem Sattel zu beugen, so daß er Ninas Fingerspitzen zum Gruße berühren konnte.

«Ein Prachtstück, nicht wahr? Es ist ein Geschenk von Kwaschnin.»

«Solch ein Geschenk hätte ich nicht angenommen», sagte Andrej Iljitsch, von Ninas unbekümmerter Antwort plötzlich in Wut versetzt, in schroffem Ton.

Nina lief rot an. «Weshalb nicht?»

«Ja weil, weil... wer ist dieser Kwaschnin überhaupt für Sie? Ein Verwandter? Der Bräutigam?»

«Ach, mein Gott, wie übergenau Sie mit den anderen sind!» rief Nina höhnisch.

Doch als sie sein leidvolles Gesicht sah, wurde sie sogleich weicher. «Das kostet ihn doch nichts. Er ist so reich...»

Swjeschewskij war schon auf zehn Schritt heran. Plötzlich beugte Nina sich zu Bobrow herüber, berührte zärtlich mit dem Peitschenstiel seine Hand und sagte halblaut mit der Stimme eines kleinen Mädchens, das seine Schuld eingesteht: «Nun gut... gut, seien Sie nicht böse! Ich werde ihm das Pferd zurückgeben, Sie kleiner Bösewicht, Sie! Sehen Sie, was mir Ihre Meinung bedeutet.»

Andrej Iljitschs Augen erstrahlten vor Glück, und ungewollt streckten sich seine Hände Nina entgegen. Dennoch sagte er nichts, sondern stieß nur tief aus der Brust einen Seufzer der Erleichterung aus.

Swjeschewskij ritt auf ihn zu, verneigte sich zur Begrüßung und war bemüht, eine lässige Haltung anzunehmen. «Sie wissen sicher von unserem Picknick?» rief er ihm zu.

«Ich höre zum erstenmal davon», entgegnete Andrej Iljitsch.

«Eine Landpartie auf Wassilij Terentjewitschs Initiative hin? In der Schäumenden Schlucht?»

«Ich habe nichts davon gehört.»

«Ja, ja... Bitte kommen Sie doch, Andrej Iljitsch», mischte Nina sich ein. «Am Mittwoch, um fünf Uhr nachmittags... Treffpunkt ist der Bahnhof...»

«Ein Picknick mit geladenen Gästen?»

«Es scheint so. Genau weiß ich es nicht.»

Fragend und hilflos schaute Nina auf Swjeschewskij.

«Mit geladenen Gästen», bestätigte ihr Swjeschewskij. «Wassilij Terentjewitsch Kwaschnin hat mich beauftragt, einige seiner Anordnungen auszuführen. Ich sage Ihnen, das wird ein kolossales Picknick. Etwas ganz und gar Schickes... Nur ist das alles bisher noch ein Geheimnis. Sie werden überwältigt sein von der Überraschung...»

Nina hielt es nicht aus und fügte kokett hinzu: «Alles das geschieht wegen mir. Am dritten Tag nach Wassilij Terentjewitschs Anreise habe ich gesagt, es wäre schön, mit einer größeren Gruppe von Leuten irgendwohin in den Wald zu fahren, und Wassilij Terentjewitsch...»

«Ich werde nicht kommen», sagte Bobrow scharf.

«Doch, Sie kommen!» Ninas Augen funkelten. «Marsch, marsch, meine Herren!» rief sie und startete aus dem Stand heraus im Galopp. «Andrej Iljitsch! Hören Sie, was ich Ihnen zu sagen habe!»

Swjeschewskij blieb zurück. Nina und Bobrow

ritten Seite an Seite, sie lächelnd und ihm in die Augen schauend, er finster und unzufrieden.

«Die Landpartie habe ich doch für Sie ausgedacht, mein böser, argwöhnischer Freund», sagte sie mit großer Zärtlichkeit in der Stimme. «Ich will unbedingt wissen, was Sie auf dem Bahnhof nicht zu Ende gesprochen haben ... Auf dem Picknick stört uns niemand.»

Und schon wieder erfolgte ein plötzlicher Umschwung in Bobrows Seele. In seinen Augen Tränen der Rührung spürend, rief er leidenschaftlich aus: «O Nina! Wie ich Sie liebe!»

Doch hatte Nina diese plötzliche Liebeserklärung scheinbar nicht gehört. Sie zog an den Zügeln, damit das Pferd in Schritt überginge, und fragte: «Also werden Sie dabeisein? Ja?»

«Auf alle Fälle! Ich komme auf alle Fälle!»

«Sehen Sie! Und jetzt wollen wir auf meinen Kavalier warten und – auf Wiedersehen! Ich eile nach Haus.»

Beim Abschied fühlte er durch den Handschuh die Wärme ihrer Hand, die seinem Händedruck lange und fest antwortete. Ninas dunkle Augen strahlten Verliebtheit aus.

9

Schon um vier Uhr war am Mittwoch die Bahnstation übervoll von den Teilnehmern der Landpartie. Alle waren sie fröhlich und ungezwungen. Wassilij Terentjewitsch Kwaschnins Besuch ging diesmal so glatt zu Ende, wie es niemand auch nur zu hoffen gewagt hätte. Kein Donnern und Blitzen hatte es gegeben, niemand war gebeten worden, seinen Dienst zu quittieren; im Gegenteil, es gab sogar Gerüchte, wonach in naher Zukunft die Gehälter der meisten Angestellten angehoben werden sollten. Darüber hinaus versprach das Picknick sehr amüsant zu werden. Man hatte vereinbart, in die Schäumende Schlucht zu fahren, zu der ein sehr schöner Weg von – wenn man mit den Pferden fuhr – nicht mehr als zehn Werst führte... Das warme und klare Wetter, das während der ganzen letzten Woche beständig geblieben war, würde der Fahrt ins Blaue keinen Strich durch die Rechnung machen.

Geladen waren an die neunzig Personen; sie drängten sich in lebhaften Gruppen auf dem Bahnsteig; Lachen und laute Ausrufe waren zu hören. Unter die russische Sprache mischten sich französische, deutsche und polnische Sätze. Drei Belgier hatten Photoapparate mitgebracht, um bei Magnesiumlicht Blitzlichtaufnahmen zu machen. Und alle waren gespannt, da völlige Unklarheit bezüglich sämtlicher Einzelheiten des Picknicks bestand. Swjeschewskij deutete mit geheimnisvollem und wichtigtuerischem Gesichtsausdruck irgendwelche «Surprisen» an, aber Erklärungen – egal welcher Art – weigerte er sich zu geben.

Die erste Überraschung war ein Sonderzug. Punkt fünf Uhr fuhr aus dem Dampflokomotivendepot eine neue zehnrädrige amerikanische Lokomotive heraus. Die Damen konnten sich nicht enthalten, Schreie der Überraschung und Begeisterung auszustoßen: die ganze riesige Maschine war mit Fahnen und frischen Blumen geschmückt. Grüne Girlanden aus Eichenblättern, durchflochten von Astern-, Dahlien-, Levkojen- und Nelkensträußen, umwanden als Spiralen den stählernen Leib, rankten am Schornstein hoch, fielen von dort auf die Dampfpfeife hinab und führten von da wieder nach oben, auf den Führerstand, welchen sie als blühenden Teppich bedeckten. Unter dem Grün und den Blumen hervor leuchteten effektvoll die von den goldenen Strahlen der untergehenden Herbstsonne beschienenen Stahl- und Kupferteile der Lokomotive. Sechs Wagen der ersten Klasse, welche dem Bahnsteig entlang aufgereiht standen, sollten die Teilnehmer des Picknicks zum dreihundertdritten Werstpfosten bringen, von wo es nicht mehr als fünfhundert Schritt zu Fuß waren bis zur Schäumenden Schlucht.

«Meine Herrschaften, Wassilij Terentjewitsch hat mich gebeten, Ihnen mitzuteilen, daß er sämtliche Kosten des Picknicks trägt», sagte Swjeschewskij, der geschäftig von einer Gruppe zur anderen ging. «Meine Herrschaften, Wassilij Terentjewitsch hat mich gebeten, allen geladenen Gästen zu übermitteln...»

Um ihn versammelte sich ein großer Menschenhaufen, und er erklärte, worum es sich handelte: «Wassilij Terentjewitsch ist äußerst zufrieden mit dem Empfang, welchen die Gesellschaft ihm bereitet hat, und es ist ihm eine Ehre, Gleiches mit Gleichem zu vergelten. Er nimmt alle Kosten auf sich...»

Und getrieben von jenem Gefühl, welches

einen Lakaien die Großzügigkeit seines Herzens loben läßt, konnte er sich nicht zurückhalten, gewichtig hinzuzufügen: «Wir haben dreitausendfünfhundertundneunzig Rubel für dieses Picknick ausgegeben!»

«Halbe-halbe, Sie und Herr Kwaschnin?» war von hinten eine spöttische Stimme zu hören. Swjeschewskij drehte sich schnell um und vergewisserte sich, ob Andréa, der ihn mit seinem gewohnten unerschütterlichen Gesicht betrachtete und die Hände tief in seinen Hosentaschen vergraben hielt, diese giftige Frage gestellt hatte.

«Verzeihung, was haben Sie gesagt?» fragte der puterrot angelaufene Swjeschewskij.

«Nein, verzeihen Sie, *Sie* haben gesagt: ‹*Wir* haben dreitausend ausgegeben› – und ich habe allen Grund anzunehmen, daß Sie unter diesem ‹Wir› sich und den Herrn Kwaschnin verstehen ... In diesem Falle wäre es mir eine angenehme Pflicht, Ihnen zu erklären, daß, auch wenn ich diese Liebenswürdigkeit von Herrn Kwaschnin annehme, ich sie doch von Herrn Swjeschewskij nicht annehmen kann ...»

«Ach, nein, nein ... Sie haben mich nicht ganz recht verstanden», stammelte Swjeschewskij verwirrt. «Das hat alles Wassilij Terentjewitsch ... Ich habe nur ... als Vertrauensperson ... Nun, als Beauftragter sozusagen, ja ...», fügte er mit süßsaurem Lächeln hinzu.

Fast gleichzeitig mit dem Sonderzug traf die Familie Sinenko in Begleitung Kwaschnins und Schelkownikows ein. Doch Wassilij Terentjewitsch war es noch nicht gelungen, aus seiner

Kutsche herauszuklettern, als ein von niemandem vorhergesehenes Ereignis tragikomischen Charakters eintrat. Schon vom Morgen an hatten sich, nachdem ihnen das bevorstehende Picknick zu Ohren gekommen war, die Frauen, Schwestern und Mütter der Fabrikarbeiter auf dem Bahnhof zu versammeln begonnen; viele von ihnen hatten ihre Säuglinge mitgebracht. Mit einem Ausdruck von eiserner Geduld auf ihren verbrannten, ausgemergelten Gesichtern saßen sie schon endlose Stunden auf den Stufen der Bahnhofsvortreppe und auf dem Erdboden entlang der Wände, welche weite Schatten warfen. Es waren mehr als zweihundert Frauen. Auf die Fragen des Stationsvorstehers antworteten sie, sie warteten auf den «rothaarigen und dicken Chef». Der Hausmeister versuchte sie zu vertreiben, doch sie hoben solch ein ohrenbetäubendes Gezeter an, daß er nur mit der Hand abwinkte und die Frauen in Ruhe ließ.

Jede vorfahrende Kutsche löste in ihren Reihen minutenlangen Tumult aus, doch da der «rothaarige und dicke Chef» bisher nicht unter den Eingetroffenen war, beruhigten sie sich jedesmal wieder.

Jetzt hatte Kwaschnin kaum nach dem Kutschbock fassen und ächzend und die Kutsche zum Schwanken bringend aufs Trittbrett steigen können, als ihn schon von allen Seiten die Frauen umringten und vor ihm auf die Knie fielen. Die vom Lärm der Menge erschrockenen jungen, feurigen Pferde fingen zu schnauben an und wollten losjagen; der mit aller Macht an den Zügeln ziehende und sich weit zurücklegende Kutscher konnte sie nur mit Mühe halten. Zunächst konnte Kwaschnin nichts verstehen: die Frauen schrien alle auf einmal und streckten ihm ihre Säuglinge entgegen. Über die gebräunten Gesichter strömten plötzlich reichlich die Tränen.

Kwaschnin erkannte, daß er sich aus diesem lebendigen Ring, der sich um ihn geschlossen hatte, nicht befreien konnte.

«Halt, ihr Frauenzimmer! Hier wird nicht randaliert!» schrie er und übertönte mit seinem Baß sofort die Stimmen der Frauen. «Ihr schreit ja alle durcheinander wie Marktweiber. Und ich verstehe nichts. Soll eine allein reden: Was ist los?»

Aber jede wollte als einzige reden. Die Schreie wurden noch lauter, und die Tränen flossen in noch größeren Strömen über die Wangen.

«Ernährer... von unserem Blut... schau uns doch an... Das kann man nicht aushalten... Ausgemergelt!... Wir sterben... mit den Kindern krepieren wir... Vor Kälte verrecken wir, wirklich!»

«Was fehlt euch denn? Weshalb sterbt ihr?» schrie Kwaschnin. «Ja, nun kreischt doch nicht alle auf einmal! Hier du, junge Frau, erzähl du!» Er zeigte mit dem Finger auf eine hochgewachsene, trotz der Blässe ihres müden Gesichts schöne Kalugaer Bauersfrau. «Die andern, schweigt!»

Die meisten verstummten, fuhren nur fort, leise zu wimmern und zu schluchzen, wobei sie Augen und Nase mit ihren schmutzigen Rockzipfeln abwischten.

Trotzdem sprachen noch immer nicht weniger als zwanzig Frauen gleichzeitig.

«Wir sterben vor Kälte, Ernährer... Sei so gütig, bedenk uns irgendwie... Wir wissen nicht weiter... Uns hat man in Baracken gesteckt für den Winter, und in denen ist nicht zu leben, ja. Nur gut, daß es überhaupt Baracken sind, obwohl aus Span gezimmert. Und jetzt in der Nacht, 's ist nicht auszuhalten vor Kälte... die Zähne bleiben nicht aufeinander vor Klappern... Und was solln wir im Winter machen? Hab doch wenigstens Mitleid mit unsern Kinderchen, hilf, Guter, wenigstens Öfen befiehl aufzustellen... Nirgends kann man kochen... Draußen kochen wir's Essen... Unsre Männer sind den ganzen Tag lang auf Arbeit... durchfroren... durchnäßt... kommen sie heim, und zum Trocknen gibt's nichts.»

Kwaschnin steckte in einer Falle. Wohin er sich auch drehte und wendete, überall versperrten ihm die auf den Boden gesunkenen, knienden Frauen den Weg. Beim Versuch, sich zwischen ihnen hindurchzuzwängen, faßten sie ihn bei den Beinen und den Schößen seines langen grauen Mantels. Als Kwaschnin seine Machtlosigkeit einsah, rief er durch ein Handzeichen Schelkownikow herbei, und nachdem sich dieser durch die dichte Menge Frauen einen Weg gebahnt hatte, fragte Wassilij Terentjewitsch ihn auf französisch mit einem Ausdruck von Wut in der Stimme: «Haben Sie das gehört? Was bedeutet das alles?»

Hilflos breitete Schelkownikow die Arme aus und stammelte: «Ich habe an die Geschäftsleitung geschrieben, es gemeldet... Die Zahl der Arbeitskräfte ist sehr begrenzt... Sommerzeit... Zeit der Heuernte... die hohen Preise... Die Geschäftsleitung hat nicht eingewilligt, daß ... nichts zu machen ...»

«Wann also werden Sie mit dem Umbau der Arbeiterbaracken beginnen?» fragte Kwaschnin streng.

«Vollkommen unklar... Die werden es doch schon irgendwie aushalten... Wir müssen uns zunächst einmal mit den Häusern für die Angestellten beeilen.»

«Weiß der Teufel, was für Unfug unter Ihrer Leitung gemacht wird», brummte Kwaschnin. Und sich erneut den Frauen zuwendend, sagte er: «Hört her, ihr Frauenzimmer! Ab morgen wird man euch Öfen setzen und eure Baracken mit Schnittholz verschalen. Habt ihr gehört?»

«Gehört haben wir, Ernährer von unserem Blut ... Dank sei dir... Wie sollten wir's nicht gehört haben», erklangen freudige Stimmen. «'s ist doch besser so, wenn's der Chef selber befiehlt... Dank dir... du unser Wohltäter, erlaub auch, daß wir Späne sammeln dürfen auf dem Bau!»

«Gut, gut, auch Späne ist euch zu sammeln erlaubt.»

«Aber man hat überall Tscherkessen[1] hingestellt, und wenn man bloß nach Spänen geht, so peitscht der mit der Nagaika[2] los, wie versessen haut der zu.»

«Schon gut, schon gut... Holt ruhig eure Späne, niemand wird euch etwas zuleide tun», be-

---

[1] Im Süden dingt man besonders gern Tscherkessen als Wächter in Fabriken und auf Gütern, denn sie gelten als treu und jagen der Bevölkerung Angst ein. (Anm. d. Autors)

[2] Riemenpeitsche

ruhigte sie Kwaschnin. «Und jetzt, ihr Frauenzimmer, marsch nach Hause und Suppe gekocht! Los, schaut zu, daß ihr fortkommt!» schrie er mit aufmunternder, schneidiger Stimme. «Und Sie», bemerkte er halblaut zu Schelkownikow, «Sie sehen zu, daß man morgen so zwei, drei Fuhren Ziegel neben den Baracken ablädt... Das beruhigt sie für lange Zeit. Sollen sie sich daran ergötzen!»

Ganz glücklich gingen die Frauen auseinander.

«Weißt', und wenn man uns keine Öfen hinstellt, dann rufen wir die Enschinieure zu uns, daß die uns wärmen kommen», rief jene Kalugaer Bauersfrau, welcher Kwaschnin für alle zu reden befohlen hatte.

«Aber wieso denn», erwiderte schlagfertig eine andere, «dann muß uns schon der General selber wärmen. Ist doch so ein dicker und weicher... Bei ihm ist's wärmer als auf dem Ofen.»

Diese unvorhergesehene und so glücklich ausgegangene Episode belustigte alle. Sogar Kwaschnin, der anfangs über den Direktor verärgert gewesen war, lachte über die Aufforderung der Frauen, er solle sie wärmen, und versöhnlich hakte er sich bei Schelkownikow unter.

«Sehen Sie, mein Lieber», sagte er dem Direktor, während er schwerfällig die Stufen zum Bahnhofsgebäude hinaufschritt, «man muß nur die richtige Sprache sprechen mit diesem Volk. Sie können ihnen versprechen, was Sie wollen – Aluminiumbehausungen, den Achtstundentag, Buletten zum Frühstück –, nur müssen Sie das in einem sehr überzeugenden Ton machen. Ich schwöre Ihnen: innerhalb einer Viertelstunde beruhige ich allein durch Versprechungen das wildeste Volksspektakel...»

Während er sich Einzelheiten der gerade beruhigten Weiberrevolte ins Gedächtnis rief und herzlich darüber lachte, nahm Kwaschnin im Zug Platz. Drei Minuten später verließ der Zug den Bahnhof. Den Kutschern hatte man aufgetragen, direkt in die Schäumende Schlucht zu fahren, denn zurückkehren wollte man mit Pferden und bei Fackellicht.

Ninas Verhalten verwirrte Andrej Iljitsch. Er hatte bei der Bahnstation mit ungeduldiger Erregung, welche schon am Vorabend von ihm Besitz ergriffen hatte, auf ihr Eintreffen gewartet. Frühere Zweifel waren aus seinem Herzen verschwunden; er glaubte an sein nahes Glück, und noch niemals war ihm die Welt so wunderbar erschienen, die Menschen so gut und das Leben so leicht und froh. Beim Gedanken an das Wiedersehen mit Nina hatte er versucht, sich dieses vorzustellen, und sich ungewollt zärtliche, leidenschaftliche und wohlklingende Sätze zurechtgelegt, um dann über sich selber zu lachen... Weshalb Worte der Liebe formen? Wenn man sie braucht, kommen sie von ganz allein und sind noch wesentlich schöner und wärmer. Bobrow hatte sich der Verse eines Dichters erinnert, die er in irgendeiner Zeitschrift gelesen hatte und in denen jener seiner Geliebten sagte, sie wollten einander keinen Schwur leisten, denn dieser würde ihre heiße und innige Liebe besudeln.

Bobrow hatte gesehen, wie Kwaschnins Troika

und in ihrem Gefolge zwei Kutschen der Sinenkos vorgefahren waren. Nina saß in der ersten. In ihrem leichten, honiggelben Kleid, das am runden Ausschnitt elegant mit Spitzen des gleichen Farbtons besetzt war, und in ihrem großen, weißen italienischen Hut, den Teerosen schmückten, erschien sie ihm bleicher und ernster als gewöhnlich. Sie hatte Bobrow, der auf der Bahnhofsvortreppe stand, schon von weitem erkannt, schenkte ihm jedoch nicht, wie er es erwartet hatte, einen langen und vielsagenden Blick. Im Gegenteil, es schien ihm sogar, als wende sie sich absichtlich ab von ihm. Und während Andrej Iljitsch zu ihrem Wagen lief, um ihr beim Aussteigen behilflich zu sein, sprang sie schnell und leicht, als wollte sie ihm zuvorkommen, auf der anderen Seite aus der Equipage. Ein ungutes, unheilverkündendes Gefühl stieg in Bobrows Herzen auf, aber er beeilte sich sogleich, eine Beschwichtigung zu finden: «Die Arme, sie schämt sich ihres Entschlusses und ihrer Liebe! Sie meint, jeder könnte jetzt in ihren Augen jene geheimsten Gedanken lesen... O heilige, edle Einfalt!»

Andrej Iljitsch war überzeugt, daß Nina, so wie das letztemal auf der Bahnstation, selber eine Gelegenheit finden werde, zu ihm zu kommen, um unter vier Augen einige Worte zu wechseln. Jedoch war sie offensichtlich ganz beschäftigt durch Kwaschnins Gespräch mit den Frauen und hatte es keineswegs eilig... Kein einziges Mal wandte sie sich um, sei es auch noch so verstohlen, um Bobrow einen Blick zuzuwerfen. Ängstlich und voller Trauer begann Andrej Iljitschs Herz zu schlagen. Er entschied, zu den Sinenkos hinüberzugehen, welche in einem dichten Haufen – die anderen Damen mieden sie offenbar – zusammenstanden, und in dem allgemeinen Aufruhr Nina, wenn nicht mit Worten, so doch wenigstens mit einem Blick nach dem Grund ihrer Mißachtung ihm gegenüber zu fragen.

Während er Anna Afanasjewna mit einem Handkuß begrüßte, betrachtete er genau ihr Gesicht und versuchte darin zu lesen, ob sie etwas wisse. Ja, zweifellos wußte sie Bescheid: ihre winkelartig abgeknickten Augenbrauen – wie Bobrow fand, das Merkmal für einen verlogenen Charakter – machten eine unzufriedene Bewegung, und ihre Lippen nahmen einen arroganten Ausdruck an. Sicher hatte Nina der Mutter alles erzählt und war von ihr getadelt worden, vermutete Bobrow und ging zu Nina.

Aber Nina schaute ihn nicht einmal an. Ihre Hand lag kalt und reglos in der seinen, die zitterte, während er Nina begrüßte. Und statt Andrej Iljitschs Gruß zu erwidern, drehte sie das Gesicht sofort Beta zu und tauschte irgendwelche Hohlheiten mit ihr aus ... In diesem hastigen Manöver glaubte Bobrow etwas Schuldvolles und Ängstliches, das einer direkten Antwort auswich, zu erkennen ... Er spürte, wie seine Knie mit einem Mal weich wurden und sein Mund trocken ... Er wußte nicht, was er von all dem halten sollte. Selbst wenn Nina ihr Geheimnis der Mutter verraten hatte, hätte sie ihm nicht dennoch mit einem dieser schnellen, sprechenden Blicke, über die Frauen immer instinktiv verfügen, sagen können:

«Ja, du hast es erraten, unser Gespräch ist bekannt ... aber ich bin noch dieselbe, Geliebter, noch immer dieselbe, hab keine Angst!» Sie allerdings zog es vor, sich abzuwenden. «Wie dem auch sei, ich werde beim Picknick um jeden Preis so lange warten, bis ich die Antwort kenne», dachte Bobrow traurig, denn er ahnte dunkel etwas Schmutziges und Schweres voraus. «Auf die eine oder andere Weise wird sie mir antworten müssen.»

10

Am dreihundertdritten Werstpfosten verließ die Gesellschaft die Waggons und ging als langer bunter Zug am Bahnwärterhäuschen vorbei und über einen schmalen Weg in die Schäumende Schlucht hinab... Schon von weitem wehte den erhitzten Gesichtern die Frische und der Duft des Herbstwaldes entgegen... Der immer steiler abfallende Pfad verschwand zwischen dichten Haselnuß- und unter Geißblattsträuchern, die sich über ihm zu einem geschlossenen, dunklen Gewölbe verflochten. Unter den Füßen raschelte schon gelbes, trockenes, sich zusammenrollendes Laub. In der Ferne leuchtete blutrot die untergehende Sonne durch das enge Netz aus Buschwerk hindurch.

Die Sträucher hörten auf. Vor den Augen der Gäste tat sich unerwartet eine von Wald umrahmte große Lichtung auf, deren Boden festgestampft und mit feinem Sand bestreut war. An ihrem einen Ende stand ein achteckiger Pavillon, der über und über mit Fahnen und Grünzeug geschmückt war, an dem anderen eine überdachte Estrade für das Orchester. Kaum waren die ersten Paare aus den Büschen aufgetaucht, da begann die Militärkapelle, einen fröhlichen Marsch von der Estrade herab zu schmettern. Die schönen, munteren Klänge der Blechblasinstrumente wehten spielerisch fort in den Wald, wurden klangvoll von den Bäumen zurückgeworfen und ergossen sich irgendwo in der Ferne in ein anderes scheinbares Orchester, das, wie man meinen konnte, bald das erste überholte, bald hinter ihm zurückblieb. In dem achteckigen Pavillon hantierten Diener mit Geschirr bei den Tischen herum, die hufeisenförmig angeordnet und schon mit neuen weißen Tüchern bedeckt waren.

Sobald die Musiker den Marsch beendet hatten, brachen alle Teilnehmer der Landpartie in stürmischen Applaus aus. Sie waren auch tatsächlich entzückt, denn vor nicht einmal zwei Wochen war diese Lichtung noch ein steiler, mit wenigen Sträuchern spärlich bewachsener Abhang gewesen . .

Die Kapelle stimmte einen Walzer an.

Bobrow sah, wie Swjeschewskij, der neben Nina stand, deren Taille ohne Aufforderung sofort umschlang und wie beide in schnellen Drehungen über den Platz flogen.

Swjeschewskij hatte Nina gerade verlassen, als schon ein Metallurgiestudent auf sie zueilte und nach ihm noch jemand anderes. Bobrow tanzte schlecht, ja, und er tanzte auch nicht gerne. Dennoch kam ihm die Idee, Nina zur Quadrille aufzufordern. «Vielleicht», dachte er, «gelingt es mir, einen Moment für eine Aussprache abzupassen.» Er ging zu ihr, als sie sich nach zwei weiteren Tanzrunden gesetzt hatte und sich in ihr glühendes Gesicht Kühlung fächelte.

«Ich hoffe, Nina Grigorjewna, Sie haben für mich eine Quadrille reserviert?»

«Ach mein Gott… So ein Pech! Ich habe schon alle Quadrillen vergeben», antwortete sie, ohne ihn anzusehen.

«Wirklich? So schnell?» fragte Bobrow mit dumpfer Stimme.

«Nun ja!» Nina zuckte ungeduldig und spöttisch mit den Schultern. «Weshalb kommen Sie nur so spät? Noch im Zug habe ich alle Quadrillen versprochen…»

«Sie haben mich also ganz vergessen!» sagte er traurig.

Der Klang seiner Stimme rührte Nina. Nervös klappte sie ihren Fächer zusammen und entfaltete ihn wieder, aber ihre Augen hob sie nicht.

«Sie sind selbst schuld. Warum sind Sie nicht zu mir gekommen?»

«Aber ich bin doch nur zu diesem Picknick gefahren, um Sie zu sehen… Haben Sie sich etwa einen Spaß erlaubt mit mir, Nina Grigorjewna?»

Sie schwieg und zupfte vor Verlegenheit an ihrem Fächer herum. Ein auf sie zufliegender junger Ingenieur half ihr aus der Klemme. Sie stand schnell auf, und ohne sich nach Bobrow umzuschauen, legte sie ihre zarte Hand im langen, weißen Handschuh auf die Schulter des Ingenieurs. Andrej Iljitsch folgte ihr mit den Augen… Nachdem sie eine Runde gedreht hatte, nahm sie am entgegengesetzten Ende der Lichtung – «natürlich absichtlich», dachte Andrej Iljitsch – wieder Platz. Entweder fürchtete sie ihn nahezu, oder sie schämte sich vor ihm.

Die alte und längst bekannte teilnahmslose, stumpfsinnige Schwermut überfiel Bobrow. Alle Leute erschienen ihm wieder vulgär und bemitleidenswert, fast komisch. Die gemessenen Töne der Musik hallten in seinem Kopf ununterbrochen als dumpfe Schläge wider und bereiteten ihm einen nervösen Schmerz. Aber er hatte die Hoffnung noch nicht verloren und beruhigte sich mit den unterschiedlichsten Mutmaßungen. «Vielleicht ist sie böse, weil ich ihr keine Blumen geschickt habe? Oder aber sie will nur nicht mit so einem Mehlsack wie mir tanzen?» argwöhnte er. «Nun ja, sie hat sicher recht. Für Mädchen ist solcher Unfug doch von derart großer Bedeutung... Ist er es nicht, der ihnen Freude und Ärger bringt, die ganze Poesie ihres Lebens?»

Als es zu dämmern anfing, entzündete man rund um den Pavillon lange Ketten aus verschiedenfarbigen chinesischen Lampions. Aber das war noch nicht genug: der Platz blieb fast ganz im Dunkeln. Auf beiden Seiten der Lichtung flammten blendend grelle, bläuliche Lichter zweier elektrischer Sonnen auf, die bis dahin sorgfältig vom Blattwerk der Bäume verdeckt worden waren. Die Birken und Weißbuchen, welche die Lichtung umstanden, traten sofort deutlich hervor. Ihre unbeweglichen, lockenartigen Äste glichen in der hellen und künstlichen Beleuchtung Theaterdekorationen, die am vorderen Rande einer Bühne stehen. Hinter ihnen zeichneten sich schwach, in graugrüne Düsternis gehüllt, die runden und gezackten Baumwipfel vor einem tiefschwarzen Himmel ab. Die Schnarrheuschrecken, welche die Musik nicht übertönen konnten, schnarrten so seltsam in der nahen Steppe, daß es schien, nur eine Heuschrecke zirpe, aber von allen Seiten her: von links und rechts und oben.

Der Ball dauerte fort, wurde immer lebhafter und lauter. Ein Tanz folgte dem nächsten. Das Orchester machte kaum eine Pause... Wie an Wein berauschten sich die Frauen an der Musik und dem märchenhaften Rahmen des Abends.

Der Duft ihrer Parfums und ihrer erhitzten Körper vermischte sich auf eigentümliche Weise mit dem Geruch des Steppenbeifußes, des vermodernden Laubs, der Feuchtigkeit des Waldes und mit dem fernen, feinen Duft des gemähten Grummets. Überall bewegten sich, bald langsam, bald schnell, Fächer wie Flügel schöner, bunter Vögel, die sich zum Abflug sammeln... Laute Unterhaltung, Lachen, das Scharren von Füßen auf dem Sand der Lichtung flossen zusammen zu einem eintönigen, fröhlichen Tosen, das plötzlich, wenn die Musik aufhörte zu spielen, mit besonderer Stärke hervorbrach.

Die ganze Zeit über folgte Bobrow unablässig Nina. Zweimal wohl streifte sie ihn beinahe mit ihrem Kleid. Wenn sie an ihm vorbeitanzte, wehte sogar ein Luftzug bis zu ihm herüber. Schön und irgendwie hilflos legte sie beim Tanzen ihren Arm auf die Schulter des Partners und neigte den Kopf, als wollte sie sich an seine Schulter lehnen... Hin und wieder sah man den Saum ihres weißen Spitzenunterrocks unter dem von der schnellen Bewegung auffliegenden Kleid hervorschimmern und ihre kleinen schwarzbestrumpften Füßchen mit den feinen Fesseln und den schmalen Waden. Dann schämte Bobrow sich aus irgendeinem Grund und spürte in seiner Seele eine grimmige Wut gegen alle, die Nina in diesem Augenblick sehen konnten.

Die Mazurka begann. Es war schon gegen neun Uhr. Nina, die mit Swjeschewskij tanzte, nutzte einen Moment, da ihr die Mazurka leitender Kavalier eine komplizierte Figur arrangierte, um, während sie mit beiden Händen ihr aufgelöstes Haar zusammenhielt, mit leichten und schnellen Schritten im Takte der Musik in die Garderobe zu laufen. Bobrow, der dies vom anderen Ende der Lichtung aus sah, eilte sofort hinterher und postierte sich neben der Tür... Hier war es beinahe ganz dunkel; die gesamte Garderobe – ein kleines, aus Brettern gezimmertes Räumchen, das an der Rückwand des Pavillons angebaut war – stand in tiefen Schatten getaucht. Bobrow war entschlossen, auf Nina zu warten und sie unter allen Umständen dazu zu zwingen, ihm eine Erklärung zu geben. Sein Herz schlug schnell und schmerzhaft; seine Finger, die er krampfhaft zusammenpreßte, wurden feucht und kalt.

Nach fünf Minuten kam Nina heraus. Bobrow trat aus dem Schatten und versperrte ihr den Weg. Nina stieß einen schwachen Schrei aus und tat einen Schritt zurück.

«Nina Grigorjewna, weshalb quälen Sie mich so?» fragte Andrej Iljitsch und machte mit den Händen, ohne daß er selbst es merkte, eine flehende Geste. «Sehen Sie denn nicht, wie schmerzlich es für mich ist. Oh! Sie machen sich lustig über mein Leid ... Sie lachen über mich ...»

«Ich verstehe nicht, was Sie wollen. Ich denke nicht einmal daran, über Sie zu lachen», entgegnete Nina halsstarrig und hochnäsig.

In ihr war der Geist ihrer Familie erwacht.

«Nein?» fragte Bobrow niedergeschlagen. «Was bedeutet dann Ihr heutiges Verhalten mir gegenüber?»

«Welches Verhalten?»

«Sie sind kalt zu mir, mir fast feindlich gesinnt. Sie gehen mir aus dem Weg ... Ihnen ist sogar meine Anwesenheit an sich unangenehm heute abend ...»

«Es ist mir völlig egal ...»

«Das ist noch schlimmer ... Ich fühle in Ihnen eine mir unbegreifliche und schreckliche Veränderung ... Nun, seien Sie doch offen, Nina, seien Sie aufrichtig – wofür ich Sie noch heute hielt ... Wie entsetzlich die Wahrheit auch sein mag, sprechen Sie! Besser ist es doch, für Sie und für mich, auf der Stelle einen Schlußstrich zu ziehen ...»

«Einen Schlußstrich worunter? Ich verstehe Sie nicht ...»

Bobrow preßte seine Hände gegen die Schläfen, in denen das Blut wie im Fieberwahn hämmerte.

«Nein, Sie verstehen es! Heucheln Sie nicht! Wir haben einen Schlußpunkt zu setzen. Es gab zärtliche Worte zwischen uns, die fast an eine Erklärung grenzten, wir haben wunderbare Minuten miteinander verlebt, die zwischen uns zarte, enge Bande knüpften... Ich weiß: Sie wollen sagen, daß ich mir das einbilde... Kann sein, kann gut sein... Aber haben Sie mir etwa nicht befohlen, zu diesem Picknick zu kommen, um die Möglichkeit zu einem ungestörten Gespräch zu haben?»

Nina bekam plötzlich Mitleid mit ihm.

«Ja... Ich habe Sie gebeten zu kommen...», sagte sie und ließ den Kopf hängen. «Ich wollte... ich habe Ihnen sagen wollen... wir müssen für immer voneinander Abschied nehmen.»

Bobrow schwankte, als hätte ihn jemand gegen die Brust gestoßen. Selbst in der Dunkelheit war zu erkennen, wie sein Gesicht erbleichte.

«Abschied... nehmen...», sagte er erstickt. «Nina Grigorjewna! Das Wort ‹Abschied› ist ein schweres, bitteres Wort... Sprechen Sie es nicht aus...»

«Ich muß es sagen.»

«Müssen?»

«Ja, ich muß! Es ist nicht mein Entschluß.»

«Wessen dann?»

Jemand kam auf sie zu. Nina schaute angestrengt in die Dunkelheit und flüsterte: «Hier: deren!»

Es war Anna Afanasjewna. Mißtrauisch musterte sie Bobrow und Nina und nahm ihre Tochter bei der Hand.

«Weshalb bist du mitten im Tanz fortgelaufen, Nina?» sagte sie mit tadelnder Stimme. «Hast dich irgendwo ins Dunkle gestellt und schwatzt...

Eine anständige Beschäftigung ... da kann man nichts sagen ... Und ich suche dich in allen Ecken und Winkeln! Und Sie, mein Herr», wandte sie sich plötzlich streitsüchtig und laut an Bobrow, «Sie, mein Herr, wenn Sie schon selbst nicht tanzen können oder wollen, dann halten Sie wenigstens nicht die Fräulein davon ab, um sie durch ein Gespräch *tête-à-tête* zu kompromittieren ... in düsteren Ecken ...»

Sie ging fort und zog Nina hinter sich her.

«Oh! Keine Angst, gnädige Frau: Ihr Fräulein kann nichts kompromittieren!» schrie Bobrow ihr nach und lachte plötzlich so seltsam und bitter los, daß sowohl die Mutter als auch die Tochter sich unwillkürlich umdrehten.

«Nun! Habe ich dir nicht gesagt, daß er ein Dummkopf und Rüpel ist?» Anna Afanasjewna zerrte Nina an der Hand weiter. «Ihm kannst du direkt ins Gesicht spucken, und der lacht noch darüber ... der wird sich schon wieder beruhigen ... Gleich ist Damenwahl», fügte sie in einem anderen, ruhigeren Ton an. «Geh und fordere Kwaschnin auf! Er hat gerade aufgehört zu spielen. Schau, er steht in der Tür der Laube.»

«Mama! Aber wie soll er denn tanzen? Er kann sich ja gerade noch mit Müh und Not umdrehen!»

«Und ich sage dir: geh! Einstmals galt er als einer der besten Tänzer von Moskau ... Auf alle Fälle wird es ihm schmeicheln.»

Wie in großer Entfernung und durch grauen vibrierenden Nebel hindurch sah Bobrow, wie Nina schnell über den Platz lief, wie sie lächelnd, leicht und kokett vor Kwaschnin stehenblieb und voller Grazie bittend den Kopf zur Seite neigte. Wassilij Terentjewitsch hörte sie an, wobei er sich ein wenig zu ihr vorbeugte; plötzlich prustete er los vor Lachen, daß sein ganzer riesiger Körper erbebte, und schüttelte verneinend den Kopf. Nina beharrte lange auf ihrer Bitte, dann machte sie auf einmal ein beleidigtes Gesicht und drehte sich mit kapriziöser Bewegung zum Weggehen um. Doch Kwaschnin holte sie mit einer ihm sonst gar nicht eigenen Flinkheit ein, und reichte – während er die Schultern in einer Weise zuckte, als wollte er sagen: «Nun, nichts zu machen ... Kinder muß man verhätscheln ...» – ihr den Arm. Alle Tanzenden blieben stehen und hefteten mit Neugier ihren Blick auf das neue Paar. Das Schauspiel, das ein die Mazurka tanzender Kwaschnin bieten mußte, versprach äußerst komisch zu werden.

Wassilij Terentjewitsch wartete den Einsatz des Taktes ab und tat, nachdem er sich mit einer schwerfälligen, doch eigenartig majestätischen Bewegung seiner Dame zugewandt hatte, so sicher und geschickt den ersten Pas, daß sofort alle in ihm den ehemals hervorragenden Tänzer erkannten. Während er Nina von oben bis unten mit einer stolzen, herausfordernden und fröhlichen Miene betrachtete, tanzte er zunächst nicht, sondern führte zur Musik nur einige elastische, leicht federnde Schritte aus. Sein riesiger Wuchs und der Körperumfang schienen ihn nicht nur nicht zu stören, sondern vergrößerten in diesem Moment die gewichtige Grazie seines Körpers. Als er zur Biegung des Platzes kam, hielt er für eine Sekunde inne, schlug plötzlich die Hacken zusammen, wirbelte Nina schnell am Ort herum und tanzte auf seinen dicken, federnden Beinen mit einem herablassenden Lächeln auf dem Gesicht direkt über die Platzmitte. An der Stelle, wo Kwaschnin Nina untergefaßt hatte, ließ er seine Dame noch einmal mit einer schönen, schnellen Bewegung sich im Kreise drehen, und nachdem er sie unerwartet auf einen Stuhl gesetzt hatte, blieb er selbst, sich tief verneigend, vor ihr stehen.

Sofort umringten ihn von allen Seiten die Damen, um ihn nochmals zu einer Runde aufzufordern. Doch erschöpft von der ungewohnten Bewegung, atmete er schwer und fächelte sich mit einem Tuch Luft zu.

«Genug, *Mesdames*... verschonen Sie mich Greis...», sagte er lachend, während er nach Atem rang. «In meinem Alter sollte man nicht mehr tanzen. Gehen wir lieber essen!»

Die Gesellschaft setzte sich zu Tisch; Stühle wurden gerückt, scharrten über den Boden... Bobrow stand noch immer dort, wo Nina ihn zurückgelassen hatte. Gefühle von Erniedrigung, Verletztheit und Hoffnungslosigkeit, von verzweifelter Trauer marterten ihn. Tränen kamen ihm nicht, doch irgend etwas ließ seine Augen brennen, und ein trockener, stechender Kloß saß ihm in der Kehle... Die Musik hallte noch immer monoton und schmerzhaft in seinem Kopf wider.

«Meine Güte! Ich suche Sie schon überall und kann Sie nicht finden. Wo stecken Sie bloß?» hörte Andrej Iljitsch neben sich die fröhliche Stimme des Doktors. «Ich war kaum eingetroffen, da hat man mich ans Wint[1] gesetzt, ich konnte mich nur mit Ach und Krach wieder losreißen... Gehen wir essen! Ich habe extra zwei Plätze belegt, damit wir zusammen...»

«Ach Doktor! Gehn Sie allein! Ich komme nicht mit, habe keine Lust!» Bobrow mußte sich erst zu einer Antwort überwinden.

«Sie kommen nicht? Na so was!» Der Doktor betrachtete eindringlich Bobrows Gesicht. «Was ist denn los mit Ihnen, Täubchen? Sie sehen ja ganz zerschlagen aus», sagte er, jetzt ernst und teilnehmend. «Nun, wie Sie wollen, aber allein lasse ich Sie nicht. Gehn wir, los, keine Widerrede!»

«Schlecht geht es mir, Doktor... schändlich schlecht», antwortete Bobrow leise, doch folgte er automatisch dem ihn fortziehenden Goldberg.

«Unsinn, alles Unsinn, gehen wir! Seien Sie ein Mann, pfeifen Sie drauf! ‹Oder ist's ein Herzensleid? Ist die Seele voller Schrecken?›» deklamierte Goldberg plötzlich, schlang zärtlich und fest seinen Arm um Bobrows Taille und schaute ihm freundlich ins Gesicht. «Ich verschreibe Ihnen sogleich ein Allheilmittel: ‹Wolln wir trinken, Wanja, wolln wir runterspüln die Kälte und das Leid?› Ehrlich gesagt, ich habe mir mit diesem Andréa schon einige Kognaks genehmigt... Ach, und dieser Hundesohn kann vielleicht trinken! Wie ein Loch... Nun, seien Sie ein Mann, mein Lieber! Wissen Sie, Andréa interessiert sich sehr für Sie. Gehen wir, los!»

Während er so sprach, zog Goldberg Bobrow

[1] Kartenspiel

zum Pavillon. Sie setzten sich nebeneinander. Auf der anderen Seite war Andréa Andrej Iljitschs Tischpartner.

Andréa, der Bobrow schon von weitem zugelächelt hatte, rückte zur Seite, um ihm Platz zu schaffen, und strich ihm zärtlich über den Rücken.

«Sehr erfreut, wirklich sehr erfreut, setzen Sie sich näher zu mir», sagte er freundschaftlich. «Ein sympathischer Mensch... ich liebe solche Leute... ein guter Mensch... Trinken Sie einen Kognak?»

Andréa war betrunken. Seine glasigen Augen waren seltsam lebhaft geworden und strahlten in dem blassen Gesicht. (Erst ein halbes Jahr später wurde bekannt, daß dieser untadelige, zurückhaltende, arbeitsame und talentierte Mensch jeden Abend in völliger Einsamkeit sich bis zur Besinnungslosigkeit betrank.)

«Vielleicht wird es ja tatsächlich leichter, wenn ich trinke», dachte Bobrow, «ich kann's ja mal versuchen, zum Teufel!»

Andréa wartete geduldig mit der schon geneigten Flasche in der Hand. Bobrow stelle sein Glas darunter.

«Sooo?» fragte Andréa, die Augenbrauen hochziehend.

«Ja», antwortete mit traurigem und sanftem Lächeln Bobrow.

«Gut! Wieviel?»

«Das Glas wird es sagen.»

«Ausgezeichnet! Man könnte glauben, daß Sie bei der schwedischen Marine gedient haben. Genug?»

«Schenken Sie nur ein! Nur zu!»

«Mein Freund, Sie haben wohl außer acht gelassen, daß das ein ‹Martel VSOP› ist – ein schwerer, alter und echter Cognac.»

«Schenken Sie ein, keine Angst...» Und mit Schadenfreude dachte Bobrow: «Was soll's, dann werde ich halt voll sein wie ein Amtmann. Soll sie sich dran weiden...»

Das Glas war randvoll. Andréa stellte die Flasche auf den Tisch und begann seinen Tischnachbarn mit Neugier zu beobachten. Bobrow trank das Glas in einem Zuge leer und schüttelte sich heftig, weil ihm die Gewohnheit fehlte.

«Kindchen mein, wurmt Sie was?» fragte Andréa, nachdem er Bobrow ernst in die Augen geschaut hatte.

«Ja, es wurmt mich etwas!» Andrej Iljitsch nickte niedergeschlagen mit dem Kopf.

«Im Herzen?»

«Ja.»

«Hm! Das heißt, Sie wollen noch mehr?»

«Gießen Sie nach!» sagte Bobrow traurig und demütig.

Mit Gier und Ekel trank er den Kognak, um sich zu betäuben. Doch merkwürdig: der Alkohol hatte keinerlei Wirkung auf ihn. Im Gegenteil, ihm wurde noch wehmütiger zumute, und die Tränen brannten ihm noch mehr in den Augen.

In der Zwischenzeit reichten Kellner Champagner herum, und Kwaschnin, der sein Sektglas mit zwei Fingern hielt und durch das Glas hindurch auf das Licht des hohen Kandelabers schaute, erhob sich von seinem Stuhl. Alle verstummten. Man hörte nur den Kohlefaden in den elektrischen Lampen zischen, und unermüdlich und laut zirpten die Heuschrecken.

Kwaschnin räusperte sich.

«Hochverehrte Damen und Herren!» begann er und machte eine bedeutungsvolle Pause. «Ich denke, keiner zweifelt an dem Gefühl aufrichtiger Dankbarkeit, mit dem ich dieses Glas hebe! Niemals werde ich den herzlichen Empfang vergessen, den man mir in Iwankowo bereitet hat, und das heutige kleine Picknick wird dank der bezaubernden Liebenswürdigkeit der anwesenden Damen für mich auf immer in angenehmster Erinnerung bleiben. Trinken wir auf Ihre Gesundheit, *Mesdames*!»

Er hob seinen Römer, beschrieb damit in der Luft einen großen Halbkreis, nippte daran und fuhr fort: «An Sie, meine engsten Mitarbeiter und Kollegen, will ich nun das Wort richten. Rügen Sie nicht, daß es in Form einer Belehrung sein wird: Nach Jahren gezählt, bin ich im Vergleich zu den meisten Anwesenden ein Greis, und die Belehrung durch einen Greis darf nicht als Verletzung verstanden werden.»

Andréa beugte sich an Bobrows Ohr und flüsterte: «Schaun Sie, welche Fratzen diese Kanaille von Swjeschewskij schneidet!»

In der Tat drückte Swjeschewskij mit seinem Gesicht höchstes Speichelleckertum und übertriebene Aufmerksamkeit aus. Als Wassilij Terentjewitsch auf sein Alter verwies, machte er mit Kopf und Händen eine Geste des Protestes.

«Dennoch wiederhole ich nur eine alte abgedroschene Redensart aus den Leitartikeln der Zeitungen», fuhr Kwaschnin fort. «Halten Sie unser Banner hoch! Vergessen Sie nicht, wir sind das Salz der Erde, uns gehört die Zukunft! Haben nicht wir den gesamten Erdball mit einem Netz von Eisenbahnlinien überzogen? Öffnen nicht wir den Schoß der Erde und verwandeln ihre Schätze in Kanonen, Brücken, Dampflokomotiven, in Schienen und kolossale Maschinen? Sind es nicht wir, die kraft unseres Genius fast unglaubliche Vorhaben in die Tat umsetzen und so Hunderte von Millionen an Kapital in Bewegung bringen? Sie müssen wissen, meine Herren, daß die weise Natur ihre schöpferischen Kräfte darauf verwendet, eine ganze Nation zu schaffen, nur damit sich aus ihr zwei oder drei Dutzend Auserwählte herausschälen. Haben Sie den Mut und die Kraft, einer dieser Auserwählten zu sein! Hurra!»

«Hurra, hurra!» schrien die Gäste los, und lauter als alle anderen hob Swjeschewskijs Stimme sich hervor.

Alle standen von ihren Plätzen auf, um mit Wassilij Terentjewitsch anzustoßen.

«Eine scheußliche Rede!» sagte der Doktor halblaut.

Nach Kwaschnin erhob sich Schelkownikow und schrie: «Meine Herrschaften! Auf das Wohl unseres verehrten Patrons, unseres teuren Lehrers und unseres augenblicklichen Gastgebers: auf das Wohl Wassilij Terentjewitsch Kwaschnins! Hurra!»

«Hurra!» echoten einmütig alle Gäste, und wieder ging man, mit Kwaschnin anzustoßen.

Dann begann eine Orgie der Schönrednerei.

Auf den Erfolg des Unternehmens wurde getrunken, auf die nicht anwesenden Aktionäre, auf die Damen, die am Picknick teilnahmen, und auf die Damen im allgemeinen. Einige der Tischreden waren zweideutig und auf spielerische Art anstößig.

Der Champagner, der in Strömen floß, zeigte seine Wirkung: ein lautes Stimmengewirr hing über den Tischen, und jedesmal, wenn jemand einen Trinkspruch ausbringen wollte, mußte er erst lange und geduldig mit dem Messer gegen sein Glas schlagen. Etwas abseits an einem kleinen, einzeln stehenden Tischchen bereitete der schöne Miller einen Punsch zu... Plötzlich erhob sich Kwaschnin noch einmal; auf seinem Gesicht spielte ein gutherzig-verschmitztes Lächeln.

«Es ist mir eine besondere Freude, meine Herrschaften, daß unser Fest zufällig mit einer Familienfeier zusammenfällt», sagte er mit bezaubernder Liebenswürdigkeit. «Wir wollen aus ganzem Herzen zwei Verlobten gratulieren und ihnen Glück wünschen: auf das Wohl der Braut Nina Grigorjewna Sinenko und ihres Bräutigams...», er geriet ins Stocken, weil er Swjeschewskijs Vor- und Vatersnamen vergessen hatte, «... und unseres Kollegen, Herrn Swjeschewskij!»

Die Schreie, die den Worten Kwaschnins folgten, waren um so lauter, als die von ihm angekündigte Neuigkeit völlig unerwartet kam. Andréa, welcher neben sich einen Ausruf des Erstaunens hörte, der mehr einem gequälten Stöhnen glich, drehte sich um und sah Bobrows bleiches Gesicht von innerem Schmerz verzerrt.

«Kollege, Sie wissen noch nicht alles», flüsterte Andréa. «Hören Sie nur hin, jetzt werde ich ein paar warme Worte zum besten geben!»

Entschieden stand er auf, wobei er seinen Stuhl umkippte und den Inhalt seines Römers zur Hälfte vergoß, und rief aus: «Gnädige Herrschaften! Unser sehr geehrter Chef hat aus völlig verständlicher, großherziger Bescheidenheit heraus seine Rede nicht zu Ende gehalten... Wir müssen unserem Kollegen Stanislaw Xawerjewitsch Swjeschewskij zu einem neuen Posten gratulieren: vom kommenden Monat an wird er die verantwortungsvolle Stelle des Geschäftsführers in der Direktion unserer Gesellschaft bekleiden... Diese Ernennung wird für das junge Paar sozusagen das Hochzeitsgeschenk Wassilij Terentjewitschs sein... Ich sehe einen Ausdruck von Unzufriedenheit im Gesicht unseres hochverehrten Patrons... Sicher habe ich ungewollt eine von ihm vorbereitete Überraschung verraten und bitte deshalb um Verzeihung. Aber, geleitet vom Gefühl der Freundschaft und der Achtung gegenüber unserem teuren Kollegen, kann ich nicht umhin, Stanislaw Xawerjewitsch zu wünschen, er möge in seinem neuen Wirkungskreis in Petersburg ein genauso tatkräftiger Mitarbeiter und genauso lieber Kollege sein wie hier... Ich weiß aber auch, meine Herrschaften, daß niemand von uns Stanislaw Xawerjewitsch beneidet...» (er machte eine Pause und schaute mit beißendem Spott zu Swjeschewskij hinüber) «... und deshalb wünschen wir alle ihm so einträchtig alles Gute, und daß...»

Seine Rede wurde plötzlich von lautem Hufgetrappel unterbrochen. Aus dem Dickicht tauchte auf einem schaumbedeckten Pferd ein Mann ohne Mütze hervor; auf seinem verzerrten Gesicht stand starres Entsetzen. Es war der beim Unternehmer Dechterjow arbeitende Aufseher. Mitten auf der Lichtung ließ er sein vor Erschöpfung zitterndes Pferd stehen, eilte zu Wassilij Terentjewitsch, neigte sich vertraulich an dessen Ohr und begann etwas zu flüstern. Im Pavillon wurde es plötzlich schrecklich still, und wie zuvor waren nur das Zischen der Kohlefäden und das aufdringliche Schnarren der Heuschrecken zu hören.

Das vom Wein gerötete Gesicht Kwaschnins wurde bleich. Nervös stellte er sein Glas, das er in der Hand hielt, so auf den Tisch, daß der Wein über den Rand schwappte.

«Und die Belgier?» fragte er abgehackt und heiser.

Der Aufseher schüttelte verneinend den Kopf und fing wieder an, Kwaschnin etwas ins Ohr zu flüstern.

«Zum Teufel!» schrie Kwaschnin plötzlich, sprang von seinem Stuhl hoch und knüllte seine Serviette in den Händen. «Man hätte ... Warte, du bringst gleich ein Telegramm an den Gouverneur zur Bahn! Meine Herrschaften», wandte er sich laut und aufgeregt an die Anwesenden, «in der Fabrik sind Unruhen ausgebrochen ... Maßnahmen müssen getroffen werden und ... und es scheint mir besser, wir brechen alle sofort auf von hier ...»

«Das habe ich schon gewußt», sagte Andréa verächtlich und mit stiller Bosheit.

Und während alle hin und her zu eilen begannen, nahm er sich in aller Ruhe eine neue Zigarre, tastete in seinen Taschen nach Streichhölzern und goß sich Kognak nach.

11

Es kam zu einem stumpfsinnigen, unsinnigen Durcheinander. Alle sprangen von ihren Plätzen auf und rannten, sich gegenseitig anrempelnd, schreiend und sich an den umgestürzten Stühlen stoßend, in dem Pavillon umher. Mit zitternden Fingern setzten die Damen hastig ihre Hüte auf. Irgend jemand hatte es zudem fertiggebracht, die elektrischen Lampen löschen zu lassen, was die allgemeine Verwirrung noch verstärkte... In der Dunkelheit ertönten hysterische Schreie der Frauen.

Es war gegen fünf Uhr. Die Sonne war noch nicht aufgegangen, doch war der Himmel bereits merklich heller und kündigte mit seiner grauen, eintönigen Färbung den Anbruch eines regnerischen Tages an. Die blasse, trübe, einförmige Dämmerung des beginnenden Morgens, welche so schnell und überraschend den grellen Schein des elektrischen Lichts abgelöst hatte, gab diesem Bild der allgemeinen Bestürzung zusätzlich einen bedrückenden, beängstigenden, fast unwirklichen Charakter. Die menschlichen Gestalten erschienen wie Gespenster aus irgendeinem phantastischen, wahnwitzigen Märchen. Die von der schlaflosen Nacht zerknitterten, jetzt aufgeregten Gesichter sahen schreckenerregend aus. Der mit Wein übergossene Eßtisch, auf welchem sich das Geschirr türmte, erinnerte an ein wüstes, jäh unterbrochenes Gelage.

Bei den Equipagen war der Wirrwarr noch schlimmer: die verschreckten Pferde schnaubten, bäumten sich auf, ließen sich nicht aufzäumen; Räder verhakten sich ineinander, und das Krachen von Achsen war zu hören; die Ingenieure riefen ihre Kutscher, die sich untereinander beschimpften, beim Namen. Im allgemeinen hatte man den Eindruck eines ohrenbetäubenden Chaos, wie es sonst nur bei nächtlichen Großbränden entsteht. Irgend jemand wurde überfahren oder zwischen Wagen eingeklemmt; Jammergeschrei war zu hören.

Bobrow konnte Mitrofan nicht finden. Zwei- oder dreimal glaubte er, die Antwort des Kutschers auf sein Rufen von irgendwo aus der Mitte der ineinander verkeilten Equipagen zu vernehmen. Aber dorthin zu gelangen war unmöglich, denn das Gedränge nahm von Minute zu Minute zu.

Plötzlich flammte hoch über der Menge eine riesengroße Petroleumfackel auf. Rufe waren zu hören: «Aus dem Weg! Aus dem Weg! Platz machen, meine Herrschaften! Aus dem Weg!» Eine ungestüme menschliche Woge, die von einem starken Druck vorwärtsgetrieben wurde, ergriff Andrej Iljitsch und riß ihn mit, daß er beinahe zu Boden stürzte, klemmte ihn fest zwischen der Rückwand einer Droschke und der Deichsel einer anderen. Von da aus sah Bobrow, wie sich zwischen den Kutschen schnell ein breiter Weg bildete und wie durch diese Bahn Kwaschnin in seiner Troika mit den Grauschimmeln fuhr. Die über dem Wagen schwankende Fackel ergoß ein flackerndes, unheilvolles, gleichsam blutiges Licht über den massigen Körper Wassilij Terentjewitschs.

Rund um seine Kalesche heulte vor Schmerz, Angst und Wut die von allen Seiten zusammengequetschte, kopflose Menschenmenge... In Bobrows Schläfen hämmerte etwas. Einen Augenblick lang schien es ihm, als fahre da keineswegs Kwaschnin, sondern eine blutbefleckte, häßliche und schreckliche Gottheit, den Götzen östlicher Kulte vergleichbar, unter deren Wagen sich bei religiösen Prozessionen vor Ekstase trunkene Fanatiker werfen. Und ihn schüttelte machtlose Raserei.

Nachdem Kwaschnin vorbeigefahren war, gab es sogleich ein wenig Luft, und Bobrow sah, als er sich umdrehte, daß die Deichsel, welche sich in seinen Rücken gebohrt hatte, zu seinem eigenen Wagen gehörte. Mitrofan stand neben dem Kutschbock und steckte eine Fackel an.

«Los, in die Fabrik, Mitrofan!» schrie Andrej Iljitsch, während er in den Wagen stieg. «Daß wir in zehn Minuten dort sind, hörst du!»

«Ich höre, Herr», antwortete Mitrofan düster.

Er ging um die Kutsche herum, um so auf den Kutschbock zu klettern, wie es sich für jeden guten Kutscher gehört: nämlich von rechts – ergriff die Zügel und fügte, sich halb nach hinten drehend, hinzu: «Nur, wenn mir dann die Pferde krepieren, dürfen Sie aber nicht bös sein, Herr.»

«Ach, egal...»

Vorsichtig bahnte sich Mitrofan einen Weg aus dieser ineinander verhakten Masse von Equipagen und fuhr auf dem schmalen Waldsträßlein hinaus, wo er die Zügel locker ließ. Die des Stehens müden, lebhaften Pferde griffen aus und fingen ein wahnwitziges Rennen an. Die Droschke sprang über die den Weg querenden, langen Wurzeln, holperte durch Löcher und schwankte bald nach links, bald nach rechts, so daß Kutscher und Insasse dauernd balancieren mußten.

Die rote Flamme der Fackel zuckte mit wildem Geknister in alle Richtungen. Mit ihr zuckten rund um die Kutsche die langen, bizarren Schatten der Bäume... Es schien, als zöge eine geschlossene Menge aus hohen, schmalen, nur verschwommen sichtbaren Geistern neben der Droschke in plumpem Tanze vorbei. Bald überholten die Geister die Pferde, wuchsen sich zu riesenhafter Größe aus, bald fielen sie plötzlich zu Boden und verschwanden, schnell zusammenschrumpfend, hinter Bobrow, bald wieder irrten sie einige Sekunden im Dickicht umher und tauchten plötzlich wieder direkt neben dem Wagen auf, oder sie rückten zu engen Reihen zusammen und wankten und zitterten, als tuschelten sie über etwas untereinander... Ein paarmal schlugen Zweige des dichten, den Weg säumenden Buschwerks Mitrofan und Bobrow ins Gesicht, als seien es irgend jemandes vorgereckte, schmale, klammernde Hände.

Der Wald hörte auf. Die Beine der Pferde kamen planschend in eine Pfütze, in der die purpurn widerscheinende Flamme der Fackel herumsprang und sich kräuselte, und liefen dann mit einem Mal in gestrecktem Galopp einen steilen Abhang hinauf. Vor ihnen breitete sich ein einförmiges, schwarzes Feld aus.

«Treib die Pferde doch an, Mitrofan, wir kommen ja sonst nie im Leben hin!» schrie Bobrow ungeduldig, obwohl die Kutsche auch so bereits derart schnell fuhr, daß es ihm den Atem benahm. Mitrofan murmelte irgend etwas mit unzufriedener Baßstimme in seinen Bart und schlug mit der Peitsche auf Farwater ein, der mit kreisrundem Rücken als Beipferd einherlief. Der Kutscher verstand nicht, was in seinen Herrn gefahren war, der seine Pferde doch immer geliebt und geschont hatte.

Am Horizont spiegelte sich in den langsam über den Himmel ziehenden Wolken ein unruhig bebender, breiter Feuerschein. Bobrow betrachtete diesen flammenden Himmel, und eine ungute, frohlockende Schadenfreude regte sich in ihm. Andréas unverschämte, brutale Tischrede hatte ihm schlagartig die Augen geöffnet: sowohl über Ninas kalte Zurückhaltung während dieses heutigen Abends als auch über die Entrüstung ihres Mamachens bei der Mazurka, über Swjeschewskijs Nähe zu Wassilij Terentjewitsch wie über alle Gerüchte und Klatschgeschichten, welche in der Fabrik kursierten und nach denen Kwaschnin Nina den Hof machte ... «Das geschieht ihm ganz recht so, ganz recht geschieht es ihm, diesem rothaarigen Untier», flüsterte Bobrow, und er spürte einen solchen Ansturm von Bosheit in sich und empfand seine Demütigung derart deutlich, daß ihm der Mund ganz trocken wurde davon. «Oh, wenn ich ihm jetzt von Angesicht zu Angesicht gegenüberstehen könnte, diesem Käufer lebendigen Fleisches, diesem fetten, schmutzigen, bis obenhin mit Gold vollgestopften Sack, dann würde ich seine Ruhe ein- für allemal stören. Einen schönen Stempel würde ich ihm auf seine eherne Stirn drücken!»

Der übermäßige Alkoholgenuß hatte Andrej Iljitsch nicht betrunken gemacht, doch zeigte sich seine Wirkung in einem ungewöhnlichen Energieanstieg, in einem ungeduldigen, krankhaften Hunger nach Bewegung ... Ein starker Schüttelfrost ließ seinen Körper zittern, seine Zähne schlugen so heftig aufeinander, daß er sie fest zusammenbeißen mußte, sein Verstand arbeitete schnell, klar und systemlos wie in einem Fieberwahn. Ohne es selbst zu merken, sprach Andrej Iljitsch laut oder stöhnte oder lachte abrupt und schrill, während seine Hände sich von allein zur Faust ballten.

«Herr, sind Sie irgendwie krank? Sollten wir nicht doch lieber heimfahren?» fragte Mitrofan unsicher.

Diese Worte versetzten Bobrow plötzlich in Raserei, und heiser schrie er los: «Schwätz nicht rum, Dummkopf! Fahr zu!»

Bald war auch von der Bergkuppe aus die ganze Fabrik zu sehen, die in milchig-rosa Rauch gehüllt lag. Hinten brannte wie ein riesenhafter Scheiterhaufen das Holzlager. Vor dem grellen Hintergrund des Feuers hantierten geschäftig zahlreiche menschliche Gestalten herum. Schon aus der Ferne war zu hören, wie das trockene Holz in den Flammen knisterte. Bald traten die runden Türme der Cowper-Apparate und der Hochöfen klar und scharf aus der Finsternis heraus, bald tauchten sie erneut spurlos in ihr unter. Der rote Schein des Feuers wurde von der bewegten Wasseroberfläche des großen viereckigen Teiches bedrohlich und grell zurückgeworfen. Der hohe Damm dieses Teiches war ganz und gar lückenlos von einer riesigen schwarzen Menschenmenge bedeckt, die langsam vorwärtsrückte und zu kochen schien. Ein ungewöhnliches Tosen – düster und unheilvoll – kam wie entferntes Rauschen des Meeres von dieser dichten, auf engstem Raum zusammengepferchten schrecklichen Masse Menschen herübergeweht.

«Wo fährst du denn hin, Teufel auch! Siehst du nicht, daß du in die Leute reinfährst, du Lump!» vernahm Bobrow vorn den groben Ruf, und auf dem Weg tauchte, wie unter den Hufen der Pferde hervor, ein großer, bärtiger Muschik ohne Mütze auf, dessen Kopf ganz mit weißen Lappen umwickelt war.

«Treib die Pferde an, Mitrofan!» schrie Bobrow.

«Herr! Brandstiftung!» hörte er Mitrofans zitternde Stimme.

Gleich darauf vernahm er jedoch das Pfeifen eines von hinten geworfenen Steins und spürte einen brennenden Schmerz etwas oberhalb der rechten Schläfe. An der Hand, mit der er die verletzte Stelle berührte, war warmes, klebriges Blut.

Wieder fuhr die Kutsche mit der alten Geschwindigkeit. Der Feuerschein wurde immer stärker. Die langen Schatten der Pferde wechselten von einer Seite des Weges zur anderen. Zeitweise kam in Bobrow das Gefühl auf, er jage an einem steilen Abhang entlang und gleich werde er mit Wagen und Pferden von einem senkrechten Felsen in den tiefen Abgrund stürzen. Sein Orientierungsvermögen hatte er völlig verloren, und er konnte beim besten Willen nicht die Orte ausmachen, an denen er vorüberfuhr. Plötzlich standen die Pferde.

«Nun, weshalb stehst du denn, Mitrofan?» schrie Bobrow ärgerlich.

«Ja, wohin soll ich denn fahren, wenn vorn Leute sind?» erwiderte Mitrofan mürrisch und erbost.

Wie sehr Bobrow auch in das graue frühmorgendliche Halbdunkel starrte, er konnte nichts erkennen außer einer schwarzen, unebenen Wand, über welcher der Himmel flammte.

«Was für Leute siehst du denn da, zum Teufel!» schimpfte er, kletterte aus dem Wagen und ging um die mit weißen Schaumblasen bedeckten Pferde herum.

Aber kaum war er fünf Schritt entfernt von den Pferden, da mußte er feststellen, daß das, was er für eine schwarze Wand gehalten hatte, eine dicht gedrängte, große Menge von Arbeitern war, welche den Weg versperrte und sich langsam und schweigend vorwärtsbewegte. Nachdem er den Arbeitern unwillkürlich vielleicht fünfzig Schritt gefolgt war, kehrte Andrej Iljitsch um, damit er

Mitrofan wiederfände und die Fabrik von der anderen Seite umfahren konnte. Doch weder Mitrofan noch die Pferde waren da. Ob nun Mitrofan die entgegengesetzte Richtung eingeschlagen hatte, um seinen Herrn zu suchen, oder ob er sich selbst verirrt hatte, das vermochte Andrej Iljitsch nicht zu erfassen. Er begann, den Kutscher zu rufen, doch niemand antwortete ihm. Daraufhin entschloß sich Bobrow, die gerade zurückgelassenen Arbeiter wieder einzuholen, und drehte sich in dieser Absicht erneut um und lief, wie ihm schien, in die vorherige Richtung. Aber seltsam: die Arbeiter waren wie vom Erdboden verschluckt; statt dessen stieß Bobrow im Laufschritt auf einen nicht sehr hohen Holzzaun.

Dieser Zaun zog sich endlos hin, nach links und nach rechts. Bobrow kletterte darüber und kroch einen langen, steilen, dicht mit Steppengras bewachsenen Hang hinauf. Kalter Schweiß rann ihm übers Gesicht; die Zunge in seinem Mund war trocken und steif wie ein Stück Holz; in seinem Brustkorb spürte er bei jedem Atemzug einen stechenden Schmerz; in häufigen, starken Stößen fühlte er das Pochen des Blutes in seinem Schädel; die verletzte Schläfe schmerzte unerträglich...

Die Steigung erschien ihm endlos, und dumpfe Verzweiflung ergriff Besitz von seiner Seele. Aber Bobrow kletterte weiter hinauf; ständig fiel er hin, schrammte sich die Knie auf, griff mit den Händen in stachlige Sträucher. Manchmal glaubte er zu schlafen und einen seiner fieberwahnartigen, krankhaften Träume zu haben. Sowohl die Panik der Gäste nach dem Picknick als auch das lange

Umherirren auf dem Weg und das ewige Klettern über den Hang – all das war genauso unerwartet, absurd, schwer und entsetzlich wie diese Alpträume.

Schließlich war die Böschung zu Ende, und Bobrow sah den Bahndamm vor sich. Von diesem Punkt aus hatte der Photograph am Tage zuvor während eines Kurzgottesdienstes eine Gruppe von Ingenieuren und Arbeitern aufgenommen. Vollkommen entkräftet setzte Bobrow sich auf eine Eisenbahnschwelle, und noch im selben Augenblick passierte etwas Seltsames mit ihm: seine Beine wurden plötzlich krankhaft schwach, in Brust und Bauchhöhle tauchte eine zähe, drückende, widerwärtige Reizung auf, Stirn und Wangen wurden plötzlich eiskalt. Dann drehte sich alles vor seinen Augen im Kreise und jagte in Windeseile davon in irgendeine bodenlose Tiefe.

Nach nicht weniger als einer halben Stunde erwachte Andrej Iljitsch aus seiner Ohnmacht. Unten, am Fuß des Bahndamms, wo für gewöhnlich Tag und Nacht die riesige Fabrik mit nie versiegendem Donnern arbeitete, war eine ungewohnte, unheimliche Stille. Mit Mühe kam Bobrow auf die Beine und ging in Richtung der Hochöfen. Sein Kopf war so schwer, daß er ihn nur mühsam auf den Schultern halten konnte; die verletzte Schläfe verursachte ihm bei jeder Bewegung unerträgliche Schmerzen. Beim Betasten der Wunde fühlte er erneut das klebrige und warme Blut. Auch in seinem Mund und auf den Lippen war Blut: er spürte den salzigen, metallartigen Ge schmack. Sein Bewußtsein war noch nicht ganz zurückgekehrt, und die Anstrengung, sich an das Geschehene zu erinnern und sich in ihm zurechtzufinden, erzeugte ihm starke Kopfschmerzen. Qualvolle Trauer und verzweifelte, sinnlose Wut füllten seine Seele ganz aus.

Deutlich näherte sich der Morgen. Alles war grau, kalt und naß: die Erde und der Himmel, das dürre gelbe Gras und die formlosen Steinhaufen, die sich auf beiden Seiten des Weges auftürmten. Ziellos strich Bobrow zwischen den verlassenen Fabrikgebäuden umher und sprach, wie das manchmal passiert bei starken seelischen Erschütterungen, laut mit sich selbst. Er wollte seine entfliehenden Gedanken festhalten, sie ordnen.

«Nun sag schon, sag, was ich zu tun habe! Sag's, um Gottes willen!» flüsterte er leidenschaftlich, sich an einen anderen, Dritten, irgendwie in ihm Sitzenden, wendend. «Ach, wie schwer ist mir zumute! Ach, wie schmerzt es mich! Unerträglich schmerzt es mich!... Ich glaube, ich bringe mich um... Ich halte diese Qualen nicht aus...»

Aber der andere, der Dritte, entgegnete ihm aus der Tiefe seiner Seele, ebenfalls laut, doch spöttisch und grausam: «Nein, du bringst dich nicht um. Weshalb machst du dir etwas vor? Du liebst doch viel zu sehr dieses Gefühl von Leben, als daß du dich umbringen würdest! Die Willenskraft fehlt dir! Du hast viel zuviel Angst vor dem physischen Schmerz! Du denkst zuviel nach.»

«Was nur soll ich tun? Was denn nur?» flüsterte händeringend wieder Andrej Iljitsch. «Sie ist so zart, so rein – meine Nina! Sie war mein Einundalles in der Welt. Und plötzlich – oh, welche Gemeinheit! – verkauft sie ihre Jugend, ihren jungfräulichen Körper!»

«Tu nicht so, stell dich nicht an! Wozu diese prunkvollen Worte aus alten Melodramen!» sagte ironisch der andere. «Wenn du Kwaschnin so haßt, geh und töte ihn!»

«Ich bring' ihn um!» schrie Bobrow, blieb stehen, hob rasend die Faust. «Ja, ich bring' ihn um! Damit er nicht mehr ehrbare Leute mit seinem gräßlichen Atem verpestet. Umbringen werde ich ihn!»

Doch der andere bemerkte mit giftigem Hohn: «Du wirst ihn nicht erschlagen... Und das weißt du sehr wohl. Dazu hast du weder die Entschlossenheit noch die Kraft... Morgen schon wirst du wieder vernünftig und schwach sein...»

Während dieses schrecklichen Zustands innerer Spaltung hatte Bobrow Minuten der Klarheit, da er sich verständnislos fragte, was mit ihm sei, wie er hierher geraten, was er zu tun habe. Und etwas getan werden mußte unbedingt – etwas Großes und Wichtiges –, aber was genau, das hatte Bobrow vergessen, und im Bemühen, sich zu erinnern, verzog er vor Schmerzen das Gesicht. In einem dieser lichten Augenblicke sah er sich oberhalb des Kesselhauses stehen. Sogleich kam ihm mit ungewöhnlicher Klarheit das Gespräch, welches er neulich an dieser Stelle mit dem Doktor geführt hatte, ins Gedächtnis.

Unten war keiner der Heizer: alle hatten ihre Arbeitsplätze verlassen. Die Kessel waren längst erkaltet. Nur in den beiden äußeren Feuerungen leuchtete die Steinkohle noch schwach rot... Plötzlich durchzuckte ein wahnwitziger Gedanke blitzartig Andrej Iljitschs Verstand. Schnell setzte er sich, ließ die Beine in die Grube hinunterhängen, dann hing er schon an den Händen und sprang in das Kesselhaus.

In einem Kohlehaufen steckte eine Schaufel. Bobrow ergriff sie, und mit hastigen Bewegungen machte er sich daran, Kohle in die beiden Feuerungsöffnungen zu schippen. Nach zwei Minuten bereits knisterte eine weiße, stürmische Flamme in den Feuerungen, und das Wasser in den Kesseln fing zu brodeln an. Er legte noch immer Kohlen nach, Schaufel um Schaufel; die ganze Zeit über lächelte er dabei verschmitzt, nickte jemand Unsichtbarem mit dem Kopf zu und gab abgehackte, sinnlose Ausrufe von sich. Der krankhafte und entsetzliche Rachegedanke, welcher ihm schon auf dem Weg gekommen war, beherrschte ihn immer mehr. Er betrachtete den riesigen Kesselleib, der zu summen begann und vom Feuerschein zu leuchten, und er erschien Bobrow immer lebendiger und hassenswerter.

Niemand störte ihn. Das Wasser im Wasserstandsanzeiger sank schnell ab. Das Gebrodel im Kessel und das Gesumm in den Feuerungen wurde immer lauter und bedrohlicher.

Doch die ungewohnte Arbeit ermüdete Bobrow bald. Die Adern in den Schläfen begannen mit fiebriger Geschwindigkeit und angespannt zu hämmern, das Blut aus der Wunde strömte über seine Wange. Der wahnsinnige Energieausbruch ging vorüber, aber die innere, andere Stimme fing zu spotten an: «Nun, was ist los, nur ein einziger Handgriff bleibt noch zu machen! Aber du wirst ihn nicht tun... basta! Denn das alles ist doch lachhaft, und morgen wirst du nicht einmal mehr wagen, dir selbst einzugestehen, daß du in dieser Nacht die Dampfkessel zum Explodieren bringen wolltest.»

Die Sonne zeigte sich schon als großer, trüber Fleck am Horizont, als Andrej Iljitsch ins Fabrikkrankenhaus kam.

Der Doktor, der gerade für einen Moment das Verbinden der verletzten und verstümmelten Menschen unterbrochen hatte, wusch sich unter einem kupfernen Wasserhahn die Hände. Der Feldscher stand neben ihm und hielt ein Handtuch bereit. Als er Bobrow eintreten sah, wich er vor Entsetzen zurück.

«Was ist mit Ihnen, Andrej Iljitsch, Sie sehen ja ganz verstört aus?» murmelte er erschrocken.

Bobrow sah tatsächlich schrecklich aus. Das Blut war in großen schwarzen Klumpen auf seinem bleichen Gesicht geronnen, das ganz verschmutzt war vom Kohlenstaub. Die feuchte Kleidung hing ihm in Fetzen von Armen und Beinen; seine Locken fielen ihm wirr in die Stirn.

«Ja, sagen Sie doch, Andrej Iljitsch, um Himmels willen, was ist mit Ihnen geschehen?» wiederholte Goldberg, der schnell seine Hände abtrocknete und zu Bobrow hinüberging.

«Ach, alles unwichtig...», stöhnte Bobrow. «Doktor, geben Sie mir Morphium, ich flehe Sie an... Schnell, Morphium, oder ich werde verrückt!... Ich leide unbeschreiblich!»

Goldberg nahm Andrej Iljitsch bei der Hand, führte ihn hastig in ein anderes Zimmer, und nachdem er die Tür fest verschlossen hatte, sagte er: «Hören Sie, ich ahne, was Sie quält... Glauben Sie mir, Sie tun mir sehr leid, und ich bin bereit, Ihnen zu helfen... Aber... mein Täubchen», in des Doktors Stimme waren Tränen zu hören, «Andrej Iljitsch, mein Lieber... können Sie's nicht irgendwie überwinden? Denken Sie nur daran, wieviel Mühe es uns gekostet hat, diese schlechte Angewohnheit zu bekämpfen! Und das Traurigste ist, wenn ich Ihnen jetzt eine Injektion mache... Sie kommen nie mehr... verstehen Sie: nie mehr... los davon.»

Bobrow ließ sich auf das große, mit einem Wachstuch bezogene Sofa fallen, das Gesicht nach unten, und am ganzen Leib zitternd in einem Anfall von Schüttelfrost, murmelte er zwischen seinen klappernden Zähnen hindurch: «Egal... mir ist es ganz egal, Doktor... Ich halte es nicht mehr aus.»

Der Doktor seufzte, zuckte mit den Schultern und holte aus einem Medizinschränkchen ein Etui mit einer Morphiumspritze. Fünf Minuten später lag Bobrow schon in tiefem Schlaf auf dem Wachstuchsofa. Ein süßes Lächeln spielte auf seinem blassen, in dieser Nacht abgemagerten Gesicht. Vorsichtig wusch der Doktor ihm den Schmutz ab.

(1896)

DAS NACHTLAGER

In den letzten Tagen im August, während der großen Manöver, machte das x-te Infanterieregiment einen vierzig Werst langen Marsch aus dem Dorf Bolschoje Simowzy in ein anderes, namens Nagornaja. Ermüdende, sengende Hitze herrschte an diesem Tag. Am Horizont, der silbrig war von feinem, fernem Staub, flimmerten durchsichtige Wellenlinien erhitzter Luft. So weit das Auge reichte, erstreckte sich links und rechts des Weges immer ein und derselbe endlose Raum aus abgeernteten Feldern mit hervorstechenden gelben Stoppeln darauf.

Die Spur des Trupps war von weitem an einem sich schlängelnden, dichten Band aus gelblichem Staub zu erkennen. Die Soldaten waren vollkommen eingehüllt davon. Der Staub knirschte im Mund, legte sich auf die schweißüberströmten Gesichter und schwärzte diese. Nur die Zähne und noch das Weiße der Augen glänzten in diesen ermüdeten, abgemagerten, hart wirkenden Gesichtern. Gekrümmt vom Gewicht ihrer Tornister und der darauf gebundenen zusammengerollten Mäntel, marschierten die Soldaten schweigend, ungeordnet, sich mühsam vorwärtsschleppend. Nur selten, wenn jemandes Bajonett klirrend gegen das eines anderen stieß, war aus den Reihen ein grober, böser Fluch zu hören. Die Männer scherten nicht aus, quälten sich herum mit der Schwüle, der Müdigkeit und dem Durst. Einige kauten im Gehen träge und ohne jeglichen Appetit an einem Stück Brot herum, das morgens ausgegeben worden war, nur um sich irgendwie die Zeit zu vertreiben auf diesem langen und langweiligen Marsch.

Die Offiziere gingen nicht in ihren Reihen – eine Freiheit, bei der die oberen Ränge ein Auge zudrückten während des Marschierens –, sondern seitlich, am rechten Wegrand. Ihre weißen Uniformen waren an Rücken und Schultern dunkel vor Schweiß. Die Kompaniechefs und -adjutanten hatten die Zügel auf ihre ausgemergelten Schindmähren sinken lassen und schlummerten in sich gebückt vor sich hin. Jeder wollte nur um alles in der Welt so schnell wie möglich zum Halteplatz gelangen und sich dort in den Schatten legen.

Oberleutnant Awilow, ein kränklicher, unruhiger und schweigsamer junger Mann, ging neben der ersten Reihe seiner elften Kompanie. Die neuen Stiefel drückten ihn sehr, das Portepee lastete schwer auf der Schulter, in seinem Kopf pulste leise und träge das Blut. Aber mehr als alles andere drückte Awilow eine dumpfe Langeweile nieder, welche sich immer seiner bemächtigte während des Marschierens und von der er sich durch irgendeine kleine Beschäftigung zu befreien suchte. Mal riß er von einer Weide am Wegesrand einen biegsamen Ast ab und schälte mit Nägeln und Zähnen die Borke davon ab, mal hieb er mit dem Säbel sorgfältig die kräftigroten Blüten der Disteln ab, dann wieder, wenn er in der

Ferne irgendeinen Punkt ausmachte, versuchte er zu erraten, wieviel Schritt es bis dorthin war, und überprüfte es. Schließlich, wenn all das ihn langweilte, fing er an zu träumen, wie er es schon im Korps bei der Abendmesse gemacht hatte, um die Zeit totzuschlagen. In Gedanken fragte er sich: «Nun, wovon diesmal?» und begann, im Geiste alles durchzugehen, was ihm Vergnügen bereiten könnte oder was früher schon an Gehörtem und Gelesenem seine Phantasie beschäftigt hatte. Manchmal stellte er sich vor, ein berühmter Reisender zu sein wie Przewalskij oder Jelissejew[1]. Er suchte dann eine Expedition aus unerschrockenen, durch das Erdulden von Arbeit und Gefahr gestählten Abenteurern zusammen, die allein schon bei seinem Anblick erbebten. Er entdeckte noch unbekannte Inseln und Länder und pflanzte dort die russische Flagge auf. Sein Name war in aller Munde. Bei seiner Rückkehr nach Rußland empfing man ihn mit viel Ehren. Frauen warfen ihm Blumen zu, und begeistert flüsterte die eine der anderen zu: «Da ist er, der dort, der berühmteste von allen!» Manchmal stellte er sich vor, daß die Manöver schon vorbei wären und er mit seinem Trupp zu nichtmilitärischer Arbeit zu einem märchenhaft reichen und unbedingt adligen Gutsherrn ginge. Und dieser Gutsbesitzer hat eine Tochter, eine blasse, nachdenkliche Schönheit.

[1] Nikolaj Przewalskij (1839–1888), russischer General, Geograph und Forschungsreisender. Bereiste auf vier Expeditionen die Mongolei, China und Tibet. – Alexander Wassiljewitsch Jelissejew (1858–1895), Anthropologe. Unternahm Reisen nach Kleinasien und Afrika.

Längst sind ihr die Kavaliere aus der Gesellschaft zuwider wegen deren farbloser Hohlheit, und sie verliebt sich auf den ersten Blick in den einfachen Infanterieoberleutnant, einen armen, stolzen, immer verschlossenen jungen Mann «mit dem Stempel der Enttäuschung auf der Stirn». Eine Mondnacht, ein Stelldichein im alten, verwilderten Garten, feurige Liebesbekenntnisse... «Wir müssen uns unbedingt trennen», sagt verbittert Awilow, «du bist reich, ich aber arm, wir werden niemals glücklich sein.» Die Gutsbesitzerstochter weint an seiner Brust, er tröstet sie. Aus den Büschen taucht unerwartet der Gutsherr selbst auf, gerührt, mit Tränen in den Augen. «Meine Kinder», sagt der Gutsherr, «ich will, daß ihr euch liebt. Nicht Geld, sondern wahre Liebe bringt den Menschen Glück.» Mit diesen Worten segnet er die beiden Liebenden; alle drei umarmen sich und weinen. Und nach ein paar Tagen lesen seine Kameraden voller Erstaunen und Neid im Regimentsanzeiger, daß Oberleutnant Awilow unter der Meldungsnummer soundsoviel um die Genehmigung bittet, die gesetzliche Eheschließung vornehmen zu dürfen mit dem Fräulein Fürstin Z. ...

Es kam vor, daß seine Phantasie diese Szenen so deutlich ausmalte, daß der Weg, der Staub und die grauen, gleichförmig marschierenden Reihen aufhörten zu existieren. Er marschierte mit gesenktem Kopf, ein unbestimmtes Lächeln auf den Lippen, die Augen geweitet, verschleiert, starr. Einige Werst gingen unbemerkt vorüber, und wenn Awilow aus seinen Träumen erwachte, dehnte sich vor ihm bereits eine gänzlich neue Landschaft aus.

Die Abendschatten wurden länger, die Sonne stand direkt über der Erde, färbte den Staub mit grellem Purpur. Der Weg führte auf einen Berg. Fern am Horizont tauchten die verschwommenen Umrisse eines Waldes und von Behausungen auf.

Ein endloser Bauerntroß kam dem Trupp entgegen. Als sich die Soldaten näherten, lenkten die Kleinrussen langsam, einer nach dem anderen, ihre riesigen, behäbigen, rundhörnigen, grauen Ochsen vom Weg herunter und zogen ihre Mützen. Alle waren sie wie aus einem Guß, barfuß, in sehr weiten Hosen und Hemden aus Sackleinen. Aus den geöffneten Kragen ihrer Hemden schaute der Hals hervor, dunkelbraun von der Sonnenglut und übersät mit zahllosen kleinen Fältchen.

Während die Soldaten an dem Troß vorübergingen, kamen ungeduldige Fragen aus ihren Reihen:

«Väterchen, ist's noch weit bis Nagornaja?»

«Landmann, wieviel Werst sind es noch bis Nagornaja?»

«Brüder, sprecht, ist dort Nagornaja zu sehen?»

Die Ukrainer antworteten träge, mit langen Pausen zwischen den Worten, daß es bis Nagornaja «noch drei Werst wohl» seien, «oder vier, vielleicht auch drüber, ja». Die Soldaten wurden munterer, hielten die Köpfe höher, und ungewollt gingen sie schneller.

Nach einer Viertelstunde leuchtete unter ihnen, tief in einer Talsohle, das blaue breite Band eines Flusses. Die Sonne versank. Im Westen loderte ein richtiges Feuer aus grell-purpurnen und feurig-goldenen Farben; etwas höher am Himmel gingen diese kräftigen Töne in neblig-rote, gelbe und orangefarbene Abstufungen über, und nur die geschlängelten Ränder der bizarren Wolken verströmten die Farbe geschmolzenen Silbers; noch höher ging der bräunlich-rosa Himmel unmerklich in einen zarten grünlichen, fast türkisfarbenen Schimmer über. Die schmale Sichel des Neumonds stand bleich und kaum sichtbar in der Mitte des Himmels; schüchtern begannen die ersten Sterne zu leuchten.

«Die Herren Offiziere auf ihre Plätze! Tambouren marsch!» schrie an der Spitze des Trupps eine rollende Vorgesetztenstimme.

Nach und nach begannen an verschiedenen Stellen der langen Kolonne die Trommeln dumpf zu dröhnen. Im Laufschritt jagten die Soldaten in ihre Reihen zurück, während des Laufens durch einen Stoß mit Rücken und Schultern ihre Tornister zurechtrückend, und durch kleine Sprünge versuchten sie, in Gleichschritt zu fallen. Die Offiziere zückten im Gehen die Säbel und suchten eilig ihren Platz einzunehmen.

Die Neigung des Weges wurde noch größer. Vom Fluß wehte sogleich feuchte Kühle herüber. Bald erzitterte und federte die alte, löchrige Holzbrücke unter dem schweren, kurzen Getrappel der Füße. Das erste Bataillon hatte die Brücke schon überquert, stieg das steile, hohe Ufer hinan und hielt mit Musik Einzug im Dorf. Über den lebhaft gewordenen, wieder ausgerichteten Reihen hing das dumpfe Getöse von Gesprächen.

«Fedurtschuk, wirble nicht so'n Staub auf... Heb die Beine, Teufelsbrut!»

«Na, Schapowalow, hast eine geschickte Wirtin gehabt in Simowzy? He? Wie sie mit der Topfgabel hantiert hat, Leute!»

«Misch dich nicht ein!»

«Ganz einfach. Weil er noch mit den Händen ißt.»

«Kinder, eins ist sicher: Ist der Himmel abends rot, gibt's am nächsten Morgen Wind!»

«He, dritter Zug, wer geht nach Brot? Schaut nur, zum Teufel, sonst verschlaft ihr's wieder!»

«Halt mal, Landmann, mein Gewehr, damit ich den Mantel zurechtrücken kann. Ein feines Dingelchen ist das, so ein Manöver! Viel besser als zum Beispiel die Kompanieschule.»

«Nicht zurückfallen, vierter Zug! Ihr Schwächlinge!»

Von der Anhöhe aus war das ganze Dorf zu sehen. Die weißgetünchten, zwischen Kirschgärten versinkenden, kleinen Lehmhütten dehnten sich weit über das große Tal und seine umliegenden Hänge aus. Bei den ersten Hütten versammelte sich eine bunte Menschenmenge, in der Mehrzahl Frauen und Kinderchen, um sich die Moskals[1] anzuschauen. Der Vorsänger des elften Trupps, der Gefreite Noga, der die beste Stimme im gesamten Regiment besaß, wartete nicht auf den Befehl des Vorgesetzten, sondern sprang aus seiner Reihe hervor, fiel in Takt, schaute sich nach den hinter ihm Gehenden um, stieß seine Mütze in

[1] In der Ukraine geringschätzig für: Russe, Soldat.

den Nacken und fing, nachdem er einen verächtlichen, düsteren Blick angenommen hatte, mit übertrieben weit ausholender rechter Hand zu singen an:

«Der grimmige Winter verrinnt,
Der schö-öne Frühling beginnt,
Der schöne, so schöne, er kimmt,
Das Herz des Soldaten zerrinnt.»

Hundert kräftige Stimmen griffen mit ohrenbetäubendem Lärm den Refrain auf, und jeder Soldat, der mit vorgetäuscht gleichgültigem Ausdruck vor der erstaunten Menge vorüberzog, fühlte sich in dieser Minute wie ein Held. «Dieser ganze Pöbel, versteht der vielleicht was? Denen ist der Armeedienst schlimmer als der Teufel: Schlagen tut man da, heißt's, und bei der Übung stirbt's sich, und aus den Gewehren wird geschossen, und zum Angriff gegen die Türken wird einer geschickt. Aber ich, ich fürchte das alles nicht, pfeif' auf alles, und auf keinen von euch, Bauern, acht' ich, denn für so was hab' ich keine Zeit, bin befaßt mit meiner *soldatischen* Sache, der wichtigsten und ernstesten Sache der Welt.» Diese Gedanken las Awilow aus allen Gesichtern, vom Vorsänger und bis zum letzten tatarischen Sträfling, und er selbst wurde gegen seinen Willen von einem Gefühl rauher Verwegenheit erfaßt und ging mit leichtem, schwebendem Schritt, mit hoch erhobenem Kopf und herausgedrückter Brust.

«Ein harter Dienst icht's,
Doch uns macht das nichts!»

sang Noga, vor Kühnheit die Worte verdrehend, und übertönte den Chor mit der entsetzlichsten Fistelstimme. Niemand dachte mehr an seine wundgescheuerten Füße und den vom Tornister zerschundenen Rücken. Die Leute hatten aus der Ferne längst schon «ihre» vier Quartiermacher entdeckt, die dem Regiment entgegenkamen, um es sogleich auf die zuvor festgelegten Höfe zu verteilen. Noch einige Schritte, und die Züge verliefen sich, als wären sie dahingeschmolzen, in verschiedene Ecken des Dorfes, mit lautem Gelächter und nicht verstummenden Scherzen ein jeder seinem Quartiermacher folgend.

Unwillig schleppte Awilow sich bis zu einem Tor, auf dem mit Kreide groß geschrieben stand: «Kwatier Oberleutnant Awielow.» Das Awilow zugewiesene Haus unterschied sich deutlich von den umliegenden Hüttchen sowohl durch seine Größe als auch durch seine besonders weißen Wände und das Metalldach. Die Hälfte des Hofes war dicht mit mehr als menschenhohem Mais und gigantischen Sonnenblumen überwuchert, die sich tief neigten unter dem schweren Gewicht ihrer gelben Hüte. Bei den Fenstern wuchsen lange, dünne Malven und verdeckten mit ihren blaßrosa und roten Blüten fast ganz die Zwischenwände.

Awilows Offiziersbursche Nikifor Tschurbanow – ein geschickter, lustiger und potthäßlicher Soldat – fachte im Vorbau schon mit Hilfe eines vom Fuße gezogenen Stiefels den Samowar an. Als er seinen Herrn sah, warf er den Stiefel zu Boden und richtete sich auf.

«Wievielmal habe ich dir schon gesagt, du sollst

nicht mit dem Stiefel fächeln!» sagte Awilow voller Ekel. «Zeige mir, wie ich zu meinem Zimmer komme!»

Der Offiziersbursche öffnete eine Tür, die von der Diele rechts abging. Das Zimmer war geräumig und hell; vor den Fenstern hingen rote Kattunvorhänge; Sofa und Stühle waren mit demselben billigen Kattun bezogen; an den sauber geweißten Wänden gab es eine große Anzahl von Photographien in glaslosen Holzrahmen und zwei Öldruckbeigaben aus Zeitschriften; eine kleine ausgebauchte Kommode, über der ein quadratischer, trüber Spiegel hing, stand da, und in der Ecke schließlich ein ungewöhnlich hohes Doppelbett mit einer ganzen Pyramide aus Kissen – von einem riesigen, das so groß war wie das ganze Bett, bis zu einem winzigen Ohrenkissen. Es roch nach Minze, Liebstöckel und Pfefferkraut. In Kleinrußland steckt man immer ganze Sträuße dieser Kräuter hinter die Heiligenbilder «für den Atem».

Am Bettgestell zog Awilow sich die Stiefel aus und legte sich, die Hände hinter dem Kopf verschränkt, hin. Jetzt wurde ihm noch langweiliger als während des Marsches. «Wir sind also da, und was folgt nun?» dachte er, während er einen Punkt an der Decke anstierte. «Zu lesen gibt's nichts und niemanden zum Reden, keinerlei Beschäftigung. Ankommen, sich wie ein müdes Tier ausstrecken, ausschlafen, und morgen: wieder gehen, und dann wieder schlafen und wieder gehen und immer wieder... Vielleicht sollte man erkranken und ins Hospital fahren?»

Es dunkelte. Irgendwo direkt hinter der Wand tickte hastig ein Uhrenpendel. Vom Hof herüber war zu hören, wie Nikifor aus Leibeskräften und ohne zu verschnaufen auf die Kohle des Samowars einblies. Plötzlich kam Awilow der Gedanke, ein Bad zu nehmen.

«Nikifor!» schrie er laut.

Eilig trat Nikifor, mit den Türen schlagend und mit den wieder übergestreiften Stiefeln polternd, ein und blieb auf der Türschwelle stehen.

«Gibt es hier einen Fluß?» fragte Awilow.

«Jawohl!»

«Wie, wenn ich badete? Was meinst du?»

«Jawohl, Eurwohlborn, kann man», stimmte der Offiziersbursche ihm zögernd zu.

«Du sollst richtig reden. Kann man's, oder ist's schmutzig?»

«Jawohl, schrecklich schmutzig, Eurwohlborn. Genauso wie ein Sumpf. Vorhin hat die Kavallerie die Pferde getränkt, und die haben nicht trinken wollen.»

«Dummkopf, du! Aber sag mal...» Awilow geriet ins Stocken. Er wußte selbst nicht, was er fragen sollte. Er wollte einfach nicht alleinbleiben. «Sag mal... ist die Hausherrin hübsch?»

Der Offiziersbursche lachte auf, fuhr sich mit dem Ärmel über den Mund und drehte mit verlegenem Blick seinen Kopf der Wand zu.

«Nun?» munterte Awilow ihn ungeduldig auf.

«Ja nun... ich weiß nicht... Sie sind so lala, Eurwohlborn... ganz hübsche... wie Nonnen so.»

«Und ist ihr Mann alt? Oder jung?»

«Nicht sehr alt, Eurwohlborn. Genau eigentlich ... jung. Er ist Schreiber hier, der ihr Mann, Beamter.»

«Schreiber? ... Und warum gerade wie eine Nonne? Hast du mit ihr geredet?»

«Jawohl, hab' ich. Ich sage: ‹Hörn Sie, gleich kommt mein Herr, daß auch alles in Ordnung ist bei Ihnen ...›»

«Nun, und sie?»

«Was: und sie? Sich umgedreht hat sie sich und ist gegangen. Wütend.»

«Ist ihr Mann zu Hause?»

«Ist da. Nur jetzt weg, irgendwohin gegangen.»

«Nun gut. Bringe den Samowar und geh, sag der Wirtin, ich bitte sie zu einer Tasse Tee! Hörst du?»

Nach ein paar Minuten brachte Nikifor den Samowar herein und zündete die Kerzen an. Während er den Tee aufbrühte, sagte er: «Ich war grade da ... bei der Wirtin ...»

«Na, und?»

«Sie hat gesprochen.»

«Nun?»

«Sie spricht: ‹Lassen Sie mich bitte in Ruhe. Ich brauche Ihren Tee nicht›, sagt sie.»

«Soll sie doch zum Teufel gehn!» beschloß Awilow unter Gähnen. «Schenke mir Tee ein!»

Schweigend aß er kaltes Rindfleisch und Eier zum Abendessen und trank reichlich Tee. Nikifor bediente ihn genauso schweigsam. Als der Offizier mit dem Tee fertig war, trug sein Bursche den Samowar und die Essensreste zu sich in den Schuppen.

Awilow entkleidete sich und ging zu Bett. Er konnte nicht einschlafen, wie immer bei starker Erschöpfung. Durch die Wand war das gleichmäßige Ticken der Uhr zu hören und ein seltsames Geräusch, ganz so, als unterhielten sich zwei Menschen in schnellem und verärgertem Flüsterton. Hinter dem Fenster, direkt vor Awilows Augen, zeichnete sich vor dem dunkelblauen Himmel deutlich eine nahe stehende pyramidenförmige Pappel ab, wohlgeformt, schlank und dunkel, und seitlich daneben der hellgelbe Mond. Sobald Awilow die Lider schloß, drängte sich ihm das langweilige Bild des Marsches auf: die grauen, unebenen Felder, der gelbe Staub, die unter den Tornistern gebeugten Gestalten der Soldaten. Für einen Augenblick schlummerte er ein, und als er die Augen wieder öffnete, schien ihm, er habe gerade geschlafen, nur wie lange – ob eine Minute oder eine Stunde – wußte er nicht. Schließlich gelang es ihm tatsächlich, einen leichten, schreckhaften Schlaf zu finden, doch selbst im Traum hörte er das schnelle Ticken des Pendels hinter der Wand und sah den langweiligen Weg des Tages.

Nach vielleicht anderthalb Stunden spürte Awilow plötzlich wieder, daß er mit offenen Augen dalag, und fragte sich erneut: Hatte er geschlafen, oder war es nur eine Sekunde völligen Vergessens und fehlender Gedanken gewesen? Der Mond, schon nicht mehr gelb, sondern silbrig, stieg bis zur obersten Spitze der Pappel auf. Der Himmel wurde noch blauer und kälter. Manchmal schwamm ein leichtes, weißes Wölkchen wie Spinngewebe vor den Mond, und dann erhellte es mit einem Mal alles mit orangenem Schein. Das schnelle, zornige Geflüster, welches Awilow zuvor hinter der Wand gehört hatte, war in ein beherrschtes, doch ziemlich lautes Gespräch übergegangen, gleich einem Streit, der jeden Augenblick in erbostes Schreien ausarten konnte. Awilow lauschte. Zwei Stimmen stritten miteinander; eine männliche: tief, bald rasselnd, bald dumpf, als käme sie aus einer Tonne, wie es das sonst nur bei schwindsüchtigen Trinkern gibt; und eine weibliche: sehr zart, jung und traurig. Diese Stimme rief in Awilow für einen Moment eine dunkle, ferne Erinnerung wach, doch so undeutlich, daß er nicht länger dabei verweilte.

«Schlafen lasse ich dich nicht?» fragte der Mann mit galliger Ironie. «Schlafen willst du? Und wenn du mir vielleicht für's ganze Leben den Schlaf geraubt hast? Ist das etwa nichts? He? Oh, wie niederträchtig! Schlafen willst du? Ja, du Dreckding, du altes, wagst es noch, zu atmen in der Welt? Du...»

Plötzlich bekam der Mann einen Hustenanfall, dumpf und keuchend. Awilow hörte, wie er spuckte, lange röchelte und sich auf dem Bett hin und her wälzte. Endlich wurde er seines Hustens wieder Herr.

«Schlafen willst du, und ich huste zu deinen Gunsten wie ein Schafskopf... Wart noch ein bißchen, bald hast du mich ins Grab gebracht... Dann kannst du ausschlafen, du Schlange.»

«Warum nur, Iwan Sidorytsch, haben Sie Wodka trinken müssen», entgegnete die traurige und zarte Frauenstimme. «Hätten Sie nicht getrunken, hätten Sie's auch nicht auf der Brust.»

«Nicht trinken? Nicht trinken, sagst du? Was willst du denn? Ist's vielleicht dein Geld, das ich in der Schenke lasse? He? Antworte, ist's deines?»

«Ihres, Iwan Sidorytsch», antwortete leise und gehorsam die Frau.

«Hast du wenigstens einen Groschen ins Haus gebracht, als ich dich holte? He? Wenigstens einen lumpigen Sechser?»

«Aber Sie haben doch selber gewußt, Iwan Sidorytsch, daß ich ein armes Mädchen bin. Wo hätte ich's denn hernehmen sollen? Wenn meine Eltern reich wären ...»

Der Mann brach plötzlich in ein böses, verächtliches, langes Gelächter aus und hustete von neuem.

«Arm?» fragte er giftig flüsternd, obwohl er kaum Luft bekam. «Arm? Das ist mir ganz egal, deine Armut. Aber weißt du, was der Reichtum eines Mädchens ist? Weißt du das?»

Die Frau schwieg.

«Wenn sie sich bewahrt, das ist ihr Reichtum! Die Ehre! Das Wort hast du wohl nie gehört? Was? Ich frage dich: Hast du dieses Wort gehört oder nicht? Nun?»

«Ich hab' es gehört, Iwan Sidorytsch ...»

«Du lügst! Hast es nicht gehört. Wenn, dann wärst du ehrbar gewesen. Und hab' ich dich vielleicht ehrbar zur Frau genommen? Nun?»

«Was denn, Iwan Sidorytsch, ich stehe wie vor Gott ... 's ist meine Schuld ... Das fünfte Jahr bitte ich Sie um Vergebung.»

Sie fing leise, ganz zart und kläglich, an zu weinen. Aber ihre Tränen reizten den Gatten nur noch mehr. Sie brachten ihn in Wut.

«Du kannst noch zehn Jahre bitten: ich vergebe nicht! Niemals vergebe ich dir liederlichem Weib. Hörst du: nie!... Warum hast du's mir nicht gestanden? Warum hast du mich betrogen? Aha! Du hast gedacht, ich decke die Sünden anderer? Da, hast du dir gesagt, hat sich Gott sei Dank ein Dummkopf gefunden, der's für eine Ehre hält, sich mit den Krümeln anderer zu begnügen. Ja weißt du denn, du Luder, daß ich eine Kaufmannstochter hätte heiraten können, wenn du nicht... Jetzt hätte ich meine Karriere gemacht. Ich könnte...»

«Ja, ich hab' doch nicht von allein, Iwan Sidorytsch», antwortete schluchzend die Frau, «nicht freiwillig habe ich Sie geheiratet. Sie wissen doch selbst, wie mich meine Mama geschlagen hat zu der Zeit.»

Diese Rechtfertigung versetzte den Mann vollends in Raserei. Wieder mußte er entsetzlich husten, und in den Pausen zwischen den Anfällen vernahm Awilow einen ganzen Schwall erboster, schlimmster Flüche. Dann war im Nebenzimmer plötzlich das kurze und trockene Klatschen einer Backpfeife zu hören, danach ein zweites, drittes, viertes, und in der nächtlichen Stille hagelten erbarmungslos, berechnend, verbittert die Schläge nieder. Und dann war mit einem Mal alles ganz still. So still war es, daß man das Knabbern des Holzwurms hören konnte. Awilow lag da mit weit geöffneten Augen; sein Herz schlug schneller, denn ein unheimliches, trauriges, mitleidiges Gefühl hatte ihn erfaßt. Später hörte er die leise, von zurückgehaltenem Weinen erstickte Stimme der Frau.

«Mein Gott, Herr», jammerte sie laut, und ihr Klagen wurde immer wieder von Schluchzen und Zähneknirschen unterbrochen, «warum schickst du mir keinen qualvollen Tod? Fünf Jahre ... fünf Jahre schon vergeht keine Nacht ohne Vorwürfe. Hätte er mich doch gleich erschlagen, verstoßen! Wozu quälst du mich? Wozu? Bin ich nicht deine Dienerin? Bin ich nicht deine Sklavin? Wenn du mich nur eine Nacht nicht quälen tätest! Eine einzige Nacht nur! Glaubst du vielleicht, ich hätte *den,* diesen Verfluchten, geliebt? Gott soll ihn mit einem schmachvollen Tode bestrafen für mich. Wenn ich ihn treffen würde, täte ich ihn erwürgen, hier: so ... mit meinen eigenen Fingern erwürgen! Das Leben hat er mir zerstört, dieser Nichtsnutz! Fünfundzwanzig Jahre bin ich erst, und schon eine alte Frau ... Ich habe keine Kraft mehr!»

Lange hörte Awilow diesen leidenschaftlichen, verzweifelten Klagen zu und versuchte sich die ganze Zeit zu erinnern, wo er früher eine ähnliche Stimme gehört hatte, doch plötzlich fiel er überraschend, von einer Minute zur anderen, in tiefen, gesunden Schlaf ohne jeglichen Traum.

Gegen Morgen erwachte er aufs neue. Der Mond war schon nicht mehr zu sehen. Der Himmel verwandelte sich von Dunkelblau in Hellgrau. Erstaunt vernahm Awilow wieder die beiden Stimmen hinter der Wand.

«Meine Liebste, Teure», sagte der Mann mit gerührter, schwacher Stimme, «wenn das nicht wäre, wie würde ich dich da lieben! Ich würde dem Wind nicht erlauben, dir ein Härchen zu bewegen! Eine Herrin wärest du mir, o ja!»

«Ach, Iwan Sidorytsch, nun verzeihen Sie mir doch endlich. Lassen Sie uns doch wie alle Leute sein... Wie sehr ich Ihnen auch ergeben bin, wenn ich damals Ihre Gedanken erraten hätte...»

Schweigen trat ein, und Awilow hörte Geräusche längerer Küsse hinter der Wand.

«Nun gut, nun gut», fing zärtlich und beruhigend der Mann zu sprechen an. «Nun, es wird schon, wird schon werden... Glaubst du, mir selber ist wohl dabei? Mein Herz blutet mir, und nicht weil... Täubchen, mein.»

Und erneut drang ein langer Kuß an Awilows Ohr.

«Ja, was Sie da sagen, ist gut», flüsterte die Frau, leicht außer Atem, «aber morgen dann wieder... Wie viele Male schon haben Sie versprochen, mir keine Vorwürfe mehr zu machen, und selbst... bei den Heiligen haben Sie's wievielmal geschworen...»

«Nun, genug, hör auf... Sag du mir nur, *den da,* den von damals, liebst du doch nicht? Ist das wahr?»

«Ach, Iwan Sidorytsch, was fragen Sie da nur? Ich würde ihm doch mit meinen eigenen Händen die Kehle durchschneiden, wenn ich ihm bloß irgendwo begegnen würde!»

Das Gespräch hinter der Wand wurde leiser, ging in Flüstern über, immer häufiger waren

Küsse zu hören und Iwan Sidorytschs leises, glückliches Lachen.

Von neuem überkam Awilow Schlaf, doch er kämpfte mit ihm, noch immer bemüht, sich zu erinnern, wo er solch eine Stimme gehört hatte. Manchmal kam ihm der Gedanke schon fast ins Gedächtnis, doch dann verwirrte und zerstreute er sich wieder, wie das immer vorkommt bei Menschen, die am Einschlafen sind... Schließlich, während er richtig einschlief, erinnerte er sich.

Es war vor rund sechs Jahren. Er war damals gerade zum Offizier befördert worden, und für den Sommer fuhr er auf das Gut eines Onkels im Gouvernement Tula. Entsetzlich langweilig war es in dem Dorf, und Awilow suchte ständig und dringlich nach irgendeiner beliebigen Abwechslung. Der Jagd, des Fischfangs war er schon lange überdrüssig geworden, zum Reiten war es viel zu heiß.

Sicher aus Langeweile richtete er einmal seine Aufmerksamkeit auf Charitina, des Onkels Zimmermädchen, die groß und kräftig war, still und ernst, mit großen, blauen, immer ein wenig traurigen Augen. Irgendwann einmal abends, als er Charitina im Flur begegnete, umarmte Awilow sie. Wortlos stieß das Mädchen seine Hände zurück von ihrer Brust und ging genauso schweigsam fort. Der Offizier geriet in Verwirrung, schaute sich um und verschwand mit rotem Kopf und pochendem Herzen auf Zehenspitzen in seinem Zimmer.

Zwei Wochen später, an einem heißen, ermüdenden Junimittag, lag Awilow am Rande des großen, üppigen Gartens im Heu und las. Plötzlich hörte er ganz nah hinter seinem Rücken leichte Schritte. Er drehte sich um und sah Charitina, die ihn anscheinend nicht bemerkt hatte.

«Wohin gehst du, Charitina?» rief Awilow.

Zunächst erschrak sie, dann wurde sie verlegen.

«Ich... dorthin... baden, gleich...»

Awilow ging zu ihr, schaute sich ängstlich nach allen Seiten hin um und umarmte sie. Schweigend, mit gesenktem Blick und errötend, preßte sie ihre Hände gegen seine Brust und versuchte ihn mit aller Kraft fortzustoßen. Der Offizier zog das Mädchen immer fester an sich, schwer atmend und sie hastig auf Haare und Hals küssend.

Charitina wehrte sich lange mit stummer Hartnäckigkeit und Erbitterung. Sie war sehr stark. Awilows Kräfte begannen nachzulassen, und er wollte das Mädchen schon freigeben, als sie plötzlich schrecklich bleich wurde, ihre Arme kraftlos niedersanken und ihre Augen sich schlossen.

Als sie wieder zu sich kam, begann sie hysterisch zu weinen. Alle Beruhigungen und Versprechungen Awilows waren vergeblich. Und so verschwand er aus dem Garten und ließ Charitina zurück, die sich schluchzend im Grase wand.

Sie erzählte niemandem ein Sterbenswörtchen von dem Geschehenen, jedoch ging sie Awilow sorgsamst aus dem Weg.

Und im übrigen fuhr Awilow vier Tage später aus dem Dorf ab, weil er ein Telegramm seiner Mutter, die überraschend erkrankt war, erhalten hatte.

Seither hatte er Charitina nicht wiedergesehen, und erst die Stimme der Frau hinter der Wand hatte sie ihm jetzt wieder leise ins Gedächtnis zurückgerufen – leise, weil es Awilow nicht gelang, sich richtig in seinen Erinnerungen zurechtzufinden, bevor er aufs neue in tiefen Morgenschlaf versunken war.

«Eurwohlborn, stehn Sie doch auf! Aufstehn, Eurwohlborn. Der Kompaniechef ist schon zur Kompanie gegangen!» weckte Nikifor den fest schlafenden Awilow, wobei er ihn, und zwar mit gebührendem Respekt, an der Schulter rüttelte.

«Hmm... und der Samowar?» brummte undeutlich Awilow, der nur mit Mühe die Augen auf bekam.

«Gibt's keinen nicht! Die Sachen sind alle fortgebracht: haben der Feldwebel befohlen. Ich wecke Sie beinah schon eine geschlagene Stunde: Sie haben beliebt zu fluchen und gesagt, Sie trinken keinen Tee.»

Schließlich überwand sich Awilow, sprang eilig aus dem Bett und kleidete sich im Nu an. Er fürchtete, zu spät zu kommen. Nachdem er sich schnell etwas Wasser ins Gesicht gespritzt und kaum seinen Gehrock zugeknöpft hatte, lief er, unterwegs seine Schärpe mit der Revolvertasche und den Degen umbindend, zur Sammelstelle.

Die Bataillone standen schon in ordentlichen schwarzen Rechtecken hintereinander, eins nach dem anderen, auf der großen Straße. Eilig nahm Awilow seinen Platz ein und vermied dabei, dem vorwurfsvollen Blick des Kommandeurs zu begegnen.

Der Himmel war von heller, reiner, zärtlichblauer Farbe. Leichte, weiße, auf der einen Seite von rosa Glanz erhellte Wolken zogen träge durch klare Höhen. Der Osten loderte in rotem Schein, schillerte da und dort silbrig und perlmuttfarben. Vom Horizont stiegen gleich riesigen, gespreizten Fingern goldene Lichtstreifen der noch nicht aufgegangenen Sonne zum Himmel empor.

Nach zehn Minuten kam von der rechten Flanke her der Regimentskommandeur auf seinem großen, grauen Wallach. Laut und lebendig ertönte seine Stimme in der Morgenluft: «Guten Morgen, erstes Bataillon!»

«'n Morgen!» brüllten fröhlich und frisch vierhundert junge Stimmen.

Er ritt alle Bataillone auf diese Weise ab; danach ritt er rund fünfzig Schritt vor die Regimentsmitte, schwellte seine Brust und warf den Kopf zurück und kommandierte mit strammer, freudiger Stimme: «Fahnen hoch! Rührt euch! Präsentiert das Gewehr!»

Die Bataillone klirrten mit den Gewehren und erstarrten. Klar und scharf die Luft durchschneidend, erklang ein Begrüßungsmarsch. Die Fahne, die oben mit einem Lederbezug versehen war, zeigte sich über den Reihen und schwankte im Takte der Musik. Der sie trug, war nicht zu sehen. Dann verharrte sie still, und die Musik brach ab.

Das Regiment zog sich zu einer langen, schmalen Kolonne auseinander und setzte sich in Bewegung. Die Soldaten schritten munter aus, satt und ausgeruht freuten sie sich des frischen, heiteren

Morgens. Alle hatten Lust zu singen, und als Noga mit seiner klingenden, lauten Stimme anhob:

«Vom Be-erg her, vom steilen her,
Da kam geritten ein Major» –

griffen die Soldaten den Refrain besonders harmonisch und einträchtig auf.

Sich zu einem langen Band krümmend, durchschritt das Regiment eine Straße des großen Dorfes nach der anderen. Awilow erkannte von weitem das Haus, wo er die Nacht verbracht hatte. Bei der Einfahrt stand eine Frau mit einem Tragejoch auf der Schulter, in einem dunklen Kleid und mit einem weißen Tuch um den Kopf. «Das ist sicher meine Wirtin», dachte Awilow, «es wäre interessant, einen Blick auf sie zu werfen.»

Als er auf gleicher Höhe war mit ihr, drehte sich die Frau schnell, wie in einem plötzlichen Impuls, um, und ihre Augen trafen sich mit denen Awilows. Er erkannte sie sofort. Es war ganz sicher Charitina: dieselben tiefen, schüchternen Augen, dasselbe ernste und traurige Gesicht.

Auch sie erkannte ihn sofort. In ihren Augen spiegelten sich abwechselnd Erstaunen und Wut und Furcht und Verachtung ... sie wurde bleich, und ihre Eimer fielen mitsamt dem Tragejoch klirrend und klappernd zu Boden.

Awilow wandte sich ab. Eine lastende, bittere Trauer nahm plötzlich von ihm Besitz, als schnüre ihm jemand mit grober Hand das Herz zusammen. Und gleichzeitig kam er sich irgendwie ganz winzig klein vor, ganz gemein und feige. Und während er Charitinas Blick auf seinem Rücken fühlte, machte er sich kleiner, immer kleiner, und zog die Schultern hoch, als erwarte er einen Schlag.

Und um ihn herum – rechts, links, vorne, hinten – lärmten kräftige Stimmen mit Geschrei, Gejohle und schrillem Gepfeife:

«Grüß' dich, Sascha, grüß' dich, Mascha,
Grüß' dich, meine Maid...»

(1895)

«Wir sind vorbeigefahren, vorbeiii-gefahren!» ertönte ein klagendes Kinderstimmchen. «Nach rechts!» schrie eine verärgerte Baßstimme von hinten. «Nach rechts, rechts, reee-chts!» fiel man vorne eilfertig und fröhlich ein. Einer begann, mit den Zähnen zu knirschen, ein anderer pfiff durchdringend ... Eine Schar Hunde erging sich in feinem, bösem und freudigem Gebell. «Oh-oh-oh! Ha-ha-ha!» lachte und stöhnte eine Menschenmenge.

Der Schlitten wurde hochgeworfen und kam in einem Schlagloch wieder auf. Kaschinzew öffnete die Augen.

«Was ist?» fragte er erschrocken.

Doch der Weg war öd und stumm wie zuvor. Die frostige Nacht schwieg über den endlosen, toten, weißen Feldern. Der Vollmond stand hoch am Himmel, und der scharf umrissene, neben dem Schlitten dahingleitende und von den aufgeschichteten Schneehaufen gebrochene blaue Schatten war kurz und häßlich. Der federnde, trockene Schnee knirschte und quietschte unter den Kufen, als sei er aus Gummi.

«Ach, das ist ja der Schnee, der knirscht», dachte Kaschinzew. «Wie seltsam!» äußerte er laut.

Der Postkutscher hatte die Stimme gehört und

drehte sich um. Sein dunkles Gesicht mit Vollbart, der weiß war wegen der Kälte, glich einer großen, derben, mit Watte beklebten Tiermaske.

«Was? Noch zwei Werst haben wir vor uns. Ganz wenig», sagte der Kutscher.

«Das ist der Schnee», dachte Kaschinzew, wieder der Schläfrigkeit nachgebend. «Das ist nur der Schnee. Wie seltsam ...»

«Seltsam, seltsam!» stammelte das Glöckchen am hinteren Teil der Deichsel plötzlich hastig und deutlich los. «Selt-sam, selt-sam, selt-sam ...»

«Ei-jei-jei! Schaut bloß!» schrie vor dem Schlitten eine Frau.

Die Masse, die ihr dicht gedrängt entgegenkam, fing mit einem Mal an zu sprechen, alle zusammen, und zu weinen und zu lachen. Wieder bellten die wild-erregten Hunde.

Irgendwo in der Ferne begann eine Lokomotive zu pfeifen ... Und schon erinnerte Kaschinzew sich durch den Schlaf hindurch mit ungewöhnlicher Deutlichkeit an das Bahnhofsbuffet mit seinem jämmerlichen, staubüberladenen Luxus: die traubenartig aussehenden elektrischen Lämpchen an der schmutzigen Decke und den vollgeschmierten Wänden, die riesigen Fenster, die unechten Palmen auf den Tischen, die stehenden steifen Servietten, die neusilbernen Vasen und die Blumensträuße aus trockenen Gräsern, die Pyramiden aus Flaschen, die Gläser aus rosa und grünem Glas ...

Das war gestern abend. Die Arztkollegen hatten Kaschinzew zur Bahn begleitet; er hatte gerade eine neue Arbeit zugewiesen bekommen – als

Unterarzt in einem weit entfernten Infanterieregiment. Sie waren zu fünft gewesen. In einer Ecke hatten sie die schweren Bahnhofsstühle um das «Doktorentischchen» gerückt, Bier getrunken und mit gedehnter Herzlichkeit und gekünstelter Lebhaftigkeit geschwatzt, ganz so, als spielten sie die Abschiedsszene auf der Bühne. Der schöne und selbstsichere Rühl hatte sich, kokett und übertrieben mit den Augen funkelnd, umgesehen, daß auch andere ihn hörten, und mit familiärer, geckenhafter Stimme gesagt: «So ist das, Alter. Unser ganzes Leben, von der Geburt bis zum Tode, besteht einzig und allein darin, uns zu begegnen und voneinander Abschied zu nehmen. Du kannst dir das zur Erinnerung in dein Büchlein notieren: ‹Abendliche Aphorismen und Maximen des Doktors von Rühl›.»

Er hatte gerade aufgehört zu sprechen, als ein dicker Portier mit dem Gesicht einer gefährlichen Bulldogge in der Ausgangstür erschienen war, eine Glocke zu schwingen begonnen hatte und langgedehnt, abgehackt und nach Luft schnappend schrie: «Erstes Signal! Ki-jew, Schmer-jinka, Odessa! Der Zug steht auf Bahnsteig zweiii!»

Und nun, da er unbequem, tief in den hin und her hüpfenden Schlitten vergraben saß, lachte Kaschinzew auf vor Vergnügen – so unglaublich klar und farbenreich stand diese Erinnerung vor ihm. Doch sogleich kehrte der quälende, fade Eindruck dieses endlosen, eintönigen Weges zurück. Seitdem er am Morgen aus einer kleinen Bahnstation getreten war und sich in die Postkutsche gesetzt hatte, waren höchstens sechs, sieben Stunden vergangen, aber Kaschinzew kam es immerzu vor, als fahre er so schon ganze Wochen und Monate, als sei es ihm bereits gelungen seit dem gestrigen Abend, sich zu verändern, älter zu werden, gelangweilter und gleichgültiger gegenüber allem. Irgendwo unterwegs war ihm ein Mann begegnet, arm, betrunken und abgerissen, mit eingedrückter Nase und, trotz der Eiseskälte, mit bloßen Schultern; irgendwo hatte sich ein langes, dünnes Pferd mit hochgestrecktem Hals und dichtem, samtenem, schokoladenfarbenem Fell gesträubt und nicht anspannen lassen wollen; irgendwer hatte ihm vor, wie es schien, ewig langer Zeit gutherzig gesagt: «Der Weg, Pan[1], ist heute gut; ehe Sie sich's versehen, sind Sie schon da», und selbst Kaschinzew hatte sich in diesem Augenblick nicht sattsehen können an der schneebedeckten Ebene, die ganz blutrot war vom Sonnenuntergang. Doch all das floß ineinander, verschwand in eine trübe, unwahrhaftige Tiefe, und es gelang Kaschinzew nicht, sich zu erinnern, wann, wo und in welcher Reihenfolge dies vor sich gegangen war. Manchmal fielen ihm die Augen vor Müdigkeit kurz zu, und dann hörte sein umnebeltes Bewußtsein seltsames Gewinsel, Geknirsche, Hundegebell, Menschengeschrei, Lachen und Murmeln; aber er öffnete immer wieder die Augen, und die Phantasielaute verwandelten sich erneut in das einfache Knarren der Kufen, in das Glöckchengeklingel an der Deichsel; und unverändert breiteten sich links und rechts die schla-

[1] Herr (polnisch)

fenden, weißen Felder aus, unverändert zeichnete sich vor ihm der gebeugte, schwarze Rücken des Postkutschers ab, unverändert bewegten sich gleichmäßig die Kruppen der Pferde und wippten ihre zu einem Knoten zusammengebundenen Schwänze...

«Wohin soll ich Sie bringen, Pan; direkt zur Posthalterei oder in die Einkehr?» fragte der Kutscher.

Kaschinzew hob den Kopf. Er fuhr jetzt auf der langen, geraden Straße irgendeines Dorfes. Vor ihm glänzte der gewalzte Weg im Mondlicht wie polierter, blauer Stahl. Zu seinen beiden Seiten schauten die dunklen, ärmlichen, von schweren Schneehüten niedergedrückten Häuschen kaum aus den hohen Schneewehen hervor. Das Dorf war wie ausgestorben: es bellten keine Hunde, es brannte kein Licht in den Fenstern, es kamen keine Leute entgegen. Etwas Unheimliches und Trauriges war in dieser Stille menschlicher Behausungen, die, in tiefem Schnee verloren, sich ängstlich aneinanderdrückten.

«Wohin geht das: in die Einkehr?» fragte Kaschinzew.

«Weiß der Herr das nicht? In die Einkehr zu Mosche Chazkel... Immer macht da die Herrschaft halt. Zum Beispiel: einen Samowar, Rührei, etwas zu essen... Auch übernachten läßt es sich. Fünf Zimmer...»

«Nun gut, fahren wir zur Einkehr», erklärte Kaschinzew sich einverstanden.

Erst jetzt, beim Gedanken an Essen und einen warmen Ort, spürte Kaschinzew, wie sehr er durchgefroren und hungrig geworden war. Doch die niedrigen, blinden, im Schnee vergrabenen Häuschen kamen beständig näher und entfernten sich wieder, und es schien, als nähmen sie gar kein Ende.

«Wann kommen wir denn an?» fragte Kaschinzew ungeduldig.

«Bald. Das Dorf ist groß, erstreckt sich über anderthalb Werst... Hüh, ihr Gäule!» schrie der Kutscher heiser und grimmig auf die Pferde ein und begann, sich leicht erhebend, die Peitsche über seinem Kopf kreisen zu lassen und mit den Zügeln zu schlagen.

In der Ferne tauchte ein heller, roter Punkt auf und fing an zu wachsen, bald sich hinter dunklen, unsichtbaren Hindernissen zu verbergen, bald für einen Augenblick aus der Dunkelheit aufzutauchen. Schließlich blieben die Pferde wie Spielzeug, dessen aufgezogene Feder abgelaufen ist, von allein bei der Einfahrt zum Schankhaus stehen, und entkräftet senkten sie sofort ihre Köpfe zur Erde. Die gewölbte, halbkreisförmige Einfahrt zog sich als riesiger, schwarzer, gähnender Korridor unter dem Gebäude hindurch, aber weiter hinten, auf dem vom Mond hell erleuchteten Hof, waren Wagen mit hochgeklappten Deichseln zu sehen, Stroh auf dem Schnee und die Umrisse von Pferden unter dem Flachdach eines offenen Schuppens. Links des Tores sandten zwei dicht mit Schnee zugewehte Fenster ein von innen kommendes, trübes, warmes Licht aus.

Jemand öffnete eine Tür, die durchdringend aufjaulte in den Angeln, und Kaschinzew betrat einen Raum. Weiße Wolken frostiger Luft, die, wie es schien, nur darauf gewartet hatten, drangen in rasendem Wirbel ihm hinterher in die Stube. Zuerst konnte Kaschinzew nichts erkennen: die Gläser seiner Brille waren sofort beschlagen wegen der Wärme, und er sah nur zwei glänzende, trübe, regenbogenfarbene Kreise vor sich. Der hinterherkommende Postkutscher schrie: «Hör zu, Mowscha, ein Pan ist gefahren gekommen zu dir... Wo bist du denn?»

Von irgendwoher kam eilig ein kleiner, stämmiger Jude mit hellem Vollbart, der eine hohe Schirmmütze und eine tabakfarbene gestrickte Weste trug, hervorgesprungen. Im Laufen kaute er etwas zu Ende und wischte sich seinen Mund sorgfältig mit der Hand ab.

«Guten Abend, Pan, guten Abend», sagte er freundlich und begann sofort, mit teilnahmsvollem Blick den Kopf zu schütteln und mit der Zunge zu schnalzen: «Tse, tse, tse... Oje, wie erfrorn ist der Herr, Gott erbarme! Mit Erlaub, bitte Ihren Pelz, ich werd' ihn an einen Nagel hängen. Der Pan will sicher einen Samowar? Vielleicht etwas essen? Oje, oje, wie erfrorn ist der Herr!»[1]

«Ich danke Ihnen. Hier, bitte», sagte Kaschinzew.

Von der Kälte waren seine Lippen so gefühllos, daß er sie nur mit Mühe bewegen konnte; das Kinn war steif geworden und schien nicht mehr

[1] Chazkel spricht teilweise Ukrainisch, teilweise Russisch, die Jüdin und der Bauer nur Ukrainisch.

ihm zu gehören, und seine Beine kamen ihm so weich, schwach und gefühllos vor, als seien sie aus Watte.

Als seine Brille wieder blickfrei wurde in der Wärme, schaute er sich um. Das große Zimmer mit verzogenen Fenstern und einem Lehmboden war mit Kalk beworfen, der an einigen Stellen in großen Stücken abgefallen war und das Fachwerk aus Holzlatten freigab. An den Wänden entlang zogen sich schmale Bänke und krumme Tische, deren Platten in den Jahren feucht und speckig geworden waren. Direkt unter der Decke brannte eine Blitzlampe. Der hintere, niedrigere Teil des Zimmers war durch einen bunten Kattunvorhang abgetrennt, von wo es nach schmutzigen Betten, Kinderwindeln und irgendeinem scharfen Essen roch. Vor dem Vorhang befand sich eine hölzerne Theke.

An einem der Tische, Kaschinzew gegenüber, saß ein Muschik in einem braunen Bauernkittel und mit Schaffellmütze und hatte seinen zerzausten Kopf auf die ausgebreiteten Ellbogen gelegt. Er hatte einen schweren, kraftlos machenden Vollrausch; sein Kopf rutschte immer wieder auf den Tisch, er rülpste, und die ganze Zeit über brabbelte er irgend etwas Unverständliches mit einer krächzenden, überdrehten und sabbernden Stimme.

«Was bringen Sie mir zu essen?» fragte Kaschinzew. «Ich bin ganz ausgehungert.»

Chazkel zog die Schultern hoch, breitete die Arme aus, kniff das linke Auge zusammen und verharrte ein paar Sekunden in dieser Haltung.

«Was ich dem Pan zu essen bringe?» wiederholte er die Frage mit verschmitztem, eindringlichem Blick. «Und was wünscht der Herr? Alles kann beschafft werden. Man kann den Samowar anfachen, kann Eier kochen, kann Milch besorgen ... Nun, Sie wissen doch selbst, Pan, was man in solch einem räudigen Dorf besorgen kann! Ein Huhn kann man kochen, doch das dauert dann aber schon lange.»

«Bringen Sie mir Eier. Und Milch. Noch was?»

«Was noch?» tat Chazkel erstaunt. «Ich könnte dem Pan gefüllten jüdischen Fisch anbieten. Aber vielleicht liebt der Pan die jüdische Küche nicht? Verstehen Sie, gewöhnlicher jüdischer Fisch: *Fisch*, den die Frau zum Schabbes zubereitet.»

«Bringen Sie auch den *Fisch*. Und ein Gläschen Wodka, bitte.»

Der Jude schloß beide Augen, schüttelte den Kopf und schnalzte betrübt mit der Zunge.

«Wodka gibt's keinen», sagte er im Flüsterton. «Sie wissen doch, wie streng das heutzutage ist. Fährt der Herr weit?»

«Nach Gusjatin.»

«Dient der Herr, Verzeihung, bei der Polizei?»

«Nein, ich bin Doktor. Armeearzt.»

«Ach, der Pan ist Doktor! Das ist sehr angenehm. Glauben Sie mir, ehrlich, es tut mir schrecklich leid, daß ich Ihnen keinen Wodka besorgen kann. Aber ... Etlja!» schrie Chazkel, sich vom Tisch entfernend. «Etlja!»

Er verschwand hinter dem Vorhang und begann, schnell, als sei er wütend, auf jiddisch zu sprechen. Und dann erschien er ein paarmal im

Schankraum, um wieder zu verschwinden; offensichtlich war er sehr beschäftigt. Währenddessen hob der halb auf dem Tisch liegende Muschik mit aufgesperrtem, feuchtem Mund und glasigen Augen den Kopf und fing an, mit heiserer Stimme zu singen, wobei etwas gluckste und klatschte in seiner Kehle:

«Och, was ist nicht alles möglich...»

Chazkel rannte eilig herbei und rüttelte ihn an der Schulter.

«Trochim... Hören Sie, Trochim... Ich hab' Sie doch gebeten, daß Sie sich nicht so gehnlassen! Der Pan dort drüben wird's sonst übelnehmen... Nun gut, Sie haben getrunken; Gott gebe Ihnen Glück, und gehen Sie jetzt zu sich nach Hause, Trochim!»

«Der Judd!» brüllte der Muschik plötzlich mit entsetzlicher Stimme los und donnerte mit aller Kraft seine Faust auf den Tisch. «Der Judd, die Teufelsbrut! Ich schlag' ihn tooot!»

Schwerfällig fiel sein Kopf auf den Tisch, und er brummelte wieder vor sich hin.

Mit bleich gewordenem Gesicht sprang Chazkel weg von dem Tisch. Seine Lippen waren verzerrt von einem verächtlichen, doch gleichzeitig bestürzten und machtlosen Lächeln.

«Da sehen Sie, Herr Doktor, wie man es mir lohnt!» sagte er, sich an Kaschinzew wendend, voller Bitterkeit. «Nun, sagen Sie mir, was soll ich mit diesem Menschen machen? Was kann ich machen? Etlja!» schrie er in Richtung des Vorhangs.

«Wann bringst du dem Herrn denn endlich den Hecht?»

Wieder verschwand er in den abgegrenzten Teil des Zimmers, doch kam er sogleich mit einer Platte zurück, auf welcher der in feine Scheiben geschnittene und mit einer dunklen Soße übergossene Fisch lag. Er brachte auch ein großes Weißbrot mit, dessen feste Kruste gegittert war und übersät mit schwarzen Körnchen irgendeines schmackhaften Gewürzes.

«Pan», sagte Chazkel geheimnisvoll. «Die Frau hat da ein wenig Wodka aufgetrieben. Versuchen Sie mal, das ist ein guter Fruchtwodka. Wir trinken ihn zu unserem Osterfest, und deshalb heißt er auch ‹Pejsatschnaja›. Hier!»

Er zog ein winziges, schmalhalsiges Fläschchen und ein Gläschen aus seiner Weste und stellte sie vor Kaschinzew hin. Der Wodka war von gelblicher Farbe, roch leicht nach Kognak, doch nachdem der Arzt ein Glas geleert hatte, schien ihm, sein ganzer Mund und die Kehle seien erfüllt von einem brennenden und wohlriechenden Gas. Sofort spürte er eine leichte Kälte im Magen und dann zarte Wärme und einen schrecklichen Appetit. Der Fisch erwies sich als äußerst schmackhaft und so stark gewürzt, daß die Zunge brannte. «Wie wird er zubereitet?» wollte sich ein banger Gedanke in Kaschinzew formen, doch lachte er sofort, da er sich an eine der berühmten «Abendlichen Aphorismen des Doktors von Rühl» erinnerte: «Man soll nie danach fragen, was man ißt, noch wen man liebt.»

Chazkel stand etwas abseits, die Hände auf dem

Rücken verschränkt. Als habe er erraten, was Kaschinzew dachte, sagte er eilfertig und einschmeichelnd: «Vielleicht scheint's dem Herrn, daß das irgendwie schmutzig zubereitet ist? Phe… niemals im Leben! Unsere jüdischen Frauen machen alles gemäß den Heiligen Büchern, und da ist schon alles gesagt: wie er zu reinigen ist, und wie zu schneiden, und wann die Hände zu waschen sind. Und wenn man's nicht so macht, dann gilt das als Sünde bei uns. Der Herr soll sich nur richtig sattessen… Etlja, bring noch mehr Fisch her!»

Hinter dem Vorhang kam eine Frau hervor und blieb an der Theke stehen, wo sie ein großes graues Tuch um ihren Kopf schlang. Als Kaschinzew sich nach ihr umwandte, schien ihm, eine unsichtbare Kraft schlüge plötzlich gegen seine Brust und eine kalte Hand umschnüre sein erzitterndes Herz. Nicht nur, daß er nie eine solch strahlende, stolze, vollendete Schönheit gesehen hatte, er hatte auch nicht einmal zu glauben gewagt, daß es sie auf der Welt geben könnte. Bisher, wenn es vorgekommen war, daß er einmalig schöne Frauenköpfe auf Bildern berühmter Maler gesehen hatte, war er innerlich überzeugt gewesen, daß derart reine, makellose Gesichter in der Natur nicht vorkommen, daß sie eine Erfindung der künstlerischen Phantasie sind. Um so überraschender, um so unglaublicher war für ihn dieses blendend schöne Antlitz, das er nun in dieser schmutzigen Relaisschankstube, die den Geruch schmutziger Behausungen hatte, sah, in diesem heruntergekommenen, leeren und kalten Raum hinter der Theke, neben diesem betrunkenen, schnarchenden und im Schlaf rülpsenden Muschik.

«Wer ist das?» fragte Kaschinzew flüsternd. «Diese...», aus Gewohnheit wollte er sagen: Jüdin, doch er stockte, «... diese Frau?»

«Wer? Die da?» fragte Chazkel verächtlich, während er mit dem Kopf nach hinten wies. «Das, Pan, ist meine Frau.»

«Wie schön sie ist!»

Chazkel lachte kurz auf und zuckte voller Verachtung mit den Schultern.

«Der Herr macht sich wohl lustig über mich?» fragte er vorwurfsvoll. «Was ist sie denn für eine? Eine gewöhnliche, armselige Jüdin, weiter nichts. Hat der Herr etwa keine wirklich schönen Frauen gesehen in den großen Städten? Etlja!» Er drehte sich nach seiner Frau um und sagte etwas sehr schnell auf jiddisch, weshalb sie mit einem Mal lachte, mit vielen blinkenden, weißen, regelmäßigen Zähnen, und eine Schulter so hoch hob, als wolle sie ihre Wange daran reiben.

«Ist der Pan ledig oder verheiratet?» fragte Chazkel, sich vorsichtig einschmeichelnd.

«Ich bin ledig. Und?»

«Nichts, ich hab' nur so... Also, der Herr ist ledig. Und warum hat der Herr, so ein solider und gebildeter Mensch, nicht heiraten wollen?»

«Nun, das ist eine lange Geschichte... Aus vielen Gründen. Ja, und dann ist es, denke ich, noch nicht zu spät. So alt bin ich ja gar nicht. Hm?»

Chazkel rückte plötzlich dicht an den Doktor

heran, schaute sich mit furchtvollem Blick um und sagte, bedeutungsvoll die Stimme senkend: «Vielleicht wollen Sie, Pan, bei uns in der Einkehr übernachten? Sie brauchen sich bestimmt nicht zu beunruhigen, bei mir macht die beste Herrschaft Rast: Pan Warpachowskij aus Monastyritschtsch, Pan Großgrundbesitzer Luzkij, auch Herren Offiziere hin und wieder...»

«Nein, ich habe es eilig. Keine Zeit.»

Doch mit verschmitztem, durchdringendem und lockendem Blick, bald das eine, bald das andere Auge zukneifend, fuhr Chazkel beharrlich fort: «'s ist besser, bei Gott, Sie übernachten, Pan. Wo will der Herr denn noch hinfahren bei dieser lausigen Kälte? Ich will auf der Stelle tot umfallen, wenn ich nicht die Wahrheit spreche! Hören Sie doch, was ich Ihnen sage, Herr Doktor... Es gibt da eine ehemalige Gouvernante...»

Ein plötzlicher, verrückter Gedanke kam in Kaschinzew auf. Spitzbübisch-verstohlen warf er einen Blick auf Etlja, die, als verstehe sie nicht, wovon zwischen ihrem Mann und dem Gast die Rede war, gleichgültig und versonnen auf das zugewehte, weiße Fenster schaute, doch schon im selben Augenblick schämte er sich.

«Lassen Sie mich in Ruhe, gehen Sie!» befahl er Chazkel scharf.

Kaschinzew hatte weniger durch die Worte als vielmehr durch den Gesichtsausdruck Chazkels verstanden, wovon dieser sprach, aber er konnte sich nicht erzürnen, wie er es sicher unter anderen Umständen für seine Pflicht gehalten hätte. Die Wärme des Zimmers nach dem langen, kalten

Weg hatte seinen Körper schlaff und wohlig gemacht. Vom Wodka drehte sich alles leicht und lieblich in seinem Kopf, sein Gesicht glühte. Er wollte nur dasitzen, das matte Gefühl der Sättigung, der Wärme und der leichten Trunkenheit genießen, ohne daran zu denken, daß er nach wenigen Minuten sich wieder in den Schlitten setzen und über den endlosen, langweiligen, frostigen Weg fahren mußte.

Und in diesem sonderbaren, unbeschwerten und seligen Zustand bereitete es ihm unbeschreiblichen Genuß, von Zeit zu Zeit, wie zufällig und gleichsam sich selbst betrügend, mit dem Blick für einen Moment auf dem Gesicht der Jüdin zu verweilen und über sie nachzusinnen, jedoch nicht mit Gedanken, sondern in Worten, so als unterhalte er sich mit einem unsichtbaren Gesprächspartner.

«Kann man irgend jemandem dieses Gesicht beschreiben?» sagte Kaschinzew bei sich. «Kann man mit der gewöhnlichen, armen, alltäglichen Sprache diese wundervollen Züge, diese zarten und klaren Farben wiedergeben? Eben hat sie sich mit dem Gesicht mir fast ganz zugewandt. Wie rein, wie erstaunlich elegant ist diese Linie, die sich von der Schläfe zum Ohr zieht und tiefer, die Wange klar umreißend, bis zum Kinn. Die Stirn ist niedrig, und an der Schläfe wachsen feine, dichte Härchen – wie anmutig ist das, und weiblich, und ausdrucksstark! Die Augen sind groß, schwarz, so groß und schwarz, daß sie wie nachgezogen wirken, und darin, um die Pupillen, leuchten lebendige, durchsichtige, goldene Pünktchen gleich hellen Lichtflecken in gelbem Topas. Die Augen sind umgeben von dunklem, ein ganz klein wenig feuchtem Schatten, und wie unmerklich geht dieser dunkle Ton, der dem Blick seinen trägen und leidenschaftlichen Ausdruck verleiht, in die braune, kräftige Röte der Wangen über. Die Lippen sind voll und rot, und obwohl in dieser Minute geschlossen, scheinen sie doch offen, sich hingebend; auf der Oberlippe, fast im Mundwinkel, befindet sich ein leicht umschattetes, schönes, schwarzes Muttermal. Welch gerade, wohlgewachsene Nase und welch feine, stolze Nasenflügel! O du Schöne, Geliebte!» wiederholte Kaschinzew innerlich voller Rührung, und er hätte weinen mögen vor Verzückung und Zärtlichkeit, die ihn ergriffen hatten und ihm das Herz zusammenzogen in der Brust und die Augen prickeln machten.

Auf der kräftigen und sonnengebräunten Röte der Wangen waren dunkelbraune Streifen getrockneten Schmutzes zu sehen, doch Kaschinzew schien es, daß keinerlei Vernachlässigung diese feierliche, blühende Schönheit entstellen könne. Als sie hinter der Theke hervorkam, bemerkte er wohl, daß der Saum ihres kurzen, rosafarbenen Kattunrocks schwer und naß war vor Schmutz und bei jedem Schritt klatschte und daß sie riesige, abgetragene Holzpantinen mit abgerissenen Schlaufen an den Füßen hatte, und er bemerkte auch, daß sie manchmal, während sie mit ihrem Mann redete, sich geschwind mit zwei Fingern an der Nasenspitze zupfte, dabei ein schniefendes Geräusch machte und dann genauso schnell mit dem gekrümmten Zeigefinger unter der Nase vorbeifuhr. Aber trotzdem, nichts Ordinäres, nichts Lachhaftes und Bemitleidenswertes konnte ihrer Schönheit schaden!

«Worin besteht das Glück?» fragte Kaschinzew sich selbst und antwortete sofort: «Das einzige Glück ist: solch eine Frau zu besitzen, zu wissen: diese göttliche Schönheit gehört dir. Hm ... ein gemeines Wort aus der Armee: zu besitzen. Aber was ist alles andere im Leben im Vergleich dazu: berufliche Karriere, Ehrgeiz, Philosophie, Berühmtheit, feste Überzeugungen, gesellschaftliche Fragen? ... Ja, ein Jahr wird vergehen, auch zwei oder drei, und ich heirate vielleicht. Meine Frau wird aus einer vornehmen Familie stammen, eine magere, semmelblonde Jungfrau mit fettigen Locken auf der Stirn wird sie sein, gebildet und hysterisch, mit schmalem Becken und kaltem, bläulichem, pickligem Körper, wie ein gerupftes Huhn, sie wird Klavier spielen, über irgendwelche Fragen debattieren und an Frauenkrankheiten leiden, und wir beide werden uns so gleichgültig gegeneinander verhalten wie Fischweibchen und Fischmännchen, wenn nicht gar uns anekeln. Wer sagt denn, daß das einzige Ziel meines Lebens, sein ganzer Sinn, seine ganze Freude nicht darin besteht, solch eine Frau wie diese zu erobern, auf rechte oder unrechte Weise, zu rauben, zu entführen, zu verführen – ist es nicht ganz egal? Mag sie auch schmutzig sein, ungebildet, beschränkt, gierig – o mein Gott! –, welche Nichtigkeiten sind das im Vergleich mit ihrer wunderbaren Schönheit!»

Chazkel kam wieder näher, blieb bei Kaschinzew mit in den Hosentaschen vergrabenen Händen stehen und seufzte.

«Sie haben nicht vielleicht gelesen, was man in den Zeitungen schreibt, Pan?» fragte er mit vorsichtiger Höflichkeit. «Was hört man Neues vom Krieg?»

«Alles beim alten. Wir sind auf dem Rückzug, man schlägt uns ... Übrigens, heute habe ich keine Zeitung gelesen», erwiderte Kaschinzew.

«Der Herr hat sie nicht gelesen! Wie schade! Wissen Sie, Herr, wir leben hier wie in der Wüste und hören nichts von dem, was in der Welt passiert. Man hat doch auch von den Zionisten geschrieben. Hat der Herr gelesen, daß es einen Kongreß gab in Paris?»

«Aber ja doch. Natürlich.»

Kaschinzew betrachtete Chazkel eingehender. Bei ihm, unter der äußerlichen flinken Durchtriebenheit, war etwas Erschöpftes, Kränkliches zu spüren, etwas, das von Armut, Erniedrigung und schlechtem Essen erzählte. Den bemitleidenswertesten Eindruck hinterließ sein aus einem Wollschal herausragender, langer, dünner, schmutziggelber Hals, auf dem neben der Kehle zwei geschwollene Adern mit einer Vertiefung in der Mitte heraustraten wie dicke Saiten.

«Womit befassen Sie sich eigentlich hier?» fragte Kaschinzew, den ein schuldvolles Gefühl des Mitleids ergriffen hatte.

«Na!» Chazkel zuckte mit den Schultern, und er schaute hoffnungslos und verächtlich drein. «Nun, womit kann sich ein armer Jude innerhalb der Gemeindegrenzen befassen? Irgendwie haben wir alle Hände voll zu tun. Kaufen und verkaufen, wenn Markt ist. Schnappen einander das letzte Stückchen Brot weg. Ach! Was soll man groß sagen! Interessiert's denn etwa jemanden, wie wir hier leiden?»

Müde winkte er ab und ging hinter den Vorhang; Kaschinzew kehrte wieder zu seinen unterbrochenen Gedanken zurück. Diese Gedanken glichen jenen bewegungsreichen, vielfarbigen Wort- und Bildfetzen, welche morgens auf der Schwelle zwischen Schlaf und Wachen dem Menschen in den Sinn kommen und die, solange man noch nicht endgültig erwacht ist, so zart, willfährig, leicht und gleichzeitig voll von tiefer Bedeutung erscheinen.

Noch nie hatte Kaschinzew beim Träumen so viel Vergnügen verspürt wie jetzt, da er, träge vor Wärme und Sattheit, mit dem Rücken gegen die Wand gelehnt und mit von sich gestreckten Beinen dasaß. Eine große Rolle bei diesem Vergnügen spielte ein unbestimmter Punkt im Muster des bunten Vorhangs. Er mußte ihn unbedingt mit den Augen finden, darauf verharren, und schon begannen die Gedanken gleichmäßig, frei und hell zu strömen, ohne im Kopf zu verweilen oder eine Spur zu hinterlassen, und brachten eine stille, prickelnde Freude. Und dann verschwand alles in einem bläulichen, vibrierenden Nebel: die abbröckelnden Wände der Relaisschankstube, die schiefstehenden Tische und auch die schmutzige Theke. Es blieb nur allein ein wunderschönes Gesicht, welches Kaschinzew sah und fühlte, unabhängig davon, ob er es betrachtete oder aber diesen unbestimmten, ihm unbekannten Punkt auf dem Vorhang.

«Erstaunlich und unbegreiflich ist das jüdische Volk!» dachte Kaschinzew. «Zu welchem Leid ist es noch bestimmt? Durch ein Dutzend Jahrhunderte ist es gegangen, ohne sein Blut mit dem eines anderen Volkes zu mischen, sich voll Abscheu isolierend von allen Nationen, im Herzen die jahrhundertealte Trauer hegend und die jahrhundertealte Flamme. Das bunte Leben Roms, Griechenlands und Ägyptens ist schon längst Gegenstand von Museumssammlungen geworden, geschichtliche Phantasterei, entferntes Märchen, und dieses geheimnisumwobene Volk, das bereits Stammvater war bei ihrer Geburt, existiert nicht nur noch, sondern hat überall seinen kräftigen, feurigen südlichen Typ bewahrt, seinen Glauben voll großer Hoffnungen und kleinster Rituale, die Sprache seiner hinreißenden Heiligen Bücher, sein mystisches Alphabet – angefangen mit den Schriftzeichen, die allein schon das Alter von Jahrtausenden verströmen! Was hat es erduldet in den Tagen seiner Jugend? Mit wem hat es Handel getrieben und Bündnisse abgeschlossen, mit wem gekämpft? Nirgendwo sind Spuren geblieben von seinen rätselhaften Feinden, von all diesen Philistern, Amalekitern, Moabitern und anderen halb mythologischen Völkern, aber es lebt noch, wendig und unsterblich, als erfülle es eine übernatürliche Vorbestimmung, die jemand ihm gegeben hat. Seine Geschichte ist vollkommen durchdrungen von tragischen Schrecken und tief getränkt von seinem eigenen Blut: jahrhundertelange Gefangenschaft, Unterdrückung, Haß, Knechtschaft, Folter, Feuer aus menschlichem Fleisch, Vertreibung, Rechtlosigkeit... Wie konnte es unter den Lebenden bleiben? Oder gibt es wirklich im Schicksal der Völker ihre uns unbegreiflichen, geheimen Ziele? Wer weiß: vielleicht wollte es irgendeine höhere Macht, daß die Juden ihre Heimat verlieren, um die Rolle des ewigen Gärstoffes in dem ungeheuren Aufruhr der Welt zu spielen?

Da steht diese Frau, auf deren Gesicht sich göttliche, heiliges Entzücken auslösende Schönheit spiegelt. Wie viele Jahrtausende durfte sich ihr Volk mit niemandem vermischen, um diese wundervollen, biblischen Züge zu bewahren. Mit genau dem gleichen musterlosen Tuch um den Kopf, mit genau diesen tiefen Augen und dieser gramvollen Furche um den Mund wird die Mutter Jesu Christi gemalt. Eben diese makellose, reine Anmut strahlten die schwermütige Judith und die sanftmütige Ruth, die zärtliche Lea und die schöne Rahel, Hagar und Sara aus. Schaut man auf sie, so glaubt, fühlt und sieht man förmlich, wie dieses Volk in seiner erstaunlichen Genealogie bis auf Moses zurückgeht, sich zu Abraham erhebt und weiter, noch höher – direkt bis zu dem großen, furchtgebietenden, rachsüchtigen biblischen Gott!

Mit wem stritt ich neulich?» erinnerte sich Kaschinzew plötzlich. «Wir stritten über die Juden. Es war wohl im Zug mit dem Oberst des Generalstabs. Oder aber, nein: es war mit dem Stadtarzt aus Stepan. Er sagte: ‹Die Juden sind altersschwach geworden, die Juden haben ihre Nationalität und Heimat verloren, das jüdische Volk muß doch entarten, weil kein einziger Tropfen frisches Blut hineingelangt. Es bleibt ihm nur eine Wahl: entweder mit anderen Völkern zu verschmelzen, in ihnen aufzugehen oder aber unterzugehen ...› Ja, damals fand ich nichts zu erwidern, aber jetzt würde ich ihn zu dieser Frau hinter dieser Theke bringen und sagen: ‹Hier ist es, sehen Sie, hier ist das Pfand für die Unsterblichkeit des jüdischen Volkes! Mag Chazkel auch siech, erbärmlich und krank sein, mag auch der ewige Kampf mit dem Leben die grausamen Spuren von Betrügerei, Ängstlichkeit und Unglauben in sein Gesicht eingegraben haben: er hat ja auch ‚irgendwie alle Hände voll zu tun gehabt' während Tausenden von Jahren, die er erstickend in verschiedenen Ghettos verbrachte. Doch die jüdische Frau hütet den Geist und den Typ der Rasse; sorgsam trägt sie durch Ströme von Blut, unter dem Joch der Unterdrückung das heilige Feuer der Schöpferkraft ihres Volkes und läßt dieses Feuer nicht erlöschen. Ich betrachte sie und fühle, wie sich hinter ihr der schwarze Abgrund der Jahrhunderte auftut. Hier ist das Wunder. Hier ist irgendein göttliches Geheimnis. Oh, was bin ich, gestern noch Wilder, heute Intellektueller – was bedeute ich in ihren Augen, was bedeute ich im Vergleich zu diesem lebenden Rätsel, vielleicht dem am wenigsten gelösten und größten in der Geschichte der Menschheit?›»

Kaschinzew kam plötzlich zur Besinnung. In der Einkehr war Unruhe ausgebrochen. Chazkel rannte von einem Fenster zum anderen, wo er die Handflächen gegen die Schläfen legte und versuchte, in der nächtlichen Dunkelheit etwas zu erkennen. Mit Verdruß und Ekel zerrte Etlja am Kragen des betrunkenen Bauern, der sein rotes, stumpfsinniges, vom Schlaf aufgedunsenes Gesicht mit zwei dicken Veilchen unter den Augen bald hob, bald hängen ließ und entsetzlich röchelte.

«Trochim, hörn Sie doch! Trochim! Ich bitte Sie sehr, stehn Sie auf!» sagte die Jüdin ungeduldig in radebrechendem Kleinrussisch.

«Scht! Der Polizeihauptmann!» rief Chazkel plötzlich in erschrockenem Flüsterton. Er begann, heftig zu schnalzen und mit dem Kopf zu zittern, stürzte hastig zur Tür und öffnete diese genau in dem Moment, da ein hochgewachsener Polizeibeamter eintrat, der im Gehen seinen Kopf aus dem dichten Schaffellkragen seines Pelzes schälte.

«Hören Sie doch, Trochim! Stehen Sie doch auf!» rief Etlja tragisch flüsternd.

Der Muschik hob sein blutrot angelaufenes Gesicht und brüllte mit verzerrtem Mund los:

«Och, was ist nicht alles mö-ö ...»

«Was ist das!» schrie der Polizeihauptmann mit drohend aufgerissenen Augen. Voller Empörung warf er seinen Schaffellmantel ab in die Arme des herbeieilenden Chazkel, und sich in die Brust werfend, tat er einige Schritte mit dem erhabenen Gang eines Operettenheerführers.

Der Muschik erhob sich, und wankend stieß er

mit Armen, Beinen und Oberkörper gegen den Tisch. Etwas wie bewußter Schrecken tauchte in seinem gräulich-blauen, aufgeschwemmten Gesicht auf.

«Eurgehoch... Herr... Pan verehrter!» murmelte er, hilflos auf dem Fleck schwankend.

«Raus!» donnerte der Polizeihauptmann auf einmal mit einer derart fürchterlichen Stimme los, daß der nervenschwache Kaschinzew hoch- und wieder zusammenzuckte an seinem Tisch. «Auf der Stelle raus!»

Der Muschik wollte nun vorwärtstaumeln und streckte kraftlos seine Hände aus, um die Rechte des Beamten zu angeln und zu küssen, doch Chazkel hatte ihn schon am Schlafittchen gepackt und schleifte ihn zur Tür.

«Du!» schrie der Hauptmann und funkelte mit wütenden Augen Etlja an. «Mit Wodka handelst du? Ohne Patent? Pferdediebe läßt du ein? Schau nur! Ich zeig's dir noch!»

Auf häßliche Weise zog die Frau die Schultern hoch, legte den Kopf ganz zur Seite, und mit einem jämmerlichen und gedemütigten Gesichtsausdruck schloß sie die Augen, als erwarte sie einen Schlag von oben. Kaschinzew spürte, daß die Kette seiner leichten, angenehmen und bedeutenden Gedanken jählings zerbrochen war und sich nicht mehr schließen würde, und diese Gedanken wurden ihm selbst peinlich, und er schämte sich für sie.

«Gott soll mich strafen, Herr Polizeihauptmann!» schwor Etlja mit leidenschaftlicher Überzeugung. «Gott soll mich mit Blindheit und Tod strafen und meine leiblichen Kinder auch! Der Herr Polizeihauptmann weiß selbst, nun, was soll ich denn machen, wenn bei uns in der Einkehr ein betrunkener Muschik vorbeischaut? Mein Mann ist ein kranker Mensch, und ich bin eine arme, schwache Frau.»

«Na, in Ordnung!» unterbrach sie der Polizeihauptmann mit strengem Ton. «Genug.»

In diesem Augenblick bemerkte er Kaschinzew, und sofort hob er streng und siegesstolz sein Haupt, drückte die Brust heraus und wiegte mit den Händen seinen wunderbaren roten Backenbart nach links und rechts. Doch plötzlich erschien ein Lächeln auf seinem Gesicht.

«Basil Basilitsch! Altes Haus! Was hat dich hierher verschlagen?» rief er mit theatralisch-freudigem Ton. «Zum Teufel, Mensch, wie lange haben wir uns nicht gesehen! Verzeihung...» Der Polizeihauptmann blieb abrupt vor dem Tisch stehen. «Ich habe mich anscheinend... geirrt.»

Elegant tippte er mit der flachen Hand gegen den Schirm seiner Dienstmütze. Kaschinzew, der sich halb erhoben hatte, tat ziemlich linkisch das gleiche.

«Verzeihen Sie vielmals... Ich habe Sie für meinen Kollegen gehalten, für den Polizeihauptmann von Potschajnow – so eine fatale Ähnlichkeit. Nochmals, Entschuldigung... Übrigens, wissen Sie, solch eine Übereinstimmung in den Formen, daß... Auf jeden Fall, gestatten, daß ich mich vorstelle: örtlicher Polizeihauptmann und, sozusagen, Donnerschleuderer – Irissow, Pawel Afinogenytsch.»

Kaschinzew stand nochmals auf und stellte sich vor.

«Wenn es schon so ungewöhnlich gekommen ist, so erlauben Sie doch, daß ich mich zu Ihnen setze», sagte Irissow, berührte wieder geschickt seinen Mützenschirm und knallte die Hacken zusammen. «Sehr, sehr erfreut, Ihre Bekanntschaft zu machen. He, Chazkel, bring mir aus meinem Schlitten den Lederkoffer; er steht auf dem Boden, unter dem Sitz. Verzeihen Sie, haben Sie die Absicht, weit zu reisen, Doktor?»

«Nach Gusjatin. Ich bin gerade dorthin beordert worden.»

«Ah! Ins Infanterieregiment? Unter den Offizieren gibt's herzensgute Burschen, auch wenn sie saufen wie die Löcher! Ein gottverlassenes Städtchen, aber in unseren Gefilden in gewissem Maße eine Residenzstadt, kann man sagen. Also, wir werden uns treffen? Sehr erfreut... Sie waren gerade... ha-ha!... Zeuge einer meiner väterlichen Ermahnungen.»

«Ja... sozusagen», sagte Kaschinzew, angestrengt lächelnd.

«Was soll man machen... Ja, was nur, mein Herr... Ich habe nun mal so einen Charakter. Ich bin gerne streng... Ich bin, müssen Sie wissen, kein Freund von allen möglichen Ränken und Beschwerden und solchem Zeugs – ich habe meine eigene Art, zu bestrafen.»

Der Polizeihauptmann war ein stattlicher Mann, wie die Damen der Provinz es ausdrücken würden, ein schöner, großer Mann mit sich nach der Seite hin auflösendem, flottem, skobeljewschem[1] Backenbart und hoher, weißer, wolkenloser Stirn. Seine Augen waren von wunderbarer blauer Farbe und hatten immer einen Ausdruck düsterer, irgendwie unangenehmer, nicht männlicher launischer Erschöpfung; sein Gesicht war zart und gleichmäßig porzellanrosa getönt, und die himbeerroten, schön geschwungenen Lippen bewegten sich ununterbrochen kokett und streckten sich dabei wie zwei sich schlängelnde rote Würmer. An allem war zu erkennen, daß der Polizeihauptmann der schöne Mann des Ortes war, ein Mordskerl und Herzensbrecher, ein ehemaliger Kavallerist und sicher ein Spieler und Zechbruder, der in der Lage war, drei Tage hintereinander nicht zu schlafen, und der nie betrunken war. Er sprach schnell und deutlich, wobei er ein höchst interessiertes Gesicht machte bei den Worten seines Gesprächspartners, aber ganz offensichtlich nur sich selbst zuhörte.

«Ich bin ihnen allen ein Vater, aber ein strenger», fuhr der Polizeihauptmann, drohend seinen Zeigefinger hebend, fort. «Stell die Kiste auf den Tisch, Chazkel, ja so! Ich bin streng, das ist wahr, ich lasse mir nicht auf der Nase herumtanzen wie die andern, aber dafür kenne ich sie alle in- und auswendig, meine... ha-ha-ha... Schützlinge, sozusagen. Haben Sie das Bäuerlein da eben gesehen? Das ist der Nußbauer Trofim, gemeinhin Schwanz genannt. Denken Sie, ich weiß nicht, daß er Pferde stiehlt? Das weiß ich sehr wohl!

[1] Michail Dimitrijewitsch Skobeljew (1841–1882), russischer General und Gouverneur von Minsk.

Aber noch schweige ich, und eines schönen Tages im Mai – klick! ... und Trofim Schwanz ist außer Gefecht gesetzt. Oder schauen Sie sich bloß diesen Chazkel da an. Ein grindiger, kleiner Judd, stimmt's nicht? Und ich, glauben Sie mir, weiß, wovon diese Kanaille sich ernährt. Was? Sag' ich nicht die Wahrheit, Chazkel?»

«Ach, lieber Gott, kann denn der Herr Oberst etwa die Unwahrheit sagen!» rief Chazkel mit liebedienerischem Vorwurf aus. «Wir alle, bis auf den letzten von uns armen, unglücklichen, kleinen Juden, beten ständig zu Gott für den Herrn Polizeihauptmann. Und so sprechen wir unter uns: ‹Wozu einen leiblichen Vater haben, wenn unser guter, lieber Pan Polizeihauptmann doch viel besser zu uns ist als jeder leibliche Vater?›»

«Sehen Sie's?» fragte der Polizeihauptmann verächtlich und zeigte, vielsagend die Augen zusammenkneifend, mit dem Daumen rückwärts über die Schulter auf Chazkel. «Die Stimme des Volkes! Aber keine Sorge, ich habe sie alle an der Angel. Was? Spreche ich die Wahrheit?»

«Was soll ich darauf antworten?» Chazkel wurde immer kleiner, saß schon fast in der Hocke und streckte die Hände vor, als weise er eine ungeheuerliche, ungerechte Anschuldigung von sich. «Wir haben noch nicht Zeit, uns etwas auszudenken, da weiß der Herr Polizeihauptmann schon im vorhinein Bescheid!»

«Hören Sie's?» fragte Irissow knapp. «Ich bitte, sagte Sobakjewitsch», äußerte er, auf den gedeckten Tisch zeigend. «Wünschen Sie vielleicht eine hausgemachte Bratente? Eine feine Ente! ... Und das da ist Wisentfleisch. Fischpiroggen mit Lauch. Hier ist Rum. Nein, keine Zweifel, echter jamaikanischer Rum, riecht sogar nach Wanzen ... Und das da ist – bitte lachen Sie nur nicht über mich – Schokolade. Sozusagen ein weibliches Vergnügen. Ich empfehle Ihnen: für unterwegs ist es das Nahrhafteste. Das habe ich schon erkannt durch – wie soll ich sagen? – die traurige Erfahrung, welche in der Art meines undankbaren Dienstes ihren Ursprung hat. Im Winter kann es passieren, daß dich der Schneesturm einweht in irgendeinem Nest und du dann zwei Tage feststeckst, und keinen Krümel Brot kannst du dir erbetteln für noch soviel Geld. Aber was schwatze ich da? Bitte ...»

Höflich schlug Kaschinzew die Einladung aus, doch der Polizeihauptmann legte die beharrlichste Ausdauer an den Tag. Kaschinzew mußte ein Gläschen Rum leeren, der nach allem möglichen, nur nicht nach Rum, roch. Kaschinzew war betrübt, verlegen und beklommen zumute. Verstohlen blickte er manchmal auf Etlja, die sich hinter der Theke lebhaft flüsternd mit ihrem Mann unterhielt. Ihr wunderbarer Liebreiz war wie verflogen. Etwas Bemitleidenswertes, Demütiges, in seiner Alltäglichkeit Unerträgliches war jetzt zu spüren in ihrem Gesicht, und doch war sie nach wie vor ergreifend schön.

«Aha! Da also zielen Sie hin!» sagte der Polizeihauptmann plötzlich mit listiger Stimme, während er sein Huhn kaute und saftig seine geschmeidigen, feuchten Lippen bewegte. «Eine schöne Jüdin. Was?»

«Ungewöhnlich schön. Anmutig!» brach es ungewollt aus Kaschinzew hervor.

«Hmm... jaaa... Eine Güteware. Aber!...» Der Polizeihauptmann breitete die Arme aus, seufzte affektiert und schloß für eine Sekunde die Augen. «Aber nichts zu machen. Hab's ausprobiert. Naturbedingt unmöglich. Verboten... Wenn sie nur ein Auge sieht... Ja, erlauben Sie, ich frage gleich. He, Chazkel, du Kimmerier...»

«Um Gottes willen... Ich bitte Sie!» Kaschinzew streckte flehend die Hand nach ihm aus und stand von der Bank auf. «Ich bitte Sie inständig.»

«Ach, Unsinn... Chazkel!»

In diesem Moment ging die Tür auf, und ein Postkutscher mit der Peitsche in der Hand und einer Mütze in der Art der Konföderation auf dem Kopf trat ein.

«Für wen von den Herren sind die Pferde nach Gusjatin?» fragte der Kutscher.

Doch als er den Polizeihauptmann sah, nahm er hastig die Mütze ab und schrie laut in Armeemanier: «Guten Abend wünschen wir Eurer Hochwohlgeboren!»

«Grüß dich, Jurka!» antwortete Irissow herablassend. «Ach, würden Sie doch noch etwas sitzen bleiben», sagte er zum Doktor mit Bedauern in der Stimme. «Es kommt doch nur alle Jubeljahre mal vor, daß man mit einem intelligenten Menschen sprechen kann!»

«Verzeihung, aber ich habe keine Zeit», sagte Kaschinzew und zog schnell seinen Mantel über. «Sie wissen ja selbst, die Dienstpflicht. Wieviel schulde ich?»

Er zahlte und ging, schon im voraus zitternd beim Gedanken an die Kälte, die Nacht, den beschwerlichen Weg, auf den Ausgang zu. Eine naive Angewohnheit aus der Kindheit, Dinge durch Kleinigkeiten sich offenbaren zu lassen, ließ ihn, während er den Türgriff in der Hand hielt, denken: «Wenn sie mich ansieht, so geht es in Erfüllung.» Was in Erfüllung gehen sollte, wußte er selbst nicht, wie er auch nicht den Namen jener Langeweile und Müdigkeit und dieses Gefühls unbestimmter Enttäuschung kannte, die ihn jetzt bedrückten. Aber die Jüdin schaute sich nicht um. Sie stand im Profil zu ihm, jenem wunderbaren, zarten, von der Lampe hell angestrahlten Profil, und machte mit gesenktem Blick irgend etwas an der Theke.

«Auf Wiedersehen», sagte Kaschinzew, während er die Tür öffnete.

Kraftvolle Dampfwolken drangen ins Zimmer, verhüllten das wunderschöne Gesicht und umgaben den Doktor mit schneidender Kälte. Vor der Eingangstreppe standen mit träge hängenden Köpfen die Postpferde.

Sie ließen das Dorf hinter sich, überquerten auf dem Eis einen Fluß, und erneut streckte sich der lange, bedrückende Weg mit den toten, weißen Feldern links und rechts vor ihnen aus. Kaschinzew schlummerte ein. Sofort fingen die seltsamen, trügerischen Stimmen wieder an zu sprechen und zu singen, vor und hinter und neben dem Schlitten. Die Hundeschar erging sich wieder in Jaulen und Bellen, die Menschenmenge begann wieder zu sprechen, das silbrige Kinderlachen zu ertönen, und das Stammeln der Schellen hob wieder an, wie Verrückte, die deutliche Worte aussprachen. «Das erste ist – Strenge, Strenge!» schrie des Polizeihauptmanns Stimme.

Kaschinzew schlug mit dem Ellbogen gegen die Schlittenwand und erwachte.

Auf beiden Seiten des Weges flogen ihm die dunklen Stämme von Kiefern entgegen, die ihre vom Schnee schweren Äste wie weiße Pfoten über den Weg ausstreckten. Weit vorne schienen tadellose, schlanke Säulen durch sie hindurch, Steinmauern und Balkons, hohe, weiße Wände mit schwarzen gotischen Fenstern – phantastische Konturen eines schlafenden, verzauberten Schlosses. Doch der Schlitten fuhr um eine Wegbiegung, und das Gespensterschloß verschwand, sich in dunkle Baumreihen und in Schutzdächer aus schneebedeckten Ästen verwandelnd.

«Wo bin ich? Wohin fahre ich?» fragte sich Kaschinzew, nicht begreifend und erschrocken. «Was ist gerade mit mir passiert? Etwas Großes, Fröhliches und Wichtiges?»

In seinem Gedächtnis tauchte mit erstaunlicher Klarheit das anmutige Frauengesicht auf, die zarte Linie der Wangen und des Kinns, die feuchten, ruhigen, leidenschaftlichen Augen, der wunderbare Schwung der blühenden Lippen... Und plötzlich erschien ihm sein ganzes eigenes Leben – das, welches hinter ihm lag, wie das vor ihm – so trist und einsam wie dieser nächtliche Weg mit seiner Langeweile, seiner Kälte, seiner Weite und seiner Menschenleere, mit seinen erregenden, aus dem Schlaf kommenden Trugbildern.

Daneben erhellte und wärmte die machtvolle Schönheit der fremden, unbekannten Frau seine Seele, erfüllte ihn mit Glück, mit herrlichen Gedanken und süßer Furcht; doch schon verwehte dies Stückchen Leben, blieb zurück, und nur die Erinnerung allein verweilte noch wie ein längst hinter sich gelassenes Licht einer beliebigen Bahnstation. Und vorn ist kein anderes Licht zu sehen; die Pferde laufen in gleichmäßigem Trab, und der gleichgültige Kutscher – die Zeit – schlummert teilnahmslos auf seinem Bock.

(1904)

DIE KRÄNKUNG

Eine wahre Geschichte

Es war Juli, fünf Uhr nachmittags und eine schreckliche Hitze. Die ganze riesige, steinerne Stadt atmete Schwüle wie ein glühender Ofen. Die weißen Wände der Häuser glänzten unerträglich für die Augen. Der Asphalt der Gehwege wurde weich und versengte die Sohlen. Die Schatten der Akazien dehnten sich über die Fahrbahn aus, erbärmlich, gequält, und auch sie schienen siedend heiß. Das durch die Sonnenstrahlen bleich aussehende Meer lag schwer und reglos, gleichsam tot da. Durch die Straßen fegte weißer Staub.

Zu dieser Zeit beendete im Foyer eines der privaten Theater eine kleine Kommission aus örtlichen Advokaten, die es sich zur Aufgabe gemacht hatte, die Angelegenheiten jener Bewohner, welche unter dem letzten Judenpogrom Schaden erlitten hatten, unentgeltlich zu regeln, ihre Routinearbeiten. Diese Kommission setzte sich aus neunzehn Rechtsanwaltsgehilfen, lauter gewissenhafte und fortschrittliche junge Leute, zusammen. Die Sitzung erforderte keinerlei elegante Kleidung, und so überwogen die leichten Pikee-, Flanell- und Lüsteranzüge. Alle saßen, wie es ihnen gerade paßte, zu zweit oder zu dritt, an den Marmortischchen, und der Vorsitzende hatte sich hinter der leeren Theke niedergelassen, wo früher einmal, noch im Winter, Süßigkeiten verkauft worden waren.

Die Hitze, welche zusammen mit dem grellen Licht und betäubenden Straßenlärm durch das geöffnete Fenster strömte, erschöpfte die jungen Advokaten völlig. Die Sitzung verlief träge und in leicht gereizter Stimmung.

Der Vorsitzende, ein großer junger Mann mit weißem Schnurrbart und vereinzelten Haaren auf dem Kopf, träumte genüßlich davon, wie er gleich auf seinem neuen, soeben erstandenen Fahrrad zum Landhaus fahren, wie er sich schnell entkleiden und sich, noch nicht abgekühlt, schweißüberströmt in das klare, wohlriechende, kühle Meer stürzen würde.

Bei diesem Gedanken dehnte sich sein ganzer Körper und zuckte geschwächt zusammen. Gleichzeitig schob er ungeduldig die vor ihm liegenden Papiere hin und her und sagte mit kraftloser Stimme: «Also, meine Herren, die Sache Rubintschik wird Jossif Morizowitsch übernehmen. Vielleicht hat irgend jemand der Tagesordnung noch etwas anzufügen?»

Der Jüngste in der Runde – ein kleiner dicklicher, sehr dunkler und sehr lebhafter Karäer – sagte halblaut, doch so, daß ihn jeder vernehmen konnte: «Zur Tagesordnung paßt jetzt am besten Kwaß mit Eis...»

Der Vorsitzende sah ihn von der Seite streng an, konnte aber selber ein Lächeln nicht unterdrücken. Er seufzte und stützte sogar schon beide Hände auf den Tisch, um sich zu erheben und die Sitzung für beendet zu erklären, als der Hausmeister des Theaters, der an der Tür gestanden hatte, einige Schritte vortrat und sagte: «Euer Wohlgeboren ... da sind irgendwelche sieben Leute gekommen. Sie bitten um Einlaß.»

Der Vorsitzende ließ seinen Blick ungeduldig über die Kollegen gleiten. «Meine Herren, wie steht es?»

Man vernahm Stimmen: «Auf der nächsten Sitzung. Basta.» – «Sollen sie es doch schriftlich einreichen ...» – «Geht's nicht ein bißchen schneller. Entscheiden Sie doch schneller.» – «Hol sie der Kuckuck! Verdammt nochmal, Herrgott, das ist ja wie im Backofen!»

«Lassen Sie sie eintreten.» Der Vorsitzende nickte gereizt mit dem Kopf. «Und dann bringen Sie mir bitte ein Narsan[1]. Aber ein kaltes, seien Sie so gut.»

Der Hausmeister öffnete die Tür und sagte in den Gang hinaus: «Man läßt bitten.»

Und da traten, einer nach dem anderen, sieben gänzlich unverhoffte, äußerst seltsame Personen ins Foyer. Als erster zeigte sich ein hoch aufgeschossener, selbstsicherer Mann, der einen seidenen meersandfarbenen Gehrock, ein tadelloses rosa und weiß gestreiftes Hemd und eine dunkelrote Rose im Knopfloch trug. Betrachtete man ihn von vorn, ähnelte sein Kopf einer senkrecht gehaltenen Bohne, von der Seite aber einer waagrecht gehaltenen. Ein kriegerischer, steil abfallender dichter Schnurrbart und ein ziemlich spitzer modischer Kinnbart zierten das Gesicht. Auf

---

[1] russische Mineralwassermarke

Wir freuen uns über Ihr Interesse, das Sie unserer Manesse-Bibliothek entgegenbringen, und hoffen, daß Sie aus der Lektüre Freude und Gewinn ziehen werden. Wenn Sie uns diese Karte mit Ihrer Adresse einsenden, werden wir Sie gerne laufend über unsere Neuerscheinungen orientieren.

Absender

Vorname / Name (wenn notwendig, Vorname abgekürzt)

Straße / Hausnummer

PLZ Ort

Land

der Nase hatte er einen dunkelblauen Kneifer, an den Händen strohgelbe Handschuhe, in der Linken einen schwarzen, mit Silber besetzten Spazierstock und in der Rechten ein himmelblaues Schnupftuch.

Die anderen Gestalten machten einen seltsamen, bunten Eindruck. Ganz so, als hätten sie in der Eile nicht nur ihre Kleider vertauscht, sondern auch die Arme und die Beine und die Köpfe. Da war einer mit dem prächtigen Profil eines römischen Senators, doch fast in Lumpen gekleidet. Ein anderer trug eine geckenhafte Frackweste, in deren Ausschnitt ein schmutziges Hemd mit kleinrussischem Muster zu sehen war. Auch entdeckte man asymmetrische Gesichter, wie sie unter Häftlingen zu finden waren, doch zeugte ihr Blick von einer unerschütterlichen Selbstsicherheit. Und all diese Leute schienen trotz ihrer offensichtlichen Jugend über große Lebenserfahrung zu verfügen, über Ungezwungenheit, Übermut und eine gewisse zurückgehaltene, doch verdächtige Schlauheit.

Sich verneigend, grüßte der Herr im sandfarbenen Gehrock gewandt und sagte, halb fragend: «Herr Vorsitzender?»

«Ja, das bin ich», antwortete dieser. «Was kann ich für Sie tun?»

«Wir alle, die Sie hier vor sich sehen», begann der Herr mit ruhiger Stimme und zeigte, sich umwendend, mit ausladender Geste auf seine Gefährten, «wir sind Abgeordnete der Vereinigten Diebesorganisation von Rostow-Charkow und Odessa-Nikolajew.»

Die Juristen begannen, auf ihren Plätzen hin- und herzurutschen. Der Vorsitzende warf sich zurück und riß die Augen auf.

«Wessen Organisation?» fragte er gedehnt.

«Die Organisation der Diebe», wiederholte der Gentleman im sandfarbenen Gehrock, ohne mit der Wimper zu zucken. «Was mich betrifft, so haben mir meine Kollegen eine große Ehre zuteil werden lassen, indem sie mich zum Sprecher der Abordnung wählten.»

«Sehr... angenehm», sagte der Vorsitzende ungläubig.

«Ich danke Ihnen. Wir sieben sind alle gewöhnliche Diebe, natürlich mit unterschiedlichen Fachgebieten. Nun hat uns also unsere Organisation bevollmächtigt, an Ihre ehrwürdige Versammlung», wieder verbeugte sich der Gentleman mit größter Eleganz, «unsere freundlichste Bitte um Hilfe zu richten.»

«Offen gesagt, verstehe ich nicht, welche Beziehung...» Der Vorsitzende breitete die Arme aus. «Aber ich bitte Sie, fahren Sie fort.»

«Die Angelegenheit, derentwegen wir es uns erlauben und die Ehre haben, uns an Sie zu wenden, meine Herren – diese Angelegenheit ist eine sehr klare, sehr einfache und sehr kurze. Sie wird nicht mehr als sechs, sieben Minuten Ihrer Zeit in Anspruch nehmen, worauf ich Sie – das halte ich, der fortgeschrittenen Stunde wie der siebenunddreißig Grad Réaumur im Schatten wegen, für meine Pflicht – im vorhinein aufmerksam machen möchte.» Der Redner räusperte sich leicht und schaute auf eine erstklassige goldene Uhr. «Sehen

Sie: In der letzten Zeit tauchten in den örtlichen Zeitungen, in den Berichten über die betrüblichen und schrecklichen Tage des letzten Pogroms, recht häufig Äußerungen dahingehend auf, daß unter den von der Polizei aufgestachelten und gedungenen Pogromstiftern, diesem aus Trunkenbolden, Stromern, Zuhältern und grenzenlosen Rohlingen bestehenden Abschaum der Gesellschaft, sich auch Diebe befänden. Zu Anfang schwiegen wir, doch schließlich sahen wir uns gezwungen, vor dem gesamten gebildeten Teil der Bevölkerung gegen eine derartige ungerechte und schwerwiegende Anschuldigung zu protestieren. Ich weiß sehr wohl, daß wir vom Standpunkt des Gesetzes aus Verbrecher und Feinde der Gesellschaft sind. Doch versuchen Sie sich wenigstens für einen Augenblick, ehrwürdige Herren, die Lage dieses Feindes der Gesellschaft vorzustellen, wenn dieser in Bausch und Bogen beschuldigt wird, und zwar für ein Verbrechen, das er nicht nur nicht begangen hat, sondern gegen das vorzugehen er mit der ganzen Kraft seiner Seele bereit ist. Ohne Zweifel, ganz ohne Zweifel wird er die Kränkung, die solch eine ungerechte Anklage bedeutet, wesentlich tiefer empfinden als ein durchschnittlicher, normaler und ehrenwerter Bürger. Nun also, deswegen erklären wir auch, daß die uns entgegengebrachte Anschuldigung nicht nur jeder faktischen, sondern auch jeder logischen Grundlage entbehrt. Meine Absicht ist es auch, Ihnen dies in zwei Worten zu beweisen, wenn die ehrwürdige Versammlung geruht, mich bis zum Ende anzuhören.»

«Sprechen Sie», sagte der Vorsitzende.

«Bitte, bitte», hörte man Stimmen unter den lebhafter werdenden Advokaten.

«Ich spreche Ihnen meinen aufrichtigsten Dank im Namen aller unserer Kollegen aus. Glauben Sie mir, Sie werden niemals bereuen, den Vertretern unseres ... nun ja, sagen wir, heiklen, doch gleichzeitig unseligen und schwierigen Berufes Ihre Aufmerksamkeit gewidmet zu haben. Also, beginnen wir, wie Giraldoni* im Prolog des ‹Bajazzo› singt.

Apropos, ich bitte den Herrn Vorsitzenden um die Erlaubnis, meinen Durst ein klein wenig stillen zu dürfen. Hausmeister, Brüderchen, bring mir doch eine Limonade und ein Glas Whiskey! Ich werde, ehrwürdige Herren, weder über die moralische Seite unseres Handwerks noch über seine soziale Bedeutung sprechen. Ihnen ist ohne Zweifel besser als mir das glänzende und wunderbare Paradox Proudhons bekannt: ‹Eigentum ist Diebstahl›, ein Paradox vielleicht, und doch wurde es bisher von keinem Gejammer ängstlicher Kleinbürger oder fetter Popen umgestoßen. Ein Beispiel: Der Vater – ein energischer und kluger Räuber – hat eine Million beiseite gelegt und vermacht sie seinem Sohn, einem rachitischen, nichtsnutzigen, ungebildeten Taugenichts, der als Idiot endet, als hirnloser Wurm, als wirklicher Parasit. Eine Million Rubel – das sind der Möglichkeit nach eine Million Arbeitstage und sicher-

* Eugenio Giraldoni (1871–1924), berühmter Bariton, gastierte oft in Rußland.

lich für eine Unzahl von Menschen Recht auf Arbeit, Schweiß, Blut und Leben. Wozu? Wofür? Warum? Das ist völlig unklar. Und so, meine Herren, aus welchem Grunde sollte man also nicht der Annahme recht geben, daß unser Beruf sich gewissermaßen auch als ein Korrektiv überdurchschnittlicher Wertanhäufung in den Händen eines Einzelnen erweist und als Protest dient gegen alle dem Volk aufgebürdete Lasten und Abscheulichkeiten, gegen Willkür, Zwang und Menschenverachtung, gegen all diese Häßlichkeiten, welche die bürgerlich-kapitalistische Ordnung des gegenwärtigen Staates hervorgebracht hat? Die soziale Revolution wird ohnehin früher oder später diese Ordnung umstürzen. Das Privateigentum wird in den Bereich der traurigen Erinnerungen absinken, und dann – o weh! – werden ganz von selbst auch wir – *les braves chevaliers de l'industrie* – vom Erdboden verschwinden.»

Der Redner verstummte, nahm dem Hausmeister, der sich ihm genähert hatte, das Tablett aus der Hand und stellte es neben sich auf eines der Tischchen.

«Verzeihung. Eine Sekunde. Nimm, Brüderchen. Und apropos, wenn du hinausgehst, so schließ die Tür fester hinter dir.»

«Jawohl, Seine Erlaucht!» schrie der Hausmeister laut und freudig.

Der Redner leerte sein Glas zur Hälfte und fuhr fort: «Allein, lassen wir die philosophische, ökonomische und soziale Seite unserer Frage außer acht. Obwohl es nicht mein Wunsch ist, Ihre Aufmerksamkeit zu strapazieren, muß ich Sie doch darüber aufklären, daß unsere Beschäftigung sehr nahe an jene Sache heranreicht, die sich Kunst nennt, denn zu ihr gehören sämtliche Elemente, die der Kunst eigen sind: Berufung, Begeisterung, Phantasie, Erfindergeist, Ehrgeiz und eine lange schwere Prüfung der Wissenschaft. Ihr – o weh! – fehlt nur die Tugend, über die mit so viel glänzender und flammender Leidenschaft der große Karamsin geschrieben hat.

Geehrte Herren, ich bin weit davon entfernt, vor solch einer ehrwürdigen Versammlung den Possenreißer zu spielen oder Ihnen mit nutzlosen Paradoxen wertvolle Zeit zu rauben. Aber ich kann nicht umhin, und sei es auch nur kurz, meinen Gedanken zu untermauern. Für ein fremdes Ohr mag es unsinnig, verschroben und lachhaft klingen, von einer Berufung zum Diebesleben zu hören. Allein, ich erlaube mir, Sie davon zu überzeugen, daß es eine solche Berufung gibt. Da sind Menschen, die über eine derart außergewöhnliche Fähigkeit des visuellen Gedächtnisses verfügen, über eine Schärfe und Schnelligkeit des Auges, über einen kühlen Geist, über eine Geschicklichkeit der Finger und besonders über einen feinen Tastsinn, als seien sie in Gottes Welt geboren, nur um ausgezeichnete Falschspieler zu werden. Das Handwerk des Taschendiebs erfordert eine außerordentliche Flinkheit und Beweglichkeit, eine ungeheure Genauigkeit der Bewegung, um erst gar nicht von der Findigkeit, der Beobachtungsgabe und der angespannten Aufmerksamkeit zu sprechen. Einige haben eine eindeutige Berufung, Geldschränke zu knacken. Von frühester Kindheit an sind sie von den Geheimnissen aller erdenklichen komplizierten Mechanismen angezogen: von Fahrrädern und Nähmaschinen, von mechanischem Spielzeug und Uhren. Schließlich, meine Herren Juristen, gibt es Leute mit vererbter Feindschaft gegenüber dem Privateigentum. Sie nennen diese Erscheinung Entartung – ganz wie Ihnen beliebt. Ich aber sage, den wahren Dieb, den Dieb aus Berufung, kann man mit keinem Zuckerbrot locken, in der alltäglichen Ehrbarkeit dahinzuvegetieren: nicht mit einer gutbezahlten Stelle, nicht mit geschenktem Geld, nicht mit der Liebe des Weibes. Gibt es für ihn doch den beständigen Reiz des Risikos, den verlockenden Abgrund der Gefahr, das Erstarren des Herzens, das stürmische Beben des Lebens, das Entzücken! Eure Waffe ist der Schutz des Gesetzes, der Schlösser, der Revolver, der Telephonapparate, der Polizei, der Truppen – wir haben nur die Geschicklichkeit, die Schläue, den Mut. Wir sind die Füchse, und die Gesellschaft ist der von Hunden bewachte Hühnerstall. Ist Ihnen bekannt, daß auf den Dörfern jene, welche die größte Kunstfertigkeit besitzen und von der Natur am reichsten beschenkt worden sind, in den Pferdediebstahl und die Wilddieberei gehen? Was soll man tun: Bis dahin war das Leben so kärglich, so platt, so unerträglich eintönig für die feurigen Herzen!

Aber ich will von der Begeisterung sprechen. Zweifellos haben Sie, verehrte Herren, schon die Gelegenheit gehabt, von Diebstählen zu lesen, welche ihrem Plan wie ihrer Ausführung nach als übernatürlich erscheinen. In den Zeitungen unter der Rubrik ‹Ereignisse› gibt man ihnen gewöhnlich Überschriften wie: ‹Grandioser Diebstahl› oder ‹Genialer Gaunerstreich› oder auch ‹Geschickte Betrügerei›. In diesen Fällen breiten die bürgerlichen Familienväter die Arme aus und rufen: ‹Welch traurige Erscheinung! Würde man die Findigkeit dieser Abtrünnigen, ihre erstaunliche Kenntnis der menschlichen Psyche, ihre Selbstbeherrschung und ihren Mut, ihre unvergleichlichen schauspielerischen Fähigkeiten – würde man all das in die richtigen Bahnen lenken! Wieviel Nutzen würden diese Menschen dem Vaterland bringen!› Doch ist schon lange bekannt, verehrte Herren, daß bürgerliche Familienväter vom lieben Gott erschaffen wurden, um Gemeinplätze und Banalitäten von sich zu geben. Ich selbst habe manchmal die Gelegenheit ... nun ja, ich gestehe, wir Gauner sind ein sentimentales Völkchen ... die Gelegenheit, irgendwo im Aleksandrowskij-Park oder am Ufer des Meeres meine Augen an einem herrlichen Sonnenuntergang zu weiden. Und ich bin schon immer im vorhinein davon überzeugt, daß ganz gewiß irgend jemand neben mir mit Nachdruck sagen wird: ‹Ja, ja, malte man es auch wie ein Künstler – keiner würde es je glauben!› Dann drehe ich mich um, und natürlich sehe ich einen selbstzufriedenen, wohlgenährten Familienvater, der, nachdem er die Dummheit eines anderen geäußert hat, sich seiner eigenen erfreut. Was das liebe Vaterland betrifft, so betrachtet der bürgerliche Familienvater es wie eine gebratene fette Gans: eines der zartesten Stücke hat er sich herausgerissen und verzehrt es heimlich an einem stillen Ort, und dann Gott mit uns. Allein, um ihn geht es eigentlich nicht. Ich wurde abgelenkt von meinem Haß auf Banalitäten und bitte um Verzeihung für die überflüssigen Worte. Die Sache ist die, daß, auch wenn sie nicht dem Nutzen der rechtgläubigen Kirche dienen, Genie und Begeisterung nichtsdestoweniger rare und ausgezeichnete Dinge bleiben. Alles geht voran, und im Diebstahl ist Kunst.

Schließlich ist unser Handwerk keineswegs so leicht und lustig, wie es auf den ersten Blick erscheint. Es erfordert langjährige Erfahrung, beständige Übung, ein langsames und qualvolles Training. Es umfaßt Hunderte von wendigen und vorsichtigen Handgriffen, die nicht einmal vom geschicktesten Taschenspieler beherrscht werden. Doch, werte Herren, meine Worte sollen nicht des Beweises entbehren; ich werde jetzt vor Ihnen einige Kunststücke vorführen. Ich bitte um Ruhe für die Darsteller. Wir alle befinden uns augenblicklich legal auf freiem Fuß; auch wenn man uns aus Gewohnheit nachstellt und uns alle ohne Ausnahme vom Sehen her kennen, wenn auch unsere Photographien die Alben aller Kriminalbüros schmücken, so haben wir dennoch einstweilen keinen Grund, uns vor irgend jemandem zu verstecken. Sollten Sie später einen von uns in anderen Umständen wiedererkennen, so bitten wir Sie, bitten wir Sie mit Nachdruck, immer in der Weise zu handeln, wie Ihre Berufs- und Bürgerpflicht es Ihnen befiehlt. Wir haben uns unsererseits zum Dank für Ihre Aufmerksamkeit entschlossen, Ihr Privateigentum als unberührbar zu erklären, es mit Diebestabu zu belegen. Doch schreiten wir zur Tat.»

Der Redner wandte sich um und befahl: «Syssoj der Große, darf ich bitten.»

Ein massiger buckliger Kerl, mit Armen bis zu den Knien, ein Mensch ohne Stirn und Hals, einem verschlafenen Herkules vom Jahrmarkt nicht unähnlich, trat vor. Er lächelte stumpfsinnig und kratzte sich aus Verlegenheit an der linken Augenbraue.

«Es gibt hier doch nichts zu tun», sagte er mit krächzender Stimme auf ukrainisch.

Doch begann der Gentleman im sandfarbenen Gehrock für ihn zu sprechen, indem er sich an die Versammlung wandte: «Verehrte Herren. Vor Ihnen steht eines der angesehensten Mitglieder unserer Organisation. Sein Fachgebiet ist es, Truhen, Eisenschränke und andre Aufbewahrungsorte von Banknoten aufzubrechen. Manchmal bedient er sich während seiner abendlichen Beschäftigungen zum Schmelzen von Metall des elektrischen Stroms der Lichtleitungen. Leider gibt es hier nichts, woran er die besten Nummern seiner Kunst vorführen könnte. Jede Tür mit dem kompliziertesten Schloß öffnet er tadellos. Apropos, diese Tür dort ist wohl verschlossen?»

Alle drehten sich um zu einer Tür, an der ein gedrucktes Schild hing: «Kulisseneingang. Betreten für Unbefugte verboten.»

«Ja, diese Tür ist offensichtlich verschlossen», bestätigte der Vorsitzende.

«Wunderbar, Syssoj der Große, seien Sie so liebenswürdig.»

«So was ist doch nichts Besonderes», sagte der Hüne träge und geringschätzig.

Er ging zur Tür, rüttelte zunächst vorsichtig mit der Hand an ihr, dann zog er irgendein kleines, glänzendes Instrument aus der Tasche hervor; sich zum Schloß beugend, bewegte er es kaum merklich einige Male, und plötzlich, während er sich noch aufrichtete, öffnete er schnell und lautlos die Tür. Der Vorsitzende hatte ihm mit der Uhr in der Hand zugeschaut: das Ganze hatte nicht länger als zehn Sekunden in Anspruch genommen.

«Ich danke Ihnen, Syssoj der Große», sagte der Gentleman im sandfarbenen Gehrock höflich. «Sie können auf Ihren Platz zurückgehen.»

Der Vorsitzende aber wandte mit einer gewissen Unruhe ein: «Verzeihung. Das alles ist interessant und sehr lehrreich. Aber sagen Sie, gehört zum Beruf Ihres geschätzten Herrn Kollegen ebenfalls die Kunst, Türen wieder zu verschließen?»

«Ah, mille pardons!» Der Gentleman verneigte sich eilig. «Ich habe dies außer Betracht gelassen. Syssoj der Große, seien Sie so freundlich.»

Die Tür wurde genauso geschickt und lautlos wieder verschlossen. Der geschätzte Kollege kehrte wälzenden Schrittes und ironisch lächelnd zu seinen Freunden zurück.

«Jetzt habe ich die Ehre, Ihnen die Kunst eines unserer Kollegen zu zeigen, der auf dem Gebiet des Taschendiebstahls in Theatern und auf Bahnhöfen tätig ist», fuhr der Redner fort. «Er ist noch äußerst jung, doch an seiner feinen Arbeit können

Sie bis zu einem gewissen Grade beurteilen, was später bei einigem Fleiß aus ihm werden kann. Jascha!»

Ein junger Mann von dunkler Hautfarbe in einem hellblauen Seidenhemd und in Lackstiefeln, einem Zigeuner ähnelnd, trat ungezwungen nach vorn, stellte sich, mit den Troddeln seines Gürtels spielend, neben den Redner und blinzelte fröhlich mit seinen großen, häßlichen, schwarzen Augen, deren Weiß gelb war.

Der Gentleman im sandfarbenen Gehrock suchte nach Worten: «Meine Herren... ich sehe mich gezwungen, einen von Ihnen darum zu bitten... der zustimmen würde... an sich eine kleine Demonstration vorführen zu lassen. Ich versichere Ihnen, daß es nur um ein Beispiel geht, wie soll ich sagen, um ein Spiel.»

Er ließ seinen Blick über die Sitzenden gleiten. Der kleine, dickliche, schwarzhaarige, einem Käfer gleichende Karäer kam hinter seinem Tischchen hervor. «Zu Ihren Diensten», sagte er spöttisch.

«Jascha!» Der Redner machte ein Zeichen mit dem Kopf.

Jascha trat dicht an den Advokaten heran. Über seinem linken angewinkelten Arm hing ein glänzender, gemusterter Seidenschal.

«Wenn ich jetzt, zum Beispiel in der Kirche oder, sagen wir, im Buffet eines Theaters oder auch im Zirkus sehe», begann er süßlich und schnell zu sprechen, «da kommt ein Freier... verzeihen Sie, mein Herr, wenn Sie... ein Freier wären – ich will Sie damit nicht verletzen: nun, einfach ein reicher Herr, der von angenehmer Natur ist und nichts begreift. Meine erste Pflicht: Welche Gegenstände könnten in Betracht kommen? Äußerst unterschiedliche. Gewöhnlich ist da zunächst einmal die Uhr mit ihrer Kette. Dann noch – wo? Einige haben sie in der oberen Westentasche – sehen Sie: hier, andere in der unteren – dort. Das Portemonnaie ist fast immer in einer der Hosentaschen. Ein ganz Raffinierter steckt es vielleicht auch ins Jackett. Danach kommt das Zigarettenetui. Natürlich schaut man zunächst einmal nach, welches: ein goldenes oder ein silbernes mit Namenszug? Ist es aber aus Leder: Wer wird sich die Finger daran schmutzig machen, wenn er etwas Stolz besitzt? Das Zigarettenetui kann sich in sieben Taschen befinden: hier, hier und hier, hier auch, hier noch, da und dort. Ist es nicht so, mein Herr? Dementsprechend geht man auch vor.»

Während er so sprach, lächelte der junge Dieb, schaute mit funkelnden Augen direkt in die Augen des Advokaten und zeigte mit flinken, geschickten Bewegungen die unterschiedlichen Stellen an dessen Kleidung.

«Schließlich kann man seine Aufmerksamkeit auch noch der Nadel zuwenden, da, mein Herr, an der Krawatte. Allerdings vermeide ich es, sie an mich zu nehmen. Die Leute sind heute so, daß die Männer nur noch selten ein echtes Steinchen tragen. Und nun komme ich näher. Jetzt wende ich mich auf gesittete Weise an den Herrn: ‹Könnten Sie mir Feuer geben, mein Herr?› – oder irgend etwas anderes; kurz, ich beginne ein Gespräch. Was ist als erstes zu tun? Als erstes schaue ich ihm direkt in die Augen, so, und von meinen Fingern arbeiten nur zwei: dieser hier, mein Herr, und der da.» Jascha führte zwei Finger der rechten Hand vor sein Gesicht, den Zeige- und den Mittelfinger, und wackelte mit ihnen.

«Haben Sie's gesehen? Diese beiden Finger hier machen die Musik. Und die Hauptsache ist, da ist nichts Erstaunliches dran: eins, zwei, drei – und fertig! Jeder intelligente Mensch kann das ganz schnell lernen. Das ist alles, mein Herr. Eine völlig gewöhnliche Sache. Meine Verehrung, der Herr.» Der Dieb drehte sich mit einer gewandten Bewegung um und wollte auf seinen Platz zurückgehen.

«Jascha!» Der Gentleman im sandfarbenen Gehrock betonte den Namen mit Gewicht und auf vieldeutige Art. «Jascha!» wiederholte er streng.

Jascha blieb stehen. Er war dem Advokaten mit dem Rücken zugewandt, doch mußte er seinen Vorsitzenden wohl irgend etwas mit beredtem Blick fragen, denn dieser zog die Augenbrauen zusammen und schüttelte verneinend den Kopf.

«Jascha!» sagte er zum drittenmal in drohendem Tonfall.

«Ach!» ächzte mit Bedauern der junge Dieb und wandte sich mit Widerwillen erneut dem Advokaten zu. «Wo ist denn Ihr Ührchen, mein Herr?» fragte er mit zarter Stimme.

«Ach!» stieß der Karäer hervor.

«Sehen Sie, jetzt sagen Sie ‹Ach!›» fuhr Jascha vorwurfsvoll fort. «Sie haben die ganze Zeit Ihren Blick auf mein rechtes Händchen gerichtet, ich aber habe Ihr Ührchen in der Zwischenzeit mit meinem linken Händchen aboperiert, mein Herr. Eben genau mit diesen beiden Fingerchen, unter dem Schal hervor, mein Herr. Deswegen habe ich den Schal auch. Und da Sie eine gewöhnliche Kette haben, ein kleines Schnürchen, sicherlich ein Andenken von irgendeinem Fräulein, das Ührchen aber ein goldenes ist, habe ich Ihnen das Kettchen zum Zeichen des Andenkens gelassen. Nehmen Sie Ihre Uhr, der Herr», fügte er aufstöhnend hinzu und überreichte diese dem Karäer.

«Geschickt, zum Donnerwetter!» sagte der verwirrte Advokat. «Ich habe es wirklich nicht bemerkt.»

«Darauf baue ich auch», versetzte Jascha mit Stolz. Ungezwungen kehrte er zu seinen Kollegen zurück.

In der Zwischenzeit nahm der Redner einen Schluck aus seinem Glas und fuhr fort: «Jetzt, verehrte Herren, wird Ihnen ein anderer unserer Mitarbeiter einige gewöhnliche Kartentricks zeigen, wie sie auf Jahrmärkten, auf Dampfern und in Zügen gang und gäbe sind. Unter Zuhilfenahme von drei Karten, der Dame, dem Buben und der Sechs zum Beispiel, kann er ganz bequem ... Apropos, es könnte sein, daß unsere Experimente Sie ermüdet haben, meine Herren?»

«Nein, all dies ist äußerst interessant», antwortete der Vorsitzende freundlich. «Allerdings würde ich gerne wissen – natürlich, falls diese Frage nicht indiskret ist –, welches ist Ihr Fachgebiet?»

«Das meinige ... hm ... nein, warum sollte

diese Frage indiskret sein. Ich arbeite in großen Juwelierläden, und ein anderer meiner Aufgabenbereiche liegt in den Banken», antwortete der Redner mit einem bescheidenen Lächeln. «Nein, glauben Sie nicht, dies Handwerk sei leichter als andere. Ich beherrsche allein vier europäische Sprachen: Deutsch, Französisch, Englisch und Italienisch – ganz abgesehen, das versteht sich ja von selbst, vom Polnischen, Kleinrussischen und Jiddischen. Nun, wie ist es, Herr Vorsitzender, fahren wir mit den Vorführungen fort?»

Der Vorsitzende schaute auf die Uhr. «Leider haben wir viel zuwenig Zeit», sagte er. «Sollten wir nicht lieber zum Kernpunkt Ihrer Angelegenheit kommen? Um so mehr als die Experimente, deren Zeugen wir soeben waren, uns in ausreichendem Maße von der Geschicklichkeit Ihrer Mitglieder überzeugt haben. Ist es nicht so, Isaak Abramowitsch?»

«O ja, vollkommen!» pflichtete der karäische Advokat bereitwillig bei.

«Ausgezeichnet», stimmte der Gentleman im sandfarbenen Gehrock zu.

«Mein kleiner Graf», wandte er sich an einen Blonden mit Lockenkopf, der einem Marqueur auf Festen ähnelte, «stecken Sie Ihr Maschinchen fort; es wird nicht mehr benötigt. Ich habe, meine Herren, nur noch einige Worte zu sagen. Jetzt, da Sie sich davon überzeugen konnten, daß unsere Kunst, auch wenn sie nicht den aufgeklärten Schutz hochgestellter Persönlichkeiten genießt, nichtsdestoweniger Kunst ist; da Sie mir, vielleicht, zustimmen, daß diese Kunst viele persönliche Qualitäten erfordert, ganz abgesehen von der beständigen Arbeit, den Gefahren und unangenehmen Mißverständnissen – glauben Sie auch, wie ich hoffe, daß man sich unserer Kunst zuwenden kann und – wie seltsam das auch auf den ersten Blick erscheinen mag – sie lieben und schätzen. Nun stellen Sie sich vor, daß man plötzlich einem bekannten talentierten Poeten, dessen Märchen und Gedichte in den besten unserer Zeitungen zu finden sind, vorschlägt, für drei Kopeken pro Zeile und zudem noch mit vollem Namen, einen gereimten Werbetext für die Zigarette ‹Jasmin› zu schreiben? Oder einem von Ihnen, glänzende und berühmte Advokaten, die Sie sind, wird nachgesagt, er verdiene sein Geld mit falschen Zeugenaussagen bei Eheschließungen oder schreibe in Spelunken für Kutscher Bittschriften an den Stadthauptmann? Selbstverständlich glauben Ihre Verwandten, Freunde und Bekannten dies nicht, doch schon hat das Gerücht Sie verbittert, und Sie durchleben qualvolle Minuten. Und jetzt stellen Sie sich vor, daß solch eine schändliche, wer weiß von wem in Umlauf gesetzte Verleumdung nicht nur eine Bedrohung für Ihren guten Ruf und Ihre ruhige Verdauung darstellt, sondern auch für Ihre Freiheit, Ihre Gesundheit, ja sogar für Ihr Leben?

Genau in dieser Lage befinden wir uns als von den Zeitungen verleumdete Diebe. Lassen Sie mich eine Einschränkung machen. Es gibt eine Art Halunken – *passez-moi le mot* –, die wir Muttersöhnchen nennen und mit denen man uns – o weh! – in einen Topf wirft. Das sind scham- und gewissenlose Leute, verschwenderisches Gesindel, eben Muttis Dummerjan, faule und plumpe Schmarotzer, ungeschickt klauende Handlungsgehilfen. So einer ist sich nicht zu fein, von dem Geld seiner sich verkaufenden Geliebten zu leben, gleich dem Makrelenmännchen, das hinter dem Weibchen her schwimmt und sich von ihren Ausscheidungen ernährt; er ist fähig, ein Kind für drei Kopeken, die er ihm abnehmen kann, in einer dunklen Gasse zu mißbrauchen und auszurauben; er würde einen Schlafenden erschlagen und eine Alte quälen. Diese Leute sind die Geißel unseres Handwerks. Für sie zählt weder der Reiz noch die Tradition der Kunst. Sie folgen uns, den geschickten wahren Dieben, wie der Schakal dem Löwen. Nehmen wir an, mir ist ein großer Coup geglückt. Es soll unerwähnt bleiben, daß ich beim Verkauf der Ware oder beim Tausch der Banknoten bis zu zwei Dritteln der Summe in den Händen des Wucherers zurücklasse, und schweigen will ich auch von den üblichen Brosamen für unsere unbestechliche Polizei – darüber hinaus muß ich noch einen gewissen Teil für jeden dieser Parasiten abzweigen, der, sei es noch so wenig, rein zufällig, durch ein Gerücht nur, von meiner Sache weiß. Deshalb nennen wir sie auch Motjenisten, nach dem Wort ‹Motje›, was soviel heißt wie ‹die Hälfte, der verdorbene Teil› – *moitié* ... eigenwillige Sprachwissenschaft. Ich gebe ihm nur für das etwas, wovon er weiß und was er melden könnte. Und meist ist es dann so, daß er, hat er seinen Anteil verbraucht, trotzdem augenblicklich zur Polizei rennt und mich anzeigt, um noch einmal fünf Rubel zu verdienen. Wir, die ehrlichen Diebe ... ja, ja, lachen Sie nur, meine Herren, indes, ich sage: wir, die ehrlichen Diebe, wir verachten diese Scheusale. Wir haben noch einen Spitznamen für sie, einen schmachvollen, wie ein Brandmal, doch wage ich es hier aus Respekt vor dem Ort und den Menschen nicht, ihn auszusprechen. O ja, sie nehmen die Aufforderung, einen Pogrom durchzuführen, gefällig an; doch allein der Gedanke, daß man uns mit ihnen in einen Topf werfen könnte, ist eine tausendmal größere Kränkung, als direkt des Pogroms angeklagt zu sein.

Verehrte Herren! Bisher habe ich auf Ihren Gesichtern, wenn ich sprach, häufig ein Lächeln bemerken können. Ich kann Sie verstehen: unsere Anwesenheit hier, unsere an Sie gerichtete Bitte um Hilfe, schließlich die Überraschung, die eine solch gut funktionierende Diebesorganisation mit delegierten Dieben und einem von der Abordnung bevollmächtigten professionellen Dieb hervorrufen muß, all das ist so außergewöhnlich, daß es nur ein Lächeln erzeugen könnte. Doch jetzt will ich aus der Tiefe meines Herzens sprechen. Werfen Sie, meine Herren, die äußere Form über Bord. Wir wollen von Mensch zu Mensch reden.

Wir sind fast alle gebildete Leute und lesen gerne, und nicht nur ‹Die Heldentaten Rocamboles›[1], wie jene berichten, die unser Milieu beschreiben. Oder glauben Sie etwa, daß uns nicht

---

[1] «Les exploits de Rocambole» (1859), Abenteuerroman von Pierre-Alexis Vicomte de Ponson du Terrail.

das Herz blutete und uns die Wangen vor Scham brannten wie nach einer Backpfeife, als dieser unglückliche, schändliche, verfluchte, niederträchtige Krieg wütete? Sie glauben doch wohl nicht, daß unsere Seelen nicht vor Wut schäumen, wenn man unsere Heimat mit der Nagaika geißelt und mit Füßen tritt, wenn wilde, rasende Menschen auf sie schießen und spucken? Glauben Sie denn etwa nicht, daß wir – die Diebe – mit vor Begeisterung bebenden Herzen jeden Schritt auf die kommende Befreiung hin begrüßen?

Ein jeder von uns versteht – mag er auch ein klein wenig schlechter sein als Sie, meine Herren Advokaten – den wahren Kern der Pogrome. Jedesmal, wenn wieder eine riesige Gemeinheit begangen wurde oder eine schmachvolle Niederlage eingesteckt werden mußte, wenn an einem Märtyrer wieder einmal in einem dunklen Winkel der Festung eine Strafe vollstreckt wurde oder wenn man mit dem Vertrauen des Volkes falsches Spiel getrieben hat, ist da einer, der sich versteckt hält und nicht zu fassen ist, einer, der sich vor der Wut des Volkes fürchtet und sie in andere Bahnen lenkt: auf die Köpfe der unschuldigen Juden. Welch teuflischer Geist denkt sich diese Pogrome aus – diese gigantischen blutleckenden Spiele, diesen kannibalischen Zeitvertreib für dunkle tierische Seelen?

Aber wir alle können deutlich erkennen, daß die Bürokratie in ihren letzten Zügen liegt. Verzeihen Sie, wenn ich bildlich spreche. Es gab ein Volk, in dessen höchstem Tempel hauste hinter einem Vorhang, von Opferpriestern bewacht, eine blutrünstige Gottheit. Man brachte ihr Menschenopfer dar. Doch einmal hat eine mutige Hand den Vorhang niedergerissen, und alle sahen nun statt des Gottes eine riesige, zottige, gefräßige Spinne, eine abscheuliche Krake. Man schlägt sie, schießt auf sie, hat sie schon in Stücke gehauen, doch in der Raserei des letzten Kampfes streckt sie noch ihre ekelhaften klammernden Arme quer durch den ganzen alten Tempel aus. Und die Opferpriester, selbst zum Tode verurteilt, stoßen all jene in die Krallen des Ungeheuers, die seine vor Entsetzen zitternden Klauen noch fassen können.

Verzeihen Sie. Was ich gesagt habe, ist sicherlich zusammenhanglos und grob. Aber ich bin etwas aufgeregt. Verzeihen Sie. Ich fahre fort. Uns, die wir Diebe von Beruf sind, ist besser als jedem andern bekannt, wie diese Pogrome zustande gekommen sind. Wir treiben uns überall herum: in den Schenken, Teestuben und Nachtasylen, auf den Märkten und Plätzen, im Hafen. Ja, wir, gerade wir, können vor Gott, vor den Menschen und vor der Nachkommenschaft beschwören, daß wir gesehen haben, wie grobschlächtig, ohne jede Scham und sich kaum versteckend die Polizei die Massenauspeitschungen organisiert hat. Wir erkennen sie alle – in Uniform und Zivil. Sie haben vielen von uns vorgeschlagen, sich zu beteiligen, doch keiner unserer Leute war so niederträchtig, auch nur eine verlogene oder von der Angst diktierte Zustimmung zu geben.

Sie wissen sicherlich, wie alle Schichten der russischen Gesellschaft zu ihrer Polizei stehen? Selbst die, welche sich von ihren dunklen Diensten ernähren, schätzen sie nicht. Doch wir verachten und hassen sie dreimal, zehnmal so sehr. Und zwar nicht, weil viele von uns in den Abteilungen der Detektivpolizei ausgepeitscht wurden, in diesen wahren Folterkammern totgeprügelt wurden – geschlagen mit Ochsenziemern und Guttaperchastöcken, um uns ein Geständnis abzuquälen oder uns dazu zu bringen, einen Kameraden zu verraten. Ja, natürlich auch deshalb. Aber wir Diebe, die wir im Gefängnis gesessen haben, vergöttern alle mit unbändiger Leidenschaft die Freiheit. Und deshalb eben hassen wir auch die Gefängniswärter mit dem ganzen Haß, zu dem ein menschliches Herz fähig ist. Ich will von mir erzählen. Mich haben Polizeispitzel dreimal ausgepeitscht, bis ich halb tot war. Meine Lungen und meine Leber sind ruiniert. Morgens spucke ich Blut, bis ich nicht mehr zu mir komme. Doch wenn man mir sagt, daß ich, indem ich dem höchsten Polizeigeneral die Hand gebe, einer vierten derartigen Auspeitschung entgehen kann – so lehne ich ab!

Und nun sagen die Zeitungen, daß wir aus diesen Händen das mit frischem Menschenblut getränkte Geld des Judas entgegengenommen hätten. Nein, meine Herren, das ist eine Verleumdung, die für uns ein stechender, unerträglicher Schmerz in der Seele ist. Weder Geld noch Drohungen, noch Versprechungen lassen uns zu käuflichen Brudermördern oder deren Helfershelfern werden.»

«Nein, nie! Niemals!» erklang hinter dem Redner das dumpfe Murren seiner Kameraden.

«Ich sage weiterhin», fuhr der Dieb fort, «viele von uns verteidigten zur Zeit des Pogroms die Ausgepeitschten. Unser Kamerad, dessen Spitzname ‹Syssoj der Große› ist – Sie haben ihn eben erst gesehen, meine Herren –, wohnte damals bei einem jüdischen Schmuggler auf der Moldawanka. Er verteidigte seinen Hausherrn mit einem Schürhaken in der Hand gegen eine ganze Horde von Mördern. Es stimmt, Syssoj der Große verfügt über unglaubliche physische Kräfte, und das ist vielen Bewohnern der Moldawanka bestens bekannt, doch trotzdem, geben Sie zu, meine Herren, schaute Syssoj der Große in diesen Minuten dem Tod nicht direkt in die Augen? Ein anderer unserer Kameraden – Martyn Rudokopp –, dieser da hinten, meine Herren», der Redner zeigte auf einen sich im Hintergrund haltenden blassen, bärtigen Mann mit wunderschönen, dunklen Augen, «er rettete eine ihm unbekannte alte Jüdin, hinter der diese Horde her war. Dafür zog man ihm mit einer Eisenstange eins über den Kopf, brach ihm an zwei Stellen die Hand und schlug ihm eine Rippe ein. Er ist gerade erst aus dem Krankenhaus entlassen worden. So handelten die Feurigsten, welche den größten Mut bewiesen. Die anderen zitterten vor Wut und weinten über ihre Machtlosigkeit.

Niemand von uns wird die Schrecken dieser blutigen Tage vergessen, diese von den Flammen der Feuer erhellten Nächte, das Jammergeschrei der Frauen, die liegengebliebenen Leichname der ausgepeitschten kleinen Kinderchen. Nichtsdestotrotz glaubt deshalb keiner von uns, die Polizei und der Pöbel seien der Ursprung des Bösen. Diese kleinen, dummen, ekelhaften wilden Tierchen sind nur stumpfsinnige Handlanger, gelenkt von einem niederträchtigen, berechnenden Geist, aufgewiegelt von einem teuflischen Willen.

Ja, meine Herren Advokaten», fuhr der Redner fort, «wir sind Diebe und verdienen Ihre rechtmäßige Verachtung. Doch wenn Sie, die Sie zu den fähigsten Menschen zählen, auf den Barrikaden geschickte, mutige und folgsame Burschen brauchen, die es verstehen, fröhlich, mit Liedern und mit Scherzen für das beste Wort in der Welt – Freiheit – in den Tod zu gehen, würden Sie uns etwa aus veraltetem Abscheu heraus zurückstoßen und verjagen?

Der Teufel soll Sie holen! Zur Zeit der Französischen Revolution war das erste Opfer eine Prostituierte. Sie sprang auf eine Barrikade, und während sie elegant ihr Kleid raffte, schrie sie: ‹Nun, Soldaten, wer von euch wagt es, eine Frau zu erschießen?› Ja, zum Teufel!» rief der Redner laut und schlug mit der Faust auf die Marmorplatte des Tisches. «Man hat sie erschossen; doch, bei Gott, ihre Geste war großartig, und ihre Worte waren unsterblich schön.

Wenn Sie uns in solch einem großen Augenblick fortjagen, so sagen wir Ihnen, o unbefleckte Engel: ‹Und wenn menschliche Gedanken fähig wären, zu verletzen, zu töten, Menschen Ehre und Besitztum zu rauben, wer von euch, o unschuldige Täubchen, hätte dann nicht Knute und Zuchthaus verdient?› Und dann werden wir fortgehen von Ihnen und unsere eigene fröhliche, lustige, verwegene Diebesbarrikade bauen und mit solch einmütigem Gesang sterben, daß Sie uns mit der reinen Weste beneiden werden!

Im übrigen bin ich erneut vom Thema abgewichen. Verzeihen Sie. Ich komme zum Schluß. Sie sehen jetzt, meine Herren, welche Gefühle die in den Zeitungen geäußerte Verleumdung in uns ausgelöst hat. Vertrauen Sie unserer Aufrichtigkeit und unternehmen Sie etwas, um uns von dem blutigen und schmutzigen Schandmal, mit dem man uns ungerechterweise brandmarkt, zu befreien. Ich bin zum Ende gekommen.»

Er verließ den Tisch und schloß sich seinen Kameraden an.

Die Advokaten berieten sich, mit halblauter Stimme flüsternd, so wie die Mitglieder des Gerichts es auf ihren Sitzungen tun.

Dann erhob sich der Vorsitzende und sprach: «Wir glauben Ihnen ohne Einschränkung und werden alles daransetzen, den Namen Ihrer Vereinigung von dieser schweren Anklage zu befreien. Gleichzeitig haben mich meine Kollegen bevollmächtigt, Ihnen, meine Herren, die tiefste Verehrung für Ihre glühenden Gefühle als *citoyen* auszusprechen. Ich persönlich aber möchte Ihren Herrn Delegationsvorsitzenden um die Erlaubnis bitten, ihm die Hand reichen zu dürfen.»

Und diese beiden Menschen, ein jeder groß und ernst, drückten sich wie Männer fest die Hand.

Die Advokaten verließen das Theater und gingen auseinander. Nur vier von ihnen blieben auffallend lange in der Eingangshalle bei der Garderobe stehen: Isaak Abramowitsch konnte und konnte seinen neuen, wunderschönen, gelben Panamahut nicht finden. Statt dessen hing an einem Holzpflock eine Schirmmütze aus Stoff, deren Ränder keck plattgedrückt waren.

«Jascha!» hörte man plötzlich von draußen, von der Tür her, die strenge Stimme des Mannes, der eben noch gesprochen hatte. «Jascha, ich sage dir zum letzten Mal, der Teufel soll dich holen!... Hörst du? Wird's bald?»

Die schwere Tür ging auf, und der Gentleman im sandfarbenen Gehrock kam herein. Er hielt Isaak Abramowitschs Hut in der Hand; auf seinem Gesicht spielte ein nettes, weltmännisches Lächeln.

«Werte Herren! Um Gottes willen, verzeihen Sie. Ein kleines, lachhaftes Mißverständnis. Einer unserer Kameraden hat die Hüte rein zufällig vertauscht. Ach, er gehört Ihnen? Ich bitte vielmals um Entschuldigung... Hausmeister, was ist los mit dir, Brüderchen, du schläfst wohl? He? Gib schon die Mütze her. Entschuldigen Sie nochmals, meine Herren.»

Und sich mehrmals liebenswürdig verneigend, immer noch mit dem gleichen netten Lächeln, trat er schnell auf die Straße hinaus.

(1906/1910)

DIE MECHANISCHE RECHTSPFLEGE

Logen, Sperrsitze und Ränge des großen, von einer doppelten Fensterreihe erhellten Saales des Adelsklubs in der Gouvernementsstadt waren bis auf den letzten Platz besetzt, und doch bewahrte das Publikum solch eine Stille, daß, wenn der Redner eine Pause machte, um einen Schluck Wasser zu trinken, alle hören konnten, wie eine verspätete, einsame Fliege gegen das Fenster schlug.

Zwischen den weißen, rosafarbenen und himmelblauen Kleidern der Damen, zwischen ihren üppigen bloßen Schultern und zarten Köpfchen blitzten bestickte Uniformen, leuchteten schwarze Fräcke und blinkten goldene breite Epauletten.

Der Redner in der Uniform des Ministeriums für öffentlichen Unterricht – ein großer, dünner Mensch, dessen gelbes Gesicht nur aus dem schwarzen Vollbart und der schwarz umrandeten, funkelnden Brille zu bestehen schien – stand, sich mit den Händen auf einen Tisch stützend, auf der Bühne.

Doch die aufmerksamen Augen des Publikums waren nicht auf ihn gerichtet, sondern auf einen seltsamen, massiven, weit mehr als menschengroßen, unten breiten und oben schmalen Gegenstand mit Segeltuchüberzug, der ebenfalls dort auf der Bühne, direkt an der Rampe stand wie eine graue Pyramide.

Nachdem er seinen Durst gestillt hatte, räusperte sich der Redner und fuhr fort: «Ich fasse kurz das bisher Gesagte zusammen. Also, was sehen wir, meine Herrschaften? Wir sehen, daß ein System des Anspornens durch Zensuren, Belohnungen und Auszeichnungen zur Herausbildung von Neid und Mißgunst bei den einen und von nicht beabsichtigtem Grimm bei den anderen führt. Pädagogische Ermahnungen büßen wegen häufiger Wiederholung ihre Wirkung ein. Jemanden sich hinknien lassen – in die Ecke, vor die Uhr, unter die Lampe und dergleichen mehr Stellen –, das dient oft nicht als Exempel für die anderen Schüler, sondern nur zu so etwas wie einer allgemeinen Belustigung, einem Spaß. Das Einsperren in den Karzer ist äußerst schädlich, ganz abgesehen davon, daß es den Schulstunden unnötig Zeit wegnimmt. Strafarbeiten berauben die Schulaufgaben an sich ihres hohen, heiligen Sinns. Bestrafung durch Essensentzug wirkt sich negativ auf die geistige Aufnahmefähigkeit aus. Urlaubsentzug in geschlossenen schulischen Einrichtungen erbittert die Schüler nur und ruft den Unmut der Eltern hervor. Was bleibt also noch? Den unfähigen oder frechen Jüngling von der Schule zu weisen, eingedenk der Heiligen Schrift, die da rät, lieber das krankende Glied abzuhauen, als den ganzen Körper sich infizieren zu lassen? Ja, o weh! – eine solche Maßnahme ist manchmal so unvermeidlich, wie leider die Todesstrafe unvermeidlich ist in jedem x-beliebigen zivilisierten Staat. Doch bevor man zu diesem letzten, unwiderruflichen Mittel greift, sollten wir noch ...»

«Und eine gehörige Tracht Prügel?» fragte mit seinem tiefen Baß der örtliche Kommandant, ein grauer, düsterer, schwerhöriger Alter, in der ersten Reihe, und sogleich kläffte böse und heiser sein Mops unter dem Sessel hervor.

Der General tauchte überall mit Stock und Hörrohr auf und mit seinem alten, keuchenden Mops.

Mit liebenswürdig-breitem Lächeln verneigte sich der Redner.

«Ich hatte nicht die Absicht, mich so knapp und direkt auszudrücken, doch im Grunde genommen haben Eure Exzellenz meinen Gedanken erraten. Ja, hochverehrte Herren und hochverehrte Damen, wir haben noch nicht von einer guten, alten, ureigenst russischen Strafe gesprochen – von der körperlichen Züchtigung. Und doch ist sie ganz im Geiste der Geschichte des großen russischen Volkes, welches gewaltig ist durch seine Nation, seinen Patriotismus und seinen tiefen Glauben an die Vorsehung! Schon der Apostel sagte: ‹Strafe, wem die Strafe gebührt; die Rute, wem die Rute gebührt.› Ein unvergessenes geschichtliches Denkmal mittelalterlichen Schrifttums – der ‹Domostroj›[1] – rät mit väterlicher Strenge genau das gleiche. Denken wir an unseren genialen Zaren und Reformator Peter den Großen und an seinen ruhmreichen Knüppel. Und erinnern Sie sich der Worte des unsterblichen Puschkin, der ausrief:

[1] deutsch: Hausordnung. Sitten- und Moralcodex aus dem 16. Jahrhundert. Das Werk, ein Gesellschaftsspiegel jener Zeit, ist durchdrungen von der Forderung nach unbedingtem Gehorsam gegenüber Staat und Familienoberhaupt.

‹… Um so älter sind unsere Ahnen,
Je mehr sie von der Rute verstanden…›

Gedenken wir schließlich unseres erstaunlichen Gogol, der durch den Mund eines einfachen und harmlosen Leibeigenen sagte: ‹Den Muschik muß man ja prügeln, weil der Muschik verwöhnt ist…› Ja, meine Herrschaften, ich behaupte frischweg, daß die körperliche Züchtigung mit der Rute sich als roter Faden durch den ganzen unermeßlichen Lauf der russischen Geschichte zieht und seine Wurzeln in den tiefsten Tiefen russischer Eigenart hat.

Doch auch wenn meine Gedanken der Vergangenheit verbunden sind und ich somit ein Konservativer bin, hochverehrte Herren und hochverehrte Damen, so gehe ich nichtsdestoweniger mit offenen Armen dem liberalsten Humanisten entgegen. Laut und offen gebe ich zu, die körperliche Züchtigung in der Form, wie sie bis zum heutigen Tage praktiziert wird, birgt viel Kränkendes für den Bestraften und Erniedrigendes für den Bestrafenden in sich. Die unmittelbare Gewalt des Menschen über den Menschen weckt unvermeidlich auf beiden Seiten Haß, Angst, Gereiztheit, Rachsucht, Verachtung und schlußendlich unheilbringendes wechselseitiges Beharren auf Verbrechen und Bestrafung, das sich steigert bis zu tierischer Wollust. Nun, meine Herrschaften, sagen Sie, ich lehne körperliche Züchtigung ab? Ja, ich lehne sie ab, doch nur, um sie wieder zu bekräftigen, indem ich den Menschen ersetze durch die *Maschine*.

Nach jahrelangem Arbeiten, Überlegen und

Experimentieren habe ich schließlich die Idee der mechanischen Rechtspflege entwickelt und verwirklicht; ob sie gut ist oder schlecht, das möchte ich nun die geehrte Versammlung beurteilen lassen.»

Der Redner machte ein Zeichen mit dem Kopf zur Seite, dort hin, wo sonst bei Laienaufführungen die Kulissen standen. Sofort sprang ein wakkerer schnauzbärtiger Wächter auf die Bühne und nahm geschwind die Zeltplane von dem an der Rampe stehenden, seltsamen Gegenstand. Den Augen der Anwesenden bot sich eine mit ihren Metallteilen funkelnde Maschine dar, die etwa jenen Waagen glich, welche man in Vergnügungsparks aufstellt, damit das Publikum für fünf Kopeken sein Gewicht feststellen lassen kann; nur etwas komplizierter schien sie und beträchtlich größer. Ein erstauntes Raunen ging durch den Saal des Adelsklubs, Köpfe bewegten sich von links nach rechts, von rechts nach links.

Der Redner streckte weit die Hand aus und wies auf die Apparatur.

«Da sehen Sie mein Herzenskind!» sagte er mit erregter Stimme. «Da ist der Apparat, der mit Recht das Werkzeug mechanischer Rechtspflege genannt werden kann. Seine Konstruktion ist ungewöhnlich einfach und preislich selbst für das Budget der bescheidensten Dorfschule erschwinglich. Bitte wenden Sie Ihre Aufmerksamkeit der Bauart zu. Zunächst sehen Sie die horizontale Plattform auf Federn und das zu ihr führende Trittbrett. Auf der Plattform befindet sich eine schmale Bank, deren Rückenlehne ebenfalls aus äußerst elastischen, mit feinem Leder bespannten Federn besteht. Unter der Bank, wie Sie sehen, bewegt sich frei auf Scharnieren ein System aus sichelförmigen Hebeln. Drückt ein Gewicht auf die Federn der Bank und der Plattform, so verlieren diese Hebel ihr Gleichgewicht, beschreiben einen Halbkreis und schließen sich je nach Stärke des angewandten Drucks in einer Höhe von fünf bis achtzehn Werschok über der Bank paarweise zusammen. Hinter der Bank befindet sich ein senkrechtes gußeisernes Gehäuse, das quadratisch und innen hohl ist. In seinem Hohlraum ist ein mächtiger Mechanismus untergebracht, vergleichbar dem einer Uhr, der durch ein vier Pud schweres Gewicht und eine Spiralfeder in Gang gesetzt wird. An der Seite des Gehäuses ist ein kleines Türchen angebracht zur Reinigung und Überprüfung des Mechanismus, doch ihre Schlüssel, zwei an der Zahl – achten Sie bitte besonders darauf, meine Herrschaften –, werden nur vom Oberinspektor des Selbstdurchprüglers des jeweiligen Gebiets und vom Direktor der betreffenden russischen Schuleinrichtung verwahrt. Auf diese Weise kann der Apparat, einmal in Aktion gesetzt, unter keinen Umständen wieder angehalten werden, bevor er nicht seine Aufgabe zu Ende geführt hat, es sei denn, er wird gewaltsam beschädigt, was allerdings sehr unwahrscheinlich ist wegen der Einfachheit, Strapazierfähigkeit und Massivität aller Maschinenteile.

Das in Gang gesetzte Uhrwerk überträgt mittels Zahnrädern die Bewegung auf eine kleine, im Innern des Gehäuses befindliche horizontale

Walze, auf deren Oberfläche, entlang einer spiralförmigen, keine vollständige Umdrehung beschreibenden Linie, in lotrecht zur Achse stehenden Stahlhalterungen acht lange, bewegliche Rohr- oder Stahlruten befestigt sind. Bei Abnutzung lassen sie sich durch neue ersetzen. Es muß unbedingt auch erklärt werden, daß die Walze noch ununterbrochen eine bestimmte Bewegung nach links und rechts entlang der Spirallinie macht, so daß eine Vielzahl von Schlagpunkten erreicht wird.

Ist nun die Walze in Bewegung gesetzt, so bewegen sich auch, spiralförmige Kreise beschreibend, die Ruten mit ihr. Jede Rute fällt vollkommen frei nach unten, doch wenn sie senkrecht nach oben zurückgeht, trifft sie auf einen Widerstand – eine Querstrebe, gegen die sie sich zunächst mit ihrem oberen Ende stemmt, dann, von der Strebe zurückgehalten, biegt sie sich halbkreisförmig nach außen, reißt sich danach los und schlägt zu. Und weil diese Querstrebe bei Bedarf mit Hilfe zweier Zahnstangen nach oben oder unten verschoben und mit besonderen Schnappverschlüssen auf x-beliebiger Höhe befestigt werden kann, wird vollkommen klar, daß, je tiefer wir die Strebe anbringen, die Rute sich um so mehr nach außen biegt und folglich der Schlag um so kräftiger ausfällt. Damit regulieren wir die Intensität der Bestrafung, zu welchem Zwecke auf den Zahnstangen eine entsprechende Einteilung von null bis vierundzwanzig eingezeichnet ist. Die Ziffer Null ist die oberste und wird nur in Fällen angewendet, in denen die Strafe bloß einen begrenzten, sagen wir: symbolischen Charakter trägt; bei sechs ist schon ein beachtlicher Schmerz zu spüren. Als Grenze für die Grundschulen betrachten wir eine Schlagstärke, die auf der Skala mit zehn angegeben ist, für Mittelschulen mit fünfzehn, für Armee, Amtsverwaltungen und Studenten mit zwanzig und schließlich für Häftlinge und streikende Arbeiter das volle Maß, also vierundzwanzig.

Das also ist im wesentlichen das Schema meiner Erfindung. Bleiben nur noch einige Details. Dieser Hebel an der Seite, der dem Griff an einem Leierkasten gleicht, dient dazu, die inliegende Spiralfeder zu spannen. Dieser sich in einem halbkreisförmigen Schlitz bewegende Zeiger regelt die langsame, mittlere oder schnelle Geschwindigkeit der Walzumdrehung. Ganz oben auf dem Gehäuse, hinter einem Glasfenster, befindet sich ein mechanisches Zählwerk. Die angegebenen Ziffern ermöglichen zum einen die Überprüfung des richtigen Funktionierens der Maschine, und zum anderen dienen sie zu statistischen und Revisionszwecken. Wegen dieser letzten Bestimmung ist das Zählwerk so gebaut, daß es Zahlen bis zu sechzigtausend anzeigen kann. Schließlich sehen Sie, meine Herrschaften, am Trittbrett des Gehäuses etwas wie eine Urne, auf deren Boden innen sich eine runde Öffnung von der Größe einer Untertasse befindet. Dort hinein werden nun diese Marken hier geworfen, wonach der Mechanismus augenblicklich in Aktion tritt. Alle Marken sind unterschiedlich in Größe und Gewicht – von der kleinsten, die einem silbernen Sechser und der Minimalstrafe von fünf Schlägen entspricht, bis zu der von der Größe eines Silberrubels, die, einmal in die Urne geworfen, die Maschine genau zweihundert Schläge abzählen läßt. Durch verschiedene Kombinationen aller Marken können wir eine beliebige Anzahl von Schlägen, immer das Vielfache von fünf, erhalten, und zwar von fünf bis dreihundertfünfzig. Aber...», und da lächelte der Redner bescheiden, «aber wir würden unsere Aufgabe als nicht erfüllt betrachten, wenn dies die Grenzzahl wäre.

Mit Ihrer Erlaubnis, meine Herrschaften, möchte ich Sie bitten, sich die Ziffer zu merken, die das Zählwerk in dieser Minute anzeigt. Übrigens, das hochverehrte Publikum kann sich davon überzeugen, daß man bis zu dem Augenblick, da die Marke in die Urne geworfen wird, ohne jede Gefahr auf dem Trittbrett stehen kann.

Also... das Zählwerk gibt zweitausendneunhundert an. Folglich muß der Zeiger nach Durchführung der Körperstrafe auf... dreitausendzweihundertfünfzig stehen... Ich habe mich wohl nicht verrechnet?

Es genügt, irgendeinen runden Gegenstand in die Urne zu werfen, egal ob längs- oder quergeschnitten, und Sie können die Zahl der Schläge, wenn nicht bis ins Unendliche, so doch auf alle Fälle so lange erhöhen, bis die Feder abgelaufen ist, das bedeutet ungefähr bis auf siebenhundertneunzig, achthundert. Natürlich habe ich auch berücksichtigt, daß im Gemeinschaftsleben die Marken aller Wahrscheinlichkeit nach durch gewöhnliche kleinere Münzen ersetzt werden. Für diesen

Fall ist an jedem mechanischen Selbstdurchprügler eine Umrechnungstabelle angebracht, welches Gewicht einer Kupfer-, einer Silber- oder einer Goldmünze wie vielen Schlägen entspricht. Diese Tabelle sehen Sie hier an der Seite des Hauptgehäuses.

Es scheint, ich bin schon am Ende meiner Ausführungen ... Bleiben nur noch einige Einzelheiten bezüglich der Konstruktion des drehbaren Trittbretts, der kippbaren Bank und der sichelförmigen Hebel. Aber da diese etwas kompliziert ist, schlage ich dem hochverehrten Publikum vor, sie in Aktion zu sehen während der Vorführung, die sofort durchzuführen mir eine Ehre ist.

Die ganze Bestrafungsprozedur besteht in folgendem: Zunächst klären wir sorgfältig die Motive und Eigenheiten des Verbrechens, um das Maß der Strafe, also die Zahl der Schläge, ihre Geschwindigkeit und Intensität, manchmal auch das Material der Ruten festzulegen. Dann wird dem Menschen, der den Apparat bedient, ein kurzer Bericht in den Maschinenraum geschickt oder per Telephon mitgeteilt. Der Maschinist bereitet alles Notwendige vor und entfernt sich sofort wieder. Beachten Sie, meine Herrschaften, es ist kein Mensch da, nur noch die Maschine. Einzig die unparteiische, unerschütterliche, ruhige, gerechte Maschine.

Jetzt gehe ich an das Experiment heran. Als Verbrecher dient uns eine Lederpuppe. Um die Maschine in ihrer vollen Pracht zeigen zu können, kommen wir überein, daß es sich hier um einen Schwerverbrecher handelt.

Hausmeister!» schrie der Redner hinter die Kulissen. «Treffen Sie die Vorbereitungen: Stärke vierundzwanzig, langsame Geschwindigkeit!»

Bei allgemeinem spannungsgeladenen Schweigen zog der schnauzbärtige Wächter die Maschine mit Hilfe des Leierkastengriffs auf, brachte die Querstrebe nach unten, verschob den Geschwindigkeitszeiger und verschwand hinter den Kulissen.

«Jetzt ist alles bereit», sagte der Redner, «und das Zimmer, in dem der Selbstdurchprügler steht, ist *völlig* leer. Wir müssen nur noch den Delinquenten zu uns rufen, ihm den Grad seiner Schuld und die Höhe seiner Strafe erklären, und er selbst – beachten Sie, meine Herrschaften: selbst! –, er selbst nimmt die entsprechenden Marken aus dem Kästchen. Natürlich kann man das so bauen, daß er sie noch an Ort und Stelle in eine in den Tisch eingelassene Öffnung wirft und sie über eine besondere Rinne nach unten, direkt in die Urne fallen... Aber das ist ein schon ganz unwichtiges und leicht auszuführendes Detail.

Von diesem Moment an befindet sich der Schuldige völlig in der Macht der Maschine. Er geht in den Umkleideraum, wo er sich noch auszieht. Er öffnet die Tür, stellt sich auf das Trittbrett, wirft die Marken in die Urne und... natürlich. Die Tür schließt sich hermetisch hinter ihm. Mag er nun auch bis zum Sankt-Nimmerleins-Tag auf dem Trittbrett stehenbleiben, er wird schließlich doch die Marken in die Urne werfen. Denn, hochverehrte Herren und hochverehrte Damen», rief der Pädagoge mit triumphierendem

Lachen, «denn Trittbrett und Plattform sind so konstruiert, daß jede Minute, die man zögert auf ihnen, die Zahl der Schläge um fünf bis dreißig erhöht, je nachdem, wie schwer der Straftäter ist... Aber sobald er seine Marken eingeworfen hat, macht das Trittbrett eine Drehbewegung von unten nach oben und nach vorn, die Bank steigt gleichzeitig mit ihrem Kopfende senkrecht hoch, und der gegen ihre Rückenlehne geworfene Täter wird an drei Stellen – an Hals, Hüfte und Beinen – von den sichelförmigen Hebeln erfaßt, worauf die Bank ihre horizontale Ausgangsposition wieder einnimmt. All das geschieht buchstäblich in einem einzigen Augenblick. Im nächsten Moment trifft der erste Schlag, und nun kann keine Kraft mehr der Aktion der Maschine Einhalt gebieten oder die Schlagstärke herabsetzen oder die Geschwindigkeit der Walzumdrehung erhöhen beziehungsweise vermindern, bevor der Apparat das Urteil nicht ganz ausgeführt hat. Dies ist physisch ganz unmöglich, wenn man nicht den Schlüssel besitzt.

Hausmeister, bringen Sie die Puppe! Ich bitte nun das geschätzte Auditorium, die Anzahl der Schläge zu bestimmen... irgendeine Zahl... eine dreistellige wäre wünschenswert... doch nicht mehr als dreihundertfünfzig. Ich bitte Sie...»

«Fünfhundert!» schrie der Kommandant.

«Wuff!» kläffte der Mops unter seinem Stuhl. «Fünfhundert ist doch etwas zuviel», erwiderte der Redner zaghaft. «Doch um den von Eurer Exzellenz geäußerten Wunsch zu respektieren, halten wir uns an die Höchstzahl. Also dreihundertfünfzig. Dafür werfen wir alle vorhandenen Marken in die Urne.»

Zu diesem Zeitpunkt brachte der Hausmeister eine häßliche Lederpuppe herein, die er unter den Arm geklemmt hatte, und stellte sie auf den Boden, wobei er sie von hinten stützte. In den krummen Beinen der Puppe, in ihren gespreizten Fingern und ihrem nach hinten gefallenen Kopf war etwas Herausforderndes und Spöttisches.

Der auf dem Trittbrett stehende Redner fuhr fort: «Hochverehrte Herren und hochverehrte Damen! Noch ein letztes Wort. Ich zweifle nicht daran, daß mein mechanischer Selbstdurchprügler in naher Zukunft weiteste Verbreitung finden wird. Nach und nach wird man ihn in allen Schulen, Ausbildungsstätten, Korps, Gymnasien und Seminaren übernehmen. Nicht genug: in der Armee und der Marine wird man ihn einführen, im Dorfalltag, in den Armee- und staatlichen Gefängnissen, in den Polizeirevieren und Feuerwehrabteilungen, in allen echt russischen Familien.

Geldmünzen werden langsam, aber unvermeidlich die Marken verdrängen, und so werden sich nicht nur die Kosten der Maschinen amortisieren, sondern man wird Geld sparen, das zu Wohltätigkeits- und Bildungszwecken verwendet werden kann. Von allein wird unsere Finanzmisere verschwinden: diese ewigen Geldrückstände, denn wenn sie mit Hilfe dieses Apparates eingetrieben werden, wird der Bauer nicht umhin können, die von ihm zu zahlende Summe in die Urne zu werfen. Es werden Laster, Verbrechen, Faulheit und Schlamperei verschwinden; und Arbeitsliebe, Enthaltsamkeit, Nüchternheit und Sparsamkeit werden blühen...

Es ist schwer, die weitere Zukunft dieser Maschine vorauszuahnen. Konnte etwa der große Gutenberg, als er seine primitive hölzerne Werkbank baute, jene ungeheure Veränderung voraussehen, welche der Buchdruck der Geschichte der menschlichen Entwicklung brachte? Jedoch, meine Herrschaften, bin ich weit davon entfernt, mich vor Ihnen mit ehrgeizigem Urheberstolz zu brüsten, um so mehr, als ich mir nur die reine Idee zuschreiben kann. In der praktischen Umsetzung meiner Erfindung haben mir der Physiklehrer des hiesigen Vierten Gymnasiums, Herr N., und der Ingenieur X. die bedeutendste Hilfe geleistet. Ich benutze die Gelegenheit, um ihnen noch einmal meine tiefste Dankbarkeit auszusprechen.»

Der Saal dröhnte vor Applaus. Zwei Menschen der ersten Reihe standen auf und verneigten sich ungeschickt und schüchtern vor dem Publikum.

«Für mich persönlich», fuhr der Redner fort, «bedeutet es höchste Genugtuung, mein uneigennütziges Wissen in den Dienst des von mir geliebten Vaterlandes zu stellen, und ich preise mich glücklich, vor wenigen Tagen diese – hier, diese – Zeichen liebenswürdiger Anerkennung erhalten zu haben: eine Uhr mit Namenszug und dem Porträt Ihrer Exzellenz und eine Medaille des Kursker Adelsstandes mit der Aufschrift: *Similia similibus.*[1]»

---

[1] *Similia similibus curentur:* Ähnliches wird durch Ähnliches geheilt. Hahnemann stellte 1796 dieses Ähnlichkeitsgesetz auf und begründete damit die Homöopathie als Heilverfahren.

Er löste eine riesengroße, uralte, sicher ein halbes Pfund schwere Uhr von ihrer Kette und hielt sie hoch über den Kopf; an einer anderen kurzen Kette hing eine massive Goldmedaille.

«Das war, was ich sagen wollte, meine Herrschaften», fügte der Redner leise und feierlich hinzu und verneigte sich.

Doch man hatte noch nicht in Beifall ausbrechen können, als etwas Unglaubliches, Erschütterndes passierte. Die Uhr rutschte dem Pädagogen plötzlich aus der Hand, und mit einem metallischen Klirren fiel sie in die Urne.

Schon fing die Maschine zu zischen und zu fauchen an. Das Trittbrett drehte sich heraus und nach oben, die Bank kippte schnell nach oben und unten, der Stahl der sich regenden Hebel funkelte, die Rockschöße der Uniform flatterten durch die Luft, und nach einem deutlichen, heftigen Schlag erschallte im Saal ein entsetzlicher Jammerschrei des Erfinders.

«2901!» schlug das mechanische Zählwerk.

Es ist schwierig, in kurzen, knappen Worten darzustellen, was in der Versammlung vor sich ging. Zunächst einmal waren alle für ein paar Sekunden verdutzt. In der allgemeinen Stille ertönten nur die Schreie des unfreiwilligen Opfers, das Pfeifen der Ruten und das Klacken des Zählwerks. Dann stürzten alle auf die Bühne...

«Um Gottes willen!» schrie der Pechvogel. «Um Gottes willen! Um Gottes willen!»

Doch ihm zu helfen war unmöglich. Der mutige Physiklehrer wollte die Hand ausstrecken, um eine Rute zu greifen, doch zog er sie sofort wieder zurück, und alle sahen, daß ein langer blutiger Striemen sich über seinen Handrücken zog. Die tiefstehende Querstrebe gab keiner Kraft nach.

«Den Schlüssel! Schnell den Schlüssel!» schrie der Pädagoge. «Ich habe ihn in der Hose. Schnell doch!»

Der anhängliche Wächter stürzte hin, suchte die Taschen durch, wobei er den Schlägen kaum ausweichen konnte, doch der Schlüssel fand sich nicht.

«2950 – 2951 – 2952 – 2953», klapperte das Zählwerk weiter.

«Euer Hochwohlgeboren!» sagte der Wächter mit Tränen in den Augen. «Bitte ziehen Sie doch die Hosen aus. Schade wär's drum, wenn die zerreißen ... Sind ganz neue ... Was Damen sind, die werden sich umdrehen.»

«Hau ab zum Teufel, du Idiot! Au, au, au! ... Herrschaften, um Gottes willen! ... Au, au ... Ich vergaß ... Ich habe die Schlüssel im Mantel ... Au, schnell!»

Man lief nach dem Mantel in der Eingangshalle. Aber auch dort war der Schlüssel nicht. Offensichtlich hatte ihn der Erfinder zu Hause vergessen. Irgend jemand meldete sich, er würde zurückfahren und ihn holen. Der Vorsitzende des Adelsstandes bot seine Pferde an.

Die abgehackten Schläge fielen mit mathematischer Genauigkeit nach jeder Sekunde; der Pädagoge schrie, aber das Zählwerk zählte gleichgültig: «3180 – 3181 – 3182 ...»

Irgendein Garnisonsleutnant zog plötzlich seinen Säbel und machte sich daran, wie rasend auf die Maschine einzuschlagen, doch nach dem fünften Hieb hielt er nur noch den Griff in den Händen, und die abgesprungene Klinge schlug dem Landverwaltungsvorsitzenden gegen die Beine. Oben ging die Hose des Erfinders schon in Fetzen. Das schlimmste von allem war, daß man nicht voraussehen konnte, wann die Maschine ihre Arbeit beendet haben würde. Die Uhr erwies sich als äußerst schwer. Der Mann, der den Schlüssel holen ging, war noch immer nicht zurück, und das Zählwerk hatte schon längst die von dem Erfinder festgesetzte Zahl überschritten und zeigte ruhig: «3999 – 4000 – 4001.»

Der Pädagoge rührte sich nicht mehr. Er lag da mit geöffnetem Mund und hervorquellenden Augen, und nur seine Gliedmaßen zuckten noch krampfhaft.

Doch da erzitterte der Kommandant plötzlich vor Entrüstung, lief blutrot an und brüllte, vom Jaulen seines Mopses begleitet: «Unfug! Unzucht! Unglaublich! Holt doch die Feuerwehr!»

Das war ein höchst weiser Gedanke. Der örtliche Gouverneur war ein großer Liebhaber von Feuerwehreinsätzen und prahlte mit ihrer Schnelligkeit. Nach weniger als fünf Minuten und genau in dem Moment, da das Zählwerk den 4550. Schlag verkündete, stürmten die Prachtkerle der Feuerwehr mit Äxten, Brechstangen und Haken auf die Bühne.

Der einmalige mechanische Selbstdurchprügler ging für alle Ewigkeit zugrunde, und mit ihm starb auch die große Idee. Was aber den Erfinder anbetrifft, so kehrte er, nach ziemlich langer Krankheit aufgrund der körperlichen Folgen und der nervlichen Aufregung, zu seinen Verpflichtungen zurück. Doch das fatale Ereignis hatte ihn vollständig verändert. Sein ganzes Leben lang blieb er ein stiller, schüchterner, melancholischer Mensch, und obwohl er Latein und Griechisch unterrichtete, wurde er innerhalb kürzester Zeit der Lieblingslehrer all seiner Schüler.

Seiner Erfindung wandte er sich nicht mehr zu.

(1907)

L. van Beethoven
Sonate op. 2, Nr. 2.
Largo Appassionato

I

Mitte August, noch vor dem Neumond, wurde das Wetter plötzlich so unwirtlich, wie dies für die nördliche Schwarzmeerküste typisch ist. Dichter Nebel hüllte das Festland wie das Meer über Tage hin ein, und Tag und Nacht heulte auf dem Leuchtturm das riesige Nebelhorn gleich einem wildgewordenen Stier. Bald nieselte es einen ganzen Tag lang ununterbrochen, und dieser wasserstaubartige Regen verwandelte den lehmigen Boden der Wege und Pfade in eine einzige dicke Schlammasse, in der Wagen und Kutschen steckenblieben. Dann wieder fegte aus Nordwesten, von der Steppe her, ein Wirbelsturm; er brachte die Baumkronen, die sich zum Boden neigten und wieder aufrichteten wie Wellen im Sturm, zum Wogen; nachts knarrten die Blechdächer der Sommerhäuser, als laufe jemand mit eisenbeschlagenen Stiefeln über sie hin, die Fensterrahmen zitterten, die Türen schlugen, und wild heulte es in den Ofenrohren. Einige Fischerboote verirrten sich auf See, und zwei von ihnen kamen nicht mehr zurück: erst nach einer Woche spülte das Meer die Leichen der Fischer an verschiedenen Stellen des Ufers an Land.

Die Bewohner des vorstädtischen Badeorts – zum überwiegenden Teil Griechen und Juden, die wie alle Südländer lebensverliebt und ängstlich waren – strebten eilig in die Stadt zurück. Über die aufgeweichte Chaussee zog sich eine endlose Kette von Fuhrwerken, die mit allem nur erdenklichen Hausrat bis oben hin vollgeladen waren: mit Matratzen, Sofas, Koffern, Stühlen, Waschtischen, Samowaren. Jämmerlich und trostlos und abstoßend war es, durch den trüben Regenschleier auf diese erbärmlichen, so abgenutzt, schmutzig und ärmlich wirkenden Sachen zu schauen; auf die Hausmädchen und Köche, die ganz oben auf dem Wagen auf einer nassen Plane saßen und mancherlei Bügeleisen, Blechdosen und Körbe hielten; auf die schweißüberströmten, entkräfteten Pferde, die manchmal stehenblieben mit zitternden Knien, mit bebenden Flanken, dampfend; auf die mit krächzender Stimme fluchenden Fuhrknechte, die sich zum Schutze gegen den Regen in Bastdecken eingewickelt hatten. Noch trauriger war der Anblick der verlassenen Sommerhäuser, die plötzlich geräumig, leer und kahl waren, mit ihren verwüsteten Beeten und eingeschlagenen Scheiben, mit den zurückgelassenen Hunden und allem möglichen Sommerhausunrat – Zigarettenstummeln, Papier, Scherben, Schachteln und Arzneifläschchen.

Doch plötzlich, Anfang September, änderte sich das Wetter über Nacht völlig unerwartet. Da begannen mit einem Mal ruhige, wolkenlose Tage, die so klar waren, so sonnig und warm wie selbst im Juli nicht. Auf den trockenen, abgeernteten Feldern, auf den gelben, stacheligen Borsten begann mit flimmerndem Leuchten der Altweibersommer zu schimmern. Die Bäume, die wieder zur Ruhe gekommen waren, ließen lautlos und ergeben ihre gelben Blätter fallen.

Die Fürstin Wera Nikolajewna Scheïna, Gattin eines Adelsmarschalls, hatte ihren Sommersitz nicht verlassen können, da die Renovierungsarbeiten in ihrem Stadthaus noch nicht beendet waren. Und jetzt genoß sie die schönen Tage, die angebrochen waren, sehr, die Ruhe, die Einsamkeit, die frische Luft, das Gezwitscher der Schwalben, die sich auf den Telegraphenleitungen zum Abflug sammelten, und die zarte, salzige Brise, die leise spürbar vom Meer herüberwehte.

2

Außerdem war heute – am 17. September – ihr Namenstag. Teure, weit zurückliegende Kindheitserinnerungen veranlaßten sie, diesen Tag immer zu lieben und immer etwas Glückbringendes, Wunderbares von ihm zu erwarten. Ihr Mann, der am Morgen wegen einer dringenden Angelegenheit in die Stadt gefahren war, hatte auf ihren Nachttisch ein Schmuckschächtelchen mit wunderschönen birnenförmigen Perlenohrringen gelegt, und dieses Geschenk hatte sie noch froher gemacht.

Sie war ganz allein in dem Haus, denn ihr unverheirateter Bruder, der Stellvertreter des Staatsanwalts war und gewöhnlicherweise mit ihnen zusammen wohnte, war ebenfalls in die Stadt zum Gericht gefahren. Ihr Mann hatte versprochen, zum Essen einige wenige und nur die engsten Bekannten mitzubringen. Es traf sich gut, daß ihr Namenstag in die Zeit fiel, da sie noch in ihrem Sommerhaus waren. In der Stadt hätte sie viel Geld für ein großes Festessen, ja vielleicht sogar für einen Ball ausgeben müssen, doch hier draußen konnte man sich mit den allernötigsten Ausgaben begnügen. Obwohl Fürst Scheïn eine angesehene Stellung in der Gesellschaft einnahm, oder vielleicht auch gerade deshalb, kam er kaum über die Runden. Den unglaublich großen Familienbesitz hatten seine Vorfahren fast völlig durchgebracht, doch war er gezwungen, über seine Verhältnisse zu leben: er mußte Empfänge geben, Wohltätigkeiten erweisen, sich gut kleiden, Pferde halten und so fort. Fürstin Wera, deren einstmals leidenschaftliche Liebe zu ihrem Mann seit langem in ein dauerhaftes, ehrliches und aufrichtiges Gefühl der Freundschaft übergegangen war, versuchte, dem Fürsten nach besten Kräften zu helfen, um von einem endgültigen Ruin verschont zu bleiben. So verzichtete sie, für ihn nicht spürbar, auf vieles und sparte im Haushalt, wo sie nur konnte.

Jetzt ging sie durch den Garten und schnitt mit der Schere vorsichtig Blumen für den Mittagstisch. Die Blumenbeete wurden leerer und leerer und sahen unordentlich aus. Die bunten gefüllten Nelken verblühten und auch die Levkojen, die noch in Blüte standen, teilweise aber bereits grüne, nach Kohl riechende Schoten trugen; die Rosensträucher trieben – zum drittenmal schon in diesem Jahr – Knospen und Blüten, jedoch nur spärliche, die wie mißgebildet aussahen und zerfielen. Dafür blühten die Dahlien, die Päonien und die Astern prachtvoll in einer kalten und hochmütigen Schönheit und verströmten in der feinen Herbstluft einen traurigen Grasgeruch. Die übrigen Blumen verstäubten nach ihrer üppigen Liebe und überaus reichen sommerlichen Mutterschaft unzählige Samen künftigen Lebens leise über die Erde.

In der Nähe, auf der Chaussee, war eine ihr bekannte Autohupe, die in einem Dreiklang ertönte, zu hören; es war Anna Nikolajewna Friéssé, die Schwester der Fürstin Wera, die sich dem Haus näherte, hatte sie doch morgens schon am Telephon versprochen zu kommen, um der Schwester in der Hauswirtschaft und beim Empfang der Gäste zu helfen.

Weras feines Gehör hatte sie nicht getäuscht. Sie ging Anna entgegen. Nach einigen Minuten hielt am Tor ihres Sommerhauses eine prunkvolle Autokutsche jäh an, ein Chauffeur sprang elegant vom Sitz und öffnete den Wagenschlag.

Die Schwestern küßten sich freudig. Von frühester Kindheit an verband sie eine warme und einander umsorgende Freundschaft. Es war seltsam, wie wenig sie sich vom Aussehen her glichen. Wera, die ältere der beiden, schlug mit ihrem geschmeidigen Körper, großgewachsen, ihrem zarten, doch kalten und stolzen Gesicht, mit ihren schönen, wenn auch recht großen Händen und mit jener zauberhaften Neigung der Schultern, wie man sie auf alten Miniaturen finden kann, der Mutter nach, einer englischen Schönheit. Anna dagegen, die jünger war, hatte das mongolische Blut ihres Vaters geerbt, eines tatarischen Fürsten, dessen Großvater sich erst Ende des 19. Jahrhunderts hatte taufen lassen und dessen altes Geschlecht bis auf Tamerlan[1] selbst – oder Timur Lenk der Lahme, wie ihr Vater diesen berühmten Blutsauger stolz auf tatarisch nannte – zurückging. Sie war einen halben Kopf kleiner als ihre Schwester und hatte eher breite Schultern; sie war lebhaft und leichtsinnig und spottete gern. Ihr Gesicht war eindeutig von mongolischem Typ, mit deutlich hervortretenden Backenknochen und mit schmalen Augen, die sie aufgrund ihrer Kurzsichtigkeit noch mehr zusammenkniff, mit einem kleinen sinnlichen Mund, der, besonders mit der leicht vorgeschobenen, vollen Unterlippe, Hochmut ausdrückte; und trotzdem fesselte dieses Gesicht den Betrachter wegen einer gewissen, nicht faßbaren und nicht erklärbaren Anmut, die vielleicht von dem Lächeln herrührte, vielleicht auch von der tiefen Weiblichkeit aller Züge oder von der reizvollen, auf herausfordernde Weise koketten Mimik. Ihre graziöse, wenn auch nicht gerade schöne Erscheinung weckte wesentlich häufiger die Aufmerksamkeit der Männer und zog diese unvergleichlich stärker an als die aristokratische Schönheit ihrer Schwester.

Sie war mit einem sehr reichen und sehr dummen Menschen verheiratet, der keinen Finger rührte, aber zu irgendeiner Wohltätigkeitseinrich-

---

[1] Asiatischer Eroberer aus türkisiertem mongolischen Häuptlingsgeschlecht. Durchzog Ende des 14. Jahrhunderts unter furchtbaren Grausamkeiten gegen Christen und Mohammedaner Mittelasien, Iran und Kaukasien.

tung gehörte, und der den Titel eines Kammerjunkers besaß. Ihren Mann konnte sie nicht ausstehen, doch brachte sie zwei Kinder von ihm – einen Jungen und ein Mädchen – zur Welt; danach entschied sie sich, keine weiteren Kinder mehr zu haben, und sie bekam auch keine mehr. Was Wera betraf, so wünschte sich diese leidenschaftlich Kinder – und zwar, wie ihr schien, je mehr, desto besser –, doch aus irgendeinem Grunde gebar sie keine, und so vergötterte sie mit Heftigkeit und Schmerz die lieben blutarmen Kinder ihrer jüngeren Schwester, die, mit ihren blassen, teigigen Gesichtern und ihren püppchenhaften, strohblonden, lockigen Haaren, immer von angenehmer Natur und gehorsam waren.

Annas ganzer Charakter setzte sich aus einem fröhlichen, mangelnden Sinn für Ordnung und aus liebenswürdigen, manchmal auch seltsamen Widersprüchen zusammen. Gern gab sie sich in allen Hauptstädten und Bädern Europas einem äußerst riskanten Flirt hin, doch niemals betrog sie ihren Mann, den sie deshalb nicht minder voller Verachtung heimlich wie offen verspottete; sie war verschwenderisch, liebte Glücksspiele, Tänze, wilde Erlebnisse und bissige Schauspiele über alles, und im Ausland besuchte sie zwielichtige Cafés, doch gleichzeitig zeichnete sie sich durch große Güte wie durch eine tiefe und aufrichtige Frömmigkeit aus, welche sie sogar veranlaßt hatte, insgeheim den katholischen Glauben anzunehmen. Ihr Rücken, ihr Busen und ihre Schultern waren von seltener Schönheit. Wenn sie zu großen Bällen fuhr, zeigte sie davon wesentlich mehr, als es die Grenzen des Anstands und der Mode erlaubten, doch man sagte von ihr, daß sie unter dem tiefen Dekolleté immer ein Büßerhemd trage.

Wera dagegen war äußerst einfach, zu allen kalt und etwas von oben herab freundlich, sie war unabhängig und von majestätischer Ruhe.

3

«Mein Gott, wie schön es bei euch ist! Wie schön!» sagte Anna, die mit kleinen, schnellen Schritten auf dem Fußweg neben ihrer Schwester her ging. «Komm, setzen wir uns doch ein wenig auf die Bank am Steilhang, wenn es möglich ist. Ich habe das Meer so lange nicht mehr gesehen. Und welch herrliche Luft: du atmest – und das Herz lacht dir. Letzten Sommer auf der Krim, in Mišchor, habe ich eine erstaunliche Entdeckung gemacht. Weißt du, wonach das Meer bei Flut riecht? Stell dir vor: nach Reseden.»

Wera lachte zärtlich und spöttisch: «Du Phantastin.»

«Nein, nein. Ich erinnere mich, daß alle auch einmal über mich lachten, als ich sagte, im Mondlicht sei ein rosa Schimmer. Und neulich stimmte der Maler Borizkij – das ist der, der mein Porträt malt – mir zu, ich hätte recht gehabt und die Maler wüßten das schon lange.»

«Ist dieser Maler deine neue Leidenschaft?»

«Was du dir immer denkst!» lachte Anna. Schnell ging sie bis zum äußersten Rand des Abhangs, der senkrecht und tief ins Meer abfiel, schaute nach unten; plötzlich schrie sie entsetzt auf und wich einen Schritt zurück. Ihr Gesicht war bleich.

«O je, wie hoch!» brachte sie mit schwacher, zitternder Stimme hervor. «Wenn ich von solch einer Höhe hinabschaue, fühle ich in meiner Brust ein widerwärtiges und doch süßes Kitzeln ... und es kribbelt mir in den Zehen ... Und trotzdem zieht es und zieht es ...»

Sie wollte sich noch einmal über den Abhang beugen, doch ihre Schwester hielt sie zurück.

«Anna, meine Liebe, um Himmels willen! Mir dreht sich ja alles im Kopf, wenn ich dich nur sehe. Ich bitte dich. Komm, setz dich.»

«Nun gut, nun gut, ich sitze ja schon. Aber schau nur, welche Schönheit, welche Freude – die reinste Augenweide. Wenn du wüßtest, wie sehr ich Gott danke für alle Wunder, die er für uns geschaffen hat!»

Beide waren einen Augenblick in Gedanken versunken. Tief, ganz tief unter ihnen lag ruhig das Meer. Von der Bank aus war das Ufer nicht zu sehen, was das Gefühl der Endlosigkeit und der Erhabenheit des Meeres noch verstärkte. Das Wasser war zärtlich-still und fröhlich-blau, heller nur und schräg gestreift an den Stellen der Strömung, und am Horizont ging es in ein tiefes Dunkelblau über.

Die Fischerboote – die so klein waren, daß man sie kaum mit bloßem Auge erkennen konnte – schlummerten nicht weit vom Ufer, unbeweglich auf dem Spiegel des Meeres. Und weiter hinten schien ein dreimastiges Schiff, das von oben bis unten in vom Wind geblähte, straffe, einförmige, weiße Segel gehüllt war, reglos in der Luft zu stehen.

«Ich kann dich begreifen», sagte die ältere der beiden Schwestern nachdenklich, «aber mir geht es da doch anders als dir. Wenn ich das Meer erstmals nach langer Zeit wiedersehe, so bin ich ergriffen; es macht mich froh und beeindruckt mich stark. Als würde ich zum erstenmal ein gewaltiges, feierliches Wunder sehen. Aber wenn ich mich einmal daran gewöhnt habe, macht seine flache Weite mich beklommen. Es langweilt mich, das Meer zu sehen, und ich versuche, nicht mehr hinzuschauen. Es reicht mir einfach.»

Anna lächelte.

«Was ist?» fragte ihre Schwester.

«Letzten Sommer», erzählte Anna mit einem verschmitzten Lächeln, «sind wir mit einer großen Reiterschar auf den Utsch-Kosch geritten. Das ist da hinten, hinter der Försterei, oberhalb des Wasserfalls. Ganz zu Anfang gerieten wir in eine Wolke, es war sehr feucht, wir konnten kaum etwas sehen und stiegen immer höher über den steilen Pfad, der durch einen Kiefernwald führte. Und mit einem Mal hörte der Wald plötzlich auf, und wir traten aus dem Nebel. Stell dir vor: ein kleines Plätzchen auf einem Felsvorsprung, und unter unseren Füßen der Abgrund. Die Dörfer unten schienen so klein wie Streichholzschachteln zu sein, die Wälder und Gärten wie zarte Grashalme. Die ganze Gegend fällt zum Meer hin ab – wie auf einer Landkarte. Und weiter, da hinten –

das Meer! In fünfzig Werst Entfernung, oder hundert. Mir kam es vor, als schwebte ich in der Luft – und gleich würde ich losfliegen. Solch eine Schönheit, solch eine Leichtigkeit! Ich wandte mich um und sagte voller Entzücken zu unserem Führer: ‹Nun? Ist es nicht herrlich, Seid-Ogly?› Er aber schnalzt nur mit der Zunge: ‹Ach, Herrin, mich langweilt das. Jeden Tag seh' ich's.›»

«Ich danke für den Vergleich.» Wera lachte. «Nein, ich glaube nur, daß wir Nordländer niemals den Reiz des Meeres verstehen können. Ich liebe den Wald. Erinnerst du dich an den Wald bei uns in Jegorowskoje? Kann der denn je langweilig werden? Die Kiefern! Und was für ein Moos! Und die Fliegenpilze! Wie aus rotem Atlas und mit weißen Glasperlen bestickt. Die Ruhe dort ... und welche Frische!»

«Mir ist das gleich, ich liebe alles», antwortete Anna. «Und vor allem liebe ich mein Schwesterchen, meine kluge Werenka. Wir beide sind ja allein auf der Welt.»

Sie umarmte ihre ältere Schwester, und sie schmiegte sich an sie, ihre Wange gegen die Weras legend. Und plötzlich besann sie sich: «Aber nein doch, wie dumm ich bin! Wir sitzen da wie in einem Roman und reden über die Natur, und ich habe ganz und gar mein Geschenk vergessen. Hier, schau! Ich hoffe, es gefällt dir.»

Aus ihrem Handtäschchen holte sie ein kleines Notizbuch mit einem seltsamen Einband hervor: auf einem alten, mit den Jahren abgeschabten und grau gewordenen, ehemals blauen Samtstoff rankte eine äußerst komplizierte und äußerst feine, ungewöhnlich schöne trüb-goldene Filigranarbeit – sicher ein Lieblingsstück aus den Händen eines begabten und geduldigen Künstlers. Das Büchlein war an einem hauchdünnen Goldkettchen, das nicht stärker war als ein Faden, befestigt, und die kleinen Blätter in der Mitte waren durch Elfenbeintäfelchen ersetzt.

«Welch wunderschöne Arbeit! Wirklich einmalig!» sagte Wera und küßte ihre Schwester. «Ich danke dir. Wo hast du diesen Schatz gefunden?»

«Bei einem Antiquar. Du kennst ja meine Schwäche, in alten Sachen herumzuwühlen. Und so bin ich auch auf dieses Gebetbuch gestoßen. Schau, sieh nur, wie dieses Ornament hier ein Kreuz bildet. Ehrlich gesagt, ich habe nur den Einband entdeckt, den Rest mußte ich dazuerfinden – die Blätter, den Verschluß, den Bleistift. Aber Mollinet wollte mich nicht verstehen, wie lange ich es ihm auch erklärte. Der Verschluß sollte im gleichen Stil sein wie das ganze Muster, matt, aus Altgold, fein, er aber hat wer weiß was daraus gemacht. Dafür ist das Kettchen ein echt venezianisches, ein sehr altes.»

Wera strich zärtlich über den schönen Einband. «Welch ferne Vergangenheit! Wie alt kann dieses Büchlein sein?» fragte sie.

«Ich wage nicht, es genau zu bestimmen. Etwa vom Ende des 17., der Mitte des 18. Jahrhunderts...»

«Wie seltsam», sagte Wera mit einem nachdenklichen Lächeln. «Da halte ich nun einen Gegenstand in den Händen, den vielleicht schon die

Finger der Marquise de Pompadour berührt haben oder gar die der Königin Marie-Antoinette selbst... Doch weißt du, Anna, nur dir kann der unsinnige Gedanke in den Kopf kommen, ein Gebetbuch in ein Carnet zu verwandeln. Aber nun laß uns trotzdem einmal nachschauen, was sich so tut bei uns.»

Sie gingen über die große steinerne Terrasse, auf der rundherum Isabella-Trauben wuchsen, zum Haus. Die zahlreichen Trauben, die einen leichten Geruch nach Erdbeere verströmten, hingen schwer zwischen dem dunklen, stellenweise von der Sonne goldschimmernden Blattwerk. Über die ganze Terrasse ergoß sich ein grünliches Halbdunkel, das die Gesichter der beiden Frauen blasser aussehen ließ.

«Läßt du hier decken?» fragte Anna.

«Zunächst hatte ich daran gedacht. Doch sind die Abende jetzt schon so kalt. Es ist wohl besser im Eßzimmer. Und die Männer sollen hier draußen rauchen.»

«Ist jemand Interessantes eingeladen?»

«Ich weiß es noch nicht. Ich weiß nur, daß unser Großväterchen unter den Gästen sein wird.»

«Ach, unser liebes Großväterchen. Da freu' ich mich!» rief Anna und klatschte in die Hände. «Es kommt mir vor, als habe ich ihn hundert Jahre nicht mehr gesehen.»

«Wassjas Schwester wird kommen und wohl auch Professor Speschnikow. Gestern, Annenka, habe ich wirklich die Geduld verloren. Du weißt ja, sie essen beide gern – unser Großvater und der Herr Professor. Aber weder hier noch in der Stadt ist etwas zu bekommen, wieviel Geld man auch veranschlägt dafür. Luka hat irgendwo Wachteln aufgetrieben – er hat sie bei einem uns bekannten Jäger bestellt –, und nun versucht er, daraus etwas zu zaubern. Wenigstens das Roastbeef ist nicht allzu schlecht – naja! das unvermeidliche Roastbeef. Und sehr gute Krebse.»

«Nun, was willst du, das ist doch gar nicht so übel. Hab keine Angst. Und übrigens, unter uns gesagt: du selbst hast doch auch eine Schwäche für gute Speisen.»

«Aber es wird auch etwas Ausgefallenes geben. Heute morgen hat ein Fischer einen Knurrhahn gebracht. Ich habe ihn selbst gesehen. Geradezu ein Ungeheuer. Zum Fürchten sogar.»

Anna, die eine ungezügelte Neugierde besaß in bezug auf alles, was sie anging oder auch nicht, forderte, daß man den Knurrhahn auf der Stelle bringen und ihr zeigen solle.

Der lange, glattrasierte, gelbgesichtige Koch Luka kam mit einem großen, länglichen, weißen Kübel, den er mit Mühe und vorsichtig an den Henkeln hielt, aus Angst, Wasser könnte auf das Parkett spritzen.

«Zwölfeinhalb Pfund, Eure Erlaucht», sagte er mit dem besonderen Stolz eines Kochs. «Wir haben ihn vorhin gewogen.»

Der Fisch war viel zu groß für den Kübel und lag mit umgebogenem Schwanz auf dem Boden des Eimers. Seine Schuppen schimmerten golden, die Flossen waren grellrot, und von seinem riesigen Raubtiermaul zogen sich zwei schwachblaue, lange, fächerartig gefaltete Flügel seitlich nach hinten. Der Knurrhahn lebte noch und arbeitete angestrengt mit seinen Kiemen.

Die jüngere Schwester berührte vorsichtig mit ihrem kleinen Finger den Kopf des Fisches. Doch der Knurrhahn schlug unerwartet mit dem Schwanz, und Anna zog ihre Hand mit einem Aufschrei zurück.

«Erlaucht mögen sich nicht beunruhigen, es wird alles zum besten gerichtet», sagte der Koch, der Annas Furcht offenbar verstand. «Der Bulgare hat gerade zwei Melonen gebracht. Ananasfrüchte. Anscheinend so etwas wie Kantalupen, nur riechen sie wesentlich aromatischer. Und ich möchte mir noch erlauben, Erlaucht zu fragen, welche Soße zum Knurrhahn gereicht werden soll: eine tatarische oder eine polnische oder vielleicht einfach nur Zwieback in Butter?»

«Mach, wie du willst. Geh!» befahl die Fürstin.

4

Nach fünf Uhr kamen die ersten Gäste. Fürst Wassilij Lwowitsch brachte seine verwitwete Schwester Ljudmila Lwowna, verehelichte Durassowa, mit, eine beleibte, gutmütige und ungewöhnlich schweigsame Frau; den vornehmen, reichen, jungen Taugenichts und Zecher Wasjutschka, den die ganze Stadt unter diesem vertraulichen Namen kannte und der in der Gesellschaft sehr geschätzt war, da er gut singen und rezitieren konnte wie auch lebende Bilder, Theaterstücke und Wohltätigkeitsbasare veranstalten;

die berühmte Pianistin Jenny Reiter, eine Freundin der Fürstin Wera vom Smolnyj-Institut[1] her; und ebenfalls seinen Schwager Nikolaj Nikolajewitsch. Nach ihnen kam in einem Automobil Annas Mann mit Professor Speschnikow, der glattrasiert, dick und entsetzlich groß war, zusammen mit dem örtlichen Vizegouverneur von Seck. Zuletzt kam in einer guten Mietkutsche General Anossow in Begleitung zweier Offiziere: des Stabsobersten Ponamarjew, ein vorzeitig gealterter, magerer, gehässiger Mensch, den die seine Kräfte übersteigende Kanzleiarbeit ausgemergelt hatte, und des Oberleutnants der Gardehusaren Bachtinskij, der in Petersburg den Ruf genoß, der beste Tänzer zu sein und der talentierteste Organisator von Bällen.

General Anossow, ein großer, wohlbeleibter Greis mit silbernem Haar, stieg schwerfällig vom Trittbrett, wobei er sich mit der einen Hand an der Stange des Kutschbocks festhielt und mit der anderen an der Lehne des Wagens. In der Linken hielt er ein Hörrohr, in der rechten einen Stock, der eine Spitze aus Gummi hatte. Sein großes, rotes Gesicht mit der fleischigen Nase hatte derbe Züge, und in seinen zusammengekniffenen Augen, die von strahlenden, geschwollenen Halbkreisen umrahmt waren, lag jener gutherzig-erhabene und leicht verächtliche Ausdruck, wie er Männern und einfachen Leuten eigen ist, die oft und direkt vor ihren Augen eine Gefahr oder den

[1] Bis zur Revolution Mädcheninstitut für Töchter der Oberschicht.

Tod sehen. Die zwei Schwestern, die ihn von weitem erkannt hatten, kamen gerade noch rechtzeitig zur Kutsche gelaufen, um ihn, halb scherzend, halb ernst, von beiden Seiten zu stützen.

«Als sei ich ... ein Erzpriester!» sagte der General mit einem warmen, leicht heiseren Baß.

«Großväterchen, Liebster, Guter!» rief Wera mit etwas vorwurfsvoller Stimme. «Jeden Tag warten wir auf Sie, aber Sie lassen sich nicht blikken.»

«Unser Großväterchen hat hier im Süden den letzten Rest seines schlechten Gewissens verloren», sagte Anna lachend. «Er hätte wohl an sein Patenkind denken können. Aber Sie führen sich wie ein Don Juan auf, Sie Gewissenloser, und haben ganz vergessen, daß auch wir existieren.»

Der General, der sein majestätisches Haupt entblößte, küßte der Reihe nach die Hände der beiden Frauen, dann küßte er sie auf die Wangen und erneut ihre Hände.

«Aber Kinder... wartet... schimpft nicht», sagte er, wobei er fast nach jedem Wort schnaufte, da er schon lange unter Asthma litt. «Ehrenwort... die unseligen Herren Doktoren ... haben den ganzen Sommer über... meinen Rheumatismus... in irgendso einem schmutzigen... Brei gebadet... Es hat furchtbar gestunken... Und sie haben mich nicht entlassen... Ihr seid die ersten... zu denen ich fahre... Ich freue mich schrecklich... euch zu sehen. Was stellt ihr so an?... Du, Werotschka, bist eine ganze... Lady... genau wie die selige Mutter... Wann lädst du zur Taufe?»

«Ach, ich fürchte nie, Großväterchen...»

«Verzweifle nicht... Alles kann noch geschehen. Bete zu Gott... Und du, Anja, hast dich gar nicht verändert... Mit sechzig wirst du noch immer die gleiche Zappelliese sein. Halt, wartet! Darf ich euch mit den Herren Offizieren bekannt machen?»

«Ich hatte schon lange die Ehre!» sagte Oberst Ponamarjew und verneigte sich. «Man hat mich mit der Fürstin in Petersburg bekannt gemacht», fügte er hinzu.

«Nun, dann darf ich dir, Anja, Oberleutnant Bachtinskij vorstellen. Ein Raufbold und Tänzer, doch ein guter Kavallerist. Nun komm schon aus dem Wagen, Bachtinskij, mein Lieber... Gehen wir, Kinder... Mit was wirst du uns bewirten, Werotschka? Nach diesem Regime am Liman habe ich einen Hunger wie ein frischgebackener... Fähnrich.»

General Anossow war ein Kampfgefährte und ergebener Freund des verstorbenen Fürsten Mirsa-Bulat-Tuganowskij gewesen. Seine ganze zärtliche Freundschaft und Liebe übertrug er nach dem Tod des Fürsten auf dessen Kinder. Er kannte sie von ihrer frühesten Kindheit an und war sogar der Taufpate Annas. Schon damals – wie noch heute – war er Kommandant der großen, doch fast bedeutungslosen Festung in K. und besuchte täglich das Tuganowskijsche Haus. Die Kinder vergötterten ihn, einfach weil er sie verwöhnte, Geschenke für sie mitbrachte, ihnen im Zirkus und im Theater Logenplätze bezahlte und auch weil kein anderer so wunderbar mit ihnen zu spielen verstand wie Anossow. Aber mehr als alles andere beeindruckten sie die Erzählungen von Feldzügen, Schlachten und Nachtlagern, von Siegen und Rückmärschen, vom Tod, von Verletzungen und von grimmiger Kälte – ausführliche, episch stille, aufrichtige Erzählungen, die Anossow zwischen dem abendlichen Tee und jener unbeliebten Stunde erzählte, da die Kinder zu Bett gerufen wurden, und die sich fest in ihre Erinnerung eingegraben hatten.

Verglich man den General mit anderen, so war dieses Überbleibsel der Vergangenheit eine riesenhafte, ungewöhnlich malerische Figur. In ihm waren genau jene schlichten, doch tiefen und ergreifenden Züge vereint, die man auch zu seiner Zeit viel häufiger unter den Gemeinen als unter den Offizieren antreffen konnte: jene rein russischen Züge eines Muschik, die, vereint, ein erhabenes Bild unserer Bauern abgeben, die als Soldaten manchmal nicht nur unbesiegbar erscheinen, sondern auch wie große Märtyrer, fast wie Heilige – Züge, die sich zusammensetzen aus Offenherzigkeit, naivem Glauben, einer klaren, gutmütigfrohgemuten Einstellung zum Leben, aus kaltem, sachlichem Mut, Ergebenheit in Anbetracht des Todes und erstaunlicher körperlicher wie seelischer Widerstandskraft.

Seit dem Russisch-Polnischen Krieg hat Anossow an allen Kriegen teilgenommen, außer an dem mit Japan. Er wäre auch ohne zu zögern in diesen Kampf gezogen, doch hat man ihn nicht gerufen, und er hatte immer die in ihrer Bescheidenheit große Regel: «Lauf dem Tod nicht nach, wenn man dich nicht ruft.» Während seiner ganzen Dienstzeit hat er nie einen Soldaten ausgepeitscht, ja, auch nicht geschlagen. Zur Zeit des Polenaufstands weigerte er sich einmal, Gefangene zu erschießen, obwohl ihm dieser Befehl vom Regimentskommandeur persönlich erteilt worden war. «Einen Spion erschieße ich nicht nur», sagte er, «sondern erschlage ihn eigenhändig, wenn Sie es befehlen. Aber dies sind Gefangene, und die kann ich nicht erschießen.» Und er sagte das so einfach und so höflich, ohne den leisesten Anklang an eine Herausforderung oder Wichtigtuerei, wobei er dem Vorgesetzten mit klarem, festem Blick direkt in die Augen schaute, so daß man ihn, statt ihn selbst zu erschießen, in Ruhe ließ.

1877–1879 erreichte er im Türkenkrieg bald den Grad eines Obersts, obwohl er keine besondere Bildung genossen oder, wie er selbst es sagte, nur die «Bärenakademie» beendet hatte. Er nahm am Vorstoß über die Donau teil, zog über den Balkan, hielt der Belagerung auf dem Schipka-Paß stand und war beim letzten Angriff auf Plewna dabei; einmal wurde er schwer verwundet, viermal leicht, und darüber hinaus hatte er am Kopf aufgrund eines Granatsplitters eine schreckliche Quetschung. Radetzkij und Skobeljew kannten ihn persönlich und hatten große Achtung für ihn. Er war es auch, von dem Skobeljew einmal gesagt hatte: «Ich kenne einen Offizier, der wesentlich mutiger ist als ich – das ist Major Anossow.»

Aus dem Krieg kehrte er, wegen des Granatsplitters, fast taub zurück und mit einem kranken Fuß, von dem man drei während des Balkan-Feldzugs erfrorene Zehen amputieren mußte, schließlich noch mit einem grausamen Rheumatismus, den er sich auf dem Schipka-Paß zugezogen hatte. Nach zwei Jahren Dienst im Frieden wollte man ihn in den Ruhestand schicken, doch Anossow weigerte sich. Dabei kam ihm der Einfluß des Gouverneurs, eines lebenden Zeugen seines kaltblütigen Mutes bei der Donau-Überquerung, sehr gelegen. In Petersburg entschloß man sich, den verdienten Oberst nicht zu verletzen, und gab ihm den Kommandantenposten in K. auf Lebenszeit – ein wohl mehr ehrenhaftes als für die Verteidigung des Landes notwendiges Amt.

In der Stadt kannte ihn alt und jung, man lachte über seine Schwächen und Gewohnheiten und über die Art, wie er sich kleidete. Er ging immer ohne Waffe aus, trug einen altmodischen Gehrock und eine Mütze mit einem riesigen steifen Schirm und einer breiten Krempe; in der rechten Hand hielt er seinen Stock, in der linken sein Hörrohr, und nie sah man ihn ohne die beiden fetten, faulen und heiser bellenden Möpse, deren zerbissene Zungenspitzen immer aus dem Maul hingen. Traf er auf seinem gewohnheitsmäßigen Morgenspaziergang Bekannte, so hörten Passanten noch viele Häuserblocks weiter, wie der Kommandant schrie und wie die Möpse in seinem Gefolge freundschaftlich bellten.

Wie viele Schwerhörige war er ein leidenschaftlicher Opernliebhaber, und manchmal, während eines schmachtenden Duetts, vernahm man plötzlich im ganzen Theater seinen festen Baß: «Wie der das hohe C gebracht hat, zum Teufel! Als hätte er ein Reibeisen verschluckt!» Dann war im Saal verhaltenes Lachen zu hören, doch der General ahnte das nicht einmal: er dachte in seiner Einfältigkeit, er hätte seinem Nachbarn diese Eindrücke flüsternd mitgeteilt.

Wie es den Pflichten eines Kommandanten entsprach, ging er mit seinen beiden heiseren Möpsen recht häufig zur Hauptwache, wo sich die verhafteten Offiziere bei Wint, Tee und Anekdoten ziemlich bequem von den Härten des Armeedienstes erholten. Er befragte jeden eingehend: «Wie heißen Sie? Wer hat Sie eingesperrt? Weshalb? Für wie lange?» Manchmal lobte er völlig überraschend einen Offizier für eine wackere, wenn auch gegen das Gesetz verstoßende Tat, oder er schimpfte einen anderen tüchtig aus, wobei er so schrie, daß man ihn auf der Straße hören konnte. Doch hatte er erst einmal genug geschrien, erkundigte er sich ohne Übergang noch Pause, woher man dem Offizier das Essen bringe und wieviel er dafür bezahle. Dann konnte es passieren, daß irgendein armer Leutnant, den man zu einer langen Haftstrafe aus einem verlassenen Nest, das nicht einmal eine eigene Hauptwache besaß, in die Stadt geschickt hatte, gestand, er gebe sich aus Geldmangel mit der Soldatenküche zufrieden. Sofort erteilte Anossow die notwendigen Anweisungen, damit man diesem armen Schlucker das Essen aus dem Hause des Kommandanten bringe, das nicht weiter als zweihundert Schritt von der Hauptwache entfernt war.

Es war auch in K., wo die Freundschaft mit der Familie Tuganowskijs begann und er so enge Bande mit den Kindern knüpfte, daß es für ihn zu einem seelischen Bedürfnis wurde, diese jeden Abend zu sehen. Wenn es vorkam, daß die jungen Damen ausgefahren waren oder der General selbst wegen einer dienstlichen Angelegenheit nicht vorbeikommen konnte, so war er darüber wirklich traurig, und es war ihm in den großen Zimmern des Kommandantenhauses nirgends wohl. Jeden Sommer nahm er Urlaub und verbrachte einen ganzen Monat auf dem Tuganowskijschen Gut, in Jegorowskoje, das von K. fünfzig Werst entfernt lag.

Die ganze versteckte Zartheit seiner Seele und sein Bedürfnis nach herzlicher Liebe schenkte er dort den Kindern, besonders den Mädchen. Er war selbst einmal verheiratet gewesen, doch war dies schon vor so langer Zeit, daß er es sogar vergessen hatte. Noch vor dem Krieg verließ seine Frau ihn wegen eines umherziehenden Schauspielers, angezogen von dessen Samtjacke und Spitzenmanschetten. Der General schickte ihr bis zu ihrem Tod eine Pension, doch zu ihm ins Haus ließ er sie nicht mehr, da halfen weder Reuebekenntnisse noch weinerliche Briefe. Kinder hatten sie keine.

5

Wider Erwarten war der Abend so windstill und warm, daß die Kerzen auf der Terrasse und im Eßzimmer mit unbeweglicher Flamme brannten.

Während des Essens unterhielt Fürst Wassilij Lwowitsch die ganze Gesellschaft. Er hatte ein ungewöhnliches, sehr eigenes Talent, Geschichten zum besten zu geben. Seiner Erzählung, deren Hauptperson einer der Anwesenden oder ein gemeinsamer Bekannter war, legte er eine wahre Episode zugrunde, doch dichtete er so viel hinzu und sprach dabei mit einem derart ernsten Gesicht und einer derart sachlichen Stimme, daß die Zuhörer glaubten, vor Lachen platzen zu müssen. Heute erzählte er von dem fehlgeschlagenen Versuch Nikolaj Nikolajewitschs, eine gewisse reiche und schöne Frau zu heiraten. Der wahre Kern der Sache daran war nur, daß der Ehemann dieser Dame einer Scheidung nicht zugestimmt hatte. Aber bei dem Fürsten verflocht sich die Wahrheit auf wunderbare Weise mit Ausgedachtem. Den ernsten, sich immer etwas geschraubt gebenden Nikolaj ließ er nachts auf Strümpfen und mit den Schuhen unterm Arm durch die Straßen laufen. An einer Ecke habe ihn dann ein Schutzmann angehalten, und erst nach einer langen und wortreichen Erklärung sei es Nikolaj gelungen, zu beweisen, daß er der Stellvertreter des Staatsanwalts und kein nächtlicher Dieb sei. Die Heirat wäre, nach den Worten des Erzählers, fast zustande gekommen, doch im entscheidenden Augenblick sei eine in die Sache verwickelte hinterhältige Bande von Falschzeugen mit der Forderung nach einer Honorarerhöhung in den Streik getreten. Nikolaj habe es, aus Geiz (er war auch tatsächlich ein bißchen knauserig) und auch weil er ein prinzipieller Gegner von Arbeitsverweigerung und Streiks war, abgelehnt, mehr zu zahlen, und habe gleichzeitig auf den entsprechenden Gesetzesparagraphen, den das Kassationsgericht gebilligt habe, verwiesen. Daraufhin hätten die verärgerten falschen Zeugen auf die bekannte Frage: «Ist den Anwesenden ein Grund bekannt, welcher der Eheschließung entgegensteht?» im Chor geantwortet: «Ja, wir kennen einen. Alles, was wir vor Gericht unter Eid ausgesagt haben, ist reine Lüge; der Herr Staatsanwalt hat uns mit Drohungen und Zwang dazu genötigt. Über den Gatten dieser Dame können wir als wohlunterrichtete Personen nur sagen, daß er der ehrwürdigste Mensch auf der Welt ist, keusch wie Joseph und von engelhafter Güte.»

Da er nun schon bei Ehegeschichten war, verschonte Fürst Wassilij auch Gustav Iwanowitsch Friéssé, Annas Mann, nicht und erzählte, daß dieser am Tage nach der Eheschließung erschienen sei und mit Hilfe der Polizei gefordert habe, die Jungvermählte, die keinen eigenen Paß besaß, solle das elterliche Haus verlassen und sich am Wohnort ihres gesetzlichen Gatten einfinden. Das einzig Wahre an dieser Geschichte war, daß Anna während der ersten Tage ihrer Ehe sich Tag und Nacht um ihre erkrankte Mutter kümmern mußte, da Wera wegen einer dringenden Angelegenheit zu sich nach Hause in den Süden zurückgereist war, und daß der arme Gustav Iwanowitsch seine Niedergeschlagenheit und Verzweiflung nicht verbergen konnte.

Alle lachten. Auch Anna lächelte mit zusammengekniffenen Augen. Gustav Iwanowitsch lachte laut und exaltiert, und sein mageres Gesicht, auf dem sich die glänzende Haut straff spannte, glich mit seinen spärlichen, pomadisierten, hellen Haaren und mit den eingefallenen Augenringen einem Totenschädel, der beim Lachen seine äußerst schlechten Zähne zeigt. Er vergötterte Anna noch wie am ersten Tag ihrer Ehe, versuchte immer, sich neben sie zu setzen und sie unauffällig zu berühren, und er machte ihr so verliebt und selbstgefällig den Hof, daß er den anderen oft leid tat oder sie sich sogar schämten für ihn.

Bevor man sich von der Tafel erhob, zählte Wera Nikolajewna automatisch die Gäste. Es stellte sich heraus, daß es dreizehn waren. Sie war abergläubisch und dachte im stillen: «Das ist nicht gut! Weshalb kam es mir nicht früher in den Sinn nachzuzählen? Und Wassja ist schuld: er hat nichts gesagt am Telephon.»

Wenn im Hause Scheïn oder Friéssé nahe Bekannte zusammenkamen, dann wurde nach dem Essen für gewöhnlich gepokert, denn die zwei Schwestern liebten das Glücksspiel so sehr, daß es schon ans Lächerliche grenzte. In beiden Häusern hatte man deshalb sogar eine eigene Regel aufgestellt: Allen Spielern wurde eine gleiche Anzahl von elfenbeinernen Spielmarken, die einen bestimmten Geldwert besaßen, ausgeteilt, und das Spiel dauerte so lange, bis eine Person alle Elfenbeinmarken in der Hand hielt – dann wurde das Spiel für diesen Abend beendet, wie sehr die Teilnehmer auch drängen mochten weiterzuspielen. Es war verboten, ein zweites Mal Spielmarken aus der Kasse zu nehmen. Solche drakonischen Gesetze waren aus der Praxis heraus entwickelt worden, um die Fürstin Wera und Anna Nikolajewna, die im Glücksspiel keine Grenzen kannten, zu zügeln. Der allgemeine Spielverlust erreichte selten hundert, zweihundert Rubel.

Auch diesmal setzte man sich zum Poker. Wera, die sich am Spiel nicht beteiligte, wollte auf die Terrasse hinausgehen, wo man für den Tee deckte, da rief ihr Zimmermädchen sie mit einem etwas geheimnisvollen Blick überraschend aus dem Raum.

«Was gibt es, Dascha?» fragte Fürstin Wera unzufrieden, während sie in ihr kleines, neben dem Schlafzimmer gelegenes Arbeitszimmer ging. «Was machen Sie für ein dummes Gesicht? Und was drehen Sie da in Ihren Händen hin und her?»

Dascha legte einen kleinen quadratischen Gegenstand, der sauber in weißes Papier eingepackt und sorgfältig mit einem rosafarbenen Band umwickelt war, auf den Tisch.

«Um Gottes willen, ich bin nicht schuld, Erlaucht», stotterte sie. Die Beleidigung hatte ihr das Blut ins Gesicht getrieben. «Er ist gekommen und hat gesagt ...»

«Wer ist das: er?»

«Die rote Mütze, Erlaucht ... der Laufbursche.»

«Ja, und?»

«Er ist in die Küche gekommen und hat das hier auf den Tisch gelegt. ‹Übergeben Sie das›, sagt er, ‹Ihrer Herrin. Aber nur›, sagt er, ‹ihr persönlich.› Ich frage: ‹Von wem?› Aber er sagt:

‹Da ist alles erklärt.› Und dann ist er davongelaufen.»

«Geh, hol ihn zurück.»

«Den kann man nicht mehr einholen, Erlaucht. Er ist mitten während des Essens gekommen, aber ich habe mich nicht getraut, Eure Erlaucht zu belästigen. Es ist sicherlich eine halbe Stunde her.»

«Na gut, gehen Sie.»

Wera zerschnitt das Band mit der Schere und warf es zusammen mit dem Papier, auf dem ihre Adresse stand, in den Papierkorb. Nun kam ein Schmuckkästchen aus rotem Samt hervor, das wohl neu war. Wera hob den Deckel der kleinen Schatulle, die mit blaßblauer Seide ausgelegt war, und sah ein in schwarze Seide gelegtes, ovales Goldarmband und in dessen Mitte einen sorgfältig zu einem Achteck gefalteten Zettel. Diesen zog sie schnell heraus. Die Handschrift kam ihr bekannt vor, doch als echte Frau legte sie das Briefchen sofort wieder zur Seite, um das Armband zu betrachten.

Es war aus billigem Gold, sehr wuchtig, aber hohl, und auf der Außenseite ganz mit kleinen, alten, schlecht geschliffenen Granaten besetzt. Doch in der Mitte des Armbands saßen fünf wunderschöne Pyrope, die um einen winzig kleinen grünen Stein angeordnet waren und von denen jeder einzelne so groß war wie eine Erbse. Als Wera das Armband mit einer zufälligen Bewegung ins richtige Licht der elektrischen Lampe hielt, flammten sie plötzlich unter ihrer eiförmigen Oberfläche wie wunderschöne, dunkelrote, lebendige Feuer.

«Wie Blut!» dachte Wera jäh erschrocken.

Dann erinnerte sie sich an den Brief und entfaltete ihn. Sie las folgende Zeilen, die in einer engen, einmalig schönen Handschrift geschrieben waren:

Erlaucht,
Hochverehrte Fürstin
Wera Nikolajewna!

Ehrerbietig erlaube ich mir, Ihnen die besten Glückwünsche zu Ihrem Namenstag zu entbieten und Ihnen untertänigst gleichzeitig eine bescheidene Gabe zukommen zu lassen.

«Ach, der!» dachte Wera unzufrieden. Nichtsdestotrotz las sie den Brief zu Ende ...

Niemals hätte ich mir erlaubt, Ihnen etwas zu übersenden, das ich selbst ausgewählt habe: dazu habe ich weder das Recht noch den Geschmack und – ich gestehe es – auch nicht das Geld. Darüber hinaus bin ich überzeugt, daß sich auf der Welt kein Schatz finden läßt, der wertvoll genug ist, von Ihnen getragen zu werden.

Aber dieses Armband gehörte schon meiner Urgroßmutter, und als letzte trug es mein verstorbenes Mütterlein. In der Mitte, zwischen den großen Steinen, sehen Sie einen grünen. Das ist ein ganz seltener – ein grüner Granat. Nach einer alten Überlieferung in unserer Familie hat er die Eigenschaft, den Frauen, die ihn tragen, hellseherische Kräfte zu verleihen und ihre düsteren Gedanken zu vertreiben, die Männer aber schützt er vor einem gewaltsamen Tode.

Alle Steine wurden mit größter Genauigkeit von einem alten Silberarmband auf dieses übertragen, und Sie können gewiß sein, daß noch niemand vor Ihnen dieses Armband angelegt hat.

Sie können dieses lachhafte Ding wegwerfen oder es irgend jemandem schenken, ich aber werde allein schon deshalb glücklich sein, weil Ihre Hände es berührt haben.

Ich flehe Sie an, seien Sie mir nicht böse. Ich erröte noch heute in der Erinnerung an meine Dreistigkeit, mit der ich vor sieben Jahren wagte, Ihnen, dem gnädigen Fräulein, dumme und unverschämte Briefe zu schreiben und sogar auf Antwort zu hoffen. Jetzt ist in mir nur mehr Ehrfurcht, nie enden wollende Verehrung und sklavische Ergebenheit. Ich kann Ihnen jetzt nur beständig Glück wünschen und mich freuen, wenn Sie glücklich sind. In Gedanken verneige ich mich zur Erde vor dem Möbelstück, auf dem Sie sitzen, vor dem Fußboden, über den Sie gehen, vor den Bäumen, die Sie im Vorübergehen streifen, vor dem Diener, mit dem Sie sprechen. Aber ich beneide nicht einmal diese Menschen und Dinge.

Ich bitte Sie nochmals um Verzeihung, Sie mit diesem nichtsnutzigen, langen Brief belästigt zu haben.

Ihr Ihnen bis in den Tod und auch noch nach dem Tode ergebener Diener G. S. D.

«Soll ich es Wassja zeigen oder nicht? Und wenn ja, wann? Gleich oder nachdem die Gäste gegangen sind? Besser ist es schon, wenn sie fort sind – jetzt würde nicht nur dieser arme Mensch verspottet werden, sondern auch ich würde mich lächerlich machen.»

So dachte die Fürstin Wera und konnte ihre Augen nicht von den scharlachroten, blutigen Feuern nehmen, die in den fünf Granaten schimmerten.

6

Nur mit größter Mühe gelang es, Oberst Ponamarjew zu überreden, sich auch an den Pokertisch zu setzen. Er sagte, er kenne dieses Spiel nicht, er sei ohnehin nicht für Glücksspiele, selbst nicht um des Spaßes willen, und nur Wint möge er, was er auch einigermaßen gut beherrsche. Nichtsdestotrotz widerstand er den Bitten nicht und war am Ende mit einer Partie einverstanden. Zu Anfang mußte man ihm alles erklären und ihm hin und wieder helfen, doch eignete er sich die Spielregeln recht schnell an, so daß keine halbe Stunde verging, bis alle Spielmarken vor ihm lagen.

«So geht das aber nicht!» sagte Anna auf komisch gekränkte Weise. «Wenigstens ein bißchen Zeit und spannungsgeladene Aufregung hätten Sie uns gönnen können.»

Drei der Gäste – Speschnikow, der Oberst und der Vizegouverneur, ein etwas stumpfsinniger, angenehmer und langweiliger Deutscher – waren Leute, von denen Wera überhaupt nicht wußte, wie man sie unterhalten oder was man mit ihnen machen konnte. Deshalb ließ sie ihnen die Karten zum Wint bringen und bat Gustav Iwanowitsch, sich als vierter daran zu beteiligen. Anna, die etwas abseits stand, senkte als Zeichen ihrer Dankbarkeit für einen Moment die Lider, und ihre Schwester verstand sie sofort. Alle wußten, daß Gustav Iwanowitsch, brachte man ihn nicht dazu, Karten zu spielen, den ganzen Abend nicht von der Seite seiner Frau weichen würde, als sei er an ihrem Rockzipfel festgenäht, daß er grinsend die verfaulten Zähne in seinem Totenkopfgesicht zeigen und seiner Frau die gute Laune verderben würde.

Jetzt floß der Abend friedlich, zwanglos und lebhaft dahin. Wassjutschok sang mit halblauter Stimme italienische Volksweisen und orientalische Gesänge von Rubinstein[1], und Jenny Reiter begleitete ihn auf dem Klavier. Sein Stimmchen war dünn, doch von angenehmem Klang, klar und sicher. Jenny Reiter, die eine sehr anspruchsvolle Pianistin war, begleitete ihn gerne. Man sagte übrigens, Wassjutschok mache ihr den Hof.

Auf dem Sofa in einer Ecke kokettierte Anna heftig mit dem Husaren. Wera näherte sich ihnen und hörte lächelnd zu.

«Nein, nein, ich bitte Sie, lachen Sie nicht», sagte Anna lustig und schaute den Offizier mit ihren lieben und kecken tatarischen Augen scheinbar finster an. «Sie halten es natürlich für Arbeit, auf Reitturnieren vor einer Schwadron Hals über Kopf davonzujagen und Hindernisse zu nehmen. Aber schauen Sie nur, was unsere Arbeit ist. Gerade haben wir die Tombola hinter uns gebracht.

[1] Anton Grigorijewitsch Rubinstein (1829–1894), Pianist und Komponist.

Glauben Sie, das war leicht? Puh! Die Menschenmenge, die Räume – voller Qualm, irgendwelche Hausleute, Kutscher und was weiß ich was für Gestalten. Und alle belästigen sie einen mit irgendwelchen Beschwerden und Beleidigungen... Und den ganzen lieben langen Tag über ist man auf den Beinen. Und dann steht uns noch das Konzert zum Wohle der geistig minderbemittelten Arbeiterinnen bevor, und auch noch der weiße Ball...»

«Auf dem, wie ich zu hoffen wage, Sie mir die Mazurka nicht verweigern werden?» flocht Bachtinskij ein und klirrte, während er sich leicht verbeugte, unter dem Sessel mit seinen Sporen.

«Ich danke Ihnen... Doch am allermeisten macht mir unser Asyl zu schaffen. Wissen Sie, das Asyl für mißratene Kinder.»

«Oh, das verstehe ich. Das muß wohl etwas sehr Komisches sein?»

«Hören Sie auf. Daß Sie sich nicht schämen, sich darüber lustig zu machen. Aber können Sie sich vorstellen, worin unser Bemühen besteht? Wir möchten diesen unglücklichen Kindern, deren Seelen voll sind von vererbten Lastern und schlechten Vorbildern, ein Obdach geben, sie wärmen, gütig zu ihnen sein...»

«Hm!»

«... ihre Sittlichkeit heben, in ihren Seelen Pflichtbewußtsein erwecken... Verstehen Sie? Und da bringt man uns Hunderte, Tausende Kinder täglich, doch unter ihnen gibt es nicht ein mißratenes! Wenn man die Eltern fragt, ob das Kind Laster hat, so – das können Sie sich sicher vorstellen – sind sie sogar verletzt! Und jetzt ist das Asyl eröffnet und eingeweiht, alles ist bereit – aber kein einziger Zögling, nicht ein Junge, nicht ein Mädchen, ist darin! Sollte man eine Prämie aussetzen für jedes mißratene Kind, das man uns bringt?»

«Anna Nikolajewna», unterbrach sie der Husar mit ernster und einschmeichelnder Stimme. «Weshalb eine Prämie? Nehmen Sie mich umsonst. Ehrenwort, ein Kind, das mehr Laster hat als ich, finden Sie nirgendwo.»

«Hören Sie auf! Mit Ihnen läßt sich nicht ernsthaft reden.» Anna warf sich lachend gegen die Rükkenlehne des Sofas und funkelte mit den Augen.

Fürst Wassilij Lwowitsch, der an dem großen runden Tisch saß, zeigte seiner Schwester, seinem Schwager und Anossow das humoristische Album des Hauses, mit von ihm selbst angefertigten Bildern. Alle vier lachten sie aus vollem Halse, und das zog nach und nach die Gäste an, die nicht Karten spielten.

Das Album diente dem Fürsten Wassilij offenbar als Ergänzung, zur Illustrierung seiner satirischen Erzählungen. Mit seiner unerschütterlichen Ruhe zeigte er zum Beispiel: «Die Geschichte der Liebesabenteuer des wackeren Generals Anossow in der Türkei, in Bulgarien und in anderen Ländern»; «Die Abenteuer des Gecken Fürst Nikolaj Bulat-Tuganowskij in Monte Carlo» und so weiter.

«Jetzt sehen Sie, meine Herrschaften, eine kurze Lebensbeschreibung unserer verliebten Schwester Ljudmila Lwowna», sagte Fürst Wassilij, während er seiner Schwester schnell einen belustigten Blick zuwarf. «Teil eins: die Kindheit. Das Kind wuchs heran. Es wurde Lima genannt.»

Auf einer Seite des Albums war eine gewollt kindlich gehaltene Mädchengestalt zu sehen, mit dem Gesicht im Profil, doch mit zwei Augen, mit gestrichelten Linien, die statt der Beine aus dem Kleid ragten, und mit gespreizten Fingern an den ausgebreiteten Armen.

«Niemals hat mich irgend jemand Lima genannt.» Ljudmila Lwowna lachte.

«Teil zwei: die erste Liebe. Ein Junker der Kavallerie kniet vor der jungfräulichen Lima und bringt ihr ein Gedicht dar, welches er selbst abgefaßt hat. Wahrlich, die Verse sind von einer Erlesenheit wie Perlen:

‹Die Schönheit deines Beines
Ist nicht von dieser Welt!›

Da ist auch eine authentische Abbildung dieses Beines.

Und hier überredet der Junker die unschuldige Lima, aus dem elterlichen Hause davonzulaufen. Hier ist die Flucht selbst. Aber da – eine kritische Lage: der erzürnte Vater holt die Ausreißer ein. Der kleinmütige Junker lädt der sanften Lima alles Unglück auf:

‹Du hast mich betört mit deiner Schönheit,
Jetzt verfolgt dein Vater uns, er ist nicht weit...
Sieh zu, wie mit ihm du fertig wirst,
Ich aber fliehe viele Werst.›»

Nach der Geschichte der jungfräulichen Lima folgte eine neue Erzählung: «Die Fürstin Wera und der verliebte Telegraphist.»

«Dieses ergreifende Poem gibt es nur als Federzeichnung und in Buntstift», erklärte Wassilij Lwowitsch voller Ernst. «Der Text ist noch in Vorbereitung.»

«Das ist etwas Neues», bemerkte Anossow. «Diese Geschichte habe ich noch nicht gesehen.»

«Sie ist brandneu, der letzte Schrei auf dem Buchmarkt.»

Wera tippte ihren Mann sacht an der Schulter. «Laß das lieber», sagte sie.

Doch entweder hörte Wassilij Lwowitsch ihre Worte nicht, oder er maß ihnen nicht die nötige Bedeutung bei.

«Der Anfang liegt in prähistorischen Zeiten. An einem schönen Tag im Monat Mai erhält ein junges Mädchen mit dem Namen Wera per Post einen Brief, auf dessen Kopf zwei schnäbelnde Tauben abgebildet sind.

Der Brief enthält eine flammende Liebeserklärung, die ungeachtet jeglicher Rechtschreibregeln abgefaßt ist. Sie beginnt so: ‹Wunderschöne Blondine, Du, welche... tosendes Meer der Flammen, das in meiner Brust wallt. Einer giftigen Schlange gleich ist Dein Blick in meine gemarterte Seele gedrungen› und so weiter. Am Schluß die bescheidene Unterschrift: ‹Meine Stellung ist die eines armen Telegraphisten, doch meine Gefühle können sich mit denen eines Mylord George messen. Ich wage es nicht, Ihnen meinen vollen Namen zu enthüllen – er ist zu unangenehm.[1] Ich unterzeichne nur mit den Initialen: P. P. D. Ich bitte Sie, mir *poste restante* zu antworten.› Hier können Sie, meine Herrschaften, auch das Porträt des Telegraphisten sehen, ein sehr gelungenes, mit Buntstiften gemaltes.

Das Herz Weras ist durchbohrt (hier das Herz, da der Pfeil). Aber als züchtiges und guterzogenes Mädchen zeigt sie den Brief ihren ehrwürdigen Eltern, und auch ihrem Kindheitsfreund und Bräutigam, dem schönen jungen Wassja Scheïn. Hier ist auch das Bild. Natürlich werden hier mit der Zeit auch erklärende Verse zu den Bildern dazukommen.

Schluchzend gibt Wassja Scheïn Wera den Verlobungsring zurück. ‹Ich will deinem Glück nicht im Wege stehen›, sagt er, ‹doch ich flehe dich an, mache nicht sofort den entscheidenden Schritt. Denke nach, überlege, prüfe dich selbst und ihn. Kind, du kennst das Leben nicht und fliegst wie ein Falter ins offene Feuer. Aber ich – o weh! –, ich kenne die kalte und heuchlerische Welt. Wisse, daß Telegraphisten verführerisch sind, doch hinterhältig. Für sie ist es ein unsagbarer Genuß, mit ihrer stolzen Schönheit und ihren falschen Gefühlen unerfahrene Opfer zu betrügen und grausam zu verspotten.›

Ein halbes Jahr vergeht. Im Wirbelsturm des Lebenswalzers vergißt Wera ihren Verehrer und heiratet den schönen jungen Wassja; aber der Telegraphist vergißt sie nicht. Da verkleidet er sich

[1] Siehe Fußnote S. 302.

als Schornsteinfeger, und rußverschmiert dringt er in das Boudoir der Fürstin Wera ein. Die Spuren von fünf Fingern und zwei Lippen sind überall zurückgeblieben, wie Sie sehen können: auf den Teppichen, auf den Kissen, an den Tapeten und sogar auf dem Parkett.

Und da, als Dorfweib verkleidet, beginnt er in unserer Küche den Dienst als einfache Spülmagd. Allein, die übermäßige Zuneigung des Koches Luka zwingt ihn zu flüchten.

Hier ist er im Irrenhaus. Und hier mit der Mönchstonsur. Doch unbeirrt schickt er Wera alltäglich leidenschaftliche Briefe. Und dort, wo seine Tränen auf das Papier fallen, zerfließt die Tinte zu Klecksen.

Schließlich stirbt er, doch vor seinem Tode verfaßt er ein Testament, in dem es heißt, Wera sollen zwei Telegraphenknöpfe und ein Parfümfläschchen – das gefüllt ist mit seinen Tränen – überbracht werden...»

«Meine Herrschaften, wer möchte Tee?» fragte Wera Nikolajewna.

7

Der lange herbstliche Sonnenuntergang erlosch. Der letzte blutrote Streifen, der schmal war wie ein Spalt, verschwand, schimmernd am äußersten Rand des Horizonts, zwischen einer graublauen Wolke und der Erde. Erdboden, Bäume und Himmel waren schon nicht mehr zu sehen. Nur die großen Sterne zitterten mit ihren Wimpern hoch über den Köpfen inmitten der schwarzen

Nacht, und der dunkelblaue Lichtstreifen des Leuchtturms stieg senkrecht auf als feine Säule und ergoß sich an der Himmelskuppel als dünner, heller, nebliger Kreis. Die Nachtfalter stießen gegen die gläsernen Schirme der Kerzen. Die sternartigen Blüten des weißen Tabaks rochen stärker im Vorgarten wegen der Dunkelheit und Kühle.

Speschnikow, der Vizegouverneur und Oberst Ponamarjew waren schon längst nach Hause gefahren und hatten versprochen, für den Kommandanten die Kutsche von der Trambahnhaltestelle aus zurückzuschicken. Die verbliebenen Gäste saßen auf der Terrasse. General Anossow wurde trotz seines Protestes von den Schwestern gezwungen, einen Mantel überzuziehen, und seine Beine wickelten sie in eine warme Decke ein. Vor ihm stand eine Flasche seines Lieblingsweins Pommard, links und rechts neben ihm saßen Wera und Anna. Sie kümmerten sich fürsorglich um den General, füllten sein feines Glas mit dem schweren, fruchtigen Wein, schoben ihm die Streichhölzer zu, schnitten Käse für ihn ab und so weiter. Der alte Kommandant blinzelte vor Wohligkeit.

«Ja, ja ... der Herbst, Herbst, Herbst», sagte der alte Mann, schaute auf den Schein der Kerze und wiegte nachdenklich den Kopf. «Der Herbst. Und schon wird es Zeit für mich. Ach, wie schade! Jetzt haben gerade erst die schönen Tage begonnen. Könnte man immer hier leben, am Meer leben, in Ruhe und friedlich still!»

«Sie könnten doch eine Weile bei uns leben, Großväterchen», sagte Wera.

«Das geht nicht, Liebes, geht wirklich nicht.

Der Dienst... Mein Urlaub ist vorbei. Aber man kann nichts dagegen sagen, schön wäre es! Schau nur, wie die Rosen da duften. Ich rieche sie von hier. Im Sommer aber, bei der Hitze, hat keine einzige Blume gerochen, nur die weiße Akazie... ja, und die nach Konfekt.»

Wera zog zwei kleine Rosen aus einem Väschen, eine rosafarbene und eine karminrote, und steckte sie dem General in das Knopfloch seines Mantels.

«Danke, Werotschka.» Anossow neigte den Kopf zum Aufschlag des Mantels, roch ein wenig an der Blume, und plötzlich lächelte er ein freundliches Greisenlächeln.

«Ich erinnere mich, als wir in Bukarest einmarschierten und uns auf die Quartiere verteilten. Ich gehe also durch die Straßen. Plötzlich kommt ein starker Rosenduft zu mir herübergeweht; ich bleibe stehen und sehe, daß zwischen zwei Soldaten ein wunderschönes Kristallfläschchen mit Rosenöl steht. Sie rieben schon ihre Stiefel damit ein, und sogar die Gewehrschlösser. ‹Was habt ihr da?› frage ich. ‹Irgendein Öl, Euer Hochwohlgeboren, wir haben's schon in unsern Brei getan, aber es taugt nicht dazu, es zieht einem den Mund zusammen, obwohl es gut riecht.› Ich gab ihnen einen Silberrubel, und sie gaben mir gerne das Fläschchen mit dem Rosenöl. Es war nur noch die Hälfte des Öls übrig, aber, da es sich sehr verteuert hatte, sicherlich noch im Wert von zwanzig Rubeln in Gold. Weil die Soldaten zufrieden waren, fügten sie noch an: ‹Da ist noch was, Euer Hochwohlgeboren, irgendeine türkische Erbse; soviel wir sie auch gekocht haben, sie wird nicht weich, die verdammte.› Es war eine Kaffeebohne. Ich sagte zu ihnen: ‹Die ist nur für Türken gut, für Soldaten aber nichts.› Zum Glück haben sie sich nicht an Opium sattessen wollen. Ich sah die Plätzchen an einigen Orten; man hatte sie in den Dreck gestampft.»

«Großväterchen, antworten Sie mir ehrlich», bat Anna. «Sagen Sie, haben Sie Furcht gespürt während der Schlachten? Angst gehabt?»

«Das ist eine seltsame Sache, Annotschka: was man so Angst haben nennt. Natürlich habe ich Angst gehabt. Glaub bloß nicht dem, der dir sagt, er habe keine Angst gespürt und das Pfeifen der Kugeln sei für ihn die lieblichste Musik. Entweder spinnt er, oder er gibt an. Alle fürchten sich, der eine wie der andere. Nur werden die einen schwach vor Angst, und die anderen haben sich im Griff. Und schau: die Furcht bleibt immer ein und dieselbe, aber die Beherrschung wächst beständig, mit der Zeit; und somit gibt es dann die Tapferen und die Helden. So ist das. Aber einmal bin ich fast zu Tode erschrocken.»

«Erzählen Sie, Großväterchen», baten ihn die Schwestern wie aus einem Munde.

Noch immer hörten sie den Erzählungen Anossows mit der gleichen Begeisterung zu wie in ihrer frühen Kindheit. Ohne es zu merken, stützte Anna sogar auf ganz und gar kindliche Weise die Ellbogen auf den Tisch und legte ihr Kinn auf die zu einer Senke geformten Handflächen. Ein angenehmer Reiz lag in den ruhigen und naiven Erzählungen des Generals. Und selbst die Wendungen der Sätze, mit denen er seine Kriegserlebnisse wiedergab, gewannen bei ihm ungewollt einen seltsamen, ungeschickten, leicht geschraubten Charakter, so, als erzählte er nach einem lieben, alten, stereotypen Muster.

«Die Geschichte ist sehr kurz», begann Anossow. «Es war auf dem Schipka-Paß, im Winter, schon nachdem ich mir die Quetschung am Kopf zugezogen hatte. Wir lebten zu viert in einem Wohnbunker. Da geschah eine schreckliche Sache mit mir. Eines Tages, als ich mich morgens erhob, glaubte ich, ich sei nicht Jakob, sondern Nikolaj, und ich konnte mich nicht eines anderen belehren. Da ich merkte, daß mein Geist sich verwirrt hatte, schrie ich los, man möge mir Wasser bringen; ich befeuchtete meine Stirn und fand meinen Verstand wieder.»

«Ich versuche mir vorzustellen, Jakob Michajlowitsch, wie viele Siege Sie dort über Frauen davongetragen haben», sagte Jenny Reiter, die Pianistin. «Sie müssen von Kindesbeinen an sehr gutaussehend gewesen sein.»

«Oh, unser Großväterchen ist auch jetzt noch ein schöner Mann!» rief Anna.

«Schön war ich nicht», sagte Anossow mit ruhigem Lächeln. «Aber man hat sich auch nicht ekeln müssen vor mir. Ja, in demselben Bukarest hatte ich ein ergreifendes Erlebnis. Als wir die Stadt einnahmen, empfingen uns die Bewohner auf dem Marktplatz mit einem Kanonenfeuer, von dem viele Fenster zersprangen; doch jene Fensterchen, auf denen ein Glas Wasser stand, blieben heil. Wie ich das erfahren habe? Das kam so. Als ich in das mir zugeteilte Quartier kam, sah ich auf dem Fensterbrett einen kleinen niedrigen Käfig stehen und darauf einen großen Kristallbehälter mit klarem Wasser; darin schwammen Goldfische, und zwischen ihnen saß auf einer Stange ein Kanarienvogel. Ein Kanarienvogel im Wasser! – das erstaunte mich, doch als ich näher hinschaute, sah ich, daß der Behälter einen weiten Boden hatte, der sich tief in das Glas hinein, bis zur Mitte hin, wölbte; so konnte der Kanarienvogel bequem dort hinfliegen und sich niedersetzen. Da gestand ich mir selbst ein, daß ich recht langsam von Begriff war.

Ich ging in das Haus, und siehe: da steht eine ungewöhnlich schöne Bulgarin vor mir... Ich zeigte ihr den Beleg über die Einquartierung und fragte sie gleich, weshalb in ihrem Haus die Scheiben unversehrt waren nach dieser Kanonade, und sie erklärte mir, daß dies vom Wasser komme. Dann erklärte sie mir auch noch die Sache mit dem Kanarienvogel. Wie wenig Vorstellungsvermögen ich besaß! Und während des Gesprächs trafen sich plötzlich unsere Blicke, da durchfuhr es uns wie elektrischer Strom, und ich spürte, daß ich mich unversehens verliebt hatte – leidenschaftlich und unabänderlich.»

Der alte Mann verstummte und schlürfte vorsichtig den dunklen Wein.

«Aber Sie haben ihr doch wohl später Ihre Liebe gestanden?» fragte die Pianistin.

«Hm... selbstverständlich habe ich ihr eine Liebeserklärung gemacht... Nur ohne Worte. Das geschah folgendermaßen...»

«Großväterchen, ich hoffe, Sie werden uns

nicht zum Erröten bringen?» bemerkte Anna und lachte verschmitzt.

«Nein, nein. Dieses Verhältnis war ein ganz anständiges. Seht: Überall, wo wir uns einquartierten, hatten die Bewohner der Stadt gewisse Eigenheiten und Sonderlichkeiten, doch in Bukarest behandelte man uns wie Vertraute, so daß eines Tages, als ich auf der Geige zu spielen begann, die Mädchen sich sogleich herausputzten und zum Tanz kamen, und schon wurde dies zu einer täglichen Gewohnheit.

Einmal abends, als im Mondschein getanzt wurde, ging ich in die Diele, wo sich auch meine Bulgarin versteckt hielt. Als sie mich sah, tat sie, als sortiere sie getrocknete Rosenblätter, welche – das muß erwähnt werden – die Einheimischen dort sackweise sammeln. Ich umarmte sie, zog sie an meine Brust und küßte sie mehrmals. Von da an eilte ich jedesmal, wenn am Himmel der Mond und die Sterne leuchteten, zu meiner Geliebten und vergaß bei ihr für einige Zeit die Sorgen des Tages. Als wir diese Gegend verließen, schworen wir einander ewige Liebe und trennten uns für immer.»

«Und das ist alles?» fragte Ljudmila Lwowna enttäuscht.

«Was soll denn weiter gewesen sein?» entgegnete der Kommandant.

«Nein, Jakob Michajlowitsch, Sie müssen mir schon verzeihen: das ist keine Liebe, sondern einfach das Feldabenteuer eines Armeeoffiziers.»

«Ich weiß nicht, meine Liebe, bei Gott, ich weiß wirklich nicht, ob es Liebe war oder ein anderes Gefühl.»

«Nein doch... sagen Sie... haben Sie etwa nie das Gefühl der wahren Liebe empfunden? Wissen Sie, eine Liebe, die... nun, die... mit einem Wort... eine heilige, reine, ewige Liebe... die nicht von dieser Welt ist. Haben Sie etwa nie geliebt?»

«Ehrlich gesagt, ich weiß darauf keine Antwort.» Der alte Mann war verlegen. Er stand aus dem Sessel auf. «Wahrscheinlich habe ich nie geliebt. Zunächst war keine Zeit dafür: die Jugend, die Gelage, die Kartenspiele, der Krieg. Es schien, das Leben, die Jugend, die Gesundheit würden nie ein Ende nehmen. Und als ich mich umblickte, da sah ich, daß ich ein Wrack war... Nun aber, Werotschka, halte mich jetzt nicht mehr länger auf. Ich will mich verabschieden... Husar», wandte er sich an Bachtinskij, «die Nacht ist warm, gehen wir doch der Kutsche entgegen.»

«Und ich gehe mit Ihnen, Großväterchen», sagte Wera.

«Ich auch», griff Anna die Idee auf.

Bevor Wera ging, trat sie noch zu ihrem Mann und sagte leise: «Geh und schau... bei mir im Tisch, in der Schublade, liegt ein rotes Schmuckkästchen; darin ist ein Brief. Lies ihn.»

8

Anna und Bachtinskij gingen voran; ihnen folgte, in etwa zwanzig Schritt Entfernung, der Kommandant, der Wera am Arm führte. Die Nacht war so schwarz, daß sie während der ersten Minuten, da sich ihre Augen nach dem Licht noch nicht an die Dunkelheit gewöhnt hatten, ihren Weg mit den Füßen tastend suchen mußten. Anossow, der trotz seines Alters erstaunlich gut sah, mußte seiner Begleiterin helfen. Von Zeit zu Zeit streichelte er mit seiner großen, kalten Hand zärtlich Weras Hand, die leicht auf seiner Armbeuge lag.

«Lächerlich ist diese Ljudmila Lwowna», begann der General plötzlich, als setze er den Fluß seiner Gedanken laut fort. «Wie viele Male habe ich das schon beobachtet im Leben: kaum hat eine Dame ihre fünfzig Jahre erreicht, da drängt es sie auch schon, um die Liebe eines anderen herumzuscharwenzeln, und zwar besonders, wenn sie Witwe ist oder eine alte Jungfer. Entweder spioniert sie herum, ist schadenfroh und klatscht, oder sie mischt sich ein, um fremdes Glück zu stiften, oder aber sie faselt irgendwas von großer Liebe. Ich aber würde behaupten, daß die Menschen unserer Zeit verlernt haben zu lieben. Ich kenne keine wahre Liebe. Ja, auch zu meiner Zeit habe ich keine gesehen!»

«Aber wie ist das denn möglich, Großväterchen?» entgegnete Wera zart und drückte sacht seinen Arm. «Weshalb diese üblen Reden? Sie waren doch selbst verheiratet. Das bedeutet doch trotz allem, daß Sie geliebt haben?»

«Das bedeutet gar nichts, liebe Werotschka. Weißt du, wie ich geheiratet habe? Ich sehe, da sitzt ein frisches junges Mädchen neben mir. Sie atmet – ihre Brust hebt und senkt sich unter der Jacke. Sie schlägt die Lider mit den langen, langen Wimpern nieder, und plötzlich wird sie ganz rot.

Und die Haut der Wangen ist zart, der kleine Hals so weiß, so unschuldig, die Händchen so weich und so warm. Ach, zum Teufel! Und da drücken sich noch Papa und Mama herum, lauschen an der Tür, schauen dich mit derart traurigen, treuherzigen Hundeaugen an. Und beim Weggehen – solch hastige Küßchen hinter der Tür... Beim Tee berühren dich unter dem Tische scheinbar aus Versehen die Füßchen... Und schon ist alles soweit: ‹Lieber Nikita Antonytsch, ich bin gekommen, um die Hand Ihrer Tochter anzuhalten. Glauben Sie mir, sie ist ein heiliges Wesen...› Und der Papa hat auch schon feuchte Augen und kriecht herbei, dich zu umarmen: ‹Mein Lieber! Ich habe es längst geahnt... Nun, gebe Euch Gott... Bewache mir nur diesen Schatz...› Und nach drei Monaten läuft dieser heilige Schatz dann in einem verschlissenen Morgenmantel und in Pantoffeln an den bloßen Füßen herum, mit fettigen Haaren, ungekämmt, mit Lockenwicklern, geht mit den Offiziersburschen ordinär wie eine Köchin um, ziert sich aber vor jungen Offizieren, lispelt, winselt, verdreht die Augen. Ihren Mann nennt sie vor allen anderen aus irgend einem unerfindlichen Grunde Jacques. Weißt du, so näselnd, langgezogen, lässig: ‹Sch-a-a-k.› Eine Verschwenderin, Schauspielerin, Schlampe, Habsüchtige. Und die Augen immer verlogen, völlig verlogen... Jetzt ist alles vorbei, hat sich abgelagert, eingerenkt. Im Grunde meines Herzens bin ich dem andern, diesem kleinen Schauspieler sogar dankbar... Gott sei Dank hatten wir keine Kinder.»

«Haben Sie ihnen verziehen, Großväterchen?»

«Verziehen – das ist nicht das richtige Wort, Werotschka. In der ersten Zeit war ich wie tollwütig. Wenn ich ihnen damals begegnet wäre, so hätte ich natürlich beide umgebracht. Aber dann wurde es langsam schwächer und schwächer, und nichts außer Verachtung blieb zurück. Und das ist gut so. Gott hat mich vor unnötigem Blutvergießen bewahrt. Außerdem ist mir das übliche Los der meisten Männer erspart geblieben. Was wäre ich heute, hätte sich nicht dieses gräßliche Ereignis zugetragen? Ein dummes Kamel, ein verachtenswerter Trottel, ein Hehler, eine Melkkuh, ein Aushängeschild, irgendso ein unabdingbares Hausutensil... Nein! Alles ist zum besten, Werotschka.»

«Nein, mein Großväterchen, aus Ihnen spricht trotzdem, verzeihen Sie mir, die alte Schmach. Und Sie übertragen Ihre unglückliche Erfahrung auf die ganze Menschheit. Nehmen Sie doch nur Wassja und mich. Kann man unsere Ehe denn unglücklich nennen?»

Anossow schwieg ziemlich lange. Dann sagte er gedehnt und mit Unlust: «Nun gut... sagen wir: eine Ausnahme... Aber warum heiraten denn die meisten Leute überhaupt? Nehmen wir die Frau. Sie schämt sich, unverheiratet zu bleiben, besonders dann, wenn die Freundinnen schon langsam alle unter der Haube sind. Es belastet sie, daß ihre Eltern noch für ihren Unterhalt sorgen müssen. Sie will selbst Hausfrau sein, die Erste im Hause, eine Dame und selbständig. Zudem ist da noch das Verlangen, das direkt physische Verlangen nach der Mutterschaft, damit auch sie ihr Nest bauen kann. Und die Männer haben andere Gründe. Erstens: man ist des Junggesellenlebens müde, der Unordnung in den Zimmern, des Wirtshausessens, des Schmutzes, der Zigarettenstummel, der zerrissenen und nicht zusammenpassenden Wäsche, der Schulden, der rücksichtslosen Kameraden, und so weiter und so fort. Zweitens: du spürst, daß es vorteilhafter, gesünder und sparsamer ist, ein Familienleben zu führen. Drittens: du denkst, da werden Kinderchen herumlaufen, und wenn ich sterbe – ein Teil von mir bleibt auf Erden zurück ... das ist so eine Art Unsterblichkeitsillusion. Viertens: das Verführerische der Unschuld, wie in meinem Falle. Zudem gibt es manchmal den Gedanken an die Mitgift. Aber wo bleibt die Liebe? Die selbstlose, sich aufopfernde, keinen Lohn erwartende Liebe? Jene, von der gesagt wird, sie sei ‹stärker als der Tod›? Verstehst du, eine Liebe, bei der es nicht Mühe, sondern Freude bedeutet, wenn man für sie eine Heldentat begeht, sein Leben opfert, Qualen erleidet. Halt, halt, Wera, willst du mir jetzt wieder was von deinem Wassja erzählen? Sicher, ich mag ihn. Er ist ein guter Kerl. Und woher soll man es wissen – vielleicht läßt die Zukunft seine Liebe auch in einer großen Schönheit erstrahlen. Aber verstehe recht, von welcher Liebe ich rede. Die Liebe muß eine Tragödie sein. Das allerhöchste Geheimnis der Welt! Keinerlei Bequemlichkeit, keinerlei Berechnung oder Kompromiß dürfen sie berühren.»

«Haben Sie jemals solch eine Liebe gesehen, Großväterchen?» fragte Wera leise.

«Nein», antwortete der alte Mann entschieden. «Allerdings kenne ich zwei Fälle, die fast an sie heranreichen. Doch der eine war von Dummheit diktiert, und der andere war ... so ... irgendwie wie eine Säure ... nur Mitleid bleibt ... Wenn du willst, erzähle ich sie dir. Sie sind nicht lang.»

«Ich bitte Sie, Großväterchen.»

«Nun denn. In einem Regiment unserer Division (allerdings nicht in unserem) lebte die Frau eines Regimentskommandanten ... Eine Visage, sag' ich dir, Werotschka, wider die Natur. Knochig, rothaarig, lang, spindeldürr, mit einem riesigen Mund ... Der Putz bröckelte von ihr ab wie von einem alten Moskauer Haus. Aber, verstehst du, so eine Messalina des Regiments: mit Temperament und einem herrischen Charakter, sie verachtete die Menschen und hatte eine Leidenschaft für Abwechslung. Obendrein war sie morphiumabhängig.

Einmal, im Herbst, schickt man einen frischgebackenen Fähnrich zu ihnen ins Regiment, einen völligen Grünschnabel, direkt von der Militärschule. Nach einem Monat hat ihn die alte Schachtel völlig in ihrer Gewalt. Er ist ihr Page, Diener, Sklave, er ist ihr ewiger Tanzkavalier, trägt ihr ihren Fächer und ihr Tuch, läuft bei Frost nur in einfacher Uniform auf die Straße, um für sie eine Kutsche zu holen. Es ist gräßlich, wenn ein anständiger und reiner Junge seine erste Liebe einem alten, erfahrenen und herrschsüchtigen Frauenzimmer zu Füßen legt. Selbst wenn er scheinbar unversehrt wieder loskommt – trotzdem kannst du ihn in Zukunft für verloren ansehen. Das ist ein Brandmal bis an sein Lebensende.

Gegen Weihnachten hatte sie ihn schon über. Sie kehrte zu einer ihrer früheren, erfahrenen Liebschaften zurück. Aber er konnte nicht anders, folgte ihr wie ein Schatten. Furchtbar quälte er sich, magerte ab, wurde leichenblaß. Um es mit gewählten Worten zu sagen: ‹Das Totenmal zeichnete schon seine hohe Stirn.› Er war schrecklich eifersüchtig. Man sagt, er habe Nächte hindurch unter ihrem Fenster gestanden.

Und eines Tages dann, im Frühjahr, haben sie in diesem Regiment einen Ausflug oder ein Picknick veranstaltet. Ich kannte sowohl sie als auch ihn persönlich, doch bei diesem Vorfall war ich nicht dabei. Wie immer bei solchen Gelegenheiten hatte man viel getrunken. Man kehrte nachts zu Fuß entlang der Eisenbahnlinie zurück. Plötzlich kommt ihnen ein Güterzug entgegen. Sehr langsam bewegt er sich den ziemlich steilen Hang hinauf. Er pfeift. Und da, gerade als die Zuglampen neben der Gesellschaft sind, flüstert sie dem Fähnrich plötzlich ins Ohr: ‹Sie sagen immer, daß Sie mich lieben. Aber wenn ich es Ihnen befehlen würde – so würden Sie sich wohl nicht unter den Zug werfen.› Er jedoch läuft ohne ein Wort der Erwiderung los – und wirft sich unter den Zug. Man sagt, er habe richtig kalkuliert – genau zwischen die Vorder- und die Hinterräder: dann hätte es ihn mittendurch getrennt. Aber irgendein Idiot ist auf die Idee gekommen, ihn abhalten zu wollen und zurückzuzerren. Doch hat er den Fähnrich nicht überwältigen können. Dieser klammerte sich an den Schienen fest mit den Händen, und sie wurden ihm abgefahren.»

«Oh, wie entsetzlich!» schrie Wera.

«Der Fähnrich mußte den Dienst quittieren. Seine Kameraden haben ein paar Kopeken gesammelt, damit er wegfahren konnte. Es war ihm peinlich, in der Stadt zu bleiben: als lebender Vorwurf für sie wie für das ganze Regiment. Und dieser Mensch ging auf eine ganz dumme Art zugrunde... Er wurde Bettler und erfror irgendwo an den Quais in Petersburg.

Der andere Fall hingegen war eine völlig erbärmliche Geschichte. Es war wieder so eine Frau wie die erste, doch jung und hübsch. Sie führte sich wirklich sehr, sehr schändlich auf. Obwohl wir diese Art häuslicher Liebesaffären auf die leichte Schulter nahmen, berührte selbst uns diese aufs unangenehmste. Aber ihr Mann – keine Reaktion. Er wußte alles, sah alles und schwieg. Die Freunde machten Anspielungen, doch er winkte ab. ‹Laßt nur, laßt nur... Das ist nicht meine Sache, wirklich nicht meine Sache... Hauptsache, Lenotschka ist glücklich!› Solch ein Dummkopf!

Schließlich liierte sie sich fest mit Oberleutnant Wischnjakow, einem Subalternoffizier der Kompanie. So lebten sie also zu dritt in einem Zweimännerhaushalt – als wäre es eine legitime Form der Ehe. Und dann wurde unser Regiment in den Krieg beordert. Unsere Damen begleiteten uns, und auch sie war dabei; es war wirklich schon peinlich, nur hinzuschauen: Wenn sie wenigstens einmal anstandshalber ihrem Mann einen kurzen Blick geschenkt hätte – nein, sie hing an ihrem

Oberleutnant wie eine Klette und ließ ihn nicht los. Zum Abschied, als wir schon in den Waggons saßen und der Zug sich in Bewegung setzte, rief sie ihrem Mann noch schamlos nach: ‹Merk dir, schütze Wolodja! Wenn ihm etwas passiert, verlasse ich das Haus und komme nie mehr zurück. Und auch die Kinder nehme ich mit.›

Wahrscheinlich denkst du, der Hauptmann sei ein richtiger Waschlappen gewesen, ein Angsthase, eine furchtsame Seele. Keineswegs. Er war ein mutiger Soldat. Vor Grünberg hat er seine Kompanie sechsmal gegen die türkischen Redouten geführt, von zweihundert Mann sind ihm nur vierzehn geblieben. Zweimal wurde er verwundet – er weigerte sich, zum Verbandsplatz zu gehen. So einer war er. Die Soldaten beteten für ihn zu Gott.

Aber *sie* hatte es befohlen ... Seine Lenotschka hatte ihm einen Befehl erteilt!

Und er kümmerte sich wie ein Kindermädchen, wie eine Mutter um diesen Feigling und Nichtsnutz Wischnjakow, um diesen Schmarotzer, der keinen Pfifferling wert war. Bei den Nachtlagern in Regen und Schmutz hüllte er ihn in seinen Mantel. Er ging für ihn auf Schanzbau, und der andere ruhte sich im Wohnbunker aus oder spielte Karten. Nachts kontrollierte er an seiner Stelle die Wachtposten. Und das, Werunja, bedenke es, zu einer Zeit, da Räuber unseren Posten genauso leicht den Hals abschnitten, wie eine Bäuerin in ihrem Gemüsegarten in Jaroslaw Kohlköpfe schneidet. Bei Gott, auch wenn es eine Sünde ist, so zu denken – aber wir freuten uns alle, als wir hörten, daß Wischnjakow im Hospital an Typhus gestorben war...»

«Nun gut, aber Frauen, Großväterchen, haben Sie Frauen getroffen, die liebten?»

«Aber selbstverständlich, Werotschka. Ich behaupte sogar: ich bin überzeugt, daß fast jede Frau in der Liebe zu höchstem Heldentum fähig ist. Denke nur, sie küßt, sie umarmt, sie gibt sich hin – und schon ist sie Mutter. Für sie beinhaltet die Liebe, wenn sie liebt, den ganzen Sinn des Lebens – das ganze Weltall! Es ist ganz und gar nicht ihre Schuld, daß die Liebe bei den Menschen solch abgeschmackte Formen angenommen hat und einfach zu einer alltäglichen Bequemlichkeit abgesunken ist, zu einer kleinen Zerstreuung. Schuld sind die Männer, die mit zwanzig Jahren schon übersättigt sind, die den Körper eines Kükens und die Seele eines Hasen haben, die unfähig sind zu starken Wünschen, zu Heroismus, zu Zärtlichkeiten und zur Lobpreisung der Liebe. Man sagt, früher habe es dies alles gegeben. Selbst wenn es nicht existierte, haben denn nicht die größten Denker und Seelen der Menschheit – die Poeten, Schriftsteller, Musiker und Maler – davon geträumt und sich danach gesehnt? Ich habe gerade die Geschichte Manon Lescauts und des Chevalier de Grieux gelesen... Kannst du dir vorstellen, daß mir die Tränen in Strömen geflossen sind... Nun, sag ehrlich, mein Liebes, Hand aufs Herz: Träumt nicht etwa jede Frau in der Tiefe ihres Herzens von solch einer Liebe – der ausschließlichen, alles vergebenden, zu allem bereiten, anspruchslosen, selbstverleugnenden Liebe?»

«O natürlich, selbstverständlich, doch, Großväterchen.»

«Und wenn es sie nicht gibt, werden die Frauen sich rächen. Laß noch dreißig Jahre vergehen... ich werde es nicht mehr erleben, aber du vielleicht, Werotschka. Denk an meine Worte: In rund dreißig Jahren werden die Frauen in der Welt eine ungeahnte Macht haben. Sie werden sich wie indische Götzen kleiden. Sie werden uns Männer verachten wie schmähliche, speichelleckende Sklaven. Ihre törichten Launen und Grillen werden qualvolles Gesetz sein für uns. Und nur, weil wir über Generationen hin unfähig waren, die Liebe zu verehren und uns vor ihr zu verneigen. Das wird die Rache sein. Du kennst das Gesetz: Die Kraft der Bewegung ist gleich der Kraft der Gegenbewegung.»

Nachdem der General eine Zeitlang geschwiegen hatte, fragte er plötzlich: «Sag, Werotschka, wenn es dir nur nicht zu schwerfällt, was ist das für eine Geschichte mit diesem Telegraphisten, von dem Fürst Wassilij heute erzählt hat? Was stimmt daran, und was ist, nach seiner Manier, Erfundenes?»

«Interessiert es Sie denn, Großväterchen?»

«Wie du willst, Wera, wirklich: wie du willst. Wenn es dir aus irgendeinem Grunde unangenehm sein sollte...»

«Aber keineswegs. Ich erzähle es gern.»

Und so erzählte Wera dem Kommandanten in allen Einzelheiten von jenem Verrückten, der schon zwei Jahre vor ihrer Ehe begonnen hatte, sie mit seiner Liebe zu verfolgen.

Sie habe ihn kein einziges Mal gesehen und kenne seinen Namen nicht. Er habe ihr nur geschrieben und die Briefe mit G. S. D. unterzeichnet. Einmal habe er nebenbei erwähnt, daß er ein kleiner Beamter in irgendeiner staatlichen Behörde sei – daß er auf dem Telegraphenamt arbeite, habe er nicht angedeutet. Offenbar müsse er ihr ständig nachgehen, denn in seinen Briefen beschreibe er genau, wo und in welcher Gesellschaft sie die Abende verbracht habe und wie sie gekleidet gewesen sein. Anfangs seien seine Briefe vulgär und seltsam heftig, obgleich völlig anständig gewesen. Doch dann habe Wera ihn einmal brieflich gebeten («übrigens, Großväterchen, plaudern Sie es nicht aus vor unseren Freunden und Bekannten: keiner von ihnen weiß etwas davon»), sie nicht mehr mit seinen Liebesergüssen zu belästigen. Seither schweige er von der Liebe und schreibe nur noch selten: zu Ostern, zum neuen Jahr und zu ihrem Namenstag. Fürstin Wera erzählte auch von dem heutigen Päckchen und gab den befremdlichen Brief ihres geheimnisvollen Verehrers fast wörtlich wieder...

«Ja», sagte der General schließlich gedehnt. «Vielleicht ist er nur ein kleiner im Geist verwirrter Mensch, ein Verrückter, aber – woher soll man es wissen? – vielleicht hat deinen Lebensweg eben gerade jene Liebe gekreuzt, Werotschka, von der die Frauen träumen und deren die Männer nicht mehr fähig sind. Bleib mal stehen. Siehst du, da vorne bewegen sich doch Lichter? Das ist sicher meine Kutsche.»

Im selben Moment war hinter ihnen das laute

Geknatter eines Automobils zu hören, und der von Fahrzeugrädern durchfurchte Weg strahlte auf im weißen Karbidlicht. Gustav Iwanowitsch kam in seinem Wagen gefahren.

«Annotschka, ich habe deine Sachen eingepackt. Steig ein», sagte er. «Exzellenz, erlauben Sie mir, Sie nach Hause zu bringen?»

«Nein, danke, mein Lieber», antwortete der General. «Eher nicht. Ich mag diesen Wagen nicht. Der wackelt nur und stinkt, und Spaß hat man keinen dabei. Nun, leb wohl, Werotschka. Jetzt werde ich oft kommen», sagte er und küßte Wera auf Stirn und Hände.

Alle verabschiedeten sich voneinander. Friéssé brachte Wera Nikolajewna zum Tor ihres Sommerhauses und verschwand, nachdem er einen schnellen Kreis gedreht hatte, mit seinem schnaufenden und fauchenden Automobil in der Dunkelheit.

9

Als Fürstin Wera zur Terrasse hinauf und ins Haus ging, hatte sie ein ungutes Gefühl. Schon von weitem hörte sie die laute Stimme ihres Bruders Nikolaj und sah seine große, hagere Gestalt, die eilig im Zimmer hin und her lief. Wassilij Lwowitsch saß, seinen großen, blonden, kurzgeschorenen Kopf tief gesenkt haltend, am Kartentisch und zeichnete mit Kreide Striche auf das grüne Tuch.

«Ich habe schon lange darauf bestanden!» sagte Nikolaj verärgert und machte mit der rechten Hand eine Bewegung, als schleudere er irgendeine unsichtbare Last zu Boden. «Ich habe schon lange darauf bestanden, diese Narrenbriefe zu unterbinden. Ihr wart noch nicht verheiratet, da sagte ich schon, daß ihr beide euch daran ergötzt wie kleine Kinder, daß ihr nur das Lustige in ihnen seht ... Ah, da ist ja auch Wera selbst ... Wassilij Lwowitsch und ich, Werotschka, sprechen gerade über deinen Wahnsinnigen, über deinen P. P. D. Ich halte diesen Briefwechsel für dreist und abgeschmackt.»

«Einen Briefwechsel hat es niemals gegeben», unterbrach ihn Scheïn mit kalter Stimme. «Er allein schrieb Briefe ...»

Wera errötete bei diesen Worten und setzte sich auf das Sofa in den Schatten einer großen Fächerpalme.

«Ich entschuldige mich für diesen Ausdruck», sagte Nikolaj Nikolajewitsch und warf einen unsichtbaren schweren Gegenstand, den er sich von der Brust loszureißen schien, auf die Erde.

«Und ich verstehe nicht, warum du diesen Menschen *deinen* Wahnsinnigen nennst», fügte Wera ein, die sich über die Unterstützung ihres Mannes freute. «Er ist genauso meiner wie er auch deiner ist ...»

«Gut, ich entschuldige mich nochmals. Mit einem Wort: ich will nur sagen, daß man seinen Dummheiten ein Ende setzen muß. Die Sache geht meiner Ansicht nach weit über jenen Punkt hinaus, wo man noch lachen und lustige Bilderchen malen kann ... Glaubt mir, wenn ich mir hier um etwas Sorgen mache und mich über diese Sache aufrege, so ist es nur um Weras und um deines guten Rufes willen, Wassilij Lwowitsch.»

«Nun, das hebst du, wie mir scheint, schon etwas zu viel hervor, Kolja», erwiderte Scheïn.

«Kann sein, kann gut sein ... Aber ihr riskiert leicht, in eine lächerliche Situation zu geraten.»

«Ich sehe nicht, auf welche Weise», sagte der Fürst.

«Stell dir mal vor, daß dieses idiotische Armband ...», Nikolaj nahm das rote Schmuckkästchen kurz vom Tisch und warf es sofort wieder voller Verachtung dorthin zurück, «daß dieses ungeheuerliche Ding, das einer Popenfrau gehören könnte, in unseren Händen bleibt oder wir es wegwerfen oder Dascha schenken. Erstens kann P. P. D. sich dann vor seinen Bekannten und Kameraden brüsten, die Fürstin Wera Nikolajewna Scheïna nehme seine Geschenke entgegen, und zweitens wird er sich ermuntert sehen, bei der erstbesten Gelegenheit weitere Heldentaten zu begehen. Morgen schickt er einen mit Brillanten besetzten Ring, übermorgen eine Perlenkette, und dann – mir nichts, dir nichts – sitzt er auf der Anklagebank wegen Unterschlagung von Geldern oder Urkundenfälschung, und die Fürsten Scheïn werden als Zeugen geladen sein ... Eine schöne Situation!»

«Nein, nein, das Armband müssen wir unbedingt zurückschicken!» rief Wassilij Lwowitsch.

«Ich denke genauso», stimmte Wera zu, «und je schneller, desto besser. Aber wie? Wir kennen weder Vor- und Zunamen noch seine Adresse.»

«Ach, das ist doch eine Kleinigkeit!» entgegnete Nikolaj Nikolajewitsch. «Wir kennen doch die Initialen dieses P. P. D... Wie nennt er sich, Wera?»

«G. S. D.»

«Na, wunderbar. Außerdem wissen wir, daß er irgendwo angestellt ist. Gleich morgen nehme ich das städtische Adreßbuch und suche einen Beamten oder Angestellten mit diesen Initialen. Wenn ich ihn aus irgendeinem Grunde nicht finden kann, rufe ich ganz einfach einen Detektiv an und beauftrage ihn, diesen Menschen ausfindig zu machen. Sollte es Schwierigkeiten geben, so habe ich dieses Papier mit seiner Schrift in der Hand. Mit einem Wort: morgen um zwei Uhr werde ich die Adresse und den Namen dieses Bürschchens kennen, und sogar, wann er zu Hause ist. Und wenn ich das erst einmal erfahren habe, dann werde ich ihm morgen nicht nur seinen Schatz zurückbringen, sondern auch Maßnahmen ergreifen, daß er uns nie mehr an seine Existenz erinnern wird.»

«Was gedenkst du zu tun?» fragte Fürst Wassilij.

«Was? Ich werde zum Gouverneur fahren und ihn bitten...»

«Nein, bloß nicht zum Gouverneur. Du weißt, welcher Art unsere Beziehungen sind... Das ist eine unmittelbare Gefahr, uns lächerlich zu machen.»

«Egal. Dann fahre ich zum Gendarmerieoberst. Durch den Klub ist er mein Freund. Soll er diesen Romeo zu sich bestellen und ihm mit dem Finger unter der Nase drohen. Weißt du, wie er das macht? Er legt dem Mann einen Finger direkt an die Nase und bewegt kein bißchen die Hand, sondern wackelt nur mit einem Finger und schreit: ‹Mein Herr, ich dulde das nicht!›»

«Pah! Mit einem Gendarmen!» Wera runzelte die Stirn.

«Du hast recht, Wera», griff der Fürst den Gedanken auf. «Besser ist es schon, wenn wir keine Außenstehenden in die Angelegenheit verwikkeln. Dann wird es Gerüchte und Gerede geben. Wir kennen unsere Stadt gut genug. Wir leben hier alle wie in einem Glashaus. Ich werde lieber selbst hingehen zu diesem . . . jungen Mann . . . obwohl er ja, weiß Gott, vielleicht sechzig Jahre alt ist . . . Ich händige ihm das Armband aus und lese ihm die Leviten, daß es sitzt.»

«Dann komme ich aber mit dir», unterbrach ihn Nikolaj Nikolajewitsch eilig. «Du bist viel zu weich. Überlasse es mir, mit ihm zu sprechen . . . Und jetzt, meine Freunde», er zog seine Uhr aus der Tasche und warf einen Blick darauf, «entschuldigt mich, wenn ich mich für ein paar Minuten in meine Räume zurückziehe. Ich kann mich kaum mehr auf den Beinen halten und muß noch zwei Akten studieren.»

«Aus irgendeinem Grunde tut mir dieser unglückselige Mensch leid», sagte Wera unentschieden.

«Es gibt gar keinen Anlaß, ihn zu bemitleiden!» äußerte Nikolaj scharf, sich in der Tür umwendend. «Wenn ein Mensch aus unseren Kreisen solch einen Unfug mit dem Armband und dem Brief gemacht hätte, so hätte Fürst Wassilij ihn zum Duell gefordert. Und wenn nicht er, hätte ich es getan. Und zu früheren Zeiten hätte ich einfach befohlen, man solle ihn in den Pferdestall bringen und ihm die Rute geben. Wassilij Lwowitsch, du erwartest mich morgen in deinem Büro, ich gebe dir telephonisch Bescheid.»

10

Die vor Spucke klebrige Treppe roch nach Mäusen, Katzen, Petroleum und Wäsche. Bevor sie in den fünften Stock kamen, blieb Wassilij Lwowitsch stehen.

«Warte einen Augenblick», sagte er zu seinem Schwager. «Laß mich zu Atem kommen. Ach, Kolja, wir hätten das nicht machen sollen...»

Sie stiegen noch zwei Stufen höher. Auf dem Treppenabsatz war es so dunkel, daß Nikolaj Nikolajewitsch zwei Streichhölzer anzünden mußte, ehe er die Nummer der Wohnung erkannte.

Auf sein Klingeln hin öffnete eine dicke, weißhaarige Frau mit grauen Augen und Brille, deren Körper offensichtlich von einer Krankheit leicht gebeugt war.

«Ist Herr Dott[1] zu Hause?» fragte Nikolaj Nikolajewitsch.

Die Frau ließ ihren Blick ängstlich von den Augen des einen Mannes zu denen des anderen wandern und wieder zurück. Das angenehme Äußere der beiden mußte sie beruhigen.

---

[1] Im Original heißt der Familienname Scheltkow, von Scheltok: Dotter.

«Er ist zu Hause. Bitte treten Sie ein», sagte sie und öffnete die Tür. «Die erste Tür links.»

Bulat-Tuganowskij klopfte dreimal kurz und fest. Ein Geräusch war von innen zu hören. Er klopfte nochmals.

«Kommen Sie herein», ertönte eine schwache Stimme.

Das Zimmer war sehr niedrig, sehr breit und lang, fast quadratisch. Zwei runde Fenster, die wie Bullaugen aussahen, ließen nur spärliches Licht nach innen dringen. Überhaupt glich der Raum einer Messe eines Frachtschiffes. An der einen Wand stand ein schmales Bett, an der anderen ein sehr großes und breites Sofa, auf dem ein wunderschöner, zerschlissener turkmenischer Teppich lag, und in der Mitte des Zimmers stand ein Tisch mit einer bunten kleinrussischen Decke.

Das Gesicht des Mannes war zunächst nicht zu sehen: er stand mit dem Rücken zum Licht und rieb sich verlegen die Hände. Er war von hohem Wuchs und mager und hatte lange, dichte und flaumig weiche Haare.

«Wenn ich mich nicht täusche, sind Sie Herr Dott?» fragte Nikolaj Nikolajewitsch von oben herab.

«Dott. Der bin ich. Sehr angenehm. Darf ich mich vorstellen ...» Er ging zwei Schritte mit ausgestreckter Hand auf Tuganowskij zu. Aber genau da drehte sich Nikolaj Nikolajewitsch, als habe er den Gruß nicht bemerkt, mit seinem ganzen Körper Scheïn zu.

«Ich habe dir gesagt, wir haben uns nicht geirrt.»

Dotts dünne, nervöse Finger begannen über die Borte seines braunen kurzen Jacketts, das er auf- und zuknöpfte, zu gleiten. Schließlich brachte er, auf das Sofa zeigend und sich leicht verbeugend, mit Mühe hervor: «Ich bitte ergebenst, Platz zu nehmen.»

Jetzt war er ganz zu sehen: sehr blaß, mit seinem zarten, mädchenhaften Gesicht, mit blauen Augen und einem eigensinnigen, kindlichen Kinn, das in der Mitte ein Grübchen hatte; er mußte dreißig, fünfunddreißig Jahre alt sein.

«Ich danke», sagte Fürst Scheïn nur kurz und betrachtete Dott eingehend.

«Merci», antwortete Nikolaj Nikolajewitsch knapp. Beide blieben stehen. «Wir wollen nur ein paar Minuten bei Ihnen verweilen. Das ist Fürst Wassilij Lwowitsch Scheïn, Adelsmarschall des Gouvernements. Mein Name ist Mirsa-Bulat-Tuganowskij. Ich bin Stellvertreter des Staatsanwalts. Die Angelegenheit, derentwegen wir die Ehre haben, mit Ihnen zu sprechen, betrifft sowohl den Fürsten als auch mich, oder genauer – die Gattin des Fürsten, meine Schwester.»

Dott, der völlig aus der Fassung geriet, ließ sich plötzlich auf das Sofa nieder und stotterte mit erstarrten Lippen: «Ich bitte Sie, meine Herren, nehmen Sie Platz.» Doch er mußte sich wohl daran erinnern, daß er das schon zuvor erfolglos angeboten hatte, denn er sprang wieder auf, lief, sich die Haare raufend, zum Fenster und kehrte dann wieder an die frühere Stelle zurück. Und erneut begannen seine zitternden Hände hastig umherzuirren – an den Knöpfen zu reißen, an seinem hellen, rötlichen Schnurrbart zu rupfen, grundlos sein Gesicht zu berühren.

«Zu Ihren Diensten, Erlaucht», sagte er tonlos und schaute mit flehenden Augen auf Wassilij Lwowitsch.

Doch Scheïn schwieg. Nikolaj Nikolajewitsch begann zu sprechen.

«Erstens, erlauben Sie mir, Ihnen Ihren Gegenstand zurückzugeben», sagte dieser und zog das rote Schmuckschächtelchen aus seiner Tasche und legte es mit Sorgfalt auf den Tisch. «Er macht Ihrem guten Geschmack sicherlich alle Ehre, doch möchten wir Sie sehr bitten, daß sich solche Überraschungen nicht wiederholen.»

«Verzeihen Sie ... Ich weiß selbst, daß ich einen großen Fehler begangen habe», flüsterte Dott, der zu Boden schaute und errötete. «Vielleicht darf ich Ihnen ein Gläschen Tee anbieten?»

«Sehen Sie, Herr Dott», fuhr Nikolaj Nikolajewitsch fort, als habe er die letzten Worte Dotts nicht gehört. «Ich bin sehr froh, in Ihnen einen anständigen Menschen, einen Gentleman, gefunden zu haben, der fähig ist, schon Andeutungen zu verstehen. Und ich denke, wir einigen uns gleich. Sie verfolgen doch, wenn ich mich nicht irre, die Fürstin Wera Nikolajewna schon seit etwa sieben, acht Jahren?»

«Ja», antwortete Dott leise und senkte seine Lider ehrfurchtsvoll.

«Und wir haben bisher keinerlei Maßnahmen gegen Sie ergriffen, obwohl dies, Sie stimmen mir sicherlich zu, nicht nur möglich gewesen wäre, sondern auch *nötig*. Das ist doch so?»

«Ja.»

«Ja. Aber mit Ihrer letzten Handlung, eben mit dem Übersenden dieses Granatarmbands da, ist unsere Geduld erschöpft. Verstehen Sie? – erschöpft. Ich will Ihnen nicht verheimlichen, daß unser erster Gedanke war, die Behörden um Hilfe zu bitten, aber wir haben uns nicht dafür entschieden, und ich bin sehr froh, es nicht getan zu haben, denn – ich wiederhole es – ich vermutete in Ihnen sofort einen Menschen von edler Natur.»

«Entschuldigen Sie. Was haben Sie gesagt?» fragte Dott plötzlich neugierig und lachte laut auf. «Sie wollten sich an die Behörden wenden? Das haben Sie doch gesagt?»

Er steckte die Hände in die Taschen, setzte sich bequem in eine Ecke des Sofas, zog sein Zigarettenetui und Streichhölzer hervor und begann zu rauchen.

«Also, Sie haben gesagt, Sie wollten die Behörden um Hilfe bitten? Es stört Sie doch nicht, Fürst, wenn ich sitzen bleibe?» wandte er sich an Scheïn. «Nun, meine Herren, und weiter?»

Der Fürst rückte einen Stuhl an den Tisch und setzte sich. Verständnislos und mit gieriger, ehrlicher Neugier betrachtete er ununterbrochen das Gesicht dieses seltsamen Menschen.

«Sehen Sie, mein Lieber, diese Maßnahmen sind immer noch möglich», fuhr Nikolaj Nikolajewitsch mit einer gewissen Unverfrorenheit fort. «In ein fremdes Familienglück einzubrechen...»

«Verzeihung, wenn ich Sie unterbreche...»

«Nein, verzeihen Sie... jetzt unterbreche ich

schon Sie...» Der Staatsanwalt fing fast an zu schreien.

«Wie es Ihnen beliebt. Sprechen Sie. Ich höre. Doch ich habe Fürst Wassilij Lwowitsch einige Worte zu sagen.» Und, ohne noch auf Tuganowskij zu achten, sagte er: «Jetzt ist die schwerste Stunde meines Lebens gekommen. Fürst, ich muß ohne Umschweife mit Ihnen reden... Hören Sie mich an, bis zum Schluß?»

«Das werde ich», antwortete Scheïn. «Ach, Kolja, jetzt sei doch endlich still», sagte er ungeduldig, nachdem er Tuganowskijs wütende Geste bemerkt hatte. «Sprechen Sie.»

Dott schnappte einige Sekunden lang nach Luft, als habe er Atemnot, und dann legte er plötzlich wie ein Sturzbach los. Er redete nur mit den Kinnladen, seine Lippen waren weiß und reglos wie bei einem Toten.

«Es ist schwer diese... Phrase... auszusprechen: daß ich Ihre Frau liebe. Doch sieben Jahre hoffnungsloser und höflicher Liebe räumen mir das Recht ein. Ich gebe zu, am Anfang, als Wera Nikolajewna noch unverheiratet war, habe ich ihr dumme Briefe geschrieben und sogar eine Antwort darauf erwartet. Ich gebe weiterhin zu, daß meine letzte Handlung, also das Päckchen mit dem Armband, eine noch größere Dummheit war. Doch... ich schaue Ihnen jetzt offen in die Augen und fühle, daß Sie mich verstehen werden. Ich weiß, es steht nicht in meiner Kraft, Wera Nikolajewna irgendwann einmal nicht mehr zu lieben... Sagen Sie, Fürst... nehmen wir an, Ihnen sei das unangenehm... sagen Sie: Was würden Sie tun, um dieses Gefühl zu unterbinden? Mich in eine andere Stadt schicken, wie Nikolaj Nikolajewitsch es äußerte? Auch dort würde ich Wera Nikolajewna genauso innig lieben wie hier. Mich ins Gefängnis sperren? Selbst dort würde ich einen Weg finden, ihr ein Lebenszeichen von mir zu geben. Es bleibt nur eins: der Tod... Wenn Sie wollen, ich nehme ihn in jeder beliebigen Form an.»

«Statt bei der Sache zu bleiben, führen wir hier irgendein Melodrama auf», sagte Nikolaj Nikolajewitsch und setzte seinen Hut auf. «Die Frage ist sehr einfach: Sie haben die Wahl – entweder verzichten Sie ganz darauf, Fürstin Wera Nikolajewna nachzustellen, oder – wenn Sie das nicht freiwillig tun wollen – wir ergreifen Maßnahmen, die uns unsere Stellung und unsere Einflußmöglichkeiten erlauben.»

Doch Dott schaute nicht einmal auf Tuganowskij, obwohl er dessen Worte gehört hatte. Er wandte sich an Fürst Wassilij Lwowitsch und fragte: «Würden Sie mir gestatten, mich für zehn Minuten zu entfernen? Ich will Ihnen meine Absicht, mit Fürstin Wera Nikolajewna zu telephonieren, nicht verheimlichen. Ich verspreche, daß ich Ihnen alles, was sich wiedergeben läßt, erzählen werde.»

«Gehen Sie», sagte Scheïn.

Als Wassilij Lwowitsch und Tuganowskij allein waren, stürzte Nikolaj Nikolajewitsch sich auf seinen Schwager.

«So geht das nicht», schrie er und tat, als werfe er mit der rechten Hand einen unsichtbaren Gegenstand von seiner Brust aus zu Boden. «So geht das ganz und gar nicht. Ich hatte dir geraten, ich sollte den gesamten sachlichen Teil des Gesprächs übernehmen. Und du bist weich geworden und hast ihm erlaubt, sich über seine Gefühle auszubreiten. Ich hätte das mit zwei Worten erledigt.»

«Warte ab», entgegnete Fürst Wassilij Lwowitsch, «das klärt sich jetzt alles auf. Die Hauptsache ist, daß ich sein Gesicht sehe und fühle, daß dieser Mensch nicht fähig ist, wissentlich zu lügen und zu betrügen. Und es stimmt doch, Kolja, denke doch nach: Ist er etwa schuld an der Liebe, und kann man denn ein Gefühl wie die Liebe bezwingen – ein Gefühl, für das sich bisher noch kein Ausleger gefunden hat?» Nachdem er ein wenig nachgedacht hatte, sagte der Fürst: «Mir tut dieser Mensch leid. Und er tut mir nicht nur leid, sondern ich spüre, daß ich Zeuge einer furchtbaren seelischen Tragödie bin und also hier nicht den Possenreißer spielen kann.»

«Das ist dekadent», sagte Nikolaj Nikolajewitsch.

Nach zehn Minuten kam Dott zurück. Seine Augen leuchteten und waren unergründlich, ganz so, als seien sie mit nicht vergossenen Tränen gefüllt. Es war ersichtlich, daß er alle Regeln des Anstands und guten Benehmens vergessen und aufgehört hatte, sich wie ein Gentleman zu verhalten. Und wieder verstand Fürst Scheïn dies mit schmerzlichem, nervösem Feingefühl.

«Ich bin bereit», sagte Dott. «Morgen werden Sie nichts mehr von mir hören. Ich werde für Sie gestorben sein. Doch unter einer Bedingung –

das sage ich zu *Ihnen,* Fürst Wassilij Lwowitsch; schauen Sie, ich habe Staatsgelder veruntreut und muß so oder so die Stadt verlassen. Erlauben Sie mir, der Fürstin Wera Nikolajewna einen letzten Brief zu schreiben?»

«Nein. Schluß damit! Keine Briefe mehr!» schrie Nikolaj Nikolajewitsch.

«Gut. Schreiben Sie», sagte Scheïn.

«Nun, das wäre alles», äußerte Dott, hochmütig lächelnd. «Sie werden nichts mehr von mir hören und, selbstverständlich, mich niemals mehr sehen. Fürstin Wera Nikolajewna wollte überhaupt nicht mit mir reden. Als ich sie fragte, ob ich in der Stadt bleiben dürfe, um sie, wenn auch nur selten und natürlich, ohne mich ihr zu zeigen, sehen zu können, antwortete sie: ‹Ach, wenn Sie wüßten, wie überdrüssig ich dieser Geschichte bin. Bitte beenden Sie sie so schnell wie möglich.› Und so beende ich also diese Geschichte. Es scheint mir, ich habe getan, was ich konnte.»

Als Wassilij Lwowitsch am Abend in sein Landhaus zurückgekehrt war, gab er seiner Frau die Begegnung mit Dott sehr genau in allen Einzelheiten wieder. Irgendwie fühlte er sich dazu verpflichtet.

Obwohl Wera aufgewühlt war, war sie nicht erstaunt und geriet auch nicht außer sich. Nachts, als ihr Mann zu ihr ins Bett kam, drehte sie sich plötzlich zur Wand und sagte zu ihm: «Laß mich in Ruhe – ich weiß, daß dieser Mensch sich umbringt.»

II

Fürstin Wera Nikolajewna las kaum je die Zeitung, denn erstens machte man sich daran die Hände schmutzig und zweitens kam sie mit der Sprache, in der heute geschrieben wurde, nicht zurecht.

Doch das Schicksal wollte es, daß sie ausgerechnet damals eine Seite aufblätterte und auf die Spalte stieß, wo zu lesen war:

Rätselhafter Tod. Gestern abend gegen sieben Uhr beging ein Beamter der Rechnungsrevisionsbehörde, G. S. Dott, Selbstmord. Der Untersuchung nach zu urteilen, schied er wegen Veruntreuung von Staatsgeldern aus dem Leben. So zumindest erklärt es der Verstorbene in einem Schreiben. Da die Zeugenaussagen beweisen, daß er aus freien Stücken gehandelt hat, wird darauf verzichtet, den Leichnam in die Anatomie zu überführen.

Wera dachte bei sich: «Wieso habe ich es im voraus geahnt? Gerade diesen tragischen Ausgang? Und was war es: war es Liebe oder Wahnsinn?»

Den ganzen Tag ging sie durch den Blumen- und den Obstgarten. Die Unruhe in ihr, die von Minute zu Minute wuchs, ließ sie nicht an einem Ort verweilen. Und all ihre Gedanken kreisten um diesen unbekannten Menschen, den sie nie gesehen hatte und wohl auch niemals mehr sehen würde, um diesen lächerlichen P. P. D. «Woher soll man es wissen, vielleicht hat deinen Lebensweg eine wahre, selbstverleugnende, aufrichtige Liebe gekreuzt» – kamen ihr die Worte Anossows in Erinnerung.

Um sechs Uhr erschien der Briefträger. Diesmal erkannte Wera Nikolajewna Dotts Handschrift und öffnete den Brief mit einer Zärtlichkeit, die sie nicht in sich vermutet hätte.

Dott schrieb folgendermaßen:

Ich bin nicht schuld, Wera Nikolajewna, daß es Gott gefiel, mir als großes Glück die Liebe zu Ihnen zu senden. So kam es, daß mich nichts im Leben interessiert: keine Politik, keine Wissenschaft, keine Philosophie, keine Sorge um das künftige Glück der Menschen – für mich besteht der ganze Sinn des Lebens allein nur in Ihnen. Jetzt fühle ich, daß ich mich wie ein unangenehmer Keil in Ihr Leben getrieben habe. Wenn Sie es können, so verzeihen Sie mir. Heute reise ich ab und werde nie mehr zurückkehren, und nichts wird Sie mehr an mich erinnern.

Ich bin Ihnen allein dafür unendlich dankbar, daß Sie existieren. Ich habe mich geprüft: das ist keine Krankheit, keine Wahnvorstellung – das ist die Liebe, die Gott mir als Belohnung, ich weiß nicht wofür, sandte.

Mag ich auch in Ihren und in Ihres Bruders, Nikolaj Nikolajewitschs, Augen lachhaft sein. Von dannen gehend, sage ich entzückt: «Gepriesen sei Dein Name.»

Vor acht Jahren habe ich Sie in einer Loge im Zirkus gesehen, und damals schon habe ich mir in der ersten Sekunde gesagt: «Ich liebe sie, weil es auf der Welt nichts gibt, was ihr gleicht, nichts, was besser wäre als sie – kein Tier, keine Pflanze, kein Stern, kein Mensch ist wunderbarer und zärtlicher als sie.»

Die ganze Schönheit der Erde scheint in Ihnen verkörpert zu sein... Überlegen Sie genau: Was hätte ich tun sollen? In eine andere Stadt davonlaufen? Trotzdem wäre mein Herz bei Ihnen gewesen, zu Ihren Füßen, jeder Augenblick wäre ausgefüllt von Ihnen, mit den Gedanken an Sie, mit Träumen von Ihnen... in einem süßen Fieberwahn. Ich schäme mich sehr und erröte innerlich über mein dummes Armband; nun, was soll's? – ein Fehler. Ich kann mir vorstellen, welchen Eindruck es auf Ihre Gäste gemacht hat.

In zehn Minuten fahre ich ab, ich habe gerade noch Zeit, eine Marke auf den Brief zu kleben und ihn zum Briefkasten zu bringen, damit ich das keinem andern auftragen muß. Verbrennen Sie diesen Brief. Auch ich habe soeben den Ofen eingeheizt und werde das Teuerste, was ich im Leben besitze, verbrennen: Ihr Tuch, das ich – ich gestehe es – gestohlen habe. Sie haben es bei einem Ball der Adelsgesellschaft auf Ihrem Stuhl vergessen. Ihre Notiz – oh, wie habe ich sie mit Küssen bedeckt –, mit der Sie mir verboten haben, Ihnen zu schreiben. Das Programm einer Kunstausstellung, welches Sie einstmals in den Händen gehalten und dann beim Hinausgehen auf einem Stuhl liegengelassen haben... Natürlich. Ich habe alle Fäden abgeschnitten, und trotzdem denke ich und bin sogar überzeugt, daß Sie sich an mich erinnern werden. Wenn Sie es tun, so ... Ich weiß, daß Sie sehr musikalisch sind, ich habe Sie am häufigsten bei Beethoven-Konzerten gesehen – also, wenn Sie sich an mich erinnern, so spielen Sie die Sonate D-dur op. 2, Nr. 2, oder lassen Sie sich diese Sonate vorspielen.

Ich weiß nicht, wie ich diesen Brief beenden soll. Von ganzem Herzen danke ich Ihnen, daß Sie meine einzige Freude im Leben waren, der einzige Trost, der einzige Gedanke. Möge Gott Ihnen Glück geben, und möge nichts Vergängliches und Weltliches Ihre wunderbare Seele erschüttern. Ich küsse Ihre Hände. G. S. D.

Wera Nikolajewna ging mit von Tränen geröteten Augen und verschwollenen Lippen zu ihrem Mann, zeigte ihm den Brief und sagte: «Ich will nichts vor dir verheimlichen, doch fühle ich, daß etwas Schreckliches in unser Leben eingedrungen ist. Sicherlich habt ihr, Nikolaj Nikolajewitsch und du, etwas nicht so gemacht, wie es richtig gewesen wäre.»

Fürst Scheïn las den Brief aufmerksam durch, faltete ihn sauber zusammen und sagte, nachdem er lange geschwiegen hatte: «Ich zweifle nicht an der Aufrichtigkeit dieses Mannes, und ich wage es nicht, über seine Gefühle dir gegenüber ein Urteil abzugeben.»

«Er ist gestorben?» fragte Wera.

«Ja, er ist gestorben; ich behaupte, er hat dich geliebt und war keineswegs verrückt. Ich habe meinen Blick nicht von ihm gewandt und jede seiner Bewegungen gesehen, jede Veränderung in seinem Gesicht. Für ihn gab es kein Leben ohne dich. Mir schien, daß ich einem ungeheuren Leiden beiwohnte, einem Leiden, an dem die Menschen sterben, und ich hatte fast begriffen, daß vor mir ein Toter stand. Verstehst du, Wera, ich habe nicht gewußt, wie ich mich verhalten sollte, was ich zu tun hatte...»

«Wassenka, sag mir», unterbrach ihn Wera Nikolajewna, «wird es dir weh tun, wenn ich in die Stadt fahre und ihn ansehe?»

«Nein, nein, Wera, ich bitte dich, tu das. Ich würde selbst fahren, doch Nikolaj hat mir die ganze Sache verdorben. Ich fürchte, ich würde mich unnatürlich benehmen.»

12

Wera Nikolajewna verließ ihre Kutsche zwei Straßen vor der Luteranskaja. Sie fand Dotts Wohnung ohne große Schwierigkeiten. Ihr kam eine alte, sehr dicke Frau mit grauen Augen hinter silberumrandeten Brillengläsern entgegen und fragte, genau wie am Tag zuvor: «Zu wem möchten Sie?»

«Zu Herrn Dott», sagte die Fürstin.

Ihr Kostüm, ihr Hut, ihre Handschuhe und der etwas gebieterische Ton mußten wohl einen großen Eindruck auf die Wohnungsbesitzerin machen. Sie wurde redselig.

«Bitte, bitte, hier die erste Tür links... und da... jetzt... Er ist so schnell von uns gegangen. Nun gut, Veruntreuung von Geldern. Hätte er mir was gesagt davon. Sie wissen, wieviel man zusammenkriegt, wenn man Junggesellen Zimmer vermietet. Aber sechs-, siebenhundert Rubel hätte ich für ihn zusammenkratzen und zahlen können. Wenn Sie wüßten, was das für ein wunderbarer Mensch war, Pani. Acht Jahre habe ich ihn in meiner Wohnung gehabt, und er ist mir gar nicht wie ein Mieter vorgekommen, sondern wie mein leiblicher Sohn.»

Gleich im Vorraum gab es einen Stuhl, und Wera setzte sich.

«Ich bin eine Freundin Ihres seligen Mieters», sagte sie, nach jedem einzelnen Wort suchend. «Erzählen Sie mir etwas über die letzten Minuten seines Lebens, was er gemacht und was er gesagt hat.»

«Pani, zwei Herren haben uns besucht und sehr, sehr lange mit ihm gesprochen. Dann hat er erklärt, man habe ihm den Posten eines Wirtschaftleiters angeboten. Dann ist Pan Jerzy zum Telephon gelaufen und ist ganz fröhlich zurückgekommen. Danach sind die beiden Herren gegangen, und er hat sich hingesetzt und einen Brief geschrieben. Dann ist er weggegangen und hat den Brief in den Briefkasten geworfen, und dann habe ich einen Laut wie einen Schuß aus einer Spielzeugpistole gehört. Ich hab' mich nicht darum gekümmert. Um sieben Uhr hat er immer Tee getrunken. Lukerja – das Zimmermädchen – geht an die Tür und klopft, er antwortet nicht, dann noch mal und noch einmal. Und da haben wir die Tür aufbrechen müssen, und er war schon tot.»

«Erzählen Sie mir etwas über das Armband», befahl Wera Nikolajewna.

«Ach, ach, ach, das Armband – das habe ich ja vergessen. Woher wissen Sie das? Bevor er den Brief geschrieben hat, ist er zu mir gekommen und hat gesagt: ‹Sind Sie Katholikin?› Ich sage: ‹Katholikin.› Darauf sagt er: ‹Ihr habt so einen lieben Brauch – genau so hat er gesagt: einen lieben Brauch –, an die Muttergottesbilder Ringe, Ketten, Geschenke zu hängen. Erfüllen Sie mir doch eine Bitte: Können Sie dieses Armband an ein Heiligenbild hängen?› Ich habe es ihm versprochen.»

«Führen Sie mich zu ihm», sagte Wera.

«Bitte sehr, bitte sehr, Pani. Hier ist seine erste Tür, links. Man wollte ihn heute in die Anatomie bringen, aber er hat einen Bruder, so hat der erreicht, daß man ihn als Christ begräbt. Bitte sehr, bitte sehr.»

Wera nahm sich zusammen und öffnete die Tür. Im Zimmer roch es nach Weihrauch, und drei Wachskerzen brannten. Schräg gegenüber im Zimmer lag Dott auf einem Tisch. Sein Kopf hing sehr tief, als habe man ihm, einem Leichnam, dem es gleichgültig war, mit Absicht ein kleines, weiches Kissen untergeschoben. Ein Hochmut lag in seinen geschlossenen Augen, und die Lippen lächelten selig und friedvoll, als habe er, bevor er aus dem Leben schied, ein großes und süßes Geheimnis erfahren, das sein ganzes menschliches Dasein erklärte. Sie erinnerte sich, daß sie diesen Ausdruck auf den Totenmasken der großen Dulder – Puschkin und Napoleon – gesehen hatte.

«Wenn Sie es befehlen, Pani, gehe ich?» fragte die alte Frau, und in ihrer Stimme schwang ein Ton höchster Vertraulichkeit mit.

«Ja, ich rufe Sie später», sagte Wera und zog gleich darauf eine große, rote Rose aus einer kleinen Seitentasche ihrer Jacke, hob den Kopf des Verstorbenen mit der linken Hand etwas an und legte ihm mit der rechten die Blume auf die Brust. In dieser Sekunde verstand sie, daß jene Liebe, von der jede Frau träumt, an ihr vorübergegangen war. Sie dachte an die Worte General Anossows über die ewige, ausschließliche Liebe – fast prophetische Worte. Sie strich dem Toten die Haare aus der Stirn, preßte ihm fest mit beiden Händen die Schläfen und küßte seine kalte, feuchte Stirn mit einem langen Freundeskuß.

Als sie ging, wandte sich die Wohnungsbesitzerin mit einem liebedienerischen polnischen Akzent an sie: «Pani, ich sehe, daß Sie nicht so wie die anderen und nicht einfach aus Neugierde gekommen sind. Der selige Pan Dott hat mir vor seinem Tod gesagt: ‹Wenn ich sterben sollte und eine Dame kommt, um mich anzuschauen, so sagen Sie ihr, daß Beethovens bestes Werk ...› – er hat es mir sogar extra aufgeschrieben. Hier, schauen Sie ...»

«Zeigen Sie», sagte Wera Nikolajewna und fing plötzlich an zu weinen. «Entschuldigen Sie, der Anblick des Todes ist so schwer, daß ich mich nicht zurückhalten kann.»

Und sie las die Worte, die mit der ihr bekannten Handschrift geschrieben waren: «L. van Beethoven, Sonate op. 2, Nr. 2., Largo Appassionato.»

13

Wera Nikolajewna kehrte spätabends nach Hause zurück und war froh, weder ihren Mann noch ihren Bruder anzutreffen.

Dafür erwartete sie die Pianistin Jenny Reiter, und da Wera von dem, was sie gesehen und gehört hatte, sehr aufgewühlt war, warf sie sich dieser entgegen und rief, die Hände der Pianistin küssend: «Jenny, Liebste, ich bitte dich, spiel mir etwas vor» – und ging daraufhin sofort aus dem Zimmer in den Blumengarten, wo sie sich auf eine Bank setzte.

Sie zweifelte keine Sekunde daran, daß Jenny genau jene Stelle aus der zweiten Sonate spielen würde, um welche dieser Tote mit dem lächerlichen Namen Dott sie gebeten hatte.

So war es auch. Sie erkannte dieses außergewöhnliche, in seiner Tiefe einmalige Werk schon bei den ersten Akkorden. Und ihre Seele schien sich in zwei Teile zu spalten. Sie dachte daran, daß die große Liebe, welche nur einmal in tausend Jahren vorkommt, an ihr vorübergegangen war. Und gleichzeitig erinnerte sie sich der Worte General Anossows und fragte sich: «Weshalb hat mich dieser Mensch dazu gebracht, mir gerade dieses Werk von Beethoven anzuhören, und dazu noch gegen meinen eigenen Willen?» In ihrem Geiste formten sich Worte, und diese stimmten in ihren Gedanken so mit der Musik überein, als seien es Strophen, die mit den Worten endeten: «Gepriesen sei Dein Name.»

«Jetzt zeige ich euch die zarten Töne jenes

Lebens, das sich ergeben und freudig zur Marter verdammt, zum Leiden, zum Tod verurteilt hat. Ich kannte weder Klagen noch Vorwurf, noch Schmerz aus Eigenliebe. Und vor dir gibt es nur ein Gebet: Gepriesen sei Dein Name.

Ja, ich sehe Leid, Blut und den Tod voraus. Und ich denke, schwer wird es sein, den Körper von der Seele zu trennen, doch Schöne, gelobt seist du, leidenschaftlich gelobt und still geliebt. Gepriesen sei Dein Name.

Ich erinnere mich an jede deiner Bewegungen, an dein Lächeln, deinen Blick, an den Klang deines Schritts. Von süßer Trauer, von stiller, wunderbarer Trauer sind meine letzten Erinnerungen umweht. Doch ich werde dir keinen Schmerz bereiten. Ich gehe einsam von dannen, schweigend, wie es mir von Gott und dem Schicksal befohlen. Gepriesen sei Dein Name.

In der traurigen Stunde des Todes bete ich allein nur zu dir. Auch für mich hätte das Leben wunderbar sein können. Murre nicht, armes Herz, murre nicht! Im Innersten rufe ich den Tod herbei, doch im Herzen lobe ich dich: Gepriesen sei Dein Name.

Du, du und die Menschen, die dich umgaben, ihr wißt alle nicht, wie schön du warst. Die Stunde schlägt. Es ist Zeit. Und sterbend singe ich noch immer in der schmerzlichen Abschiedsstunde: Ehre sei Dir.

Er kommt, der versöhnende Tod, aber ich sage: Ehre sei Dir!»

Fürstin Wera umfaßte den Stamm der Akazie, schmiegte sich an ihn und weinte. Der Baum erzitterte leicht. Ein lauer Wind kam auf und ließ, als habe er Mitleid mit ihr, die Blätter rauschen. Stärker rochen die Tabakblüten ... Und die wunderliche Musik fuhr fort, als unterwerfe sie sich Weras Schmerz: «Beruhige dich, meine Liebe, beruhige dich, beruhige dich. Erinnerst du dich an mich? Du erinnerst dich? Du bist doch meine einzige und meine letzte Liebe. Beruhige dich, ich bin bei dir. Denke an mich, und ich werde bei dir sein, denn auch wenn wir einander nur einen Augenblick liebten, so lieben wir uns doch ewiglich. Erinnerst du dich an mich? Du erinnerst dich? Erinnerst dich an mich? Ja, ich fühle deine Tränen. Beruhige dich. Mein Schlaf ist so süß, so süß, so süß.»

Jenny Reiter, die schon längst aufgehört hatte zu spielen, kam aus dem Zimmer und sah Fürstin Wera, die völlig in Tränen aufgelöst auf ihrer Bank saß.

«Was hast du?» fragte die Pianistin.

Wera, deren Augen von den Tränen leuchteten, begann, ihr heftig und erregt Lippen, Augen, Gesicht zu küssen und sagte: «Nein, nein – er hat mir verziehen jetzt. Alles ist gut.»

(1911)

Jetzt kann ich schon nicht mehr sagen, welche Angelegenheit oder welche Laune des Schicksals mich für einen ganzen Winter in dieses kleine, nordische, russische Städtchen verschlagen hatte, über das in den Geographiebüchern lediglich geschrieben steht: «Kreisstadt X.», ohne daß noch irgendwelche weiteren Angaben hinzugefügt wären. Vor kurzem wurde ganz in ihrer Nähe die Eisenbahnlinie Petersburg–Archangelsk verlegt, doch hat sich dieses Ereignis in keiner Weise auf das Leben der Stadt ausgewirkt. Vom Bahnhof in die Stadt kann man nur im tiefsten Winter gelangen, wenn die undurchdringlichen Sümpfe zugefroren sind, ja, und dann muß man neunzig Werst über Schlaglöcher und durch Schneestürme fahren, wobei man oft das wilde Heulen eines Wolfes hört und während Stunden kein Anzeichen menschlichen Lebens sieht. Und vor allem: es gibt nichts, was man aus der Stadt in die Hauptstadt bringen könnte, und niemand hat irgendeinen Grund, dorthin zu fahren.

Und so lebt das Städtchen in einer schläfrigen Verschwiegenheit, in einer friedlichen Zurückgezogenheit, ohne jeglichen Handel mit der Außenwelt, ohne Bergbau oder verarbeitende Industrie, ohne Denkmäler für bekannte Staatsbürger, lebt mit seinen sechzehn Kirchen für fünftausend Einwohner, mit Gehwegen aus Bohlen, mit Schweinen, Kühen und Hühnern auf der Straße, mit dem unvermeidlichen staubigen Boulevard entlang des sich schlängelnden Flüßchens Woroscha, das unschiffbar und ohne Fischbestand ist – im Winter überhäuft von Schneemassen, im Sommer im Schmutz versinkend, rundherum umwachsen von sumpfigem, verkrüppeltem und niedrigem Wald.

Nichts gibt es hier für den Geist und das Herz: weder Gymnasium noch Bibliothek, noch Theater, weder lebende Bilder noch Konzerte, noch Lesungen mit einer Laterna magica. Auch die schlechtesten Wanderzirkusse und Jahrmärkte lassen diese Stadt aus, und selbst das schlichte Kasperltheater kam das letzte Mal vor sechs Jahren durch die Stadt, woran sich die Bewohner bis zum heutigen Tage mit Rührung erinnern.

Einmal in der Woche, am Samstag, ist Markt in dem Städtchen. Aus den umliegenden, verwilderten Dörfchen kommen anderthalb Dutzend Bauern mit Kartoffeln, Heu und Holz gefahren, doch auch sie scheinen weder etwas zu kaufen noch zu verkaufen, sondern treiben sich den ganzen Tag bei der Branntweinbude herum und klopfen sich mit den Händen, die in gelben ledernen Fäustlingen stecken, auf die Schultern. Und wenn sie nachts betrunken heimkehren, ziehen sie sich oft Erfrierungen zu auf dem Wege, was für den städtischen Arzt von nicht geringem Nutzen ist.

Die hiesigen Kleinbürger sind ein rauhes, frommes und mißtrauisches Völkchen. Was sie machen und wovon sie leben, ist unergründlich. Im Sommer werkelt der eine oder andere unter ihnen noch am Fluß herum und treibt das zu Flößen zusammengebundene Holz stromabwärts; doch ihr winterliches Dasein bleibt geheimnisvoll. Sie erheben sich spät, nach Sonnenaufgang, und starren den ganzen Tag aus dem Fenster auf die Straße, wobei ihre plattgedrückten Nasen und rissigen Lippen als weiße Flecken auf der Scheibe zu sehen sind. Zu Mittag essen sie, wie Rechtgläubige, um zwölf Uhr, und nach dem Essen schlafen sie. Schon um sieben Uhr abends wird das Tor mit einem schweren Eisenriegel verschlossen, und jeder Hausherr läßt den alten, bösen, struppigen, grauschnäuzigen und vom Bellen heiseren Köter eigenhändig von der Kette, und bis zum Morgen schnarchen sie in warmen, schmutzigen Federbetten inmitten eines Berges aus Kissen beim friedlichen Schein der bunten Ikonenlämpchen. Sie schreien entsetzlich im Schlaf, weil ein schrecklicher Alptraum sie quält, und wenn sie erwachen, kratzen sie sich ausgiebig, schmatzen und sprechen ein extra zu diesem Zwecke vorgesehenes Gebet gegen den Hausgeist.

Von sich selber sprechen die Kleinbürger so: «In unserer Stadt sind die Häuser aus Stein und die Herzen aus Eisen. Die Gebildeten unter den Alteingesessenen beteuern gar, und nicht ohne Stolz, daß Nikolaj Wassiljewitsch Gogol eben ihre Stadt zum Vorbild genommen habe, als er seinen ‹Revisor› schrieb. ‹Das selige Väterchen Prochor Sergejitscha hat Nikolaj Wassiljewitsch mit eigenen Augen gesehen, als er durch die Stadt fuhr.› Hier nennt und kennt man die Leute nur beim Vor-

und Vatersnamen. Sagst du zu einem Kutscher: ‹Zu Tschurbanow› (dem örtlichen Mjur-Merilis[1]) ‹für zehn Kopeken›, so wird er starr vor Staunen und fragt dann, als sei er plötzlich erwacht: ‹Was?› – ‹Zu Tschurbanow, in den Laden, für zehn Kopeken.› – ‹Ach sooo! Zu Profir Alexejitsch. Bitte, Kaufmann, nehmt Platz.›»

Es gibt hier eine städtische Markthalle – ein langgezogener Holzschuppen auf dem Kirchplatz, mit einer Vielzahl unbeleuchteter und schmutziger winziger Räume, die dunklen Löchern gleichen und aus denen es immer nach Ratten, Kumatsch, gegerbten Schaffellen, Petroleum und aromatischem Pfeffer riecht. In riesigen Wolfspelzen und warmen, steifen Mützen sitzen die Ladeninhaber, all diese grausamen Modest Nikonarytschs und Doremidont Nikiforytschs mit ihren grauen Bärten, fett und gewichtig vor ihren Geschäften auf den Stufen, schlürfen aus einer Untertasse starken Tee und spielen Dame und Schlagdame. Kommt zufällig ein Käufer vorbei, schauen sie ihn an wie ihren Todfeind: «He, Junge, gib dem mal was!» Seinen Kauf reichen sie ihm nicht, sondern schleudern ihn unverpackt auf den Ladentisch, und jedes Silber- oder Goldstück und auch Papiergeld prüfen sie so lange, befühlen es, halten es gegen das Licht, lassen es klingen, beißen sogar darauf und schauen dabei so durchdringend und boshaft auf dich, daß du unwillkürlich denkst: «Der Lump wird wohl gleich die Polizei rufen.»

Im Winter an Festtagen findet nach dem Mit-

[1] Familienname eines Kaufhausbesitzers in Moskau.

tagessen, gegen Abend schon, auf der Hauptstraße, der Schloßstraße, eine Spazierfahrt der Kaufleute statt. Eine ganze Kette riesiger, an Lebkuchenpferde erinnernder Apfelschimmel ziehen vorbei, verstopfen mit ihren zitternden, fetten Fleischmassen, ihrer gluckernden Milz die Straße und wiehern laut. Und in den kleinen Schlitten sitzen, feierlich wie Buddhastatuen in Sonntagspelzen, der Kaufmann und seine Frau – deren beider Umfang so enorm ist, daß ihr halbes Gesäß links und rechts vom Sitz herabhängt. Manchmal wird dieser manierliche Zug plötzlich unterbrochen, und im Galopp, pfeifend und kreischend, jagt der Kaufmannssohn Nosdrunow durch die Straße; er trägt einen eleganten Kaufmannsmantel, eine Bojarenmütze schief in die Stirn, er ist der Beau unter der Kaufmannsjugend und der Eroberer aller Mädchenherzen.

Ein Häuflein Intellektueller lebt hier, doch bald nach ihrer Ankunft in der Stadt verlottern sie erstaunlich schnell; sie trinken viel, spielen Karten – wobei sie sich zwei volle Tage hindurch nicht vom Tisch erheben –, tratschen, leben mit Frauen anderer und Zimmermädchen, lesen nicht und interessieren sich für nichts. Die Post aus Petersburg kommt manchmal nach sieben Tagen an, manchmal nach zwanzig und manchmal auch gar nicht, denn sie legt einen langen kreisförmigen Weg zurück: zunächst Richtung Süden, nach Moskau, dann nach Osten bis Rybinsk per Schiff und im Winter zu Pferd, und schließlich fahren betrunkene, müde, hungrige, abgerissene, durchgefrorene Postkutscher sie zweihundert Werst durch

Wälder und Sümpfe, über Berge und löchrige Brücken wieder nach Norden.

In der Stadt bezieht man auf gemeinsame Kosten einige Zeitungen: die «Neue Zeit», «Die Welt», die «Petersburger Zeitung» und ein Exemplar der «Börsennachrichten» oder, wie man sie hier nennt, des «Börsewik». Früher hatte man zwei Exemplare des «Börsewik» abonniert, doch erklärte der Leiter der städtischen Schule dem Geographie- und Geschichtslehrer Kipajtulow eines Tages sehr schroff: «Sie haben die Wahl: entweder dienen Sie in der mir anvertrauten Schule, oder Sie widmen sich der Lektüre revolutionärer Zeitungen.»

In diesem Städtchen saß ich also Ende Januar bei starkem Schneetreiben an einem Abend am Schreibtisch des Gasthauses «Zum Adler» oder, wie es getauft worden war, «Zum Schabenloch», wo ich der einzige Gast war. Vom Fenster her zog es, und im Schornstein blies der umherstreunende Wind bald im Baß, bald in quietschendem Sopran zur Nacht. Trostlos flackernd brannte die Flamme der dünnen Kerze, deren Wachs an der einen Seite heruntertropfte. Düster schaute ich auf das Licht, und von den Bretterwänden herab betrachteten mich, wichtigtuerisch mit den Fühlern wackelnd, die ernsten, unbeweglichen, rotbraunen Küchenschaben. Eine verfluchte, zermürbende, tödliche Langeweile umhüllte mein Hirn wie ein Spinnennetz, lähmte meinen Körper. Was sollte ich machen bis zur Nacht? Bücher hatte ich keine bei mir, und die Zeitungen, in welche meine Sachen und der Wegproviant eingewickelt waren, hatte ich schon so häufig gelesen, daß ich sie schließlich auswendig gelernt hatte.

Und ich dachte traurig darüber nach, was ich unternehmen sollte: in den Klub gehen oder jemanden nach einem Buch zu einem meiner zufälligen Bekannten schicken, und wenn es auch Fachliteratur des städtischen Arztes wäre, das Strafgesetzbuch des Friedensrichters oder des Försters Anleitung zur Dendrologie?

Doch wer kennt nicht diese Klubs der Provinzstadt oder, anders gesagt, diese Bürgerversammlungen? Schäbige Tapeten, die in Fetzen herabhängen, ein vollgespuckter Fußboden; Spiegel und Ölfarbendrucke sind bedeckt mit darauf hokkenden Fliegen; in allen Räumen hängt ein Geruch von Sauerteig, von der Feuchtigkeit eines unbewohnten Hauses und von Karbol aus dem Klosett. Im Saal sind zwei Tische von jenen belegt, die Preference spielen, und gleich daneben stehen auf kleinen Tischchen der Wodka und die Häppchen, so daß man mit einer Hand bequem die Karten halten und mit der andern in die Gurkenschüssel langen kann. Die Spieler halten die Karten oft unter den Tisch und verdecken sie mit beiden Händen, doch auch das hilft nichts, denn ununterbrochen ertönt die Mahnung: «Ich bitte Sie, Syssoj Petrowitsch, kriegen Sie keine Stielaugen.»

Im Billardzimmer spielt der Schriftführer des Semstwo[1] mit dem Marqueur Pyramide mit den riesigen, über die Jahre hin schartig gewordenen,

---

[1] Organ der regionalen Selbstverwaltung im zaristischen Rußland.

beim Laufen polternden Kugeln, verleibt sich mit seinem Partner Wodka ein und wirft mit speziell zum Billardspiel entwickelten Redensarten um sich. Im Eingang sitzt unter der Lampe mit geschliffenem Reflektor der Kellnerjunge und, die Hände über seinem Bauch gefaltet, den Mund weit aufgesperrt, schnarcht genüßlich. In der Bar betrinken sich zwei Steuerbeamte, der Veterinär, der Polizeigehilfe und der Agronom mit kaukasischem Weinbrand, bieten sich das Du an, umarmen sich, küssen sich mit feuchten, rauhen Mündern, wobei sie einander den Branntwein über Hals und Gehrock gießen, singen völlig schief «Nicht der feine Herbstregen», und dabei dirigiert ein jeder von ihnen, und gegen elf werden sich ganz sicher zwei von ihnen prügeln und einander die Haare büschelweise ausreißen.

«Nein», beschloß ich, «ich schicke lieber nach einem Buch zum Arzt.»

Doch gerade in diesem Augenblick trat der barfüßige Etagenjunge Fedka in mein Zimmer mit einem Billet vom Doktor selbst, der mich in freundschaftlichem und lustigem Ton zu einem Abend bei sich einlud, das heiße zu einer Tasse Tee und einer kleinen Runde Wint im häuslichen Rahmen; er bekräftigte, daß nur seine Bekannten dasein würden, daß es bei ihnen überhaupt einfach zugehe, ohne Zeremonien, daß man nicht Insignien, Schärpen und Fräcke tragen müsse und schließlich, daß Frau Doktor von ihrer Mutter aus Belosersk Lachs von bester Qualität erhalten habe, woraus eine Pirogge erbaut werden solle. «Sic!» rief der ulkige Herr Doktor in einem Nachsatz aus, «auch Schwiegermütter sind zu etwas nütze!»

Ich wusch mich schnell, zog mich um und ging zum allerliebenswürdigsten Pjotr Wlassowitsch. Jetzt fegte nicht mehr ein Wind, sondern ein rasender Wirbelsturm mit ungeheurer Kraft durch die Straßen und trieb Wolken von Schneegraupen vor sich her, die schmerzhaft ins Gesicht schlugen und die Augen blind machten. Ich bin, wie die meisten Menschen heutzutage, ungläubig, doch bin ich häufig weit auf winterlichen Wegen zu Dörfern gefahren, und deshalb bete ich in Gedanken an solchen Abenden und bei solchem Wetter: «Lieber Gott, errette und beschütze den, der jetzt vom Wege abgekommen ist und mit Todesangst über Felder und durch Wälder irrt.»

Der Abend im Hause des Doktors verlief wie alle Gesellschaften in der russischen Provinz, von Obdorsk bis Kryschopol, von Lodejnoje Polje bis Temrjuk. Zunächst trank man lauwarmen Tee mit Gebäck des Hauses, mit stinkendem Rum und Himbeerkonfitüre, deren feine Kernchen sich so unangenehm zwischen den Zähnen festsetzen. Die Damen saßen an dem einen Ende des Tisches und unterhielten sich mit geheuchelter Lebhaftigkeit, wobei sie die Satzenden kokett näselnd herausposaunten; sie sprachen über die Verteuerung von Lebensmitteln und Brennholz, über die sittliche Verdorbenheit des Dienstpersonals, über Kleider und Stickereien, über Rezepte, wie man Gurken einlegen und Kohl ritzen kann. Wenn sie einen Schluck Tee aus ihren Täßchen nahmen, so spreizte eine jede unter Garantie den kleinen Finger der rechten Hand auf völlig unnatürliche Weise ab, was, das ist ja bekannt, zum guten Ton gehört und als Zeichen graziöser Verzärtelung gilt.

Die Männer waren am anderen Ende des Tisches versammelt. Hier wurde vom Dienst gesprochen, vom strengen und gegenüber dem Adel respektlosen Gouverneur, über die Politik, wobei man hauptsächlich einander den Inhalt der Zeitungen des Tages wiedergab, die alle schon gelesen hatten. Und es war lachhaft und rührend zugleich zu hören, wie sie sich tiefgehend und scharfsinnig über Ereignisse unterhielten, die schon vor rund anderthalb Monaten geschehen waren, und sich die Köpfe heiß redeten über Nachrichten, die alle Welt längst vergessen hatte. Es war tatsächlich, als lebten wir nicht auf der Erde, sondern auf dem Mars oder der Venus oder irgendeinem anderen Planeten, wohin die sichtbaren irdischen Dinge erst nach einer großen Zeitspanne, ganze Wochen, Monate und Jahre später, gelangten.

Dann, das war eine Gewohnheit schon aus alten Zeiten, sagte der Hausherr: «Wissen Sie was, meine Herren? Verlassen wir dieses Labyrinth und setzen uns zum Wint. Alexej Nikolajewitsch, Jewgenij Jewgenjewitsch, wie wär's mit einer Partie Karten?»

Und schon rief einer den jahrhundertealten Spruch aus: «Ja, weshalb noch länger kostbare Zeit verlieren?»

Nur drei Personen wollten nicht spielen: der Förster Iwan Iwanowitsch Turtschenko, ich und eine dicke alte Dame von sehr ehrwürdigem und gutherzigem Aussehen, doch gänzlich taub – die liebe Mutter des Semstwo-Vorsitzenden. Der Hausherr hatte lange versucht, uns zu überreden, als Ersatzspieler am Wint teilzunehmen, aber schließlich entschloß er sich mit geheucheltem Mitleid im Blick, uns in Ruhe zu lassen. Allerdings kam er noch einige Male, in den Minuten, da er nicht an der Reihe war zu geben, eilfertig zu uns herüber und fragte, sich die Hände reibend: «Nun, wie steht's? Wie ergeht es Ihnen hier? Ist Ihnen nicht gar zu langweilig? Vielleicht sollte ich Ihnen ein Weinchen oder Bier herüberschikken?... Das ist nicht gut. Wer nicht trinkt, nicht spielt, nicht raucht, der ist ein verdächtiges Element in der Gesellschaft. Und weshalb unterhalten Sie denn Ihre Dame nicht?»

Wir versuchten, uns ihrer anzunehmen. Zunächst fingen wir an, vom Wetter und der Schlittenbahn zu sprechen. Die dicke Dame lächelte uns kurz zu und antwortete, daß sie, das sei schon richtig, als sie noch jünger war, Muschka gespielt habe oder Ramsch, wie es heute hieß, doch daß sie es jetzt vergessen habe und sogar die einzelnen Karten nicht mehr so recht voneinander unterscheiden könne. Dann schrie ich ihr etwas über die Gesundheit ihrer Enkel ins Ohr; sie nickte zärtlich mit dem Kopf und sagte teilnahmsvoll: «Ja, ja, das kommt vor, das kommt vor, mir selbst schmerzt, wenn es Regen gibt, das Kreuz ganz fürchterlich», und dann holte sie aus ihrem Pompadour eine Häkelarbeit hervor. Wir wagten es nicht, noch ein weiteres Wort an die gute Alte zu richten.

Der Doktor besaß ein herrliches großes Sofa, das mit weichem, gelbem Leder bespannt war und in dem man bequem versinken konnte. Turtschenko und ich langweilten uns nie, wenn wir allein blieben. Uns verbanden drei Dinge: der Wald, die Jagd und die Liebe zur Literatur. Ich hatte schon etwa fünfzehnmal die Gelegenheit, mit ihm auf Bären-, Fuchs-, Wolfsjagd zu gehen, Treibjagden mit und ohne Hunde. Er war ein ausgezeichneter Jäger, und einmal holte er vor meinen Augen einen Luchs durch einen Schuß aus einer Baumkrone herunter, die mehr als dreihundert Schritt entfernt war. Aber er jagte nur Raubtiere und auch Hasen, für die er zusätzlich Fangeisen aufstellte, denn er haßte sie von ganzem Herzen, da sie den jungen Kulturen im Walde großen Schaden zufügten. Sein geheimer und natürlich unerfüllbarer Wunsch war es, auf Tigerjagd zu gehen, und er hatte sich sogar eine ganze Bibliothek über diesen edlen Sport angelegt. Vögel schoß er nie, und jegliche Frühlingsjagd verbot er aufs strengste in seinem Wald. «Der Vogel ist mir der erste Gehilfe in meinem Hause», sagte er ernst. Wegen dieser übermäßigen Strenge mochte man ihn nicht.

Er war ein kräftiger, kleiner, gebräunter, verbitterter Junggeselle mit glühenden und spöttischen dunklen Augen und mit zerzaustem, schwarzem, von grauen Strähnen durchzogenem Haar. Er war ganz allein, ein echter Hagestolz, der längst alle Verwandten und Freunde aus der Kindheit verloren hatte, und bis zum jetzigen Zeitpunkt waren in ihm jene liederlichen wie wunderbaren, groben wie kameradschaftlichen Eigenschaften, an denen man mit Leichtigkeit den ehemaligen Studenten der heute aufgelösten Forstfakultät erkennt, bewahrt geblieben – jener einstmals berühmten Petrowskij-Akademie, die sich im Dörfchen Petrowsko-Rasumowskij bei Moskau befunden hatte.

Er zeigte sich sehr selten in der Gesellschaft der Kreisstadt, denn drei Viertel seines Lebens verbrachte er im Wald. Der Wald war ihm eine wirkliche Familie und, so schien es, die einzige leidenschaftliche Liebe im Leben. In der Stadt lachte man ihm ins Gesicht und hielt ihn für einen Sonderling. Obwohl er die uneingeschränkte und von niemandem überwachte Möglichkeit hatte, den zum Abholzen bestimmten Wald zu verkaufen, lebte er von nur hundertfünfzig Rubeln – einem wirklich erbärmlichen Gehalt, wenn man die kultivierte, verantwortungsreiche und äußerst wichtige Arbeit in Betracht zog, die dieser wundersame Iwan Iwanowitsch selbstverleugnend schon seit zwanzig Jahren auf sich nahm. In der Tat habe ich nur unter Beamten der Forstbehörde, die von den vergessenen Ämtern das am gründlichsten vergessene ist, und noch unter Landärzten, die abgehetzt sind wie Schindmähren, solche in ihre Sache vernarrte und uneigennützige Sonderlinge finden können.

Vor vielen Jahren hatte Turtschenko einen schriftlichen Bericht ans Kriegsministerium geschickt, in dem es hieß, im Falle eines Verteidigungskrieges könnten die Forstaufseher, dank der hervorragenden Kenntnis ihrer Gegend, der Armee als Kundschafter und Führer von Partisanentrupps bestens dienlich sein, und deshalb schlage er vor, die örtlichen Wachen mit Leuten zu ergänzen, die besondere sechsmonatige Kurse absolviert hatten. Wie üblich, antwortete man ihm natürlich nicht. Daraufhin unterrichtete er auf eigene Faust und nach bestem Wissen und Gewissen seine Forstaufseher in der Kompaßführung und in Geländeaufnahme, im Kundschafterdienst, im Bau von Verhauen und Wolfsgruben, im Verfassen von militärischen Rapporten, in Flaggen- und Feuersignalen sowie in vielen anderen Grundlagen des Partisanenkriegs. Alljährlich veranstaltete er für seine Untergebenen einen Schießwettkampf und gab Preise aus, die er, trotz seiner bescheidenen Mittel, aus eigener Tasche bezahlte. Im Dienst hatte er eine Disziplin durchgesetzt, die strenger war als die bei der Marine, doch war er gleichzeitig der Tauf- und Brautvater aller seiner Waldhüter.

Er überwachte und schützte siebenundzwanzigtausend Deßjatinen Staatsforst und darüber hinaus noch einen ungeheuer großen, wunderbar gepflegten Wald im Süden des Kreises, der den Brüdern Solodajew, den Millionären, gehörte, die Turtschenko gebeten hatten, ihren Wald zu beaufsichtigen. Doch das war ihm immer noch nicht genug: eigenmächtig nahm er auch alle Wälder der Bauern in der Umgegend, ob angrenzend oder verstreut liegend, unter seine Fittiche. Hatte er für die Bauern gegen ein paar Kopeken, meist aber umsonst, alle möglichen Gemarkungs- und Vermessungsarbeiten gemacht, rief er eine Versammlung ein, sprach glühend und einfach über die Bedeutung von großen Waldgebieten für die Landwirtschaft und beschwor die Bauern, den Wald wie ihren eigenen Augapfel zu hüten. Die Muschiks mit ihren langen Bärten hörten ihm aufmerksam zu, nickten teilnahmsvoll, stöhnten wie bei der Predigt des Dorfpopen und pflichteten ihm bei: «Da hast du recht... da kann man nichts dagegen sagen... Sie haben recht, Herr Förster. Wer sind wir denn? Muschiks sind wir, ungebildete Bauern...»

Doch es ist schon lange bekannt, daß die besten und nützlichsten Wahrheiten aus dem Munde eines Herrn Förster, eines Herrn Agronom oder anderer intelligenter eifriger Leute für das Dorf nur einen einfachen Luftzug bedeuten.

Am darauffolgenden Tag lassen die guten Dorfleute ihr Vieh in den Wald, welches das Jungholz völlig kahlfrißt; sie reißen die Rinde von den zarten, noch nicht starken Bäumen, machen Bretter aus Tannen für irgendeinen Zaun oder einen Fensterrahmen, schlagen Löcher in die Stämme der Birken, um den Frühlingssaft für Kwaß zu gewinnen, rauchen im Dürrholz und werfen die Streichhölzer ins trockene graue Moos, das aufflackert wie Schießpulver, lassen nicht verloschene Feuer zurück, und die Hirtenjungen setzen sinnlos mit Harz gefüllte Höhlungen und Risse von Fichten in Brand, nur um zu sehen, wie fröhlich und ungestüm die Flamme des bernsteingelben Harzes lodert.

Immer wieder bittet er die Dorflehrer, den Schülern Achtung und Liebe dem Wald gegenüber einzuflößen, stachelt sie und die Dorfpopen an, natürlich vergeblich, Waldbepflanzungsfeste zu veranstalten, spricht beim Kreispolizeipräfekten, beim Semstwo-Vorsitzenden und beim Friedensrichter wegen Walddiebstahls vor, und auf den Dorfversammlungen langweilt er alle mit seinen flammenden Reden über den Schutz des Waldes, so daß man aufgehört hat, ihm zuzuhören. «Nun, da kommt wieder unser Philosoph mit seinem üblichen Unsinn», sagen die Landräte und gehen aus dem Raum, um zu rauchen, und lassen Turtschenko mit seinen Reden vor leeren Stühlen allein wie den Prediger Beda.

Doch nichts kann die Energie dieses dickköpfigen Ukrainers bremsen, der diesem verschlafenen Städtchen gar nicht paßt. Er befestigt aus eigenem Antrieb die Flußufer mit Büschen, pflanzt Nadelbäume auf brachliegendem Sandboden und bewaldet Schluchten. Über dieses Thema sprach ich auch mit ihm, als wir tief eingesunken auf dem großen Sofa des Herrn Doktor saßen.

«In den Schluchten ist bei mir jetzt so viel Schnee angeweht worden, daß ein Pferd mit Krummholz darin verschwindet. Ich freue mich wie ein Kind. In sieben Jahren habe ich den Wasserstand, den unser schlechtes Flüßchen Woroscha im Frühjahr hat, um viereinhalb Fuß gehoben. Ach, wenn ich nur mehr Arbeitskräfte hätte! Wenn man mir große, uneingeschränkte Macht gäbe über die Wälder hier! In einigen Jahren würde ich die Mologa schiffbar machen bis zu ihren Quellen hinauf, und ich würde überall hier in der Gegend die Getreideernte um fünfzig Prozent steigern. Ich schwöre bei Gott, daß man den Dnjepr und die Wolga in zwanzig Jahren zu den wasserreichsten Flüssen der Welt machen könnte – und das würde nur ein paar Kopeken kosten! Mit dem Pflanzen von Bäumen und mit Gräben kann man die wasserärmsten Gebiete bewässern und wasserreich machen. Pflanzt nur Bäume! Schützt die Wälder! Trocknet die Sümpfe aus, doch mit Verstand...»

«Und worum kümmert sich Ihr Ministerium?» fragte ich verschmitzt.

«Mein Ministerium – das ist ein Ministerium für den Fortbestand des Bösen», antwortete Turtschenko voller Bitterkeit. «Allen ist alles egal. Wenn ich mit der Eisenbahn fahre und Hunderte mit Holz beladene Züge, unüberschaubare Holzlager bei den Bahnhöfen sehe – dann könnte ich einfach heulen. Und wenn ich heute unsere Waldbächlein – alle diese Swanjas, Ischinas, Cholmenkas und Woroschas – flößbar machte, wissen Sie, was passieren würde? Nach zwei Jahren wäre der Kreis eine nackte Gegend. Die Gutsbesitzer treiben allen Wald nach Petersburg und ins Ausland. Ehrenwort, manchmal gebe ich auf, und mir platzt der Kragen. Die lebendigste, schönste, fruchtbarste Gegend steht unter meiner Aufsicht, aber die Hände sind mir gebunden; ich wage nicht, etwas zu unternehmen, niemand versteht mich, ich bin lächerlich, ich bin ein ratloser Mensch. Es reicht mir. Es ist zu schwer. Schauen Sie doch, was die Leute wollen: gut essen, viel schlafen, saufen und eine kleine Runde Wint. Nichts lieben sie: weder die Heimat noch die Arbeit, noch die Menschen –

nur ihre rotznasigen Kinderchen lieben sie. Niemanden kann man irgendwie wachrütteln, für irgend etwas interessieren. Ringsum Trägheit. Ich weiß schon im voraus, wer was und zu welchem Zeitpunkt sagen wird. Sie haben alle einen verkümmerten Verstand, auch die Gefühle und selbst die einfachsten menschlichen Worte sind verkümmert bei ihnen...»

Wir schwiegen. Von den vier Tischen aus dem Wohnzimmer kamen die Ausrufe der Spieler zu uns herüber:

«Ich sage, bitte die hübschen kleinen Kreuze!»

«Einzelheiten schriftlich, Jewgraf Platonytsch.»

«Fünf ohne Trumpf?»

«Ziehen Sie das Gewinde fest?»

«Das ist meine Angelegenheit.»

«Ich geh' das Risiko ein... Kleiner, mach den Schlemm!»

«Ihr Spiel. Ich passe.»

«Ja. Gekauft. Nicht ein menschliches Gesicht. So, also gekauft.»

«Ein Spiel mit Hochdruck.»

«Was? Sollte sie nachdenklich geworden sein?»

«Wassil Lwowitsch, mehr als eine Viertelstunde nachzudenken schickt sich nicht. Steigen Sie wieder ein!»

«Exzellenz, die Karten ein bißchen näher zu den Orden. Ich sehe Ihren Karo-Buben.»

«Schaun Sie doch nicht...»

«Ich kann nicht anders, das ist so eine Gewohnheit aus der Kindheit, wenn jemand seine Karten wie einen Fächer hält.»

«Wollen Sie nicht diese Nuß knacken?»

Turtschenko beugte sich zu mir und sagte lächelnd: «Gleich sagt einer: ‹Geh nicht allein, geh mit der lieben Mutti›, und der andere bemerkt: ‹Da haben Sie ein wahres Wort gesprochen.›»

«Welche Herzen haben Sie mir denn da gezeigt? Einen doppelt besetzten Buben und sonst nur leere Blätter. Ist das Ihrer Meinung nach eine Unterstützung?»

«Ich dachte...»

«...dachte der Truthahn und ist vor lauter Nachdenklichkeit gestorben.»

«Und weshalb haben Sie Ihr As gesalzen? Das soll wohl mariniert werden?»

«Keineswegs, hier ist Karo!»

«Und was halten Sie von dieser wunderschönen Dame?»

«Die trumpfe ich doch weg.»

«Richtig», stimmte mit tiefem Bariton der Geistliche bei, «geh nicht allein, geh mit einem Begleiter.»

«Erlauben Sie, erlauben Sie, Sie haben, wie mir scheint, eben doch gerade Trumpf gespielt.»

«Lassen Sie, Väterchen... Schicken Sie das Kind schon rüber, wir spielen doch nicht falsch... Bei uns ist alles so genau wie im Amt für das Meß- und Eichwesen.»

«Hören Sie, Iwan Iwanowitsch», wandte ich mich an den Förster, «wollen wir uns nicht verdrücken? Wissen Sie, auf die feine französische Art, ohne uns zu verabschieden.»

«Was kommt Ihnen in den Sinn, aber nein! Ohne Abendessen fortzugehen und dann noch, ohne sich zu verabschieden... Eine schlimmere

Kränkung können Sie sich schwerlich ausdenken für den Gastgeber. Das vergißt er Ihnen nie. Man wird Sie für unhöflich und überheblich halten.»

Doch der dicke Pjotr Wlassowitsch, der noch mehr aufgedunsen schien und vor Hitze, vom langen Sitzen und dem erfolgreichen Spiel rötlichblau angelaufen war, erhob sich schon vom Kartentisch und sagte, von einem Spieler zum andern gehend: «Meine Herren, meine Herren... Die Pirogge wird kalt, und meine Frau wird böse. Meine Herren, die letzte Runde.»

Die Gäste verließen die Tische, und in fröhlicher Vorfreude auf Getränke und Häppchen drückten sie sich geräuschvoll durch die Türen. Noch waren die Gespräche über das Spiel nicht beendet:

«Wie konnten Sie, Mensch, mich nicht verstehen? Ich habe Ihnen doch wohl klar wie klare Kloßbrühe gesagt, daß Sie Karo spielen sollten. Und Sie hatten eine Dame und eine Zehn viermal besetzt.»

«Mein Schätzchen, Sie wären verpflichtet gewesen, mich zu unterstützen. Aber Sie gehen vor ohne Trumpf! Denken Sie, ich hätte nichts von Ihren Assen gewußt?»

«Erlauben Sie mal, man hat mir nicht die Möglichkeit zu einer Absprache gegeben. So haben die das Gewinde angezogen.»

«Und Sie, beklagen Sie sich doch bei denen. Dazu ist Wint doch da. Angsthasen sollten nicht Karten spielen...»

Schließlich sprach die Gastgeberin: «Meine Herrschaften, ich bitte zu Tisch.»

Alle traten mit Gelächter und Späßen, sich erregt die Hände reibend, ins Eßzimmer. Man nahm Platz.

«Ehemänner und Ehefrauen auseinander», befahl der so gerne Witze machende Hausherr. «Sie langweilen sich daheim schon genug miteinander.»

Und mit Hilfe seiner Frau mischte er die Gäste so, daß jene Paare, die gerne flirteten oder schon lange ein der ganzen Stadt bekanntes Verhältnis hatten, sich Seite an Seite wiederfanden. Diese liebenswürdige Aufmerksamkeit war schon immer Brauch bei Familienabenden, und deshalb konnte ein Unbeteiligter, der sich nach seiner heruntergefallenen Serviette bückte, nicht selten unter dem Tisch verschlungene Beine sehen und auch Hände, die auf fremden Knien ruhten.

Man trank viel – die Männer «Einfachen», «Träne» und «Staatlichen», die Frauen Ebereschenschnaps; man trank zu den Vorspeisen, zu der Pirogge, dem Hasen und dem Kalbsbraten. Von Anfang an rauchte man zwischen den Gängen; nach der Pirogge wurde es laut und verräuchert, und durch die Luft blitzten Hände mit Messern und Gabeln.

Man sprach mit dem Blick eines erfahrenen Feinschmeckers über die Häppchen und die verschiedenen erstaunlichen Gänge. Und dann über die Jagd, über hervorragende Hunde, legendäre Pferde, über Protodiakone, Sängerinnen, übers Theater und schließlich über Gegenwartsliteratur.

Das Theater und die Literatur – diese beiden Themen müssen unbedingt herhalten für russische Mittagstische, Abendessen, Jours fixes oder Five o'clock teas. Hat doch jeder Kleinbürger irgendwann einmal in einem Laienstück mitgewirkt und sich in den goldenen Jahren des Studentenlebens auf dem Olymp des Theaters der Hauptstadt ausgetobt. Genau wie jeder von uns zu seiner Zeit im Gymnasium einen Aufsatz geschrieben hat mit dem Thema «Vergleichende Abhandlung über die Erziehung im ‹Domostroj› und im ‹Ewgenij Onegin›», und wer hat nicht in der frühen Jugend Verse verfaßt und an einer Schülerzeitung mitgearbeitet? Welche Dame sagt nicht mit bezauberndem Lächeln: «Stellen Sie sich vor, gestern nacht habe ich meiner Cousine einen kolossalen Brief geschrieben – sechzehn Briefbögen, beidseitig und in einer winzig kleinen Handschrift wie Perlenstickerei. Und das, bedenken Sie, zu welcher Stunde, und ohne irgend etwas zu verbessern! Ein unglaublich interessanter Brief! Ich werde Nadja bitten, ihn mir zurückzuschikken, damit ich es Ihnen vorlesen kann. Als wäre es eine Eingebung gewesen. Irgendwie brannte der Kopf ganz seltsam, die Hände zitterten mir, und die Feder lief gleichsam von selbst übers Papier.» Und welche Dame und welches Mädchen aus der Provinz hat einem nicht ihr Tagebuch aus der Schulzeit angeboten, damit man es laut, allein mit ihr liest, und hat einem dann ununterbrochen das Heft mit der Bemerkung aus der Hand gerissen, daß man da nicht weiterlesen dürfe?

Die Schauspielkunst und das Schreiben scheinen allen eine so leichte und problemlose Sache zu sein, daß diese beiden, aufgrund ihrer Einfachheit scheinbar am ehesten zugänglichen, doch gerade deswegen auch allerschwierigsten, kompliziertesten und quälendsten Künste – das Theater und die schöngeistige Literatur – überall die strengsten und schikanösesten Richter finden, die störrischsten und herablassendsten Kritiker, die bösesten und gemeinsten Tadler.

Turtschenko und ich saßen am Ende des Tisches und hörten gelangweilt und gereizt diesem chaotischen, dünkelhaften, zänkischen Gespräch zu, das beständig in Klatsch und Tratsch überging und mit einem Blick in fremde Schlafzimmer endete. Auf Turtschenkos Gesicht lag ein müder Ausdruck, und es schien gelblichbraune Farbe angenommen zu haben.

«Geht es Ihnen nicht gut?» fragte ich leise.

Er runzelte die Stirn: «Nein... ja... mir reicht's wirklich vollkommen... Die faseln immer wieder ein und dasselbe... diese Nervensägen.»

Der Friedensrichter, der zur Rechten der Gastgeberin saß, fiel durch sehr lange Beine und einen ungewöhnlich kurzen Oberkörper auf. Deshalb ragten, wenn er saß, nur sein Kopf und die Hälfte seines Brustkorbs wie eine Museumsbüste über die Tischkante hinaus, und die Enden seines kräftigen, geteilten Bartes tunkte er nicht selten in die Soße. Ein Stück Hase in Rahmsoße kauend, sprach er mit gewichtigen Pausen wie ein Mensch, der daran gewöhnt ist, daß die Allgemeinheit ihm zuhört, und unterstrich seine Worte mit Bewegungen der Gabel, die er fest mit der Faust umklammert hielt: «Ich verstehe die heutigen Schriftsteller nicht... Verzeihen Sie. Ich will sie verstehen, aber ich kann nicht... ich verzichte darauf. Entweder sind es Possen oder Pornographie... Die machen sich lustig über das Publikum... ‹Du›, sagen sie, ‹gib mir einen Silberrubel deines sauer verdienten Geldes, und ich zeig' dir dafür schamloses Zeug.›»

«Entsetzlich, entsetzlich, was die schreiben!» stöhnte die Gattin des Steuerbeamten, die Messalina des Kreises, die nicht einmal ihren Kutschern ihre Gunst verschmähte, und preßte ihre Hände gegen die Schläfen. «Ich wasche meine Hände immer mit Eau de Cologne, wenn ich ihre Bücher angefaßt habe. Und wenn man überlegt, daß solche Literatur in die Hände unserer Kinder geraten kann.»

«Völlig richtig!» rief der Friedensrichter aus und tauchte seinen Backenbart in den Rotkohl. «Und vor allem, wo ist denn da das Schöpferische, die Eingebung, nun, dieser... wie heißt er doch gleich... Flug der Gedanken? So kann doch auch ich schreiben... so kann jeder von uns schreiben... So was kann auch mein Schriftführer zusammenklecksen, und der ist der größte Idiot. Nimm und vermisch alle nahen und entfernten Verwandten wie einen Kartenhaufen und gib sie paarweise aus. Der Bruder verliebt sich in die Schwester, der Enkel verführt seinen eigenen Großvater... Oder aber plötzlich eine unsinnige Liebe zu einer Angorakatze oder zu den Stiefeln des Hausmeisters... Blödsinniges und dummes Zeug!»

«Und an allem ist nur die räudige Revolution schuld», sagte der Semstwo-Vorsteher, ein Mensch mit ungewöhnlich schmaler Stirn und langem Gesicht, der wegen seines Aussehens bei der Armee den Spitznamen «Stutenkopf» erhalten hatte. «Die Studenten wollen nicht studieren, die Arbeiter rebellieren, überall herrscht Unzucht. Die Ehe erkennt man nicht an. ‹Die Liebe muß frei sein.› Da seht ihr ja, wo die freie Liebe hinführt.»

«Aber der Hauptschuldige allein ist der Judd!» krächzte unter Mühe der wegen seines Asthmas schnaufende, graubärtige Gutsbesitzer Dudukin.

«Und die Freimaurer», fügte der Kreispolizeipräfekt mit fester Stimme hinzu; er hatte sich von der Stadtpolizei hochgedient, war ein friedliebender, bestechlicher Mensch, ein Spieler und freundlicher Gastgeber, und dem Gouverneur hatte er auf dessen Durchreise durch die Kreisstadt eigenhändig die Gummiüberschuhe gereicht.

«Freimaurer kenne ich keine, aber den Judd», versteifte Dudukin sich ärgerlich. «Bei denen ist immer eine ganze Meute beisammen. Bei denen gilt: Reichst du einem den kleinen Finger, nehmen die andern gleich die ganze Hand. Die unterzeichnen immer mit russischen Namen und schreiben absichtlich scheußliche Sachen über Rußland, um das russische Volk zu deskri... deskri... deskriti... nun, wie heißt denn das!... mit einem Wort: um das russische Volk zu besudeln.»

Der Friedensrichter wollte sein Thema weiter an den Mann bringen, und er streckte dabei die Hände, in denen Messer und Gabel steckten, von sich und warf mit seinem Bart ein Glas um: «Ich verstehe das einfach nicht. So geschraubter

Kram ... Plötzlich steht da mir nichts, dir nichts: ‹Oh, bedecke dein weißes Bein.› Was soll denn das, frag' ich mich? Was bedeutet dieser Traum? Also gut, und ich schreib' dann halt: ‹Ach, verstecke dein rotes Näselein!› – und Punkt. Das wär's. Was ist da schlechter dran, frag' ich Sie?»

«Oder auch: ‹In die Himmel schleuderte er eine Ananas›», unterstützte ihn jemand.

«Ja, gerade eine Ananas.» Der Friedensrichter wurde wütend. «Da habe ich doch gerade dieser Tage bei einem von diesen Modischen gelesen: ‹Es fliegt der Sturmvogel dahin wie ein schwarzer Blitz.› Wie? Was? Erlauben Sie mir die Frage, wo gibt's denn einen schwarzen Blitz? Wer von uns hat je einen Blitz von schwarzer Farbe gesehen? So ein Quatsch!»

Ich bemerkte, daß Turtschenko bei den letzten Worten schnell den Kopf gehoben hatte. Ich wandte mich zu ihm hin. Sein Gesicht war von einem seltsamen Lächeln erhellt – einem ironischen und herausfordernden Lächeln. Es schien, daß er etwas erwidern wollte. Doch er schwieg, seine eingefallenen Wangen zitterten, dann senkte er wieder den Blick.

«Und überhaupt, worüber schreiben die denn?» erregte sich, überraschend wie plötzlich überkochende Milch, der schweigsame Versicherungsagent. «Denen ihr Symbol der Symbole, das ist ihre Sache, aber mich interessiert es ganz und gar nicht, von betrunkenen Stromern und Dieben zu lesen, von ... entschuldigen Sie, meine Fräulein ... allen möglichen Prostituierten und solchen Dingen ...»

«Auch von Erhängten», half der Steuerbeamte weiter, «und von Anarchisten, und auch von Henkern.»

«Das stimmt», pflichtete ihm der Friedensrichter bei. «Als hätten sie keine andren Themen. Früher hat man doch auch geschrieben ... Puschkin hat geschrieben, Tolstoj, Aksakow, Lermontow. Eine Schönheit! Welch eine Sprache! ‹Still ist die Nacht in der Ukraine, und durchscheinend der Himmel, es leuchten die Sterne ...› Ach, zum Teufel, das war noch eine Sprache, ein Stil!»

«Erstaunlich!» sagte der Inspektor der staatlichen Schulen, funkelte gerührt mit seinen Äuglein hinter der goldenen Brille und wackelte mit seinem roten Spitzbart. «Beeindruckend! Und Gogol! Der göttliche Gogol! Erinnern Sie sich, bei ihm ...»

Und plötzlich fing er mit tonloser, heulender Grabesstimme an zu brummen, und wie ein Echo folgte ihm der Vorsitzende des Semstwo: «‹Welch Wunnnder der Dnjeeepr, wenn bei ruuuhigem Wetter er still unnnd befrei ...› Nun, wo findet man heute noch solch eine Schönheit und diese Musik der Worte!»

Der Geistliche umschloß mit der Faust fest seinen aschgrauen Vollbart und fuhr an diesem bis zum Ende hinab, dann sagte er, wobei er das ‹E› besonders betonte: «Auch unter den Geistlichen hat es ehrwürdige Schriftsteller gegeben: Lewitow, Lesskow, Pomjalowskij. Besonders der letzte. Er hat den ganzen weltlichen Schmutz ... entlarvt, aber liebevoll ... ho-ho-ho ... auf Samtpfoten ... Aber über das Kirchenlied schrieb er so, daß du noch heute, wenn du ihn liest, Tränen vergießen mußt.»

«Ja, unsere russische Literatur», stöhnte der Inspektor, «ist tief gefallen! Aber früher! Turgenjew? He? ‹Wie schön, wie frisch waren die Rosen.› Heute schreibt schon keiner mehr so.»

«Wie auch!» krächzte der adlige Dudukin. «Früher schrieb der Adel, heute aber sind die Rasnotschinzen[1] hochgekommen.»

Der schüchterne Postmeister fing plötzlich lispelnd an zu sprechen: «Was die aber jetzt für Gelder zusammenkriegen! Ei-jei-jei... man wagt es kaum zu sagen... Mir hat es mein Neffe, ein Student, im Sommer erzählt. Einen Rubel für die Zeile, sagt er. Für die angefangene Zeile – auch einen Rubel. Zum Beipsiel: ‹Ins Zimmer kam der Graf› – ein Rubel. Oder einfach nur die neue Zeile: ‹Ja.› – und schon ein Rubel. Fünfzig Kopeken für den Buchstaben. Oder sogar noch mehr. Nehmen wir an, der Held des Romans sagt voller Stolz: ‹Ich bin der Vater dieses reizenden Kindes!› Und einer antwortet ihm kurz: ‹O!› – schon steckt er einen Rubel ein.»

Der Einwurf des Postmeisters öffnete dem stinkenden Morast übler Nachreden die Schleusen. Von allen Seiten prasselten die glaubwürdigsten

[1] Angehörige verschiedener Stämme. Seit der petrinischen Zeit stellten sie eine neue soziale Zwischenschicht, eine nichtadlige Bildungsschicht dar. Sie gewann zunehmend Einfluß auf das politische, gesellschaftliche und kulturelle Leben des Landes. Aus ihren Kreisen erhielt die revolutionäre Intelligenzija seit Mitte des 19. Jahrhunderts starken Zulauf.

Auskünfte über Leben und Gehälter der Schriftsteller nieder. Der Soundso habe an der Wolga ein altes fürstliches Landgut mit Hof und Schloß gekauft. Ein anderer habe die Tochter eines Ölmagnaten geheiratet und vier Millionen Mitgift eingesteckt. Ein dritter schreibe immer in betrunkenem Zustand, leere am Tag einen Viertel Wodka, und ernähren würde er sich nur von Konfekt. Ein anderer habe seinem besten Freund die Frau abspenstig gemacht, und zwei Dekadente hätten sich einfach abgesprochen und einen Partnertausch vorgenommen. Ein Haufen Modernisten habe einen engen Kreis von Sodomisten aufgezogen, der in ganz Petersburg bekannt sei, und ein berühmter Dichter reise mit einem ganzen Harem aus Frauen aller Nationen und Hautfarben durch Asien und Amerika.

Nun sprachen alle gleichzeitig, und es war nichts mehr zu verstehen. Das Abendessen näherte sich seinem Ende. In den nicht geleerten Gläsern und den Tellern mit Resten von Zitronencreme blieben Zigarettenstummel zurück. Die Gäste ließen sich mit Bier und Wein vollaufen. Der Priester hatte Rotwein auf das Tischtuch vergossen und versuchte nun, die Lache mit Salz zu bestreuen, damit es keinen Fleck gäbe, und die Hausfrau sprach mit einem lieben Lächeln auf ihn ein, wobei sie den rechten Mundwinkel nach oben und den linken nach unten zog: «Aber lassen Sie das doch, Väterchen, Sie brauchen sich nicht solche Umstände zu machen! Das läßt sich auswaschen.»

Zwischen den Damen, die einige Ebereschenschnäpse und Fruchtliköre getrunken hatten, waren schon einige Male die unvermeidlichen Sticheleien und Anspielungen ausgetauscht worden. Die Frau Polizeipräfekt lobte die Gattin des Versicherungsagenten, daß sie ihr Kleid aus dem Vorjahr mit viel Geschmack umgearbeitet habe: «Man erkennt es gar nicht wieder.» Die Frau Versicherungsagent antwortete darauf mit einem liebenswürdigen Lächeln, daß sie sich leider nicht zweimal pro Jahr ein neues Kleid aus Nowgorod bestellen könne, daß sie und ihr Mann wenn auch arme, so doch ehrliche Leute seien und keinerlei Schmiergelder annehmen würden. «Ach, die Bestechung – so etwas Schreckliches, Niederes!» stimmte die Frau Polizeipräfekt ihr gerne zu. «Und überhaupt gibt es sehr viel Abgeschmacktes auf der Welt; da kommt es doch tatsächlich vor, daß gewisse verheiratete Damen von fremden Männern ausgehalten werden.» Diese Bemerkung wurde schon von der Frau Steuerbeamter unterbrochen, die anfing, etwas von den Gummiüberschuhen des Gouverneurs zu erzählen. Ein Gewitter braute sich zusammen, und schon hing über den Köpfen der übliche tragische Ausruf: «In dieses Haus setze ich keinen Fuß mehr!» – doch die findige Hausfrau wandte schnell ein Unheil ab, indem sie sich vom Tische erhob und sagte: «Ich bitte um Verzeihung, meine Herrschaften. Weiter kann ich Ihnen nichts anbieten.»

Es entstand ein Durcheinander. Die Damen küßten die Gastgeberin mit flammendem Eifer, auch die Männer schmatzten mit fettigen Lippen einen Kuß auf ihre Hand und schüttelten die des

Doktors. Ein Großteil der Gäste ging ins Wohnzimmer zu den Karten, doch ein paar Leute blieben im Eßzimmer, um den Kognak und das Bier fertigzutrinken. Nach wenigen Minuten begannen sie, gemeinsam und falsch «Nicht der feine Herbstregen» zu singen, und jeder dirigierte den Chor mit beiden Händen. Diesen Zeitpunkt nutzten der Förster und ich, uns zu verabschieden, wie sehr der allerliebenswürdigste Pjotr Wlassowitsch auch versuchte, uns zum Bleiben zu überreden.

Mit dem Einbrechen der Nacht hatte sich der Wind völlig gelegt, und der klare, blaue, mondlose Himmel spielte mit den silbernen Wimpern der hellen Sterne. Es war nun gespenstisch grell von dem bläulichen, dunkel phosphoreszierenden Licht, das der frisch gefallene Schnee ausstrahlte.

Der Förster ging neben mir und murmelte irgend etwas vor sich hin. Diese seine Gewohnheit, mit sich selbst zu sprechen, die vielen Menschen eigen ist, welche in der Stille leben – Fischern, Waldarbeitern, Nachtwächtern –, und auch jenen, die langjährige einsame Haft durchgestanden haben, kannte ich schon seit langem an ihm, und ich hatte aufgehört, sie zu beachten.

«Ja, ja, ja ...», kam es abgehackt aus dem Kragen seines Pelzes hervor. «Dumm ... ja ... hm ... Dumm, dumm ... Und grob ... hm ...»

Auf der Brücke über die Woroscha brannte eine Laterne. Mit dem seltsamen Gefühl einer etwas erregten, angenehmen Behutsamkeit, das mich jedesmal ergriff, schritt ich über den glatten, wunderbaren, noch von nichts beschmutzten Schnee, der unter dem Fuß weich, federnd und knirschend nachgab. Plötzlich blieb Turtschenko bei der Laterne stehen und wandte sich mir zu.

«Dumm!» sagte er laut und entschieden. «Glauben Sie mir, lieber Freund», fuhr er fort und berührte dabei leicht meinen Ärmel, «glauben Sie mir, nicht die Regierungsform, nicht die Dürftigkeit der Erde, auch nicht unsere Armut und Finsternis sind daran schuld, daß wir Russen hinter der ganzen Welt zurück sind. Sondern diese verschlafene, faule, allem gegenüber gleichgültige, nichts liebende und unwissende Provinz, und zwar egal wer – ob Beamte, Adel, Kaufleute oder Kleinbürger. Schauen Sie sie doch an, die von heute abend. Wieviel Selbstsicherheit, wieviel Verachtung gegenüber allem, was ihr Spatzengehirn überschreitet! Ja, und nebenbei hängen sie die Etikette heraus: «Blödsinn, dummes Zeug, Unsinn, Dummkopf...» Diese Papageien! Und, sehen Sie, die Hauptsache – man versteht dies und jenes nicht, und so muß es wohl auch schon schlecht und lächerlich sein. Ja, wenn man die Differentialrechnung nicht versteht – bedeutet das denn, daß auch sie dummes Zeug ist? Puschkin hat man nicht verstanden. Auch Tschechow nicht bis vor kurzem. Man sagte über seine Erzählung ‹Die Steppe›: ‹Was ist das denn für ein Quatsch – Gedanken eines Schafs! Ja, denken denn Schafe etwa?› – ‹Die Blumen lächelten mir in der Stille, schlaftrunken... Blödsinn! Lachen Blumen denn jemals!› Und heute auch. ‹Ich›, sagt einer, ‹werde selbst so schreiben...›»

«Und was den schwarzen Blitz betrifft?...», fragte ich.

«Ja, ja... ‹Wo gibt's denn einen schwarzen Blitz?› Ein äußerst lieber Mensch ist dieser Richter, aber was hat er gesehen im Leben? Er ist ein Produkt von Schule und Büro... Aber ich sage Ihnen, daß ich selbst, mit eigenen Augen, einen schwarzen Blitz gesehen habe, und sogar bestimmt zehnmal hintereinander. Das war schrecklich.»

«Da sieh mal einer an», äußerte ich ungläubig.

«Genau das. Seit meiner Kindheit lebe ich im Wald, am Fluß, auf dem Feld. Ich habe erstaunliche Dinge beobachtet, von denen ich nicht gerne erzähle, denn man glaubt sie mir ohnehin nicht. Ich habe, zum Beispiel, nicht nur den Liebesreigen der Kraniche gesehen, bei dem sie in einem riesigen Kreis tanzen und singen, und ein Pärchen in ihrer Mitte – ich habe auch ihr Gericht über die Schwachen von ihrem Abflug im Herbst gesehen. Ich war ein ganz realistischer Junge, als ich in Polessje erlebte, wie es hagelte, und die Hagelkörner waren von der Größe einer Männerfaust, glatte Eisklumpen, doch nicht rund, sondern wie der Schirm eines jungen Steinpilzes sahen sie aus, und die flache Seite bestand aus mehreren Schichten. In fünf Minuten zerschlug dieser Hagel alle Fenster eines Gutshauses, entlaubte alle Pappeln und Linden im Garten, und im Feld traf er viel Kleinvieh und zwei Hirtenjungen tödlich. Einmal, im tiefsten Winter, am Tage des schrecklichen Erdbebens in Messina, befand ich mich morgens mit den Jagdhunden bei uns an der Bildina. Und da, um zehn, elf Uhr, erstrahlte am völlig wolkenlosen Himmel plötzlich ein Regenbogen. Er berührte mit beiden Enden den Horizont, war ungewöhnlich hell und hatte eine Weite von fünfundvierzig und eine Höhe von zwanzig, fünfundzwanzig Grad. Unter ihm bog sich ein genauso heller zweiter Regenbogen, doch die Farben waren etwas schwächer, und weiter ein dritter, vierter, fünfter, und immer blasser und blasser – irgendein märchenhafter siebenfarbiger Korridor. Das dauerte vielleicht fünfzehn Minuten. Dann flossen die Regenbogen auseinander, augenblicklich zogen, Gott weiß woher, Wolken auf, und dichter Schnee fiel.

Ich habe Waldbrände gesehen. Ich habe gesehen, wie ein Wirbelsturm klafterlanges Trockenholz umwarf. Ja, damals war ich mit dem Forstwächter, mit Waldhütern und mit einfachen Arbeitern im Wald, und vor meinen Augen stürzten Hunderte riesiger Bäume wie Streichhölzer um. Da sank der Forstwächter Nelidkin auf die Knie und nahm die Mütze ab. Alle taten das gleiche. Auch ich. Er sprach das Vaterunser, und wir bekreuzigten uns, doch wir konnten seine Stimme wegen des Krachens der fallenden Bäume und der brechenden Zweige nicht hören. Das habe ich gesehen im Leben. Aber auch den schwarzen Blitz habe ich gesehen, und das war entsetzlicher als alles andere ... Halt», unterbrach Turtschenko sich selbst, «wir sind bei meinem Haus. Gehen wir doch zu mir. Michejewna wird schimpfen, aber das macht nichts. Dafür werde ich Sie mit dreijährigem Kwaß bewirten. Heute, Gott segne es, wollen wir ihn aufmachen.»

Michejewna, die alte rauhe Dienstmagd des Försters, und sein wunderbarer Apfelkwaß waren der ganzen Stadt bekannt. Die Alte empfing uns streng und brummte lange, während sie mit einer Kerze durch die Zimmer schlich und in Schränken wühlte: «Nichtsnutze, Nachteulen, der Tag ist nicht genug, müssen noch durch die Nacht ziehen und lassen anständige Leute nicht schlafen.» Aber für den Kwaß genügte kein Lob. Er hatte lange in Eichenfässern mit Hopfen und Hefe gegoren, mit Rosinen, Kognak und irgendeinem Likör, dann hatte er drei Jahre in Flaschen abgestanden, und jetzt war er kräftig, schäumte wie Champagner, trocknete fröhlich und kalt im Mund, machte beschwipst und erfrischte gleichzeitig.

«Das geschah so», sprach Turtschenko, der, bekleidet mit einer Joppe aus Hasenfell, in seinem Arbeitszimmer, das vollhing mit Darstellungen von Tigern, auf und ab ging. «Als Student war ich in den Ferien in die tiefste Einöde im Gouvernement Twer zu meinem Vetter Nikolaj gefahren, zu Koka – so nannten wir ihn. Er war einmal ein blühender junger Mann, mit Oberschulbildung und guten Beziehungen; er hatte eine herausragende Karriere vor sich, er tanzte wunderbar auf den richtigen Bällen in der Gesellschaft, vergötterte Sängerinnen der französischen Oper und die Zigeunerinnen aus Nowoderewnja, er trank Champagner, nach seinen eigenen Worten wie ein Krokodil, und er war die Seele der Gesellschaft. Doch über Nacht, wortwörtlich über Nacht, brach Kokas ganzes Glück zusammen. Eines Morgens erwachte er und stellte voller Entsetzen fest, daß die ganze rechte Seite seines Körpers gelähmt war. Aus Eigenliebe und Stolz verurteilte er sich selbst zu freiwilliger Verbannung und siedelte sich in einem Dorf an.

Doch er verlor keineswegs die Klarheit und den Mut seines Geistes, und mit einer gewissen Ironie nannte er sich den Radfahrer, denn er war gezwungen, sich in einem dreirädrigen Sessel fortzubewegen, den sein Diener Jakob schob. Er aß, trank und schlief viel, schrieb auf der Schreibmaschine äußerst lachhafte unzensierte Briefe in Versen und wechselte häufig seine dörflichen Liebhaberinnen, denen er große Namen königlicher Favoritinnen gab, etwa Lavallière, Montespan und Pompadour.

Einmal, als er seinen Browning, von dem sich Koka niemals trennte, lud oder entlud, durchschoß er seinem Jakob das Bein. Zum Glück drang die Kugel sehr günstig ein, ging durch das weiche Fleisch des Oberschenkels und durchschlug darüber hinaus zwei Türen. Dieses Ereignis verband aus irgendeinem Grunde den Herrn und seinen Diener aufs engste. Der eine konnte wirklich nicht mehr ohne den anderen leben, obwohl sie sich häufig stritten: Koka stieß, wenn er sich ärgerte, Jakob die Krücke in den Bauch, und Jakob lief dann für einige Stunden aus dem Hause und tauchte nicht auf, wenn Koka rief, den er in hilflosem Zustand zurückgelassen hatte.

Jakob hatte alles, was ein ausgezeichneter Jäger braucht: er ermüdete nie, obwohl er hinkte, hatte einen guten Orientierungssinn und ein großes Wissen jener unfaßbaren Gründe, aus denen heraus die Zahl und Güte des Wildbestandes zu erraten ist. Ich ging mit ihm oft auf sehr anstrengende einfache Bauernjagden, das heißt ohne Hunde, auf Pirsch, was große Aufmerksamkeit und Geduld erfordert. Es muß ergänzt werden, daß Koka Jakob nur ungern mit mir gehen ließ: ohne ihn war er wie ohne seine eigenen Hände und Füße. Deshalb mußte ich, um Jakob loszueisen, auf Tücken zurückgreifen. Nichts stimmte Koka so großmütig, als wenn man sich nach seinem früheren lustigen Leben erkundigte, da er sich für den Löwen der Salons und den geschätzten Stammgast der eleganten Restaurants hielt.

Und eines Tages, als ich mit Koka die alte Leier aufgezogen und ihm über alle Maßen geschmeichelt hatte, brachte ich es fertig, Jakob für eine ganze Woche zu entführen. Ich wollte mit ihm in das weit entlegene Dörfchen Burzewo gehen, wo Koka Wälder besaß und gute Moore. Iwan, der Bauer von Burzewo, der auch Kokas Förster war, sagte, auf der Insel Wyssokoje, bei Ramenje und Blinowo, gebe es Auerhähne, Birkhühner, Haselhühner, Schnepfen, Doppelschnepfen und Enten, daß man kaum seinen Augen traue. ‹Schlag nur mit dem Stock und stülpe die Mütze drüber.›

Wir machten uns lange fertig, gingen spät fort und kamen bei Sonnenuntergang in Burzewo an. Iwan war nicht zu Hause; er war, so stellte sich heraus, zu seinem Schwager nach Okunjewo gegangen, wo zu Ehren des Schutzheiligen der dortigen Kirche ein Fest gefeiert wurde. Seine Frau Awdotja empfing uns; sie war ein dürres Weib mit hervorquellenden Augen, und ihr Gesicht glich dem eines Fisches und war so voller Sommersprossen, daß die weiße Haut nur an einigen wenigen Stellen auf den Wangen unter der braunen Maske hervorkam.

In der Isba[1] war es stickig, zahllose Fliegen surrten, und irgend etwas roch ekelhaft sauer. Ein Kind kreischte pausenlos in seiner Wiege. Awdotja wirtschaftete herum.

‹Meiner... ich weiß nicht, ob der noch kommt. Die brauen schrecklich gutes Bier in Okunjewo. Und wo's Bier gibt, da ist auch mein Iwan. Ja, warten Sie doch, Herr, ich geb' Ihnen was von meinem Bier zu trinken. Für den Tag des Erlösers hab' ich's gebraut... Es war etwas dick, das Bier, da hab' ich's aufgegossen, und jetzt schmeckt's und ist süß.›

Sie zog die Kellerluke an einem Ring hoch, ging hinunter und kam nach einer Minute mit einem großen Krug hausgemachten Biers wieder.

Während sie uns einschenkte, fragte ich, auf den schreienden Säugling zeigend: ‹Wieviel Monate ist das Kind alt?›

‹Monate?› wunderte sich das Weib. ‹Was denkst du, Herr, Gott steh' dir bei. Den hab' ich erst gestern geboren. Was denn für Monate? Gestern genau zu der Stunde hab' ich's geboren. Trinken Sie, Herr, ich weiß nicht, wie ich Sie nennen soll... Gestern erst hab' ich geboren. So ist das.›

Ich sagte ungewollt: ‹Na, das ist aber ein Ding.›

Doch Jakob bemerkte gleichgültig und verächtlich: ‹Das macht denen nichts aus. Die sind daran gewöhnt. Für die ist das – wie niesen.›

Iwan kam und kam nicht – er mußte wohl

[1] Holzhaus, Blockhütte des russischen Bauern.

tüchtig feiern. Das Bier war warm, und Fliegen schwammen darin. Wohl wegen der unbekannten Gäste krochen aus allen Ecken die Küchenschaben hervor auf die Wände. Wir schauten uns um, saßen herum und legten uns schließlich im Schuppen aufs Heu schlafen. Ich schlafe nicht gerne in Heu aus Sumpfgräsern. Irgendwelche Zweige und dicken Halme graben sich in den Rücken, der Kopf beginnt zu dröhnen, in der Nase kitzelt der feine Heustaub, man darf nicht rauchen. Ich konnte lange nicht einschlafen und lauschte die ganze Zeit hindurch den nächtlichen Geräuschen: irgendwo atmeten Kühe und Pferde laut und schwer, wälzten sich herum, schlugen von Zeit zu Zeit klatschend und dumpf mit dem Schwanz, die Wachteln schrien im fernen taubehangenen Hafer, und mit seinem hölzernen Knarren krächzte der unermüdliche Wachtelkönig.

Ich schlief kurz vor dem Morgengrauen ein; wir erhoben uns spät, um neun Uhr. Es war schon heiß. Der Tag versprach, schwül zu werden. Der Himmel hing blaß, matt und kraftlos da; er hatte die Farbe eines ausgebleichten und ausgewaschenen blauen Seidenstoffs.

Iwan war immer noch nicht zurück. Wir gingen allein los. Das Dörfchen – oder genauer: der Weiler – Burzewo bestand nur aus drei Höfen und befand sich auf der Kuppe eines ansehnlichen Hügels, über dessen Hänge sich Äcker und Felder abwärts zogen. Und der Fuß des Hügels stützte sich auf Moor, das sich über Gott weiß wieviel hundert Deßjatinen, vielleicht sogar tausend, erstreckte. In rund drei Werst Entfernung war ein blauer hügliger Kamm zu sehen: der Kiefernwald auf der kleinen Insel Wyssokoje, wohin ein schmaler, nicht befahrbarer, sich windender Pfad führte. Die restliche Umgebung war dicht bewachsen mit niedrigem Buschwerk, in dem bei Sonne hier und da die Krümmungen der Moorbäche wie verstreute Quecksilberperlen glänzten: die Tristenkas, Cholmenkas und Swanjas.

Es war ein schwerer Tag für uns. Es war unerträglich schwül, und nach einer Stunde waren wir so schweißdurchnäßt, daß man uns hätte auswringen können. Ekelhafte winzige Schnaken kreisten in Schwärmen über unseren Köpfen, krochen in die Augen, die Nase, die Ohren und brachten uns bis zu ohnmächtiger Raserei, wenn wir uns wütend auf die Backe schlugen und dabei den Insektensaft wie Grießbrei über das Gesicht verschmierten.

Viele Male verloren Jakob und ich einander im dichten, teilweise unwegsamen Strauchwerk. Einmal streifte ein Ast den Abzug meines Gewehrs, und überraschend löste sich ein Schuß. Durch den momentanen Schreck und wegen des lauten Knalls fing mir der Kopf sofort an zu schmerzen, und den ganzen Tag über, bis zum Abend, hörte er nicht mehr auf, mir weh zu tun. Die Stiefel wurden naß, in ihnen gluckste das Wasser, und die schwerwerdenden müden Füße stolperten alle Augenblicke über Bülten. Das Blut schlug schwer unter der Schädeldecke, die mir riesig vorkam, gleichsam angeschwollen, und schmerzhaft fühlte ich jeden Herzschlag.

Wir mußten immer wieder kleinere Flüsse

durchwaten oder sie auf Brücken überqueren, die aus nichts anderem bestanden als aus zwei oder drei zarten Bäumchen, die mit Bast oder Gerten zusammengebunden, über den Fluß geworfen und mit ein paar wackligen, in den Grund geschlagenen Pfählen verstärkt waren. Doch das Unangenehmste von allem war, über Lichtungen gehen zu müssen, Stellen, die völlig blau waren von zahllosen scharf, grasartig und widerlich süß riechenden Vergißmeinnicht. Hier gab der Grund nach und klumpte sich zusammen beim Auftreten, und unter den Füßen hervor spritzten, gluckernd, kleine Fontänen schwarzen stinkenden Wassers.

Wir hatten uns verirrt und kamen erst weit nach Mittag auf Wyssokoje an. Am Himmel hatten sich schwere, unbewegliche Wolken zusammengeballt. Wir aßen kaltes Fleisch mit Brot, tranken nach Rost und Moorgas riechendes Wasser, entzündeten dann ein duftendes Feuer aus Wacholder gegen die Mücken, und – ich weiß selbst nicht, wie es geschah – wir waren plötzlich fest eingeschlafen.

Ich erwachte als erster. Alles rundherum war schrecklich, bedrohlich und Angst machend dunkel geworden, und das Blattwerk der Sumpfsträucher bewegte sich und strahlte die Farbe grauen Stahls aus. Der ganze Himmel war bedeckt mit lila und violetten, an den Rändern grau ausgefransten Gewitterwolken. In der Ferne begann das tiefe Grollen des Donners. Ich geriet in Eile.

‹Los, Jakob, nach Hause. Gebe Gott, daß wir zurückfinden. Auf, auf!›

Doch als wir die Insel, die sich mitten im Moor

erhob, verlassen hatten, verirrten wir uns sogleich und begannen, ziellos im Zickzack durch das Gebüsch zu laufen, verließen die Flußläufe, um Sumpfgelände und Dickicht auszuweichen, verloren einander in der Eile und Verwirrung und wurden wütend.

Es war fast ganz dunkel geworden, es donnerte noch in der Ferne, doch nur noch als ununterbrochenes Rollen, als Jakob, der vor mir ging und mir wie eine dunkle, lange, undeutlich einherschreitende Stange erschien, plötzlich schrie: ‹Hier ist ein Weg!›

Ja, das war ein schmaler, manchmal mit querliegendem Reisig befestigter Moorweg, und Pferdeäpfel lagen darauf. Zu unserer Freude hörten wir auch gleich in der Ferne das Rumpeln eines Wagens. Ganz schnell, kaum merklich für das Auge, schritt die Dunkelheit voran. Nur im Westen, knapp über der Erde, leuchtete blutrot ein enger, langer, an seinem oberen Rand mit einer zerfließenden Goldborte eingefaßter Streifen.

Der Wagen näherte sich uns. Zwei Personen saßen darauf: ein Weib, das die Zügel mit zuckenden Armen hielt und seine Beine von sich gestreckt hatte, auf eine Weise, wie nur Dorffrauen zu sitzen verstehen, und hinten schlummerte ein leicht betrunkener Alter. Er erwachte, als das Pferd, das vor uns scheute, zu schnaufen anfing, bockte und seitlich in den Moorgrund auszubrechen versuchte. Wir fragten den Alten nach dem Weg nach Burzewo. Doch er sprach gedehnt und undeutlich: ‹Nach Burzewo wollt ihr, liebe Leute? Und wo gehört ihr selbst hin?›

‹Nirgendwohin. Sind aus Demzyn. Von Nikolaj Wsewolodytsch.›

‹Kennen wir, kennen wir. Nur, meine Lieben, geht ihr nicht dorthin. Dort müßt ihr hin, immer dem Sonnenaufgang entgegen. Schnurgerade. Was seid ihr denn, neue Pächter in Demzyn?›

‹Nein, ich bin nur vorübergehend hier, ein Verwandter des Herrn von Demzyn.›

‹Ach so, so, so... Ein Familienangehöriger also? Nach Burzewo müßt ihr da hinten rüber, immer geradeaus. Ja, ganz schnurgerade, und dann stoßt ihr schon von allein drauf; auf Jagd, also, seid ihr gewesen?›

Doch wir hatten keine Zeit zu antworten. Aus dem Gebüsch war furchtsames Gegacker zu hören, das Schlagen von kräftigen Flügeln, und etwa vierzig Schritt entfernt von uns flog ein großer junger Birkhahn auf, der sich schwarz gegen den blutroten Streifen der untergehenden Sonne abhob. Jakob und ich schossen fast gleichzeitig, ohne zu zielen, einen Schuß nach dem anderen aus beiden Läufen, aber natürlich trafen wir nicht. Und schon jagte der Wagen hüpfend und schwankend durch Schlaglöcher davon. Vergeblich liefen wir hinter ihm her, dem Alten nachrufend, er solle doch stehenbleiben. Lang, dürr und barhäuptig stand er aufrecht und albern, schlug mit der Peitsche auf das arme Pferd ein und schrie, sich angstvoll umwendend, irgend etwas mit böser, unverständlicher Stimme.

Wieder blieben wir allein. Ich wollte vorschlagen, den Weg nicht zu verlassen, doch Jakob überzeugte mich, daß es bis Burzewo keine zwei

Schritt mehr seien und daß der Weg des Alten nach Tschenzowo führe, was gut fünfzehn Werst entfernt liege – und so willigte ich ein. Und wieder krochen wir ins schwarze, feuchte Moor. Während wir den Weg verließen, drehte ich mich um. Der rote Streifen war am Himmel verschwunden, ganz so, als habe man einen Vorhang davorgezogen; und ich wurde plötzlich traurig und wehmütig. Nichts war mehr zu sehen: keine Wolke, keine Sträucher, auch Jakob nicht, der neben mir ging – es gab nur mehr die dichte, feuchte Dunkelheit. Der erste Blitz zuckte. Es begann zu donnern, und mit dumpfem Poltern stürzte der Blitz herab; ihm folgte ein zweiter, ein dritter.

Es war eines jener schrecklichen Gewitter, die sich manchmal über großen Tiefebenen entladen. Der Himmel flammte nicht auf von den Blitzen, sondern schien gleichsam ununterbrochen zu leuchten in ihrem zuckenden grellweißen, hell- und dunkelblauen Widerschein. Und der Donner verstummte keinen Augenblick. Es schien, als finde dort oben irgendein teuflisches Spiel mit himmelhohen Kegeln statt. Mit dumpfem Getose jagten dort unglaublich große Kugeln entlang, immer näher, immer lauter, und plötzlich – trrrachta-ta-trach – fielen auf einmal die Riesenkegel um.

Und da sah ich einen schwarzen Blitz. Ich sah, wie im Osten der Himmel, ohne zu verlöschen, von den Blitzen loderte, sich pausenlos bald dehnte, bald zusammenzog, und plötzlich sah ich auf diesem blauen, von Feuern zuckenden Himmel mit ungewöhnlicher Deutlichkeit einen nur kurz währenden, blendend schwarzen Blitz. Und gleichzeitig mit ihm riß ein fürchterlicher Donnerschlag Himmel und Erde entzwei und warf mich zu Boden, auf die Bülten. Als ich wieder zu mir kam, hörte ich hinter mir Jakobs zitternde, schwache Stimme: ‹Herr, was ist das, lieber Gott... Wir sterben, o Himmel... Ein Blitz... ein schwarzer... lieber Gott, lieber Gott!›

Meine ganze letzte Willenskraft nahm ich zusammen und befahl ihm barsch: ‹Steh auf! Gehn wir! Wir wollen hier doch wohl nicht übernachten.›

Oh, wie entsetzlich war jene Nacht! Diese schwarzen Blitze lösten in mir eine unerklärliche, animalische Angst aus. Ich verstehe bis heute nicht die Gründe jener Erscheinung. War es eine Fehlleistung unserer Augen, die angespannt waren von dem unablässigen Spiel der Blitze am Himmel? Hatte eine zufällige Anordnung der Wolken eine besondere Bedeutung, oder war es eine Eigenheit dieses verfluchten Sumpfgebiets? Manchmal spürte ich, daß ich mit jeder Sekunde den Verstand und die Selbstbeherrschung mehr verlor. Ich erinnere mich, daß ich am liebsten mit wilder, gellender Stimme geschrien hätte, wie ein Hase. Ich ging immer weiter, wie ein verschrecktes Kind unzusammenhängende, unsinnige Gebete zu Gott stammelnd: ‹Lieber, guter Gott, guter, gerechter Gott, errette mich, vergib mir. Ich werde es nie mehr tun.› Und schon stolperte ich über eine Bülte, flog der Länge nach in die Brühe und fluchte wutschäumend mit den schlimmsten Worten drauflos.

Auf einmal hörte ich in der Nähe Jakobs Stimme, eine fürchterliche, erstickte Stimme, die mich schaudern machte: ‹Herr, ich ertrinke... Hilfe, um Christi willen... Ich ersaufe... Aaa!› Ich stürzte im Dunkeln auf diese Stimme zu, und beim unerträglich blendenden Schein eines schwarzen Blitzes sah ich noch seinen Kopf und seinen Oberkörper aus dem Morast herausragen. Nie werde ich diese glotzenden, vor geistloser Angst erstarrten Augen vergessen. Niemals hätte ich geglaubt, daß ein Mensch so weiße, so riesige und so ungeheuer entsetzliche Augen haben kann.

Ich streckte ihm den Lauf meines Gewehrs entgegen, selbst hielt ich mit einer Hand den Kolben und umklammerte mit der anderen die Äste des nächsten Buschs. Ich hatte nicht die Kraft, ihn herauszuziehen. ‹Halt dich fest! Kriech raus!› schrie ich verzweifelt. Und er antwortete mir mit einem hohen tierischen Jaulen, an das ich mich voller Entsetzen bis zu meinem Tode erinnern werde. Er konnte sich nicht herausarbeiten. Ich hörte, wie er mit seinen Händen im Schlamm herumpatschte, im Schein des Blitzes sah ich seinen Kopf immer tiefer und tiefer zu meinen Füßen, und diese Augen... die Augen... Ich konnte meinen Blick nicht losreißen von ihnen...

Er hörte schon auf zu schreien und atmete nur noch kurz und schnell. Und als wieder ein schwarzer Blitz den Himmel zerriß, war auf der Oberfläche des Moores nichts mehr zu sehen.

Wie ich über den wankenden, glucksenden, stinkenden Moorboden ging, wie ich bis zum Bauch im Fluß herumkroch, wie ich schließlich zu einem Heuschober gelangte und wie mich gegen Morgen Iwan aus Burzewo, der meine Schüsse gehört hatte, fand – das muß nicht erzählt werden…»

Turtschenko schwieg einige Minuten; er saß tief über sein Glas gebeugt und raufte sich die Haare. Dann hob er plötzlich den Kopf und richtete sich auf. Seine weit geöffneten Augen drückten Wut aus.

«Das, was ich eben erzählt habe», rief er, «war keine zufällige Anekdote, die von den dummen Worten dieses Kleinbürgers ausgelöst wurde. Sie selbst haben heute den Sumpf gesehen, den stinkenden menschlichen Morast! Aber der schwarze Blitz! Der schwarze Blitz! Wo ist er nur? Ach! Wann nur wird er niedersausen?»

Langsam schloß er die Augen, und nach einer Weile sagte er zart und mit müder Stimme: «Entschuldigen Sie, lieber Freund, die vielen Worte. Nun, trinken wir ein Fläschchen von meinem Apfelkwaß.»

(1913)

DER STERN SALOMOS

I

Die seltsamen und wenig wahrscheinlichen Ereignisse, von denen in der Folge erzählt werden soll, geschahen Anfang dieses Jahrhunderts im Leben eines jungen Menschen, der durch nichts auffiel als vielleicht durch seine Schüchternheit, seine Güte und seine völlige Zurückgezogenheit von der Welt. Iwan Stepanowitsch Blum war sein Name. Er arbeitete als kleiner Beamter im Waisengericht, ja, genauer gesagt: nicht einmal als Beamter, sondern nur als Kanzleidiener, denn er hatte sich noch nicht bis zum untersten, wohlklingenden Grad eines Kollegienregistrators hinaufdienen können. Für seine Arbeit erhielt er siebenunddreißig Rubel und vierundzwanzigeinhalb Kopeken im Monat. Natürlich wäre es schwer gewesen, mit solch geringem Gehalt über die Runden zu kommen, doch das Schicksal war Blum, möglicherweise wegen seines einfachen Herzens, gnädig. Er hatte ein schwaches, doch reines und feines helles Stimmchen, so ein Stimmchen wie ein Ührchen, wie ein surrendes Rädchen, einen zarten Tenor, sicher keine Gabe von Gott weiß wie großer Bedeutung, doch ihm verdankte es Blum trotz allem, daß er im Kirchenchor seiner reichen Pfarrgemeinde singen, ja manchmal sogar einen Solisten vertreten konnte und sich singend noch Geld nebenbei verdienen auf Hochzeiten, bei kurzen Gottesdiensten, Beerdigungen, Totenmessen und so weiter, was sein ärmliches Staatsgehalt mehr als verdoppelte. Darüber hinaus verstand er, mit erstaunlichem Talent und Geschmack wunderbare Muster auszuschneiden aus Papier, Folie, Besatzband, aus Resten von Atlas und Seide, und er beklebte damit sehr hübsche Bonbonnieren für Konditorläden oder verfertigte daraus bezaubernde Tortendeckchen und Christbaumschmuck. Dieses nebenberufliche Gewerbe warf ebenfalls einen kleinen Gewinn ab, welchen Iwan Stepanowitsch ganz brav seinem guten Mütterlein schickte, das gemeinsam mit seinen beiden Töchtern – zwei überaus häßlichen alten Jungfern – in der Stadt Kineschma in einem winzigen eigenen Häuschen als Witwe eines Brandmeisters still sein Greisenleben zu Ende lebte und nur eine erbärmliche Rente erhielt.

Schon das sechste Jahr nun lebte Blum ruhig und friedlich in ein und demselben Zimmer, in einer Mansarde im vierten Stock. Als Zimmerdecke diente dieser Kammer das schräge dreieckige Dach, wodurch das ganze Zimmerchen die Form eines Grabes erhielt; im Winter war es kalt darin und im Sommer äußerst heiß. Dafür gab es vor dem Fenster einen ziemlich breiten Vorsprung, auf dem Blum im Frühjahr in Spankästen Kapuzinerkresse, Reseden, Goldlack, Petunien und Gartenwicken züchtete. Im Winter dagegen krümmten sich stachlige, warzige Kakteen auf der Fensterbank im Zimmer, und zeitweise verbreiteten Geranien ihren Wohlgeruch. Zwischen den mit hellblauen Bändern zusammengehaltenen Tüllvorhängen hing ein Käfig mit einem reinrassigen, hellstimmigen Kanarienvogel, der an heiteren Tagen im Sonnenschein in seinem kleinen Porzellanbecken badete und dabei selbstvergessen und lauthals vor sich hin zwitscherte. Neben dem Bett standen billige Paravents mit chinesischen Motiven, und in der Heiligen Ecke, die mit altem, besticktem, rotem Tuch aus Kostroma ausgekleidet war, hing ein Bild der Mutter Gottes, vor dem an Feiertagen mit warmem und schläfrigem Schein ein Ikonenlämpchen aus geschliffenem, rosafarbenem Glas brannte.

Und alle mochten Iwan Stepanowitsch. Seine Wirtin wegen seines anständigen Benehmens, das allen anderen ungestümen und häufig wechselnden Mietern als Vorbild dienen konnte; seine Kollegen wegen seines offenen und freundlichen Charakters und wegen seiner beständigen Bereitschaft, ihnen Arbeit abzunehmen und Geld zu leihen oder auch einen von ihnen, den es zu einem Rendezvous fortzog, an dessen Platz zu vertreten; seine Vorgesetzten wegen seiner Vernunft, seiner wunderschönen Handschrift und seiner Genauigkeit in dienstlichen Dingen. Blum selbst war mit diesem Dahinvegetieren in seinem eigenen Vogelkäfig voll und ganz zufrieden und empfand niemals die Qualen übermäßiger Begierden. Sein einziger und zugegebenermaßen sehr heftiger Wunsch war es, den heiß ersehnten untersten Dienstgrad zu erhalten und eines schönen Morgens die prächtige Mütze mit dem dunkelgrünen Samtbesatz, der blinkenden Kokarde und dem großen Hutkopf, der dandyhaft an beiden Seiten eingedrückt sein würde, aufsetzen zu dürfen. Die

Prüfung dafür hatte er auch schon abgelegt, doch keineswegs glänzend, besonders nicht in Geographie und Geschichte, und deswegen blieb dieser Traum bisher noch in dunkler, weiter Ferne. Die längst bestellte Mütze ruhte in einer Hutschachtel in der untersten Kommodenlade. Manchmal, wenn er aus dem Amt kam, zog Blum sie ans Tageslicht, strich mit seinem Ärmel über den Samt und blies ein unsichtbares Staubkörnchen von dem Stoff. Er rauchte nicht, trank nicht, war kein Freund des Kartenspiels und kein Schürzenjäger. Nur vernünftige und billige Genüsse leistete er sich: samstags nach der Abendmesse ein Schwitzbad, wobei er lange und gern auf der Liegebank den Dampf genoß, sonntagmorgens Kaffee mit im Ofen gewärmter Sahne und einen Safrankringel. Selten, zum Jordansfest[1], am Palmsonntag, zum Pfingstrennen, auch wenn Schausteller kamen oder die Wasser zufroren, machte er einen Spaziergang, und einmal im Jahr ging er ins Theater in irgendein aufregendes, patriotisches Stück, wo soviel wie möglich passierte und es auch Tränen, Schreie und Pulverrauch gab.

Eine kleine, harmlose Leidenschaft hatte er allerdings, ja vielleicht war's sogar eine Berufung: in den Zeitungen und Zeitschriften alle möglichen Bilder- und Silbenrätsel, Rechenaufgaben, Kryptogramme und dergleichen Unsinn zu lösen. In diesem nichtsnutzigen Bereich verfügte Blum über ein zweifellos herausragendes, einmaliges

---

[1] Große Wasserweihe am Feste Epiphania (6. Januar), bei der das zur Taufe bestimmte Wasser geweiht wurde.

Talent, und häufig kam es vor, daß er für seine Kollegen und Bekannten, die eines dieser billigen Wochenblätter abonniert hatten, im Handumdrehen komplizierte Aufgaben löste, für die ein Preis ausgesetzt war. Ein großer Meister war er auch im Dechiffrieren aller nur erdenklichen Geheimschriften, und auf diese seltsame Fähigkeit des Iwan Stepanowitsch weist diese wahre, wenn auch wenig wahrscheinliche Erzählung nicht umsonst hin, sondern mit Absicht und Nachdruck, was im Verlauf der weiteren Darstellung verständlich werden wird.

An Feiertagen gegen Abend schaute Blum hin und wieder – aber dies auch nur, weil man ihn besonders eindringlich darum gebeten hatte – in einer einfachen Wirtsstube, die «Zu den Weißen Schwänen» hieß, vorbei. Manchmal saßen dort Beamte aus dem Postamt, dem Konsistorium, der Propstei und dem Waisengericht zusammen, wie auch Seminaristen und der eine oder andere aus dem Kirchenchor – eine laute, sich gut verstehende und im Chorgesang erfahrene Clique. Der dicke und grobschlächtige Gastwirt, ein Herr Nagurnyj, war ein leidenschaftlicher Liebhaber von ergreifenden Kirchenliedern und stellte für solche Gelegenheiten gern den «großen Festsaal» zur Verfügung. Man sang alte russische Weisen, einige Lieder aus dem kleinrussischen Repertoire – besonders aus «Die Saporoschjer Kosaken an der Donau»[1] –, doch am häufigsten sang man Kir-

[1] Ukrainisch im Text. Komische Oper von S. S. Gulak-Artjomowskij (1813–1873).

chenlieder alten Stils – wie etwa «Ich sehe dein Antlitz»[1] oder «Wenn die ruhmvollen Jünger Christi»[2] – und auch griechische Gesänge aus Bachmetews Liederbuch[3]. Gewöhnlich dirigierte Silbersaiter, der große Fachmann von Snamenje, und den Ton gab der berühmte und vielgepriesene Wandermusikant Schneeberg an, ein geeichter Trinker mit einer unnatürlich tiefen Baßstimme. Dem Wirt Nagurnyj hatte man ein für allemal aufs strengste verboten mitzusingen, denn er besaß weder Stimme noch Gehör. Er dirigierte nur mit dem Kopf, legte bald ein leidvolles, bald ein ernstes, dann wieder ein feierliches Gesicht auf, rollte mit den Augen, schnaufte durch die Nase und vergoß echte, erbsengroße Tränen. Und oft, nachdem er so weich geworden war, dieser alte ausgelaugte Lappen, stellte er den Leuten Getränke und Häppchen hin.

Auf diesen Liebhaberkonzerten konnte es passieren, daß Iwan Stepanowitsch ein Bier nicht ausschlagen mochte, auch ein zweites nicht, noch ein Gläschen Schnaps, «Santurinskoje» oder «Kagor». Aber lieber war es ihm doch, bescheiden einem guten Bekannten einzuschenken, meist dem zottigen, an ein Tier erinnernden Schneeberg, dem gegenüber er jene höflichen, scheuen, naiven und verliebten Gefühle hegte, die ein zehnjähriger

---

[1] Kirchenslawisch im Text. Gebet, das in der Woche vor Ostern gebetet wurde.

[2] Kirchenslawisch im Text. Kirchenlied, das am Gründonnerstag gesungen wurde.

[3] Der Komponist (1807–1891) gab ein Kirchengesangbuch heraus.

hitzköpfiger Junge zeitweise gegenüber einem Feuerwehrmann mit glänzendem Kupferhelm empfindet.

2

Das Kirchgemeindefest am 26. April, bei dem Iwan Stepanowitsch sang, fiel gerade auf einen Sonntag. Neben dem üblichen Gottesdienst wurde noch eine Totenmesse gelesen, welche die Witwe des berühmten Kaufmanns Malz gemäß dem Brauch für den vierzigsten Tag nach dem Ableben ihres Mannes bestellt hatte. Die Sänger, welche sich alle Mühe gaben, wurden von der in Tränen aufgelösten Kaufmannsfrau mit unglaublicher Freigebigkeit belohnt (man erzählte, der Verstorbene habe seine Gattin kräftig durchgeprügelt, wenn er betrunken gewesen sei, und sie habe sich noch zu seinen Lebzeiten mit dem schönen ersten Handlungsgehilfen getröstet). Nach der Liturgie wurde noch eine weitere Seelenmesse im Hause des Kaufmanns gesungen, und zu dem reichhaltigen Totenmahl wurde neben der Geistlichkeit und dem nur zu diesem Zwecke herbeizitierten Oberdiakon der Gemeinde auch der gesamte Kirchenchor geladen.

Zum Schluß wurde der Tag in den «Weißen Schwänen» begossen, und es geschah scheinbar wie von selbst, daß Blum, der sonst immer Maß hielt und Wein nicht mochte, wesentlich mehr trank als Gewohnheit und sein Wesen ihm erlaubten. Doch deshalb verlor er keineswegs seine lieben und warmherzigen Eigenschaften, im Gegenteil: mit leicht geweiteter Seele, seine ewige Scheu vergessend, wurde er noch gutmütiger und noch anhänglicher. Mit zärtlicher Aufmerksamkeit goß er abwechselnd dem Sänger Schneeberg und dem riesengroßen Oberdiakon Kartagenow, der sich ohne besondere Überredungskünste von seiten der Gruppe in den Wirtshauskeller hatte verschleppen lassen, Bier nach. Begeistert hörte er zu, wie diese beiden rotgesichtigen, schwitzenden, bärtigen Stadtberühmtheiten sich mit am Halse geschwollenen Adern und kräftiger, rollender Stimme über den Tisch hinweg unterhielten, so daß die ganze Luft in dem niedrigen und weiträumigen Saal schwer und widerhallend zu vibrieren begann. Auch umarmte und küßte er häufig den gespreizten, lockenköpfigen und fetten Silbersaiter, den er davon zu überzeugen suchte, daß dieser aufgrund seines großen Talents als Dirigent in einer kleinen Gouvernementsstadt am falschen Platze sei, daß er zum mindesten einer Kapelle am Hof oder dem Moskauer Synodalchor vorstehen müßte; er schwor auch, Silbersaiter zum Namenstag eine goldene Stimmgabel mit Inschrift zu schenken und dazu noch eigenhändig eine wunderbare Schatulle aus rotem Saffianleder zu verfertigen.

An diesem Abend wurde wenig gesungen und nicht immer, wie sonst, im Takt: die Müdigkeit und die Gastfreundlichkeit der Kaufmannsfrau zeigten ihre Wirkung. Doch sprach man viel – laut, lebhaft und alle auf einmal. Die hohen Nasal- und Kehltöne der Tenorsänger schwammen und zitterten vor dem Hintergrund des gedehnten Gebrumms der Bässe gleich dem flimmernden Kräuseln eines Sonnenuntergangs auf dem tiefdunklen Band eines ruhigen, breiten Flusses. Und Blum erschien es für Augenblicke, als schwimme er selbst inmitten dieses bunten Gemurmels, in den blauen Wolken des Tabakrauchs, durch den die Lampen als trübe rote Flecken drangen, als schwimme er still irgendwohin in eine dunkle Ferne, und er spürte dabei ein süßes, schläfriges, erregendes Schwindelgefühl, eine gewisse angenehme, hellblaue und mit blutroten Punkten durchsetzte Benommenheit. Hin und wieder stiegen einzelne Gesprächsfetzen mit ungewohnter, übertrieben deutlicher Klarheit vor ihm auf.

«Ich will nichts verheimlichen. Weshalb sollte ich auch?» sagte der braungebrannte, picklige, finstere Baritonsänger Karpenko. «Einen Wettschein habe ich. Am 1. Mai ist die Ziehung. Und auch wenn ich den Schein verpfändet habe, so habe ich das Geld dafür doch sauer verdient, und niemand geht das was an. Ja, und zum Trotz werde ich am 1. Mai gewinnen, zwanzigtausend, und den Chor und den Dienst zum Teufel jagen. Und wie ein feiner Herr werde ich leben. Das Geld lege ich im Immobiliengeschäft an, mit zehn Prozent Zinsen. Von denen lebe ich, das Kapital aber rühre ich nicht an. Zwanzigtausend im Jahr macht das. Essen werde ich bei Smulskij, und zum Essen werde ich zweieinhalb Flaschen Portwein trinken. Dann versucht nur, bei mir Geld zu leihen. Keinen einzigen Groschen, keinen einzigen Pfifferling kriegt ihr! Kein einziger von euch! Nichts da!»

«Ho-ho-ho!» donnerte Kartagenow mit ohrenbetäubendem Lärm los. «Ich habe mal fünfhundert Rubel auf ein Los gewonnen.»

«Wie denn das, Väterchen Diakon? Auf einen Wettschein vom Pferderennen?»

«Das war ganz anders. Mein Väterchen war wie ich, ihr wißt es vielleicht, Oberdiakon in einer Kirchgemeinde, nur nicht hier, sondern in Moskau. Und eine Stimme hatte er: beängstigend – wie die große Glocke vom Moskauer Kreml, wie ein Luftschiff. Was bin ich denn im Vergleich zu ihm? Ein Schwächling!» brüllte Kartagenow, und sein Aufschrei ließ die Flammen der Lichter flakkern. «Bei einer Hochzeitsliturgie schenkten ihm Kaufleute einmal sechs Losscheine. Damals kosteten die noch hundertundetwas pro Stück. Also, er mischte dann die Lose und gab sie aus wie Karten, ohne hinzuschauen, und danach schrieb er auf jedes einen Namen: seinen eigenen, den der Mutter und unsere vier – ich meine, die meiner beiden Brüder und den der Schwester. Dann steckte er sie hinter das Heiligenbild.

Allerdings war er nicht ruhig. Er fürchtete die Versuchung. Schon in der Heiligen Schrift steht: ‹Hoffet nicht auf die Fürsten noch auf die Söhne der Menschheit.› Und so traf er mit uns die folgende unwiderrufbare Übereinkunft: Wenn einer fünfhundert Rubel gewinnt, dann kommt diese Summe ihm ganz zu, den Minderjährigen am Tag ihrer Volljährigkeit. Und auf die Hand gibt's eine sofortige und einmalige Prämie, die im Verhältnis zum Alter steht. Mir, zum Beispiel, standen ein Rubel und vierzig Kopeken zu. Wenn aber auf ein Los ein höherer Gewinn ansteht, so wird das gesamte Geld unter den Teilnehmern aufgeteilt und wird gemäß den Vereinbarungen aufbewahrt, abgesehen von einem kleinen netten Sümmchen zur Belohnung des glücklichen Gewinners. Für tausend Rubel drei, für fünftausend zehn Rubel und so weiter, wobei die Prozentzahlen sich auf sinnvolle Weise verkleinern. Für zweihunderttausend Rubel also gibt es fünfzig Silberrubel, was damals ein ganzes Schiff mit Masten und noch mit Gold beladen bedeutete.

Es kam der 1. Mai. Der Vater kaufte extra die Zeitung, setzte die Brille auf und schaute. Und siehe da: es ist soweit! Meine Nummer! Zahl für Zahl! Es war so gedruckt: ‹Bei der Ziehung wurde die Nummer soundso der Serie soundso ausgesondert.› Was das war – eine Ziehung –, das wußte damals keiner: weder der Vater noch die Bekannten. Aber nachdem er sich mit einigen ganz Schlauen beraten hatte, wurde entschieden, daß dieses Wort auch so etwas wie Gewinn bedeuten mußte, und vielleicht – wer weiß! – einen doppelten. Mein Väterchen veranstaltete aus diesem Anlaß ein reiches Zechgelage, und mir überreichte er aus lauter Freude meinen Vorschuß von einem Rubel und vierzig Kopeken. Am gleichen Tag noch gab ich ein königliches Essen. In einem Laden kaufte ich ein volles Faß Birnenkwaß und eine ganze Kiste eingemachter Birnen. Mit meinen Freunden nahm ich ein *quantum satis*[1] zu mir bis zur völligen Verstimmung des *stomachos*[2].

---

[1] eine ausreichende Menge
[2] Magen

Am nächsten Morgen ging mein Väterchen mit der Zeitungsseite auf die Ilinka, um bei einem Wechsler zu erfragen, wo und wie man das gewonnene Geld erhält. Dort klärte man ihn dann auf über seine Unwissenheit: ‹Dein Geld, Vater Diakon, deine hundert Rubelchen, sind flötengegangen, und dein Los kannst du dir gerahmt über's Bett hängen als ewiges Andenken an deine Dummheit.› Er war aufs tiefste gekränkt. Wie eine Gewitterwolke kam er nach Hause zurück. Und direkt auf mich zu: ‹Hosen runter!› – ‹Warum denn, Papa?› – ‹Warum? Darum! Friß dich nicht mit eingemachten Birnen voll, in ihnen lauert die Unzucht!› Und er hat's mich so büßen lassen unterhalb des Rückens, daß mir's noch heute brennt, wenn ich daran denke. Die restlichen fünf Lose aber hat er noch am selben Tage verkauft. ‹Ich will›, sagte er, ‹keine Nachsicht üben bei Gaunereien.› So war die Geschichte.»

«Etwas zu wenig», bemerkte jemand ironisch.

«Was soll das?» erwiderte ein anderer. «Sei's auch nur ein Tag, nur eine Stunde: Glück ist es doch. Es gibt die unterschiedlichsten Träume, Hoffnungen, Pläne...»

Alle verstummten nachdenklich für einen Moment. Als erster redete Silbersaiter: «Wenn ich zweihunderttausend hätte, würde ich durch ganz Rußland fahren, durch alle Städte und die letzten Krähwinkel, und würde den bedeutendsten Chor der Welt zusammenstellen. Ich würde mit ihm in Moskau singen. Und dann würde ich Konzerte in Europa geben. Überall, in Paris, London, Rom, Berlin. Und weltweiten Ruhm würde ich erlangen. Und Schneeberg würde ich mit rohem Fleisch füttern und gegen Geld in einem Käfig zeigen. Denn das Ausland hat solch ein Tier noch nie gesehen.»

«Das ist wahr», sagte mit seiner tiefen, vollen und zarten Baßstimme der Oberdiakon gedehnt.

«Ja», bekräftigte Schneeberg um eine Oktave tiefer. «Und ich», fing er lebhaft zu sprechen an, «ich würde meiner Frau hundertfünfzigtausend davon geben und sagen: ‹Hier ist deine Abfindung. Leb, wie du willst, trink, spiel, tanz von mir aus, aber ich: adieu! Zehn Jahre hat man mich ausgesaugt, mir das Blut aus den Adern gesaugt; es ist höchste Zeit, an die eigne Ehre zu denken.› Und fort würde ich gehen, in die Freiheit. Dann spendete ich dreißigtausend für ein großes, allgemeines, weltweites Besäufnis, und vom Rest kaufte ich mir eine Hütte in der Art eines Hundezwingers, aber mit einem Blumen- und einem Gemüsegarten davor. Und züchtete Obst und Beeren. Und Hackfrüchte ...», schloß er auf der Tonhöhe eines tiefen A.

Die meisten prusteten los vor Lachen. Sie wußten alle schon seit langem, in welch sklavischer Unterwerfung dieser kräftige, an Schwarzerde und Naturgewalten erinnernde Mensch gehalten wurde von seiner Frau, einem kleinen, dürren, geschwätzigen Weibsbild mit raffinierter, böser Zunge, die als die allergrößte Keiferin auf dem gesamten Schitnij-Markt bekannt war.

Und auf einmal kochte der ganze Festsaal vom erhitzten allgemeinen Gespräch. Wie so oft, war das verführerische Thema über die Allmacht des Geldes auf wundersame Weise anspornend und erfüllte all diese armen Schlucker, Pechvögel und insgeheim Ehrgeizigen, all diese Leute mit schwachem Willen, unbefriedigtem Lebenshunger und nicht eingestandener Gram über ihr hartes Schicksal mit unstillbarer Erregung. Und da zeigte sich, wie plötzlich nach außen gestülpt, der vom Alltag verdeckte wahre Charakter eines jeden. Laut träumte man von Wein, Karten, gutem Essen, prunkvollen, samtbezogenen Möbelstücken, von weiten Reisen in exotische Länder, von eleganten Anzügen und Ringen, von eigenen Pferden und großen Hunden, vom Leben in aristokratischen Kreisen unter Grafen und Baronen, vom Theater und Zirkus, von einer kleinen Liaison mit einer berühmten Sängerin oder einer Tierdompteuse, von süßer Nichtstuerei und der Möglichkeit, so lange, wie's das Herz begehrt, in den Tag hinein zu schlafen, von Dienern im Frack und hauptsächlich von Frauen – einem ganzen Harem von Frauen, von Frauen jeden Alters, jeder Gestalt, jeden Temperaments, Frauen jeder Hautfarbe und Nationalität.

Der betagte Konsistoriumsbeamte Klaraug, ein gescheiter, gehässiger und grober Mensch, sagte giftig: «Keiner von euch besitzt eine menschenwürdige Phantasie, ihr lieben Gorillas. Das Leben kann unter äußerst begrenzten Bedingungen wunderbar sein. Man muß nur dort oben, über einem selbst, einen kleinen Punkt haben. Einen winzig kleinen, aber erhabenen Punkt. Und ihn muß man mit festem Glauben anstreben. Ihr jedoch habt die Ideale von Schweinen, Pavianen, Menschenfressern und entlaufenen Zuchthäuslern. Zweihunderttausend – weiter reichen eure Träume nicht. Aber erstens habt ihr alle bei den allgemeinen Schwierigkeiten als eigenes Kapital nur einen lumpigen Sechser. Zweitens hat keiner von euch genug Ausdauer, um auch nur die hundert Rubel für den Losschein zusammenzusparen. Karpenko hat, um den Schein kaufen zu können, bestimmt seiner leiblichen Mutter nachts im Schlaf die Kehle durchgeschnitten. Und wenn er die zweihunderttausend gewinnt, kommt sein schändliches Verbrechen sicher genau an jenem Tag ans Licht, und man steckt ihn, den Diener Gottes, ins Gefängnis. Und drittens, selbst wenn ihr das Los in der Tasche habt, so ist die Chance für einen Hauptgewinn eins zu zehn Millionen, das heißt so gut wie null oder wie eine unendlich kleine Bruchzahl. Alles, was ihr in dieser Minute aussprecht, ist doch nur das leere Geschwätz eines aufgereizten sklavischen und erbärmlichen Geistes. Zweihunderttausend! Welche Armut der Phantasie!»

«Der bräuchte wohl gleich eine Million», sagte jemand mit bedrohlicher Stimme am andern Ende des Tisches. «Es ist bekannt, daß das Konsistorium einträgliche Posten bietet und die Augen dort trotzdem neiderfüllt sind.»

«Na und?» erwiderte Klaraug ruhig, ohne sich überhaupt umzuwenden. «Wenn man schon unerfüllbare Träume hat, dann doch wenigstens große. Sagen wir: zehn Millionen – das wäre nicht schlecht. Dann könnte man gescheit, nützlich und mit Geschmack leben. Doch warum sollte man nicht durch einen Wink mit dem Zauberstab über Nacht Zar werden, zum Beispiel? Aber auch dann würde eurem Spatzenhirn nichts Geistreiches einfallen. Wißt ihr, es gibt da eine Anekdote: Ein russischer Bauer aus Rjasan wird gefragt: ‹Was, Mitenka, würdest du machen, wenn du Zar wärest?› – ‹Ich›, sagt er, ‹würd' den ganzen Tag auf dem Erdaufwurf beim Tor sitzen und Körner knabbern. Und wenn einer vorbeigeht, würd' ich ihm in die Schauze hauen. Der geht vorbei – und ich geb's ihm: in die Schnauze.› Eure Hottentottenphantasie reicht nicht viel weiter. Käme in diesem Augenblick zu einem von euch, egal zu wem, der Teufel und würde sagen: ‹Hier, der Kaufvertrag für deine Seele ist ordnungsgemäß vorbereitet. Unterschreib mit deinem Blut, und ich erfülle dir während soundso vielen Jahren treu und redlich jede deiner Schrullen auf der Stelle› – so würde jeder von euch, das ist sicher, mit der größten Zufriedenheit seine Seele verkaufen. Aber nichts Originelles würdet ihr euch ausdenken, nichts Grandioses oder Lustiges oder Mutiges. Nichts, außer Weibern, Fressen, Saufen und einem weichen Bett. Und wenn dann der Teufel kommt, um euer winziges Seelchen zu holen, so findet er es erfaßt von tödlicher Langeweile und gemeinster Furcht.»

Klaraug verstummte – und niemand widersprach ihm. Seine Worte hatten gewirkt wie ein Eimer kaltes Wasser mitten ins Gesicht. Nur aus einer Ecke fragte jemand, der hinter dem blauen Tabakdunst versteckt blieb, Blum: «He, und du,

Johann der Blumenbringer, was würdest du, wenn? ... He?»

«Ich?» fragte Blum wie aus dem Schlaf aufgeschreckt. Mit glänzenden, verzückten Augen starrte er eine Lampe an, und sofort hob aus ihrer Flamme ein zweites Licht ab, schwebte leicht nach rechts und dann aufwärts. «Ich? Ich brauche nichts. Es ist doch jetzt ... hell, angenehm ... eine Gruppe aus lieben, guten Kumpanen ... ein freundschaftliches Gespräch ...» Blum strahlte seine Tischnachbarn freudig an. «Ich wünschte mir, daß es einen großen Garten geben würde ... und in ihm viele herrliche Blumen. Und eine Vielzahl unterschiedlichster Vogelarten, alle, die es gibt auf der Welt, und Tiere ... Und daß sie alle zahm und zutraulich wären. Und daß wir alle dort leben würden ... in Einfachheit, Freundschaft, Fröhlichkeit ... Niemand würde sich streiten ... Der Garten sollte voller Kinder sein ... Und daß wir alle sehr gut singen würden ... Und die Arbeit sollte ein Genuß sein ... Und verschiedene Flüßchen müßte es geben ... und die Fische kämen auf ein Läuten hin geschwommen ...»

«Mit einem Wort: das Paradies!» unterbrach ihn Klaraug.

Und der neben Blum sitzende Oberdiakon umarmte ihn, drückte ihn fest an seine gigantische Brust, glitt ihm mit einem einzigen herzhaften, feuchten Kuß über Nase, Wangen und Kinn und brüllte ihm dann direkt ins Ohr: «Wanja! Mein Freund! Du engelsgleiche Gestalt!»

Doch in diesem Augenblick tauchte der Wirt auf und erinnerte zum dritten- und letztenmal:

«Im Restaurant sind schon alle Lichter gelöscht. Es ist Zeit, nach Hause zu gehen. Sonst gibt es Unannehmlichkeiten mit der Polizei.» Man ging auseinander.

Auf dem Heimweg war Blum in wunderbarster innerer Verfassung. Mit zärtlichem Gefühl sah er, wie die silberne Mondsichel sich zielstrebig einen orangegoldenen Weg durch die am Himmel zusammengeballten dichten Wolken bahnte. Und er sang nach irgendeiner ungewöhnlich schönen eigenen Melodie und mit eigenen Worten eine Lobpreisung auf die Schönheit der Welt: «Der Erde glorreicher Schoß und ihr Wohlgeruch, und des Himmels feierliche Tiefe – mit frohem Mut lobpreisen die Menschen die Welt...»[1]

Sehr lange Zeit benötigte er, um auf seinen Dachboden zu gelangen, wobei er zwischen Treppengeländer und Wand hin und her balancierte. Gewohnheitsmäßig schloß er die Außentür lautlos auf, entkleidete sich sorgfältig und legte sich zu Bett, nachdem er eine brennende Kerze neben sich auf den Stuhl gestellt hatte. Er wollte die am Morgen nicht zu Ende gelesene Zeitung zur Hand nehmen, doch die Buchstaben flossen zu trüben Streifen zusammen, und diese Streifen nahmen eine Übelkeit hervorrufende Drehbewegung auf. Zuletzt schlossen sich seine schwergewordenen Lider von selbst, und Blums Bewußtsein tauchte in endloses Dunkel und Schweigen.

---

[1] Kirchenslawisch im Text

3

«Entschuldigen Sie die Störung», sagte vorsichtig eine Stimme.

Erschrocken öffnete Blum die Augen und richtete sich schnell auf im Bett. Es war schon hellichter Tag. Der Kanarienvogel erging sich mit ohrenbetäubendem Gezeter in seinem Käfig. Im goldenen Sonnenkegel, der schräg durchs Fenster drang und in dem Staubkörnchen wirbelten, stand, sich leicht verneigend und den Zylinder in der ausgestreckten Hand von sich haltend, ein unbekannter Herr in einem abgetragenen, längst aus der Mode gekommenen, schwarzen Gehrock. Er hatte schwarze Handschuhe an, auf seiner Brust leuchtete eine feuerrote Krawatte, eine alte, abgeschabte, rötlich schimmernde Aktentasche hielt er unter seinen Arm geklemmt, und neben seinen Füßen lag eine kleine neue Reisetasche aus gelbem Englischleder. Seltsam bekannt schien Blum das schmale, längliche Gesicht des Besuchers auf den ersten Blick: dieser gerade Scheitel inmitten des schwarzen, an den Schläfen schon ergrauten Haarschopfs, mit den beiden nach oben gekämmten, an die hochgestellten Enden von Schmetterlingsflügeln oder an kleine Hörner erinnernden halbkreisförmigen Locken, diese große, feine, leicht gebogene Nase mit ihren nervös bebenden Nasenflügeln, die denen von Ziegen zu gleichen schienen, diese blassen, spöttisch verzogenen Lippen unter dem kriegerisch und unverfroren wirkenden Schnurrbart, dieser spitze, lange französische Kinnbart. Doch die stärkste Erinnerung an ein bestimmtes, vor langer Zeit gesehenes und halb vergessenes Bild riefen die Augenbrauen des Unbekannten hervor: von der Nasenwurzel gingen sie aus als schräg, ja steil aufsteigende, schnurgerade, tiefdunkle und Finsternis ausstrahlende Linien. Seine Augen waren fast farblos, oder genauer: erinnerten schwach an einen von der Sonne ausgebleichten Türkis, was auf äußerst deutliche, kalte und unangenehme Weise seinem gesamten Gesicht widersprach.

«Ich habe zweimal geklopft», fuhr der Fremde mit einer leicht schnarrenden Stimme freundlich fort. «Niemand antwortet. Also habe ich mich entschlossen, den Griff herunterzudrücken, und da stelle ich fest: es ist nicht abgeschlossen. Erstaunlich leichtsinnig. Sie zu bestehlen wäre eine überaus einfache Sache. Wissen Sie, es gibt solche Spezialisten unter den Dieben, die sich nur damit befassen und ‹auf einen guten Morgen› von Wohnung zu Wohnung gehen. Natürlich hätte ich es nie gewagt, Sie so früh zu stören.» Er zog eine alte Uhr aus der Westentasche, eine Zwiebel mit einer an einen Totenkopfschwärmer erinnernden Berlocke und einem hauchdünnen Kettchen, und warf einen Blick darauf. «Es ist jetzt drei nach zehn. Und wenn nicht eine äußerst wichtige und dringende Angelegenheit... Aber nein doch, regen Sie sich nur nicht auf», sagte er, da er auf Blums Gesicht Furcht und Hast bemerkte. «Zum Dienst müssen Sie heute keineswegs, ich bitte Sie...»

«Ach, es ist mir schrecklich unangenehm», sagte Blum völlig verwirrt. «Sie haben mich noch im Bett liegend angetroffen. Warten Sie doch bitte einen Augenblick! Ich mache mich nur schnell zurecht, und dann werde ich Ihnen auf der Stelle zu Diensten sein.»

Er zog die Hausschuhe an, warf sich seinen Mantel über und lief hinaus in die Küche, wo er sich eilig wusch und ankleidete und den Samowar aufsetzte. Nach sehr kurzer Zeit kam er erfrischt, wenn auch mit von der Zecherei des vergangenen Abends geröteten und schweren Augenlidern zu seinem Gast zurück. Während er sich für die Unordnung im Zimmer entschuldigte, setzte er sich zaghaft dem Unbekannten gegenüber und sprach: «Jetzt bin ich bereit. Gleich wird man uns Tee bringen. Was macht mir die Ehre...»

«Erlauben Sie mir zunächst, mich vorzustellen.» Der Besucher streckte Blum eine Visitenkarte entgegen. «Ich bin Anwalt von Beruf. Mein Name ist Mefodij Issajewitsch Toffeles.»

«Seltsam. Auch der Nachname kommt mir irgendwie bekannt vor», dachte Blum. Er verneigte sich leicht, und mit verlegenem Blick murmelte er: «Sehr angenehm... Aber ich...»

«Einen Moment... Verzeihen Sie mir, wenn ich Sie unterbreche. Ihr seliger Vater hieß, wenn ich mich nicht täusche, Stepan Nikolajewitsch. Ist es nicht so?»

«Ganz richtig.»

«Gut. Das heißt, sein älterer Bruder, mittlerweile auch verstorben, hieß mit Vor- und Vatersnamen Apollon Nikolajewitsch. Stimmt's?»

«Es stimmt. Doch ich persönlich hatte nie im Leben die Gelegenheit, ihn zu sehen. Nur in den

Familienerinnerungen meiner Eltern habe ich hin und wieder etwas gehört über ihn. Aber das ist schon sehr lange her... Ja, so einige wenige Dinge... und es ist mir sehr peinlich, daß ich sie, wie mir scheint, völlig vergessen habe.»

«Das ist auch ganz und gar unwichtig. Kleine Fische.» Der Anwalt winkte verächtlich ab mit der Hand, öffnete fast gleichzeitig seine abgeschabte Aktentasche, zog mit der Geschicklichkeit eines Zauberers Papiere unterschiedlicher Formate daraus hervor und warf sie eines nach dem anderen auf den Tisch. «Für mich besteht die Hauptsache dieser Angelegenheit darin, daß Ihr ehrwürdiger lieber Onkel zu Lebzeiten ein Original war, das heißt ein Misanthrop, ein ungeselliger Mensch und, wie behauptet wird, sogar Alchimist. Mit einem Wort: was man so als Sonderling bezeichnet.»

«Ja, irgend etwas in der Richtung habe ich gehört. Aber daran erinnere ich mich nur dunkel, wie im Traum. Unsere Familie hat keinerlei Kontakte gehalten mit ihm. Man hat sich aus den Augen verloren. Übrigens, ohne jeglichen Streit.»

«Nun gut. Kommen wir jetzt zur Sache. Wie es der Wille des Schicksals war, hat Ihr lieber Onkel vor zehn Jahren das irdische Jammertal verlassen. Für Sie war dieses Ereignis offensichtlich weiter nicht von Bedeutung, außer vom ganz natürlichen Gefühl begleitet, einen traurigen Verlust erlitten zu haben. Aber darüber hinaus hat Apollon Nikolajewitsch eine kleine Erbschaft hinterlassen, die aus einigen hundert Deßjatinen Liegenschaften im Gouvernement Tschernigow besteht: Boden, ein

Wäldchen und einen ziemlich großen Hof mit einem alten Herrenhaus. Etwa acht Jahre galt dieses Gut als besitzerlos, fast auch als erbenlos. Und da ich mich besonders damit befasse, die Besitzer derartiger, irgend jemand Unbekanntem gehörender Erbschaften ausfindig zu machen, habe ich zufällig von Tscherwonoje gehört und verfolgte also die Spuren im Leben Ihres seligen Onkels zurück. Meine Lage war eine recht schwierige: ein Testament gibt es nicht, die gesetzlichen Erben tauchen nicht auf. Die Grundstücksnachbarn unterhielten keine Bekanntschaft mit Apollon Nikolajewitsch, sahen ihn nur aus der Ferne und verdächtigten ihn, ein Freimaurer zu sein, oder ein Erfinder oder Anarchist: Was soll ihn da eine Erbschaft interessieren? Die Bauern wiederum sind überzeugt, daß er sich mit Zauberei befaßte und wahrscheinlich sogar seine Seele dem Teufel verkaufte. Doch durch verschiedenste Anspielungen und Schlußfolgerungen begann ich langsam, mir einen Weg durch die Lebensabschnitte Ihres Onkels zu bahnen, und so stieß ich schließlich in einem halb ausgebrannten Archiv eines Notars in Witebsk auf ein echtes, wenn auch sehr altes Testament, wonach der Boden und der Hof mit allen Gebäuden und lebendem wie totem Inventar an den Ältesten in der Familie gehen soll. Nach den eingezogenen Auskünften sind Sie, hochverehrter Iwan Stepanowitsch, dieser Älteste in der Familie, und ich habe also die Ehre, Sie dazu aufrichtig zu beglückwünschen.»

Toffeles verneigte sich im Sitzen. Blum errötete und streckte ihm die Hand entgegen. Der

Händedruck war durch die schwarzen Handschuhe hindurch kräftig und förmlich.

«Und um keine unnötigen Worte zu verlieren», fuhr Toffeles fort, «erlauben Sie mir, Ihnen die Unterlagen zu überreichen, die Ihren Anspruch klar beweisen. Hier ist das Testament. Hier die Kaufurkunde ... Die Erb- und anderen Abgaben. Hier die Empfangsbescheinigung über den Erhalt der Grund- und übrigen Steuern einschließlich des Strafgeldes für die vergangenen Jahre. Hier tra-ta-ta, tra-ta ...» Der Anwalt begann einen Trommelwirbel aus Amtsbegriffen und schillernden Bruchzahlen.

Während er so sprach, schob er mit der gleichen routinierten Geschicklichkeit wie schon zuvor Blum schnell ein Papier ums andere unter, die alle sauber und mit Maschine geschrieben waren, mit runden Stempeln aus Tinte und Siegellack versehen und verschönert durch ausgeklügelte Unterschriftenschnörkel und Federstriche.

«Wie soll ich ihn nennen?» überlegte Blum und schaute erst auf die Visitenkarte, dann auf Toffeles. «Ein mir erstaunlich bekannter Name. Und wo denn nur habe ich diese selten einprägsame, ungewöhnliche Physiognomie schon gesehen?» Und laut sagte er mit einer gewissen Schüchternheit: «Aber sehen Sie, ehrwürdiger Mefodij Issajewitsch. All das kommt so unerwartet ... Ich habe überhaupt keine Ahnung von solchen Dingen. Und dann, das Gouvernement Tschernigow ist doch so weit ...»

«Kreis Starodub», half Toffeles nach.

«Na, sehen Sie. Ich verliere wahrscheinlich völlig den Überblick und muß Sie gezwungenermaßen bitten, mir Ratschläge zu geben... Darüber hinaus, Ihre freundlichen Bemühungen... Seien Sie doch so gut und bestimmen Sie die Summe Ihrer Entlohnung selbst.»

Toffeles lachte freundschaftlich auf und berührte leicht, sehr höflich und nur ganz kurz Blums Knie.

«Das Honorar ist eine Nebensächlichkeit. Wir wollen einander nicht verletzen. Ich habe Nachforschungen über Sie angestellt. Verzeihen Sie, aber wir Geschäftsleute können nicht anders. Und überall erhielt ich die Auskunft, daß Sie ein höchst anständiger, ehrbarer Mensch sind, ein echter Gentleman, mit dem dazugehörigen freigebigen Charakter. Ich bin, was mich anbetrifft, in dieser Sache ganz unbesorgt. Nun, sagen wir zwanzig Prozent, fünfzehn des geschätzten Wertes? Wenn Ihnen das übermäßig erscheint, begnüge ich mich auch mit zehn Prozent.»

«Aber nein doch, ich bitte Sie! Sollen Sie ruhig zwanzig haben!»

«Ich bin Ihnen zu Dank verpflichtet.» Toffeles verneigte sich. «Und nun, da Sie mir schon von sich aus die Ehre gemacht haben, mich um Rat zu fragen, erlaube ich mir, Ihnen wärmstens zu empfehlen: Fahren Sie unverzüglich, so schnell wie möglich, nach Tschernigowschtschina, um das Besitztum zu besichtigen. Ich werde sogar darauf bestehen, daß Sie noch heute fahren.»

«Erlauben Sie, aber das ist doch ganz undenkbar. Ich muß meinen Urlaub einreichen... Es ist notwendig, für die Reise Geld zu besorgen...

Reisevorbereitungen wollen getroffen sein ... und was weiß ich noch alles.»

«Kleine Fische», erwiderte der Anwalt selbstzufrieden und zärtlich. «Erstens: hier ist Ihr Urlaubsschein. Ich habe ihn schon heute morgen bei Ihrem Exekutor Luka Spiridonowitsch für Sie beschafft. Zu seiner Ehre sei gesagt, daß er nur sehr wenig genommen hat und bereitwillig zum Vorsitzenden gelaufen ist. Beide sind sie erfreut über Ihr Glück, als sei es ihr eigenes. Fortuna verwöhnt Sie wirklich! Bitte sehr!»

«Sie sind ein Zauberer!» flüsterte Blum erstaunt und betrachtete seinen für einen Monat wegen dringender Familienangelegenheiten ausgestellten Urlaubsschein, welcher vom Vorsitzenden unterschrieben und vom Exekutor gegengezeichnet war. Und die Unterschrift unter dem Text glich sogar ein ganz klein wenig der Blums, obwohl Iwan Stepanowitsch sogleich denken mußte, daß die kalligraphischen Rundschriften einander ohnehin ähnelten.

«Und was das Geld anbelangt, so beunruhigen Sie sich nicht. Meine Pflicht ist es – das ist so üblich bei uns Advokaten –, Ihnen die notwendige Summe leihweise zur Verfügung zu stellen, natürlich gegen niedrigsten Zins. Zählen Sie bitte nach! In diesem Bündel sind genau eintausend. Nein, nein, machen Sie sich nur die Mühe, Ihre Finger zu bewegen! Geld will gezählt sein! Und hier ist die Quittung, die ich schon im vorhinein vorbereitet habe, um nicht unnütz wertvolle Zeit zu verlieren. Unterzeichnen Sie nur: ‹I. Blum› – und die Sache ist erledigt.»

Blum war überwältigt. «Sie sind so liebenswürdig und zuvorkommend ... daß ich ... daß ich ... wirklich, ich finde keine Worte.»

«Reiner Unsinn», wehrte Toffeles vertraulich, doch höflich mit der Hand ab. «Kleine Fische. Nun, da die Formalitäten erledigt sind, erlaube ich mir, Ihnen noch eine Überraschung zu machen.»

Aus der Aktentasche tauchten auf die übliche wundersame Weise zwei Pappkartonschnipsel auf.

«Dies ist eine Fahrkarte erster Klasse bis zur Bahnstation von Gorynischtscha und das eine Platzkarte für ein unteres Bett. Die Fahrscheine sind für heute ausgestellt. Der Zug fährt Punkt elf Uhr dreißig. Ein Zweispänner wartet unten bei der Auffahrt auf uns. Sie müssen folglich nur noch Ihren Reisepaß und Ihr Notizbuch in die Tasche stecken, den Hut aufsetzen, den Stock ergreifen, und dann: ‹*Andiam, andiam mio caro* ...›[1]» Toffeles sang sehr falsch und mit einer Ziegenstimme. «Und mit Ihrer Erlaubnis helfe ich Ihnen beim Packen.»

«Aber nein doch, ich flehe Sie an ... Um Himmels willen!» Blum war verwirrt.

Das Gesicht von Toffeles verzog sich zu einer spaßigen, doch gänzlich abscheulichen Grimasse.

«Was sind Sie doch für ein komplizierter Mensch. Nun, dann verweigern Sie mir in diesem Falle nicht, Ihnen ein kleines Geschenk mit auf den Weg zu geben: diese Reisetasche hier. Nein, nein! Ich bitte Sie inständig, sagen Sie nicht nein!

---

[1] ital.: Gehen wir, gehen wir, mein Lieber. Wohl in Anlehnung an: Andiam, andiam mio bene (Don Giovanni).

Ich habe dieses Ding extra für Ihre Reise ausgewählt. Sie kränken mich, wenn Sie es nicht annehmen. Überlegen Sie nur: Ich werde doch an Ihnen eine nicht geringe Courtage verdienen.»

«Danke», sagte Blum. «Eine wunderschöne Tasche.» Er fühlte sich unwohl, gleichsam gefesselt, wie verführt von einem fremden Willen. Für Minuten verdunkelte unbestimmte Angst sein einfaches Herz. «Welch feine Aufmerksamkeit von seiten dieses fremden Menschen», dachte er, «und wie erstaunlich schnell alle Ereignisse vor sich gehen! Wirklich: wie im Traum. Oder schlafe ich etwa tatsächlich? Nein, wenn ich schliefe, würde ich nicht denken, daß ich schlafe. Und das Gesicht, das Gesicht ... Wo nur habe ich es früher schon gesehen?»

«Wie ungewöhnlich das aber doch alles ist», sagte er aus der Tiefe seines Schrankes heraus, wo er seine Toilettenartikel zusammensuchte. «Hätte mir gestern jemand den heutigen Morgen vorausgesagt, ich hätte ihm ins Gesicht gelacht.»

Er zögerte, doch Toffeles trieb ihn weiter an mit einer freundschaftlichen Hartnäckigkeit, die höflich und frech zugleich war.

«Ach junger Mann, junger Mann ... Wie wenig Unternehmungsgeist Sie haben! Übrigens sind wir Russen alle so: immer langsam und mit der Ruhe, alles der Reihe nach und immer mit Vorsicht. Während wertvolle Zeit verrinnt. Sie flieht, und keine einzige verflossene Minute kehrt jemals zurück. Nun, mein Herr, nur zu, auf amerikanische Weise, im Handumdrehen. Ihre neuen Stiefel stehen vor der Tür. Ich habe dem Zimmermädchen aufgetragen, sie zu putzen. Es erstaunt Sie vielleicht, daß ich Sie so dränge? Doch erstens habe ich selbst keine einzige Sekunde zu verlieren: Gleich bringe ich Sie zum Zug, und dann muß ich wegen einer dringenden Angelegenheit sofort in die Kreisstadt fahren. Einem schlafenden Wolf läuft kein Schaf ins Maul. Nein, nein ... ziehen Sie sich ganz ohne Hemmungen vor mir an. Ich bin ein Mann. Und zweitens, überlegen Sie selbst: Was soll Gutes dabei herauskommen, wenn Sie noch einige Tage unnütz in dieser Stadt vertrödeln? All Ihren Bekannten und zahlreichen Unbekannten ist die Ihnen zugeflogene Erbschaft doch jetzt durch den Exekutor schon zu Ohren gekommen. Oh, die menschliche Seele ist mir gut bekannt! Man wird anfangen zu betteln, Sie mögen den Leuten doch Geld leihen, man wird Sie auffordern, die Summe zu begießen, die guten Mamachen erwachsener Töchter werden dafür sorgen, daß eine wahre Flut von diesen über Sie hereinbricht. Sie sind ein schwacher, zarter, nachgiebiger Mensch, ein guter Kumpel. Wer weiß, was Sie noch fertigbringen, und machen Schulden. Ich kenne solche Fälle. Und dann bietet sich vielleicht noch irgend so eine verführerische Ablenkung an, zum Beispiel eine Schönheit aus der Konditorei, so wie jene – erinnern Sie sich? – füllige Blondine hinter der Ladentheke von Dumont, die erste vom Fenster aus gesehen, mit den Saphiräuglein. Glauben Sie mir, hören Sie auf einen alten Hasen. Ich lüge bestimmt nicht. Um so mehr, als Sie vom ersten Augenblick an in mir tiefste, man könnte sagen, väterliche Sympathie geweckt haben. Achten Sie bloß nicht auf mich, packen Sie, packen Sie! Und ich gebe Ihnen derweil einige wichtige Informationen. Bettzeug und Kissen brauchen Sie nicht mitzunehmen. Man gibt Ihnen alles im Schlafwagen, und im Gutshaus hat es viele schöne, feine holländische Wäsche. Auch Hemden brauchen Sie nur wenige. Zwei, drei zum Wechseln. Nehmen Sie bequeme, ganz nach Ihrer *fantaisie*. Ein paar Hand- und Schnupftücher. Wir haben die schreckliche Angewohnheit, mit dem halben Haus zu verreisen. Daran erkennt man im Ausland immer die Russen. Nehmen Sie nur so viel, wie in der Reisetasche Platz findet. Alles andere ist überflüssig. Sie sind nicht mehr als zwei, drei Tage unterwegs ... Hören Sie, ehrlich gesagt, der Hof ist, wenn auch nicht verpfändet, so doch in einem schrecklich vernachlässigten Zustand. Dreihundert und ein paar Deßjatinen. Anderthalb Hundert davon sind gute Erde, und die haben die lieben Dörfler untergepflügt. Der Besitz ist umgeben von hunderten idiotischen Unannehmlichkeiten. Das Ackerland liegt verteilt zwischen den Parzellen der freien Bauern; nicht nur das Servitutrecht existiert noch bis heute, sondern sogar irgend so eine, hol's der Teufel, Erbfolgeverordnung[1] ist in Kraft. Nein, ich sage es Ihnen in völligem Ernst, es gibt tatsächlich solche juristischen Kuriosa! Meiner Meinung nach sollte man das Land verkaufen. Sich damit abmühen ist, wie die

[1] Erbfolgegesetz im Tschernigower Poltawa-Gouvernement, das unter russischer Herrschaft aus litauischer Zeit beibehalten wurde.

Polen zu sagen pflegen, ‹mehr Gestank als Spaß›[1]. Nicht nur Sie mit Ihrer völligen Unerfahrenheit, sondern auch der größte Schlaukopf, der erfahrenste Großbauer setzt sich dort in die Nesseln ... Sie wählen die Schlipse aus? Ich empfehle Ihnen diesen, den schwarzen mit den weißen Schrägstreifen. Er ist solider ... Bleibt das Gutsgebäude. Es ist groß, doch finster und auf feuchten Grund gebaut. Im Obstgarten wachsen alte Bäume, er ist vernachlässigt und ohne Pflege verwildert. Einrichtungen gibt es keine. Das Haus ist eine vollgestellte Gerümpelkammer, verfaulendes, morsches Holz. Ein von den Würmern zerfressener, zweistöckiger Holzbau aus der Zeit Alexanders I., mit krummen Pfosten und einem schief hängenden Belvedere. Pustet man einmal kräftig, fällt er zusammen. Es kann sein, daß auch das Gutshaus schief steht. Schauen Sie sich nur am Ort um, und ich werde Ihnen hier mittlerweile schon – seien Sie da ganz beruhigt – einen arglosen Käufer ausfindig machen. Es dürften sich zudem kaum Sachen von irgendwelchem Wert finden lassen in dem Haus. Nur Plunder. Eine kleine Bibliothek gibt es, aber die wird Sie wenig interessieren. Das meiste ist über Okkultismus, Theosophie und Schwarze Magie ... Sie sind doch ein gläubiger Mensch?» Toffeles wies, ohne sich umzudrehen, mit dem Kopf nach hinten auf das Heiligenbild. Diese Bewegung mußte einen Krampf in seinem Hals ausgelöst haben, denn er verzog schmerzvoll das Gesicht. «Das ist kein Weg für

[1] Polnisch im Text

solch einen frischen, lieben Menschen wie Sie, und es wird Sie langweilen, sich mit so törichtem Unsinn zu befassen. Sie sollten diesen Unrat lieber verbrennen! Nicht wahr? Ja genau, verbrennen Sie's! Ich spreche im Gefühl persönlicher, herzlichster Sympathie zu Ihnen. Versprechen Sie mir, es zu verbrennen? Ja? Einverstanden? Nun, geben Sie mir schon, geben Sie mir Ihr Ehrenwort, lieber, guter Iwan Stepanowitsch!»

«Ich geb's Ihnen, gebe es Ihnen! Mit dem größten Vergnügen. Bei Gott!»

«Krrr...» Der Anwalt gab einen seltsamen grimmigen Kehllaut von sich.

«Was haben Sie?» fragte Blum besorgt.

«Nichts, nichts, machen Sie sich keine Sorgen... Ich habe mich leicht verschluckt. Mir ist etwas in die Luftröhre geraten. Nun, wie es scheint, sind Sie soweit? Dann fahren wir! Auf dem Bahnhof haben wir noch Zeit, eine Kleinigkeit zu frühstücken und ein Fläschchen ‹Pomméry sec› auf den neuen Besitzer zu trinken. Nein, nach Ihnen bitte! Gehen Sie vor! Das ist die rumänische Art. So.»

Nach einer Stunde setzte dieser energische, allwissende und vorausschauende Geschäftsmann Blum auf dem Wagentrittbrett der ersten Klasse ab. In letzter Minute tauchte, scheinbar wie von selbst, ein eleganter, kleiner, geflochtener Korb in seinen Händen auf. Während er ihn zu Blum hinaufreichte, sagte er mit einem angenehmen Lächeln: «Lehnen Sie das nicht ab! Das ist so... ein Reiseproviant... Etwas Kaviar, Haselhuhn, Kalbfleisch, Butter, Eier und anderes mehr. Und zwei

Fläschchen Rotwein ‹Mouton-Rothschild›. Behalten Sie mich in gutem Andenken. Warten Sie auf ein Telegramm von mir... Und wenn nötig, telegraphieren Sie mir hierher ins ‹Bellevue›. Auf Wiedersehen. Ich will keine Schwierigkeiten machen, indem ich unnötig beim Waggon herumstehe. Ich empfehle mich.»

Und nachdem er elegant seine von den schwarzen Handschuhen bedeckten Fingerspitzen geküßt hatte, verschwand er in der Menschenmenge.

4

Die Fahrt ging ungewöhnlich schnell. Noch nie im Leben war Blum mit solch großem Komfort gereist, und niemals war die Zeit so unmerklich vergangen. Er war auf sehr liebenswürdige Mitreisende gestoßen – höfliche, zuvorkommende, gesprächige und unaufdringliche Leute. Leicht von den Pullmanfedern gewiegt, schlief Blum zwei Nächte tief und fest, und tagsüber erfreute er sich an Flüssen, Feldern, Wäldern und Dörfern, die am Fenster vorbeizogen und zurückblieben, oder er speiste ausgiebig und mit Kennermiene im hellen, eleganten Speisewagen, wo auf schneeweißen, makellos sauberen Tischdecken Blumen ihre leuchtenden Köpfchen bewegten und an den Tischen die üblichen, in Expreßzügen anzutreffenden Damen saßen: alle – als habe man sie extra ausgesucht – groß, mit üppigen Formen, prächtig gekleidet, selbstsicher, mit lautem Lachen und eingeflochtenen französischen Worten – Frauen, die nach starkem, herbem Parfum rochen. Für ihn waren sie Wesen von einem anderen Planeten und riefen Neugierde und Erstaunen in ihm wach und ein beklommen machendes Gefühl seiner eigenen Ungeschicktheit.

Eines nur beunruhigte und verärgerte Blum während dieser feiertäglichen Reise und löste eine unschöne Angst in ihm aus. Er mußte nur für einen Augenblick mit den Gedanken zum Ziel seiner Reise zurückkehren, zu jenem fernen Gut, das sozusagen vom Himmel in seinen Schoß gefallen war, und schon stand vor ihm das energische, schlaue und markante Gesicht des wundersamen Anwalts, dieses Toffeles; und er tauchte nicht in seinem visuellen Gedächtnis auf, irgendwo in den Tiefen des Gehirns, sondern er zeigte sich ihm wirklich, in Person gewissermaßen. Überall trieb er sich herum mit seiner krummen Nase und seinen steilen Augenbrauen: bald auf einem Bahnsteig inmitten der hetzenden Menschenmenge, bald im Buffet der ersten Klasse als ein herumhuschender Zugkellner, dann wieder war er verkörpert in Kinn, Rücken und Gang des Kontrolleurs.

«Das ist bloß eine Sinnestäuschung», dachte Blum ängstlich. «Hat dieser seltsame Mensch sich etwa so fest in meiner Seele eingegraben, daß ich ihn, selbst wenn ich durch einen großen Abstand von ihm getrennt bin, so oft und so lebhaft vor mir sehen muß?»

Am Ende des zweiten Tages stieg Blum auf dem Bahnhof von Gorynischtscha aus und mietete für drei Rubel eine Kutsche bis Tscherwonoje. Als Blum unterwegs erklärte, daß er nicht ins Dorf müsse, sondern auf das Gut, drehte sich der grauschnäuzige, kräftige Ukrainer um und betrachtete ihn eine ganze Weile mit durchdringender und unverhüllter Neugierde.

«Ja ... so ... direkt dorthin, zum Herrengut?»[1] fragte er schließlich ungläubig. «Zu dem Blum, dem Toten?»

«Ja, zum Gut, zum Herrenhaus», antwortete Iwan Stepanowitsch bekräftigend.

«Hm, tja.» Der Alte schnalzte zu den Pferden. «Und Sie, woher sind Sie?»

Blum erzählte kurz von sich. Er erwähnte auch die Erbschaft und die Verwandtschaft.

Der Alte schüttelte den Kopf. «Ach, keine gute Sache... Ist nicht ohne.»

«Warum reden Sie so schlecht, Väterchen?»

«Ach, nur so ... will nicht...»

Er verstummte. So fuhren sie schweigend rund zwölf Werst bis zum Dorf Tscherwonoje, das sich mit seinen weiß getünchten Lehmhäusern und seinen buschgrünen Gärten auf einer steilen Anhöhe oberhalb eines hellen Flüßchens ausdehnte, bogen am Damm ab und fuhren Richtung Gutshof bis zu einem gußeisernen Gittertor, dessen schief an gemauerten roten Pfosten hängende Flügel offenstanden. Dort begann zwischen einer dichten Pappelallee aus alten, mächtigen Bäumen ein überwucherter Weg, an dessen Ende man grau schimmernde Gebäude sah, weiß leuchtende

[1] Alle Äußerungen des Kutschers sind auf ukrainisch im Text.

Säulen und den von Fenstern zurückgeworfenen blutroten Schein der untergehenden Sonne.

Der Alte brachte seine Pferde beim Tor zum Stehen und sagte fest entschlossen: «Hier! Steigen Sie hier aus, guter Herr! Näher heran fahr' ich nicht.»

«Wie denn das: näher fahren Sie nicht?» wunderte sich Blum. «Es sind doch nur noch ein paar Schritt. Da hinten ist ja schon das Haus zu sehen.»

«Nein. Nicht näher. Nicht für fünfzig Rubel. Ich will nicht.»

Blum erinnerte sich an Toffeles' Worte über den schlechten Ruf, den dieser alte Besitz bei den Bauern genoß, und sagte mit gezwungen spöttischem Lächeln: «Haben Sie wirklich Angst?»

«Nein, nein. Kein bißchen. Nur so halt. Zahlen Sie mir mein Geld, und Schluß!»

Nachdem Blum den Kutscher gebeten hatte, einen Augenblick zu warten, ging er allein durch die dunkle kühle Allee bis zu dem Haus. Toffeles hatte die Wahrheit gesagt. Die Gebäude waren tatsächlich sehr alt und fast eingefallen. Von den krummen Säulen, die irgendwann einmal mit Kalk geweißt worden waren, bröckelte der Putz ab, so daß ihr morsches, faulendes Holz freilag. Hie und da waren die Scheiben der Fenster zerschlagen. Auf dem grün vermoosten Dach wuchsen Büschel von Gras. Die Wetterfahne auf dem Turm neigte sich traurig zur Seite. Im Garten unter den knorrig verwachsenen Bäumen stand feuchte und kalte Dunkelheit. Brennesseln, Kletten und riesige Steinwurzstauden wucherten wild an jenen Stellen, wo einstmals Beete angelegt waren. Alles trug die Spuren von Verödung und Verwilderung.

Blum drehte eine Runde um das Haus. Alle Außentüren – der Haupteingang, die Balkon-, die Küchen-, die Hintertür, welche auf die mit bunten Scheiben geschützte Veranda führte – waren abgeschlossen. Verständnislos, gelangweilt und sich verloren fühlend, kehrte Blum zur Droschke zurück.

«Und wo, Väterchen, kriege ich hier einen Schlüssel her?» fragte er. «Alles ist verschlossen.»

«Was weiß ich.» Gleichgültig zuckte der Muschik mit den Schultern. «V'leicht beim Herrn Reitmeister oder Polizeihauptmann oder beim Dorfaufseher... v'leicht auch beim Dorfältesten oder dem Lehrer. Heutzutag haben jetzt alle die Teufelsküche vergessen. Und den Herrn kennt keiner mehr. Sie müssen mich schon entschuldigen bitte, aber nur Schlechtes haben die Leut' erzählt von Ihrem Angehörigen. Man erzählt, es gibt auch solche, die's gesehen haben wollen, daß er, wie's scheint, zum Teufel selbst in den Dienst getreten ist... Und seine Seele verkauft hat, und nicht umsonst. Und Sie, Pan, soll der liebe Gott hüten und der heilige Nikolaj.»

Mit einer kaum merklichen Geste bekreuzigte er sich über den Knöpfen seines Bauernkittels. Plötzlich kam von irgendwoher Wind auf. Die schief in ihren Pfosten hängenden Torflügel bewegten sich in den rostigen Angeln und knarrten gedehnt.

«Haargenau wie die Stimme von Toffeles», dachte Blum. Und sofort ärgerte er sich über sich selbst wegen dieser aufdringlichen Erinnerung.

«Nun sitz schon auf, Panytsch, schnell, schnell, und fahrn wir doch ins Dorf», sagte der Ukrainer.

So mußten sie also wieder über den Damm und hinauf nach Tscherwonoje fahren. Nach langem Nachforschen, welches unter den einfachen Dorfleuten abergläubische Furcht auslöste, kam Blum schließlich den Schlüsseln auf die Spur. Es stellte sich heraus, daß sie schon viele Jahre lang vom Kirchenwächter aufbewahrt wurden. Der Pope sagte ihm das. Bei ihm ruhte Blum sich ein wenig aus und trank sogar ein Täßchen Tee, während das dickfüßige Mädel Gapka nach dem Wächter lief.

Der Pope sprach, mit der Hand über seinen üppigen Bart streichend und Blum mit wachen, kleinen, geschwollenen Augen durchbohrend: «Als bis zu einem gewissen Grade aufgeklärter Mensch teile ich keineswegs die dummen Bauernweisheiten und ihren dunklen Aberglauben. Doch als Geistlicher komme ich nicht umhin zu bezeugen, daß in den Werken der Kirchenväter auf alle nur erdenklichen Ränke und Kniffe hingewiesen wird – und zwar nicht nur einmal –, deren sich der Böse bedient, um schwache menschliche Seelen in seine Fänge zu locken. Und deshalb, um alles Gerede und Weibergeschwätz zu vermeiden, erlaube ich mir, Ihnen meine Gastfreundschaft anzubieten, und sei es nur für diese eine Nacht. Man wird Ihnen hier im Wohnzimmer ein Bett bereiten, auf dem kleinen Sofa da. Das ist nicht ganz wie bei reichen Leuten und auch ein bißchen eng, das stimmt, doch alles – verzeihen Sie –, womit ich dienen kann… Und das Haus können Sie sich morgen früh immer noch ansehen. Schauen Sie nur, wie finster es draußen ist.»

Blum drehte sich nach den Fenstern um. Sie waren schwarz. Gerne hätte er den Vorschlag des Geistlichen angenommen, denn den vom Weg erschöpften Körper verlangte es nach Erholung und Schlaf, doch eine mächtige und quälende Neugierde zog ihn unnachgiebig zurück zu dem alten verlassenen Haus. Er bedankte sich und lehnte die Einladung ab.

Der Kirchenwächter kam; er war ein steinalter kleiner Greis, schon nicht mehr grauhaarig, sondern irgendwie grünlich, und vom Rheumatismus so gekrümmt, daß man den Eindruck haben konnte, er schicke sich unablässig an, auf allen vieren zu gehen. In den Händen hielt er eine große Lampe und einen riesigen rostigen Schlüsselbund. Zum Abschied gab der Pope Blum noch eine Ersatzkerze mit und bat ihn, am nächsten Morgen zum Tee zu kommen.

«Wenn Sie etwas brauchen, so helfe ich gerne. Wie ein Nachbar. So oder so werden wir nahe beieinander leben. Doch verzeihen Sie, wenn ich Sie nicht selbst begleite. Unser Volk hier ist geschwätzig und menschenscheu, und viele sind sogar Unierte[1].»

---

[1] Gläubige, die nicht dem lateinischen Ritus, sondern verschiedenen orientalischen Riten folgen. Ihre Einheit beruht auf der Verbindung *(unio)* mit dem Papst.

Die Nacht war dunkel und sternenlos, und es wehte ein leichter warmer Wind. Bizarr sprang der trübe hellgelbe Fleck der Laterne durch die Radspuren, die sich in den Weg gefressen hatten. Blum sah seinen Begleiter, der neben ihm ging, nicht, und er hatte Mühe, dessen mit schwacher und feiner Stimme gesprochene, dazu wegen der fehlenden Zähne noch undeutliche Rede zu verstehen. Nach seinen eigenen Worten war der Alte der einzige furchtlose Mensch in ganz Tscherwonoje, doch Blum fühlte, daß er übertrieb, um sich selbst Mut zu machen.

«Wovor soll ich Angst haben? Ich habe vor nichts Angst. Ich bin Soldat. Noch unter Nikolaj, dem Ersten, dem Sewastopoler[1]. Und gegen die Türken bin ich gezogen. Soldaten haben sich nicht zu fürchten. Fünfzehn Jahre diene ich bei der Kirche und auf dem Friedhof als Wächter. Fünfzehn Jahre tue ich meine Pflicht. Und ich sage: es ist alles leeres Geschwätz, was die Weiber faseln. Es gibt gar keine Werwölfe und Gespenster auf der Welt und herumlaufende Tote. Ich habe auch nachts manchmal die Gelegenheit, über den Friedhof zu gehen. Wenn Diebe kommen oder irgendein Lärm zu hören ist – und überhaupt. Das macht mir gar nichts aus. Die gestorben sind, die schlafen ruhig und friedlich auf dem Rücken, mit den gefalteten Händen über der Brust, und nichts von wegen brrr-brrr. Und der Teufel, der hat nur in früheren Zeiten gehandelt, als es noch die Leib-

[1] Unter Nikolaus I. wurde Sewastopol im Krimkrieg belagert und zerstört.

eigenschaft gab, als der Muschik noch dem Gutsherrn gehörte. Damals kam's vor, daß ein Bauer, der verzweifelt war, ihm seine Seele verkauft hat. Das war einmal. Aber heute hat sich alle Teufelei aus dem Staube gemacht. Na, und arbeitet höchstens noch an der Elektrizität.»

Zuerst trat der Alte und nach ihm Blum durch das Tor, welches trostlos wie Toffeles' Stimme knarrte. Sie gingen über die schwarze Allee, deren unsichtbare Baumwipfel wisperten, bis zum Haus. Lange mußten sie sich beide mit den Schlüsseln abmühen. Mit altem Rost bedeckt, wollten sie kaum in die Schlösser passen und sich nicht herumdrehen lassen. Schließlich, nach langer Anstrengung, gab die Küchentür nach. Es schien sogar, als sei sie gar nicht verschlossen gewesen, sondern habe einem einfachen kräftigen Stoß nachgegeben.

Der Greis überließ Iwan Stepanowitsch seine Lampe und ging fort. Blum blieb allein in dem leeren, unbekannten Haus zurück. Angst verspürte er nicht: Furcht vor übernatürlichen, jenseitigen Dingen war seiner klaren und gesunden Seele gänzlich fremd – doch vom Weg schmerzte ihm heftig der Kopf, der ganze Körper ließ ihn seine Erschlagenheit spüren, und irgendwo tief in seinem Bewußtsein flackerten diese quälende Neugierde und eine dunkle Vorahnung von einem sich nähernden, außergewöhnlichen Ereignis. Mit der Laterne in der Hand ging er durch alle Räume des Erdgeschosses, wo er sich in den blaßgrünen, hohen, alten Spiegeln seltsamerweise nicht erkannte, wo er sich selbst als ein anderer erschien, der sich in einem Unterwasserreich bewegte. Seine Schritte hallten in den großen leeren Gemächern wider, und er hatte so ein Gefühl, als könne jemand erwachen von diesem Geräusch. Die Tapeten waren zerrissen, lösten sich von den Wänden und hingen als große, sich wiegende Fetzen in den Raum. Alles war verzogen und gekrümmt von der Zeit und gab ein schweres Altersstöhnen, ein Kratzen und klagendes Knarren von sich: der dürre splittrige Parkettfußboden, die spreizbeinig stehenden geschnitzten Stühle, die Mahagonisessel und die mit wunderlichen Figuren versehenen Sofas, deren Rückwände sich wie Muscheln wölbten. Die wackligen Schränke und Kommoden auf ihren altersschwachen Füßen wie auch die mit einer dicken Schicht aus Staub und Spinnweben bedeckten Bilder und Gravuren warfen schräge, wandernde Schatten an die gegenüberliegenden Wände. Und Blums Schatten selbst wuchs mißgestaltet bis zur Decke, um sogleich wieder klein zu werden oder an den Wänden entlang, auf dem Boden hin und her zu laufen. Die schweren Vorhänge vor den Fenstern und Türen bewegten leise ihre tiefen düsteren Falten, wenn dieses einsame, in dem menschenleeren Haus verlorene Wesen an ihnen vorüberging.

Über eine enge Wendeltreppe stieg Blum nach oben in den ersten Stock. Dort waren sämtliche Zimmer in einem trostlosen Zustand und vollgestellt mit allem möglichen Hausrat: mit zerbrochenen Möbeln, Haufen von Stoffen, mit Koffern, Bastmatten, Körben und Bündeln alter Zeitungen. Doch zwei Zimmer hatten ein bewohntes, eigenartiges Aussehen bewahrt. Das eine hatte früher sicher als Schlafzimmer gedient. Noch heute gab es dort ein Waschbecken, einen Toiletten- und einen Spiegelschrank. An der Wand stand ein wunderbarer alter türkischer Diwan, der mit Rentierfell bezogen und so groß und lang war, daß sechs oder sieben Menschen quer darauf hätten schlafen können. Auf dem Boden lag ein riesiger, in einzigartig schönen Rottönen gehaltener turkmenischer Teppich. Das andere, etwas größere Zimmer erstaunte und begeisterte Blum sofort. Es sah gleichzeitig aus wie die kostbare Bibliothek eines Bücherliebhabers, wie das Arbeitszimmer eines Zeichners, wie das Laboratorium eines Alchimisten und wie die Werkstatt eines Schmieds. Am meisten Platz nahm eine wie ein schwarzer Rachen leuchtende Esse mit klaffendem Ofenloch ein, die aus massiven verrußten Backsteinen gemauert war; etwas seitlich davon, auf einem Gestell, lag ein Blasebalg. Ein runder dreibeiniger Tisch war vollgestellt mit Retorten, Kolben, Pfropfen, Tiegeln, Mensuren, Thermometern, Gewichten aller Art und vielen anderen Instrumenten, deren Sinn und Bedeutung zu verstehen Blum nicht in der Lage war. Allerdings bemerkte er, daß auf vielen der Kristallfläschchen, die mit Pulvern und Flüssigkeiten gefüllt waren, ein Etikett mit der Abbildung eines Totenkopfs oder mit der lateinischen Aufschrift *«venena»* klebte.

Ein anderer Tisch war groß und aus Eschenholz; er stand auf Böcken wie ein gewöhnlicher Zeichentisch und war überhäuft mit Papyrusrollen, Notizbüchern, vollgezeichneten und beschriebenen Papierbögen, Zirkeln, Linealen und auch Büchern aller Größen. Diese gab es überhaupt überall: auf den Stühlen, auf dem Boden und hauptsächlich auf den rundum an den Wänden angebrachten Eichenregalen, wo lauter sehr alte Bücher von stabilem Aussehen – die meisten in Folio und mit dicken Ledereinbänden, auf denen noch schwach die goldene Prägung schimmerte – völlig durcheinander standen und lagen.

Zwei Gegenstände auf diesem Tisch zogen Blums Aufmerksamkeit besonders auf sich: ein kleiner schwarzer Stab, vielleicht einen Fuß lang, dessen eines Ende mehrmals von einer goldenen Schlange mit Rubinaugen umwunden war, und eine Kugel von dem Umfang eines großen Apfels, die aus trübem Glas oder aus einem halb durchsichtigen Stein – der einem Nephrit, einem Opal oder auch einem Sardonyx ähnelte – gefertigt war. Der Stab war schwer wie Blei, oder als sei er mit Quecksilber gefüllt, und fühlte sich sehr kalt an. Als Blum dagegen die Kugel in die Hand nahm, überraschte sie ihn durch ihr geringes Gewicht, obwohl es keinen Zweifel geben konnte, daß sie aus einer festen Masse bestand. Von ihr ging eine seltsame Wärme aus, wie von einem Lebewesen, und in ihrem Innern, ganz in der Mitte, glühte ein geheimnisvolles, kräftiges und, je nachdem, wie Blum die Lampe drehte, bald samtgrünes, bald dunkelviolettes winziges Feuerchen. Ihre Oberfläche fühlte sich an wie die Berührung mit Talg, Stearin, Seife oder Glimmer. Doch war spürbar, daß sie hart war wie Stahl.

Blum stellte die Lampe auf dem Tisch ab, ließ sich in einen nahebei stehenden alten, tiefen Sessel aus weichem Leder sinken, griff, getrieben von einer unerklärbaren, unbewußten Neugierde – so als lenke ihn ein fremder, zärtlicher, doch mächtiger Wille –, nach einem auf dem Tisch liegenden, mit grellrotem Saffianleder eingebundenen Buch und schlug es auf.

Auf der gewöhnlicherweise freibleibenden ersten Seite stand ganz oben, mit erblaßter roter Tinte und offenbar mit einer Gänsefeder geschrieben, in bezaubernd schöner und klarer Handschrift – jener alten Handschrift, wie sie Ende des 18. Jahrhunderts typisch war, bei der es in den Worten isoliert stehende Buchstaben gab und das *N* wie ein *U*, das *P* wie ein *D* aussah und die auf so naive Weise den kursiven Drucktypen dieser Zeit glich: «Dieses Buch mit Aufzeichnungen, Beobachtungen und Versuchen wurde von dem Oberstleutnant der Leibgarde a. D. Fürst Nikita Fedorowitsch Kaljasin begonnen am 11. Tage des Monats April Anno 1786 auf dem Gut von Swistuna der Kaljasinschen Domäne im Gouvernement Pensa.»

Etwas tiefer, in der Mitte der Seite, stand mit der runden Schrift aus der Zeit des Zaren Nikolaj, die viele Schnörkel hatte über den Großbuchstaben und Schleifen an den Schwänzen der auslaufenden Buchstaben wie *p, d, y, z* und dergleichen: «Dieses Buch entdeckte in einem Laden am Sucharjewaer Turm am 24. April des Jahres 1848 der Adlige Sergej Erastowitsch Gretschuchin, und er begann noch am selben Tag dessen Fortführung. Moskau, Siwzew-Wraschek-Gasse, in meinem Haus.»

Und noch weiter unten war mit feinem, leichtem Schriftzug, dem man kein Aufdrücken der Feder ansah und der eigenwillig war wie die Handschrift eines klugen Köpfchens, eines Geizhalses, eines Phantasten oder eines Mathematikers: «Nach Maßgabe meiner bescheidenen Kräfte werde ich diese große Arbeit fortsetzen, die mir als unschätzbares Geschenk mein Lehrer und Freund als sein Erbe vermachte. Hofrat Apollon Blum, Anno 1899, den 3. April, Gut Tscherwonoje, Gvt. Tschernigow, Kreis Starodub.»

Mit ehrfürchtigem, ängstlichem und zärtlichem Gefühl begann Blum, vorsichtig eine Seite um die andere, die so fest waren wie Karton und so gelb wie Elfenbein, umzublättern.

Doch der Inhalt des Buches überstieg die Fähigkeiten, über die Blum verfügte. Alle Augenblicke gab es Stellen, und manchmal sogar ganze Seiten, die auf französisch geschrieben waren und auf deutsch, oft auf latein, seltener auf griechisch, und ein paarmal stieß er sogar auf eine bunte orientalische Schreibweise – entweder Arabisch oder Hebräisch. Von den lateinischen Worten verstand Blum noch einige wenige. Mit Mühe und wenn er sein Gedächtnis anstrengte, fielen ihm ein Dutzend Wörter ein (er war früher einmal bis zur Untertertia in einem klassischen Gymnasium gewesen), doch konnte er ganze Satzteile nicht übersetzen. Auch der russische Text der ersten beiden

Inhaber des Buches war äußerst schwer zu verstehen. Er war in jener alten geschraubten, geheimnisvollen und verschleierten Sprache abgefaßt, in welcher einstmals die Rosenkreuzer und nach ihnen die Freimaurer geschrieben haben.

Vergleichsweise leicht verständlich waren dagegen die russischsprachigen Zeilen, welche mit wunderschöner, kapriziöser, feiner Schrift der verstorbene Blum zu Papier gebracht hatte. Aber entweder war ihr Sinn verschlüsselt, oder sie enthielten uninteressante, trockene und kurze Notizen über das Wetter, die atmosphärischen Erscheinungen, über irgendwelche Entdeckungen im Bereich der Chemie, der Physik und der Astronomie, über das Ableben von irgendwelchen unbekannten und für niemanden bedeutenden Personen.

Viele Stellen in den Aufzeichnungen des Onkels waren dafür anscheinend verschlüsselt, denn für sich genommen waren sie auf den ersten Blick völliges Kauderwelsch. Dennoch, Blum gelang es nach ein paar Versuchen, den Schlüssel zu finden. Er war weder sehr gewöhnlich noch übermäßig schwierig. Es zeigte sich, daß man anstelle des ersten Buchstabens eines Wortes den im Alphabet direkt nachfolgenden einsetzen mußte, statt des zweiten den dritten, statt des dritten den vierten und so weiter. So bedeutete in diesen Geheimaufzeichnungen *jdi* das Personalpronomen *ich* und *voe* die Konjunktion *und, Gfrfs* hieß dechiffriert *Feuer*, oft war das Zeichen *Hfjtu* verwendet, welches *Geist* bedeutete, *Xpsu* mußte als *Wort* gelesen werden, *ojnn* hieß *nimm*.

Doch auch die Lösung des Schlüssels brachte nichts. Die erratenen Sätze klangen imposant und dunkel, vergleichbar den Satzfetzen der Orakel oder Geister auf spiritistischen Sitzungen. Um sie verstehen zu können, hätte man Alchimist, Astronom, Hermetiker oder Theosoph sein müssen. Blum war aber alles in allem nur ein bescheidener Schreiber beim Waisengericht und nicht schlecht, wenn es darum ging, harmlose Bilder- oder Silbenrätsel in der Zeitung zu lösen. Und trotzdem kam ihm sein Talent, verschlüsselte Worte entziffern zu können, nach einigen Minuten zugute.

Das ganze Buch war kreuz und quer übersät mit zahllosen seltsamen Rezepten, komplizierten Zeichnungen, mathematischen und chemischen Formeln, Skizzen, Sternbildern und Tierkreiszeichen. Doch am häufigsten, fast auf jeder Seite, tauchte die Zeichnung zweier gleicher Dreiecke auf, die so ineinandergefügt waren, daß ihre Grundlinien parallel zueinander lagen und ihre Spitzen in entgegengesetzte Richtung wiesen, die eine nach oben, die andere nach unten, und die ganze Figur stellte so etwas wie einen sechszackigen Stern dar und hatte zwölf Schnittpunkte. Unter des Onkels Chiffrierung hieß diese Zeichnung «Der Stern Salomos».

Und immer standen an den Rändern des «Sterns Salomos» oder darunter, zu einer Spalte gereiht, ein und diesselben sieben Namen, die in den verschiedensten Sprachen geschrieben waren: mal in Latein, mal in Griechisch, in Französisch oder Russisch:

Astoret (manchmal Astarot oder Aschtaret)
Asmodej
Welial (manchmal Waal, Bel, Welsewul)
Dagon
Ljuzifer
Moloch
Chamman (manchmal Amman und Gamman)

Es war zu erkennen, daß alle drei Vorgänger Blums versucht hatten, die Buchstaben, die in den Namen dieser alten bösen Dämonen vorkamen, zu einer bestimmten neuen Kombination zusammenzufügen – vielleicht zu einem Wort, vielleicht zu einem ganzen Satz – und die einzelnen Buchstaben der neuen Verbindung auf die Schnittpunkte des «Sterns Salomos» oder in die ihn bildenden Dreiecke zu legen. Die Spuren dieser zahllosen, jedoch offensichtlich vergeblichen Versuche fand Blum überall. Im Verlauf eines ganzen Jahrhunderts hatten drei Menschen nacheinander sich mit der Lösung irgendeiner geheimen Aufgabe abgemüht: einer auf seiner fürstlichen Domäne, ein anderer in Moskau und der dritte in einem Krähwinkel im Staroduber Kreis. Eine wunderliche Sache entging nicht Blums Aufmerksamkeit. Auf welch phantastische Weise die früheren Besitzer des Buches die Buchstaben auch umgestellt und zusammengeklebt hatten, immer gingen dabei unvermeidlich zwei bestimmte Silben in lateinischen Buchstaben in ihre Arbeit ein: Sa-tan.

Am deutlichsten äußerte sich über die Fruchtlosigkeit dieser Bemühungen Apollon Blum in seinen letzten Aufzeichnungen auf Seite 236. Dort standen die folgenden verschlüsselten Worte, die Verzweiflung und Müdigkeit diktiert hatten:

Man bedenke bloß! Siebzehn Buchstaben. Dreizehn davon muß man aussortieren. Fünf sind gefunden: Sa-tan. Zweimal *a*. Also vier insgesamt. Noch elf. Oder acht? Oder wiederholen sich noch andere Buchstaben? Nach der Zahlentheorie sind Millionen von Kombinationen, Zusammenstellungen und Umstellungen möglich. Der Schlüssel der schrecklichen Formel des Hermes Trismegistos ist verlorengegangen. Wer hat sie verloren? Der große Paracelsus? Oder der Weltenbummler und Abenteurer Cagliostro? Alle fingern wir daran herum, fiebrig, doch nur ein unvorstellbarer Zufall könnte einem Glückspilz behilflich sein. Oder ist der Mutigen Wille unwiderruflich verloren?

Unter diesen Zeilen standen, etwas abgesetzt, noch drei weitere, die sehr unleserlich, mit zittriger Hand geschrieben waren:

Ich fühle meine Kräfte sinken. Ich beende meine Arbeit. Alles war umsonst! Und gebe sie an meinen Nachfolger weiter. Im Schlüssel liegt die Formel. In der Formel ist die Kraft. In der Kraft ist die Macht. A. Blum

Iwan Stepanowitsch hatte sein Notizbüchlein in der Tasche, und darin befand sich immer ein Bleistift. Er holte ihn hervor, leckte ihn an und schrieb mit einer Entschlossenheit, die nur der Begeisterung entspringen konnte, das Folgende auf die erste Seite: «Am 26. April 19** fand ich dieses Buch im Gut Tscherwonoje, und die Arbeit meiner verehrten Vorgänger ist somit fortgesetzt. Kanz.-Diener I. Blum. Tscherwonoje.»

Und als er erneut auf gut Glück das Buch in der Mitte aufschlug, öffnete es sich just dort, wo ein seltsames Häufchen Karten darin lag: ein feines Täfelchen von gut vier Werschok im Quadrat, das aus einem gelben Material war und in das der «Stern Salomos» eingeritzt war, und eine Vielzahl winziger, zentimetergroßer Quadrate aus demselben Material; in ein jedes dieser Quadrate war ein lateinischer Buchstabe eingraviert und mit schwarzem Lack nachgezogen. Blum drehte das Buch um, faßte es an beiden Deckeln und schüttelte kräftig. Mit einem leichten Klopfen fielen noch ein paar Quadrate auf den Tisch. Blum zählte sie: vierundvierzig Stück.

«Komisch», dachte er. «Sollte es mir beschieden sein, das zu entdecken, was diese drei intelligenten und gebildeten Leute nicht finden konnten im Verlauf eines ganzen Jahrhunderts? Nun, also ... versuchen wir's ...»

In der Laterne war die Kerze fast niedergebrannt. Blum zündete die vorrätige an, hielt sie mit dem Ende über die Flamme und drückte sie direkt auf dem Tisch fest an; die Laterne aber blies er aus. Jetzt wurde ihm freudiger zumute, angenehmer, und scheinbar wurde es sogar wärmer. Er rückte noch näher an den Tisch und beugte sich über das Täfelchen. Der Wind hörte auf zu wispern hinter den Fenstern. Im Zimmer herrschte tiefe Stille. Blum war es, als sitze er allein auf der Welt in einem kleinen, stillen, erhellten Raum über seinen elfenbeinernen Plättchen und das Leben draußen sei weit entfernt, irgendwo im Dunkeln, in der Vergangenheit, der Zukunft. Laut tickte seine Taschenuhr.

Zunächst einmal formte er aus den Plättchen die Namen der bösen und blutrünstigen Götter und legte sie, so gut er konnte, in einer Spalte übereinander. Es wurden genau sieben Zeilen mit je einem Namen:

Astoret
Asmodeus
Dagon
Hamman
Lucifer
Moloh
Velial[1]

Und auch wenn er sie nicht ganz korrekt schrieb und ihm ein paar Quadrate fehlten, so gingen doch jedenfalls alle vierundvierzig Plättchen auf in dieser Reihe, und es konnte schon keinen Zweifel mehr geben, daß er auf den Spuren seiner Vorgänger war.

Dann legte er alle einzeln stehenden Buchstaben zu einem Haufen zusammen. Es wurden siebzehn. «Wieder richtig», dachte Blum. «Doch in die Formel gehen nur dreizehn. Vier sind zuviel.

[1] Mit lateinischen Buchstaben im Text, wie auch alle Buchstaben und das Wort Satan in der Folge.

Und, wer weiß: vielleicht wiederholt sich ein Buchstabe zwei- oder dreimal im ‹Stern Salomos›? Zwölf Punkte gibt es in dem Stern nur; das bedeutet, daß der dreizehnte Buchstabe, und sicher der wichtigste, in der Mitte sitzt. Wenn ich mit dem Wort Satan beginne, sollte ich da nicht das *S* ins Zentrum des Sechsecks legen? Und richtig, der Onkel hatte einige Seiten vorher notiert: ‹Der Namenstitel des mächtigen Geistes vereinigt in sich die Kühnheit der Schlange und den Glanz der Sonne.› Natürlich – *S*.» Also legte Blum diesen Buchstaben in die Mitte des Hexagramms, und an den Seiten verteilte er die anderen Buchstaben: *a, t, a, n*.

Der Anfang gelang ziemlich gut, doch weiter wollte die Sache nicht gedeihen, und die dunklen Hinweise des seligen Apollon Blum waren ohne jeglichen Nutzen. Sein Gedächtnis bemühend, rief Blum sich die schrecklichsten Sätze in Erinnerung und formte sie aus den Plättchen: *Voco te, Satanae! Advoco te, Satan! Veni huc, Satana.*[1]

Doch instinktiv merkte er, daß er damit fehlging.

Plötzlich aber blitzte ein Gedanke in ihm auf, der so einfach, ja banal war, daß er den vorhergehenden, in die hohe und geheime Wissenschaft vertieften Weisen nicht in den Sinn kommen konnte: die Quadrate gegen das Licht zu halten!

Nach einer Minute hatte er das glanzvolle Resultat seiner Vermutung. Er hätte hochmütig

[1] Ich rufe dich, Satan! Ich rufe dich herbei, Satan! Komme herbei, Satan!

triumphieren können über die hundertjährigen fruchtlosen Forschungen seiner Vorgänger, wenn er von Natur aus nicht so bescheiden gewesen wäre. Von den vierundvierzig Quadraten, die er nacheinander vor die Kerze hielt, ließen dreizehn keinerlei Licht hindurch. Das waren die folgenden Buchstaben: *a, a, e, f, g, i, m, n, o, o, r, s, t.* In sie gingen auch die Buchstaben ein, welche den schrecklichen, kühnen und glänzenden Namen Satan formten. Es galt nur noch, über das Geschick der restlichen acht Buchstaben – *e, f, g, i, m, o, o, r* – zu entscheiden. Und deshalb begann Blum, nachdem er die überflüssigen Plättchen in seine Tasche gesteckt hatte, geduldig und aufmerksam die kleinen Quadrate auf den Punkten hin- und herzuschieben, in denen sich die Linien des schönen Sechsecks mit dem schlangenähnlichen *S* in der Mitte schnitten. Er tat das mit der linken Hand, und mit der rechten klopfte er zerstreut mit dem schwarzen Stab, den er automatisch vom Tisch genommen hatte, auf die geheimnisvolle leichte Kugel.

Jetzt überzeugte er sich mit eigenen Augen von den endlosen unterschiedlichen Möglichkeiten, die Buchstaben, Silben und Worte anzuordnen. Er versuchte entlang der Linien des «Sterns Salomos» zu lesen: von rechts und links, von oben und unten, im und gegen den Uhrzeigersinn. Das ergab ungewöhnliche Phantasieworte wie: *afit, onig, gano, ofe, ofir, mego, argme, obgari, tasef, nifono* und so weiter. Doch sie bedeuteten in keiner Sprache etwas. Danach, während er noch immer mit dem Stab gegen die Kugel klopfte, versuchte Blum, alle dreizehn Buchstaben in jeder aussprachemäßig irgend möglichen Reihenfolge aufzusagen. *«Tanorifogemas, Morfogenatasi, Rasatogominfe ...»* Sein Kopf begann zu schmerzen. Müdigkeit und Niedergeschlagenheit ergriffen ihn immer mehr. Doch plötzlich ... als habe Blum eine Eingebung gepackt, stellten sich seine lockigen Haare auf, standen ihm als kalter Igel zu Berge.

«Afro-Amestigon!» rief er laut aus und schlug mit dem Stab auf die Kugel. Blum hob die Augen und wurde sofort starr vor Staunen und Entsetzen. Die geheimnisvolle Kugel war auf Kürbisgröße angeschwollen. Durch sie zogen sich schlängelnd seltsame graublaue, dicke Rauchschwaden, die aussahen wie Gewitterwolken, und ein unsichtbares Feuer erhellte sie aus dem Innern mit unheilschwangerem, blutrotem Schein. Und auf der Kugel stand eine riesengroße schwarze Ratte auf ihren Hinterpfoten. Ihre Augen sendeten ein phosphoreszierendes blaues Licht aus. Aus ihrem aufgerissenen roten Maul klang ein klägliches Heulen. Und einem sehr bekannten Gesicht ähnelte der gesamte Rattenkopf.

«Mefodij Issajewitsch Toffeles!» durchzuckte es Blums Gedächtnis. «Meph-is-topheles!»

Er begann den Stab zu schwingen und schrie durch das ganze Haus: «Ksch! Verdammter! Verschwinde! Afro-Amestigon!»

Er wußte selbst nicht, wie ihm dieser phantastische Name über die Lippen gekommen war. Jedenfalls verschwand die Ratte auf der Stelle, als sei sie dahingeschmolzen. Statt ihrer tauchte aus der Dunkelheit ein ungeheuer großer Ziegenkopf auf, mit zitterndem Bärtchen, phosphoreszierenden, hervorquellenden Äuglein, sich bewegenden Lippen und einem auf entsetzliche Weise menschenähnlichen Gesicht. Es fing an, scharf und widerlich nach Ziegenschweiß zu riechen im Zimmer.

«Mmmä-ä-äh!» meckerte die Ziege bedrohlich und senkte die Hörner.

«Ach so?» schrie der rasende Blum. «Afro-Amestigon!»

Mit aller Kraft schleuderte er den schweren Stab auf die Schnauze der Ziege nieder. Jedoch traf er nicht. Der Schlag landete auf der Feuerkugel. Ein schreckliches Donnern ertönte, als sei ein ganzes Pulverfaß explodiert. Eine blendend helle Flamme stieg zur Decke auf. Ein erstickender, schwefelführender Wirbelsturm blies auf Blum zu.

Und er verlor das Bewußtsein.

5

Durch die Erschöpfung und die Aufregung mußte er in eine lange Ohnmacht gefallen sein, die dann ganz von selbst in tiefen und festen Schlaf übergegangen war. Blum wachte auf, weil ein dünner Sonnenstrahl, der den Weg durch ein feines Loch im dunkelroten Vorhang des Fensters gefunden hatte, langsam über seinen Hals gekrochen war, über seine Lippen und Nase, bis er sich schließlich gegen ein Auge gestemmt und es mit seiner brennenden Berührung zu kitzeln begonnen hatte.

Blum verzog das Gesicht, nieste, öffnete die Augen und fühlte sich sogleich so munter, leicht, frisch und gewandt, als habe sein ganzer Körper an Gewicht verloren, als habe jemand eine ihn lange Zeit einschränkende Last von seinem Rükken und der Brust genommen, als sei er plötzlich neun Jahre alt – in jenem Alter, da die Menschen eher dazu neigen, zu fliegen als sich auf der Erde fortzubewegen.

Es erstaunte ihn keineswegs, daß er angezogen erwachte, nicht im Laboratorium, sondern auf dem breiten, wildledernen Diwan im angrenzenden Schlafzimmer lag und sein Kopf auf ein altes, mit Seidenblumen besticktes Kissen aus Atlas, von dem er nicht wußte, woher es kam, gebettet war. Und alles, was gestern mit ihm im Arbeitsraum des halb verrückten Alchimisten passiert war, war völlig entschwunden, herausgeglitten aus seiner Erinnerung, als habe jemand alle Ereignisse dieser seltsamen und schrecklichen Nacht mit einem Radiergummi ausradiert. Er erinnerte sich nur, wie er abends zum Haus gekommen und alleingeblieben war und wie er versucht hatte, irgendwelches uraltes, handgeschriebenes ungereimtes Zeug zu entziffern, weil er nichts Besseres zu tun wußte. Daß er aber todmüde geworden war und, er wußte selbst nicht mehr wie, sich zum Sofa geschleppt hatte.

Er sprang schnell auf, lief zum Fenster, schob den schweren, an beinernen Ringen über eine Holzstange gleitenden Vorhang zurück und öffnete ein Oberlicht. Voller Wonne fühlte er, daß seine Bewegungen nie zuvor so freudig-leicht gewesen waren und so bequem seinem Willen gehorcht hatten. Das Grün, Lasurblau und Gold des kühlen Frühlingsmorgens strömte fröhlich in das stickige, seit Jahren nicht gelüftete Zimmer.

«Ach, ist das Leben schön!» dachte Blum, während er tief und vor Freude zitternd die Luft einsog. «Nur, ein Gläschen Tee, das wäre nicht schlecht... Wie könnte ich es bloß besorgen?»

Schon knarrte hinter ihm die Tür. Er drehte sich um. Der greise Kirchenwächter vom vorhergehenden Abend trat ins Zimmer. Mit Mühe trug er einen kleinen, bauchigen, spiegelblank geputzten Samowar vor sich her.

«Guten Morgen, Panytsch», nuschelte er in seinen grünen Bart. «Sie haben ja eine ganze Mütze Schlaf getankt. Die Tür haben Sie unverriegelt gelassen. Ja, ja, die Jugend. Ich hab' Ihnen da ein Teechen bereitet. Ein' Moment, ich bring' auf der Stelle den Rest.»

Nach einer Minute brachte er ein Tablett mit Teegeschirr und selbstgebackenem Weißbrot herein, das in großzügige, dicke Scheiben geschnitten war; auch Honig gab es auf einem Tellerchen sowie Sahne und eine von der Zeit angeknabberte Zitrone.

«Den Samowar habe ich beim Väterchen Popen ausgeliehen», erklärte der Wächter eilfertig. «Und die Zitrone hab' ich beim Kaufmann besorgt. Ich weiß, daß Herrschaften gern Tee mit Zitrone trinken. Ich hab' ja auch Ihrem Onkel gedient. Gestern hab' ich ganz vergessen, das zu sagen. Der Kopf ist schlecht geworden. Was weit zurückliegt, noch vor Sewastopol, daran erinnre ich mich gut, aber was näher ist, hab' ich alles verlorn. Essen Sie, und wohl bekomm's!»

«Setzen auch Sie sich, Väterchen», bot Blum ihm an. «Reichen Sie mir ein Glas; ich schenke Ihnen ein.»

«Allerergebensten Dank, Eure Erlaucht. Ich sage nicht nein. Wenn Sie ein Wodkachen wünschen zum Frühstück, so kann ich danach auch schnell laufen. Ist ganz nah. Nicht nötig? Nun, wie Ihr Wunsch beliebt.»

Der Alte lutschte den Zucker im zahnlosen Mund, schlürfte den Tee aus der Untertasse und plauderte ein wenig über dies und das. Meist verlor er sich über dem eisernen Dienst unter dem Zaren Nikolaj, doch mit Anstrengung konnte er sich auch etwas über Apollon Nikolajewitsch ins Gedächtnis rufen. Nach seinen Worten war der selige Blum ein guter Mensch, der niemanden kränkte, weder ein Ränkeschmied noch ein stolzer Hahn, sondern nur in großer Abgeschiedenheit lebte. Den Haushalt habe ein altes und «höchst böses» einäugiges Weib geführt, das er aus Piter[1] nach Tscherwonoje mitgebracht habe. Und um Hof und Pferde habe sich ein Soldat gekümmert, «ein unglaublicher Grobian und Trunkenbold». Keinen Nachbarn habe Blum empfangen, aber er sei auch selbst zu niemandem gefahren. «Und daß er sich angeblich mit schwarzen Büchern beschäftigt hat, ist alles Weibergeschwätz. In die Kirche, sicher, ist er nicht gegangen, nun ja, wie soll ich's sagen ... jeder kann seinen eigenen Glauben in sich haben. Zum Beispiel bei uns in Tscherwonoje und Sjablowka gibt es solche, die auch nicht in

[1] Petersburg

die Kirche gehen, sondern sich sonntags in einer Hütte versammeln und in der Schrift lesen. Und die leben recht anständig, ziemlich sogar... Trinken nicht, rauchen nicht, spielen nicht Karten... Als würden sie sich selbst umgehen... Man behauptet, daß mit den Weibern Unordnung ist bei denen...»

Anfangs hörte Blum dem Geschwätz des Alten mit sorgloser, fröhlicher Gleichgültigkeit zu. Doch langsam drang ein leiser, mit der Zeit aber deutlich spürbarer Brandgeruch in sein Bewußtsein und machte ihm Angst. Schließlich wurde der Geruch so stark, daß sogar der Wächter ihn wahrnahm.

«Aber brennt denn da nicht etwas bei uns?» fragte er und stellte vorsichtig seine Untertasse auf dem Tisch ab.

«Und ob da etwas brennt», stimmte Blum ihm zu. «Ich gehe und schaue nach.»

Er ging hinüber ins Arbeitszimmer, wohin ihm der Alte folgte. Auf dem großen Tisch rauchte und brannte lichterloh das Buch mit dem roten Saffianledereinband. Es wurde Blum schnell klar, daß er gestern vergessen haben mußte, die Kerze zu löschen, und daß diese, einmal abgebrannt, wohl mit dem Docht auf die Seiten gefallen war und das Feuer verursacht hatte.

«Aber nun werfen Sie es doch in den Ofen, Eure Erlaucht», riet der mutige Greis. «Lassen Sie mich nur...»

Blum wollte die Hand ausstrecken, um den Wächter zurückzuhalten. «Warten Sie! Das kann man löschen.» Doch schon flog das Buch in das aufgerissene schwarze Maul der Esse und fing darin fröhlich und stürmisch zu lodern an.

«Na also!» ächzte zufrieden der Wächter. «Da gehört's hin, zum Teufel damit!»

«Das stimmt eigentlich», gab Blum ruhig zu und wandte dem Kamin den Rücken zu. Und an jene Stunden, welche er in der vergangenen Nacht über das rote Buch gebeugt verbracht hatte, erinnerte er sich in diesem Moment überhaupt nicht. Aber aus einem unerklärlichen Grunde wurde er plötzlich mißgelaunt...

Mit des Wächters Hilfe zog er einige der schimmligen und moderigen Vorhänge im Salon und im Wohnzimmer auf, und die riesigen Zimmer zeigten sich bei Tageslicht in ihrem ganzen leeren, unansehnlichen und verlassenen Zustand, erzählten von ihrem schmutzigen, langweiligen Alter und Verwesungsprozeß. Überall in den dunklen, sich bewegenden Vorhängen hingen Spinnweben, die schwarzverrußten Decken hatten Risse, die schiefen, sich vor Feuchtigkeit werfenden, von der Zeit und den Ratten angefressenen Polstermöbel zeigten ihr Inneres aus Wolle, Bast und Federn. Durch manche Spalte in den alten Holzwänden schimmerte die Außenwelt. Es stank muffig, stank nach Mäusen, Pilzen, Schimmel, nach Gruft und Tod...

«Alles Gerümpel!» sagte Blum kopfschüttelnd.

«Das stimmt», pflichtete der Wächter ihm bei. «Leben drin kann man nur mit Vorsicht. Man schaut was an, und schon kracht es zusammen. Und ausbessern ist zwecklos. Ein neues muß man bauen.»

Über abgebröckelte, wacklige Stufen ging nun Blum hinunter in den Garten. Aber dort war alles noch trauriger, war die Vergessenheit, Verlassenheit und Verwilderung des Ortes noch schmerzhafter zu spüren. Die Wege waren ganz mit Gras überwuchert, die verfaulten Zäune standen schief, waren schwarz und grün bemoost, die zerschlagenen Scheiben eines kleinen Gewächshauses warfen regenbogenfarbene schmutzige Lichtstreifen.

Ein Gefühl der Einsamkeit, Müdigkeit und Traurigkeit nahm derart plötzlich von Blum Besitz, daß er dessen Qualen physisch in Kehle und Brust spürte. Wozu war er hierher ans Ende der Welt gegangen? Wer brauchte diese Bruchbude? Sein winziges Zimmer in der Stadt, oben im fünften Stock, unter dem grabesgleichen Dach, erschien ihm mit all seinen Verlockungen, mit seiner vertrauten, lieben Gemütlichkeit. «Ach, es wäre schön, so schnell wie möglich zu Hause zu sein», dachte er. «Um nichts in der Welt werde ich hier leben.»

In diesem Augenblick hörte man vom Weg her ein Glöckchen. Dann war das Geräusch von Rädern zu hören. Eine Kutsche hielt am Tor.

«Das ist doch nicht etwa die Post aus Kosinzy?» bemerkte der Wächter. «Sie hat solch ein Glöckchen.»

Blum ging eilig auf die Pappelallee hinaus. Ein Briefträger kam ihm entgegen, ein großer, hagerer Bursche, jung und fröhlich. Rotes lockiges Haar drängte wild unter seiner keck schiefsitzenden Schirmmütze hervor. Lebhaft funkelten seine hellblauen Augen im sommersprossigen Gesicht.

«Herr Blum? Sind Sie das? Ein Telegramm für Sie», rief der Briefträger noch im Gehen. «Ich darf Sie begrüßen.»

Blum öffnete und entfaltete die graue quadratische Postsache. Das Telegramm war von Toffeles.

«Aus Kosinzy mit Eilboten zum Gut Tscherwonoje zu Händen Herrn Blum. Sofort kommen Käufer gefunden Bisher vierzigtausend Versuche mehr Gruß Toffeles.»

Blum selbst war ein wenig von der seltsamen Tatsache überrascht, daß er sich im ersten Augenblick irgendwie nicht hatte vorstellen können, wer ihm da ein Telegramm schicken mochte, und nur mit einiger, wenn auch nicht allzu großer Mühe kam ihm die Person seines Anwalts wieder in Erinnerung. Doch der Umstand, daß sein Gedanke bezüglich eines Verkaufs des Guts auf so perfekte Weise zusammenfiel mit dem Aushändigen des Telegramms, verwunderte ihn überhaupt nicht, und er dachte sogar nicht einmal darüber nach.

«Väterchen, ich muß zurückfahren», sagte er geschäftig. «Wo kann man im Dorf Pferde bekommen?»

«Vielleicht wäre es Ihnen recht, mit mir zu fahren?» schlug der Briefträger bereitwilig vor. «Ich muß ohnehin zur Bahnstation. Ich habe Ihr Telegramm nur unterwegs in Kosinzy mitgenommen. Die Pferde sind gut. Geben Sie dem Kutscher einen halben Rubel für Wodka – und Sie sind im Handumdrehen am Ziel. Und genau richtig auf den Schnellzug.»

«Sie sind viel zu kurz geblieben», bemerkte der greise Kirchenwächter. «Aber es muß auch ehrlich gesagt werden, was gibt's für Sie Interessantes bei uns? Sie sind ein Städter und jung ... Ich danke ergebenst, Eure Erlaucht ... Ich bete für Ihre Gesundheit ... Wünsche Ihnen von ganzem Herzen Erfolg in all Ihren Sachen. Gebe Gott Ihnen ...»

«Ist schon gut! Genug!» unterbrach ihn Blum frohgelaunt. «Warten Sie, ich laufe nur nach meinem Koffer, und dann – los!»

6

Wenn wir auf die erleuchtete Leinwand eines Filmtheaters schauen und feststellen, daß darauf die Geschehnisse des Lebens mit alltäglicher, normaler, höchstens mit kaum merklich beschleunigter Geschwindigkeit vor sich gehen, so bedeutet das, daß der Filmstreifen mit einer Geschwindigkeit von etwa zwanzig aufeinanderfolgenden Bildern pro Sekunde vor dem Filmfenster des Apparates vorüberzieht. Dreht der Vorführer die Kurbel etwas schneller, so beschleunigen sich dementsprechend alle Gesten und Bewegungen. Bei vierzig Aufnahmen pro Sekunde eilen die Menschen durch das Zimmer, ohne sich zu erheben oder ihre Beine zu bewegen, als glitten sie in vollem Lauf wie beim Pferderennen vorüber; die letzte Schindmähre jagt mit der Schnelligkeit eines erstklassigen Trabers vorbei und scheint hundert Beine zu haben; ein junger Mann, der zu spät zu einem Rendezvous kommt, rennt wie ein geölter Blitz durchs Bild. Sollte es dem Vorführer nun in den Sinn kommen, die Geschwindigkeit des Films noch einmal zu verdoppeln, so ist auf der Leinwand nichs mehr außer einem grauen, trüben, flimmernden, durchgängigen und irgendwohin fliegenden Streifen zu sehen.

Genau mit dieser rasenden Geschwindigkeit hätte ein außenstehender Beobachter das Leben Blums seit dessen Fahrt nach Tscherwonoje gesehen. Hunderte, Tausende, Millionen der buntesten Ereignisse drangen wie ein plötzlich hervorsprudelnder Wasserfall in das stille Leben dieses sanften und harmlosen Menschen, dieses bescheiden vor sich hin vegetierenden Schäflein Gottes ein. Die Hand des unsichtbaren Vorführers begann, den Filmstreifen, der Blums Leben darstellte, auf einmal mit einer derart atemberaubenden Geschwindigkeit abzuspulen, daß nicht nur die Tage und Nächte, die Mittag- und Abendessen, die Treffen in Zimmern und auf Straßen und all solcher Alltagskram, sondern auch die außergewöhnlichsten Vorkommnisse – unerhört phantastische Abenteuer, allerlei unglaubliche, märchenhafte Wunderdinge –, daß all dies in einem einzigen trüben, weiß der Teufel wohin jagenden Wirbelsturm zusammenfloß.

Zeitweise schien die Hand des unsichtbaren Vorführers zu ermüden, und er nahm wohl, ohne die Bewegung zu unterbrechen, die Kurbel in die andere Hand. Dann hätte der unbeteiligte Zuschauer dieses lebendigen Filmtheaters während Bruchteilen einer Sekunde mit vor Staunen aufgesperrtem Mund und weit aufgerissenen Augen

Dinge sehen können, die sogar der schönen Scheherezade mit ihrer unerschöpflichen Phantasie nicht einmal im Traum eingefallen wären, um mit ihren zauberhaften Märchen die Nächte des Königs Schehrijar zu versüßen. Und das Erstaunlichste an diesem plötzlich von wer weiß woher aufgetauchten Lebenswirbel war, daß die Hauptperson darin, Iwan Stepanowitsch Blum, sich gar nicht darüber wunderte, was mit ihm geschah. Nur manchmal fühlte er schwermütig seine Ergebenheit in das Schicksal und seine Machtlosigkeit gegenüber dem Unvermeidlichen.

Ein wenig – doch nur kurze, unfaßbare Sekunden lang – verwunderte ihn der Umstand, daß durch das grellbunte Kaleidoskop seiner zahllosen Abenteuer sehr häufig und unabhängig von seinem Willen die altbekannte, längst vergessene Einrichtung seiner Mansarde gleich einer durchscheinenden Zeile auf der Rückseite eines Briefbogens, gleich dem Wasserzeichen auf einer Banknote, gleich einem entfernten *Traum im Traume* hindurchschimmerte: die gelbliche Tapete, die symmetrisch gemustert war mit grünen Kränzen und roten Blümchen, die japanischen Paravents, auf denen rotbeinige Störche durch Schilf staksten und ein kahlköpfiger Angler, sein Werkzeug in der Hand, im blauen Kimono auf einem Stein saß, das Fenster mit den Tüllvorhängen, welche von blauen Bändern zusammengehalten wurden. Diese Gegenstände zeigten sich in Windeseile inmitten der allgemeinen komplizierten, sperrigen und phantastischen Bewegung; sie schmolzen sofort wieder dahin, verflogen wie Hauch auf einer

Fensterscheibe und hinterließen in der Seele eine flüchtige Spur des Nichtverstehens, der Angst und einer seltsamen Scham.

Ihren Anfang nahm diese filmische Zauberei auf der Bahnstation von Gorynischtscha, wo Blum gegen Mittag in Begleitung des hilfsbereiten Briefträgers ankam. Dieser zufällige Weggefährte erwies sich als ein äußerst liebenswürdiger Bursche. Er war fast gleichaltrig mit Iwan Stepanowitsch, doch ohne dessen schüchterne Bescheidenheit, er war fröhlich, unternehmungslustig, kräftig, immer zum Lachen aufgelegt, und er spielte gern und war leichtsinnig wie ein junges Küken. Er genoß in vollen Zügen und mit jugendlichem Heißhunger, doch offenherzig und ohne bösen Hintergedanken alle Freuden, die ihm das einfache Leben in der dörflichen Abgeschiedenheit bot: er war ein Meister, wenn es darum ging, temperamentvoll die wahnsinnigsten Akkorde auf der Gitarre hervorzuzaubern; wie ein Pfau konnte er auf einem Abend beim Popen, beim Postmeister oder beim Gemeindeschreiber bei der fünften Figur der Quadrille ein Solo tanzen; er vermochte tüchtig zu trinken und zu essen und im Chor – wenn «Der Mantel umhüllt seine Schultern, dort ist verborgen die Geige» gesungen wurde – den zweiten Tenor zu halten; er verstand sich darauf, in dunklen Fluren oder beim Fangspielen ein flüchtiges, scheues Küßchen von schüchternen, doch geschickten Mädchenlippen zu ergattern; mochte er auch im Domino- oder Kartenspiel einen halben Rubel mit gezinkten Karten verlieren, so trug er doch stolz links einen niemals aus der Scheide gezogenen Säbel und rechts einen zwanzig Pfund schweren Revolver der Marke Smith & Wesson – ein veraltetes, verrostetes Modell ohne Hahn.

Dieser junge Mensch fesselte und bezauberte den bescheidenen Blum vollkommen. Sie waren beide zufrieden, und deshalb tranken sie nach ihrer Ankunft in Gorynischtscha einen Wodka im Bahnhofsbuffet und aßen einen ausgezeichneten marinierten Wels; dabei fühlten sie jene feste freundschaftliche Zuneigung zueinander, wie sie so verständlich und wunderbar ist in der Jugend.

Zwei Personenzüge fuhren fast gleichzeitig aus entgegengesetzten Richtungen in den Bahnhof ein. Die Zeit des Abschieds nahte. Blums zartes Herz verdüsterte sich. Während er Wassilij Wasiljewitschs Hand aufs herzlichste schüttelte, verspürte er plötzlich ein unüberwindliches Bedürfnis, diesem etwas zum Andenken zu schenken; doch nichts wollte ihm einfallen außer seiner alten, schäbigen, laut tickenden Tompak-Taschenuhr mit dem von der Zeit abgeschabten und grün gewordenen Deckel. Trotzdem dachte er sich, daß auch dieses billige Geschenk gelegen kommen könnte. Unterwegs hatte ihm der lustige Briefträger mit aller Komik erzählt, wie er vor ein paar Tagen seine Ankeruhr aus Stahl mit einem Küchenmörser zertrümmert hatte, als er mehreren jungen Damen seiner Bekanntschaft das «Kunststück des geheimen Fakirs oder Rührei im Hut» vorführen wollte.

«Ein wertloses Ding ist meine Uhr», dachte Blum, «aber doch ein Erinnerungsstück. Und auf der Berlocke ist ein Siegel aus Karneol ... man kann seine Initialien darauf eingravieren lassen oder ein von einem Pfeil durchbohrtes Herz...»

Er sagte voller Zärtlichkeit: «Sie sind ein wunderbarer Weggefährte. Müßte ich nicht abreisen, so würden wir sicher Freunde werden. Ich bitte Sie, nehmen Sie dieses Ding hier zum Andenken an mich entgegen...» Und während er mit seinen Fingern in die Westentasche fuhr, fügte er, um die Bedeutungslosigkeit des Geschenks mit einem kleinen Witz zu überdecken, hinzu: «... hier, dieses Familienchronometer aus Gold und mit einer Brillantberlocke...»

«Ho-ho-ho!» fing der Briefträger gutmütig zu lachen an. «Wenn's Ihnen nicht leid tut drum, dann lehne ich, ehrlich gesagt, dies Geschenk nicht ab.»

Und Blum selbst fielen beinahe die Augen aus dem Kopf, als er mit einiger Mühe ein sehr großes, sehr altes und einmalig schönes, goldenes Chronometer ans Licht beförderte, eine ausgezeichnete Arbeit des englischen Meisters Norton. Die zufällig eingeklemmte Feder löste ein Schlagen aus, und mit einer Melodie zeigte die Uhr Mittag an. An einem goldenen Kettchen war ein schwarzer Emailring mit einem kleinen, in der Sonne wie ein reiner Tautropfen blinkenden Brillanten an der Uhr befestigt.

«Verzeihen Sie ... so ein teures Ding», flüsterte verwirrt der Briefträger. «Wirklich, das ist mir peinlich.»

Doch Blums Überraschung hatte sich schon gelegt. «Sicher habe ich aus Zerstreutheit des Onkels Uhr eingesteckt. Egal, das ist unwichtig», dachte er voller Geringschätzung, und mit einer in ihrer Einfachheit großartigen Geste sagte er: «Nehmen Sie, nehmen Sie, mein Freund! Ich freue mich, wenn dieses unnütze Ding Ihnen gefällt.»

7

Es war an der Zeit, Adieu zu sagen. Der rothaarige Briefträger mußte seine Ledertasche mit den Briefen holen. Noch einmal schüttelten die jungen Männer einander fest die Hand, schauten sich in die Augen, und plötzlich küßten sie sich aus unerklärlichem Grunde.

«Ein wunderbares Menschenkind sind Sie», sagte Blum gerührt. «Ich wünsche Ihnen von ganzem Herzen, daß Sie so bald als möglich Postmeister werden und dann auch eine schöne, reiche und liebenswürdige Person heiraten können.»

Mit einem Ausdruck fröhlicher Verzweiflung winkte der Briefträger ab.

«Ach, wann ist's uns armen Teufeln schon erlaubt, sich zur Ruhe zu setzen! Ihr erster Wunsch geht, wenn überhaupt, in vielleicht fünf Jahren in Erfüllung. Ja, und dann muß noch einer von den Direktoren im Kreis gefeuert werden oder sterben, nun, ich wünsche aber niemand was Schlechtes. Der zweite aber – o weh, mein Kind! – ist für mich so fern wie der Wunsch, Kaiser von China zu werden. Ihnen jedoch, teurer Herr Blum, gestehe ich in vollem Vertrauen: es gibt da eine ... in Starodub ... Claudiachen wird sie genannt ... Es hat mich mitten ins Herz getroffen. An Weihnachten habe ich mit ihr getanzt, und es gelang mir sogar, mich ihr zu erklären. Aber – was glaubst du! Ihr Vater ist Holzindustrieller, ein immer reicher werdender Mann. Allein an Geld gibt er seinem Claudiachen dreitausend Mitgift, von den Sachen ganz zu schweigen. Was bin ich denn für eine Partie für sie? Und doch hat sie meine Erklärung wohlgesonnen aufgenommen. Sie sagte: ‹Gedulden Sie sich, vielleicht gelingt's, meinen Papa zu beeinflussen. Warten Sie›, hat sie gesagt, ‹ich benachrichtige Sie.› Aber jetzt geht auch schon der April zu Ende... Hat sich sicher anders besonnen, hat's vergessen. Mädchengedächtnis ist kurz. Ach, ich schlag' dem Schicksal schon ein Schnippchen! Nichtsdestotrotz wünsch' ich eine angenehme Reise... und alles, alles Gute... Ich muß los, ich laufe schon!»

Iwan Stepanowitsch stieg in den Waggon. Das Fenster des Abteils war verschlossen. Gerade als er es öffnete, entdeckte er in drei Schritt Entfernung, ihm gegenüber, im Rahmen eines offenen Fensters des anderen Zuges, eine bezaubernde weibliche Gestalt. Der dunkle Hintergrund in ihrem Rücken ließ einen eleganten weißen Übergangshut mit rosa Blumen weich und reliefartig hervortreten wie auf einem Gemälde, einen hellgrauen Seidenmantel, ein blühendes, rosiges, zartes, wunderschönes Gesicht und einen großen Strauß frischen, kaum aufgebrochenen, wohl erst an diesem Morgen geschnittenen Flieders, den die Frau mit beiden Händen hielt.

«Wie schön sie ist!» dachte Blum und ließ

seinen entzückten Blick auf ihr ruhen. «Wieviel Zartheit, Reinheit, Geist, Güte, Eleganz! Nirgendwo auf der Welt gibt es eine, die ihr gleicht! Es gibt viele Schönheiten, doch sie ist die einzige, die unvergleichbare, deren Existenz einmalig ist. Ach, sie lächelt!»

Tatsächlich. Sie hatte gelächelt, doch kaum merklich, nur mit den Augen, und in diesem feinen Lächeln war sowohl unschuldige Koketterie als auch Zärtlichkeit, war Freude über die eigene Gesundheit und den Frühlingstag, war jugendliche schalkhafte Heiterkeit. Sie tauchte ihre Nase, ihre Lippen, ihr Kinn in die Blüten der Blumen, und von Zeit zu Zeit verband sie, gleichsam beiläufig, ihre schwarzen lebendigen Augen mit denen Iwan Stepanowitschs, die voller Begeisterung waren.

Doch da setzte Blums Zug sich langsam nach rechts in Bewegung. Allerdings – nach einer Sekunde war klar, daß dies nur eine Sinnestäuschung gewesen, wie sie so typisch ist für die Eisenbahn: es war der Zug der schönen Dame, welcher fuhr, der seine aber stand noch. «Wenigstens eine Blume für mich!» stieß Blum in Gedanken hervor. Und schon warf die wunderschöne Frau ungewöhnlich schnell und erstaunlich geschickt den ganzen Strauß direkt in Blums offenstehendes Fenster. Er konnte ihn auffangen, und es gelang ihm, sich aus dem Fenster beugend, diesen noch ein paarmal malerisch an die Lippen zu pressen. Die Schönheit aber lachte so voller Belustigung auf, daß ihre Zähne im mittäglichen Frühlingslicht blinkten, und ihr Haupt zum Zeichen des

Abschieds neigend, zog sie sich eilig vom Fenster zurück. Schon fing ihr Waggon auch an zu flimmern, wurde trübe, zerfloß mit den Linien der anderen Wagen und verschwand.

Auch Blums Waggon bewegte sich. In diesem Augenblick knarrte die Tür, die zurückgeschoben wurde. Der Briefträger, eben jener Wassilij Wassiljewitsch, stürzte ins Abteil. Seine Mütze war ihm in den Nacken gerutscht, die roten Locken loderten feurig, sein Gesicht war gerötet und strahlte vor Glückseligkeit. Sehr erregt drückte, preßte er Iwan Stepanowitschs Hand.

«Lieber... Sie... Wenn Sie wüßten... Was? Der Zug fährt? Ach, pfeif' auf die Briefeschreiber. Haben meinen Schweiß getrunken... Jetzt warten sie mal einen Tag... Ich begleite Sie bis zur nächsten Station... Solch einen Tag gibt es kein zweites Mal im Leben... Wenn Sie wüßten!... Ja nein, Sie sind wirklich ein Magier, ein Zauberer, ein Wundertäter und ein Prophet. Sie sind ein wunderbarer Zauberer, genau wie in den alten Märchen...»

«Lieber Wassilij Wassiljewitsch, bitte, alles der Reihe nach! Ich verstehe überhaupt nichts.»

«Aber wie denn das! Hören Sie nur! Als Sie sich verabschiedeten, sagten sie: ‹Ich wünsche, daß Sie Postmeister werden.› Stimmt's? Erinnern Sie sich?»

«Ich erinnere mich daran.»

«Und weiter. ‹Ich wünsche Ihnen Erfolg bei einem gewissen schönen Fräulein, das› und so fort... Richtig?»

«Nun ja.»

«Also, stellen Sie sich vor... wie im Märchen!... Ich nehme den Sack, und der ist schon alt und brüchig, und plötzlich geht er entzwei. Ein ganzer Berg Briefe rutscht raus. Ich sammele sie wieder ein. Und da sehe ich auf einmal zwei, und die sind beide für mich. Schauen Sie, schauen Sie nur!»

Er drückte Blum zwei Umschläge in die Hand. Der eine war vom Staat, groß und grau, der andere klein, violett und mit einer winzigen krakeligen Schrift adressiert.

Rücksichtsvoll bemerkte Blum: «Vielleicht... steht in diesen Briefen etwas ... das ich nicht wissen sollte?»

«Sie? Sie?! Ihnen ist alles erlaubt! Sie sind mein Wundertäter. Schauen Sie! Lesen Sie!»

Blum las die beiden Briefe. Der erste kam aus der Kreisstadt. Darin wurde der Postillon Wassilij Wassiljewitsch Modestow tatsächlich zum stellvertretenden Direktor des Post- und Telegraphenamtes im Dörfchen Saburowo ernannt, wo er den schwer erkrankten Postmeister ersetzen sollte. Und in dem violetten Umschlag waren auf grünem Papier, das auf der ersten Seite mit zwei in der oberen linken Ecke aufgeklebten schnäbelnden, blauen Tauben geschmückt war, sorgfältig fünf Zeilen geschrieben in einer halb kindlichen Handschrift und ohne Anrede, Worte, die aufrichtige Hoffnung und naive Ermunterung diktiert hatten und übrigens dreißig grammatische Fehler enthielten.

«Na wunderbar», sagte Blum gefühlvoll und gab die Briefe zurück. «Ich freue mich aufrichtig für Sie.»

«Auch ich bin maßlos glücklich!» jubelte der Briefträger. «Ach, das Ganze müßte man jetzt mit einem richtig guten Tröpfchen Wein begießen! Gern würde ich meinen Freund, meinen Bruder einladen für meine letzten fünf Rubel! Herr Zauberer, wie stellen wir das an?»

«Was denn, auch ich wäre nicht dagegen», rief Blum aus. Und im gleichen Augenblick wurde an die Tür geklopft. Der Kellner in hellblauer Jacke, mit goldenen Knöpfen darauf, trat mit der Speisekarte in der Hand ein.

«Sie frühstücken doch?»

«Welche Frage», antwortete Blum selbstsicher. «Natürlich werden wir frühstücken. Aber jetzt bringen Sie uns schon mal! ...» Er dachte nach, doch nur für eine Sekunde. «Bringen Sie uns eine Flasche Champagner hierher und zur Vorspeise den besten Lachs und marinierte Pilze.»

«Sehr wohl, der Herr», antwortete der Kellner höflich mit einem kaum spürbaren Ton der Ironie und verschwand.

«Ich habe es Ihnen doch gesagt: Sie sind ein Zauberer», freute sich der Briefträger. «Wenn Sie jetzt noch Musik wünschen, so wird es Musik geben. Befehlen Sie, bitte! Jeder Ihrer Wünsche geht doch in Erfüllung.»

Blum wurde plötzlich bleich. Eine heimliche, quälende Angst schnürte ihm das Herz zusammen. Und mit schwacher zitternder Stimme sprach er: «Gut. Es soll Musik geben.»

Ein liebliches Gitarrenritornell war vom Gang her zu hören. Zwei kehlige, heisere, doch angenehme und feste Stimmen, eine männliche und eine weibliche, sangen ein italienisches Lied: *O solo mio . . .*

Modestow warf einen Blick aus dem Abteil. «Wandermusikanten!» berichtete er. «Nun, trotzdem: es gelingt Ihnen! Reinste Zauberei!»

Blum gab ihm keine Antwort. Wie in einer Art Erleuchtung erinnerte er sich plötzlich voller Entsetzen an den ganzen gegenwärtigen Tag, vom Morgen an. Der Briefträger sagte die Wahrheit: alle seine Wünsche gingen fast augenblicklich in Erfüllung. Als er erwacht war, hatte er Lust auf Tee gehabt – da hatte der Wächter den Tee gebracht. Er hatte – sogar nur flüchtig – daran gedacht, daß es gut wäre, den Hof loszuwerden – prompt war Toffeles' Telegramm gekommen. Er hatte fahren wollen – schon bot Wassilij Wassiljewitsch ihm eine Kutsche und Pferde an. Im Spaß hatte er gesagt: «Ich schenke Ihnen einen Chronometer» – und aus der Tasche hatte er eine teure, alte goldene Uhr, die wer weiß wem gehörte, gezogen. Als er sich von einem Moment auf den nächsten in die Schönheit am Fenster des anderen Zuges verliebt hatte, hatte er sich gewünscht, eine Blume aus ihrem Strauß zu erhalten – und auf überraschende und so rührende Weise hatte er den ganzen Flieder erhalten und eine Kußhand und ein verführerisches Lächeln gratis dazu. Zufällig, aus reiner Liebenswürdigkeit, hatte er Wassilij Wassiljewitsch einen beruflichen Aufstieg und die erhoffte Heirat versprochen – und just hatte das Schicksal seiner Laune nachgegeben. Und jetzt im Waggon diese beiden nichtigen Ereignisse gleich hintereinander... Etwas Ungutes war in dieser willfährigen Eilfertigkeit des Schicksals ... Und in der Hauptsache: das Wichtigste und Schwerwiegendste war, daß all diese Geschehnisse so zwingend, so leicht und einfach von einer neuen Seite in Blums eigener Seele abhingen, daß nicht einmal etwas Erstaunliches daran war.

Blum begann sich schlagartig zu langweilen, er wurde finster, und etwas Hartherziges kam in ihm auf. Der warme Champagner und der Kaviar waren ihm zuwider. Und im Speisewagen hatte er plötzlich genug von dem rothaarigen Briefträger: der erschien ihm mit einem Mal weichlich, geschwätzig, süßlich, familiär. Sie aßen gerade Fisch. Wassilij Wassiljewitsch, der ein nicht kleines Stück Zanderfilet mit dem Messer abgeschnitten hatte, war schon dabei, dieses zu seinem geöffneten Mund zu führen, als Blum leichthin bei sich dachte: «Wenn du bloß verschwinden würdest. Zum Teufel mit dir!»

Da klappten Modestows Zähne aufeinander, er schloß den Mund, legte das Messer mit dem Fisch auf den Teller, wurde grün im Gesicht, stand demütig auf, sagte: «Verzeihung, eine Sekunde», und verließ den Waggon. Er kam nie mehr zurück. Ob er sich im Dienstabteil verkrochen oder aber aus dem Zug gestürzt hatte – das hat Blum nie erfahren, und ehrlich gesagt, hat er sich auch niemals dafür interessiert.

Als er nach dem Frühstück in seinem Abteil zurück war, überprüfte Blum noch mehrmals seine neue, einzigartige, geheime Fähigkeit, Geschehnisse zu befehlen. Einmal schien ihm, der Zug fahre zu langsam bergan. «Nun los, schneller!» befahl Blum. Wohl hatte der Zug genau in diesem Moment die Steigung überwunden, doch das Resultat war, daß er – sich offensichtlich trotz allem dem Befehl unterwerfend – mit den Rädern zu schlagen begann, er wurde unruhig, fuhr schneller. «Schneller, schneller! Los, noch schneller!» hörte Blum nicht auf, ihn zu jagen. Bald zogen die Telegraphenmasten in einem zunächst Drei-, dann Zwei-, schließlich in einem Anderthalbsekundenabstand an den Fenstern vorbei; die Wagen schwankten wie betrunken hin und her, schienen in der Hast einer den anderen überspringen zu wollen wie beim Bockhüpfen; die Scheiben klirrten, die Federn knarrten, die Dämpfer quietschten. Aus dem Gang und den angrenzenden Abteilen waren besorgte Männerstimmen zu hören und Schreie von Frauen.

Blum selbst erschrak. «Nein, das ist doch ein bißchen zuviel», dachte er. «Man kann sich so leicht den Hals dabei brechen. Langsamer, bitte.»

«Ich hööö-reee!» pfiff ihm lang und beruhigend die Lokomotive zu, und der wie ein vom Lauf erschöpfter Riese keuchende Zug verlangsamte seine Geschwindigkeit.

«Na bitte», lobte Blum, «das gefällt mir schon besser.»

Kurze Zeit später kam der Zugbegleiter, um im Abteil aufzuräumen, und erklärte den Grund, weshalb der Zug so eine rasende Geschwindigkeit hatte erlangen können. Nachdem die Lokomotive eine Erhebung überwunden hatte, war irgend etwas an der Druckluftbremse kaputtgegangen, und gleichzeitig hatte auch noch am Heber oder dem

Geschwindigkeitsregler etwas nicht funktioniert. (Blum verstand es nicht genau.) Die Lokführer hatten das Signal «bremsen» wegen des Windes überhört. Genau in dem Augenblick hatte ein langer und steiler Abhang begonnen. Und der Zug war mit Volldampf abwärts gejagt, wobei er eine Höchstgeschwindigkeit von bis zu zweihundert Werst erreicht hatte, die zu verringern erst bei der nächsten Steigung gelungen war. Erst da hatte sich das Zugpersonal besonnen und mit dem Bremsen angefangen...

«Wie einfach das alles ist», dachte Blum... Doch in diesem Gedanken war eine traurige Ergebenheit.

Ein andermal fuhr der Zug ganz nah an einer im Bau befindlichen Kirche vorbei. Auf dem Dach des Glockenturms, ganz nah am Kreuz, hantierte ein Mensch herum, der von unten wie ein kleiner schwarzer Wurm aussah. «Und was, wenn er fällt?» blitzte der Gedanke auf in Blums Kopf, und er fühlte eine eisige Kälte in der Herzgegend. Und da sah er ganz deutlich, daß der Mensch plötzlich den Halt verlor und hilflos über die schräge glänzende Seite des Kirchendaches nach unten zu rutschen begann, daß er krampfhaft versuchte, sich an dem glatten Metall festzukrallen. Noch eine Sekunde – und er würde wohl abgestürzt sein.

«Das muß nicht sein, nein!» schrie Blum laut los, und in seiner Angst verdeckte er sein Gesicht mit den Händen. Als er gleich darauf wieder die Augen öffnete, stöhnte er erleichtert und mit Freude auf. Dem Arbeiter war es gelungen, sich an etwas festzuklammern, und es war nun zu sehen, wie er sich, auf dem Dach liegend, mit beiden Händen an einem Strick festhielt, der am Fuß des Kreuzes befestigt war.

Der Zug fuhr weiter, und die Kirche verschwand hinter einer Kurve. «Ich wollte doch nicht etwa sehen, wie er verunglückt?» fragte sich Blum. Und er konnte keine Antwort auf diese erschreckende Frage finden. Nein, natürlich hatte er nicht den Tod oder die Verkrüppelung dieses unbekannten armen Menschen gewünscht. Doch ganz, ganz tief in seiner Seele, in ihren schrecklichen, schwarzen Abgründen, unter Schichten aus klaren, halbdunklen und fast unbewußten gleichzeitigen Gedanken, Gefühlen und Wünschen, hatte sich trotz allem ein Schatten bewegt, der schändliche Neugierde gewesen war. Und da dachte Blum auch zum erstenmal mit Scham und Furcht, welch blutiger Wahnsinn die Welt ergriffe, wenn alle menschlichen Wünsche die Eigenschaft besäßen, sofort in Erfüllung zu gehen.

Auf einer der Bahnstationen befahl Blum dem Wind, er möge einem wichtigtuenden Herrn, der wie ein stolzer Pfau auf dem Perron einherspazierte, den Panamahut vom Kopfe wehen, und sah dann mit gleichgültiger Miene zu, wie dieser Dickwanst gleich einem Ziegenbock seinem davoneilenden Hut hinterhersprang, wie dabei die Rockschöße seines Bratenrocks zu flattern begannen und aufzufliegen, so daß sein fetter Hintern und die Hosenträger sichtbar wurden.

Beim Mittagessen fing irgendein hohes Tier von der Eisenbahn, ein einflußreicher und galliger

Mensch mit Generalsschulterstücken, quer durch den Wagen fürchterlich den ihm servierenden Kellner zu beschimpfen an, weil dieser ihm statt einer aus Stör zubereiteten Soljanka eine aus Rüsselstör zubereitete gebracht hatte. Diese Szene war für alle peinlich und bedrückend, und besonders widerwärtig war, daß der General während seines groben Wortschwalls nicht aufhörte zu essen, so daß Geschrei und Schmatzen sich vermischten.

«Ach, halt doch endlich deine Klappe!» dachte Blum verärgert. Und augenblicklich warf sich der hohe Herr gegen die Rückenlehne seines Stuhles, und seinem offenstehenden Mund entfuhren nur noch heisere Stöhnlaute. Sein Gesicht lief dunkelblau an, die hervorquellenden Augen füllten sich mit Blut. Er würde wohl gleich erstickt sein. «Ach nein, nein, es soll alles gut ausgehen!» befahl Blum hastig. Der eben noch beleidigte Kellner klopfte dem Unglücksvogel schnell, laut und geschickt auf den Rücken. Wie ein gackerndes Huhn reckte dieser seinen Hals, schluckte, schnappte nach Luft und wandte sich erstaunt und mit frohem Blick um. Sofort wich das Blut aus seinem Gesicht.

«Geh, und daß mir das nicht mehr vorkommt!» sagte er mit noch leicht erstickter Stimme, drohend, doch großherzig. «Ansonsten ...»

«Immer wieder», dachte Blum ohne Überraschung. «So einfach ist das. Offensichtlich bin ich in eine lange, unsinnige Kette von Ereignissen geraten, die mit meinen Wünschen übereinstimmen. Irgendwo habe ich gelesen, daß in Petersburg einmal ein Diakon an einer Baustelle vorbeiging. Ein

Dachziegel fiel herab, ihm auf den Kopf, und erschlug ihn. Am nächsten Tag kam am selben Haus zur selben Stunde ein anderer Diakon vorbei; wieder fiel ein Ziegel, und zwar wieder auf des Geistlichen Kopf. Unter der Rubrik ‹Verschiedenes› habe ich einmal von einem glücklichen Roulettespieler gelesen, der siebenmal hintereinander auf die Null setzte und siebenmal gewann. Aber bei der Endlosigkeit der Zeit und der Ereignisse kann auch eine Reihenfolge eintreten, in der ein anderer Spieler mit der Null hundert- oder tausendmal ohne Unterbrechung gewinnt. Ich habe von Leuten gehört, die zweimal an einem Tag in ein Eisenbahnunglück verwickelt waren und dazu noch Schiffbruch erlitten. Es gibt Glückspilze, die beim Kartenspiel niemals verlieren... Sie sagen: ‹Eine Glückssträhne.› Sicher habe auch ich gerade eine Glückssträhne...»

In seinem Abteil, wo er allein war, versuchte er, diese Glückssträhne bewußt auf die Probe zu stellen. Er wollte etwas trinken. Er sagte halblaut: «Auf der Stelle, mitten im April, soll eine Wassermelone auf dem Tisch auftauchen!»

Doch die Melone erschien nicht. Das erfreute Blum sogar ein wenig.

«Das ist gut», entschied er. «Das bedeutet, daß kein Wunder dahintersteckt. Alles läßt sich logisch erklären. Nächster Versuch: Auf der Sitzbank mir gegenüber liegt ein Fliederstrauß. Oben ragt ein sich gabelnder Zweig heraus. Er soll abbrechen und durch die Luft zu mir geflogen kommen.»

Sein Wagen schaukelte stark in einer Kurve.

Der Strauß fiel zu Boden. Als Blum ihn aufhob, blieb ein Zweig liegen, doch er war nicht in zwei, sondern in drei Ästchen geteilt.

«Unbefriedigend», sagte Blum spöttisch. «Drei minus. Nun, weiter... Ich will erstens, daß sofort das Licht angeht, und zweitens möchte ich um jeden Preis ein Parfum, das nach Maiglöckchen duftet.»

Im selben Moment trat der Zugbegleiter mit einer an einer langen Stange angebrachten Kerze ein. Er entzündete den Gasstrumpf in der runden gläsernen Lampe und sagte dann mit einem linkischen, doch gutmütigen Lächeln: «Herr, wie wäre ... sehen Sie... Ich habe heute morgen im Waggon aufgeräumt und dabei ein Fläschchen gefunden. Das haben irgendwelche Damen zurückgelassen. Es scheint wohl Parfum zu sein. Ich kann's nicht gebrauchen. Vielleicht ist es Ihnen von Nutzen?»

«Geben Sie her!»

Blum schaute auf das grün-goldene Etikett der Kristallflasche und las laut mit lateinischer Aussprache: «Muguet, Pinaud, Paris.» Vorsichtig zog er den feinen Stoff weg, der eng den gläsernen Verschluß umgab. Er schnupperte. Ganz zart, doch eindeutig roch es nach Maiglöckchen.

«Das ist bloß ein Zufall – ja, ein Zufall!» Voller Verachtung fügte Blum sich in sein Schicksal – oder in etwas anderes, ihm Unbekanntes. «Aber Schluß jetzt, basta, ich will nicht mehr, es langweilt mich! Ein Buch – je dümmer, desto besser – wäre jetzt gut, und dann schlafen, schlafen und nochmal schlafen. Ohne Träume und all diesen

Unfug. Zum Teufel mit der Zauberei! Man verliert ja noch den Verstand dabei.»

«Zugbegleiter! Sie haben nicht vielleicht irgendein kleines Büchlein bei sich?» fragte er.

Der Zugbegleiter zauderte.

«Ich habe da eins, sicher, aber Sie werden wohl kaum die Abenteuer des berühmten Rocambole lesen. Wenn doch, so gebe ich es Ihnen gern.»

«Dann bringen Sie mal Ihren Gauner her, und richten Sie das Bett!»

Zufrieden legte er sich zwischen die frischen Laken, doch kaum hatte er die ersten Zeilen des zwölften Kapitels, Teil elf, Band fünfzehn, dieses beeindruckenden Romans nur überflogen, da umnebelte der Schlaf auch schon weich und süß seine Sinne. Als letzter Funke seines Bewußtseins kam ihm das dunkle Zugfenster in Erinnerung und in ihm unter dem weißen Hut das zarte, rosige Gesicht, die dunklen, lebhaften Augen und die weiße Zahnreihe, die in einem listigen und lieben Lächeln erstrahlte.

«Ich will sie morgen sehen», flüsterte der in Schlaf versinkende Blum.

8

Das erste, was er sah, als er spät am Morgen erwachte, war Mefodij Issajewitsch Toffeles, der ihm gegenüber auf der Bank saß und eine Zeitung in den Händen hielt.

«Einen guten Morgen, mein ehrenwerter Klient», begrüßte der Anwalt Blum. «Wünsche, wohl geruht zu haben. Ich habe Sie absichtlich nicht geweckt. Sie schliefen einen so friedlichen Schlaf.»

«Irgendwo habe ich ihn doch gesehen», dachte Blum. «Und zwar früher, noch vor der ersten Begegnung, und jetzt wieder, erst vor kurzem. Und welch unangenehmer Händedruck, steif und trokken, eine Hand wie ein Huf. Und ein Schwefelgeruch geht von ihm aus. Und das Gesicht sieht gar nicht nach Mensch aus!»

«Wie sind Sie in diesen Zug gekommen, Mefodij Issajewitsch?»

«Ich bin Ihnen extra drei Stationen entgegengefahren. Zum Teufel, es war mir langweilig ohne Sie! Und dann habe ich einen ganzen Haufen Geschäfte mit Ihnen zu besprechen. Aber gehen Sie, waschen Sie sich schnell. Wir haben nur noch eine halbe Stunde. Ich kann auch ohne Sie derweil einen Tee bestellen.»

Während Blum sich wusch, konnte er in sich lange Zeit gewisse seltsame Gefühle nicht bekämpfen: Gereiztheit, Ärger und das altbekannte unklare Vorgefühl eines kommenden Unheils. «Was soll diese zähe Zuvorkommenheit dieses rätselhaften Menschen», überlegte er. «Da haben sich unsere Lebenswege gekreuzt und führen nicht mehr auseinander... Was ist das bloß? Habe ich etwa Angst vor ihm?» Blum betrachtete sich im Spiegel und machte ein stolzes Gesicht. «Kein bißchen. Ich werde aber trotzdem nett zu ihm sein. Wie dem auch sei – ich verdanke ihm viel. Lassen Sie sich dadurch nicht die Laune verderben, mein lieber Herr Blum», wandte er sich an sein Spiegelbild. «Die Welt ist groß, das Leben ist schön, das Waschen erfrischt, und auch wenn Sie nicht gerade wie eine patentierte Schönheit aussehen, so sind Sie doch besser als der Teufel; Sie sind jung und gesund, wünschen keinem etwas Schlechtes, und alle Zukunft liegt vor Ihnen. Gehen Sie Ihren Tee trinken!»

Im Gang stand, das Gesicht dem offenen Fenster zugewandt, eine schlanke Dame in einer hellgrauen langen Seidenweste und einem weißen Hut. Sie drehte sich Blum zu. Er blieb freudig verwirrt stehen. Vor ihm stand die Dame von gestern, welche ihm die Blumen ins Abteil geworfen hatte. Er sah, daß gesunde rote Farbe ihr einmalig schönes Gesicht schmückte und der Wind eine feine Locke an ihrer Schläfe ergriffen hatte und damit spielte. Einige Sekunden schauten sie sich an, ohne ein Wort zu sagen. Als erste begann die Dame zu sprechen, und was hatte sie für eine geschmeidige, warme, ganz eigene, direkt ins Herz sich ergießende Stimme!

«Ich muß mich entschuldigen bei Ihnen ... Gestern erlaubte ich mir ... einen ungezügelten ... Streich ...»

«Mutiger, Iwan Stepanowitsch», befahl sich Blum. «Vergiß deine ewige Plumpheit, sei liebenswürdig, geistreich, elegant.»

«Oh, ich bitte Sie sehr, es gibt keinen Grund, sich zu entschuldigen ... An allem bin ich schuld. Ich habe auf Ihre Blumen geschaut und gedacht: ‹Wenn ich ein einziges Zweiglein davon haben könnte!› Und Sie waren so freigebig, mir den ganzen Strauß zu schenken ...»

«Stellen Sie sich vor, ich dachte auch, daß Sie es wünschen. Irgendwie kam es wie von selbst aus mir heraus …»

«Erlauben Sie mir, Ihnen von ganzem Herzen zu danken … Der Frühling, ein Sonnentag, und der erste Flieder aus Ihren Händen … Ich bin Ihnen auf ewig zu Dank verpflichtet.»

«Ich kann mir vorstellen, wie Sie sich erschreckt haben müssen … Sicher glaubten Sie, ich sei gerade aus dem Irrenhaus geflohen.»

«Keineswegs. Es war eine liebe, schöne und … königliche Geste. Ich werde diesen Strauß ewig aufbewahren als Erinnerung an ein kurzes, doch wunderbares Zusammentreffen. Übrigens, ich verstehe trotz allem nicht, wie Sie in diesen Zug geraten sind. Sie sind doch mit dem entgegenkommenden gefahren …»

Die Dame lachte belustigt auf.

«Ach, ich habe eine unglaubliche Dummheit begangen. Stellen Sie sich vor, ich bin in Gorynischtscha gar nicht in meinen Zug gestiegen. Als die Lokomotive gerade zum drittenmal gepfiffen hatte, fragte ich einen alten Herrn, der neben mir stand: ‹Fahren wir bald durch Kursk?› Und er antwortete mir: ‹Fräulein, Sie sind drauf und dran, in die entgegengesetzte Richtung zu fahren, dort steht Ihr Zug.› Da habe ich sofort meine Tasche gepackt, bin zum Perron gelaufen und schon während der Fahrt abgesprungen … Und bin hier eingestiegen … Ja, und heute morgen … Wenn Sie wüßten, wie verwirrt ich war, als ich Sie sah.»

«Aber wie unvorsichtig … während der Fahrt

aus dem Zug zu springen! Was hätte da alles passieren können!»

«Ach was! Ich bin geschickt... und dann: was sein soll, soll sein...»

«Wissen Sie was», sagte Blum ernst, «ich habe gestern, als ich mich zur Nachtruhe legte, gedacht, daß ich Sie heute morgen bestimmt sehen werde... Ist das nicht seltsam?»

«Glauben Sie das bitte nicht... Wenn auch komisch, so ist unsere flüchtige Bekanntschaft doch jedenfalls keine gewöhnliche...»

«Und deshalb», ertönte neben ihnen Toffeles' Stimme, «erlauben Sie mir, Sie einander vorzustellen.»

Kaum merklich huschte ein Ausdruck der Unzufriedenheit über das Gesicht der Schönen.

«Ach, Sie, Mefodij Issajewitsch... Welch eine Überraschung.»

Feierlich stellte Toffeles Blum vor. Dann sagte er: «*Mademoiselle* Loktjewa, Barbara Nikolajewna.»

«Und das ist der allwissende und allgegenwärtige *Monsieur* Toffeles», erwiderte sie und schüttelte Blum warm, fest und wie ein Mann die Hand.

«Gehen wir zu uns ins Abteil einen Tee trinken», schlug Toffeles vor, «man wird gleich aufräumen bei uns.»

Barbara Nikolajewna wollte keinen Tee, doch ging sie mit ins Abteil. Als sie sich setzte, schaute sie auf den Blumenstrauß, und ihr Blick traf sich sofort mit dem Blums. Ein spöttisches und zärtliches Feuer blinkte in ihren wachen Augen. Und beide, als hätten sie ein wortloses Abkommen getroffen, sagten keinen Ton über ihre gestrige eigenartige Begegnung.

Mit der Selbstsicherheit und Ungezwungenheit eines weitgereisten, geschickten Geschäftsmannes nahm Toffeles es in Angriff, ihre Bekanntschaft enger zu knüpfen. Er erzählte, daß Barbara Nikolajewna die einzige Tochter eines berühmten Mühlenbesitzers, Philantropen und Kunstgönners sei. Sie habe letztes Jahr das Gymnasium beendet, doch strebe sie nicht nach einer höheren Bildung, obwohl das doch jetzt in Mode sei. Sie lebe auf amerikanische Art: völlig selbständig, suche sich ihre Bekanntschaften ganz nach eigenem Geschmack und empfange, wen sie wolle, ohne Rücksichtnahme auf des Vaters Bekanntenkreis. Sie sei sehr lustig und munter wie ein Fisch im Wasser oder ein Vöglein in der Luft. Als seine Gehilfin könne der Vater sie nicht genug loben. Sie lasse sich von niemandem auf die Füße treten, doch habe sie eine engelsgleiche Güte und Verständnis für menschliches Leid. Sie schieße hervorragend mit der Pistole, sei eine ausgezeichnete Reiterin, eine Musikerin und auch eine beachtenswerte *ingénu comique*[1] in Laienstücken und so weiter und so fort.

Was Blum anbetreffe, so sei er ein glänzender junger Mann, der sich entschlossen habe, die beengende Beamtenkarriere gegen ein Landleben als Gutsherr einzutauschen. Er sei nach Tschernigowschtschina gefahren, um den Besitz zu besichtigen, den er geerbt habe. Er habe eine hervorra-

[1] die ulkige Naive

gende Stimme, einen *tenor di grazia*. Ein wenig sei er Künstler und Poet... Eine Seele von Mensch. Er beschäftige sich mit angewandter Mathematik und auch mit okkultistischen Wissenschaften.

Toffeles zeigte sich erstaunt, daß diese beiden so interessanten jungen Menschen, die schon seit langem in demselben kleinen Städtchen wohnten, sich noch nicht begegnet seien.

Das lief alles auf eine aufdringliche Brautwerbung hinaus. Während Toffeles von ihm sprach und ungeniert Wahrheit und Erfindung verband, kaute Blum auf seiner Unterlippe herum, rutschte auf seinem Platz hin und her und wagte es nicht, Loktjewa in die Augen zu schauen. Doch sie sagte einfach und freundlich: «Ich freue mich sehr über unsere Bekanntschaft, Iwan Stepanowitsch, und ich hoffe, Sie werden mich besuchen... Haben Sie ein Notizbuch? Schreiben Sie: Seestraße... Kennen Sie die nicht? Das ist am Stadtrand, im Steinernen Dorf – Haus Loktjew, Seestraße Nummer fünfzehn, donnerstags, so gegen fünf. Schauen Sie vorbei, wenn Sie Zeit und Lust haben! Es wird mir eine Ehre sein.»

Blum verneigte sich. Er hatte bemerkt, daß sie Toffeles nicht eingeladen hatte, und dachte: «Sicher liegt ihr dieser Mensch mit den leeren Augen so wenig wie mir.»

Sie fuhren in den Bahnhof ein. Ein fester Händedruck, ein zärtlicher, klarer und liebenswürdiger Blick, und schon verschwand der weiße Hut mit den rosa Blumen in der Menschenmenge.

«Ist sie gut?» fragte Toffeles und kniff dabei ein Auge zu. «Das ist die richtige Braut... Und –

versteht sich – eine Schönheit, dazu gebildet, lieb und reich...»

«Genug!» unterbrach ihn grob und für sich selbst ganz unerwartet Iwan Stepanowitsch. Toffeles schwieg eilfertig. Er trug die Reisetasche, und Blum sah es, doch machte er sich nicht einmal die Mühe, so zu tun, als sei ihm das peinlich. Aus irgendeinem Grunde mußte es so sein, aber weshalb – das wußte Blum selbst nicht, ja, es kam ihm nicht in den Sinn, darüber nachzudenken. Bei der Auffahrt sagte er lässig: «Man bräuchte ein Automobil.»

«Sofort», kam die liebedienerische Antwort von Toffeles. «Autodroschke! Ins ‹Europa›!»

Der gute Toffeles begann, über Geschäfte zu sprechen. Blum solle ihm nicht böse sein, daß er, Toffeles, das Gut ohne seine Einwilligung verkauft habe. Es habe sich ein so sicheres und einmaliges Geschäft an der Börse geboten, wie es nur einmal in hundert Jahren vorkomme, und es wäre beschämend gewesen, die Gelegenheit nicht zu nutzen. Er habe die ganze Kaufsumme riskiert und sie innerhalb von zwei Tagen verdoppelt. Das Risiko übrigens sei nur eins zu zehntausend gewesen. Dann habe er befunden, daß eine Dachkammer gar nicht mehr zu einem Menschen passe, der solch große Bedeutung habe wie Blum jetzt. Deshalb habe er die Frechheit besessen, die wichtigsten Dinge seines geschätzten Klienten in das beste Hotel am Ort zu bringen. Das sei natürlich nur eine Übergangslösung. Schon morgen könne man eine komfortable, gute Vier- bis Fünf-Zimmer-Wohnung ausfindig machen, diese elegant einrichten, Teppiche, Blumen, Bilder, allen möglichen Nippes kaufen und ein bezauberndes Nestchen schaffen. Bezüglich dieser Dinge habe er, Toffeles, einen überraschend ausgesuchten Geschmack und die Fähigkeit, billig die «richtigen» Sachen zu erstehen. Heute würden sie zusammen zu dem einzigen brauchbaren Schneider am Ort fahren. Doch wenn man sich wirklich gut und mit großem Chic kleiden wolle, so müsse man unbedingt nach England reisen. Nur in London dürfe man Wäsche und Anzüge für Männer bestellen, Krawatten und Hüte aber in Paris. Doch das später. Jetzt gelte es, zunächst dauerhafte und bedeutende Bekanntschaften in der besseren Gesellschaft zu machen. Und danach kämen dann Petersburg, London, Paris, Biarritz, Nizza ... «Mit einem Wort: wir erobern die Welt!»

Er schwatzte, und Blum hörte nur mit halbem Ohr und mit nachlässig verächtlichem Blick zu, und manchmal nickte er zum Zeichen seiner Zustimmung träge mit dem Kopf. Irgendwie mußte das so sein, das verstanden sowohl er als auch Toffeles.

Doch nach einer Stunde überraschte Toffeles Iwan Stepanowitsch sehr, verwirrte, beunruhigte ihn. Sie hatten gerade das exquisite und teure Frühstück im Arbeitszimmer des Hotelrestaurants beendet. Toffeles orderte Kaffee und Likör und sagte dann dem Diener: «Das ist alles im Moment, Klementij. Wenn wir etwas brauchen, klingle ich.»

Nachdem der Mann gegangen war, schloß Toffeles die Tür fest hinter ihm und zog sogar den Vorhang davor. Dann kehrte er zum Tisch zurück, kniete sich Blum gegenüber auf den Stuhl, beugte sich so über den Tisch, daß er fast auf ihm lag, und stützte seinen Kopf auf die Hände. Sein schwerwiegender und unverwandt auf Blum gerichteter Blick war überaus sonderbar. In ihm war unumstößlicher Wille, herrischer Befehl, demütiges Bitten und verdeckte böswillige Drohung – alles in einem. Während einiger Sekunden sprach keiner von beiden ein Wort. Toffeles atmete schnell, wobei die weiten Flügel seiner Hakennase sich blähten. Schließlich sagte er mit heiserer und schwacher Stimme: «Und das Wort?... Haben Sie das Wort gefunden?»

«Ich verstehe nicht», sagte Blum leise und wich unwillkürlich vor der erdrückenden Kraft zurück, die von Toffeles' Augen ausging. «Welches Wort?»

Toffeles' Blick wurde noch durchdringender, zäher und leidenschaftlicher. Der Schweiß trat ihm auf die Stirn. Von der Nasenwurzel aus führten zwei angeschwollene Adern aufwärts. In den Pupillen glühte ein satt dunkelviolettes Feuer.

«Dort... auf dem Gut... das Buch... die Formeln... der rote Einband... Mephistopheles...», fing es in Blums Kopf zu gären an.

Toffeles fuhr derweil hartnäckig fort zu flüstern: «Ich flehe Sie an, nennen Sie das Wort... Nur das Wort, und ich werde Ihr Diener sein, Ihr Sklave bis in den Tod...»

Blums Gesicht wurde starr, seine Lippen blutleer. Etwas durch Toffeles' Wille Wachgerufenes schwamm formlos und trübe in seinem Gedächtnis – gleich jener nicht faßbaren Spur, jenes zarten

Gefühls eines gerade durchlebten Traumes, die durch den Kopf des erwachenden Menschen kriechen, sich nicht greifen lassen und nicht in ein verständliches Bild münden wollen.

«Ich weiß nicht... kann nicht... bringe nicht zusammen...»

Toffeles rutschte wie ein Ohnmächtiger lautlos vom Stuhl auf den Boden, auf alle viere, und kroch wie ein Hund auf Blum zu, ergriff dessen Hände und begann, sie mit stachligen Küssen zu bedecken.

«Das Wort, das Wort, das Wort...», stammelte er. «Erinnern Sie sich, erinnern Sie sich daran!»

Blum kniff kurz die Augen zusammen. Dann schaute er eindringlich auf Toffeles.

«Lassen Sie, das ist nicht nötig», sagte er scharf. «Hören Sie – ich will nicht.»

Toffeles erhob sich und ging, den Rücken Blum zugewandt, taumelnd bis zu einer Ecke des Arbeitszimmers. Dort stand er vielleicht zwei Sekunden reglos. Als er sich aber umdrehte, war sein Gesicht von diabolischem Lachen entstellt.

«Zum Teufel!» rief er und schnippte in einer kreisförmigen Bewegung mit den Fingern. «Zum Teufel damit! Ich bin stockbetrunken. Vergessen Sie mein Gefasel – und zum Teufel! Ich bitte Sie um Verzeihung! Aber doch... noch eine ganz und gar nichtige Bitte. Es kostet Sie nichts, diese zu erfüllen.»

«Gut. Reden Sie», erklärte sich Blum einverstanden.

Toffeles schob seine Hand in die Hosentasche und zog sie, zur Faust geballt, wieder heraus.

«Was halte ich in der Hand?»

Blum antwortete mit einem selbstsicheren Lächeln: «Eine kleine goldene Münze.»

«Was ist auf ihr abgebildet?»

«Einen Moment... sofort... Ein Frauenkopf im Profil, rechts gewendet vom Betrachter aus gesehen... Ein tiefes Dekolleté... Ein böses hageres Gesicht. Feine Lippen, ein vorstehendes Kinn, eine spitze Nase. Große Locken. Darauf, ganz oben auf der Frisur, eine kleine Krone...»

«Hm... ja», äußerte Toffeles düster. «Sie haben es erraten. Ein Halbimperial Anna Johannowna[1] aus dem Jahre 1739. Stimmt. Wenn Sie wollen, trinken wir noch einen Schluck Champagner?»

9

Und genau von diesem Tag an begannen Blums glänzende Erfolge in den besseren Kreisen. Die Glückssträhne, über die er nachgedacht und die er im Zug ausprobiert hatte, entrollte sich vor ihm wie ein bunter orientalischer Teppich, und mit der üblichen Gleichgültigkeit von Herrschern trat Blum diesen teuren Stoff mit Füßen.

Innerhalb kurzer Zeit wurde Blum zum märchenhaft ausgeschmückten Stadtgespräch. Sich rege verbreitende Gerüchte vergrößerten seine Erbschaft zu hunderttausend Deßjatinen und mehreren zehn Millionen Rubeln. Neugierige gingen hinter ihm her mit aufgesperrtem Mund,

[1] 5-Rubel-Goldmünze (ab 1896: 1 Imperial = 15 Rubel)

man zeigte ihn den Durchreisenden, als sei er das achte Weltwunder; von seinen Extravaganzen, von seiner Freigebigkeit und seinem Glück schrieb man beinahe täglich in den Zeitungen. Ganz zu schweigen davon, daß sich sofort und ganz von allein ein Haufen lärmender Freunde, Bekannter, Schmarotzer, Schwätzer und Vergnügungshungriger in seinem Gefolge versammelte. Und Blum, der in der Tiefe seines Herzens keineswegs die ihm eigene Güte und Bescheidenheit verloren hatte, erlernte sehr schnell die mühsame Kunst, Menschen zu beherrschen. Manchmal genügte es, wenn er langsam und ganz beiläufig in die Augen eines überheblichen Wichtigtuers oder eines aufdringlichen Erpressers schaute und flüchtig dachte: «Ich will dich nicht mehr sehen!» – und schon verschwand dieser augenblicklich in den Hintergrund, verlor an Farbe, wurde immer bleicher, zerfloß und löste sich auf Nimmerwiedersehen in Luft auf.

Toffeles als einziger kehrte immer wieder hartnäckig an seine Seite zurück, obwohl Blum ihn sehr häufig in Gedanken verjagte. Das geschah in den Augenblicken, da Iwan Stepanowitsch, sich unvermittelt umwendend, plötzlich den auf sich gerichteten Blick des Anwalts spürte – ein gieriger, flehender, hypnotisierender Blick. «Das Wort! Nenne das Wort!» schrien die erbärmlichen und drohenden leeren Augen. Blum sprach innerlich: «Geh weg!» – und dann wurde Toffeles ganz krumm und entfernte sich demütig wie ein gescheiter, nervöser, alter Hund, der, nachdem man ihn ausgeschimpft hat, sich auf alle viere preßt, einen Buckel macht, den Schwanz einzieht und mit verletztem, schuldvoll umherirrendem Blick rückwärts fortkriecht.

Doch nach einem Tag, einer Stunde tauchte er, als sei nichts gewesen, wieder bei Blum auf, um ihm die Nachricht eines kolossalen Erfolgs an der Börse und eine mit frischen, gerade erst gedruckten, knisternden Geldscheinen gefüllte Tasche zu bringen, um eine neue pikante Anekdote zu erzählen, ihm eine schicke oder schmeichelnde Bekanntschaft anzutragen oder um ihm eine weitere große Auswahl an Vergnügungen vorzuschlagen.

Wie eine Amme, eine eifersüchtige Ehefrau oder ein eifriger Detektiv schien er Blum ununterbrochen zu überwachen. Wenn er gekonnt hätte, würde er, das war anzunehmen, an der Tür gelauscht haben, ob Blum nicht sprach und dabei etwas preisgab im Schlaf. Vielleicht lauschte er ja sogar auch, obwohl Blum immer eigenhändig alle Türen der Wohnung abschloß, bevor er zu Bett ging.

Jeder Wunsch Iwan Stepanowitschs ging fast auf der Stelle in Erfüllung, ganz so, als dienten ihm gehorsam die unsichtbaren, geschickten Hände und die lautlosen, flinken Beine irgendeines Wesens. Ein Wunder war aber nicht im Spiel. Es war nur eine ewige, immer gleiche und ganz simple Übereinstimmung seiner Gedanken und der Ereignisse.

Zahlreiche der phantastischsten Grillen Blums verwirklichten sich auf einfachste Weise. So sagte er manchmal, wenn er allein in seinem eleganten

Arbeitszimmer auf einem Stuhl saß, in Gedanken: «Ich möchte mich mit dem Stuhl in die Luft erheben!» Und tatsächlich, der Stuhl knarrte leicht unter ihm, als versuche er, sich von der Erdanziehung zu befreien, doch das Gesetz der Schwerkraft wurde nicht verletzt. Einmal, als Blum morgens aus dem Fenster auf die hoch am Himmel fliegenden Tauben sah, beneidete er sie um ihre leichte, schöne Bewegung. «Ach, könnte der Mensch nur etwas Entsprechendes erleben!» dachte er innig und ohne jeden Hintergedanken. Als er sich vom Fenster abwandte, da fiel sein schweifender Blick als erstes auf die Zeitung, auf deren Titelblatt in großen Lettern eine Flugvorführung für denselben Tag angekündigt war. Und noch am gleichen Abend quetschte Blum sich gegen eine Wahnsinnssumme hinter den Piloten in eine schwere und plumpe Farman Nr. 4, drehte zwei Kreise über dem Flugfeld und erlebte so zehn Minuten hindurch eine der reinsten, berauschendsten und stolzesten Gefühle, die dem Menschen in seinem schweren Erdenleben zugänglich sind.

Wiederholt schaute er auf ein vor ihm stehendes Glas Wasser und flüsterte verbissen: «Das Wasser soll kochen!» Es blieb klar und kalt. Doch jedesmal, wenn es schon seit dem Morgen ununterbrochen regnete, hörte es sehr bald, nachdem er den Wunsch dazu geäußert hatte, auf. Wann immer ihm danach war, konnte er Blumen riechen und Musik hören, die von irgendwoher zu ihm herübergeweht kamen. Als ihn aber eines Nachts im Park nach Mondschein verlangte, kam nichts dabei heraus, denn in dieser Nacht verbarg der

Mond auch seinen allerletzten schmalen Streifen.

Niemals gelang ihm, daß eine Kerze oder ein Streichholz sich von selbst entzündete. Jedoch geschah es an einem Abend, daß, weil er es zufällig wünschte, in der Stadt gleichzeitig alle elektrischen Lampen verloschen und alle Straßenbahnen stehenblieben – wegen, wie sich später herausstellte, irgendeines Durcheinanders in den Stromleitungen.

Was wiederum die alltäglichen Ereignisse im Leben der Menschen betraf, so ordneten diese sich blind Blums Willen unter, und nur seine tiefe Güte und unbewußte Bescheidenheit bewahrten ihn gerade noch vor Lächerlichkeit, Schande und Verbrechen. Übrigens schrieb man voller Begeisterung von seinen wahnwitzigen Erfolgen in der städtischen Zeitung «Die Welt».

An einem wunderschönen, strahlenden Frühlingstag zur Mittagszeit fuhren er und Toffeles zum Pferderennen. Sie kamen gerade rechtzeitig zur Endausscheidung über den Hauptgewinn. Der sich in allem auskennende Toffeles brachte Blum zur Mitgliedertribüne und machte ihn im Handumdrehen mit allen Sportlern und Rennstallbesitzern bekannt...

Als man auf ein Läuten hin alle Pferde hintereinander – es waren elf insgesamt – auf die Bahn führte, stand Blum direkt an der Absperrung neben einem großen, korpulenten, glattrasierten Herrn in einem weiten Mantel, der nach außen hin Teilnahmslosigkeit demonstrierte, jedoch unablässig auf seiner Zigarre herumkaute. Mit halbem

Ohr hatte Blum seinen Namen gehört, doch nicht richtig verstanden, wie dies immer geschieht bei hastigen, flüchtigen Bekanntschaften. Und dieser Mensch musterte Blum träge von Kopf bis Fuß und fragte dann: «Auf wen setzen Sie?»

«Eine Sekunde», antwortete Blum höflich, «ich muß nur kurz überlegen.»

Im Publikum hinten nannte man die Namen der Pferde und wog ihre Chancen ab. Der Ausgang des ersten und des zweiten Preises ließ bei niemandem einen Zweifel offen. Als erster sollte ein hagerer Engländer mit vogelartigem Kopf, schwarzem Trikot und weißen Ärmeln durchs Ziel, als zweiter ein Schwarzer, der ganz in Rot gekleidet war, seine weißen Zähne zeigte und mit dem ungewöhnlich starken Weiß seiner Augen die Zuschauer anfunkelte. Auf diese beiden hatte man beim Totalisator auch alles gesetzt. Auf dem dritten Platz erwartete man noch zwei bestimmte Pferde, doch für sie interessierte man sich wenig.

Im Schritt gingen die Jockeys bis zu der berühmten Linie, wendeten die Pferde und ritten mit verhaltenem Galopp hintereinander, in der Reihenfolge der angezeigten Nummern, am Publikum vorbei, um diesem die ganze Schönheit der Formen und leichten Bewegungen ihrer nervösen, mageren, hohen, rassigen Pferde zu zeigen. Die Jockeys selbst saßen leicht gebeugt, in lockerer, tadelloser Haltung im Sattel, die in den Knien scharf gekrümmten Beine in den kurz gehaltenen Steigbügeln. Auf ihren rasierten, spitznäsigen, von der Arbeit ausgedörrten, von der Sonne dunklen Gesichtern zeichneten sich unter der faltigen Haut alle Wölbungen und Vertiefungen ihrer Schädel ab.

Als letzte und mit bedeutendem Abstand kam eine völlig unruhige, von der Körperform her einmalige, nicht besonders hochgewachsene, rotgoldene Stute, auf der ein Jockey in einem blauen, mit weißen Sternen besetzten Trikot saß. Sie erhitzte sich und wollte dem Reiter nicht folgen. Ihre Ohren bewegten sich nervös bald zum Jockey hin, bald nach vorn, ihr Fell glänzte schon jetzt vor Schweiß, Schaum tropfte ihr aus dem Maul, und in den großen, gewölbten, ganz schwarzen Augen, ohne jedes Weiß, leuchtete wie züngelnde Flammen das Sonnenlicht. Aus dem Galopp verfiel sie in Trab, tänzelte auf der Stelle, brach seitwärts aus und suchte durch ruckartige Bewegungen des hageren, schönen Kopfes sich der Zügel zu entledigen.

«Auf das dort... auf das rote», sagte Blum naiv. «Es kommt als erstes ins Ziel.»

Hinter ihm begann man zu lachen. Jemand bemerkte spöttisch, wenn auch halblaut: «Wirklich, wie in der Staatsbank.»

Iwan Stepanowitschs Nachbar zog seine rabenschwarzen Augenbrauen hoch, streckte mit zwei Fingern die Zigarre weit von sich, pfiff leicht durch die Zähne und äußerte gedehnt, mit einem unwahrscheinlich tiefen, heiseren Baß: «Auf ‹Satanella›? Beachtli-i-i... Ich erlaube mir, Ihnen zu versichern, daß sie gar nicht plaziert wird. Sie ist nicht in der richtigen Gesellschaft und auch nicht in Ordnung. Und nicht in den richtigen Händen.

Wer sitzt denn auf ihr? Kasum-Ogly, ein tatarischer Holzhacker. Im letzten Jahr war er noch Stallbursche... Mir ist's egal, aber Ihr Geld schmeißen Sie zum Fenster hinaus.»

Durch einen Wink mit dem Finger holte Blum sich Toffeles heran.

«Setzen Sie auf diese... wie heißt sie doch... die rote Stute... Der Mann im blauen Trikot mit den weißen Sternen dort!»

«‹Satanella›, Nummer elf.»

«Ja, ja.»

«Wieviel wünschen Sie?»

«Egal. Nun... sagen wir... vielleicht zehn Scheine... oder fünfzehn... Verfügen Sie darüber, wie Sie wollen.»

«Zu Befehl.» Toffeles verneigte sich und trabte zur Kasse.

«Ausgezeichne-e-e...», gab der beleibte Herr eine volle Oktave von sich und wandte sein glattrasiertes Gesicht Blum ganz zu. Er hatte eine ungeheuer gekrümmte, behaarte, rote Nase, seine fleischige Unterlippe hing herunter und ließ die großen, vom Rauchen gelben Zähne frei. «Erstaunli-i-i... Aber hören Sie doch», änderte er seine Stimme zu einer natürlicheren hin. «Es tut mir nicht leid um Ihr Geld, aber ich sehe, Sie sind ein Neuling im Pferdesport.»

«Ich bin zum erstenmal hier.»

«Also sehen Sie... Ich verstehe ja das Spiel auf gut Glück, das Setzen auf den puren Zufall... Aber es muß doch wenigstens eine Chance zu hunderttausend geben... Aber hier ist sie absolut Null!... Auf ‹Satanella› zu setzen ist genauso absurd wie zum Beispiel auf ein Pferd, das an diesem Rennen gar nicht teilnimmt, das heute sogar überhaupt nicht auf dem Programm steht, das nicht einmal existiert in der großen weiten Welt ... verstehen Sie, das noch nicht geboren wurde.»

«Aber – sie ist doch da!» erwiderte Blum fröhlich. «Und sie wird als erste einkommen.»

«Verwunde-e-e...», gab sein heiserer Nachbar von sich. «Man hat mich Ihnen vorgestellt? Nicht wahr? Die Wettscheine haben Sie schon ausgefüllt? Ja? Ich habe Sie nicht nur nicht in diese gemeine Sache verwickelt, sondern Sie sogar abgehalten davon? Stimmt's? Nun also, dann erlauben Sie mir, Ihnen zu sagen, daß ich das Pech habe, der Besitzer eben dieser Schindmähre zu sein. Schauen Sie nur – doch: schauen Sie ins Programm! Sehen Sie: Nummer elf, ‹Satanella›. Besitzer: Ossip Fedorowitsch Waldalajew. Das bin ich.» Er bohrte sich den fetten und behaarten riesigen Zeigefinger in die Brust. «Und ich sage Ihnen, sie wird sich nicht plazieren.»

«Als erste.»

«Das ... ist mir ... zu hoch.» Der Besitzer der Stute zuckte mit den Schultern. «Nun gut – ich setze tausend Rubel gegen hundert von Ihnen, daß sie keinen Platz, der mit einem Preis dotiert ist, belegt, das heißt, nicht den ersten, nicht den zweiten, nicht den dritten. Einverstanden?»

Eigensinnig schüttelte Blum den Kopf. «So nicht. Tausend gegen tausend, daß sie den ersten Preis gewinnt. Ich bedarf keiner Wohltätigkeiten.»

«Und ich will ganz bestimmt keinen Vorteil

herausschlagen», entgegnete sein Nachbar kalt. «Aber daß sie nicht das Siegerpferd sein wird, dafür bin ich bereit, ohne zu zögern hunderttausend gegen einen halben Rubel zu setzen.»

Die Kränkung trieb purpurne Röte in Blums zartes Gesicht. «Und ich», sagte er schroff, «wette keine phantastischen hunderttausend, sondern reale fünf gegen Ihr eines Tausend. Ihre ‹Satanella› wird die Siegerin sein.»

Zu dieser Zeit kehrten die Pferde mit ihren Jokkeys als malerische, bunte, erregte Gruppe zur Ausgangslinie, von wo sie ihren Probelauf begonnen hatten, zurück. Dort kreisten sie ein paar Minuten auf der Stelle, umeinanderstreichend, im Versuch, eine Linie zu bilden und auf gleicher Höhe zu sein. Einen kurzen, passenden Augenblick ergreifend, erhoben sich die Jockeys kurz in ihren Sätteln, krümmten sich über die Pferdehälse und preschten vor. Doch zur Startlinie kamen die Pferde so ungeordnet, daß man sie nicht laufen ließ, und einige, die hitzigsten unter ihnen, mußten schon aus einer sehr großen Entfernung umkehren. «Satanella» war bereits rund eine Viertelwerst umsonst gelaufen und kam ganz naß zurück.

«Wir wollen uns doch nicht streiten», lenkte Waldalajew ein. «Sehen Sie selbst, in welchem Zustand das Pferd ist. Es taugt nichts! ... Aber in seinen Adern fließt Blut von ‹Laflèche› und ‹Baltimore›, und ihr Verkaufspreis wäre dreitausend. In dieser Höhe schließe ich eine Wette mit Ihnen ab, daß ‹Satanella› weder erste noch zweite wird.»

«Erste», versteifte sich Blum.

«Gut.» Waldalajew zuckte mit den Achseln. «Aber lassen wir doch eine Zwischenlösung zu, die uns versöhnt. Kommt ‹Satanella› als dritte oder ohne Plazierung ein, habe ich gewonnen, ist sie das Siegerpferd – dann Sie. Nun, und wenn sie zweite wird, so hat keiner von uns gewonnen, und wir spenden gemeinsam, jeder die Hälfte, dreitausend Rubel dem Roten Kreuz. In Ordnung?»

Blum lächelte ihn zufrieden an. «Gut!»

«Na, hervorra-a-a...»

Bestimmt fünfmal versuchte man vergeblich, die Pferde geschlossen zum Start zu bringen. Die erhitzte, sich aufbäumende «Satanella», die mal rückwärts ging, mal sich auf die Pferde neben ihr fallen ließ, brachte alle durcheinander. Von den billigen Plätzen kamen empörte Ausrufe: «Weg mit ‹Satanella›, aus dem Rennen mit ihr! Die Stute ist doch schon ganz erschöpft!» Doch beim sechstenmal gingen die Pferde ziemlich geschlossen vor, bildeten vor der Startlinie eine geschlossene Reihe, schienen dort für Sekunden ihre Aufgabe zu vergessen und jagten dann plötzlich mit solch rasender Geschwindigkeit los, daß die nahe stehenden Zuschauer einen starken Luftzug spürten. Die weiße Fahne, die der Starter hoch in der Hand hielt, sauste zu Boden.

Toffeles erschien mit den Wettscheinen.

«Es war so ein Gedränge bei den Kassen, daß ich kaum durchkam zum Schalter. Ich gratuliere, Iwan Stepanowitsch: auf Nummer elf hat niemand gesetzt, an keiner Kasse. Sauber!»

Dieses Rennen war so einmalig in seinen Überraschungen und in seiner Unsinnigkeit, daß keiner der auf dem Hippodrom ergrauten Kenner und Liebhaber des Pferdesports jemals ein vergleichbares erlebt hatte. Einen der beiden allgemein anerkannten Favoriten, den schwarzen Szipion, warf sein Pferd schon in der ersten Kurve aus dem Sattel, und es schlug ihm dabei noch mit dem Huf gegen den Kopf. Man trug den armen Mann halbtot auf der Bahre fort. Dann fiel der Jockey im himbeerfarbenen Trikot mit dem grünen Band über der Schulter zusammen mit seinem Pferd. Er kam unverletzt davon, sprang geschickt wieder auf die Beine und kriegte die Zügel zu fassen. Aber sein Pferd ließ ihn sicher eine halbe Minute lang nicht in den Sattel steigen, so daß er mindestens zweihundet Saschen verlor. Bei einem dritten Reiter löste sich der Sattelgurt ... Zwei stießen so heftig zusammen, daß sie das Rennen aufgeben mußten. Wie sich zeigte, hatte der eine den Arm ausgekugelt und der andere eine Rippe gebrochen. Mit einem Wort: fast allen Pferden und Jockeys widerfuhr irgendeine garstige und schlimme Unvorhersehbarkeit.

Gegen Ende der zweiten Minute, nach der letzten Kurve, als die Zuschauer ihre Blicke, Köpfe und Körper schon krampfhaft nach links wandten, konnten sie das folgende Bild vor ihren Augen ablaufen sehen. Vorn auf der Zielgeraden galoppierte ruhig und sicher der Engländer in der schwarzen Jacke mit den weißen Ärmeln. Er ritt ohne Peitsche, wendete sich manchmal um und schickte sich an, sein Pferd über die Ziellinie zu bringen. Vielleicht vierzig Körperlängen hinter ihm kam mit unglaublicher Schnelligkeit «Satanella» aus der Kurve. Sie schien auf der Erde ausgestreckt. Kasum-Ogly lag fast auf ihrem vorgestreckten Hals. Mit der linken Hand bearbeitete er die Stute mit den Zügeln, mit der rechten trieb er sie häufig mit der Peitsche an. Noch weiter hinten jagte wild ein Rappe ohne Reiter dahin und scheute, weil die Steigbügel ihm in die Seiten schlugen, und weit hinter diesem zurückliegend ritt der himbeerfarbene Jockey mit seinem grünen Band ... Die restlichen Pferde waren auf der anderen Seite der Rennbahn geblieben.

Blum war niemals ein Spieler gewesen und hatte keine Angst zu verlieren: Geld war schon lange so etwas wie Dreck für ihn geworden. Doch in diesem Augenblick packte ihn, wie ein plötzliches Fieber, die Leidenschaft für «Satanella». Fest die Zähne zusammenbeißend und das ganze Gesicht verzerrend, schrie er in Gedanken: «Du, du mußt die erste sein!»

Etwas Seltsames passierte. Mit wunderlicher Geschwindigkeit näherte «Satanella» sich dem Engländer. Nach vielleicht fünf Sekunden schoß sie wie ein Pfeil an ihm vorbei, und sofort hinter ihr auch der Rappe. Das Pferd des Engländers blieb ganz stehen. Schnell sprang dieser ab, bückte sich und betrachtete den rechten hinteren Lauf seines Pferdes ... Er war unterhalb des Knies gebrochen. Der weiße blutverschmierte Knochen hatte sich durch die Haut gebohrt und ragte hervor. Niemand applaudierte «Satanella» für ihren Sieg. Aus den billigen Rängen war Gepfeife und Wutgeschrei zu hören.

«Ich gratuliere Ihnen», flüsterte Toffeles Blum schmeichlerisch ins Ohr.

«Zum Teufel mit Ihnen!» fuhr ihn Iwan Stepanowitsch barsch an.

Der dicke, riesige Waldalajew hielt seinen Blick fest auf Blums Schuh geheftet, dann hob er ihn langsam, voller Grimm und Verachtung, und sagte, den Geldschein zückend: «Ihr Erfolg ist des Teufels. Ich beneide Sie nicht. Hier, Ihr Geld.»

«Aber mir... eigentlich... ich brauche es nicht...», stammelte Blum. «Ich hab' doch nur ... einfach so... Wozu denn?»

«Was, mein Herr?» schnaufte der Gigant, und augenblicklich lief sein Gesicht puterrot an. «Wozuuu? Was soll denn das? Sie wollen mich wohl auf die Schippe nehmen?! Ich bin Wal-da-la-jew!» donnerte es durch die Richterloge.

Und nachdem er Blum, der in diesem Moment seine schreckliche Macht vollkommen vergessen hatte, das Geld in die zitternde Hand gedrückt und ihm seinen dreistöckigen, in Fettwülsten herabhängenden roten Hinterkopf zugewandt hatte, ging der Besitzer der rotgoldenen «Satanella» majestätischen Schrittes davon.

Man führte das verkrüppelte Pferd an Blum vorbei. Unter seinem Bauch war eine große Stoffbahn durchgeführt, welche die Stallknechte auf beiden Seiten über den Schultern trugen. Herzerbarmend humpelte es auf seinen drei gesunden Beinen, während es das gebrochene angehoben hielt und leblos baumeln ließ. Aus seinen Augen kamen große Tränen. Rinnsale von Schweiß flossen ihm über das Fell.

«Ach, zum Teufel!» schimpfte Blum traurig. «Wenn ich das geahnt hätte, wäre ich nie und nimmer zu diesem verdammten Rennen gefahren ... Wie ist das passiert?» fragte er einen, der an der Absperrung stand.

«Das ist unbegreiflich. Vielleicht ist es auf einen Stein getreten, oder ein Huf war zerbrochen ... Ja, und übrigens sind die Jockeys auch alles ... bekannte Gauner.»

Toffeles kam herangaloppiert. Er strahlte und schwang noch in der Ferne mit Siegermiene ein dickes Päckchen Hundertrubelscheine in der Luft.

«Wir haben gesiegt!» sagte er feierlich, als er zu Blum gelaufen kam. «Verstehen Sie: nicht im kleinen, nicht im großen Einlauf, nicht mal bei der Platzwette – niemand hat auf ‹Satanella› gesetzt. Nur Sie. Bitte sehr: dreitausendfünfhundert und ein paar Gequetschte. Das ist kein kleiner Brokken.»

Blum schwieg. Toffeles machte die Richtung seines Blickes aus.

«Was? Pferdchen schade?» fragte er, die Lippen spöttisch und weinerlich kräuselnd, mit kindlichem Gelispel. «Ach, vergessen Sie's, mein Guter! Das Schicksal ist ungnädig. Fahren wir lieber ins ‹Monplaisir› den Gewinn begießen!»

«Toffeles!» schrie Blum haßerfüllt. Er hätte diesem hampeligen Menschen, der sich gerade so unendlich widerlich gab, ins Gesicht schlagen können. Doch er hielt sich zurück und fügte leise hinzu: «Gehen Sie mir aus den Augen!»

Bei sich aber dachte er voller Bitterkeit und Trauer: «Wieviel Unglück werde ich noch all denen, die um mich sind, bereiten? Was soll ich mit mir anfangen? Wer lehrt mich den rechten Weg?» Aber an Gott den Vater erinnerte sich Blum aus irgendeinem Grunde nicht in diesem Augenblick.

Als er dem Ausgang zustrebte, fühlte er sogar mit gesenktem Blick, daß alle Augen auf ihn gerichtet waren. Oben in einer Loge klatschte jemand in die Hände. «Vielleicht ist sie es gar, Barbara Nikolajewna», mußte Blum denken. Aber er schämte sich so sehr für seinen gemeinen Sieg, daß er es nicht wagte, den Kopf zu heben. Und sein Herz schlug, schlug ihm bis zum Halse.

10

Was ich hier berichte, ist alles eine Niederschrift der nicht besonders zusammenhängenden Erzählung Blums. Aber ich vernehme sozusagen schon lange die Stimme des Lesers, der ungeduldig fragt: «Ja, ist das nun Wirklichkeit oder Traum? Und wenn es ein Traum ist, wann geht er zu Ende?»

Sehr bald. Wir nähern uns mit eiligen Schritten dem Ausgang der Geschichte, und ich werde versuchen, die weiteren Ereignisse so schnell wie möglich wiederzugeben. Ich will nicht dafür bürgen, daß alles, was unserem Helden widerfuhr, tatsächlich passiert ist, auch wenn ich in der Folge ein, zwei Fakten anbringen werde, die davon zeugen, daß zumindest nicht alles in Blums Abenteuern Traum war oder eitle Erfindung. Und überhaupt, wer sagt uns denn, wo die Grenze liegt zwischen Traum und Wachen? Ja, und unterscheidet sich das Leben mit offenen Augen wirklich so sehr von dem mit geschlossenen? Lebt ein Mensch, der blind, taub und stumm ist und darüber hinaus Arme und Beine nicht bewegen kann, denn nicht? Lachen und lieben wir etwa nicht im Traum, durchleben wir in ihm denn nicht, manchmal sogar wesentlich eindringlicher als in der oberflächlichen Wirklichkeit, Freude und Leid? Und was ist – wenn wir einmal tiefer gehen – das Leben eines Menschen, der ganzen Menschheit anderes als ein nicht kurzer, bunt gemusterter und sicherlich unnützer Traum? Ist doch unsere Geburt zufällig, unsere Existenz immer bedroht, und nur der ewige Traum ist unumstößlich.

Blum beging eine ganze Reihe Dummheiten. Am Abend nach dem Rennen, während ihn noch Scham und Traurigkeit über seinen Gewinn quälten, fielen ihm plötzlich die groben Worte Waldalajews ein; er wurde nachträglich böse und schickte, dem Rat des jubilierenden Toffeles folgend, dem heiseren Riesen eine Duellaufforderung. Die Sekundanten, ein schnurrbartloser Dragonerkornett und irgendein junger polnischer Graf, überbrachten Waldalajews Einverständnis und gaben auch dessen Kommentar wortwörtlich wieder. Voller Zorn habe er gesagt: «Ich durchlöchere diesen Blum so, daß nur noch sein Geruch übrigbleibt von ihm.»

«Und das kann er», fügte von sich aus der Kavalleriefähnrich hinzu und nahm wichtigtuerisch einen besorgten Gesichtsausdruck an. «Er hat bei den Achtyr-Husaren gedient und ist ein bekannter Raufbold.»

«Und ob er das kann!» versicherte auch der Graf voller Überzeugung auf polnisch.

Die erneute Kränkung trieb Blum das Blut ins Gesicht, und er dachte: «Nun, in diesem Falle erschieße ich ihn.»

Anderntags am Morgen duellierten sich die beiden hinter den Karawajew-Sommerhäusern auf der Lichtung eines kleinen Hains. Waldalajew schoß als erster und traf nicht; die Kugel streifte nur leicht Iwan Stepanowitschs Hemdsärmel. Blum, der zum erstenmal eine Pistole in der Hand hielt, begann zu zielen. Der Gigant stand, ihm halb zugewandt, in zwanzig Schritt Entfernung, unsinnig groß, rotnäsig, gelassen, mit herabhängenden und vom Körper abgespreizten Armen und mit leicht geneigtem Haupt. Durch sein rechtes Ohr schien ein Sonnenstrahl hindurch und brachte es unter dem Flauschhut als grellroten Fleck zum Leuchten.

Die letzten Wolken seiner Wut, die sich schon in der Nacht gelegt hatte, verflogen gänzlich... «Ich werde ihm durchs Ohr schießen», entschied Blum und drückte leicht auf den Abzug. Doch sein Gegner begann ihm unendlich leid zu tun. «Nein, besser ist's, ich treffe den Hut.» Und er krümmte den Zeigefinger.

Laut knallte der Schuß und pfiff in Blums Ohren; ein heiterer Dampflokomotivengeruch lag in der Luft. Die Melone purzelte von Waldalajews Kopf. Dieser hob sie auf, betrachtete sie aufmerksam und gab ruhig eine seiner heiseren Oktaven von sich: «Hervorra-a-a...»

Mit ausgestreckter Hand ging er auf Blum zu und sagte mit herzlichster und lieblichster Stimme: «Ich entschuldige mich bei Ihnen... Das habe ich nicht erwartet... Ich dachte, daß Sie ... so bei mir ... der Hut... Und es erweist sich, daß Sie ein mutiger und guter Bursche sind. Aber, der Teufel hol's, Ihr Erfolg ist des Satans! Außergewö-ö-ö...»

Ganz in der Nähe stand ein Ausflugslokal malerisch im Grünen. Dort ging man nach Beendigung der Formalitäten hin, die Duellanten, die vier Sekundanten und ein Doktor, um ein Frühstück zu bestellen, an das man sich noch in zehn Jahren erinnern würde. Nach der salzig-sauren Vorspeise duzten sich Waldalajew und Blum. Bei der ersten Lage Champagner überließ Waldalajew Iwan Stepanowitsch die Stute «Satanella» zu einem Preis von fünftausend Rubeln. Blum warf nur einen kaum merklichen Blick auf Toffeles, und schon tauchte vor ihm ein Scheckheft auf.

«Schreiben Sie, Iwan Stepanowitsch», sagte Toffeles mit düsterer Genugtuung. «Schreiben Sie!»

Gegen Mitternacht, als die Kumpanei schon zum viertenmal den Ort ihres Gelages gewechselt hatte, kaufte Blum Waldalajews gesamten Rennstall, der aus acht Pferden bestand.

«Aber daß», schrie er im Stehen, schwankend und den Inhalt seines Glases vergießend, «daß keinem Pferd ein Bein gebrochen wird, daß sie nicht mit der Peitsche geschlagen werden! Und überhaupt soll's einen Kindergarten geben für die

Pferde! Daß ich sie auf ihre Nüstern küssen kann!... Direkt auf ihr Mäulchen! Und nichts Böses folgt! Hurraaa!»

«Fahren wir in den Kaufmannsklub!» drang von irgendwo aus der Ferne Waldalajews Stimme an sein Ohr. «Da sind vier französische Falschspieler. Dort habe ich Hunderttausende Rubel verloren.»

«Jawohl! Los geht's!» antwortete Blum mit gutherziger Bereitschaft. «Aber schüttet mir erst einmal Mineralwasser ins Gesicht!»

Das wurde gemacht. Sofort fühlte Blum sich nüchtern und beschwingt. Unterwegs flüsterte ihm Waldalajew, der neben ihm auf dem Kutschbock saß und ihn umarmte, einschmeichelnd ins Ohr: «Das sind vier Franzosen. Die Herren: Paul, Billedaine, Phillipard und Galère. Du mußt sie – mit einem Schlag... Verstehst du?»

«Mit einem Schlag! Verstehe.»

«Deine Macht, lieber Winograd, kommt vom Teufel. Stimmt's?»

«Ja!»

«Immer drauflos!»

«Ich zeig's denen!»

«Zeig's ihnen!»

Im besten Klub der Stadt, wo der Gouverneur selbst verkehrte, besiegte Blum in dieser Nacht im Bakkarat vier professionelle, in ihrer Kunst höchst bewanderte Falschspieler. Im Ärmel des einen, des ersten Croupiers *Monsieur* Philippard, entdeckte er auch ein Maschinchen mit fertig vorbereiteten Achten und Neunen. Dann gewann er gegen alle Klubmitglieder, luchste ihnen ihr ganzes Geld, einige hunderttausend Rubel, ab. Doch nachdem er gewonnen hatte, gestand er, zum höchsten Genuß Toffeles', der sich schier ausgießen wollte vor Lachen: «Meine Herren! Sowohl die Franzosen als auch Sie habe ich sicher geschlagen. Den Franzosen geschieht es recht. Aber Sie sind einfache, gutmütige Schafsköpfe. Haben Sie deshalb bitte die Güte, Ihr verlorenes Geld wieder an sich zu nehmen. Ich verfüge über ein drittes Auge. Ich habe durch jede Karte hindurchsehen können. Wenn Sie wollen, drehe ich Ihnen den Rücken zu und nenne Ihnen jedes Blatt, das sich an irgendeiner x-beliebigen Stelle im Kartenhaufen befindet.»

Man stellte ihn auf die Probe, ließ ihn die siebenundzwanzigste, die neunte und die sechsunddreißigste Karte im Spiel erraten. Er schloß für eine Sekunde die Augen, öffnete sie wieder und erriet sogleich: «Pik-As, Karo-Neun, Karo-Zwei.» Alle erklärten sich dieses Phänomen mit Telepathie und Okkultismus und nahmen gern ihre Einsätze zurück, wobei sich viele untereinander zerstritten.

Waldalajew allein verzichtete auf das Geld. Er knöpfte seinen Mantel bis oben hin zu, bekreuzigte sich und sagte dann mit seiner knarrenden Stimme: «Unerhö-ö-ö... An diesem abgekarteten Spiel nehme ich allerdings nicht teil. Dies Geld – des Teufels Großmutter soll's holen!»

Und erhaben ging er davon, ohne den Haufen aus Goldmünzen und Papiergeld anzurühren.

Iwan Stepanowitsch, welcher Waldalajews sich entfernendem, breitem Rücken hinterherschaute, wurde plötzlich bleich und fing an, sich nervös mit den Handballen die Schläfen zu massieren.

Am folgenden Morgen tauchte bei Blum Mr. Thritchell auf, der englische Jockey, der am Vortag «Lady Winterset» geritten hatte, jenes Pferd, das sich das Bein gebrochen hatte, und bot ihm seine Dienste an. Nach seinen Worten war der Rennstall Waldalajews von sehr hoher Qualität, doch habe diese Jahr für Jahr nachgelassen wegen des Charakters des früheren Besitzers, der aus Jähzorn, Eigendünkel und Ungeduld ständig die Jockeys gewechselt und nur mittelmäßigen und wenig erfahrenen Trainern vertraut habe. Blum war einverstanden. Von da an waren seine Pferde die bestplazierten.

Das war noch nicht alles: Eines Tages meldete er sich, unter einem genauso plötzlichen wie unsinnigen Anflug von Eigenliebe, selbst zu einem Gentlemen's Rennen. Es gab genug Vernunftgründe anzuführen gegen diese Schnapsidee, angefangen mit der Tatsache, daß Blum nie in seinem Leben auf einem Pferd gesessen hatte. Zugunsten Iwan Stepanowitschs waren nur zwei unbedeutende Faktoren anzuführen: sein geringes Gewicht – hundertdrei Pfund – und sein unumstößlicher Wille, an diesem Rennen teilzunehmen.

Mr. Thritchell besorgte extra zu diesem Zweck eine ziemlich teure, gutmütige, ruhige neunjährige Stute, sechseinhalb Fuß groß und «*Mademoiselle* Barbe» genannt. Er gab seinem Herrn persönlich einige Reitstunden auf dem kleinen Rennplatz, der zum Stall gehörte. Blum, der in einem winzigen englischen Sattel auf dem großen braunen Pferd saß, erinnerte ihn an einen Foxterrier, der auf einem vereisten Dachfirst balanciert. Oft wandte Blum sich nach Thritchell um, von dem er kurzes Schnauben vernahm. Doch jedesmal, wenn seine Augen das hagere, knochige, hakennasige Gesicht des krummbeinigen Engländers fanden, war es erfüllt von Ernst und Würde.

Entgegen jeder Logik und dem gesunden Menschenverstand lief Blum als erster ein beim Gentlemen's Rennen. Nein, genauer gesagt, nicht er kam bis zum Ziel, sondern sein starkes und sich abmühendes Pferd brachte ihn dort hin, und er saß, sich mit beiden Händen an der Mähne festkrallend, auf ihm, denn die Zügel und Steigbügel hatte er fahrenlassen und seine Schirmmütze und die Peitsche verloren. Das Publikum empfing ihn mit vielstimmigem Gejohle, mit Gelächter, Gepfeife, Gezisch und mit stürmischem Beifall an der Absperrung.

Eine Zeitlang ergriff Blum die Leidenschaft am Börsenspiel, und das Glück ließ ihn nicht nur niemals im Stich auf diesem dunklen, komplizierten und risikoreichen Gebiet, sondern es kroch ihm sogar förmlich nach wie ein Sklave, sinnlos und ununterbrochen. Innerhalb kürzester Zeit wurde er zum Orakel der lokalen Börse, zu einer Art Börsenbarometer. Die Makler, Bankiers und Spekulanten schauten ihm ins Maul wie einem Pferd, sie wogen und schätzten jedes seiner Worte. Er aber ging ausschließlich einer momentanen Laune folgend immer aufs Geratewohl vor. Wenn er Papiere kaufte oder verkaufte, richtete er sich nur danach, ob ihm ihre Namen gefielen oder nicht, denn er hatte nicht die geringste Vorstellung, zu welchen Unternehmen diese Papiere gehörten. Er begriff auch nie den tieferen Sinn der Börsenausdrücke *à la hausse* und *à la baisse.* Aber wenn er auf die Steigerung der Kurse setzte, so fingen irgendwo am Rande der Welt, in fremden Steppen, von denen er noch nie gehört hatte, reiche Ölquellen an zu fließen und wurden in den tiefsten Tiefen Sibiriens plötzlich bedeutende Goldadern entdeckt in den Bergen. Wenn er aber auf einen Kurssturz der Wertpapiere setzte, so erlitten alte Unternehmen auf einmal große Verluste durch Streiks, Brände, Überschwemmungen, wegen schwankender ausländischer Börsenkurse oder aufgrund einer über Nacht erstarkten Konkurrenz. Hätte man ihn gefragt, worin das Geheimnis seiner erstaunlichen Erfolge begründet liege, so hätte er nur mit den Schultern gezuckt und vollkommen aufrichtig geantwortet: «Ehrlich gesagt, ich selbst weiß es auch nicht...» Aber genau darin bestand sein heimliches Unglück und sein unsichtbarer Lebensschmerz – *daß er es wußte und niemandem gestehen konnte.*

Sein prunkvoller Lebenswandel zog schnell die Aufmerksamkeit auf sich, und über Blum wurden insgeheim Nachforschungen angestellt. Aber es war ihm nichts anzulasten: da gab es die Erbschaft und die erstaunlichen Gewinne an der Börse. Außerdem warf er äußerst großzügig mit seinem Geld um sich. Bei Wohltätigkeitsabenden, -konzerten und -basaren, bei öffentlichen Sammlungen und Lotterien stiftete er die weitaus größte Summe. Keiner gab freudiger Geld für Stipendien, Prämien und Lazarettbetten. Doch er mußte selbst zu seinem größten Leidwesen feststellen, daß seine Freigebigkeit niemandem auch nur ein einziges Mal etwas anderes bescherte als Mißerfolge, Verarmung, Verderbtheit, Krankheit und Tod.

Er lebte in einer kleinen, sehr alten marmorverkleideten Villa über dem Fluß, im ruhigsten und aristokratischsten Viertel der Stadt, das zwischen Lindenalleen und Gärten eingebettet lag. Es wurde überliefert, daß in diesem Hause einstmals Napoleon residiert habe, und bis zum heutigen Tage gab es in einem der Zimmer ein Bett mit einem sehr großen Baldachin und Vorhängen aus rötlich-grauem Samt mit eingewirkten goldenen Bienen. Sein Dienstpersonal erweiterte sich täglich. An dessen Spitze stand der Majordomus, ein imposanter grauhaariger Backenbartträger, der einem russischen Gesandten im Paris oder London vergangener Zeiten ähnelte. Ihm folgten: der Kammerdiener, der aussah wie der größte Liebhaber von der Zarenbühne, der kugelrunde, glattrasierte Chefkoch, den man aus Moskau von «Olivier» hatte kommen lassen, der für das russische Gespann zuständige Kutscher, der alle in Angst und Schrecken versetzen konnte mit seinem dichten schwarzen Vollbart, seinen tiefroten Backen, seinem fetten, aus allen Nähten hervorquellenden Hinterteil und seiner tierischen Stimme, der Kutscher für die englische Equipage, der bebrillte, gelehrte deutsche Gärtner, der sich um das Gewächshaus und den Wintergarten kümmerte, und noch knapp zwei Dutzend niedere Hausangestellte. Die ganze Stadt weidete ihre Augen an Blum, wenn er bei gutem Wetter mittags über die Moskauer und die Schloßstraße fuhr und von dem hohen englischen Dogcart aus zwei wunderbar gepflegte Wagenpferde von der Farbe Isabella – hell sandfarben, mit sauber ausgewaschenem grauweißen Schwanz und ebensolcher Kruppe – lenkte.

Der allwissende und allmächtige Toffeles besorgte bei einer besonders günstigen Gelegenheit für Blum von irgendwoher altes Silber und ältestes französisches Porzellan mit goldenen Lilien im Stempel. Er kaufte auch einem polnischen Magnaten, der sich ruiniert hatte, einen höchst wertvollen Weinkeller ab, welcher wegen der Erlesenheit und Seltenheit seiner Sorten als der viertbeste in der ganzen Welt galt (so beteuerte es zumindest der Vorbesitzer). Weiterhin war er es, der aus dritter Hand derart aromatische und abgelagerte Zigarren auftrieb, daß nicht einmal der Multimillionär Lasar Israiljewitsch dem örtlichen Generalgouverneur, einem machtvollen Satrapen und berühmten Gourmet, dergleichen anzubieten hatte. Dieser Toffeles schließlich organisierte dienstagabends intime Diners in der Blumschen Villa, zu denen er nur sorgfältig ausgewählte und immer wieder gesiebte Gäste einlud, um ein Eindringen der Straße zu verhindern. Nur Scharfsinn, Erfindungsreichtum im Amüsement, Talent, Eleganz, Schönheit, Geschmack am Leben und gutmütige Höflichkeit konnten als Gütesiegel dienen, um zugelassen zu werden, und nie gelang dünkelhaftem, weltmännischem Snobismus oder fauler, übersättigter Neugierde, nie Menschen der Dummheit und der Langeweile oder solchen, die nur aus Berechnung Kontakte und Bekanntschaftn suchten, sich auf diesen Abenden einzuschleichen.

Gern gesehene Gäste waren Künstler und Künstlerinnen aller Richtungen, Schauspieler, Sänger, Tänzer, Musiker, Komponisten, Maler, Bildhauer, Dekorateure, Dichter, Clowns, Zauberer, Imitatoren und eine besondere Kategorie dilettantischer Laien, die über einen schier unerschöpflichen Einfallsreichtum verfügten. Alle attraktiven Frauen der Stadt zeigten sich gern und in aller Zwanglosigkeit in dieser Abendgesellschaft, wo es nach ihren eigenen Worten immer so nett und einfach zuging. Man organisierte wunderbare, lustige chinesische Umzüge mit Lampions, Drachen und Sänften, belebte alte Pastorale mit Gavotten und Menuetten in Kostümen des 18. Jahrhunderts neu; Vaudevilles mit Gesang und ganze komische Opern mit richtiger Handlung wurden aufgeführt, die man sich in Blums Salon selbst ausgedacht hatte, und sogar wahnsinnig lustige Parodien auf moderne Theaterstücke und aktuelle Ereignisse wurden einstudiert.

Gespeist wurde an Einzeltischen, zu zweit und zu viert, wie jeder wollte. Die Herren servierten den Damen und sich selbst. Dafür stand ihnen ein großzügig mit Weinen ausgestattetes, erlesenes kaltes Buffet zur Verfügung.

In der Stadt kursierten alle möglichen bösen Gerüchte über diese Abende, auf die zu gelangen überaus schwer war, doch tatsächlich waren sie, trotz ungezügelter Heiterkeit und dem völligen Fehlen irgendwelcher Zwänge, von angenehmem, apartem und anständigem Charakter. Blum *wollte* es so, und deshalb war es auch so. Und oft gebot sein flinker ruhiger Blick, der durch das Eßzimmer glitt, einem zu ausgelassenen Streich, einem zu lauten Lachen oder einer zu groben Geste in ihren allerersten Anfängen Einhalt.

Mit Hunderten von Menschen brachte Blum sein vielfältiges Leben zusammen, doch nicht mit einem von ihnen wurde er Freund, nicht einer wurde ihm nah im Herzen. Jene wunderliche Fähigkeit seines «dritten Auges», die es ihm ermöglicht hatte, das Porträt der Zarin und das Jahr der Prägung auf einer Münze zu erkennen, die von Toffeles' Faust umschlossen war, oder eine beliebige Karte im Spiel zu benennen, diese Fähigkeit erlaubte ihm auch, mit der gleichen Leichtigkeit die Gedanken eines jeden Menschen zu lesen. Dazu mußte Blum eine Person eingehend und konzentriert betrachten, damit in ihm deren Gesten, Bewegungen und Stimme entstanden und ihr Gesicht sozusagen insgeheim zu seinem eigenen wurde – und schon breiteten sich nach dieser kurzen, fast unerklärlichen seelischen Anstrengung, die man mit schauspielerischen Verkörperungsversuchen vergleichen könnte, vor Blum alle Gedanken dieser anderen Person aus, all ihre offenen, heimlichen und sogar vor ihr selbst verborgenen Wünsche, all ihre Gefühle und deren Nuancen. Dieser Zustand war etwa so, als dringe Blum durch ein Gehäuse mitten in einen äußerst feinen und komplizierten Mechanismus und würde dort dessen von außen unsichtbare, verwirrende Arbeit in all ihren Einzelheiten beobachten können: mit Federn, Rädern, Walzen, Zahnrädern und Hebeln. Nein, es war sogar noch anders: er wurde für einen kurzen Moment scheinbar selbst zu diesem Mechanismus in all seinen Teilchen und blieb doch die ganze Zeit über er selbst, Blum, der kalt beobachtende Meister.

Diese Fähigkeit, aufgrund äußerer Merkmale, kleinster, kaum sichtbarer Veränderungen in den Gesichtszügen, tief in die Seele eines anderen Menschen einzudringen, ist wohl eigentlich nichts Geheimnisumwobenes. In mehr oder weniger hohem Maße verfügen über sie langjährige Untersuchungsrichter, geschickte Ermittlungsbeamte der Polizei, erfahrene Wahrsagerinnen, Psychiater, Porträtmaler und weitblickende greise Mönche. Was allein Blum von ihnen unterschied, war, daß sie diese Fähigkeit nach jahrelangem Leben voller schwerer Prüfungen erwarben, während sie Blum überaus leicht zugefallen war.

Und sie machte ihn tief unglücklich. Täglich taten sich die schmutzigen Abgründe der menschlichen Seele vor ihm auf, in denen es nur so wimmelte von Lüge, Betrug, Verrat, Käuflichkeit, Haß, Neid, grenzenloser Gier und Feigheit. Ehrwürdige Greise, Väterchen von patriarchischer Erscheinung, unschuldige Fräulein, blühende junge Männer, über allen Vorwurf erhabene, kinderreiche Frauen, gutmütige, beleibte Spaßvögel, Stadtväter, Politiker, Menschenfreunde und Wohltäterinnen, Schriftsteller von höchstem Rang, Kunstschaffende und Diener der Religion – alle waren sie in den verborgenen Tiefen ihrer Gedanken tausendfache Diebe, Vergewaltiger, Räuber, Meineidige, Mörder, verderbte Ehebrecher.

Ihre halb unbewußten, oft sogar gegen ihren eigenen Willen aufkommenden Augenblickswünsche glichen einer Meute geiler, blutrünstiger Tiere, die eingesperrt waren hinter einem Schloß, dessen Schlüssel sich in einer unbekannten und weisen Hand befand. Und tagtäglich spürte Blum, wie in ihm Menschenverachtung und Ekel vor der Menschheit mehr und mehr wuchsen.

Oh, wie viele Male streckten sich zitternde willfährige Frauenhände nach ihm aus, suchten feuchte, verschleierte Augen die seinen und öffneten Lippen sich zum Kuß! Doch unter der Maske professioneller Koketterie und selbstbetrügerischer Liebe erkannte Blum entweder offene Gier nach seinem Reichtum oder aber im Innern verborgene, instinktive, über Hunderte von Generationen anerzogene, sklavische Ehrfurcht vor der Macht des Geldes. Er schenkte diesen Frauen ein bezauberndes Lächeln und innerlich seinen Ekel; er selbst blieb kalt und unerreichbar.

Auf der ganzen Welt gab es nur *eine* – ihr Name begann mit dem Buchstaben *B* – eine Einzige, Unersetzliche, Unvergleichliche, Allerschönste, deren rosiges Gesicht in einem Fliederstrauß verborgen gewesen war und deren dunkle Augen gelacht und zärtlich gelockt hatten. Doch vor ihrem fernen Antlitz schwieg die Allmacht seiner Wünsche. Blum umgab sie mit wortloser Vergötterung, mit stiller, selbstaufopfernder Liebe, ohne die Hoffnung auf Antwort zu wagen. Es bereitete ihm seltsamen Genuß, immer wieder in seinem Notizbuch ihren Namen zu suchen und ihn zu lesen, doch um nichts in der Welt hätte er sich erdreistet, zu dieser Adresse zu gehen, die sie selbst ihm diktiert hatte.

Das Lesen fremder Gedanken war nicht Blums einziges Unglück. Ihn belastete auch sehr das beständige Zusammengehen seiner geringsten Wünsche mit deren augenblicklicher Umsetzung. Blum wünschte niemandem Böses, doch er tat es ungewollt auf Schritt und Tritt. Es wird von einem berühmten Alchimisten berichtet, er habe seinem Schüler das genaue Rezept zum Brauen von Lebenselixier gegeben, doch ihn gewarnt, er dürfe während der Zubereitung unter keinen Umständen an einen weißen Bären denken. Und jedesmal nun, wenn der Schüler die geheimen Verrichtungen habe beginnen wollen, sei sein erster Gedanke ein weißer Bär gewesen. Genauso mußte auch Blum, wenn er zum Beispiel im Zirkus saß und der am Trapez turnenden Akrobatin zuschaute, unwillkürlich an seine traurige Gabe denken, und mit all seinen Kräften redete er sich fest ein: «Jetzt nur nicht zufällig wünschen, daß sie fällt, nur nicht, nur nicht...» Dabei ballte er die Fäuste und spannte seine Gesichts- und Halsmuskeln an, aber schon zeichnete sich in seiner Vorstellung das Fallen ab... und da fiel sie, die geschmeidige weibliche Gestalt im lila Trikot, mit einem leichten, vogelartigen Schrei ins Netz, und ihre goldenen Pailletten funkelten dabei.

Ein Vorkommnis dieser Art erschreckte Blum so, daß er beinahe den Verstand verloren hätte. Er kehrte von einem Morgenkonzert zu Fuß nach Hause zurück. Es war ein trüber und windiger Tag, die tief und schnell ziehenden Wolken strahlten ein seltsames, unheilvolles, kupferrotes Licht aus und erinnerten an eine Schar zerzauster Teufel. Auf irgendeine tückische Weise reihten sich Blums Gedanken so aneinander, daß er zu dem Wunder des Josua kam, der, indem er die Sonne anhielt, einen Kampftag verlängerte. Natürlich besaß Blum so viele Grundkenntnisse in Kosmographie, daß er wußte, der jüdische Heerführer hatte nicht die Sonne anhalten müssen zu diesem Zweck, sondern das Drehen der Erde um ihre eigene Achse, und daß dieser Bewegungsstillstand eine schreckliche Katastrophe nach sich ziehen mußte auf dem gesamten Erdball und vielleicht sogar überall im Weltraum. Blum war an diesem Tag sehr leichtsinniger Stimmung. Ohne es selbst zu wissen, war er für den winzigsten Bruchteil einer Sekunde nahe daran, der alten Mutter Erde zu sagen: «Halt ein!» Er sagte es sogar beinahe. Doch da erfaßte Blum ein plötzlich über die Stadt hereinbrechender Wirbelsturm, schleifte ihn bestimmt drei Saschen weit mit und schleuderte ihn gegen einen Telegraphenmast, an dem sich Blum in Todesangst mit Armen und Beinen festklammerte. In der rasenden, staubigen Windhose wirbelten im trüben Halbdunkel Sonnenschirme, Hüte, Zeitungen, Äste, entsetzte Menschen und scheuende Pferde an ihm vorbei. Von den Gebäuden fielen Ziegelsteine, die sich aus den Schornsteinen gelöst hatten, mit ohrenbetäubendem Lärm knarrten die Eisenplatten der Dächer, durchdringend pfiffen die Telegraphenleitungen, Fenster und Schilder klapperten, berstende Scheiben klirrten.

Das war der Ausläufer des schreckenerregenden Wirbelsturms, der in Moskau im Jahre 19** zahlreiche Bäume entwurzelt, in der Stadt Wassertürme zum Einstürzen gebracht, Güterwaggons umgekippt und innerhalb einer Minute mehrere Deßjatinen gesunden, starken Waldes sauber gefällt hatte. Dieser Sturm legte sich genauso plötzlich wieder, wie er überraschend begonnen hatte. Den ganzen Tag über rieb Blum sich eine riesige Beule an der Stirn und flüsterte, als wolle er sich vor dem ganzen Universum entschuldigen: «Ich war's wirklich nicht, Ehrenwort, ich nicht. Ich wollte das nicht, ich habe das nicht gesagt...»

Und noch ein weiteres tiefes Leid hatte Blum erfaßt. Von ihm, der sich auf an Zauber grenzende Weise die Gegenwart untertänig machen konnte, strebte die gesamte Vergangenheit fort in eine unbekannte dunkle Tiefe. Nicht, daß er sie vergaß, aber er *konnte sich nicht erinnern.* Ziemlich deutlich standen die Erlebnisse des Vortages vor seinen Augen, doch was noch einen Tag weiter zurücklag, war ihm nur noch bruchstückhaft im Gedächtnis, und alles noch ferner Liegende war umhüllt von dichtem Nebel. Es flackerten einige zusammenhanglose, blasse Bilder in ihm, bekannte Stimmen konnte er hören, doch sie tauchten nur für Sekunden auf, um wieder spurlos zu verschwinden, und Blum war nicht in der Lage, sie zu fassen und festzuhalten.

Manchmal, wenn Blum abends allein war in seinem luxuriösen Arbeitszimmer, saß er lange mit in seinen Haaren verkrallten Fingern da und versuchte, sich in Erinnerung zu rufen, was früher mit ihm war. Fetzen wie Papierschnipsel zogen dann an ihm vorüber: eine Eisenbahnfahrt, ein verwilderter Garten, ein seltsames Laboratorium, ein Buch mit rotem Einband, ein rothaariger Briefträger, die Explosion einer Feuerkugel, ein greiser Kirchendiener, ein Ziegenkopf, das Muster eines turkmenischen Teppichs, das Mädchen im Fenster eines Zuges ... Doch diese gespensterartigen Visionen blieben ohne Zusammenhang, ohne Sinn und ohne Leuchtkraft. Sie blieben nicht in seinem Bewußtsein haften, peinigten nur sein Gedächtnis und schränkten seine Willenskraft ein.

Durch die Anstrengung, sich zu erinnern, begann Blums Kopf so weh zu tun, als drehe irgend jemand eine lange Schraube quer durch sein ganzes Hirn, und quälende Trauer preßte sein Herz so, daß es noch mehr schmerzte als der Kopf. Gemartert legte Blum geschwind seine Kleider ab und erteilte sich selbst den Befehl: «Schlaf ein!» – und sofort sank er auch in Stille und Schlaf.

Er hatte immer ein und denselben Traum: von gelben Tapeten mit grünen Kränzchen und rosafarbenen Blümchen, von einem japanischen oder chinesischen Paravent mit Störchen und einem Angler, von einem Käfig, darin ein Kanarienvogel, von einem Kaktus vor einem Fenster, von einer Dienstmütze mit samtenem Rand und türkisfarbener Borte. Und diese einfachen Dinge strahlten solch frühe Jugend aus, solch unschuldige, auf immer verlorene Freude und solch süße Trauer, daß Blum, wenn er des Nachts erwachte, sich wunderte, wieso sein Kopfkissen durchnäßt war. Aber seines Traumes erinnerte er sich nie.

II

Doch alles, auch das Leid, findet einmal ein Ende.

Eines Morgens, während er Blum den Kaffee reichte, sagte der imposante Kammerdiener mit der Theatralik eines Salonlöwen: «Gestern abend, als ich Ihre Garderobe durchsah, Herr, habe ich in der Tasche des alten grauen Anzugs diese ... wie soll ich sagen, Jetons oder Spielmarken ... ich weiß nicht ... gefunden.»

Vorsichtig stellte er ein kleines rundes Tablett ab auf dem Tisch, auf welchem akkurat übereinander gestapelt etwa dreißig rechteckige, zentimetergroße Täfelchen aus Elfenbein lagen. Verschiedene lateinische Buchstaben waren darauf eingraviert und mit Emaille nachgezogen. Mit zwei Fingern nahm Blum eines der Plättchen und hielt es sich nahe vors Auge, das Tablett aber schob er leicht beiseite und sagte lässig: «Räumen Sie das weg!»

Der Diener entfernte sich.

Zerstreut schlürfte Blum seinen Kaffee und schaute von Zeit zu Zeit auf das beinerne Quadrat. Es bestand kein Zweifel, er hatte es schon früher irgendwo gesehen ... Mit ihm war auch eine weit entfernte, höchst wichtige und rätselhafte Erinnerung verbunden. Genauso wie sich auch schon irgendwann einmal dieses elegant geschwungene, in einem alten Schriftzug gehaltene, strenge *S* vor seinen Augen geschlängelt hatte ... Ein schwaches, kaum flackerndes Lichtlein aus einer Laterne mit Drahtgestell hatte ihm damals geleuchtet ... In der tiefen mitternächtlichen Stille war nur das hastige Ticken einer auf dem Tisch liegenden Uhr zu hören gewesen, und ein dumpfes Getöse gleich der Brandung des Meeres hatte in Blums Ohren gedröhnt... Aber der Kopfschmerz bohrte sich wie eine Schraube in seinen Kopf und trübte seinen Geist. Automatisch steckte Blum das Quadrat in seine Tasche und begann, seine Kleider abzulegen.

Wenig später trat sein persönlicher Sekretär, Toffeles' Schützling, ins Zimmer; er war ein kleiner, stämmiger, junger Mann von windiger Natur, mit einem Zwicker aus Schildpatt und so kurz geschorenem Haar, daß sein Kopf wie eine weiße Kugel aussah, und seine Wangen, Lippen und Kinn waren blau von der Rasur. Er kümmerte sich um alles und trieb alle an; er war grob, hochnäsig und laut, und genaugenommen wußte er nichts, konnte nichts und tat nichts. Er klopfte Blum auf Schulter, Bauch und Rücken und nannte ihn «Mein Guter», und er blickte immerzu nur auf Toffeles mit jenen gierigen, bettelnden und ergebenen Augen, mit denen dieser auf Blum schaute. Iwan Stepanowitsch wußte sehr wenig von ihm – soviel, daß dieser junge, dumme, freche Mensch Boris Markowitsch hieß, aus Odessa kam und von «sotijal-demokratischer» Überzeugung war, was er täglich hundertmal zum besten gab. Blum hatte ein klein wenig Furcht vor diesem Boris Markowitsch, und es fröstelte ihn jedesmal angesichts dessen Vertraulichkeiten.

«Irgend so ein beharrlicher Typ, Silbersaiter, will zu Ihnen. Was das für einer ist, kapiere ich nicht. Und wie ich ihn auch überredet habe, er geht einfach nicht weg. Und will unbedingt mit Ihnen persönlich... Nun?»

«Lassen Sie ihn nur herein», sagte Blum und knirschte mit den Zähnen. Und plötzlich schoß aus unbändiger, mit einem Mal hervorbrechender Wut das Blut in seine Augen, so daß das ganze Zimmer rot leuchtete. «Und Sie», flüsterte er haßerfüllt, «Sie verschwinden auf der Stelle, wie Sie da stehen! Und zwar für immer!»

Der Sekretär rührte sich nicht von der Stelle, doch begann er schnell zu erbleichen, blasser, immer farbloser, durchsichtig zu werden, bis schließlich von ihm nur noch schwache Umrisse vorhanden waren, und zwei Sekunden später *verschwand* dieses Phantom tatsächlich als leichte Rauchsäule, die zur Decke aufstieg und sich in der Luft auflöste.

«Die erste Halluzination», dachte Blum beklommen. «Jetzt ist's soweit! Das mußte ja so kommen!» Und laut schrie er, dem Klopfen an der Tür zur Antwort: «Ja, wer ist da? Treten Sie ein!»

Müde schloß er die Augen, und als er sie wieder öffnete, stand ein nicht sehr großer, dicker Mensch vor ihm, der ein einziges Strahlen war: sein volles, rotes Gesicht strahlte, seine pomadisierten Locken strahlten, und sein gezwirbelter Schnurrbart strahlte, sein glattrasiertes Kinn glänzte, die Seidenrevers seines langen schwarzen Gehrocks leuchteten.

«Erkennen Sie mich etwa nicht? Silbersaiter. Der Dirigent.»

Nein, Iwan Stepanowitsch erkannte Silbersaiter, den Dirigenten, nicht, und gleichzeitig waren ihm doch alle Einzelheiten dieses unheilbringenden Schönlings, jede seiner Bewegungen, jedes Schwanken in seiner Stimme von vor ewig langer Zeit bekannt. Sein gelähmtes Gedächtnis schwieg. Aber da Blum Gewohnheit darin hatte, sich täglich mit zahlreichen Menschen zu unterhalten, die ihn kannten, an die er jedoch sich überhaupt nicht erinnern konnte, sagte er mit größter Selbstsicherheit, auf einen Sessel weisend: «Wie denn, wie denn... Bestens erinnere ich mich... der Dirigent... Silbersaiter... ihn vergessen! Nehmen Sie Platz, bitte! Womit kann ich dienen?»

Silbersaiter wurde gleichzeitig sowohl von dem herben Komfort des großen und stilvoll eingerichteten Arbeitszimmers als auch von der herablassenden Freundlichkeit des Besitzers erschlagen. Es war klar, daß er Blum an etwas erinnern, unter vier Augen sprechen wollte mit ihm, über etwas längst Vergangenes, Schönes, Warmes und Einfaches, und Blum erwartete das auch. Aber der Dirigent konnte sich nicht recht entschließen. Aufgeregt und hastig, mit umherirrenden Augen und unablässig den Knopf auf seinem Ärmel im Kreise drehend, fing er mit dem üblichen Einheitsbrei eines Besuchers an: er habe sich erkältet, sei heiser geworden, die Stimme habe versagt... das alles sei natürlich vorübergehend und nur von kurzer Dauer... aber Blum wisse ja selbst, wie die Leute sind... Die Konkurrenz, die Neider... Jetzt würden ihn die Ärzte in den Kaukasus schicken, wo es Heilquellen gibt... Wie soll man da hinkommen?... Die Sachen, die er besessen habe, seien längst versetzt... Mit einem Wort...

Mit einem Wort: Blum stellte ihm einen Scheck über zweitausend Rubel aus. Doch beim Abschied behielt er die Hand des Dirigenten für einen Augenblick in der seinen und fragte mit leiser, schüchterner, beinahe flehender Stimme: «Warten Sie... Das Gedächtnis hat mich im Stich gelassen... Warten Sie eine Sekunde... Ach, zum Teufel...» Heftig rieb er sich die Stirn. «Ich kann mich nicht... Ja, wo haben wir uns eigentlich getroffen?»

«Aber ich bitte Sie! Herr Blum! Wie ist das möglich? Ich habe bei Snamenje dirigiert. Erinnern Sie sich etwa nicht daran? Sie haben doch bei mir im Chor gesungen. Die erste Tenorstimme. Fällt's Ihnen wieder ein? Sie hatten ein wunderbares Stimmchen... Wie bezaubernd haben Sie das Solo ‹Segne meine Seele› des Predigermönchs Feofan gesungen! Nein? Sie erinnern sich nicht?»

Gleich einem weit entfernten Funken inmitten nächtlicher Dunkelheit blitzte ein Bildausschnitt in Blums Kopf auf: ein Kirchenchor, Weihrauchduft, züngelnde Flammen dünner Wachskerzen, hellbeleuchtete Noten, Geraschel und Gemurmel von Menschen in seinem Rücken, singsangartiges, feines Stimmgabelsurren... Doch der Funke blitzte nur auf, um sofort zu verlöschen, und erneut blieb nichts als Düsternis und Leere, als der schmerzende Kopf und die matte, quälende, ohnmächtige Trauer im Herzen.

Blum bedeckte sein Gesicht mit beiden Händen und stöhnte dumpf: «Verzeihen Sie... Ich kann nicht mehr... Gehen Sie, schnell...»

Es machte ihm Angst und langweilte ihn, allein

zu bleiben, weshalb er den ganzen Tag ziellos in der Stadt herumirrte. Er frühstückte bei Massu, aß im «Europa» zu Mittag. Zwischen dem Frühstück und dem Mittagessen schaute er sich eine Probe in der Oper an und starrte von seinem Logenplatz im dunklen, leeren Zuschauersaal geistlos auf die kaum beleuchtete Bühne, wo die Schauspieler und Schauspielerinnen in gewöhnlicher Hauskleidung herumlungerten und mit hölzernen Stimmen träge, gleichsam benommen, etwas vor sich hin brummten. Bei Durand kaufte er eine Perlenkette und brachte sie Annunziata Benedetti, jener schönen Zirkusartistin, die einmal, wie er glaubte, durch seine Schuld vom Trapez gefallen war. Dann saß er gut eine Stunde im Lesesaal des Klubs herum, stierte ununterbrochen auf eine Annonce in der Zeitung vor ihm und konnte doch nicht begreifen, was sie bedeutete: «Maniküre und Pediküre, Madame Pélagie Huchrick, empfängt bei sich im Hause und kommt auch zu Ihnen.» Er war in solch einem belastenden, unruhigen und niedergeschmetterten Erwartungszustand wie nervöse Menschen vor einem Gewitter oder wahrscheinlich auch Kranke, denen noch am gleichen Tag eine schwierige Operation bevorsteht, und der in Worten etwa besagt: «Hoffentlich bald!»

Das «Europa» verließ er ziemlich spät, als sich rosa-grün-violette Dämmerung über die Stadt legte. Den Kutscher hatte er schon vorher entlassen und ging nun in Gedanken versunken, die Hände in den Taschen vergraben und die tiefen Verbeugungen seiner Bekannten, die ihm unbekannt schienen, nicht erwidernd. Seine Gedanken kreisten um die beiden Ereignisse des Morgens. Zweifellos bestand zwischen ihnen eine entfernte, nicht faßbare Verbindung, und gleichzeitig schlossen sie einander aus wie Erscheinungen aus zwei entgegengesetzten Welten. Der strahlende und armselige Silbersaiter gehörte zu etwas Vergangenem in Blums Leben, das verständlich war, einfach und schön, aber unwiederbringlich, unerreichbar, gehörte zu etwas unglaublich Nahem, doch augenblicklich Vergessenem. Und die Quadrate aus Elfenbein mit den lateinischen Buchstaben kennzeichneten genau den Übergang zu Blums momentaner Existenz, die märchenhaft und traurig war.

An einer Kreuzung blieb Blum stehen und drehte in seiner Tasche mit der rechten Hand das beinerne Täfelchen unentschlossen hin und her.

Die Trambahn kam oben von der Alexandrowskij-Straße her. Violette und grüne Funken sprühten als zerberstende Bündel unter den Rädern hervor. Sie hatte eine Kurve beschrieben und näherte sich schon der Ecke zur Boulevard-Straße. Eine ältere Dame, die ein vielleicht sechsjähriges Mädchen an der Hand hielt, überquerte die Alexandrowskij-Straße, und Blum dachte: «Gleich dreht sie sich nach der Straßenbahn um, zögert eine Sekunde und springt dann viel zu spät über die Gleise. Was ist das für eine schlechte Angewohnheit von Frauen, daß sie immer den allerletzten Moment und den unpassendsten Augenblick abwarten müssen und dann einem Pferd oder einer Bahn in die Quere kommen. Als wollten sie das Schicksal herausfordern, oder als spielten sie gar mit dem Tod. Und sicher passiert das bei ihnen aus reiner Ängstlichkeit.»

Und so geschah es denn auch. Die Dame sah die schnell näherkommende Straßenbahn, und verwirrt tat sie bald einen Schritt vor, bald einen zurück. In allerletzter Sekunde erwies sich das Kind als klüger. Mit dem Instinkt eines Tieres riß es sein Händchen los und sprang zurück. Die alte Dame warf die Arme in die Luft, drehte sich um und stürzte dem Kind hinterher. Da war die Bahn auch schon herangesaust, erfaßte die Dame, so daß sie fiel.

Blum durchlebte dies in allen Details, konnte in seinen eigenen Gefühlen nachvollziehen, was in diesen Sekunden mit der Frau geschah: die Eile, die Zerstreutheit, die Hilflosigkeit, das Entsetzen. Mit ihr – aus der Ferne und innerlich – hastete er dahin, verlor den Kopf, tat einen Schritt vor und zurück, und geriet schließlich, betäubt von dem Aufprall, unter die Räder. Da gab es einen allerletzten, kurzen, blitzartigen, unerträglich hellen, außergewöhnlichen Moment, in dem Blum plötzlich noch einmal sein ganzes vergangenes Leben durchlebte von den größten Ereignissen bis zur geringsten Nebensächlichkeit. Viele, die dem Tod gegenübergestanden haben, ob im Wasser, in den Flammen, unter der Erde, in der Luft, berichten, daß auch sie dergleichen Empfindungen hatten. Wie in einem kristallenen Märchenspiegel sah Blum seine Kindheit: die Kupferhelme der Feuerwehrleute und die schrecklichen nächtlichen Einsätze ihrer Löschtruppe, das Babkispiel[1] hinter den Pferdeställen, das Fischefangen mit Hilfe von zusammengebundenen Hosen am Flüßchen Kisacha und die Faustkämpfe der Stadtjungen mit den Falken[2] von der anderen Seite des Flusses auf der zugefrorenen Kineschemka, die kirchliche Grundschule und das Gymnasium, seine ganze Arbeit im Waisengericht und den Kirchenchor von Snamenje, sein friedliches Leben in der Mansarde im fünften Stock und den Besuch von Toffeles, das Gut von Tscherwonoje und die entsetzliche Nacht im Arbeitszimmer seines Alchimistenonkels, die Heimfahrt und die bezaubernde Barbara Nikolajewna mit ihrem Fliederstrauß, dem rosigen Gesicht und der süßen Stimme, und sein ganzes Leben der letzten Zeit, das erfüllt war von Langeweile, fehlendem Erinnerungsvermögen, nicht beabsichtigten schlechten Taten und sinnlosem Luxus. All dies huschte im winzigsten Bruchteil einer Sekunde an ihm vorüber. Bevor Blum das Bewußtsein verlor, schrie er mit wilder Stimme: «Afro-Amestigon!»

Wieder zu sich kam er in einer Mietkutsche, neben sich Toffeles, der einen Arm unter seinen Rücken geschoben hatte und ihm mit der freien Hand ein Fläschchen Salmiakgeist unter die Nase hielt. Der Anwalt richtete von der Seite einen aufmerksamen, ernsten und tiefsinnigen Blick auf Blum, und dieser bemerkte, daß Toffeles' Augen nun nicht mehr leer und hell waren wie früher,

---

[1] Knöchelspiel

[2] usbekisch-kirgisisch-kasachisches Wort im Text

sondern dunkelbraun und tief, auch nicht mehr hart und kalt, sondern weicher, fast zärtlich.

Nachdem sie zu Hause angekommen waren, führte Toffeles Iwan Stepanowitsch in sein Arbeitszimmer, setzte ihn fürsorglich in einen Sessel, schloß die Vorhänge der Fenster und schaltete das elektrische Licht an. Dann befahl er dem Diener, einen Kognak zu bringen, und als dieser dem Befehl nachgekommen war, schloß er eigenhändig die Tür hinter ihm.

«Trinken Sie erst einmal, mein lieber Herr und Klient», sagte er und goß Blum ein Glas Kognak randvoll. «Trinken Sie, beruhigen Sie sich, und dann wollen wir miteinander reden.» Er strich Blum leicht übers Knie. «Ja, mein Herr, das Wichtigste ist ja nun erledigt. Sie haben das Wort genannt. Und, sehen Sie, nichts Schreckliches ist passiert.»

Der Kognak wärmte und beruhigte Blum. Er verspürte schon keine Feindschaft, keine Verachtung mehr gegenüber Toffeles und wandte sich auch nicht mehr mit dem früheren Befehlston an ihn. Mit völlig natürlicher Stimme, in der Neugierde mitschwang, fragte er: «Sie sind – Mephistopheles?»

«O nein!» Toffeles lächelte zärtlich. «Dieses Mef. Is. ... diese Anfangssilben meiner Vor-, Vaters- und Familiennamen haben Sie irritiert?... Nein, mein Freund, ich bin bei weitem keine solch berühmte Persönlichkeit. Nur ein kleines, dienendes Wesen bin ich... so was wie... eine graue Eminenz.»

«Und mein Sekretär?»

«Na, der ist doch ein völlig bedeutungsloser Laufbursche. Ach, wie wunderbar Sie ihn heute morgen verrauchen ließen! Es hat mir Spaß gemacht zuzuschauen. Aber ich muß gestehen, er war ja auch wirklich ein Rüpel! Doch was unsere Sache anbetrifft, allerliebster Iwan Stepanowitsch … Nun, wie ist's? Haben Sie die Wirkung der Allmacht erfahren?»

«Ach, zum Teufel damit!»

«Ist's genug? Die Gier gestillt?»

«Es hängt mir zum Halse heraus. Wie abscheulich das ist!»

«Es freut mich, dies zu hören. Aber haben Sie nicht … nein, nicht jetzt, jetzt nicht … jetzt träumen Sie … sondern früher im wachen Zustand, als Sie noch kein märchenhafter Millionär und Abgott der goldenen Jugend waren, sondern einfach nur Ihren Dienst taten als bescheidener Kanzleidiener im Waisengericht … hatten Sie da nicht irgendeinen heimlichen, vielleicht äußerst nichtigen, winzig kleinen Wunsch?»

Blum wurde es heiter zumute, und er sagte mit fester Stimme: «Doch, natürlich … Ich hätte so gern den untersten Rang, den eines Kollegienregistrators, erhalten, um mit der Dienstmütze auf die Straße gehen zu können …»

«Schon passiert», sagte Toffeles ernst.

«Ja, aber wenn das wieder mit irgendwelchen löchrigen Wundern verknüpft ist?»

«Diesmal ist kein Wunder im Spiel. Recht so?»

«Sehr.»

«In einer Minute wird's Wirklichkeit. Sprechen Sie noch einmal *das Wort*!»

«Afro-Amestigon.»

«Das ist schon alles.» Toffeles nickte mit dem Kopf. «Und jetzt hören Sie mir gut zu. Sie haben völlig zufällig ein großes Geheimnis erfahren, das schon unzählige Jahre, mehr als drei Jahrtausende alt ist. Einstmals holte es der König Salomo selbst aus den Tiefen des unsichtbaren Reiches der Geister herauf. Von ihm ging es über auf die Phönizier, auf die Chaldäer, dann auf die indischen Weisen, gelangte noch einmal nach Ägypten, später nach Spanien und Frankreich, schließlich nach Rußland. Mit diesem Geheimnis erhielten Sie eine mit nichts zu vergleichende, erstaunlich große Macht. Tausende unsichtbarer Wesen dienen Ihnen wie ergebene Sklaven, darunter auch ich, der dieses schäbige Äußere und dieses dumme, lauttönende Pseudonym angenommen hat. Ihr Glück ist es, daß Sie eine so gute Seele haben und ... seien Sie nicht verletzt, mein Lieber ... einen ... wie kann ich's nur höflicher sagen ... einen so einfach gestrickten Verstand. Ein Bösewicht an Ihrer Stelle hätte den gesamten Erdball mit Blut getränkt und mit dem Widerschein von Feuern überzogen. Einer mit Verstand wiederum hätte sich bemüht, das Paradies auf Erden zu begründen, doch wäre er selbst eines schrecklichen und qualvollen Todes gestorben. Sie sind dem einen wie dem anderen entgangen, und ich sage Ihnen ehrlich, daß Sie zweifellos auch ohne das kabbalistische Wort auf eine über das natürliche Maß hinausgehende Weise ein Glückspilz sind.

Doch welch unsägliche menschliche Verlokkungen haben Sie verschmäht, mein lieber Blum!

Sie hätten durch die ganze Welt reisen und sie in ihrer prächtigen Vielfalt sehen können, mit ihren Meeren, Bergen, Flüssen und Wasserfällen, vom flammenden Äquator bis zum geheimsten Fleckchen des Nordpols. Sie hätten die ältesten Denkmäler der Geschichte, die bedeutendsten Kunstwerke, das bunte Leben und Treiben der Völker zu Gesicht bekommen. Paris mit seinem Geschmack und Amüsement, der selbstsüchtige und solide Komfort Englands, das schwindelerregende Leben New Yorks aus der Höhe eines vierzig Stockwerke hohen Gebäudes, der Stierkampf in Madrid, die ägyptischen Pyramiden, der Karneval in Rom, die Schönheit Konstantinopels und jene Venedigs, das irdische Paradies auf den Inseln Polynesiens, die zauberhaften Landschaften Indiens, die buddhistischen Tempel und Rauchhäuser Chinas, das blühende und liebliche Japan – alles wäre vorübergezogen vor Ihren entzückten Augen... Das wollten Sie nicht... und jetzt ist es schon spät...

Sie vergaßen scheinbar – oder wollten nichts davon wissen –, daß es eine Unmenge schöner Frauen gibt auf der Welt. Nicht nur deren Schönheit, für die die Besten unter den Menschen freudig ihr Leben lassen, wartete auf Ihren Wink, sondern auch ihr Geist, ihre Eleganz, ihr Talent und selbst die erst nach Jahrhunderten der Zivilisation erreichte Krönung des weiblichen Charmes. Aber schüchtern und hoffnungslos träumten Sie nur von der *einen,* ohne zu wagen...»

Blums Gesicht verdüsterte sich. «Lassen wir das...», sagte er leise, doch bestimmt.

Toffeles senkte den Blick und machte eine höfliche Verneigung mit dem Kopf.

«Verstanden», sagte er gehorchend. «Aber hören Sie weiter... Niemals dachten Sie an die Macht, an die ungeheure, überwältigende Herrschaft über Massen von Menschen, obwohl ich auch sie Ihnen hätte besorgen können... Erinnern Sie sich, wir waren einmal zusammen auf der Tribüne, als der Zar durch unsere Stadt kam. Damals beobachtete ich Sie genau und sah, wie Sie des Herrschers Gesicht und Gestalt mit den Augen fixierten. Und ich weiß, daß Sie für Sekunden in seine Haut schlüpften und statt seiner Zar waren.»

«Ja, ja», flüsterte Blum. «Sie haben es erraten.»

«Ich sah Ihr Gesicht, sah, wie darauf Erhabenheit, Freundlichkeit, Langeweile, tödliche Angst, Verachtung, Müdigkeit und schließlich auch Mitleid abwechselnd zum Ausdruck kamen. Nein, Sie sind nicht machthungrig. Aber Sie sind auch nicht neugierig. Warum wollten Sie nicht, warum versuchten Sie nicht ein einziges Mal einen Blick in jenes berühmte Buch zu werfen, in dem die geheimsten Geheimnisse der Schöpfungsgeschichte festgehalten sind? Es hätte sich Ihnen geöffnet. Sie hätten die Endlosigkeit der Zeit und die Unendlichkeit des Raumes erfaßt, die vierte Dimension gespürt, Sie hätten Tod und Wiederauferstehung erlebt, von schrecklichen und wunderbaren Eigenschaften der Materie erfahren, die dem menschlichen Forschergeist noch viele hunderttausend Jahre verborgen bleiben werden, denn auch das jetzige Wissen um ihre ungeheuer große Vielfalt –

darunter um das geheimnisvolle Radium – ist nur der allererste Anfang. Sie haben sich abgewendet von der Erkenntnis, sind an ihr vorübergegangen wie an der Macht, an den Frauen, am Reichtum, am unersättlichen Hunger nach Eindrücken. Und: in all dieser Gleichgültigkeit liegt Ihr wahres Glück, mein lieber Freund ... Aber es ist nur noch wenig Zeit», fuhr Toffeles fort. «Sind Sie geneigt, auf mich zu hören? Sollten Sie noch schwanken, so heben Sie Ihren hängenden Kopf und schauen mich genau an!»

Iwan Stepanowitsch blickte auf und lächelte zärtlich. Vor ihm saß ein anständiger, gutherziger, völlig ergrauter Greis mit angenehm warmen, leicht tabakfarbenen Augen.

«Ich werde gehorchen», sagte Blum.

«Sie tun gut daran. Zeichnen Sie jetzt den ‹Stern Salomos› auf ein Blatt Papier. Nein, ohne Lineal, Winkelmesser und sonstige Hilfen. Wählen Sie einen Sechziggradwinkel nach Augenmaß. Die Zeit drängt, uns bleibt nur eine kurze Frist ... Schon gut, in Ordnung so ... Tragen Sie jetzt die Buchstaben ein. In der Mitte das Siegel des Satans. Dieses wird von dem des Salomo umschlängelt. Die gekreuzten Hörner Astarots schneiden beide.»

«Sie brauchen es nicht zu diktieren, ich weiß es, ich kann mich erinnern», unterbrach ihn Blum und zeichnete dann fehlerlos, schnell und exakt die Formel auf.

«Richtig», sagte Toffeles. Dann begann er mit gewichtiger, etwas feierlicher Stimme, in der die Nuance eines Befehls zu spüren war, zu sprechen.

In seinen durchdringenden roten Augen, genau in den Pupillen, loderten jetzt die Blum bekannten violetten Feuer.

«Hören Sie mir nun genau zu. Sie werden jetzt dieses Blatt Papier verbrennen und dabei *jenes Wort* aussprechen, das, zum Teufel, ich nicht zu nennen wage. Und danach werden Sie frei sein. Sie werden unversehrt aus dem Strudel auftauchen, in den das Leben Sie auf so seltsame Weise hineingezogen hat. Aber sagen Sie mir vorher noch, ob Sie nicht ganz, ganz tief auf dem Grunde Ihrer Seele doch ein Bedauern empfinden, daß die Erhabenheit, die Sie umgibt, vorbei sein wird? Wollen Sie in Ihr langweiliges Alltagsleben nicht etwas Lustiges, Geschmackvolles, Teures mit hinübernehmen?»

«Nein.»

«Also nur die Kokarde?»

«Nur die.»

«Dann erlauben Sie mir, Ihnen meine tiefste Dankbarkeit auszusprechen.» Toffeles erhob sich und verneigte sich, ganz ohne Ironie, sehr tief in alter Manier vor Blum. «Sie sind rundum ein Schatz. Mit Ihrem großzügigen Verzicht machen Sie mich zu Ihrem Schuldner, zu Ihrem ewigen Schuldner, der es Ihnen selbst in der Endlosigkeit der Zeit nicht wird vergelten können. Mit diesem Ihrem Wort – ‹nur die› – befreien Sie mich aus einer Gefangenschaft, die mehr als drei Jahrtausende währte. Ich versichere Ihnen, daß Sie mir sehr sympatisch waren während unserer kurzen anderthalbminütigen Bekanntschaft. Ein guter Mensch sind Sie, lächerlich und rein. Möge Sie der, den niemand beim Namen nennt, beschützen. Sind Sie bereit? Keine Angst?»

«Ein bißchen fürchte ich mich, aber... sprechen Sie!»

Toffeles entzündete ein Taschenfeuerzeug und reichte es Blum. «Wenn es brennt, müssen Sie die Formel sagen.»

«Warten Sie noch einen Augenblick», unterbrach ihn Blum. «Diese... erneute Beschwörung... Zieht sie auch wirklich kein neues Leid nach sich für mich? Verwandelt sie mich auch nicht in irgendein Tier oder raubt mir vielleicht wieder mein Erinnerungsvermögen oder die Fähigkeit zu sprechen? Ich habe keine Angst, aber ich will es ehrlich wissen.»

«Nein», entgegnete Toffeles entschieden. «Ich schwöre es bei meinem Siegel. Kein Schaden, kein Schmerz, keine Enttäuschung.»

Der «Stern Salomos» ging in Flammen auf.

«Afro-Amestigon», murmelte Blum. Der lodernde Papierfetzen war noch nicht verbrannt, als vor Blums Augen schon jene Erscheinung vonstatten ging, die er früher häufig im Filmtheater gesehen hatte, wenn ein Bild gleitend in ein anderes überwechselte.

Alles in seinem Arbeitszimmer verlor an Farbe, wurde blasser, zitterte wäßrig flimmernd, wurde immer dünner, verschwand – alles: die Vorhänge an den Türen und Fenstern, die Teppiche, Möbel und Tapeten. Und durch sie hindurch schimmerten gleichzeitig die grün-rosa Kränze hervor, die japanischen Paravents und das vertraute Fenster mit den Tüllvorhängen, kamen immer näher, wurden immer klarer, und mit einem Mal war alles wieder gefestigt durch die gewohnte liebe Einfachheit. Irgend jemand klopfte gleichmäßig, laut und beharrlich hinter der Wand, als arbeite da ein Motor.

Und Blum fand sich, aber diesmal ganz wirklich, in seinem altbekannten grabartigen Zimmer wieder. Lange schon klopfte jemand an die Tür.

Seine Kollegen kamen ins Zimmer: Flaschitsch, Sascha Rokoko, Kefer und Wlass Leernik. Sie waren betrunken von einem chaotischen Frühstücksgelage; sie waren es gewesen, die alle zusammen rhythmisch gegen die Tür getrommelt hatten. Schwankend traten sie ein, abstoßend, zerzaust, aufgedunsen, und sangen in mißtönendem Chor blödsinnige Couplets, die sie gemeinsam verfaßt hatten unterwegs:

«Kollegienregistrator,
Fast schon Imperator.
Hurra, hurra!
Die Mütze mit Kokarde
Verläßt jetzt die Mansarde.
Hurra, hurra!
Gehalt gibt's mehr,
Er freut sich sehr.
Hurra, hurra!
Doch auch Papier,
Er trinkt's wie Bier.
Hurra, hurra!
Da schmerzt ihm sehr die Galle,
Er singt in jedem Falle.
Hurra, hurra!»

Und Wolodka Kefer ging in die Hocke zum Tanz und wedelte dabei mit einer Nummer des «Regierungsanzeigers», in dem schwarz auf weiß zu lesen war, daß der Kanzleidiener Blum, Iwan zum Kollegienregistrator befördert werde.

Und Flaschitsch sagte mit der Stimme eines betrunkenen und vom Brüllen schon ganz heiseren Tigers: «Ergo, du mußt einen ausgeben. Das muß begossen und begessen werden! Mit der ganzen Kumpel-Kumpanei im Gefolge und dem Väterchen Oberdiakon Kartagenowitsch an der Spitze.»

«Schon erledigt», rief Blum erfreut zur Antwort. «Nun, wie habt ihr denn das Liedchen komponiert? Gebt doch mal her...»

Und Schluß.

12

Die Erzählung ist zu Ende. Der Punkt ist gesetzt. Und eigentlich müßten wir uns von dem Helden verabschieden. Doch glaubt der Autor, einige unbedeutende Kleinigkeiten nicht verschweigen zu dürfen, die anscheinend ganz offensichtlich von einer gewissen Wahrhaftigkeit von Blums seltsamem Traum zeugen.

Als Iwan Stepanowitsch sich ankleidete, um mit den Kollegen in die «Weißen Schwäne» zu gehen, fand er mit einigem Erstaunen ein paar Zweige blühenden Flieders auf seinem Schreibtisch, die jemand in einem billigen Porzellanväschen eingestellt hatte. Die Blumen waren viel zu früh für die Jahreszeit, sie hatten künstlich getriebene Blüten und rochen deshalb kaum, oder genauer: rochen schwach nach Benzin wie jeder Treibhausflieder. Diese Überraschung klärte sich bald und auf simpelste Weise. Am Vortag hatte Lidotschka, die Enkelin der Wohnungsbesitzerin, an einer reichen Hochzeit als Brautjungfer teilgenommen und ihrer Tante als Geschenk eine Handvoll Zweige aus ihrem Strauß mitgebracht; diese wiederum hatte die Blumen aus lauter Freundlichkeit auf den Tisch ihres lieben Mieters gestellt.

Neben der Vase lag auch Blums in der Mitte aufgeschlagener Notizblock. Beide Seiten waren immer wieder mit ein und derselben Zeichnung übersät – mit dem Hexagramm des «Sterns Salomos». Die Skizzen waren irgendwie liederlich, unschön, schlampig ausgeführt, ganz so, als habe jemand sie mit geschlossenen Augen, im Dunkeln oder im Schlaf gemacht. Wie sehr Blum sich auch den Kopf darüber zerbrach, er konnte sich nicht erinnern, wann wer in seinem Buch herumgemalt hatte. Er selbst hatte das nicht getan – dessen war er ganz sicher. «Vielleicht hat sich einer von den Kollegen einen Scherz erlaubt auf der Arbeit?» überlegte er.

Schon etwas seltsamer war ein Ereignis in den «Weißen Schwänen», wo Iwan Stepanowitsch mehr oder weniger unfreiwillig seinen ersten Dienstgrad und seine wunderbare Mütze mit der Kokarde auf dem samtenen Rand begießen mußte. Als er zufällig die linke Hand in seine Jakkentasche steckte, fühlte er einen kleinen festen Gegenstand darin. Als er diesen hervorzog, kam ein quadratisches elfenbeinernes Täfelchen zum

Vorschein. Darauf war der lateinische Buchstabe *S* sauber eingeritzt, der außen herum, an den Rändern, von einer feinen Silberlinie umgeben war und innen mit glänzend schwarzem Emaille ausgegossen. Blum erkannte diesen Gegenstand wieder. Genau solche zentimetergroßen Plättchen hatte er in der vergangenen Nacht im Traum gesehen. Aber wie war es in seine Tasche geraten? Das konnte Blum sich nicht vorstellen.

Der Dirigent Silbersaiter, strahlend, glänzend, mit lockigem Haar und der Schönheit eines frisch geschmückten Weihnachtsbaumes, interessierte sich für das Quadrat in Blums Händen und bat, dieser möge ihm doch dieses überflüssige, hübsche Ding schenken. «Als sei's extra für mich gemacht», sagte er. «Der Anfangsbuchstabe meines Nachnamens.» Blum gab ihm das Plättchen und sah mit eigenen Augen, wie der Dirigent es in sein Portemonnaie steckte. Doch als Silbersaiter es nach drei Minuten noch einmal betrachten wollte, war es verschwunden aus seiner Tasche und auch auf dem Boden nirgends zu finden.

Während des Suchens ließ Silbersaiter sich plötzlich gegen die Rückenlehne seines Stuhles fallen, schlug sich mit der flachen Hand gegen die Stirn und starrte Blum mit aufgerissenen Augen an.

«Jesses Maria!» rief er aus. «Ich habe dich doch heute im Traum gesehen! Du hast irgendwie in einem schicken Arbeitszimmer gesessen wie so ein Minister oder ein Baron von … oder, um es wie die Journalisten auszudrücken, bist ‹tief in einem Sessel verschwunden›, und ich habe dich wohl irgendwie um hunderttausend Rubel gebeten, damit ich eine Chorkapelle errichten lassen kann... Sag mal – was für einen Unsinn man doch träumt! He?»

Blum war verwirrt, lächelte schüchtern, senkte den Blick und murmelte: «Ja... das kommt vor...»

Doch die tiefste und erschütterndste Erinnerung an seinen wilden Traum erwartete ihn nach einigen Tagen, genau am 1. Mai. Vielleicht zufällig, vielleicht aber auch zum Teil unter dem Einfluß seines Traumes ging Blum an diesem Tag zum Pferderennen. Auch früher war er hin und wieder schon auf dem Rennplatz gewesen, doch ohne sich für den Sport zu begeistern und für das Wettspiel zu interessieren, sondern nur so, einfach wegen der Gesellschaft. So folgte er auch jetzt mit gleichgültigem Blick dem Lauf der Pferde, den Jockeys in ihren vom Wind aufgeblähten bunten Seidenhemden und der bunten, eleganten, lebhaften Masse auf den überfüllten Tribünen.

Während eines der Läufe spürte er plötzlich den unwiderstehlichen Zwang, sich umzudrehen, und als er es tat, sah er direkt gegenüber in einer Loge Barbara Nikolajewna. Es bestand kein Zweifel, daß sie es war, jene, die er nicht vergessen konnte während seines Traumes und an deren Gesicht er sich immer erinnerte, wenn er allein war, besonders abends vor dem Schlafengehen. Sie hatte sich leicht zum Geländer der Loge vorgebeugt und schaute ihn von oben unverwandt mit durchdringendem, verständnislosem Blick an, wobei ihr Mund leicht geöffnet war, und wurde deutlich blasser vor Aufregung. Blum konnte ihren Blick nicht ertragen, wandte sich ab, und sein Herz begann heftig, ja schmerzhaft zu pochen.

In der Pause kam ein junger, bartloser, gutaussehender Marineoffizier auf ihn zu und berührte ihn leicht am Ellbogen. Blum hob die Augen.

«Verzeihen Sie», sagte der Offizier. «Die Dame dort oben in der Loge bittet Sie, kurz bei ihr vorbeizuschauen. Ich soll es Ihnen ausrichten.»

«Danke», sagte Blum.

Seine Füße fielen wie Klötze von einer Stufe der hölzernen Treppe zur nächsten. Es kam ihm vor, als müßte das ganze Publikum des Rennplatzes auf ihn schauen. Er verirrte sich in den Gängen, fand die Loge kaum, und beim Eintreten verbeugte er sich ungeschickt.

Sie war es. Nur sie konnte so schön sein, so rein und hell, ganz in diesem märchenhaften Glanz seines unvergessenen Traumes. Mit der größten Klarheit waren selbst die kleinsten Linien ihrer feinen Lider, Wimpern und Brauen gezeichnet, und ihre dunklen Augen strahlten vor Lebhaftigkeit, Neugierde und Furcht. Sei wies Blum an, ihr gegenüber Platz zu nehmen, und sagte dann, vor Verwirrung leicht errötend: «Verzeihen Sie, daß ich Sie hierhergebeten habe. Aber Sie kamen mir irgendwie unglaublich bekannt vor.»

«Sie heißen Barbara Nikolajewna?» fragte Blum schüchtern.

«Nein. Ich heiße Anna. Und Sie heißen nicht vielleicht Leonid?»

«Nein, Iwan.»

«Aber ich habe Sie gesehen, ganz sicher..

Kann es nicht in der Eisenbahn gewesen sein? In einem Bahnhof?»

«Ja. Dort standen zwei Züge nebeneinander ... die Fenster sich gegenüber...»

«Ja. Und ich hatte einen grauen Mantel an, der hier, an Kragen und Rändern, mit Seide bestickt war.»

«Das stimmt», gab Blum ihr freudig recht. «Und eine weiße Jacke und einen weißen Hut mit rosa Blumen darauf.»

«Wie seltsam, wie seltsam», bemerkte sie gedehnt, ohne ihre zärtlichen, fragenden Augen von Blum zu nehmen.

«Und – erinnern Sie sich daran? – ich hielt einen Fliederstrauß in den Händen.»

«Ja, ich erinnere mich gut daran. Als Ihr Zug anfuhr, haben Sie ihn mir durchs offene Fenster geworfen.»

«Ja, ja, ja!» rief sie voller Begeisterung aus.

«Und am nächsten Morgen...»

«Am nächsten Morgen haben wir uns wiedergetroffen. Sie waren aus Versehen in den falschen Zug gestiegen und sind, schon während der Fahrt, in meinen umgestiegen... Und wir haben uns kennengelernt. Und Sie erlaubten mir, Sie zu Hause zu besuchen. Ich weiß noch Ihre Adresse: Seestraße, Nummer fünfzehn ... ein Einfamilienhaus, Loktjewa...»

Sie schüttelte sacht den Kopf.

«Nein, das ist falsch. Nein. Ich habe Sie zu uns nach Moskau eingeladen. Ich bin nicht von hier, sondern erst gestern angekommen, und morgen fahre ich wieder ab. Ich bin zum erstenmal in dieser Stadt ... Wie ungewöhnlich das alles ist ... Noch ein Herr war bei Ihnen, mit einem furchterregenden Gesicht, ähnlich dem Mephistopheles' ... Warten Sie ... sein Name war ...»

«Toffeles!»

«Nein, nein. Anders ... Etwas Klangvolleres ... Erio oder Ontario ... Ich erinnere mich nicht ... Und dann haben wir uns auf der Bahnstation voneinander verabschiedet.»

«Ja», sagte Blum im Flüsterton und beugte sich zu ihr hin. «Ich habe Ihren Händedruck bis heute nicht vergessen.»

Noch immer betrachtete sie Blum aufmerksam und hielt dabei den Kopf leicht schräg, doch in ihren verlöschenden Augen waren immer deutlicher Traurigkeit und Enttäuschung zu sehen.

«Aber Sie sind es nicht», sagte sie schließlich mit unsäglichem Bedauern. «Es war nur ein Traum ... Ein ungewöhnlicher, geheimnisvoller Traum ... ein wunderlicher ... unbegreiflicher ...»

«Ein Traum», antwortete ihr Blum wie ein Echo.

Sie verdeckte mit ihrer schmalen, bezaubernden Hand die Augen und saß einige Sekunden reglos da. Dann, als sei sie plötzlich erwacht, nahm sie wieder Haltung an und streckte Blum die Hand entgegen.

«Leben Sie wohl», sagte sie ruhig. «Wir werden uns nie mehr wiedersehen. Entschuldigen Sie die Störung.» Und mit einer unbeschreiblich aufrichtig traurigen Stimme fügte sie hinzu: «Wie schade!»

Und Blum ist dieser wunderschönen Frau in der Tat nie wieder begegnet. Aber daß sie beide, ohne einander zu kennen bis zu diesem Zeitpunkt, in ein und derselben Nacht, in ein und denselben Sekunden voneinander träumten und ihre Träume sich auf so erstaunliche Weise glichen – das blieb für Blum auf immer sowohl außer Zweifel als auch unbegreiflich. Aber das ist nur ein unwichtiges Detail in den endlos vielfältigen und äußerst rätselhaften Formen der Träume, des Lebens und des Todes des Menschen.

(1917)

Nachwort

Es fällt nicht ganz leicht, den Stellenwert von Alexander Iwanowitsch Kuprin (1870–1938) innerhalb der russischen Literatur zu bestimmen. Fest steht, daß dieser Zeitgenosse Anton Tschechows und Maxim Gorkijs Anfang des Jahrhunderts weit über die Landesgrenzen hinaus bekannt war und in seiner Heimat noch heute große Popularität genießt. Kuprins Beliebtheit geht auf die thematische Vielfalt seiner Erzählungen zurück, vor allem aber auf die eingängige, unprätentiöse Art der Darstellung. Schon Leo Tolstoj hob dieses Merkmal von Kuprins Schaffen lobend hervor: «Kuprin müht sich nicht ab und denkt sich nichts aus; wie Tschechow nimmt er vor Ihren Augen ein Stückchen Leben und zeichnet ein solches Bild, daß Sie sich nicht sattsehen können und in Nachdenken versinken.»

Ähnlich äußerte sich Konstantin Arsenjew, als dem Schriftsteller 1909 der Puschkin-Preis verliehen wurde: «Frei [...] von Extremen, in die viele seiner Altersgenossen verfallen, bleibt [Kuprin] den besten Traditionen unserer Literatur treu. Nie überschreitet er die Grenzen des gesunden Realismus, obwohl er auch vor den dunkelsten Seiten der Wirklichkeit nicht zurückscheut; gemäß dem Vermächtnis Turgenjews hütet er die russische Sprache und schreibt mit eleganter

Schlichtheit, die eine Gekünsteltheit des Inhalts ebenso ausschließt wie eine angestrengte Manieriertheit der Form.»

Ein wie auch immer gearteter Neuerer war Kuprin nicht. Doch verstand er es, seiner Zeit ein waches Ohr zu leihen und das Gesehene, Erlebte und Gehörte mit erzählerischer Verve zum Ausdruck zu bringen. Was ihn von Gorkij, dem er zeitweilig sehr nahe stand, entfremdete, war dessen Forderung nach einer ideologischen, politisch engagierten Literatur; ebenso skeptisch verhielt er sich gegenüber dem l'art pour l'art der Symbolisten und der rebellischen Neuerungswut der Futuristen.

Alexander Kuprin wurde am 7. September 1870 in Narowtschat (Gouvernement Pensa) geboren. Der Vater, ein kleiner Beamter, starb ein Jahr später an Cholera und ließ die aus dem einstmals berühmten Tatarengeschlecht der Kuluntschakow stammende Mutter völlig mittellos mit drei Kindern zurück. Ljubow Alexejewna zog mit dem Sohn in das Moskauer «Witwenhaus», während ihre beiden Töchter in einem staatlichen Pensionat untergebracht wurden. Mit sieben mußte sich auch der Sohn von der Mutter trennen; er kam für drei Jahre ins Rasumowskij-Pensionat. Die strengen Erziehungsmethoden traumatisierten ihn für sein ganzes Leben und erfüllten ihn mit tiefem Mißtrauen gegenüber jederlei Bildungsanstalten. 1880 bestand Kuprin die Aufnahmeprüfung in das Zweite Moskauer Militärgymnasium, das bald danach in eine Kadettenanstalt umgewandelt wurde. Hier herrschten nicht weniger rauhe Sitten, doch fand Kuprin dank einem außergewöhnlichen Russischlehrer den Zugang zur Literatur und begann mit dreizehn erste Gedichte zu schreiben. Sein eigentliches Debüt fiel ins Jahr 1889, als er bereits an der Militärhochschule studierte; die veröffentlichte Erzählung brachte ihm zwei Tage Karzer ein, was ihn am Weiterschreiben jedoch nicht hinderte. Nach Abschluß seiner Ausbildung, die er zeitlebens als mangelhaft empfand, wurde Kuprin als Leutnant einem in einem südlichen Provinznest stationierten Infanterieregiment zugeteilt. Der Eintönigkeit dieses Lebens voller Intrigen und Melodramen versuchte er 1893 zu entrinnen, indem er sich zur Aufnahmeprüfung an die Akademie des Generalstabs meldete. Ein Zwischenfall auf dem Weg nach Petersburg hatte Verleumdung zur Folge und vereitelte seine Pläne. 1894 quittierte Kuprin den Dienst und machte sich mit leichtem Gepäck und vier Rubel in der Tasche nach Kiew auf.

Literarisch war Kuprin in diesen Jahren nicht untätig gewesen. In Kiew spekulierte er darauf, sein Brot als Journalist zu verdienen. Teilweise unter Pseudonym schrieb er für verschiedene Zeitungen Gerichtsreportagen, Theaterberichte, Feuilletons, Kurzgeschichten und Glossen. Manches davon faßte er später in Buchform zusammen («Kiewer Typen», «Miniaturen»). Doch leben ließ sich von dieser Arbeit schlecht. Und so finden wir Kuprin, den neue Erfahrungen immer lockten, 1895 in einem Moskauer Betrieb zur Herstellung von Ventilatoren und sanitären Artikeln, 1896 in einer großen Stahlgießerei im Donezbecken, wenige Monate später wieder in Kiew, wo er eine «Athletengesellschaft» organisiert und einen Zirkus gründet. Obwohl das Experiment nur von kurzer Dauer ist, bleibt Kuprin vom Zirkus fasziniert: «Dort zeigt sich der Mensch, wie er wirklich ist. Stark, kühn, [...] jede seiner Bewegungen ist Gesang und Schönheit.»

Nicht nur der Zirkus sollte Kuprin Material für zahlreiche Erzählungen liefern, auch die folgenden vielfältigen Beschäftigungen boten eine bunte Stoffülle. 1897 betätigt sich Kuprin als Gutsverwalter und nebenbei als Kirchensänger, wenig später läßt er sich zum Zahnarzt ausbilden und trat 1899 einer Theaterwandertruppe bei. Neun Monate Theaterleben in Provinzstädtchen genügten indes, um ihn von der Stickigkeit dieses Milieus zu überzeugen, bei aller Bewunderung für einzelne schauspielerische Leistungen. In der Folge arbeitet Kuprin als Landmesser, Sänger, Privatlehrer und trägt sich sogar mit dem Gedanken, Mönch zu werden. Das Leben nimmt jedoch eine andere Wendung. Im Herbst 1901 übersiedelt der rastlose Autor nach Petersburg, um sich ganz der Literatur zu widmen.

Mit Erzählungen wie «Der Moloch» (1896) hatte sich Kuprin bereits einen Namen als fortschrittlicher Schriftsteller gemacht, der die Wertschätzung eines Tschechow und Bunin genoß. Iwan Bunin vermittelte seinem Kollegen nicht nur den Zugang zu diversen Zeitschriftenredaktionen, sondern machte ihn auch mit Maria Karlowna Dawydowa bekannt, die kurz darauf Kuprins Frau wurde. Dasselbe Jahr 1902 brachte die Annäherung an Maxim Gorkij; in dessen Verlag «Snanie» (Wissen) veröffentlichte Kuprin in der Folge zahlreiche Erzählungen sowie seinen berühmtesten Roman «Das Duell» (1905), eine schonungslose Darstellung der Verhältnisse in kleinen Garnisonen, die weniger auf einen Antimilitarismus als auf eine Erneuerung des militärischen Berufsethos zielte, der reaktionären Kritik jedoch ein Dorn im Auge war.

Daß Kuprin in dieser Zeit – nicht nur wegen des Einflusses von Gorkij – zum progressiven Lager gehörte, wurde besonders bei Ausbruch der Revolution von 1905 deutlich. Die Ereignisse überraschten den Schriftsteller in Balaklawa am Schwarzen Meer, wo er sich ein Stück Land gekauft und freundschaftliche Kontakte zu den ansässigen Fischern geknüpft hatte, deren Anliegen er in einigen seiner besten Erzählungen und Milieuskizzen vertrat («Stabskapitän Rybnikow», «Die Listrigonen»). Auf der Krim wurde Kuprin Zeuge der brutalen Niederwerfung des Matrosenaufstands auf dem Kreuzer «Otschakow» durch Admiral Tschuchnin, die Hunderte von Opfern forderte. In seiner Empörung half er nicht nur, jene wenigen Matrosen, die sich aus dem brennenden Schiff retten konnten, zu verstecken, er schrieb auch eine Reportage von solcher Schärfe, daß ihm (allerdings mit Verspätung und deshalb unter wesentlich milderen Umständen) der Prozeß gemacht und ihm der Aufenthalt in Sewastopol und Umgebung ein für allemal untersagt wurde.

Ebenso kritisch wie kühn war auch Kuprins Aufsatz «Die Armee und die Revolution in Rußland», der 1906 in der österreichischen «Neuen Freien Presse» erschien. Kuprin lobt darin den Todesmut der Revolutionäre, die nicht aufgrund von «bürokratischen Befehlen» handelten, sondern aus jenem tiefen Drang heraus, der den «vulkanischen Umbruch» des Zarenreiches nur noch als eine Frage der Zeit erscheinen lasse. So sehr sich diese Prognose als richtig erweisen sollte, so bezeichnend ist auch, daß Kuprin nicht imstande (oder willens) war, sich politisch-weltanschaulich eindeutig festzulegen. Sein genuiner Individualismus und Anarchismus, die ihn am ehesten mit Tolstoj verbanden, hinderten ihn daran, einer politischen Partei beizutreten – das geschah, gezwungenermaßen, erst 1917 –, und entfremdeten ihn allmählich von Gorkij. Kuprin warf dem engagierten Schriftstellerkollegen vor, künstlerisch tendenziös zu sein, während er selber sich – unter dem Einfluß seines Freundes Fjodor D. Batjuschkow, eines Literaturkritikers und Herausgebers der religionsphilosophisch orientierten Zeitschrift «Mir Boschij» (Gottes Welt) – mit verschiedensten Autoren und Stilen auseinandersetzte, ohne freilich als eingefleischter Praktiker eine eigene Kunsttheorie bzw. Poetologie zu entwickeln.

Nicht Prinzipienlosigkeit, vielmehr vitale Neugier und ein unbändiger Freiheits- und Erfahrungsdrang bestimmten Kuprins Leben und Schaffen. Im Februar 1907 trennt sich der Autor von seiner Frau und seiner Tochter, um mit Jelisaweta Morizowna Heinrich, einer Verwandten

Mamin-Sibirjaks, die er in zweiter Ehe heiraten sollte, nach Finnland zu fahren. Seine Nerven sind von den familiären Spannungen, vor allem aber vom Petersburger Bohemeleben, das ihn in Kneipen, Spielsalons, Zirkuszelte und spiritistische Sitzungen führte, arg zerrüttet. Nach dem finnischen Kuraufenthalt beginnt erneut eine Zeit der Umgetriebenheit: zwischen dem Petersburger Vorort Gatschina, der Krim und Batjuschkows Landgut Danilowskoje. 1909 folgen Schitomir und Odessa, wo sich Kuprin mit Unterbrechungen längere Zeit aufhält und große Teile seines Romans «Die Gruft» schreibt – eine eindringliche, ungeschminkte Darstellung eines Odessaer Bordells, die besonders in Studentenkreisen die Forderung nach Abschaffung der Prostitution laut werden ließ.

Es sind schwierige Jahre. Geldsorgen zwingen Kuprin, dessen Gesundheit geschwächt ist, als «rasender Reporter» tätig zu sein; sein rastloser Einsatz bringt ihm jedoch Mißgunst und Verleumdungen ein. Daß er sich trotz allem Verdruß zu einer Ballonfahrt und einem – fast tödlich ausgehenden – Flug mit dem Piloten Utotschkin hinreißen läßt, verrät seine alte Vitalität. – 1911 finden wir Kuprin in Gatschina, im Sommer 1912 zur Kur in Nizza. Ein Besuch bei Gorkij auf Capri scheitert an einem Schifferstreik. Doch kehrt Kuprin mit interessanten Aufzeichnungen über Nizza und Marseille zurück, die er im Buch «Lasurblaue Ufer» zusammenfaßt.

Bei Ausbruch des Ersten Weltkriegs wird Kuprin als Reserveoffizier eingezogen, aus gesundheitlichen Gründen jedoch bald entlassen. In seinem Haus in Gatschina richtet er ein Lazarett ein und unterhält sich ausführlich mit den verwundeten Soldaten. Kuprins Schaffenskraft läßt in diesen Jahren nicht nach – zwischen 1913 und 1917 erscheinen vier Bände mit seinen Werken –, indes wandeln sich zum Teil Thematik und Stil seiner Erzählungen. Realistische Milieuschilderungen machen phantastischen Sujets Platz, Metaphysisches behauptet sich gegenüber Alltäglichem.

Im Herbst 1916 begibt sich Kuprin auf eine Vortragsreise in den Kaukasus und nach Baku, von wo er krank zurückkehrt. Als er auf Anraten der Ärzte zur Erholung nach Helsinki fährt, bricht die Februarrevolution aus. Diesmal fühlt sich Kuprin genötigt, eine klare politische Stellung zu beziehen. Erneut in Gatschina, tritt er der Partei der «Volkssozialisten» bei, die den rechten Sozialrevolutionären nahestand, und redigiert deren Organ «Freies Rußland». Die Zeitung ist nur von kurzer Dauer. Kuprin, der sich darin über Tierschutz und die Erhaltung von Baudenkmälern, über die Bedeutung der Intelligenzija und über aktuelle politische Themen äußerte, schreibt nun für verschiedene liberale Blätter. Seine Einschätzung der Bolschewiken ist positiv, aber keineswegs enthusiastisch. Als Mitte 1918 das Erscheinen liberaler Zeitungen eingestellt wird, sieht sich Kuprin, der im selben Jahr einen vielbeachteten Vortrag «Über Reporter und über die Zeitungsreportage» hielt, sämtlicher Publikationsmöglichkeiten beraubt sowie Attacken von seiten linker Kolumnisten ausgesetzt. Rettend erweist sich

Gorkijs Angebot einer Mitarbeit an seinem Verlag «Weltliteratur». Kuprin fertigt eine Übersetzung von Schillers «Don Carlos» in Blankversen an, doch kann diese ebensowenig erscheinen wie sein Vorwort zu einer geplanten Dumas-Ausgabe. Indes tragen sich Gorkij und Kuprin mit dem Gedanken, eine Bauernzeitung unter dem Titel «Erde» zu gründen. Obwohl Lenin, der Kuprin im Kreml persönlich empfing, das Projekt guthieß, kam es aus unbekannten Gründen nicht zustande.

Am 16. Oktober 1919 wird Gatschina von den Truppen General Judenitschs eingenommen. Kuprin, durch Krankheit an seinem Wohnort festgehalten, befindet sich auf dem Territorium der Weißen. Als die Sowjettruppen Gatschina noch im selben Monat zurückerobern, setzt sich der Schriftsteller mit seiner Familie nach Finnland ab, um Mitte 1920 nach Paris weiterzureisen.

Kuprin verbrachte insgesamt achtzehn Jahre in der Emigration. Über sein schwieriges Leben in der französischen Hauptstadt berichten am ausführlichsten die Memoiren seiner Tochter Xenia Alexandrowna Kuprina, die zahlreiche Briefdokumente enthalten. Trotz des nicht unbeträchtlichen Erfolgs, der Kuprins Werken in Frankreich beschieden war, wobei zu deren wohlwollenden Kritikern auch Romain Rolland gehörte, konnte Kuprin sich im neuen Milieu weder eine Existenz sichern noch heimisch fühlen. Die zerstrittenen russischen Emigrantenkreise boten keine Erleichterung. Zwar wurde Kuprin von seiner Frau, die verschiedenen Beschäftigungen nachging, unter anderem auch eine kleine russische Bibliothek gründete, tatkräftig unterstützt, doch fühlte er sich künstlerisch ausgezehrt. Die zahlreichen Veröffentlichungen in der Emigration – nicht zuletzt eine zwölfbändige Werkausgabe (1921–1925) – faßten vor allem früher Geschriebenes zusammen. Neues entstand nur noch in geringer Zahl und bezeugte auch qualitativ die nachlassende Schöpferkraft des Autors. «Meine Liebe», schrieb Kuprin an seine erste Frau, die ihn zur Heimkehr bewegen wollte, «ich bin todmüde und stehe im 54. Lebensjahr. Der Kokon meiner Phantasie ist aufgebraucht, und geblieben sind davon fünf, sechs Seidenfäden. [...] Ja, sterben wäre dort süßer und einfacher.»

Ende Mai 1937 ist es soweit: Kuprin, schwerkrank, kehrt mit seiner Familie in die Heimat zurück. Am Moskauer Weißrussischen Bahnhof wird ihm von Vertretern verschiedener Literaturorganisationen, von Freunden und Verehrern ein rührender Empfang bereitet. Als er sich nach einer Weile in Golycino, in der Nähe von Moskau niederläßt, reißen die Briefe nicht ab; statt der befürchteten Gleichgültigkeit erfährt Kuprin Anteilnahme und lebendiges Interesse. Schwer zu sagen freilich, wie der Heimkehrer die Jahre der stalinistischen Repression überstanden hätte. Vielleicht zu seinem Glück starb Kuprin bereits im folgenden Sommer, am 25. August 1938, an Zungenkrebs. Er wurde auf dem Leningrader Wolkow-Friedhof, in der Nähe der von ihm bewunderten Klassiker Turgenjew, Saltykow-Stschedrin, Gontscharow und Lesskow beigesetzt.

Kuprins Werk, von dem bereits zu Lebzeiten des Autors zwei mehrbändige Ausgaben erschienen, umfaßt neben drei Romanen gegen zweihundert unterschiedlich lange Erzählungen, ferner Aufsätze (über Tschechow, Kipling, Mark Twain, Jack London u.a.), Reportagen, Milieu- und Reiseskizzen, Gedichte und Briefe. Die große Themenvielfalt des erzählerischen Œuvres geht durchwegs auf persönliche Erlebnisse und Recherchen zurück; bei seiner ungewöhnlichen Lebensführung war Kuprin um Stoffe nie verlegen – «die lebendigen, interessanten Geschichten heften sich von selbst an den erfahrenen Beobachter» –, doch betrieb er sein Studium verschiedener Milieus mit jener seltenen Gründlichkeit, die er an Rudyard Kipling so schätzte. Kornej Tschukowskij bemerkt in seinen Erinnerungen, als realistischer Schriftsteller und Sittenschilderer habe Kuprin diesbezüglich die höchsten Ansprüche an sich gestellt: «Ewig quälte ihn der Drang, zu erforschen, zu begreifen, zu erlernen, wie Menschen verschiedenster Berufe leben – Ingenieure, Fabrikarbeiter, Drehorgelspieler, Zirkusleute, Pferdediebe, Mönche, Bankiers, Spitzel –, er wollte ihr tiefstes Geheimnis ergründen, denn bei der Erforschung des russischen Lebens duldete er keinerlei Oberflächlichkeit und Dilettantismus und wäre tief unglücklich gewesen, hätte sich plötzlich herausgestellt, daß ihm irgendein Detail aus dem Leben der Taucher oder Donkosaken entgangen war.»

Derselbe Tschukowskij weiß zu berichten, an einem Petersburger Dezembertag des Jahres 1905 sei Kuprin zuerst zu einem Arbeitermeeting, dann zu einem Sektierertreffen und schließlich in die psychiatrische Klinik von Dr. Prusik geeilt, um sich mit einem besonders interessanten Schlafwandler zu unterhalten.

Die Milieuschilderung ist denn auch Kuprins überragende Stärke, ob er sich mit Berufsoffizieren («Das Duell», «Das Nachtlager»), Zirkusartisten («Im Zirkus», «Allez!», «Der Clown»), Fischern («Stabskapitän Rybnikow», «Die Listrigonen»), Besuchern von Hafenkneipen («Gambrinus») oder mit Prostituierten («Die Gruft») auseinandersetzt.

Wenig begabt für weltanschauliche Reflexionen und moralisch-didaktische Schlußfolgerungen, ist Kuprin ein um so begabterer Porträtist, Umwelt- und Landschaftsschilderer, der es versteht, mit wenigen Strichen ein suggestives Ambiente zu schaffen, etwa das einer dumpfen Provinzstadt im russischen Norden («Der schwarze Blitz»): «Die hiesigen Kleinbürger sind ein rauhes, frommes und mißtrauisches Völkchen. Was sie machen und wovon sie leben, ist unergründlich. Im Sommer werkelt der eine oder andere unter ihnen noch am Fluß herum und treibt das zu Flößen zusammengebundene Holz stromabwärts; doch ihr winterliches Dasein bleibt geheimnisvoll. Sie erheben sich spät, nach Sonnenaufgang, und starren den ganzen Tag aus dem Fenster auf die Straße, wobei ihre plattgedrückten Nasen und rissigen Lippen als weiße Flecken auf der Scheibe zu sehen sind. Zu Mittag essen sie, wie Rechtgläubige, um zwölf Uhr, und nach dem Essen schlafen sie. Schon um sieben Uhr abends wird das Tor mit einem schweren Eisenriegel verschlossen, und jeder Hausherr läßt den alten, bösen, struppigen, grauschnäuzigen und vom Bellen heiseren Köter eigenhändig von der Kette, und bis zum Morgen schnarchen sie in warmen, schmutzigen Federbetten inmitten eines Berges aus Kissen beim friedlichen Schein der bunten Ikonenlämpchen. Sie schreien entsetzlich im Schlaf, wenn ein schrecklicher Alptraum sie quält, und wenn sie erwachen, kratzen sie sich ausgiebig, schmatzen und sprechen ein extra zu diesem Zwecke vorgesehenes Gebet gegen den Hausgeist.»

Das prägnante Detail dient Kuprin zur Typisierung, die nicht selten eine sozialkritische Funktion hat. In der zitierten Erzählung «Der schwarze Blitz» (1913) prangert Kuprin in Gorkijscher Manier die süffisante örtliche Intelligenz an, die reaktionär und antisemitisch daherredet, ohne ihre eigene Beschränktheit zu hinterfragen. Als positive Gegenfigur erscheint der umweltbewußte Förster Turtschenko, ein durchaus modern anmutender Wald-Ökologe, der dem Ich-Erzähler die Geschichte eines von einem schwarzen Blitz begleiteten tragischen Jagdausflugs schildert, um zum Schluß dem «stinkenden menschlichen Morast» eine weit größere – symbolische – Blitzkatastrophe zu wünschen.

Harsche Kritik an der Kurzsichtigkeit der Reichen, an der ungerechten Sozialordnung Rußlands und an der frühkapitalistischen Industrialisierung übt Kuprin in der 1896 erschienenen romanhaften Erzählung «Der Moloch», zu der ihn eigene Erfahrungen in einer Stahlgießerei im Donezbecken inspirierten. Dem profitgierigen, zynischen Unternehmer Kwaschnin stellt der Autor den sensiblen Ingenieur Bobrow entgegen, der die Ausbeutung der Arbeiter durch den Fabrikmoloch nicht mehr mitansehen kann und den Betrieb durch einen Sabotageakt zu zerstören sucht. Schließlich setzen die aufständischen Arbeiter die Fabrik selber in Brand, während Bobrow, vom Leben enttäuscht, zum Morphium greift. – Kuprin zeichnet ein ebenso wirklichkeitsnahes wie einfühlsames Bild des Fabrikalltags, läßt die Frage aber weitgehend offen, welche Alternative sich zum «rasenden Fortschritt» biete. Wie im späteren Bordellroman «Die Gruft» vertritt er aufklärerische Absichten, ohne intellektuelle Überlegenheit anzustreben.

Unübersehbar ist Kuprins Interesse für gesellschaftliche Outsider, für «Betrübte und Erbitterte» – wie in Anspielung auf Dostojewskijs «Erniedrigte und Beleidigte» einer seiner unvollendet gebliebenen Romane heißen sollte –, für schutzlose Kinder und Tiere.

In mehreren Erzählungen setzt sich Kuprin nachdrücklich für die Juden ein, die seit den 1880er Jahren im Süden des Landes grausamen Pogromen ausgesetzt waren und häufig ein Leben von Parias fristeten. Die als «wahre Geschichte» bezeichnete Erzählung «Die Kränkung» (1906; in unserem Buch eine vom Autor leicht revidierte Fassung von 1910), die unter dem Eindruck des Odessaer Pogroms von 1905 entstand, berichtet davon, wie eine siebenköpfige Diebesbande in die

Sitzung einer aus Advokaten bestehenden Kommission platzt, welche pogromgeschädigten Juden zu ihrem Recht verhelfen will, um den in Zeitungen geäußerten Vorwurf abzuwehren, sie hätte zu den Pogromstiftern gehört. Die Diebe, die in Einzeldarbietungen eindrückliche Beweise ihres handwerklichen Könnens liefern, entlarven im Anschluß die zaristische Polizei als schamlos-grobschlächtigen Organisator der Massenauspeitschungen und als ebenso unbarmherzigen Folterer jener, die sich nicht als käufliche Helfershelfer beteiligen mochten.

Bei der Darstellung der bildhübschen jüdischen Kneipenwirtin in der Erzählung «Die Jüdin» (1904) verfährt Kuprin leicht idealisierend. Die stolze, biblisch anmutende Schönheit der jungen Frau wird nicht nur in Kontrast zur ärmlich-stikkigen Wirtshausatmosphäre gesetzt, in der sich für die Wirtsleute erniedrigende Szenen abspielen, sondern auch zum faden Leben des Arztes Kaschinzew, das nur kurze, müde Aufschwünge kennt. Die Erzählung endet mit Tschechowscher Lakonie: «Doch schon verwehte dies Stückchen Leben, blieb zurück, und nur die Erinnerung allein verweilte noch wie ein längst hinter sich gelassenes Licht einer beliebigen Bahnstation. Und vorn ist kein anderes Licht zu sehen; die Pferde laufen in gleichmäßigem Trab, und der gleichgültige Kutscher – die Zeit – schlummert teilnahmslos auf seinem Bock.»

Es erscheint nur auf den ersten Blick widersprüchlich, daß Kuprin, der pralle, ja sensationelle Sujets und suggestive Milieuschilderungen bevorzugte, mitunter auch romantisch-lyrische Töne anschlug. Seine berühmte Erzählung «Das Granatarmband» (1911), die mit der meisterhaften Beschreibung eines zuerst stürmischen, dann milden Frühherbstes auf der Krim anhebt und nachweislich auf einer wahren Begebenheit beruht, handelt von der verklärten Liebe des kleinen Beamten G. S. Dott zur Fürstin Wera Nikolajewna Scheïna, die damit endet, daß der anonyme Verehrer und Briefschreiber, nach der Zusendung eines Granatarmbands vom Fürsten aufgespürt und zur Rede gestellt, Selbstmord begeht. Wera erkennt erst aufgrund von Dotts Abschiedszeilen, wie selbstlos und rein seine Liebe zu ihr war, und mit Rührung nimmt sie sein Vermächtnis entgegen: das «Largo Appassionato» aus Beethovens Klaviersonate op. 2, Nr. 2.

Das realistisch erzählte Geschehen, in dessen Zentrum Weras Geburtstagsfest steht, wird durch Leitmotive (Liebe, Musik, Herbst) und symbolische Details (Granat/Blut) überhöht, durch Dotts im Schlußteil der Erzählung entfaltete mystische Liebesphilosophie romantisiert.

Zum romantischen Motivrepertoire Kuprins gehört der – glückliche oder unglückliche – Zufall: Dotts «Liebe auf den ersten Blick», als er bei einer Zirkusvorstellung die noch unverheiratete Wera sieht; die Wiederbegegnung Oberleutnant Awilows (aus der Erzählung «Das Nachtlager», 1895) mit einer jungen Frau, die er einst mißbraucht hat und die wegen jenes Vorfalls von ihrem Ehemann täglich geschlagen wird. Kuprin liebt unwahrscheinliche Schicksalsfügungen, erfüllt durch die Konstruktion solcher Sujets aber oft allzu perfekt die Erwartungen des Lesers.

Weniger eingängig sind Texte, in denen Kuprin die Grenzen zwischen Realität und Irrealität verwischt oder unverkennbar in die Phantastik abdriftet. Die Erzählung «Toast» (1906), die im Jahre 2906 spielt, als die «Universelle anarchistische Vereinigung freier Menschen» das tausendjährige Jubiläum der revolutionären Aufstände feiert, hat politisch-utopischen Charakter, während sich in späteren Werken ein Hang zum Mystizismus beobachten läßt. Das gilt namentlich für die längere Erzählung «Der Stern Salomos» (1917), die Traum und Wirklichkeit, kabbalistischen Zauberspuk und psychologische Porträts zu einem spannungsvollen Gewebe verflicht. Die Metamorphose des kleinen Beamten Blum zum allmächtigen Krösus ist das Resultat alchimistischer Hexerei, die als Tribut Gedächtnisverlust und Einsamkeit fordert. Kuprin, der das Terrain der Phantastik allmählich und mit realistischen Mitteln erobert, so daß der Leser die Ereignisse erst nach und nach als Traumgeschehen identifiziert, zeigt auf, wie ein Mensch durch die Macht verführt wird und ihr schließlich freiwillig entsagt. – In einer Vielzahl unterschiedlichster Episoden läßt Kuprin seine erzählerischen Register spielen. Zu den Höhepunkten des Textes gehört unzweifelhaft die Schilderung jener satanischen Nacht, in der Blum im Kabinett seines verstorbenen Alchimistenonkels die verlorengegangene Formel des Hermes Trismegistos wiederentdeckt.

Eine Themenvielfalt, wie sie in seltener Fülle

das Schaffen Kuprins prägt, verlangt auch nach reichen sprachlichen Registern. Vornehmlich Konstantin Paustowskij hat auf den Umstand hingewiesen, mit welcher Souveränität Kuprin sein Russisch nuancierte, indem er, entsprechend den Erfordernissen des Sujets, Dialektausdrücke, Jargonismen, Argot- und Fremdwörter verwendete. Mögen Kuprin gelegentlich auch kleinere sprachliche und logische Flüchtigkeitsfehler sowie stilistische Patzer (etwa unschöne Adjektivhäufungen) unterlaufen sein, seine Milieuschilderungen sind – nicht zuletzt wegen ihrer sprachlichen «Glaubwürdigkeit» – beeindruckend.

Die treffenden Sittenbilder waren es in erster Linie, die auch im Ausland lebhaftes Interesse für Kuprin weckten. Der Roman «Das Duell» wurde unmittelbar nach Erscheinen, 1905, ins Deutsche übersetzt, «Der Moloch» 1907, «Das Granatarmband» 1911, «Die Gruft» 1912. Besonders der problemorientierte Leser gewann durch Kuprins Werke Einblick in die russischen Verhältnisse, wie sie ihm die beste Sozialreportage nicht gewährt hätte.

War die frühe Rezeption Kuprins durch aktuelle inhaltliche Aspekte bestimmt, ist heute eine umfassendere Lektüre angezeigt. Je besser das Kuprinsche Œuvre übersetzerisch erschlossen wird, desto mehr erkennt man die Vielfalt seiner Vorzüge: thematische Opulenz, novellistische Prägnanz und seltene Lebendigkeit.

Ilma Rakusa

Benutzte Literatur

Pawel N. Berkow: «Alexander Iwanowitsch Kuprin», Moskau 1956

Alexander Dynnik: «A. I. Kuprin: otscherk schisni i twortschestwa» (A. I. Kuprin: ein Abriß seines Lebens und Schaffens), East Lansing 1969

Fjodor I. Kuleschow: «Twortscheskij put' A. I. Kuprina 1883–1907» (Der Schaffensweg A. I. Kuprins 1883–1907), Minsk, 2. Aufl. 1983

«Alexander I. Kuprin o literature» (Alexander I. Kuprin über Literatur), Minsk 1969

Xenia A. Kuprina: «Kuprin – moj otez» (Kuprin – mein Vater), Moskau, 2. Aufl. 1979

Inhalt